José León
Sánchez

Tenochtitlan
Die letzte Schlacht
der Azteken

Zu diesem Buch

Überwältigt stehen 1519 Cortés und seine Truppen vor einer Stadt, die an Größe, Pracht, Einwohnerzahl und Baukunst alles übertrifft, was sie aus der alten Welt kennen: Tenochtitlan mit seinen Hunderten von Tempeln, Palästen, mit seinen überquellenden Märkten, gebaut inmitten der Lagune, verbunden durch ein ausgeklügeltes System von Dämmen und Brücken. Als Abgesandter Gottes wird Cortés mit Blumen überschüttet.

Durch die Augen eines aztekischen Weisen erzählt Sánchez über den Untergang der Azteken. Dieser historische Roman ist wie ein grandioser Monumentalfilm, der aber nie an der Oberfläche der Ereignisse bleibt, sondern die Weltsicht der Azteken, die Vorstellung von Kosmos und Zeit, ihre geistigen und kulturellen Leistungen vermittelt.

Der Autor

José León Sánchez wurde 1930 geboren und wuchs in einem Indianerdorf in Costa Rica auf. Mit 19 Jahren wurde er zu 45 Jahren Gefängnis verurteilt und büßte 20 Jahre auf einer berüchtigten Gefängnisinsel ab. Dort lernte er lesen und schreiben und verfaßte seinen ersten Roman. Viermal erhielt er den nationalen Literaturpreis für seine Werke, u. a. für »Tenochtitlan«.

José León
Sánchez

Tenochtitlan
Die letzte Schlacht der Azteken

Aus dem Spanischen von
Leni López

Unionsverlag
Zürich

Die Originalausgabe erschien unter
dem Titel *Tenochtitlan – La última batalla de los aztecas*
bei Editorial Grijalbo, México.
Die deutsche Erstausgabe erschien 1992
im Verlag Neues Leben, Berlin.

Auf Internet
Aktuelle Informationen
Dokumente über Autorinnen und Autoren
Materialien zu Büchern
Besuchen Sie uns:
http://www.unionsverlag.ch

Unionsverlag Taschenbuch 101

Rieterstrasse 18, CH-8059 Zürich
Telefon 0041-1-281 14 00, Fax 0041-1-281 14 40

Umschlaggestaltung: Heinz Unternährer, Zürich
Umschlagbild: Vermählung zwischen
»Drei Feuerstein« und »Zwölf Wind«
Druck und Bindung: Clausen & Bosse, Leck
ISBN 3-293-20101-6

Die äußersten Zahlen geben die aktuelle Auflage
und deren Erscheinungsjahr an:

1 2 3 4 5 - 00 99 98 97

Für
Eulalia Guzmán
Miguel León Portilla
Juan Rulfo und
Octavio Paz.

Und es wird kommen der Tag,
an dem die Verkündung wahr wird,
daß niemals ein Mensch auf Erden
den Glanz, die Ehre und den Ruhm
von México Tenochtitlan zerstören
oder auslöschen kann.

(Anonymer Gesang zur Gründung Colhuacans im Jahre 1281, aufgezeichnet 1620 von Chimalpahin Cuauhtlehuanitzin.)

TENOCHTITLAN
(Tlacchitonatiuh – die Sonne auf Erden)

Sonne der Erde …
Schlafender Smaragd inmitten einer Lagune.
Ort der Wasserbinsen.
Ort im See.
Ort, wo die Blumen ihre Blüten dem Licht öffnen …

Indes … Was bedeutet heute schon die wirkliche Übersetzung? Dies war die große Stadt México Tenochtitlan im Jahre 1519. Die Stadt, in der es kein einziges Maiskorn mehr gab und die Bäume ihrer Wurzeln beraubt wurden, damit die Menschen etwas zum Essen hatten und weiterkämpfen konnten für ihre Freiheit und das Überleben ihrer Götter, bis auch das letzte der zweihunderttausend Feuer endgültig erlosch.

Ihnen,
Den Unsterblichen von Tenochtitlan
widme ich diesen Roman.

José León Sánchez

I

Der Priester Schwarzes Gesicht legte die Hand auf meinen Kopf und sprach: »Du wirst ein Amoxua, ein Herr der Bücher, sein und eines Tages unser Herr Schwarzes Gesicht.«

So sprach zu mir der Priester, als ich zwölf wurde und schon drei Jahre die Tempelschule, das Haus des Wissens, besuchte, in der ich unserem Herrn Quetzalcóatl diente. Mein Vater, Rauschender Wind, sah mir mit einem Blick, der mir endlos erschien, tief in die Augen und fügte hinzu: »Du stehst in der besonderen Gunst des Herrn Schwarzes Gesicht, und nichts zwischen den Ufern der Zeit soll dir verborgen bleiben. Du wirst weise sein wie die Brücke, die mit dem Wasserschwall von Chapultepec einherkommt, und du wirst die Weisheit entdecken, die in jedem Stein verborgen ist auf dem Weg, der zum Volk der Tlaxcalteken führt und vom Volk der Tlaxcalteken zum Land der Früchte, wo das Meer mit dem Himmel verschmilzt und unendlich wird und wo die Totonaken leben.«

An jenem Tag, an jenem Abend, in jener Nacht wich meine Mutter nicht von meiner Seite, als wüßte sie bereits, was geschehen würde und was dann auch geschah: daß mein Vater, der Tequitlato aus dem Haus der Weisen, am anderen Tag fortgehen würde, um den Tanz gegen einen Ort der Tarasken anzuführen und nie wieder heimzukehren. Schon am nächsten Morgen, als die Reiher gerade anfingen, zwischen den Fischnetzen in der großen Lagune von Tenochtitlan ihr Spiel zu treiben, hatte sie sich das Gesicht und die Hände und den Kopf mit Asche bestreut, wie es die Frauen zu tun pflegten, deren Männer in den Krieg zogen, denn dann bestand Gefahr, daß sie nicht zurückkehrten. Und so geschah es. Mein Vater kehrte nicht wieder von dem Krieg gegen die Bewohner von Michoacán heim, und meine Mutter lebte viele Jahre mit kurzgeschorenem Haar und Asche auf den Händen und den Augen und dem Kleid.

Danach trat ich in das Tepuchcalli, das Jungmännerhaus, ein, um die Geschichte der Amoxua zu lernen und die Weisheit der Tequitlato, welche die Gabe besaßen, in den farbigen Bilderhandschriften die Geschichte der Zeit zu lesen. Die Geschichte der gelben Knoten. Die Geschichte der blauen und weißen und roten Knoten, in denen die Weisen alles festhielten, was sich seit der Zeit unseres Herrn Moctezuma, unseres Herr Tizoc, unseres Herrn Nezahualcóytl ereignet hatte.

Bis der Tag kam, an dem meine Mutter ihre Hände, ihre Augen und ihr Gesicht von der Asche reinigte und ein Kleid anzog, das mit weißen und roten, roten und grünen, grünen und blauen Schmetterlingen geschmückt war. Wir bereiteten uns auf das große Fest der Mutter der Ernten vor, denn dies war der Tag, an dem sich für meine Schwester Schmetterlingsflügel das Schicksal erfüllen sollte, das ihr von Geburt an vorbestimmt war: unsere kleine Mutter Hoffnung, unser kleiner Morgenstern zu werden und ihr Blut dem Gott mit dem hölzernen Bein darzubringen, unserer Gottheit im Großen Tempel.

Unser Haus füllte sich mit Besuchern. Die Leute kamen, um für meine Schwester Dinge zu erbitten und mit ihr zu lachen. Schmetterlingsflügel war außer sich wegen der großen Freude, die sie im Herzen fühlte.

»Morgen werde ich ein Teil des Gottes sein«, sagte sie ein um das andere Mal, bis ihre heiteren und schönen Augen vor Tränen ganz feucht wurden.

An jenem Abend vor dem Tag, an dem meine Schwester für immer zu den Regionen des Lichtes aufbrechen sollte, beteten wir in Dankbarkeit für meinen Vater, der die Weisheit besessen hatte, meine Schwester als Opfergabe dem Herrn Schwarzes Gesicht darzubieten, dem Gott mit dem hölzernen Bein, der alles weiß, der den Lauf der Welt bestimmt und den Himmel und das Land rund um den großen See erhalten hat, damit die Menschen ihn verehren. Es war das erste große Glück, das mir in meinem Leben widerfuhr.

Das Fest ist eine bleibende Erinnerung in meinen farbigen Knoten. Und die Zeremonie, mit der wir unsere Schwester verabschiedeten, löste bei meiner Mutter Tränen unendlicher Freude aus, die bis zum letzten Tag ihres Lebens nicht versiegten.

Eine Blumenkarawane geleitete meine Schwester bis zum Großen Tempel. Ich erinnere mich, daß sie ein Kleid aus weißem Papier trug, auf das blaue Schmetterlinge geprägt waren. Und die Mädchen, die sie begleiteten, trugen gleichfalls Papierkleider, verziert mit bunten Schmetterlingen, die genauso aussahen wie jene, die wir als Kinder zwischen den Binsen fingen. Vor Beginn des Rituals setzte der Tanz ein. Als Mutter eines blauen Schmetterlings eröffnete unsere Mutter den Tanz.

Die Jungen umringten uns im Halbkreis. Sie trugen einen Kopfschmuck, an dem rote Tonglöckchen hingen. Ihnen gegenüber befand sich der Chor von jungen Mädchen, auch blaue Glöckchen genannt. Beide Gruppen bildeten so viele Reihen, wie ein Regenbogen Farben hat. Die jungen Männer bliesen gegen die kleinen Glocken, die vor ihnen in Augenhöhe an roten Schnüren baumelten. Und jedesmal, wenn ein Junge blies, schaukelte das Glöckchen hin und her und machte pling, pling, pling … Und in der Mitte des Kreises tanzte meine Schwester Schmetterlingsflügel den Tanz, den sie so viele Male geübt hatte.

In geordneten Scharen drängten die Menschen, Einwohner aus den verschiedensten Stadtteilen von Tenochtitlan und Tlatelolco, herbei, um an dem Geschehen teilzuhaben. Hoch oben, auf der letzten Stufe des Großen Tempels, warteten die würdigen Priester in ihren schwarzen Gewändern mit den Obsidianmessern.

Schmetterlingsflügel tanzte den Tanz des Samenkorns, während die Mädchen des Chores den Abend belebten und die Farben des Regenbogens nachgestalteten. Die erste Reihe war ein einziger Glockenklang. Die zweite ahmte den Pfiff jener geheimnisvollen Vögel nach, die aus dem Land der Früchte und dem Land des Windes kamen und auf den Märkten angeboten wurden. Die nächste Reihe seufzte wieder wie kleine Glöckchen. Wirklich, es war etwas Wunderschönes, und die Leute genossen es mit großer Andacht.

Schmetterlingsflügel begann die Geschichte des Samenkorns zu erzählen. Und sie schien in ihrem Tanz zu wachsen, so wie der Verolis wächst. Sie war schön wie eine aufbrechende Blüte.

Und sie tanzte wirklich einzigartig, als sie die Frucht der Pflanze darstellte. Danach überschüttete eine Gruppe Jungen sie mit Wasser. Die blauen Blumen und Schmetterlinge auf ihrem Gewand zerflossen, und das weiße Papierkleid war ganz und gar mit blauen Tupfen übersät. Meine Schwester setzte ihren Tanz fort. Das Papierkleid wurde naß und nasser, bis es am Ende zerriß und von ihr abfiel, so daß nur noch ihr schöner nackter Körper zu sehen war. Und nackt tanzte sie weiter, bis sie sich endlich über den Boden beugte und die feuchte Mutter Erde küßte.

Das währte nur einen kurzen Augenblick, denn schon forderte sie der Anführer der Priester auf, zum Tempel emporzusteigen, wo die fünf Herren Opferpriester sie erwarteten, auf daß sie die tiefe Freude empfinde, ihr jungfräuliches Herz dem Gott der Götter und dem Gott des Regens und der Göttin der Ernte darzubringen, so wie es von jeher Brauch gewesen ist bei unserem Volk in Tenochtitlan.

In Tenochtitlan, dem Ort in der Lagune, wo die Wasserlilien ihre Blüten dem Lichte entgegenstrecken.

Die Opfergabe meiner Schwester Schmetterlingsflügel hat sich mir ins Gedächtnis gegraben wie die schönste Seite aus dem Buch der Weisheit, dem Buch der Grünen Verse im Haus des Wissens von Texcoco. Und sie war die letzte Freude meiner Mutter, die von da an nur noch von großen Erinnerungen lebte. Die erste Erinnerung war die an unseren Vater, den die Feinde von Tenochtitlan ergriffen und gezwungen hatten, sein Herz dem Gott des Sees darzubieten. Die letzte war die schöne Opfergabe meiner Schwester, der Herrin Schmetterlingsflügel, die an einem sonnigen Abend ihr kleines Herz den Göttern schenkte.

Jahrzehnte später war ich in der Schule der Erwachsenen dazu berufen, mein Amt auszuüben. Zu jener Zeit war mein Haar bereits ergraut und mein Augenlicht trüb. Aber wahr ist auch, daß es nichts gab, was meine Augen noch hätten sehen müssen, da ich bereits alles kannte und wußte, so wie mein Vater es vorausgesagt hatte.

Ich war einer der Weisen von Tenochtitlan, Texcoco, Tlatelolco und Cholula. Ich wußte, was geschehen würde. Ich wußte auch, was geschehen war und in den Büchern der Weisheit stand. Der Herrscher, genannt Tlatoani, der Sprecher, und sein Rat der Dreißig konsultierten mich in vielen Fragen.

Ich kannte das Schicksal der Dammstraße von Cuepopa, dem Ort im Nordosten, wo die Blumen blühen; ich wußte um das Geschick des Dammwegs von Moyotlan, dem Ort der Stechmücken, im Südwesten gelegen, wo Tausende Kinder, Männer und Frauen sich vom Fang kleiner Mückeneier ernährten; ich habe die Straße nach Südosten vor Augen, nach Teopan, dem Ort der Götter, wo sich der Heilige Bezirk des Großen Tempels erhob; und auch die nordwestliche Dammstraße, die nach Aztacalco führt, dem Ort, wo die Reiher nisten.

Und jetzt, da alles so gekommen ist, wie die Bücher weissagten, jetzt, da Tenochtitlan, die große Stadt von Mexiko, nicht mehr existiert; jetzt, da man uns, die Bewohner dieser großen Stadt, wie den Stein am Wege zählt, jetzt stelle ich mir die gleiche Frage, die auch andere mir zu stellen pflegen: »Wie war der Anfang der Geschichte? War er schön?«

Es ist ein Morgen, ein Morgen so goldgelb wie ein Maisfladen auf dem Comal, der tönernen Backplatte. Der Wind streicht über den Texcoco-See und fächelt sanft die blühenden Binsen. Es ist ein zarter Wind, einer von jenen, die man kaum wahrnimmt, von denen sich die Bewohner der Stadt jedoch inspirieren lassen bei der Namensgebung ihrer Töchter, ihrer Söhne und Enkelkinder und auch der Gegenstände. Von der Stelle, an der ich mich befinde, vernehme ich das Knarren eines Ruders, das durchs Wasser zieht. Ich höre nur das Echo des Ruders. Es ist ein kleines Kanu, das sich durch Tausende blühender Binsen einen Weg bahnt. Und da sehe ich die Frau, die es lenkt. Sie unterscheidet sich nicht von den anderen Frauen, die Stunde um Stunde, Tag um Tag – selbst wenn kein Markttag ist – zu Tausenden und Abertausenden mit ihren Kanus von allen Ufern des Sees nach Tenochtitlan kommen. Von meinem Platz aus beobachte ich, wie sie Blumen abschneidet und auf den Boden des Kanus wirft, wo bereits unzählige bunte Blütenstengel liegen. In der Ferne sieht man den Dammweg von Ixtapalapa, den großen und schönen Dammweg, der auf dem Festland beginnt, wo der Weg zwischen den Vulkanen hindurch seinen Anfang nimmt, und über eine Entfernung von zehn Meilen in die Stadt hineinführt.

Dann lenke ich meinen Blick in die Richtung, die die Frau einschlägt, und mache Tausende anderer Kanus aus. Alle werden von Frauen gelenkt. Manche sind fast noch Kinder, andere wiederum sehr alt. Und all die vielen Kanus sind über und über mit Blumen beladen. Mir scheint, als habe ich in meinem Leben noch nie so viele Blumen auf einmal gesehen.

Und diese blumenbekränzten, von Frauen gelenkten Kanus streben alle der gleichen Stelle zu. Vom Dachgarten meines Hauses aus sehe ich, wie sie nahe dem Dammweg von Ixtapalapa anlegen und die Straßen mit ihren Blumen bestreuen. Nie zuvor hat man auf der großen Straße von Ixtapalapa ein so einzigartiges, schönes Schauspiel erlebt. Der zehn Kilometer lange Damm ist über und über mit Blumen besät. Für einen Augenblick trenne ich mich vom Anblick der Kanus, der Frauen und ihrer Blumenladung, und mein Blick schweift über die blühenden Agavefelder und über unseren Vater Horizont, an dem sich der schneebedeckte Vulkan abhebt, den an diesem Morgen eine Rauchfahne umwölkt. Und noch weiter zum Texcoco-See, durch den der große Deich geht, der verhindert, daß das salzige Wasser des Sees sich mit dem süßen unserer Schwesterlagune von Tenochtitlan vermischt.

Und so wie später die Invasoren ihre Namen mit feuerrotem Eisen auf die Gesichter unserer Krieger, die Schultern unserer Jungfrauen, die Waden unserer Kinder brennen werden, um sie zu Sklaven zu machen, in einem ebenso grellen Rot sehe ich über dem blauen See eine Schrift auftauchen, die besagt:

8 Ehecatl Quecholli 8 Wind-Flamingo

Und ich höre den Ruf einer Frau, und die Worte, die sie spricht, klingen gleichfalls rot.

Es ist der Morgen des 8. November 1519, wie es in der Sprache der fremden Besucher heißt, die andere die Gesandten unseres Herrn Quetzalcóatl nennen; Söhne der Götter und Götter sie selbst. Ich wende den Blick wieder der großen Stadt zu, der schönen, durch Jahrhunderte gefügten Stadt, und ich weine. Es ist der letzte Tag unserer Freiheit. Denn so ist der Wille unserer Götter.

Von da an schritt die Zeit anderwärts, als würden die Vögel mit einem Mal beginnen, unter der Erde zu fliegen.

Nie zuvor hatte eines Menschen Auge die große Dammstraße von Ixtapalapa in ihrer ganzen Länge so schön gesehen: von ihrem Ausgang am Rande der Stadt über das Adlerportal, das Froschportal bis zum Jaguarportal im Herzen unseres Tempels. Ein leiser Windhauch fuhr durch die Zweige der Bäume, die voller Früchte und Blüten hingen. Von einem Baum zum anderen baumelten Tausende und aber Tausende Blumenketten aus Papier. Die Herrin im Haus der Mädchen hatte dafür gesorgt, daß alle Blumen, die im Land der Mexica vorkamen, mit buntem Papier nachgestaltet wurden; und so war alles ringsum mit Matten und Teppichen aus Rosen und Binsenblüten ausgelegt.

Inmitten der Knospenpracht, die sich ausbreitete, bis sie sich am Ende des Weges mitten im See dem Blick entzog, erklang plötzlich eine Flöte. Dem Flötenton folgte ein dumpfer Trommelschlag, wie auch sonst bei Festlichkeiten. Dann trat Stille ein, und mit der Stille zog ein leichter Nebel auf – wie er manchmal über der Lagune tanzte – und verhüllte alles, so daß die Straße von Ixtapalapa mit dem bloßen Auge nicht mehr auszumachen war.

Der Nebel verflüchtigte sich wieder, und da standen sie, die Mexica. Alle Einwohner nach ihrem gesellschaftlichen Rang: Frauen und Kinder, junge Kriegerinnen und Krieger. Die Sonne sandte ihre Strahlen herab, und in der Luft schwebte Wohlgeruch. Ein Duft nach Rosen und Binsen, der aufstieg und sich verbreitete, bis er schließlich an unseren Händen haftenblieb. Den großen Dammweg zu beiden Seiten säumend, standen wir, die Bewohner von Tenochtitlan, dicht gedrängt nebeneinander; Fuß bei Fuß, Kopf an Kopf, Schulter an Schulter. Da standen wir mit unserem Herzen wie eine Blume und warteten. Und da waren unsere Füße, unbeschuht die einen, in Sandalen steckend die anderen. Viele hatten ihre besten Kleidungsstücke angelegt, und jeder hielt einen Blütenzweig in der Hand. Hinter uns, auf dem klaren Blau des Sees, trieben die Chinampa, die Inselgärten.

Ich weiß nicht, was die andere Geschichtsschreibung sagt, die von jenen überliefert wurde, die mit den Sonnenstrahlen des frühen Morgens in unsere Stadt gezogen kamen. Ich glaube, sie schrieben nieder, was ihnen als erstes in die Augen sprang. Das erste, was sie in ihren Büchern festhielten, war unser Gesicht. Ihre Augen blieben an unseren Augen hängen. So war es, denn so beginnt jede Geschichte.

Sie blickten in unsere Gesichter. In die Gesichter von Mädchen und Knaben, von Frauen und Jungfrauen, von alten Männern und alten Weibern, und sie sahen auch die Augen der Adler-Ritter, der Kojote-Ritter, der Jaguar-Ritter ... Und ganz sicher hörten sie, wie weit entfernt am Eingang der Stadt der Herr der Schneckentrompete mit aller Kraft zu blasen anhub, um die zweite Stunde des Tages anzukündigen. Die Schneckentrompete tönte und sang. Dann erklang eine andere Schnecke. Sie wurde vom Gehilfen des Herrn der Schneckentrompete geblasen, und sie ertönte, bis sie in einer letzten, vom Echo unseres Atems getragenen Kadenz ausklang.

Abermals blickte ich empor zur Stätte unseres Vaters Sonne, und ich sah, daß er die Hälfte des Himmelsbogens fast schon erreicht hatte, und also unser letzter Tag, der letzte Tag der Azteken, immer weiter vorrückte.

Als der Ruf einer weiteren Schneckentrompete erklang, wandten wir, die wir zu beiden Seiten der Straße in einer Reihe standen, die Augen zu den Vulkanen. In der Ferne tauchte die Gestalt eines Mannes auf, der als erster seinen Fuß auf den Dammweg setzte. Er war der erste, der auf die Blumen trat. Mit ihm nahm das Zertreten des großen Blumenteppichs seinen Anfang. Laut rufend und eine Fahne mit fremden Farben schwenkend, kam er näher und näher. Später sollten wir erfahren, daß dies die Standarte des sogenannten Sohnes der Götter war, der aus Kastilien und Aragón kam, fremde Namen von fernen Ländern, die sich weit hinter dem Land der Früchte, des Honigs, der Baumwolle und der Quetzalfedern befanden. Der Fahnenträger, ein Krieger aus Tlaxcala, rief in unserer besten Sprache: »Einwohner von Tenochtitlan, Kriegerinnen und Krieger, Herren des Tempels und Herren des Krieges, Töchter und Söhne der Herren des Krieges, Bewohner dieser und aller anderen Lagunen: Freude komme über euch, Freude, nichts als Freude! Die Stunde des Staunens ist gekommen! In die große Stadt Tenochtitlan zieht das unbesiegbare Heer des großen Kapitäns Don Hernán Cortés ein, der euch im Namen zweier allmächtiger Majestäten, seiner kaiserlichen Hoheit Don Carlos und dero Frau Mutter Doña Juana, besucht. Edle Kriegerinnen und Krieger, Kinder der Sonne: Jeder, der es wagen sollte, sich diesem Heer in den Weg zu stellen, wird auf der Stelle zweigeteilt.«

Auf den Gesichtern der Tausende und aber Tausende, die zu beiden Seiten der Straße standen, spiegelte sich die Verwunderung wider, die diese Worte hervorriefen. Wir waren es gewohnt, daß Gäste, die in unsere große Stadt kamen, ihre Rede in honigsüße Worte kleideten. Und hier nun geschah es, daß ein Krieger der Tlaxcalteken, unserer uralten Feinde, schon mit der Zunge der soeben Angekommenen redete, um uns Übles vorauszusagen. Nichts von Gesängen. Nichts von Tänzen. Nichts von Blumen.

Alles vollzog sich, wie ich es in den heiligen Büchern der Zeitläufe gelesen hatte. Mit einem Mal wurde mir das Herz so groß wie eine mit rotem Chilli gefüllte Faust. Unser Herr Nezahualcóyotl hatte einst geschrieben, daß wir Azteken im Jahre Ce Acatl unsere Freiheit verlieren würden. Und so kam es auch.

Ich kann nicht sagen, was dann geschah. Es war seltsam. Eine feierlich-schöne Melodie erklang. Es war ein Marsch. Ein Marsch aus Spanien. Der erste, den wir hörten und dem noch viele andere folgen sollten. Er begann in der Ferne und kam allmählich immer näher, bis er sich tief in jedes Ohr, in jedes unserer Augenpaare eingrub. Das unbesiegbar geheißene Heer der Söhne der Sonne tat seine ersten Schritte auf der riesengroßen Blumenmatte.

Ein Adlerkrieger, der in meiner Nähe stand, hörte mit verdrossener Miene die prahlerischen Worte des Kriegers aus Tlaxcala, des ersten, der nach hundert Jahren als freier Mann unsere Stadt betrat. Das verdrossene Gesicht gehörte dem Herrscher von Tlatelolco, dem jungen Cuauhtémoc. In seinem funkelnden Blick lag Zweifel.

Jedes der vielen Gesichter zeigte Freude, Zweifel und Erstaunen. Wie auch nicht, wo doch vor unseren Augen die Söhne der Sonne, die weißen Götter, in Reih und Glied vorbeimarschierten. Und da hörten und lernten wir auch schon das Echo der galoppierenden Pferde kennen, jener Tiere, die so groß wie unsere Hirsche waren. Schulter an Schulter, mit aufgerichteter Lanze, in Achterreihen die gesamte Breite der Straße einnehmend, so zog die Reiterschar an uns vorbei.

Dann sahen und hörten wir das Hecheln einer Meute großer weiß und schwarz gefleckter Hunde. Sie keuchten, und der Geifer troff aus ihren Mäulern, als sie versuchten, sich von ihren Führern, Soldaten, die über der Schulter Jagdspieße trugen, loszureißen und sich auf uns zu stürzen. Diese Meute bildete einen Teil des großen unbesiegbaren Heeres von Hernán Cortés, und daß die Hunde uns so merkwürdig anblickten, lag daran, daß die Soldaten sie mit dem Fleisch von Kriegern zu füttern pflegten, die sie im Kampf gefangennahmen. Mit ihrem Geheul erschreckten sie die Kinder, die sich ängstlich an die Röcke ihrer Mütter klammerten.

Und ich sah, wie die weißen Krieger, die Söhne der Sonne, nicht auf den Teppich achteten, den wir für ihren Einzug ausgebreitet hatten. Sie hatten nur Augen für die Brüste der Frauen. Sie starrten auf die Brüste Tausender und aber Tausender kriegerischer Jungfrauen, die, blumenbekränzt und mit freiem Busen, dichtgedrängt in einer Reihe standen. Sie blickten auf die entblößten Brüste Tausender Jungfrauen, als wären ihre Augen nicht die Augen von Söhnen eines Gottes.

Wir sahen die Pferde vorüberziehen, schweißgetränkt, die Mäuler voller Schaum; der Tag neigte sich seinem Ende zu. Und das Ganze wurde untermalt von der klirrenden Waffenrüstung der Soldaten, die, ausgerichtet wie der Wind am Rande des Deiches, an uns vorbeimarschierten.

Der Klang einer einsamen Trompete riß uns aus unserem Staunen. Wir wandten den Blick und sahen einen einzelnen Mann, der als letzter in Tenochtitlan einritt. Ein junger Bursche mit nacktem Rücken führte die Zügel seines Pferdes. Meine Augen ruhten auf den Hufen des Pferdes, das gerade an mir vorüberzog. Hinter dem Pferd blieben nur die schmutzigen Reste von Millionen zertretener Blumen zurück. Mit dem Blick folgten wir Hernán Cortés, der hinter seinem Heer auf die Festung des Xólotl zuritt, wo ihn die Herrscher von Tenochtitlan, Texcoco und Tlacopan erwarteten.

Vor ihm waren zum Ruhme ihres Ruhmes und zu unserer Schmach Tausende Krieger aus dem Volk der Tlaxcalteken vorbeimarschiert. Auch sie kamen in unsere Stadt als Triumphatoren, nicht als geladene Gäste. Ihr Einzug erfolgte für uns so überraschend, daß wir nicht einmal Zeit fanden, ihnen gelbe Blumen auf den Weg zu werfen.

Fortan wird es in den Schriften und Zeugnissen der Geschichte heißen, daß das Heer der großen und unbesiegbaren Stadt Tlaxcala in unsere Stadt einzog und dem Echo seiner Schritte Hernán Cortés, der Sohn der Sonne folgte, im Namen der Könige von Kastilien und Aragón. Und auch, daß er als letzter einmarschierte, um in der langjährigen Geschichte unserer schönen Stadt México Tenochtitlan den Platz des Hundes einzunehmen.

II

Die Geschichte beginnt am Ufer des Meeres. An einem Meeresufer, tausendmal größer als alle Orte rund um den Texcoco-See. Es ist das Ufer des Meeres, an dem die Totonaken leben. Man nennt sie Totonaken, nicht, weil die Menschen dort dumm wären, sondern um ihnen irgendeine Bezeichnung zu geben. An diesem Morgen hatte Grünes Laub keine Lust verspürt, fischen zu gehen, aber Kleiner Stein hatte zu ihm gesagt: »Gehen wir, Vater! Gehen wir! Du wirst sehen, wir kehren mit reichem Fang heim.«

In der schmalen Bucht vertrieb sich Kleiner Stein die Zeit damit, Baumwollbällchen gegen die sanfte Flut der Wellen zu werfen, die kleiner und kleiner wurden, bis sie sich am Strand verliefen. Grünes Laub, der keinen großen Spaß am Spiel seines Sohnes fand, hörte, wie dieser plötzlich rief: »Sie kommen, Vater, sie kommen!«

Grünes Laub blickte in die Richtung, in die Kleiner Stein wies. Und wirklich, da kam der erste Tlacamichin. Sie sahen, wie er mit einer riesigen Beute im Maul auf sie zuschwamm. Die Beute, ein rosafarbener Fisch, zappelte hilflos in seinem Schlund. Grünes Laub lächelte. Nicht umsonst war er an allen Meeresufern, wo Früchte, Baumwolle, Kakao und Tabak gedeihen, als der beste Tlacamichinbändiger bekannt.

Der Tlacamichin näherte sich der Stelle, wo sich Vater und

Sohn befanden, ließ die Beute los und kehrte um. Die Schleusentore aus kurzem Rohr, zwischen denen der Tlacamichin mit seiner Beute hereingeschwommen war, ließ der Junge offen. Sie brauchten nicht lange zu warten. Bald tauchte ein zweiter Fisch auf und dann noch einer und noch einer. Am Ende waren es sieben.

»Heute kriegen wir zwei Schnüre zum Trocknen voll, Vater, zwei Schnüre.«

Im Nu war das Netz mit roten und rosafarbenen Fischen gefüllt. Um sie zu betäuben, versetzte ihnen Grünes Laub ein paar Knüppelschläge auf den Kopf. Danach lenkte er seine Tlacamichin in einen abgegrenzten Teil der Bucht. Vater und Sohn lachten. Morgen war in ihrem Dorf Markttag, und sie würden genug Fischfleisch zum Tauschen haben, über den Anteil hinaus, den Grünes Laub als Tribut für die Stadt bestimmte.

Die Tlacamichin verschlangen die Innereien der Fische. In diesem Augenblick ließ Grünes Laub seine Augen über das Meer schweifen. Er war mit dem Meer vertraut, doch auf einmal schien ihm, als würde seine Sehkraft getrübt. Vielleicht war es das Alter, wie seine Frau, Heiterer Fluß, eines abends zu ihm gesagt hatte. Wieder blickte er über die weite Fläche und bemerkte etwas Seltsames ... dort, am Horizont, auf dem letzten Wellenberg. Er rieb sich mit der Rechten die Augen und schaute zu seinem Sohn, als wolle er ihn mit dem Blick fragen, ob er das gleiche beobachte wie er. Aus der Ferne konnte man annehmen, es wären lauter Inselgruppen, so wie jene, die auf dem Fluß der Schmetterlinge in Tlacotalpan trieben. »Was ist das, Vater? Was ist das?«

Auf die ängstlich klingende Frage des Kindes wußte Grünes Laub nichts anderes zu antworten als: »Calli! Calli!«

»Ein Haus auf dem Meer? Auf dem Meer gibt es keine Häuser, Vater ...«

»Du siehst doch, mein Sohn. Es ist ein Haus, und es schwimmt auf dem Meer.«

Wie ein Echo wiederholte Kleiner Stein: »Ja, natürlich ...

Ein Haus auf dem Meer!« Doch sofort fügte er hinzu: »Vater, auf dem Meer gibt es keine so großen Häuser!«

Der Vater wollte etwas erwidern, überlegte es sich aber anders. Er faßte seinen Sohn Kleiner Stein an der Hand und zog ihn hinter ein paar Kakaobäume, wo sie sich versteckten.

In der Stunde der Morgendämmerung erblickten zwei Fischer im Land der Wärme, im Land der Blumen, der Früchte und des Kakaos das erste Schiff, die erste Brigantine, auf der sich die Söhne der Götter dem Land der Totonaken näherten.

Vom Schiff aus stiegen zwei Soldaten in ein Boot, das größer war als unsere Kanus und das, mit einem gelben Seil vertäut, zu Wasser gelassen wurde. Zwei andere Soldaten rollten vom Deck kleine Fässer in den Bauch des Bootes. Zu den Vorigen gesellten sich drei weitere Männer, bis sie wie auf einer Schnur aufgereiht wirkten. Drei von ihnen trugen Waffen. Später erfuhren wir, daß diese Waffen Armbrüste genannt wurden. Die anderen Männer trugen Arkebusen, jene furchteinflößenden Stöcke des Donners und des Rauchs.

Während die fünf Seeleute zum Ufer fuhren, blieben die anderen an Bord zurück. Die Brigantine schaukelte bei dem hohen Wellengang auf und ab. Die Matrosen gelangten zu einem Bächlein, füllten ihre Fässer mit Wasser und kehrten wieder um. Dann kamen sie erneut, kehrten abermals um, bis sie genug Wasser zum Schiff gebracht hatten. Grünes Laub und Kleiner Stein beobachteten aus nächster Nähe alles genau. Besonders Grünes Laub begriff, daß hier etwas vor sich ging, von dem der große Herrscher der Meeresküste unbedingt erfahren sollte. Das Netz mit den Fischen hatte er bereits vergessen. Er versuchte alles, was er sah, in seinem Gedächtnis festzuhalten. Manches, was er da erblickte, bestürzte ihn genau wie seinen Sohn Kleiner Stein, der angstvoll die Hand seines Vaters drückte. Tatsächlich jagten diese Männer Angst und Schrecken ein mit ihrer wie die Sonne funkelnden Bekleidung und Kopfbedeckung, mit ihren blonden Bärten und diesem mißtrauischen Blick, mit dem sie um sich sahen, als erwarteten sie jeden Augenblick einen Angriff.

Nach der letzten Fahrt zum Ufer hievten ein paar Männer das Boot mit Hilfe des gelben Taus wieder an Bord. Grünes Laub begriff, daß sie nicht noch einmal zurückkehren würden, um Wasser zu schöpfen.

»Aber wer sind sie, Vater?«

»Sie …«

Es fielen ihm verschiedene Wörter ein, um den Wesen die wie die Sonne leuchteten, einen Namen zu geben, doch vielleicht genügte es, sie einfach *die Wassersucher* zu nennen. Sie gelangten an ein blühendes Maisfeld und rannten los, ohne dabei auf die jungen Ähren zu achten.

Teotili schaute Grünes Laub an, ohne recht zu verstehen, was dieser ihm zu erklären versuchte. Rennend, beinahe keuchend, war er in den Palast gestürzt, seinen Sohn im Schlepptau hinter sich herziehend. Wie ein Staubwirbel, der in den Sommermonaten über die Wege fegt, hatte Grünes Laub das Dorf durchquert. Im Palast dann beugte er sein Knie zur Erde, legte seine Hand darauf und küßte sie in der Erwartung, daß Teotili ihn auffordern würde, seine Geschichte zu erzählen.

»Gebt ihm eine Kakaoschale mit Chilli … und dem Kind auch eine«, befahl Teotili.

Beinahe zitternd nahm Grünes Laub eine große Trinkschale mit von Chilli rot gefärbtem Kakao entgegen und trank sie in einem Zug aus. Teotili war ein großer Krieger, der Freund des Tlatoani von México Tenochtitlan und Statthalter aller Länder am Meer, die von den Azteken erobert worden waren, als Ahuízotl die Feldzüge anführte. In Teotilis Begleitung befanden sich Ritter der Adler-, Jaguar-, Ozelot- und Kojote-Orden sowie Kriegerinnen, deren Gesichter mit Schmetterlingen bemalt waren.

Teotili saß auf einer aus farbigen Federn geknüpften Matte. Rechts neben ihm hielt ein junger Bursche schon die Pinsel bereit, die er auf einer Farbpalette anfeuchtete, um das, was Grünes Laub berichtete, auf ein Baumwolltuch zu malen.

»In der Ferne sah ich die Häuser … zuerst eins … dann ein

zweites und zum Schluß noch eins. Es waren mehrere Häuser nebeneinander, sie schaukelten auf den Meereswellen auf und ab. Es waren große Häuser, ganz aus Holz. In den Häusern waren Männer wie wir, aber sie trugen eine funkelnde silberne Haut … sie funkelte gleich dem Silberschein, der in den Vollmondnächten auf dem Meer glitzert. Sie stiegen in ein Kanu, blickten wachsam über die Kakaosträucher, blickten zur Sonne, probierten das Wasser und lächelten. Es waren die Wassersucher.«

»So groß wie jene Häuser waren ihre Kanus?« fragte ein edler Tequitlato. Er bezog sich auf das, was der Maler auf dem weißen Baumwolltuch mit grüner, rosa und roter Farbe gezeichnet hatte. Grünes Laub betrachtete das Werk des Künstlers, der seine Worte in Bilder übertrug, und rief: »Genauso sahen sie aus, die Häuser der Wassersucher.«

»Waren es Männer des Krieges? Männer des Friedens?« fragte Teotili.

»Männer des Krieges, denn sie blickten nach allen Seiten um sich, als würden sie einen Angriff erwarten. Während die einen Wasser schöpften, wachten die anderen neben den Kakaobäumen. Sie hatten lange Bärte und weiße Gesichter.«

Teotili ließ eine riesige Karte von der gesamten Küstenregion ausbreiten, auf der alle von den Azteken beherrschten Völker und Gebiete im Land der Früchte, des Kakaos und der Sonne genau eingezeichnet waren.

»Wo hast du diese Wassersucher gesehen?«

Grünes Laub suchte mit den Augen das Bächlein in der Bucht, wo sich seine Falle mit den abgerichteten Tlacamichin befand, und sagte: »Hier … hier.« Und wie um seine Worte zu unterstreichen, fügte er hinzu: »Ihre Kanus sind größer als zwei unserer Häuser zusammen …«

Nachdem Grünes Laub seinen Bericht beendet hatte, beugten sich Teotili und seine Häuptlinge über die Zeichnung, die der Künstler angefertigt hatte, und studierten sie eingehend. Alles war da: die Schiffe auf dem Meer, Grünes Laub und Kleiner Stein, beide hinter ein paar Kakaobäumen versteckt, der Name der Bucht und des blauen Baches, neben dem der Fischer seine gezähmten Fische hielt. Hochgestellte Kriegerinnen und Krieger, Priester, Jungen und Mädchen, alle betrachteten voller Staunen das Bild, das noch in derselben Nacht durch Läufer dem Herrscher Moctezuma geschickt werden sollte, damit er es sich gemeinsam mit den Herrschern von Tlacopan und Texcoco ansähe, dort, in Tenochtitlan.

Grünes Laub wollte sich gerade verabschieden, als Teotili ihm noch eine letzte Frage stellte: »Hast du erkennen können, wer sie befehligt?«

»Gewiß, Herr. Auf einem der großen Häuser tauchte einer auf, der die anderen anschrie und viele Gesten machte. Ohne Zweifel war das ihr Anführer, doch merkwürdig, er sah nicht aus wie die Herrscher unserer Städte. Er wirkte wie die Hälfte von einem Mann, fast wie ein Zwerg.«

III

Auf dem Deck des Hauptschiffes gaben in Lumpen gehüllte Leute den Pferden zu fressen. Diese riesigen Tiere, die wir bis dahin noch nie gesehen hatten, waren an ein paar Hanfstricken festgebunden, damit sie vom Auf und Ab der wogenden See nicht ins Wasser geworfen wurden. Jeweils zwei Männer kümmerten sich um ein Pferd. Eine kleine Frau holte aus einem Faß ein weißes Pulver und fütterte damit ebenfalls die Pferde. Anschließend aß sie selber davon.

Auf dem höchsten Mast flatterte das königliche Banner und daneben die Kapitänsflagge des Hernán Cortés. An irgendeiner Stelle des Schiffes lachten und scherzten seine Soldaten. Einige murrten: »Seht nur, die besten Weiber haben sich die Offiziere genommen.«

»Wie immer«, bemerkte ein alter Soldat und fügte hinzu: »Ihr habt recht, aber meiner Meinung nach hat Portocarrero die Beste erwischt.«

Hauptmann Portocarrero, der zugegen war, sagte: »Ja, die Beste, aber zugleich auch die Scheueste. Es ist mir immer noch nicht gelungen, sie auch nur einmal zu küssen.« Seine Kameraden brachen in Gelächter aus und überschütteten ihn mit scherzhaften Bemerkungen. Dann brachten sie einen Trinkspruch auf den Heiligen Jakobus, den Schutzpatron der Spanier, aus und riefen im Chor: »Auf Santiago!«

»Nur zu! Auf Santiago und das Gold!«

Bei dem Wort Gold blitzte es in ihren Augen, und sie wiederholten: »Auf das Gold! Auf das Gold!«

In diesem Augenblick erhob sich Hauptmann Portocarrero und verließ die Gruppe. Er war ein stattlicher junger Mann. Das Schwert, das er trug, hatte einen Griff aus feinstem Toledosilber. Er nahm eine Lampe und zündete sie an, um mit ihr in den Laderaum zu gehen, der sich unterhalb der Wasserlinie des Schiffes befand. Er stieg die Stufen hinab; der Ort war dunkel. Die Öllampe mit beiden Händen über seinen Kopf haltend, betrat er den Raum, der von einem Posten mit aufgerichteter Lanze bewacht wurde. Das Licht, das seine Lampe ausströmte, beleuchtete eine Gruppe Frauen. Bis auf eine hatten alle lange Zöpfe, erschrockene Augen und das typische Profil der Maya.

Das Licht fiel jetzt voll auf eine große, anmutige Frau, so dunkelbraun wie eine Tasse Schokolade, deren kleine Brüste sich unter dem Huipil, dem schönen, goldgelb und schwarz bestickten Hemdgewand, abzeichneten. Portocarrero ging auf die Frau zu, faßte sie bei den Haaren und versuchte, sie herauszuziehen. Sie wehrte sich. In Portocarreros Rücken schloß der Soldat, der als Wache für den Raum aufgestellt war, die Tür. Man vernahm den harten Schlag des Türklopfers. Portocarrero versuchte, die Frau zu vergewaltigen.

Unversehens warf er sie auf die Dielen des Fußbodens. Als sie ihm jedoch nicht zu Willen war, setzte er den Stiefel auf ihren Kopf und schrie sie wütend an: »Füg' dich, Frau, du bist meine Sklavin …« Und ein um das andere Mal wiederholte er die Worte: »Meine Sklavin, verstehst du, meine Sklavin!«

Die Frau, die das Geschrei des Hauptmanns nicht verstand, verteidigte sich, ohne einen Laut von sich zu geben. Da stieß von hinten eine Hand Hauptmann Portocarreros Stiefel schroff beiseite. Dieser drehte sich voller Zorn um, um zu sehen, wer es gewagt hatte, solches zu tun. Seine Augen trafen auf die eines Mannes, der ihn mit dem gleichen wilden Ausdruck anstarrte.

»Kapitän!« rief Portocarrero und nahm eine unterwürfige Haltung ein. »Herr Kapitän!«

Mit einer eleganten Geste half Kapitän Hernán Cortés der Frau vom Boden auf, bat den Soldaten, die Sklavin an einen anderen Ort zu begleiten, und sagte, indem er Portocarrero gegenübertrat: »Ein Hauptmann aus Kastilien benimmt sich nicht so wie Ihr, Herr Portocarrero. Eine Frau muß man wie eine Blume behandeln, mit Behutsamkeit ... Vergeßt das nicht!« Hernán Cortés blickte noch einmal auf die schöne Sklavin, bevor die Wache sie und die anderen Sklavinnen an einen Ort brachte, der sicherer war, und sich wieder Portocarrero zuwendend, fügte er hinzu: »Ich habe Euch gesucht, Hauptmann. Wir führen eine Beratung durch.«

Die Beratung der Soldaten fand in einem großen Laderaum statt. In kurzen Intervallen bäumte sich das Schiff heftig auf, und man hörte das Stampfen der Pferde auf dem Oberdeck. Alle Hauptleute des Königs, die unter dem Oberbefehl von Hernán Cortés standen, waren anwesend, junge wie alte. Pedro de Alvarado, Francisco de Montejo, Gonzalo de Sandoval, Juan Velázquez de León, Diego de Ordaz, Cristóbal de Olea und der jüngste von allen: Andrés de Tapia, der knapp vierundzwanzig Jahre alt war. Das Alter der anderen bewegte sich zwischen siebenundzwanzig und vierzig Jahren.

Pedro de Alvarado überragte die anderen an Kraft und Größe. Er war um die Vierzig und trug langes blondes Haar, so blond wie die Farbe des Goldes. Wenn er sprach, stockte seine Rede, und er mußte ein- und dasselbe Wort zwei- oder dreimal wiederholen. Wenn er Wein trank, kostete es einige Mühe, ihn zu verstehen, denn dann stotterte er noch schlimmer. Manchmal rief seine Schwierigkeit, sich verständlich zu machen, bei den Kameraden Lachen hervor, was ihn in Wut versetzte.

Auf einem behelfsmäßigen Tisch standen Humpen mit Wein und Gerstensaft, auch gab es Speck. Hernán Cortés hob sich von den anderen in der Runde ab. Er war noch jung an Jahren, nicht älter als vierunddreißig. Ein Mann von kleinem Wuchs, so klein, daß seine Statur von der seiner Kameraden stark abstach. Er maß ungefähr einen Meter sechzig. Aber was ihm an Stattlichkeit fehlte, das machte er in reichem Maße an Persönlichkeit wett, an Witz, an Stolz, an der Fähigkeit, seine Stimme der Situation anzupassen. Auch hatte er sehr schöne Gesichtszüge.

Unter den Anwesenden befanden sich auch Pater Pedro Juan Díaz und Bruder Bartolomé de Olmedo, beide in strengem, schwarzem Habit, und Doña María de Estrada, eine fünfzigjährige Frau aus Kastilien von ungeschliffener Schönheit und kräftigem Körperbau. Sie hielt sich etwas abseits von der Tischrunde und trat nur dann und wann hinzu, um aus einem riesigen Stiefel, der ihr bis zur Hüfte reichte, Wein auszuschenken.

Auch der älteste der Soldaten war zugegen: Jerónimo de Aguilar. Er hatte ein müdes Gesicht, und seine Rechte zitterte so stark, daß er die andere Hand zu Hilfe nehmen mußte, um das Zucken zu unterbinden. Die Zuckung setzte sich bis zu den Lippen fort. Fast schien es, als würden ihm beim Sprechen die Worte aus dem Mund purzeln, anstatt normal hervorgebracht zu werden.

»Stets werde ich unserer Jungfrau, unserem Schutz und Schirm, dafür danken, daß Ihr gekommen seid und ich nun wieder unter Christen leben kann.«

Hernán Cortés klebte an den Lippen des Soldaten, der früher einmal Mönch gewesen war. Mehr als daß er Jerónimo zuhörte, vertiefte er sich in die Informationen, die dieser ihm gab.

»Sie verstanden nichts von der Taktik der Kriegsführung …

bis mein Gefährte sie damit vertraut machte«, sagt Jerónimo und begann, die Geschichte seines waghalsigen Abenteuers zu erzählen. Als er und seine Gefährten, aus Santo Domingo kommend, in Richtung Festland fuhren, gerieten sie in einen heftigen Sturm, der das Schiff vom Kurs abtrieb. Schutz suchend, gelangten sie zu einer breiten Flußmündung, wo sie sich gerettet glaubten. In der Flußmündung wurden sie von einem Indianerheer umzingelt, das sie am Ende besiegte. Man brachte sie in ein Dorf, wo sie getötet wurden. Nur zwei blieben am Leben, ein Soldat namens Guerrero und er, Jerónimo de Augilar. Eine schön gekleidete und mit Macht ausgestattete Indianerin verliebte sich in Guerrero. Sie bewahrte ihn davor, den Göttern der Heiligen Brunnen geopfert zu werden, und Guerrero ging mit ihr die Ehe ein.

»Als wir von Eurer Anwesenheit erfuhren, war er ebenfalls im Dorf, doch er sagte, er könne wegen seiner Kinder nicht mit mir gehen. ›Geht mit Gott, Jerónimo‹, sagte er zu mir. ›Ich habe Kinder, die ich liebe, und ich liebe auch meine Frau. Außerdem ist mein Gesicht voller Tätowierungen, die ich für meine Kriegstaten bekommen habe. Für mich ist kein Platz mehr unter Christen.‹ Das waren die Worte, die er zu mir gesagt hat, damit ich sie vor Euch wiederhole. Er hat sich so sehr eingelebt, daß er nur noch die Sprache der Maya redet, selbst zu mir. Die Sprache der Christen aber hat er vollkommen vergessen.«

Jerónimo de Aguilar schilderte, was er unter den Maya hatte erleiden müssen und daß er sich aufgrund seines Keuschheitsgelübdes geweigert hatte, einer Frau als Ehemann zu begegnen, weil seine Würde als Mönch es ihm verbot.

»Und wie führen sie die Schlachten?« fragte forschend Hernán Cortés.

»An der Spitze jeder Armee steht ein mächtiger Häuptling. Wird dieser verwundet oder gefangengenommen, ziehen sich seine Krieger vom Kampffeld zurück, denn von diesem Augenblick an gilt die Schlacht als verloren.«

»Eine seltsame Art, Krieg zu führen«, murmelte Cortés.

»Und was machen sie mit den Gefangenen?« fragte María Estrada.

Diese Frage interessierte die Anwesenden brennend. Statt einer Antwort blickte Jerónimo de Aguilar María fest in die Augen, dann umkrampfte er mit dem Ausdruck höchster Verzweiflung das Bild des Gekreuzigten, das Fray Bartolomé ihm geschenkt hatte und das an einer blauen Schnur um seinen Hals hing.

IV

Teotili, der Herr von Cuetlachtlan und anderen an Obst und Salz, Baumwolle, Tabak und Kakao nicht minder reichen Küstengebieten, hielt es für geboten, den Herrscher von México von dem Besuch, den wir in jener Gegend erhalten hatten, in Kenntnis zu setzen. Der König Moctezuma Xocoyotl. Der Herr Strenges Gesicht, Tlatoani von Tenochtitlan, Herrscher von Meer zu Meer, Oberhaupt der verbündeten Völker, mußte davon erfahren. Auch Cacamatzin, Herrscher von Texcoco, und Totoquiahuatzin, den Dritten im Bündnis und Herrscher von Tlacopan, galt es zu benachrichtigen.

Der Bote war bereits unterwegs. Auf dem Rücken trug er eine Tafel mit der bebilderten Botschaft, damit diese im Rat der drei Städte gelesen werde. Viele Stunden wehte der Wind so um die Stirn eines schnellfüßigen Läufers, dessen Silhouette sich auf den Gipfeln der Berge abzeichnete, vom Morgengrauen bis zur Dunkelheit. Es war nicht einer allein, es waren viele, denn bei jedem Tempel am Wegesrand hielt der flinke Bote an, um den guten Gott der Wege zu grüßen und die Nachricht einem anderen Läufer zu übergeben, der schon auf ihn wartete. Mit seinen schnellen Sandalen wirbelte er den Staub von den Wegen auf, und kam er zu einem Fluß, durchquerte er diesen, indem er die Tafel hoch über seinen Kopf hielt.

In der großen Stadt Tenochtitlan harrte man bereits seiner Ankunft. Der Rauch der Signalfeuer in den Bergen hatte sein Kommen längst angekündigt. Am Haupttor der Stadt, dem Adlertor, empfingen ihn einige der Priesterzwerge aus dem Tempel des Quetzalcóatl. An ihrer Spitze stand Totoquiahuatzin, der Herrscher von Tlacopan, der als erster die Bilder las und sich über die Ereignisse informierte, die sich im Land der Blumen, des Salzes, der Früchte und des Kakaos zugetragen hatten.

Zu der Stunde, da der letzte der flinken Läufer den heiligen Tempelbezirk von Tenochtitlan betrat, erstrahlte die Nacht gleich dem Tag im Lichte Tausender und aber Tausender Fackeln. Vor dem Tempel der Totenschädel übten Kriegerinnen unter Anleitung des Tanzmeisters Alter Bär einen Tanz. Sie waren blau und weiß gekleidet, mit einem tätowierten Schmetterling auf dem Arm. Das waren die Mädchen, die, bevor man zum Kampf gegen ein anderes Volk zog, ausgeschickt wurden, den Tanz des Friedens darzubieten, um von den Menschen Krieg und Tod abzuwenden. Jenseits des Schlangentores erklang aus dem Haus der Adlerkrieger ein getragener und sehr zarter Gesang.

»Das Wasser wird fallen, das Wasser wird fallen«, sangen sie und wiederholten die Worte ein um das andere Mal, ohne zu wissen, daß in dieser Nacht etwas Wichtiges geschehen sollte, etwas, was in der tausendjährigen Geschichte der großen Stadt Tenochtitlan nie zuvor geschehen war.

Unzählige Menschen säuberten zu dieser Stunde die Stadt. In Hunderten von Kanus kamen die Macehualtin, die Erdschürfer, die Bauern, und brachten Holz für die Tempel. Und dort, hoch oben auf dem Großen Tempel, loderte eine Flamme, die schöner und von einem kräftigeren Rot war als all die anderen Feuer, die die Stadt erleuchteten, denn in dieser Nacht hatte der Große Priester mehr Erdpech an die Scheite aus Okoteholz gegeben als sonst.

All das nahm der Läufer wahr, Überbringer der Botschaft aus dem Land des Kakaos, der in der Nähe des Herrschers von

Tlacopan stand. Das Schlangentor hinter sich lassend, lenkte er seine Schritte zum Palast des Tlatoani von México, des Herrschers von Meer zu Meer, des Königs Moctezuma, damit der Herrscher, der niemals lacht noch Scherze macht, der weder Wut noch Schmerz noch Freude zeigt, damit er, der Herrscher mit dem unerschütterlichen Gesicht, gemeinsam mit den Mitgliedern des Städterates erfuhr, was sich ereignet hatte.

Die Zusammenkunft des Rates fand in einem großen Saal statt. Da waren Zihuatzaltzin, Schmetterlingsgesicht, der Befehlshaber der Armee von México; Zihuacóatl, die Weibliche Schlange, der Zweite in der Führung der Stadt; Tlazocoacull, die Schöne Geschorene, Vorsteherin im Haus der Kriegerinnen; Matlatal, genannt Matla, eine schöne, ganz in Grün gekleidete Frau mit einem tätowierten Schmetterling im Gesicht, grün auch er, die, wie schon ihr Name Blaues Wasser sagte, wegen ihrer Schönheit gepriesen wurde, aber auch, weil sie die Wildheit und den Mut einer ehemals sehr berühmten Kriegerin der Chichimeken-Völker geerbt hatte. Innerhalb des Stadtrates war sie die Kriegerin mit dem höchsten Rang. Und da war auch Cuauhtémoc, Herr von Tlatelolco, der jüngste unter den anwesenden Kriegern. Nahe Moctezuma, dem Oberhaupt von México, saßen Cacamatzin, der Herrscher von Texcoco, und Totoquiahuatzin, der Herrscher von Tlacopan, der mit Erstaunen und Freude im Gesicht als erster die Bilderschrift gelesen hatte.

In einer etwas abseits stehenden Gruppe befand sich Cuauhpopoca, der Herr von Coyoacan, Statthalter der nördlichen Meeresküste und verantwortlich für alles, was sich im Land der Blumen, des Salzes, des Kakaos und des Tabaks zutrug. Einen besonderen Platz nahm der große Herr von Ixtapalapa ein, Cuitláhuac, ein tapferer Krieger, dessen Körper viele Wunden aufwies. Vor einer Gruppe von Männern, die in ihren Händen verschiedene Mappen hielten, saß ein Alter. Dies war der edle Cuautla, der wie ein Adler über alle von den Azteken eroberten Gebiete herrschte, von den Gebirgsausläufern von Michoacán bis zum Land des Herrn Nicarao, das jenseits der fernen

Wege im Süden liegt. Der Alte war schlau und hatte eine merkwürdige Art, die Leute anzusehen. Er blickte durch ein blankpoliertes Obsidianglas, das an einem türkisfarbenen Stab befestigt war, den er in Händen hielt.

Der Herrscher Moctezuma hob sich als Mittelpunkt von allen anderen ab. Er saß mit gekreuzten Beinen auf einem Thronsitz, der aus Agavefasern und Quetzalfedern geflochten war. Die drei anderen Herrscher saßen in gleicher Stellung und ebenso erhöht wie er. Einige vornehme Männer und Frauen nahmen rings um sie auf Matten Platz, deren Farben die Städte symbolisierten, aus denen sie kamen. Bis auf Moctezuma und die beiden Fürsten der verbündeten Städte Tlacopan und Texcoco trugen alle zum Zeichen des Respekts die Tilma, die Umhangdecke, über der linken Schulter verknotet. Anwesend waren auch die hohen Würdenträger des Großen Tempels und der anderen Tempel. Desgleichen die Weisen entsprechend ihrem Rang; die Herren Tequitlato, die sich dem Studium der Religion widmen; die Herren Amoxua, die in den alten Büchern lesen, welche die über tausendjährige Geschichte Tenochtitlans enthalten; und die Herren Mecatlapouhqui, die es verstehen, aus den farbigen Knotenschnüren längst vergangene Dinge zu entziffern. Sie alle gruppierten sich um den Herrn Tetlannexnex, den Weisen unter den Weisen, der im Rat der Städte Stimme und Votum besaß.

Und da war auch ich, bescheidener Diener im Tempel der Weisheit. Damals war ich bereits über hundert Jahre alt nach dem Jahreskalender, den die Weißen als Zeitmaß zugrunde legen und den auch ich heranziehe, um von den Ereignissen und Begebenheiten aus jenen Tagen zu berichten. Unter den Versammelten befanden sich auch drei jüngere Söhne des Königs Moctezuma zwischen elf und achtzehn Jahren.

Der Saal, in dem die Versammlung stattfand, war sehr schön, ganz bedeckt mit Glimmergestein, dessen Widerschein, als wäre es vulkanisches Glas, leuchtend auf den großen Krug fiel, in dem eine Fackel steckte. Im Hintergrund saßen auf Fellen erlegter Tiere die Adler-, Kojote-, Schlangen- und

Jaguarhäuptlinge. Da hier der Rat der drei großen Städte zusammentrat, trugen die Gruppen, die die einzelnen Regionen vertraten, unterschiedliche Kleidung. So auch die Krieger, die hinter Cuitláhuac, dem Herrn von Ixtapalapa, Aufstellung genommen hatten.

Erschienen waren auch mehrere hochbejahrte Frauen, weise Kriegerinnen aus längst vergangenen Zeiten, die als Ratgeberinnen auftraten. Die Schöne Geschorene befehligte sie. Einige von ihnen kauten mit Honigwasser gesüßten Gummi, andere hörten einfach nur zu und rauchten.

Die Wände des großen Raatssaales waren mit Teppichen verziert, die von den Ruhmestaten der drei Städte kündeten. Eine riesige, aus vielfarbigen Federn bestehende Karte, die ganz México mit all seinen Meeren, seinen Bergen, seinen Seen, seinen Straßen, seinen Wüsten und dem Schriftsymbol jedes Herrschaftsgebietes zeigte, hing gleichfalls an der Wand. In einer Ecke des Saales hob sich die Statue des Gottes Tláloc ab, neben der zwei Priesterzwerge Räucherpfannen schwenkten.

Der Schmuck und die Kleidung der versammelten Persönlichkeiten zeugten von ihrer Macht und Würde.

Moctezuma Xocoyotl lauschte aufmerksam dem Bericht und versuchte, die ungeheure Tragweite zu ermessen, die der Besuch der bleichgesichtigen Männer im Lande des Kakaos, der Blumen, des Salzes und der üppig wachsenden Baumwolle für einen so religiösen Menschen wie ihn haben konnte. In Übereinstimmung mit seiner Investitur als Herrscher von Meer zu Meer durfte er keinerlei Gefühle zeigen, doch in diesem Fall versuchte er vergeblich, seine Haltung als Düsterer Herrscher zu bewahren. Was er da hörte, glich nur allzusehr der Rückkehr der Söhne der Sonne, über die er so oft auf den Seiten der heiligen Bücher im Tempel des Quetzalcóatl gelesen hatte.

An der Wand neben der riesigen Karte aus Quetzalfedern hing das helle Tuch, das der soeben eingetroffene Läufer getragen und dem Herrscher von Tlacopan übergeben hatte.

Neben anderen bildlichen Darstellungen konnte man darauf auch Schiffe erkennen, die so groß wie Häuser waren.

»Sie sahen aus wie Berge, die auf den Meereswellen schwimmen, und es sind viele.«

Die Zeichnung erläuternd, zeigte der Bote auf verschiedene Männergestalten, auf Waffen, große Hirsche, Hunde. Bei einem merkwürdigen Gegenstand hielt er plötzlich inne und sagte: »Sie strecken die Hand aus, und in die ausgestreckte Hand nehmen sie einen Stock, der Blitze, Feuer und Rauch herausschleudert, die auf der Stelle töten.«

»Blitze, die töten?« fragte Matla. »Tle quiquiztli?«

Um eine Antwort bemüht, ging der Berichterstatter, der die Bildkarte von der Ankunft der Weißen erklärte, im Saal herum und suchte nach einem Gegenstand, mit dem er einen ähnlichen Krach erzeugen konnte wie den, den man zu hören pflegt, wenn ein Feuerstab knallt. In einer Ecke stach ein großer Zierkrug aus Obsidiangestein hervor, der die Stärke und den Umfang eines Mannes besaß. Er legte seinen Arm um ihn, stemmte ihn hoch und schmetterte ihn mit aller Kraft gegen die Stuckwand. Ein ohrenbetäubendes Krachen war die Folge, und die zersprungenen Teile flogen durch den ganzen Saal.

»So, genau so ist es«, bekräftigte der Berichterstatter.

Die im Saal Versammelten zeigten sich höchst erstaunt über das, was ihnen geschildert wurde. Lediglich zwei Personen teilten nicht das allgemeine Erstaunen. Matla, die Herrin Schmetterlingsgesicht, und der junge Krieger aus Tlatelolco, Cuauhtémoc, Herabstoßender Adler.

Der Berichterstatter fuhr fort: »Dieser Apparat hier ist die große Stimme des Donners. Er wird von mehreren Fremden zugleich geschoben, auf Rädern, die unserem Spielzeug von der Insel Jaina ähneln. Diese versetzen ihn in die Lage, sich rollend, ja wie von selbst fortzubewegen. Vorn ziehen ihn ein paar Männer und Frauen. Sie gehören einem Volke an, das jenseits des Meeres die fernen Sonneninseln bevölkert. Und wie das Spielzeug unserer Kinder bewegt sich auch der Apparat von einem Ort zum anderen. Er hat einen tiefen schwarzen

Schlund, und wenn der Mann mit dem roten Bart ihm einen Befehl gibt, gehorcht er augenblicklich, schleudert Donnerkeile heraus, und alles, was sich vor ihm befindet, verschwindet. Ist es ein Haus, fällt es zusammen. Ist es eine Mauer, wird sie zerstört. Es zersplittert ein Hügel ebenso wie ein Baum. Alles stirbt, alles verschwindet wie bei einem Blitzstrahl.«

Es herrschte Schweigen. Dann erteilte Moctezuma den Ratsherren das Wort, damit diese ihre Meinung darlegten. Der erste, der sprach, war Cacamatzin, Herrscher von Texcoco.

»Als Kind schön hörte ich meinen Vater, den großen Nezahualpilli, Herrscher von Texcoco, immer wieder sagen, daß die Worte von Nezahualcóyotl, meinem fürstlichen Großvater, so wahr würden, wie der Obsidian scharf ist, denn er war es, der vorausgesagt hat, daß die Söhne der Sonne, die Söhne unseres geliebten Gottes, eines Tages wiederkehren würden.«

Er machte eine Pause und fügte hinzu: »Und wenn sie nun die Söhne der Sonne sind?«

Moctezuma richtete den Blick auf Cuitláhuac, Herrscher von Ixtapalapa, um auch seine Meinung zu hören.

»Und was, wenn sie nicht die Söhne der Sonne sind?«

Wortlos blickte Moctezuma zu dem Priester Tetlannexnex, der sich in der geheimnisvollen Sprache der Weisen mit den Herren Amoxua, Tequitlato und Mecatlapouhqui beriet, um alsdann die Erkenntnis der Weisen vorzutragen.

»Wir glauben, daß es so gewiß ist wie die weißen Rosen in den Schalen, die wir hier in unseren Händen halten. Wir glauben, daß sie die Weißen Götter, die Söhne unseres Herrn Quetzalcóatl sind, jene, die uns das Ballspiel gelehrt haben, das Bestellen der Felder, die verschiedenen Arten der Samen, die Schönheit des Gesangs, die Innigkeit unserer Tänze, das Schreiten der schönen Frauen, das Lachen der Kinder, den Ernst der Greise, die Gewandtheit der Krieger, die Disziplin unserer Kriegerinnen, den Bau der Städte, die Macht des Feuers. Sie sind die Söhne der Sonne, die Schöpfer der Federmatten, die uns, auf Steinen schreibend, lehrten, aus Papier und Baumrinde Bücher herzustellen. Sie sind es, die uns befähigt haben, das Reich von einem Meer zum anderen zu regieren, und denen wir die wunderbare Gabe verdanken, am Himmel den Lauf der Zeit zu erfassen. Sie sind es, die uns diese brüderliche Sprache, in der wir uns untereinander verständigen, geschenkt haben. Und sie haben auch eines Tages geschrieben, daß sie zurückkehren werden, und sind nun zurückgekehrt. Die Söhne der Sonne, die Nachkommen von Tloque Nahuaqui, dem Schöpfer der Welten, Herr der Blumen, Herr des Jenseits, Herr der Nähe, Herr des Miteinander, Gott der Götter.«

Nachdem der Weiseste der Herren gesprochen hatte, schien es, als würde lähmende Stille die Ewigkeit des Augenblicks spalten. Dem Herrscher Moctezuma war bei den letzten Worten der Schweiß ausgebrochen, und er konnte nicht verhindern, daß seine Hände zitterten. Als er endlich das Wort ergriff, sprach er so leise, daß ein Edelmann, der hinter ihm stand, seine Worte laut wiederholen mußte, damit wir sie alle verstehen konnten: »Quetzalcóatl! Ist das möglich?«

Cuauhtémoc, der junge Herrscher von Tlatelolco, der bisher geschwiegen hatte, näherte sich Matla und führte sie zu dem großen Wandtuch mit der jüngsten Nachricht. Vor der Zeichnung stehend, prüften sie diese gründlich, und hernach stellten sie dem Boten Fragen. Cuauhtémoc beugte ein Knie, legte seine Hand auf den Boden, führte sie zum Mund und küßte sie. Dann bat er um die Erlaubnis, sprechen zu dürfen. Als Moctezuma sie ihm erteilte, sagte er: »In diesem ehrenwerten Rat der weisen Männer und Frauen kommt es mir nicht zu, Reden zu führen noch Ansichten zu äußern. Deshalb bitte ich Euch, mir zu gestatten, Fragen zu stellen.«

»So frage«, murmelte Moctezuma.

»Wenn unser Herr Quetzalcóatl zurückgekehrt ist, wird dann seine Rückkehr einzig und allein dem Wohle unserer Völker dienen? Werden wir auch ferner die Nutznießer seiner Gunst sein? Werden wir uns immer und stets als die Erben Gottes betrachten dürfen?«

Matla, die Kriegerin mit dem Schmetterlingsgesicht, bat ebenfalls um die Erlaubnis, sprechen zu dürfen. Als man sie ihr gewährte, sagte sie: »Herrscher von Meer zu Meer, Herren des Großen Rates: Sind es Götter, werden sie wie Götter handeln; sind es Menschen, werden sie wie Menschen handeln. Wenn unser Herr Quetzalcóatl wirklich zurückgekehrt ist, wollen wir ihn empfangen. Unser Herz soll wie eine Blume sein und unsere Augen wie die Lilien der Lagune … So es aber Menschen sind, ist es an der Zeit, daß wir uns erinnern, daß der Dreibund von México Tenochtitlan, Texcoco und Tlacopan die stärkste Macht auf Erden ist …«

Unter den anwesenden Weisen befand sich einer, der auf einer geflochtenen Schilfmatte saß. Er trug ein ärmliches schwarzes Gewand; unter der Kapuze, die seinen Kopf bedeckte, lugten ein paar lange struppige schwarze Haarsträhnen hervor. Durch seine Finger ließ er eine Schnur gleiten, die ein Gehilfe langsam aus einem Korb zog und die er abtastete, als würde er ihre Knoten lesen. Da er blind war, nannte ihm sein Gehilfe die Farben der Knoten: »Das sind die dunkelvioletten … das die rosafarbenen … die malvenfarbenen … die blauen … die lilafarbenen … die weißen … die schwarzen … die zartgrünen …« Als der Weise sprach, klangen seine Worte wie Drohungen. Cuauhtémocs Fragen und Matlas Worte hatten ihn zornig gemacht. Er sprach im Namen der Götter, und also sagte er: »Die Prophezeiungen haben sich erfüllt!«

Und alle, auch Matla und Cuauhtémoc, wandten sich um und schauten ihn mit tiefer Ehrfurcht an.

Tetlannexnex hatte gesprochen, und das war bei unserem Volk so, als sei die Erleuchtung höchstselbst über es gekommen. »Die Prophezeiungen haben sich erfüllt.« Wir, die wir zu dieser Versammlung herbeigerufen worden waren, verabschiedeten uns einer nach dem anderen. Die beste aller Vorhersagen im endlosen Zeitraum des Wartens erfüllte sich: Quetzalcóatl kehrte zurück.

Seit meiner Kindheit hatte ich aus dem Munde unserer

Priester immer wieder diese Prophezeiung vernommen. »Mit dem flammenden Morgenrot wird unser Herr Quetzalcóatl zurückkehren: Aber in unseren Büchern, die aus einer längst vergangenen Zeit stammten, aus einer Zeit, die noch weiter zurücklag als jene, in der die weise Oxomoxo die Kunst entdeckt hatte, sie zu schreiben und von den Steinen, in die sie gemeißelt waren, abzuzeichnen, stand auch, daß ein Tag kommen wird, da in der Mitte jenes Tages das Volk der Mexica binnen einer Stunde ausgerottet sein würde. Die Vögel würden tot in ihren Nestern liegen und unsere Gärten zerstört auf der Oberfläche des großen Texcocosees treiben.

Nachdem ich den Bericht des Läufers und Boten aus dem Haus von Chalco gehört hatte, dachte ich: Nie wieder werden die Dinge in unserer großen Stadt so sein wie vor dem gestrigen Tag, so wie sie auch morgen nicht mehr sein werden. Nie wieder würden die Armen in großer Zahl herbeieilen, um ihre Krüge mit dem erfrischenden Getränk zu füllen, das mit dem Honig der Bienen gesüßt wird. Und ich fühlte Bangen und Klagen um México Tenochtitlan.

Der Herr Moctezuma, der mitunter vom Magen her in Wut geriet, zeigte im Rat ein Gesicht, das sehr alt und müde wirkte. Ich kannte ihn wie eine Quetzalfeder oder eine Kette aus Chalchihutl, dem Grünedelstein.

Doch ach, der Mann, den ich heute sah, hatte kaum noch etwas gemein mit dem, der er einst gewesen. Dies war nicht mehr der Mann, der, um sich bei seinem Volk beliebt zu machen, auf dem Marktplatz den Tanz der Freude tanzte, gemeinsam mit den Leuten und den Knochen der in den Kämpfen Gefallenen, mit den Knochen derer, die unseren geliebten Göttern geopfert wurden. Das war nicht mehr der große, gefürchtete Priester, der Cenyaotl, der im Rhythmus eines Reihers die schönsten und seltsamsten Tänze vollführte, wenn die Händler oder die Sieger der gegen Tlaxcala geführten Blumenkriege durch das Adlertor, durch das Froschtor und durch das Cihuahampa-Tor gezogen kamen. Schon erinnerte er nicht mehr an den großen Herrscher, der vom Hochtal von

México bis zum Land der großen Sonne regierte. Für mich war es stets ein besonderer Höhepunkt gewesen, ihn bei seinen Tänzen zu begleiten, wenn er den Platz unseres Gottes Huitzilopochtli einnahm.

Wirklich, es stand alles schon in unseren Büchern; man konnte es sehen wie das Innere einer Muschel ...

In der über die Straßen von Tenochtitlan hereinbrechenden Nacht hörte man das Stöhnen einer Frau, gleich dem einer Muschel, die in zwei Hälften auseinanderbricht. Die Frau lief den Dammweg von Tacuba entlang. Zwischen Binsen und Fischnetzen suchte sie, was sie verloren hatte. Sie war in einen weißen, zarten, durchsichtigen, sehr feinen und traurigen Stoff gehüllt, so traurig wie ihr Schrei: »Mein Kind, mein Kind, wo ist mein Kind?« Sie stürzte sich zwischen die Binsen und verschwand im Strudel der Lagune. Am nächsten Tag gingen die Leute murmelnd umher und streuten sich Asche aufs Haupt, denn so stand es in den uralten Büchern ...

Mit einem Mal flammte fern am Himmel, ferner noch als der Vulkan Popcatépetl und der Vulkan Ixtaccíhuatl, die Nacht auf. Tausende Menschen hörten von Furcht gepackt dem Priesterastronomen zu, der erklärte, daß das Licht, welches den Himmel kreuzte und die Nacht zum Tag machte und wie eine Sonne strahlte, ein Morgenstern des Universums sei, der von Zeit zu Zeit Mécixo überquerte. Und daß dies geschehen würde, geschehen mußte, das stand in den Büchern geschrieben. Lange, viele Nächte lang, kreuzte der riesige Stern gleich einem Feuerschweif den Himmel von México. Und es stand geschrieben: »Wenn mitten in der Nacht die Sonne erstrahlt ...«

Und es erfüllte sich die Voraussage, daß der Tempel unseres Gottes Huitzilopochtli ohne Grund abbrennen würde. Aus dem Dachgebälk schossen lange Flammen, doch als man Wasser auf das Feuer goß, war es, als würde es dadurch noch mehr entfacht. Der Tempel brannte nieder; nur eine traurige Ruine blieb von ihm übrig. Auch erfüllte sich die Prophezeiung, daß der Tempel unseres Herrn Xiuhtecuhtli, des Türkisherrn, des alten Feuergottes, zerstört werden würde.

Ein Blitzstrahl fuhr herab, mitten im Sommer, ohne daß ein Regentropfen fiel. Die Weissagung, daß das Wasser des Sees kochen würde, erfüllte sich ebenfalls, und es kochte und schäumte mehrere Tage lang. Die größte der Überraschungen aber war, daß ein Vogelsteller einen Vogel fing, dessen Kopf ein Spiegel krönte. Sollte es wirklich wahr sein, daß in dem Haus der Geburten ein Kind zur Welt kam, das auf dem Leib zwei Köpfe hatte, einen auf der linken, den anderen auf der rechten Seite? Was sich niemals zuvor ereignet hatte, geschah jetzt. Die Prophezeiungen erfüllten sich.

So vergingen ein Tag und noch einer, und in der Mitte des dritten Tages rief der Herrscher Moctezuma uns abermals zusammen. Auf ein Zeichen des Tlatoani betraten die Weisen aus Malinalco, Chalco, Míxquic und Tláhuac den Saal. Auch ich wurde aufgefordert, meine Gedanken zu offenbaren.

Wir betrachteten die neuen Bilder, welche die Läufer aus dem Haus von Chalco nach Tenochtitlan gebracht hatten. Als der Priester die Schneckentrompete ertönen ließ, um über der Stille der Stadt die Zeit zu verkünden, trafen zwei weitere Boten in Tenochtitlan ein. Eingehend musterten wir die Bilder, stellten Fragen und erhielten Antwort. Es antworteten adlige Kriegerinnen, und tapfere Adlerritter, Krieger von hohem Rang, deren Augen so vieles schon gesehen hatten, ergriffen das Wort.

Da die Herrscher von Texcoco und Tlacopan einwilligten, erteilte Moctezuma dem Priester aus Xochimilco das Wort. Dieser trug zwei goldene Tafeln bei sich. Als er sie aufklappte, kam ein Buch zum Vorschein, das er auf einer Matte aus Quetzalfedern ausbreitete. Ich kannte es, denn ich besaß eine Kopie davon, die ich von meinem Vater geerbt hatte. Es war das Buch der Weisheit, das Tonalamatl, das Buch der Tage.

Ein Schauer lief mir über den Rücken, als der weise Priester begann, die darin enthaltenen Prophezeiungen zu deuten. Kein anderes Buch galt als so weise wie dieses. Es war in unserer

Sprache geschrieben, verfaßt von der weisen Oxomoxo und dem weisen Xipoxtonac, lange bevor diese das Papier erfunden hatten. Man hatte es einst in die vielen Steinwände der Tempel von Tula geritzt, so wie es seit der Zeit Brauch war, da Ixpiyacoc, der Weise Alte, und Ixmucane, die Weise Großmutter, ihre Weisheit verbreiteten, dort, im Land der Sonne, das auf dem Weg lag, den eines Tages unser Herr Quetzalcóatl einschlug, als er zum Meer aufbrach und uns das Versprechen gab, zurückzukehren.

Das Buch enthielt die dreizehn Gottheiten, die symbolischen Tiere, die zwanzig Jahreszeichen und die Geschichte der Neun Herren der Nacht, die die Welten darstellen, die um die Sonne kreisen. Eine davon ist unsere.

Es war ein Buch voller Poesie, in dem über die Kultspiele gesprochen wurde, über die Zeichen des roten Rauches, über das Studium der Zeiten, über den Krieg, über den Tanz als ein Gebet der Freude und darüber, wie die Menschen ihre Freiheit gewinnen und verlieren. Über Geschichte sprach das Buch, über Astronomie, Astrologie, über Rechtsprechung und Religion, über die Gesittung der von unseren siegreichen Kriegern eroberten Gebiete, über die Tage der Mond- und Sonnenfinsternis, über Musik, über die Art und Weise des Schreibens, über die Ernährung und Bekleidung, über die monatlichen Jahresfeste, über die Architektur. Es erzählte von der freiwilligen Hingabe des Lebens, damit unsere Götter weiterleben konnten, sowie vom Anfang der Welt und ihrem Ende, vom Zeitalter der hundertvier Jahre, von der Milchstraße, vom Gebrauch des Papiers und der Baumrinde, von den Farben zum Malen der Bilder, von der Signaltrommel, von der Lehre über die Abstammung, vom Verbrechen und von der Schuld. Auch enthielt das Buch das Zeichen jedes Menschen, der unter uns lebt, unter uns, die wir geboren wurden, die Erde zu bevölkern; und es sprach von der Leibesübung, von den Dichtern, den Händlern, von der Jagd und der Schonzeit, von der Landbebauung, vom Ehebruch, von der schmerzfreien Geburt, von der Medizin, von der Zeit, in der die Flüsse anschwollen, vom Wechsel der Jahreszeiten durch Regen, Wind, Sonne, Schnee und Himmel, von der Politik der Völker, vom Klima, von der Pflege der Vögel, von der Heilkunst, die man bei Tieren anwendet und die sich sehr wohl von jener unterscheidet, die den Kindern der Götter Heilung bringt. Kurz, dies war das Buch der Weisheit, das uns von den runden Erdkreisen erzählte, von der Bewegung der Himmelsgestirne, von der Unendlichkeit, vom Gott der Götter und daß eines Tages in früher Morgenstunde, wenn die Menschen es am wenigsten erwarteten …

»Dieses Buch hat nie etwas anderes gesagt, als daß unser Herr Quetzalcóatl zurückkehren wird. Es ist ein Licht, eine geschriebene Wahrheit, und ewig wie das Licht, das von der Spitze unserer Vulkane widerstrahlt«, erläuterte der weise Priester aus Xochimilco und fügte hinzu: »In diesem Buch sagen die Weisen, daß die Söhne der Sonne, die Söhne von Quetzalcóatl, gleich Ungeheuern vom Grunde des Meeres auftauchen werden, und nicht anders ist es geschehen. Sie schreiben, daß ihr Kommen von Blitz und Donner begleitet sein wird, und genauso ist es gewesen. In der Schrift steht, daß unser Herr Quetzalcóatl, wenn er zurückkommt, eingehüllt sein wird in Gold und Silber mit magischer Kraft und daß dies das Zeichen sein wird. Und daß er so und nicht anders zurückgekehrt ist, davon zeugen die Bilder, welche die Läufer aus dem Haus von Chalco nach Tenochtitlan gebracht haben. Hier sehen wir, daß die Sonnenstrahlen an ihrem Körper abprallen und sie bei Nacht so hell glänzen wie der hellste Mondschein. Dieses Buch, das sehr alt ist, älter als ich und älter auch als jene, die vor unseren Vorfahren hier siedelten, sagt voraus, daß Quetzalcóatl auf einem geflügelten Hirsch zurückkommt und mit ihm seine Söhne und Töchter, und daß dies so geschehen ist, davon künden die Bilder, die uns Moctezuma, unser Herrscher, heute zeigt.«

Als der weise Priester aus Xochimilco geendet hatte, sahen wir Moctezuma zum erstenmal weinen. Mit ehrfurchtsvoller Miene griff er nach dem Kopfputz aus Quetzalfedern, der ihm zum Zeichen seiner Macht und Gewalt das Haupt zierte, und setzte ihn ab. Auf dem Kopfputz stach das Bild eines fallenden Adlers hervor. Nachdem er den Federschmuck abgenommen hatte, überreichte er ihn dem Weisen aus Xochimilco. Und jeden einzelnen von uns ansehend, sagte er mit strenger, weicher und heller Stimme: »Dieser Apanecayotl gebührt mir nicht mehr.« Dann richtete er das Wort an die vornehmen Kriegerinnen und Krieger und rief: »Edle Kriegerinnen, edle Krieger, Adlerfrauen, Adlermänner, es ist die Gewißheit geäußert worden, daß unser Herr Quetzalcóatl zurückgekehrt sei, und auch ich glaube daran wie an eine Wahrheit. Rüstet Euch zu seinem Empfang, hört ihm genau zu, laßt Euch nichts von dem entgehen, was er sagt, erweist ihm in allem die gebotene Aufmerksamkeit, und dann kommt hierher zurück, in unsere Stadt Tenochtitlan, und erstattet mir Bericht.«

Danach vollführte er eine Geste, die ich nie zuvor bei ihm gesehen hatte: er beugte ein Knie zum Boden, nahm die Erde auf und küßte sie. Bei seinen Worten hatten wir alle den Blick gesenkt, um ihm nicht ins Gesicht zu sehen.

Als der Herrscher Moctezuma den Saal verließ, blieb von ihm nur ein starker Rosenduft zurück.

V

Chalchiucueyehcan, Ort der Göttin mit dem Grünsteinrock, so hieß die Ortschaft, von der aus uns die ersten in den Sand geschriebenen Zeichen von der Ankunft der Weißen erreichten. Alles, was dort geschah, erfüllte die Luft, tränkte die Felsen, die Bäume, das Meeresufer, ja selbst unser Blut. Darum war es uns ein leichtes zu wissen, was geschehen wird und was geschah.

Chalchiucueyehcan ist ein unwirtlicher, von Mücken heimgesuchter Flecken. Draußen auf dem Meer schaukelten zwischen Wellental und Wellenberg die Brigantinen aus Kastilien und Aragón. Hier, am Ufer von Chalchiucueyehcan, lagen die Kanus, die so groß wie unsere Häuser waren, vor Anker.

Etwas abseits von den anderen schaukelte sanft die *Medellín*, das Flaggschiff von Hernán Cortés, auf der Reede. Auf den Hauptmasten wehten die Fahnen von Karl V. und Hernán Cortés, deren Worte für das Schicksal unseres Volkes und für unsere Götter eine Herausforderung waren:

> Amici seguamor crucem, et si nos filem habemus, vere in hoc signo vicemus.

> Die Wörter, die sich im Meer widerspiegelten, bedeuteten:

> Brüder, laßt uns dem Kreuz in wahrhaftem Glauben folgen, denn unter diesem Zeichen werden wir siegen.

»Bewegt euch, bewegt euch!« schrie ein Soldat und unterstrich seine Worte mit einer dreisträhnigen Peitsche. Er ließ sie auf die Rücken einer Gruppe Männer knallen, die weit hinter dem Meer zu Hause waren und die die Spanier auf ihrer Reise mitgenommen hatten. Die Männer, die nichts als Fetzen am Leib trugen, hatten eine dunkle, beinahe schwarze Hautfarbe. Sie nahmen die Dinge entgegen, die andere Soldaten aus den Schiffen luden. Der Anblick dieser Männer war uns nicht fremd. Wir waren ihnen schon oft begegnet, wenn sie, durch heftige Stürme und Orkane vom Kurs abgetrieben, an unsere Strände geworfen wurden, wo sie uns dann von ihren fernen Ländern und fremden Bräuchen erzählten.

Ein paar Soldaten, die noch wilder dreinblickten als die anderen, gaben auf eine Meute unruhiger Hunde acht. Sie trugen lange Handschuhe, lederne Schurze und eine Art Maske vor dem Gesicht, die ebenfalls aus Leder war. Dies waren die berühmten Soldaten der Hundeschwadron, die Hundeführer. Sie pflegten ihre Tiere, die darauf abgerichtet waren, die Sklaven von den Inseln anzufallen, mit Menschenfleisch zu füttern. Sicher hatten die Hunde an diesem Morgen noch nichts zu fressen bekommen, denn der Körpergeruch der Sklaven machte sie unruhig. Nur mit großer Mühe konnten die Hundeführer ihre Tiere zurückhalten, die größer als die Itzcuintli, unsere Hunde, waren und auf ihren weißen Bäuchen schwarze Tupfen hatten.

Ein dunkelhäutiger Mann, groß, dick und gewitzt, beaufsichtigte ein paar Frauen, die in der Art der Totonaken und wie die Leute gekleidet waren, die an den Ufern des Schmetterlingsflusses leben. Sie gruppierten sich um eine Feuerstelle. Dann schleppten sie riesige Töpfe herbei, so große Töpfe benutzen wir nie, und gingen daran, das Essen für das spanische Heer zuzubereiten.

Nun wurden die Hirsche an Land gebracht, jene Tiere, die uns so in Schrecken versetzten und die die Spanier »Pferde« nannten. Heute kennen wir ihren Namen und wissen, was sie in Wirklichkeit sind. Weiter entfernt waren etliche Sklaven dabei, die Lombarden und Falkonette an Land zu ziehen. So hießen die Feuerwaffen, die unter uns Bestürzung hervorriefen, als wir sie zum erstenmal dröhnen hörten.

Jetzt näherte sich Pedro de Alvarado mit seinem Panzerhemd, seiner maurischen Lanze und seinem versilberten Helm der Gruppe. Sich an die anderen Offiziere wendend, rief er: »Macht Euch fertig! Unser Kapitän kommt!«

Die Offiziere folgten seinem Ruf. Bereit, sich vor Hernán Cortés zu präsentieren, nahmen sie auf ihren Pferden neben ihm Aufstellung. Alonso Hernández de Portocarrero ritt eine graue Stute, Christóbal de Olid ein rotbraunes Pferd, Francisco de Montejo einen braunen Fuchs, Juan de Escalante ebenfalls einen Fuchs, jedoch von hellbrauner Farbe, und Juan Velázquez de León eine dunkle, kurzschwänzige Stute. Hernán Cortés tauchte auf. Er ritt einen Fuchs. In seiner Begleitung befanden sich Jerónimo de Aguilar, ein Priester sowie ein Schreiber.

In Chalchiucueyehcan sahen wir Hernán Cortés zum erstenmal so, wie er in Wirklichkeit aussah, und nicht, wie ihn uns die Bildererklärer oder die Läufer aus dem Haus von Chalco beschrieben hatten. Er war ein Mann von kleiner Statur, kleinen Händen, und klein waren auch seine Füße und sein Kopf. Sein Blick hingegen wirkte groß und stark, so wie sein Wille und seine Gebärden. Auf seinem Hirsch sitzend, sah er um einiges kleiner aus, als er tatsächlich war.

Dies also war der weiße Gott, den unsere Priester Quetzalcóatl nannten und den unsere Geschichte heute die Hälfte von einem Mann heißt, den Zwerg, der in der großen Stadt México Tenochtitlan den Platz eines Hundes einnahm.

Die Fußtruppen standen in Habachtstellung, um ihrem Befehlshaber den Gruß zu erweisen und seine Ansprache zu hören. Von der Höhe seines Reittieres ließ Hernán Cortés den Blick über die Truppe schweifen. Sein Blick war stolz, kalt, entschlossen. Vor ihm standen die Soldaten, die ihm auf zehn Schiffen über das Meer gefolgt waren, von weit, weit her.

Währenddessen plauderte Pedro de Alvarado mit Alonso Hernández de Portocarrero: »Ihr habt Glück gehabt, Hauptmann, Eure Sklavin ist wirklich sehr schön. Was für einen Namen habt Ihr ihr gegeben?«

»Ich habe sie auf den Namen Marina getauft. Sie scheint recht intelligent zu sein, denn jedesmal wenn ich Marina zu ihr sage, schlägt sie die Augen nieder und lächelt.«

Die beiden Offiziere lachten.

Hernán Cortés tummelte sein Pferd. Dann zückte er sein Schwert und grüßte mit erhobener Waffe das Heer. Die vor ihm angetretenen Männer sprachen nicht alle die gleiche Sprache. Und so verschieden ihre Mundart, so verschieden war auch ihre Hautfarbe. Auf dem Platz hatten sich auch einige Frauen aus Kastilien und Aragón eingefunden sowie in spanischer Tracht mehrere bildhübsche Sklavinnen, die den spanischen Offizieren und Soldaten gehörten. Und da war auch, hoch zu Roß, María Estrada. Eine prachtvolle Frau mit einem mutigen Gesicht. Sie wurde von einem Offizier begleitet. Sieben weitere, nicht weniger rassige Frauen sahen ebenfalls zu, wie der Generalkapitän Hernán Cortés das Heer grüßte.

Das Heer bestand überwiegend aus jungen Männern. Manche waren dick, sehr dick. Andere einäugig. Morón, der Mandoline spielte, war stark beleibt. Über seinem massigen Wanst trug er ein Panzerhemd, das an eine Decke erinnerte. Er war der beste Bogenschütze weit und breit. Angetreten nach Rang und Formation standen die Soldaten in Reih und Glied: Offiziere, Büchsen- und Bogenschützen und jene, die das Falkonett bedienten, und die berühmten Hundetreiber, diese Verfluchten mit der Ledermaske vor dem Gesicht. Jawohl, die berüchtigten Hundeführer, die später, wenn die Weißen sich anschicken werden,die Geschichte unserer Völker zu schreiben, nirgendwo auftauchen, obwohl sie, ebenso wie die Reitknechte, ein wichtiger Bestandteil des Heeres von Hernán Cortés waren. Angetreten waren auch die Musiker mit ihren Instrumenten und die alten, kampferprobten Soldaten mit ihren ruhmvollen Narben, die, den Spuren des Großen Admirals folgend, einst an den Küsten von Cádiz und Sevilla gegen die Mauren gekämpft hatten.

Hernán Cortés machte seinem Sekretär Godoy ein Zeichen. Dieser half ihm, vom Pferd zu steigen. Nun konnte man seine wirkliche Größe sehen. Er reichte dem Pferd gerade bis zum Bauch. Wenn er mit einem seiner Offiziere sprach, mußte er zu ihm emporblicken, während Pedro de Alvarado und seine vier Brüder den Blick senken mußten, wenn sie sich mit ihm unterhielten. Hinter Cortés stand gleich einem Schatten der Priester Juan Díaz, der ein Kreuz in Händen hielt; ferner der Sekretär des Generalkapitäns und ein junger Bursche mit der Kriegsfahne der Katholischen Könige von Kastilien und Aragón. Während Hernán Cortés zu den Soldaten sprach, schrieb sein Sekretär Godoy jedes seiner Worte mit.

»Kameraden und Freunde! Geführt von der heiligen Hand unserer geliebten Jungfrau Maria und ihres geliebten Sohnes, unseres Herrn Jesus Christus, sind wir in dieses Land gekommen. Und wir sind hier im Namen ihrer Königlichen Hoheit Doña Juana und ihres erlauchten Sohnes Don Carlos V., die Gott in Ewigkeit schützen möge …«

Just in diesem Augenblick beugte sich Godoy vor und flüsterte Cortés etwas ins Ohr. Dieser reagierte und befahl, einen Schemel herbeizuschaffen. Er stieg auf den Schemel und konnte nun mühelos in die Gesichter derer blicken, die ihm zuhörten.

»In Ewigkeit! In Ewigkeit!« wiederholte die Truppe, Fahnen wurden geschwenkt, Waffen und Arme hochgerissen.

»Wie ihr selbst bemerkt und von unserem Bruder Jerónimo de Aguilar gehört habt, sind wir in ein Land gekommen, das von Bestien bewohnt wird, von Wilden, von diabolischen Männern und Frauen, die es nicht verdienen, zum Menschengeschlecht gezählt zu werden. Diesen Wesen würden wir noch eine Gunst erweisen, wollten wir sie nur als schlecht bezeichnen … Ihr wißt, was den Gefährten von Jerónimo de Aguilar widerfahren ist und was er selber an Leid hat ertragen müssen …« Er machte eine theatralische Geste und ließ seinen Blick langsam über die Truppe schweifen, um jedem Soldat das Gefühl zu geben, er spräche nur zu ihm, zu ihm ganz allein, nicht zu allen. Es herrschte reglose Stille. Nur das Geräusch der am Strand auslaufenden Wellen war zu hören.

»Zwei Aufträge haben uns hierher geführt. Der eine zielt auf das Gold, das in dieser Gegend reichlich vorzukommen scheint und das es zu erbeuten gilt. Während des Besuches, den die Indianer aus México uns gestern auf dem Hauptschiff gemacht haben, habt ihr euch selbst von all den herrlichen Kostbarkeiten überzeugen können, die uns als Geschenke überreicht wurden. Der Wert des Goldes ist ohnegleichen. An seiner Echtheit gibt es keinen Zweifel. Ihr und ich, wir haben es mit eigenen Augen gesehen.«

Ein Murmeln gleich einer Welle lief durch die Reihen. Sie alle hatten die goldene Sonne und den silbernen Mond gesehen, die ihnen der Tlatoani von México, der Herrscher von Meer zu Meer, geschickt hatte. Ein Offizier antwortete für die Truppe.

»Wir haben das Gold gesehen! Wir wollen es erbeuten!«

»Aber wir müssen das Land auch besiedeln«, fügte Cortés

hinzu. »Vergeßt nicht, daß wir hergekommen sind als die Gesandten unserer geliebten heiligen katholischen, apostolischen und römischen Kirche, geführt vom heiligen Jakobus, dem Schutzpatron der Tapferen, und unserer lieben Jungfrau, der Madonna del Rescate.« Und er zeigte auf einen Umhang, auf dem die Schutzmantelmadonna, die heilige Jungfrau eines an den Ufern des Guadalquivir lebenden Volkes, abgebildet war; mit gefalteten Händen, umgeben vom Glanz goldener Lanzen, setzte sie ihren Fuß auf den Halbmond, das Symbol der maurischen Völker, die von der Streitmacht Kastiliens und Aragóns und ihren Verbündeten besiegt worden waren, in dem ach so fernen Heimatland.

Hernán Cortés' Worte wurden mit Schweigen bedacht. Die Aufforderung zu siedeln fand nicht den gleichen Beifall wie die Aufstachelung, Gold, Silber, Perlen und Sklaven zu erwerben, um sie dann später auf den Märkten von Kuba und Santo Domingo zu verkaufen. Cortés hielt es für angezeigt, seinen Worten Nachdruck zu verleihen. Er nahm das Schwert in seine Rechte, stellte sich vor einen Baum und rief aus: »Ich, Kapitän Hernán Cortés, gebürtig aus Medellín und Diener unserer heiligen katholischen Kirche, nehme im Namen unseres Herrn Jesus Christus Besitz von allem Land, das links und rechts, vor und hinter mir liegt, vom Meer bis zum Horizont und darüber hinaus.« Er nahm einem seiner Soldaten ein Kreuz aus der Hand, steckte es in den Sand und fuhr fort: »Im Namen unseres Herrn nenne ich dieses Land der Barbaren: das gute Land des wahren Kreuzes. Vera Cruz: das einzige Kreuz, das Kreuz der Wahrheit. Sprecht mir nach: Vera Cruz!«

»Vera Cruz ... Vera Cruz«, wiederholte das Heer.

»Lauter, lauter!«

»Vera Cruz! Vera Cruz!«

Nachdem die letzten Worte verklungen waren, stieg Cortés mit Hilfe seines Pagen wieder aufs Pferd, hielt sein Toledoschwert hoch und setzte seine Rede fort: »Ich erkläre, daß dieses Land von diesem Augenblick an ihrer Majestät Doña Juana und ihrem erlauchten Sohn Don Carlos gehört, der durch Gottes Gnaden unser aller König ist, König von Kastilien, León, Aragón, der beiden Sizilien, von Jerusalem, Navarra, Granada, Valencia, Sevilla, Galicien, Mallorca, Sardinien, Córdoba, Korsika, Murcia, Jaén de los Algerbes, Algeciras, Gibraltar, den Kanarischen Inseln, von Ostindien, den Inseln und dem Festland des ozeanischen Meeres; Erzherzog von Österreich, Herzog von Burgund, Brabant und Mailand; Graf von Flandern, Tirol, Barcelona, Herrscher der Biskaya und von Molina ...« Er machte eine betonte Pause. »Gibt es einen, der dawider ist?«

Worauf das Heer wie ein Mann rief: »Nein! Nein! Nein!«

»Falls jemand etwas dawider hat, wird ihm durch die Scheide meines Schwertes der Kopf abgeschlagen.«

»Ja! Ja! Ja!«

Den Rundschild zum Schwert emporhebend, fuhr Cortés fort: »Seid ihr bereit, den Besitz des Königs, unseres Gebieters, mit eurem Leben zu verteidigen, so dies nötig ist?«

Es war Gonzalo de Sandoval, der einen Schritt nach vorn tat und für das gesamte Heer und für seine Offizierskameraden antwortete: »Mit unserem Leben! Ja! Wir sind bereit, diese Mission zu erfüllen, falls jemand es wagen sollte, das Vorrecht anzutasten, das seine kaiserliche Majestät Don Carlos V. auf diese Länder hat; von Gebirge zu Gebirge, von Meer zu Meer, bis zum Horizont ...«

Cortés gefielen besonders die letzten Worte des Hauptmanns. Er beugte sich zu seinem Sekretär herab und fragte ihn leise: »Habt Ihr auch alles genau notiert?«

»Alles, mein Kapitän. Seht selbst«, und er zeigte ihm eine mit grüner Tinte beschriebene Pergamentrolle, die in der Nähe auf einem behelfsmäßigen Tisch lag. Cortés neigte sich auf seinem Pferd zur Seite, holte mit dem Schwert aus und hieb auf einen Baum ein. Indem er ihm mehrere Einschnitte versetzte, rief er aus: »Im Namen unseres Herrn Jesus Christus, im Namen des Königs und seiner guten Mutter Doña Juana erkläre ich, daß dieses Land auf immer zur Christenheit gehört.«

Einem Befehl Cortés' gehorchend, verteilten die Offiziere Pedro de Alvarado und Francisco de Lugo die Soldaten auf vier verschiedene Punkte des nächstgelegenen Berges.

Unweit der Stelle, zwischen Laubwerk versteckt, notierten zwei Maler aus Tenochtitlan, was sich ihren Blicken darbot.

Cortés hatte erfahren müssen, daß das Wort »besiedeln« von seinem Heer nicht gut aufgenommen wurde. Der Statthalter auf Kuba hatte sie ausgeschickt, Gold aufzutreiben und Teile der Bevölkerung als Sklaven gefügig zu machen, um sie dann auf den Märkten zu verkaufen. Das war für sie ein ehrenvoller Auftrag: Orte aufsuchen, von den Einheimischen Gold verlangen oder es sich einfach nehmen; schließlich die schönsten Frauen, die blühendsten Mädchen und bestgewachsenen Männer aussuchen, die auf dem Markt viele Gold- und Silberdublonen bringen würden.

Besiedeln jedoch hieß, an fremde Orte kommen, die Leute in einer Sprache, die sie nicht verstanden, zur Übergabe des Landes zwingen und Städte gründen. Das behagte keinem der Soldaten. Um so weniger, als die Reisenden bereits die Erfahrung gemacht hatten, daß die Einwohner dieses Landes nicht die Sanftmut der Indianer besaßen, die die Inseln seewärts bevölkerten, wie etwa Kuba und Santo Domingo. Das war auch dem Gerichtshof bekannt, und deshalb hatte er den König schriftlich davon in Kenntnis gesetzt.

Als Cortés vom Murren seiner Soldaten erfuhr, beriet er sich erneut. Er bestellte die Offiziere seiner Armada zu sich. Sie hatten ihr Waffenkleid abgelegt und waren normal gekleidet. Cortés selbst trug einen roten Rock. Um seinen Hals leuchtete eine weiße Halskrause.

In dem eben erst eingerichteten Raum standen mehrere Scherenstühle im Kreis. Der höchste war für Cortés bestimmt. In der Mitte, auf einer Tischdecke von feinster Federarbeit, lag eine riesige Menge goldener, silberner, kupferner Gegenstände. Des weiteren Dinge aus Obsidian, Kristall und Holz sowie verschiedene Webarbeiten. Cortés' Finger streichelten eine goldene Kette um seinen Hals. Sie hatte eine rosafarbene

Perle von der Größe des Eis einer Huaxolote, einer Truthenne. Die Kette war ein Geschenk, das ihm unser Herrscher von Meer zu Meer geschickt hatte.

Neben Cortés standen der Schreiber Godoy, der nicht mehr der Jüngste war, María Estrada und ein Mann aus der Karibik, der den Hofnarren abgab. Auf einem zweiten Tisch befanden sich mehrere Karaffen mit Wein, aus denen der Narr den Anwesenden abwechselnd einschenkte.

»Mir gebt nicht, ich trinke keinen Wein«, sagte María Estrada und wies den Kelch zurück, den man ihr anbot.

Cortés wußte, daß zwei Themen die Diskussion der Beratung bestimmen würden. Entweder erbeuteten sie Gold und kehrten nach Kuba zurück, so wie der Befehl des Statthalters Velázquez lautete, oder sie folgten den Anweisungen ihres Kapitäns und ließen sich in jenen Städten nieder, die wegen ihres Reichtums an Gold Beachtung verdienten. Godoy machte als erster den Mund auf.

»Mit Verlaub, Euer Gnaden«, sagte er und blickte Cortés an, »Ihr wißt sehr wohl, daß der Statthalter Diego Velázquez uns in dieses Land geschickt hat, damit wir Gold erwerben, nicht, damit wir Siedlungen gründen ...«

Cortés beobachtete das Verhalten seiner Offiziere. Kaum einer, der bei Godoys Worten die Augen nicht auf dem Schatz ruhen ließ, der auf dem Tisch lag. Bevor Godoy weiterreden konnte, unterbrach ihn Cortés: »Wir können in diesem Land eine Unmenge Gold, Perlen und Edelsteine erbeuten; wenn wir es aber besiedeln ...« Er wies mit der Spitze seines Schwertes auf die Schätze und fügte mit Worten, die voller Zweideutigkeit waren, die aber, wenngleich im Falsett vorgetragen, in den Ohren der Offiziere wie Glockengeläut klangen, hinzu: »... wird man uns zu den großen Herren dieser Welt zählen ...« Da er in Godoys Augen, der schließlich der Schreiber des Königs war, einen Zweifel zu sehen glaubte, fuhr er fort: »Das Gold schmeichelt den Augen seiner kaiserlichen Hoheit Don Carlos V., dem Gott ewige Gnade erweisen möge. Wir können nicht anders, als uns so rasch wie möglich der Gunst unseres Königs zu versichern, ohne Rücksicht auf die Wechselfälle des Lebens. Ihr wißt von der Schande, die mir Velázquez zugefügt hat, als er im Hafen von Havanna meine Verhaftung befahl …«

»Kapitän«, unterbrach ihn Godoy, »ich muß Euch darauf aufmerksam machen, daß man Euch, so wir nicht dem Statthalter Velázquez mit einem unserer Schiffe eine Nachricht über das zukommen lassen, was wir hier vorgefunden haben, zum Tode verurteilen wird …« Und in die Runde blickend, schloß er: »Und uns desgleichen, falls wir es wagen sollten, Euch bei Eurem Vorhaben zu unterstützen …«

»Setzt Euch!«

Die Offiziere kamen der Aufforderung nach. Nur Cortés blieb stehen. Er lief im Raum auf und ab. Er war so klein, daß sich sein Gesicht in gleicher Höhe zu den Köpfen der vor ihm sitzenden Offiziere befand. Er wählte seine Worte genau, betonte mal das eine stärker, hob bei dem anderen die Stimme wie einer, der auf der Bühne eine Rolle verkörpert.

»Wenn wir nach Santiago de Cuba zurückkehren, geben wir nur anderen Kapitänen die Möglichkeit, ihr Glück zu machen … Wenn wir jedoch hier bleiben und siedeln, werden *wir* die Glücksritter sein. Dann werden uns und unseren Kindern für alle Zeiten die Besitzungen, Herzogtümer und Markgrafschaften in diesem Land gehören, dessen Reichtum an Gold unvergleichbar zu sein scheint. Unsere Söhne werden geachtet sein als die Eroberer neuer Länder, und auch in den Augen unserer heiligen Mutter Kirche, nach deren Willen wir handeln, werden sie begnadet dastehen. So denke ich und halte es für gewiß.«

»Wenn wir auf Euern Rat hören und nicht wieder vor unseren Statthalter hintreten, sind wir Todeskandidaten«, warnte Pedo de Alvarado.

Forschend blickte Cortés von einem zum anderen. Schließlich sagte er: »Bedenkt, wenn wir zurückkehren, werden wir der Armut, dem Elend, der Trägheit und dem Vergessen ausgeliefert sein. Weder heute noch in künftigen Zeiten wird irgendeine Seele erfahren, daß wir gelebt haben, und all der Ruhm wird anderen zuteil. Ihr müßt euch entscheiden.« Er machte eine Pause und wies von neuem auf den Schatz in der Mitte des Tisches. »Wählt, was euch lieber ist: der Reichtum dieser sonnigen Länder oder das Vergessen, dem ihr, alt und kränklich, in den Straßen Sevillas anheimfallt.«

In diesem Augenblick stürzte ein Soldat herein und unterbrach Cortés: »Wir haben eine der Sklavinnen dabei ertappt, wie sie sich mit den Frauen unterhielt, die uns die Indianer aus México dagelassen haben, damit sie uns betreuen und unser Essen kochen.«

»Welche?« fragte Cortés abwartend.

»Marina, Herr.«

Als er den Namen Marina hörte, sprang Hauptmann Alonso de Portocarrero auf und rief: »Das ist meine Sklavin, Herr.«

Die meisten Offiziere waren bereits gegangen. In dem Raum befanden sich jetzt nur noch Cortés, Alonso de Portocarrero, Pedro de Alvarado, Fray Bartolomé de Olmedo und Jerónimo de Aguilar, der Mann, der die Sprache der Maya beherrschte, die jenseits des Flusses Papaloapan zu Hause waren.

Der Schatz befand sich nicht mehr auf dem Tisch, wohl aber der aus Federn gewirkte Teppich, den die Mexica Cortés bei ihrem ersten Besuch geschenkt hatten.

Als Malintzin, genannt Marina, eintrat, saß Cortés auf einem hohen Scherensessel. Hinter ihm stand Jerónimo de Aguilar. Cortés maß das Mädchen mit einem einzigen Blick. Es war jung, schön, schlank. Ihre Nase und ihr Kopf hatten nicht die künstliche Verformung der anderen Sklavinnen, die man den Spaniern geschenkt hatte. Ohne sich von seinem Stuhl zu erheben, grüßte Cortés Malintzin, als sähe er sie zum erstenmal. Sie erinnerte sich seiner von der Nacht her, als er im Bauch des Schiffes Portocarrero daran gehindert hatte, sie zu vergewaltigen. Cortés wechselte einen raschen Blick mit Alonso de Portocarrero, dem Besitzer der Sklavin.

Über Jerónimo de Aguilar fragte Cortés Malintzin: »Man

hat uns erzählt, daß du die Sprache der Leute von México verstehst …«

Malintzin antwortete in der Sprache der Maya, und Jerónimo de Aguilar übersetzte ihre Worte ins Spanische. Eine Stunde später unterhielten sich Cortés, Jerónimo de Aguilar und Malintzin, als ob sie einander ein Leben lang kennen würden. Malintzin haßte die Leute von México und alles, was sich in ihrer Erinnerung mit ihnen verband. Und Cortés wußte, daß der Haß, wie auch der Glaube, in der Lage war, Berge zu versetzen. Malintzin erzählte in der Sprache der Maya, und mühelos übersetzte Jerónimo de Aguilar ihre Worte.

»Wo immer die Mexica hinkommen, ist es mit der Freiheit der Völker und Menschen vorbei, und alle werden zu Gefangenen ihrer Götter gemacht. Für die Menschen von México gibt es nur zweierlei auf Erden: Gebieter und Sklaven; sie wollen stets die Gebieter sein.«

Die Stunden verstrichen. Die Nacht brach herein. María Estrada kam mit einer Öllampe, um den Raum zu erleuchten. Cortés wurde nicht müde, Fragen zu stellen. Willfährig beantwortete Malintzin jede Frage, die er ihr stellte.

In Malintzins Worten sammelte sich Bitterkeit. Zum erstenmal hörte Hernán Cortés ein Wort, das er bis dahin noch nie vernommen hatte und Jerónimo de Aguilar nicht übersetzen konnte.

Interessiert fragte Cortés: »Temiztlan … Temiztlan … Was ist das?«

»Technotitlan, Herr, Technotitlan ist das Zentrum der Welt … Das ist der Ort, wo die Lilien ihre Blüten dem Lichte öffnen …«

VI

Hernán Cortés' Feldlager war erweitert worden. Neben seinem Raum befanden sich die Zimmer von Godoy, dem königlichen Schreiber, von Pater Juan Díaz und von Fray Bartolomé de Olmedo. Außerdem hatte man eine provisorische Kapelle hergerichtet mit dem Bildnis der Schutzmantelmadonna und des Apostels Jakobus, den die Spanier Santiago nannten. In der Mitte des Raumes waren die Offiziere Alvarado und Olid damit beschäftigt, Hernán Cortés herauszuputzen.

»Sie glauben, daß Ihr der Sohn Gottes seid«, sagte María Estrada.

»Oder der von ihnen seit Jahrhunderten erwartete Gott selber. Ihr habt ja gehört, was Doña Marina gesagt hat …«

Cortés schielte zu Olid, der dies gesagt und die Anrede »Doña Marina« benutzt hatte … und er dachte, daß sie es wissen mußten. Ganz sicher wußten sie es. Am Morgen war ihm aufgefallen, daß Hauptmann Alonso de Portocarrero es vermied, ihm den gewohnten Gruß zu erweisen.

»Es stimmt, Marina hat mir erzählt, sie glauben, daß wir die Götter verkörpern, die vor langer Zeit von ihnen fortgingen und versprachen, eines Tages zurückzukehren …«

Seine Gehilfen fuhren fort, ihm die Rüstung anzulegen, zu der auch ein Brustpanzer aus Bronze, rote Ledergamaschen und ein blankpolierter blauer Helm gehörten.

»Ihr werdet glänzen wie die Sonne, Herr«, sagte María Estrada.

Dann reichte Hauptmann Olid ihm ein paar qualmende Röhrchen, von denen er sich eins in den Mund steckte.

»Ihr müßt kräftig daran ziehen, Herr.«

»Unmöglich, unmöglich, Hauptmann. Dieses Zeug ist mir einfach zuwider. Ich kenne es von Santo Domingo, als ich mit siebzehn dorthin kam. Ich fand schon immer, daß es wie Vulkangestein riecht.«

»Ihr Gott tut es. Also müßt Ihr es auch tun, Herr!«

»Freut euch über das, was Marina mir gestern abend erzählt hat. Temiztlan soll die größte Stadt der Welt sein … Könnt ihr das glauben? Meine Augen sind begierig, sie zu sehen. Denkt nur, in London wohnen zehntausend Menschen, in Paris neunzigtausend, in Genua sechzigtausend, in Toledo zwölftausend, in Sevilla fünfundvierzigtausend … und in dieser großen Stadt Temiztlan sollen fünfhunderttausend Menschen leben. Könnt ihr euch das vorstellen? Marina hat mir erzählt, daß jeden Morgen in der Stadt zweihunderttausend Feuer entfacht werden. Die Stadt soll sich in einer Lagune befinden, genau wie Venedig …«

María Estrada fuhr fort, Kapitän Cortés anzukleiden. Stunden später sollte er die Abordnung aus der großen Stadt Tenochtitlan empfangen. Unsere Zeichner haben uns das Bild von seiner Figur und Bekleidung übermittelt. Ein magerer Körper, das Gesicht eher rund als lang, bleich die Haut, der Bartwuchs aschblond und spärlich wie bei uns Mexica. Er hatte O-Beine, als würde er aus dem Land der Früchte, des Kakaos und der Blumen stammen. Ein Bein war bogenartig gekrümmt, so daß die Knie auseinandergingen, wenn er die Füße nebeneinander stellte.

Unsere Chronisten erzählten, daß seine Worte, wenn er es wollte, einen Anflug von Milde bekamen und er mit dem Blick zu betören wußte.

Am ersten Besuchstag der aztekischen Edelleute trug er einen Ring mit einem riesengroßen Diamanten, und ein Medaillon zierte die Kappe, die er unter dem Helm trug. Eine Kette mit der Perle, die er von Moctezuma erhalten hatte, als dieser zum erstenmal eine Gesandtschaft zu ihm schickte, schmückte seinen Hals. Desgleichen trug er eine Goldkette, an der ein großes Medaillon mit den Bildnissen der Schutzmantelmadonna und Johannes des Täufers hing. Unterhalb der Lippe war die Narbe eines Säbelhiebes zu sehen, die sein

Gesicht verunzierte. So haben ihn unsere Maler auf den Porträts festgehalten, die sie während des ersten großen Besuchs der weisen Herren aus México Tenochtitlan von ihm gemacht haben.

Um die Besucher zu beeindrucken, wurde Cortés' Unterkunft mit allen möglichen Dingen ausstaffiert. Drei wilde Hunde saßen an seiner Seite. Cortés hatte dies angeordnet, weil ihm jemand erzählt hatte, daß sich ein römischer Herrscher auf diese Weise zu zeigen pflegte.

Teontintle betrat das Gemach von Hernán Cortés. Das erste, was ihm auffiel, war die Art, in der jener ein mit Tabak umwickeltes Holzröhrchen rauchte. Cortés sog den Rauch durch den Mund ein und stieß ihn durch die Nase wieder aus, so als wäre er schon lange ein Raucher. Hinter ihm standen Sklaven, die ihm Luft zufächelten. Es waren Leute aus der Karibik. Zwei Sklaven brachten ihm auf einem Silbertablett Wasser und Früchte. Wenn auch dieses Gepränge für einen Mann aus Kastilien geschmacklos und übertrieben war, erzielte es doch die beabsichtigte Wirkung.

Teontintle ließ seinen Blick über einige Männer schweifen, von Kopf bis Fuß in Silber gekleidet. Das waren Cortés' Offiziere, die sich mit ihren Rüstungen herausgeputzt hatten. Neben Cortés stand auf der einen Seite Malintzin, auf der anderen Jerónimo de Aguilar. Sie – die Zunge; er – der Papagei. Hinter jedem zwei Offiziere im Panzerhemd und mit gezückten Schwertern, die auf Teontintle wiesen.

Der aztekische Herr war in einer Sänfte hergetragen worden; vor Cortés' Quartier wurde er von seinen Trägern vorsichtig auf den Boden abgesetzt. Drei Adlerritter schritten vor ihm her. Sie gingen rückwärts, zum Zeichen des Respektes, und drehten Cortés solange ihren Rücken zu, bis Teontintle ihnen ein Zeichen gab. In der rechten Hand trug er eine Schale voller Blumen.

»O du, unser Herr! O du, unser Herr!« murmelte Teontintle, während er Hernán Cortés fest und mit dem Ausdruck der Verehrung ansah. Gleichzeitig beugte er ein Knie und berührte mit der rechten Hand die Erde; dann küßte er sie zum Zeichen der Ergebenheit, der Zurückhaltung und des Gehorsams.

Teontintles Begleitung, allesamt große Herren, wiederholten seine Worte. Malintzin übersetzte sie Jerónimo de Aguilar, und dieser Cortés. Ein Priester trat hervor. Er trug eine makellos weiße Tunika, die ihn von Kopf bis Fuß umhüllte. Sie war voller Schneckenhäuser. Er tanzte. Dieser Tanz symbolisierte die Schnecke. In seinen Händen hielt er eine Räucherpfanne mit Kopalharz, mit dem er alle anwesenden Personen beweihräucherte, besonders Cortés, der regungslos dasaß, als wäre er aus Stein oder Holz. Während er tanzte, lüftete der Priester die Bärte der Spanier in fast aufdringlicher Weise und hüllte sie in Rauch. Der Rauch folgte seinen Bewegungen, als wäre er Teil seines Körpers.

Solange er tanzte, schlug ein anderer, dem Rhythmus seiner Schritte folgend, langsam eine Trommel, die mit Quetzalfedern geschmückt war. Der Priester beendete seinen Tanz, indem er die letzte Rauchwolke zu dem noch immer regungslosen Cortés wedelte.

»Das war der Quetzalcóatl-Tanz, vorgeführt von einem ihrer Priester«, flüsterte Malintzin Cortés ins Ohr.

Nachdem der Priester seinen Tanz beendet hatte, war die Reihe an einer wunderschönen Frau. Sie trug das Gewand einer Adlerkriegerin. Nur daß es durch und durch grün war. Malintzin erklärte: »Ihr Name ist Tozquentzin. Sie ist die Herrin des Krieges und führt als Zweite das Kommando im Haus der Kriegerinnen, gleich nach Matla, der Frau, die wie mit Jaguarkrallen befiehlt.«

Tozquentzin begann ihren Tanz, während eine andere Frau den Soldaten Blüten zuwarf. Tozquentzin tanzte und ließ nach und nach ihre Kleidung fallen, bis sie am Ende völlig nackt war. Der Tanz dauerte eine halbe Stunde. Zeit genug, um zu beobachten, wie die Gefährten von Hernán Cortés bei jeder ihrer Bewegungen in immer größere Erregung verfielen. Am

Schluß des Tanzes stieß sie ein Wort aus, das nur die Mexica hörten, die sich in ihrer Nähe befanden, so daß Malintzin es nicht übersetzen konnte: »Campa uee … campa uee!«

Nun war es an Cortés, das Wort zu ergreifen. Er starrte auf Teontintles Begleitung. Er betrachtete die Adler-, die Kojote-, die Jaguar-, die Bären- und Ozelot-Ritter, und am Ende glitten seine Augen wieder über Tozquentzins nackten Körper. Dann öffnete er den Mund und sagte zu Jerónimo de Aguilar, damit er es für Malintzin und diese wiederum für Teontintle übersetzte: »Seid willkommen an diesem Ort, willkommen im Haus des Herrschers des Universums.«

»O du, mein Herr! O du, mein Herr!« entgegnete Teontintle bewegt, als er inne wurde, daß die Worte ihm galten.

In diesem Augenblick betrat der Priester Juan Díaz den Raum. Ihn begleitete Fray Bartolomé de Olmedo. Das geistliche Gewand, das sie trugen, kündete von der Pracht und Herrlichkeit der katholischen Kirche: weiße Talare mit goldenen und blauen Ornamenten. Gemessenen Schrittes kamen sie herein; der Pater trug ein Kreuz in Händen, das er in Augenhöhe hielt. Hinter ihm schritt Fray Bartolomé de Olmedo, nach links und rechts Weihrauch verteilend, bis der ganze Raum von einem milden Duft erfüllt war. Dann wechselte der Priester vor aller Augen das Gewand und zog ein anderes an. Es war dunkelviolett und mit reichem Goldbesatz versehen. An diesem Tag gedachten die Kastilianer und Aragonier des Todes ihres Gottes. Die Priester begannen mit einer Messe.

Teontintle und seine Begleitung verfolgten das alles mit großem Staunen. Sie waren an diesen Ort gekommen, um Tribut zu leisten und zu hören, was die Gesandten von Quetzalcóatl sagen würden, und jetzt gaben sich diese einer Zeremonie hin, die sehr große Ähnlichkeit mit der hatte, die sie selber im Großen Tempel von Tenochtitlan begingen, nur mit dem Unterschied, daß die Kleidung ihrer eigenen Priester bunter und aus Papier war.

Teontintle sah, wie der Pater einen Kelch hochhielt und Cortés und seine Offiziere sich niederknieten. Die Offiziere und Soldaten stimmten einen Chorgesang auf das Heilige Abendmahl an. Einigen von Cortés' Offizieren und Soldaten fiel es offenbar schwer, das Knie zu beugen, als würden sie durch die Kleidung, die sie trugen, behindert.

»Und wie sie so dastanden in ihren Kleidern aus Gold und Silber, hatten sie Mühe, sich zu bewegen und konnten ihr Knie kaum beugen ...«, würde Tozquentzin später Matla gegenüber bemerken.

Als die Messe zu Ende war, richtete sich Cortés wieder auf. Er bedeutete Teontintle mit einem Blick, daß er für die Unterredung bereit sei.

Teontintle schlug auf die kleine Trommel, die er um den Hals trug. Auf das Signal hin trugen Männer eine goldene Sonne herein, so groß wie das Rad eines Karrens aus Sevilla. Von gleicher Größe war ein silberner Mond. Andere Träger brachten weitere Kostbarkeiten aus Gold. Den Spaniern trat der Schweiß auf die Stirn. Nie zuvor hatten sie so viele Schätze auf einmal gesehen.

Der Priester an der Spitze von Teontintles Gefolgschaft überreichte Cortés einen goldenen Stab. Dann holte er mit Hilfe zweier anderer Priester aus einer Pinienkiste ein Kleidungsstück hervor. Dieses war vortrefflich aus weißer Baumwolle gewebt und mit zartgrünen Monden bestickt. Sie legten es Cortés an. Dann setzten sie ihm eine hohe Krone aus Quetzalfedern, die in goldenen Hülsen steckten, auf seinen Helm. Zwei weitere Priester brachten ihm als Geschenk ein Buch, das, auf den Boden ausgebreitet, fast vierzehn Meter maß.

»In diesem Buch, Herr, steht deine Geschichte. Darum haben wir es dir mitgebracht ...«

Die Priester hießen Cortés' Begleitung beiseite treten. Nun stand er allein in der Mitte des Raumes. In dem weißen Gewand, an dem die goldenen Schneckenhäuser bei jeder Bewegung einen Klang von sich gaben, sah er merkwürdig fremd aus. Er schien beeindruckt von all den vielen Geschenken, die ihm überreicht wurden.

»Dieses Kleid, Herr, ist das gleiche, das unser Herrscher Quetzalcóatl trug, als er unter uns lebte …«

In Cortés' unmittelbarer Nähe hörte man einen Ausruf von Pedo de Alvarado: »Bei Gott, in meinem ganzen Leben habe ich noch nie so viel Gold gesehen!«

Auch die anderen Soldaten und Offiziere konnten beim Anblick des vielen Goldes und all der prächtigen Kostbarkeiten nicht ihre Begierde verhehlen, selbst solch einen Schatz zu besitzen. Nachdem die über dreißig Träger die Kostbarkeiten zu Hernán Cortés' Füßen niedergelegt hatten, verneigte sich Teontintle vor dem Kapitän, berührte mit der Hand die Erde und sagte: »Du unser Gott, unser Herr: sei willkommen in deinem Haus. Seit langem haben wir dich erwartet, wir, deine Söhne. Mein Herr Moctezuma, der Herrscher von Meer zu Meer, bittet dich, dieses nichtige, deiner Größe unwürdige Geschenk anzunehmen und auch dieses kostbare Gewand, das du getragen hast, als du unter uns weiltest und unser König und Herrscher warst.«

Bei diesen Worten näherten sich Cortés vier andere Priester. Hauptmann Olid versuchte, sie zurückzuhalten, doch auf ein Zeichen seines Kapitäns trat er zur Seite. Die Priester streiften ihm das Gewand mit den Schneckengehäusen ab und legten ihm ein anderes, ebenso prächtiges Kleid an: einen grünen Umhang. Sein Gesicht aber bedeckten sie mit einer schwarzen Maske. Die vier Priester tanzten, und als sie den Tanz beendet hatten, fuhr Teontintle in seiner Rede fort: »Mein Herr Moctezuma schickt dir diese Geschenke mit der Bitte, daß du über das Meer dorthin zurückkehren mögest, von wo du aufgebrochen bist, und nicht über diesen Ort hinausgehst …«

Als Hernán Cortés diese Worte, die Jerónimo de Aguilar ihm getreu übersetzte, vernahm, wurde er wütend. Seinen Zorn zurückhaltend, sagte er jedoch mit Bedacht: »Sagt eurem Herrn Moctezuma, daß wir von sehr weit hergekommen sind, aus fernen Ländern, über das weite Meer, reitend im Donner der Nacht. Sagt ihm, daß es unser Wunsch und Wille ist, bis nach México Tenochtitlan zu gelangen. Gebt meine Worte genau wieder, Don Jerónimo de Aguilar, damit diese Indianer sie ja verstehen: bis nach México Tenochtitlan. Dies zu tun, zwingt uns unser Herr, der Höchste aller Herrscher, der Herr der Luft und der Sonne, des Mondes und der Flüsse, der Berge und Blumen, der Nacht und des Tages, aller künftigen und vergangenen Zeiten, unser Gebieter Don Carlos V. und seine Mutter Doña Juana, ihre königliche Hoheit von Kastilien und Aragón ...«

»Aber mein Herr Moctezuma ...«, versuchte Teontintle einzuwenden, doch Cortés, der bereits in Zorn geraten war, verlor die Beherrschung und schrie: »Das soll Euch reuen, Hund von einem Indianer! Schweigt! Ich bin Euer Herr, und von jetzt an habt mehr acht auf das, was Ihr sagt, denn es kann Euch sonst teuer zu stehen kommen!« Und er biß sich beim Sprechen auf die Lippe, unter der die Narbe zu sehen war. Und Tozquentzin wird Matla diese Szene mit den Worten beschreiben: »Beim Anblick meiner nackten und bebenden Brüste funkelten seine Augen, doch bei der Botschaft unseres Herrn Moctezuma wurden seine Lippen feuerrot und in seinem Blick lauerte die gleiche Wildheit wie bei den Schlangen, die sich zwischen den Blättern der Agave verbergen ...«

Wie zur Warnung traten Cortés' Offiziere, mit den Rüstungen rasselnd, einen Schritt vor, worauf Teontintle erschrocken einen Schritt zurückwich. Als die Krieger aus Tenochtitlan die drohende Gebärde der spanischen Offiziere sahen, wichen auch sie einen Schritt zurück. Malintzin flüsterte Jerónimo de Aguilar zu: »Diese Krieger stellen die Blüte von Moctezumas Heer dar. Dafür, daß sie einen Schritt zurückgewichen sind, wird man sie zum Tode verurteilen ...«

Cortés, der in seinem neuen Gewand ein wenig lächerlich wirkte, wiederholte mit gelassener Eindringlichkeit:

»Wißt, daß wir die Mächtigsten sind. Begreift das ein für allemal ... Wir sind die Mächtigsten! Ich fordere Euch zu einem Wettkampf heraus: Wählt drei Eurer berühmten hier anwesenden Krieger und laßt sie zum Kampf gegen einen meiner Ritter antreten. Drei gegen einen!«

Zur Bekräftigung dessen, was sein Kapitän gesagt hatte, trat Hauptmann Olid vor und postierte sich neben Teontintle. Tozquentzin, noch immer nackt und die Blicke der Kastilianer und Aragonier auf sich ziehend, schaute verlangend in die Augen des Herrschers Teontintle, als wolle sie sich zum Kampf anbieten, doch der aztekische Herr bewahrte Schweigen. Ein Adlerkrieger hielt sich gleichfalls bereit, den Befehl zu empfangen und sich gegen Hauptmann Olid zu werfen, doch da rief Teontintle niedergeschlagen: »Götter sind auch sie ...!«

»Hauptmann Olid«, sagte Cortés und gab ihm ein Zeichen. Eingeengt in seine Toledorüstung tat Hauptmann Olid noch einen Schritt nach vorn. Eine lange Quetzalfeder zierte den Kopf jedes Aztekenritters. Olid zückte sein Schwert und schnitt mit einem Hieb die drei Federn auf den Köpfen der drei Adlerritter ab. Diese rührten sich nicht, noch zeigten sie auch nur den leisesten Anflug von Angst oder Überraschung. Jeder der drei war ein Herr Düsteres Gesicht.

Cortés spürte, daß die Sache eine etwas zu barsche Wendung genommen hatte, und so kehrte er zu seinem ursprünglichen Begriff von Diplomatie zurück. Er bat Teontintle, mit ihm ins Freie zu treten, wo er einen Baldachin hatte aufstellen lassen. Dort setzte er sich auf einen Scherenstuhl. In seiner Nähe, doch etwas tiefer, hieß er Teontintle und einige der ihn begleitenden Priester Platz nehmen. Cortés' Truppen machten sich bereit, ein Beispiel ihrer Reitkunst zu geben. Die Sonne brannte auf die versammelten Personen herab.

Stolz reckten sich die Soldaten in ihrer eisernen Rüstung, die im Licht funkelte. Die Leiber der Pferde waren mit goldseidenen Netzen und Decken bedeckt. Es schossen die Falkonette und Lombarden. Als Ziel wurden große Bäume in der Umgebung ausgesucht. Im gleichen Augenblick, da ein Schuß abgefeuert wurde, hüllte sich der ganze Platz in Rauch, und der Baum fiel geborsten zu Boden. Dann preschte Alvarado mit seinem Pferd auf Teontintle los und brachte es dicht vor dem Gesandten zum Stehen, der vor sich hinstarrte und sich nicht einmal dann bewegte, als er das Pferd auf sich zukommen sah. Jetzt war er wieder ein aztekischer Herr, entsandt vom Oberhaupt, das die Küsten von Meer zu Meer bewacht, so wie der Adler seine Jungen.

Von diesem Augenblick an ließen die Azteken kein Anzeichen von Überraschung oder Angst mehr erkennen. Sie gaben sich unerschütterlich. Unsere Zeichner aber hielten fest, was sie sahen, und deshalb fielen in der Versammlung des Rates der Dreißig und der drei Städte später die Worte: »Sie sagen von sich, daß sie die Kinder Gottes sind …«

»Stimmt es, daß sie das Gesicht der Angst gezeigt haben?« fragte Matla.

»Als Cortés' Offizier einen Schritt nach vorn tat, wichen sie zwei zurück.«

Alle, die dabei gewesen, wurden durch den Großen Rat der drei Herrscherhäuser verurteilt, ihre Herzen Chachiutlatonac darzubringen, dem Gott der Morgenröte, dem Gott, der wie Jade leuchtet.

»Vielleicht verdienen es ihre Herzen nicht, vom Herrn des Hauses der Morgenröte empfangen zu werden«, rief Tozquentzin.

»Das Urteil des Rats ist weise, Tozquentzin. Es ist weise«, wiederholte Matla. »Sie sind würdig, auf den Wegen zu gehen, auf denen der Herr des Feuers, der Herr des Türkis, der Herr der Morgendämmerung, der Herr des Südens geht … Außerdem …« Sie stockte, doch dann setzte sie mit beinahe frostiger Stimme hinzu: »Außerdem sind wir, die adligen Kriegerinnen und Krieger, auf die Welt gekommen, um stets voranzuschreiten, und nicht, damit irgendein Fremder kommt und uns auffordert, zurückzuweichen …«

»Keiner?«

»Keiner … Ganz gleich, was unsere Tempelpriester dazu meinen. Keiner …«

»Unsere Priester werden bestimmt sagen, daß sie aus dem Schoß Gottes kommen …«

Matla dachte kurz über Tozquentzins Worte nach, und

dann fragte sie: »Du hast sie erlebt, nah bei deinem Atem, nah vor deinen Augen, nah bei deinen Seufzern. Sag, wie sind sie?«

»Herrin Matla, ich habe dir schon erzählt, daß ihre Augen wie Sonnen leuchten ...«

»Daß sie wie die Sonne leuchten sollen, hat unseren Herrscher von Meer zu Meer am meisten beeindruckt, und das habe ich auch auf den Bildern gesehen ... Doch sag, als dein Atem sie streifte, als du nackt vor ihnen getanzt hast, wie verhielten sie sich da?«

»Solange ich den Blauen Tanz des Morgens und den Tanz der Rose tanzte, fühlte ich ihre Blicke wie Dornen in meinen Körper dringen ...«

»Und was war mit ihm? Was sagten seine Augen?«

»Die Augen des Kapitäns Cortés sind das Gewaltigste, was er besitzt. Sie übertreffen seine Gestalt bei weitem ... Auf dem Kampffeld ist er sicher furchterregend ...«

»Furchterregend? So glaubst du also nicht, daß er ein Gott ist?«

»Ich bin nicht dort gewesen, um irgendwas zu glauben, sondern um meine Augen zu benutzen und alles zu beobachten, so wie du es mir befohlen hast ...«

»Und was hast du beobachtet?«

»Seine Augen betrachteten meinen tanzenden Körper, so wie man den Wind zu betrachten pflegt ... Er war mit seinen Gedanken woanders ... Und immerzu redete er im Namen eines Herrn der Herren und einer Herrin der Herrinnen ...«

»Was ist mit jener Frau? Wer ist sie?«

»Sie heißt Malintzin und ist eine Nahuachichimekin. Sie spielt die Rolle des Papageien ...«

»Die Rolle des Papageien? Unserem König Moctezuma wurde es anders berichtet. Es heißt, sie soll dem Kapitän Cortés Ratschläge erteilen ...«

»Sie spielt die Rolle des Papageien und übersetzt aus der Sprache der Leute, die im Land der Früchte und der Baumwolle leben, ins Nahuachichimekische. Sie ist ein Mädchen.«

»Besitzt er viele Sklavinnen?«

»Viele … Unter ihnen befinden sich Frauen, die sie von den Inseln jenseits des Meeres mitgebracht haben, aber auch andere, die ihnen die Leute aus dem Süden als kleine Schwestern geschenkt haben. Aber sie behandeln sie nicht wie kleine Schwestern. Sie benutzen sie als Huren …«

Nach Tozquentzins letzten Worten murmelte Matla sinnend: »Wird das auch unser Schicksal sein?« Sogleich aber fragte sie neugierig: »Was erzählen die Mädchen? Verstehen sie was von der Liebe?«

»Die Mädchen sagen, daß sie übel riechen, sich nie baden und beim Liebesakt nicht ausziehen.«

»Heißt es, daß sie sich nicht an die Stunden des Bades halten?«

»Vor allem er … er stinkt wie alle seine Männer zusammen.«

VII

Es war ein Gottesdienst auf offenem Feld. Für Cortés hatte man eine Federmatte ausgebreitet, damit er auf ihr knien konnte. Die Macehualtin, die Teontintle den Spaniern als Diener geschenkt hatte, kamen herbei und schauten neugierig zu. Cortés wußte, daß er ständig beobachtet wurde und daß alles, was er tat, tagtäglich dem Herrscher Moctezuma berichtet wurde.

»Jeden Tag? Das kann nicht sein! México Tenochtitlan ist weit entfernt!«

Doch Malintzin hatte ihn aufgeklärt.

»Der Ort hier ist für die Herrscher in Tenochtitlan keineswegs so weit entfernt. Durch die Läufer aus dem Haus von Chalco sind sie stets über alles im Bilde.«

Und dann hatte sie ihm von den Läufern aus dem Haus von Chalco erzählt. Es waren im Lauf geübte Männer und Frauen.

Auf ebenem Gelände pflegten sie vierhundert Meter zurückzulegen. Dann erfolgte die Ablösung, und ein anderer Läufer trug die Botschaft weiter. Wieder vierhundert Meter. Auf schwierigem Gelände, zum Beispiel bergauf, trug der Läufer sie nur zweihundert Meter. Bergab legte er mehr als fünfhundert Meter zurück. Ob in der Wüste, in den Bergen oder in den Sümpfen, nie hielt die Botschaft an. Weder am Tag noch bei Nacht. Auch nicht bei Regen, Gewitter oder Sturm. Die Jungen und Mädchen liefen und liefen. Dies war auch der Grund, weshalb die Herrscher in Tenochtitlan, Texcoco und Tlacopan jeden Tag frischen Fisch aus den Südmeeren bekamen. Nach Malintzins Bericht hatte Cortés sich damit abgefunden, daß Moctezuma tagaus, tagein über jeden seiner Schritte unterrichtet wurde.

Die Zeremonie, die sich nun vollzog, war aufsehenerregend, auch wegen der vielen Blumen. Ob Soldat oder Offizier, alle erschienen in Gala. Die Musiker begannen mit einem Gesang auf die Schutzmantelmadonna und intonierten einen Militärmarsch. Sobald die Musik verklang, zelebrierte der Priester die Messe. »Für die Predigt sollten sehr präzise Worte gewählt werden«, hatte Kapitän Cortés den Priestern empfohlen.

»Und denkt daran, daß die Tür zum Herzen unseres Herrn Jesus Christus jetzt und immerdar weit geöffnet ist und seine teuren Arme all unsere Leiden aufnehmen … Denkt daran, daß unsere heilige Mutter Kirche auch des Zehnten bedarf, den wir unter den Ungläubigen, zu denen uns der Herr Jesus Christus geschickt hat, in reichem Maße finden werden.« Pater Juan Díaz machte eine Pause, schielte zu Hernán Cortés hinüber und fügte hinzu: »Erinnert euch, daß ihr euern Kopf stets voller Sanftmut vor dem Gebot Gottes, unseres Herrn, beugen sollt, und daß wir kein Scharmützel beginnen dürfen, nur um den Zehnten für unsere Mutter Kirche zu bekommen, denn Gott, der alles weiß, führt genau Rechnung über die Schuldigkeit seiner christlichen Diener.«

Pater Juan Díaz setzte die Messe in Latein fort. Nachdem er den Kelch geküßt und sich niedergekniet hatte, blickte er zu den Soldaten, und seine bleichen Hände und Arme in Form eines Kreuzes emporhebend, sagte er voller Inbrunst: »Dominus vobiscum.«

»Et cum Spiritu tuo«, antwortete Fray Bartolomé de Olmedo mit klangvoller Stimme.

»Benedicto Dei, omnipotentis ...«

Und sich dem Publikum zuwendend, schlug er das Zeichen des Kreuzes und wiederholte: »Patre et Filii et Spiritus Sancti.«

»Amen«, sagte Fray Bartolomé.

»Amen«, wiederholte Cortés und mit ihm das ganze Heer, laut und wie ein Echo.

»Ite misae est.«

»Deo gratias.«

Nach der Feldmesse versammelte Cortés seine Offiziere und Anhänger in seinem Zelt. Außer dem Priester Juan Díaz waren anwesend: Fray Bartolomé de Olmedo, Pedo de Alvarado und seine vier Brüder, Andrés Tapia, Diego de Ordaz, Francisco de Montejo, Cristóbal de Olid, Juan Velázquez de León und Alonso Hernández de Portocarrero. Aus einem besonderen Grund war auch Kapitän Olominos, Flottenführer und Steuermann der Medellín, des Flaggschiffes von Hernán Cortés, eingeladen worden. Noch wußten die Offiziere nicht, weshalb Cortés sie nach der Messe zusammengerufen hatte.

»Herr Kapitän, die Leute murren weiter. Sie sind unzufrieden.«

»Juan Velázquez hat recht«, pflichtete Olominos demselben bei.

»Die Tatsache, daß einem der Empörer, die versucht hatten, auf einem Schiff nach Kuba zu fliehen, der Fuß abgehackt wurde, hat die Soldaten keineswegs beschwichtigt; sie sind mißmutig und verärgert ...«

Pedro de Alvarado unterstützte die Worte von Olominos: »Da... da... das stimmt, Don Her... Her... Hernán.« Und weiter stotternd fügte er hinzu, daß die Soldaten sich im klaren darüber wären, daß sie sich außerhalb des Gesetzes bewegten und daß Cortés ... »Wehe uns, wenn wir der Piraterie angeklagt werden ...«

Cortés ließ seinen Blick auf Alvarado ruhen, der gemeinsam mit Montejo, einem anderen seiner Offiziere, schon früher einmal die mexikanischen Küsten mit der Absicht befahren hatte, Gold zu erbeuten.

»Der Piraterie, Hauptmann? Ich, Hernán Cortés, angeklagt der Piraterie?«

»Ja, Kapitän, der Piraterie«, mischte sich Hauptmann Montejo ein, um gleich darauf hart hinzuzufügen: »Wir alle wissen, daß Euer Schicksal auch unseres sein wird, das sage ich Euch bei allem Respekt.«

»Aber auf uns wartet Gold.«

Wieder wollte Alvarado dazwischenfahren, doch da er noch schlimmer stotterte als sonst, war es Montejo, der im Namen der Offiziere das Wort ergriff: »Wenn der Statthalter uns schnappt, nutzt uns das Gold gar nichts. Dann wird man uns allesamt auf dem höchsten Mast Eures Flaggschiffes aufhängen und Euch als ersten ...«

»Ich kenne den Statthalter sehr gut, er ist mein Verwandter. Und ich sage Euch, genau das wird er tun. Der Himmel möge uns beschützen!« sagte Juan Velázquez de León.

Wütend sprang Cortés auf.

»Zum Teufel! Ihr redet wie alte Weiber! Wir sind auf ein Land gestoßen, das grenzenlos ist, und ihr wollt, daß wir wie feige Hasen vor der großen Chance unseres Lebens davonlaufen sollen. Meine Herren, hier gibt es Gold im Überfluß! Gold! Gold! Gold! Hört ihr? Ihr habt es mit eigenen Augen gesehen, ihr habt es selber berührt! Hier gibt es Gold genug, um alle schönen Frauen aus dem Viertel Santa Cruz in Sevilla in eine Mantille zu hüllen ... Wenn wir reichlich Gold finden, sind wir keine Männer mehr, die außerhalb des Gesetzes stehen, sondern Herren der Sonne, so wie die Wilden, die in diesen Regionen leben. Gold! Denkt gut über meine Worte nach ... Ihr werdet die Herren von Toledo sein, von Segovia, Medellín, Sevilla. Ihr werdet Diener haben, die euch in Sänften tragen, und Mäntel aus Perlen werdet ihr haben, und die besten Kunsthandwerker Toledos werden sich um die Ehre raufen, eure Schwerter stählen zu dürfen. Und ihr sprecht davon zurückzukehren, zu dieser Insel Kuba zu fliehen, wo es nichts als Mücken gibt, um den Rest eures Lebens Zuckerwerk zu verkaufen. Eines bin ich gewiß, ihr seid Männer von geringem Glauben … Ich bitte euch jetzt zu gehen, ich möchte allein mit Kapitän Olominos sprechen.«

Kaum war er mit dem Schiffsführer allein, sagte er: »Seht zu, wie Ihr alle Schiffe versenkt. Schärft Euern Verstand, sagt einfach, der Holzwurm habe sie stark beschädigt, so daß sie sich nicht mehr länger halten.«

Olominos blickte ihn zweifelnd an, dann erwiderte er zögernd: »Ein Befehl, der schwer zu erfüllen ist, Kapitän.«

»Es gibt keine Befehle, die schwer zu erfüllen sind, Kapitän.«

Cortés öffnete eine Truhe, holte eine Handvoll Zierrat heraus, füllte damit Olominos' Mütze und fügte hinzu: »Nehmt, und daß es noch diese Nacht geschieht. Die Schiffe müssen versenkt werden. Zuvor jedoch holt alles von Bord, was Euch irgendwie nützlich erscheint.« Er hielt inne und setzte hinzu: »Laßt einzig und allein das Flaggschiff übrig, die *Medellín*, mein Schiff. Alle anderen versenkt!«

Als Olominos den Raum verlassen hatte, meldete die Türwache, daß Hauptmann Juan Verlázquez de León den Kapitän zu sprechen wünsche.

»Laßt ihn herein.«

»Kapitän, mir scheint, es gibt eine Möglichkeit, um zu verhindern, daß man uns jemals wegen Piraterie mit der Todesstrafe droht.«

»Versteht Ihr Euch denn auf Gesetze?«

»Ein wenig. Wie Ihr habe auch ich die Hörsäle in Salamanca besucht.«

»Woher wißt Ihr das?«

»Man webt bereits an Eurer Legende.«

»Ihr irrt. Mein Aufenthalt in Salamanca währte nicht länger

als drei Monate. Damals war ich fünfzehn. Nicht einmal die Lateinstunden habe ich richtig absolviert. Wie Ihr seht, ist die Legende falsch.«

»Herr, widerlegt sie nicht, sie wird Eure Tunika der Weisheit sein.«

»Nennt mir Euer Rezept, Hauptmann Velázquez. Ich bin bereit, Euch zu unterstützen, so es dem Herrn zum Ruhme gereicht.« Juan Velázquez de León flüsterte ihm ein paar Worte ins Ohr. Schallend lachten beide los.

»Ausgezeichnet, tut, was Ihr vorgeschlagen habt.«

Juan Velázquez de León und Cortés verließen das Zelt in kameradschaftlicher Eintracht. Der Abend ging langsam in die Nacht über.

Eine Reihe Sklaven war dabei, die Schiffe abzuwracken. Es waren sowohl karibische als auch aztekische Sklaven, letztere gehörten zu jenen, die auf Geheiß von Moctezuma dagebliebben waren, um den Spaniern zu Diensten zu sein und Cortés' Schritte auszukundschaften. Die meisten Schiffe waren schon halb versenkt. Nur eins schaukelte noch anmutig auf den Wellen. Eine Gruppe Spanier machte sich daran, die wichtigsten Teile, die sie von den versenkten Schiffen gerettet hatten, unter Sandhügeln zu verbergen. Zu diesem Zweck errichteten sie eine Art Silo und verpackten die Gegenstände in aztekische Matten und Decken. Einige der Soldaten ließen ein paar Bemerkungen fallen, doch sobald sie Cortés ansichtig wurden, verstummten sie. Sie kannten die Geschichte von Umbría, den Cortés einen Fuß hatte abhacken lassen, und auch die der beiden anderen, die noch inmmer am Ast des größten Baumes in der Mitte des neugegründeten Ortes in der Sonne trockneten.

Bevor es endgültig Nacht wurde, befahl Cortés, für die Truppe die Trommel zu schlagen. Kurz darauf waren alle versammelt.

»Brüder, Kameraden in Waffen … Wir waren gezwungen, die Schiffe abzuwracken, weil, wir ihr selber gesehen habt, der

Wurm das Holz angegriffen und bereits die Wasserlinie bedroht hat. Aber, meine Waffenbrüder, unsere Zukunft liegt nicht auf den Schiffen, die zu nichts mehr nütze sind, sondern dort …« Und er wies in die Richtung, in der sich die mexikanischen Berge erhoben. »Jetzt müßt ihr euch entscheiden, ob ihr mit oder gegen Gott seid, denn die Güte unseres Herrn Jesus Christus und das heilige Blut, das er für unsere Erlösung vergossen hat, weisen uns einen anderen Weg, und diesem Vorsatz wollen wir uns anschließen.«

Die Soldaten schwangen ihre Schwerter, Musketen, Armbrüste und Lanzen und riefen wie aus einem Mund: »Hurra! Hurra!«

Freudig umarmte einer den anderen. Vergessen war aller Zwist.

Vor Cortés' Zelt waren Stimmen zu hören.

»Los, alle Mann ins Zelt des Kapitäns!«

Es galt etwas Wichtiges zu besprechen. Juan Velázquez de León, Fuchs unter Füchsen, hatte Hernán Cortés den klügsten und besten Rat gegeben, den dieser erhalten konnte. Die ganze Nacht hatte Cortés damit zugebracht, sich immer wieder zu sagen, daß die Idee genial war. Juan Velázquez de León, ausgerechnet von ihm mußte sie stammen! Wenn alles gut lief, würde er mit ihm die Ehre, den Ruhm und das Gold teilen!

»Es gibt dabei nur ein Problem, Kapitän, und wir können nicht umhin, es im Protokoll über die Bildung des Stadtrates festzuhalten.«

»Welches?«

»Unsere Männer sind mehrheitlich Soldaten, und mit einem Heer läßt sich kein Stadtrat konstituieren.«

»Wer verbietet das?«

»Die Gesetze von Burgos, erlassen von unserer katholischen Königin Isabel und ihrem erhabenen Gemahl, dem Großvater unseres Gebieters Karl V., den Gott für alle Zeit beschützen möge.«

»Gut«, meinte Cortés nachdenklich, »das mit den Soldaten

wißt Ihr, doch nicht ihre Majestäten … Unterlaßt es, in der Urkunde über die Konstituierung des Stadtrates die Herkunft der Leute zu erwähnen, deren Stimme Ihr erhalten werdet. Führt auch nicht an, daß es sich bei einigen um Griechen, Juden, Neapolitaner, Venezianer, Mauren, Neuchristen oder Katalanen handelt. Vermerkt lediglich, daß es Männer aus Kastilien und Aragón sind.«

Eine Stunde später wurde die erste Versammlung der Spanier auf mexikanischem Boden eröffnet. Hernán Cortés führte den Vorsitz. Der Platz war voller Menschen. Männer, Frauen – alle ohne Waffen. Man hatte ein Sonnentuch aufgespannt. Darunter saß auf seinem Scherenstuhl und umgeben von seinen Offizieren Hernán Cortés, der die Versammlung feierlich eröffnete.

»Es ist der Wille des Statthalters von Kuba, daß ihr dieses Land nicht besiedelt. Für ihn zählen auch nicht die Toten, die wir zu beklagen haben. Der Statthalter von Kuba will, daß wir unsere Mission als erfüllt betrachten. Wir sind in dieses Land gekommen, um Tauschhandel zu treiben, und Tauschhandel haben wir getrieben. Ihr alle könnt das bezeugen.« Er machte eine Pause und ließ den Blick über die Anwesenden schweifen. »Nach Don Diego Velázquez, der von seiner erlauchten Majestät Karl V., den Gott allzeit beschirmen möge, zum Statthalter von Kuba ernannt worden ist, seid ihr nicht ermächtigt, Siedlungen zu gründen. Ihr habt in diesem fruchtbaren mexikanischen Land keinen Anspruch auf Besitz. Es bleibt euch nichts anderes übrig, als euch an fremde Stätten zu begeben und dort in Armut zu altern, oder euch anheuern zu lassen, um ein Stück vom Ruhm und der Ehre anderer zu erbetteln. Wenn es nach dem Willen des Statthalters von Kuba geht, werden andere nach uns kommen, die die Ehre und das Land an sich reißen, das eure Anstrengung und nicht meine zu erobern verstand, denn ich bin nur der bescheidene Diener des Herrn, der euch hierher geführt hat.«

Das Mienenspiel der Soldaten änderte sich, je nachdem, welchen Ausdruck Cortés in seinen Blick legte. Erwartungsvoll hörten sie ihm zu und unterstrichen mit ihren Gesten jedes Wort, das er sagte, jede Pause, die er machte.

»Deshalb schlagen wir, eure Offiziere, euch vor, daß wir zum höchsten Ruhm Gottes und unserer Gebieter, ihrer königlichen Majestäten Doña Juana und Don Carlos, welche die heilige Schutzmantelmadonna in ihrer Herrlichkeit ewig erleuchten und beschirmen möge, einen Stadtrat bilden, damit wir auf diese Weise die Stimme des Volkes geltend machen.«

Der Reihe nach traten die Anwesenden an den Tisch, auf dem ein aztekischer weißer Baumwollstoff lag, mit Schmetterlingen und Schneckengehäusen besetzt. Da die überwiegende Mehrheit der Soldaten des Lesens und Schreibens unkundig war, sprach jeder sein »Ja« und wiederholte die Worte: »Zum Nutzen unseres Königs und unserer Königin stimme ich für den Stadtrat.«

Nachdem auch der letzte vor dem Tisch erschienen war, zählte der Sekretär Godoy die Stimmen. Es herrschte Einstimmigkeit. Cortés erhob sich feierlich, blickte auf die Versammlung und sagte: »Hiermit hat sich am heutigen Tag der ehrenwerte Stadtrat von Villa Rica de la Vera Cruz konstituiert ...«

Jubelnd riefen die Soldaten: »Es lebe der König! Es lebe die Königin!« Und sie lachten und umarmten sich.

Lächelnd blickte Malintzin Kapitän Cortés an, ohne zu begreifen, was hier vor sich ging. Anschließend wurden die Ratsherren bestimmt.

»Im Namen der Gesetze von Kastilien und Aragón werden folgende Herren zu Mitgliedern des Stadtrates ernannt: Pedro und Alonso de Alvarado, Francisco de Montejo, Velázquez de León, Diego de Godoy, Gonzalo de Sandoval, – der das Amt des Sekretärs übernimmt – Cristóbal de Olid, Juan de Escalante, Gonzalo Mejía und Alonso de Avila.«

Die Genannten waren durchweg enge Freunde von Hernán Cortés, die wie er danach trachteten, sich der Bevormundung durch Don Diego Velázquez zu entziehen. Nachdem wieder Ruhe eingetreten war, holte Hernán Cortés, der nicht dem

Rat angehörte, aus dem Brustlatz seines Wamses einen Brief hervor und wandte sich an den ehrenwerten Rat von Villa Rica de la Vera Cruz.

»Ehrenwerte Herren, mit der Konstituierung des Stadtrates wird die Machtbefugnis ungültig, die mir der Statthalter der Insel Kuba, Don Diego de Velázquez, erteilt hat, als er mir im Namen unseres Königs Don Carlos und seiner erlauchten Mutter Doña Juana von Kastilien und Aragón, die Gott der Allmächtige allzeit beschützen möge, das Amt des Befehlshabers dieses Heeres übertrug.« Bei der Nennung der spanischen Könige erhob sich die Versammlung. Alle entblößten ihr Haupt.

»Und da diese Vollmachten den Interessen unserer erlauchten Majestät nicht günstig sind, händige ich sie dem ehrenwerten Rat aus und gebe auch die vom Statthalter auf Kuba ausgestellte Ernennungsurkunde zurück, damit Ihr, die Ihr nunmehr die Vertretung des Volkes verkörpert, meinen formalen Rücktritt von dem genannten Amt eines Generalkapitäns entgegennehmen und Euch mithin frei entscheiden könnt, einen anderen zu benennen, der mich ersetzt.«

Der Präsident des Stadtrates nahm die Ernennungsurkunde des Hernán Cortés, faltete sie auseinander, reichte sie an seine Gefährten weiter, die vorgaben, sie zu lesen, ehe sie das Schriftstück mit einer großen feierlichen Geste vor dem Sekretär Sandoval ausbreiteten und erklärten: »Schreibt alles auf.«

»Ich bin bereit«, antwortete der Angesprochene.

Nach diesen Worten zerriß der Präsident langsam den Brief des Statthalters Don Diego Velázquez. Dann sagte er, sich an Hernán Cortés wendend: »Ich bitte den ehemaligen Generalkapitän Don Hernán Cortés, den Ort dieser Versammlung zu verlassen, damit der Stadtrat ohne seine Anwesenheit tagen kann.«

Cortés verbeugte und entfernte sich. Die Blicke seiner Soldaten, die nicht ahnten, was hier gespielt wurde, folgten ihm. Godoy, der sich in den Gesetzen auskannte, erläuterte: »Unsere Gesetze und unsere Gerichtsbarkeit erheischen, daß wir im Namen des Volkes von Villa Rica de la Vera Cruz nunmehr dazu schreiten, die Ämter des Oberrichters und des Oberbefehlshabers über all die neuen Länder ihrer erlauchten Majestäten Don Carlos und Doña Juana, denen Gott ewige Gesundheit und Glück schenken möge, zu wählen ...«

Als die Wache Cortés wieder vor die Anwesenden führte, erhoben sich der Präsident und die Ratsherren, und die übrige Versammlung tat es ihnen nach. Der Stadtrat hatte seine Entscheidung getroffen: »In allgemeiner Absprache und im Interesse aller Einwohner von Villa Rica de la Vera Cruz haben wir beschlossen, Euch, Hernán Cortés, gebürtig aus Medellín, Provinz Extremadura, an diesem Ort, an dem wir in öffentlicher Sitzung versammelt sind, zum Generalkapitän und Obersten Richter zu ernennen.«

Die Anwesenden klatschten in die Hände und brachen in Jubelrufe aus. Allmählich begriff Malintzin, was hier geschah. Voller Dankbarkeit blickte sie Cortés an.

Noch am gleichen Abend erließ Hernán Cortés als Oberrichter und Generalkapitän des neugegründeten Landes von Villa Rica de la Vera Cruz seinen ersten Befehl: »Stellt in der Mitte der Stadt einen Pranger auf, damit wir jeden ungläubigen Indianer hinrichten, der sich erdreisten sollte, die Gesetze und Anordnungen des Stadtrates zu mißachten.«

Die Nacht war bereits fortgeschritten. Hernán Cortés befand sich in seinem Quartier. Von draußen drang das Geräusch träge mahlender Meereswellen an sein Ohr. Der Wind strich über die sich in der Stille der Dunkelheit wiegenden Zweige der Bäume. Man hörte Hundegebell. Das waren die Tiere vom Trupp der Hundeführer, die einen Teil des spanischen Heeres bildeten. Seit Tagen hatte es keine Gefangenen mehr gegeben, die sie ihnen zum Fraß hätten vorwerfen können.

»Die Hunde haben Hunger«, hatte der Feldwebel der Meute gemeldet.

»Wartet noch«, hatte Cortés gesagt.

Und man hörte auch das gemessene Kommen und Gehen

der Wachsoldaten, die ihre Runde machten und ihr Parolen riefen.

»Maria, Mutter Gottes ...«

»Santiago und Schluß ...«

Und da war noch die Stimme des Nachtwächters, der die Stunde verkündete. Ein melodischer Ruf, der sich alsbald in der Dunkelheit verlor:

»Ave María purísima ... Ave María, du Reinste der Reinen ...« Ein Hund heulte mehrmals vor Hunger, und dann war die Nacht auch schon halb vorüber.

»Maria, Mutter Gottes ...«

»Santiago und Schluß ...«

Das Holzhaus, das Cortés als Unterkunft diente, war aus den Resten der zerstörten Schiffe errichtet worden. Cortés stand im Raum, die Hände auf dem Rücken, und sann nach. Er trug einen prächtigen Rock aus dunkelviolettem Samt. In seiner Gesellschaft befand sich Godoy, der bereits das Protokoll über den Verlauf der Sitzung des Stadtrates angefertigt hatte. Ein Feuer, wie bei den Azteken üblich, erleuchtete den Raum.

»Habt Ihr alles notiert?«

»Alles, mein Kapitän.«

»Gut. Ihre Majestäten sollen in dem ersten Brief, den ich ihnen zusammen mit dem Gold schicke, von der großen Bedürftigkeit erfahren, die in diesem Land herrscht, das vom christlichen Glauben so weit entfernt ist. Habt Ihr geschrieben, daß wir dringend Franziskanermönche benötigen, um das Christentum zu vermehren?«

»Hab ich, Kapitän.«

»Und habt Ihr angemerkt, worum ich Euch gebeten habe?«

»Wort für Wort, Herr. Hört selbst: ›Hier, in Mexiko, gibt es Sodomiten in großer Zahl und viel Hurerei bei Mädchen im Kindesalter. Der Verzehr von Menschenfleisch ist allgemein üblich. In unseren Augen ein verwerflicher, satanischer Akt ...‹«

»Gut, sehr gut, das gestattet uns, diese Menschen zu verkaufen, die gemäß der Verfügung der erlauchten Großmutterkönigin, Doña Isabel der Katholischen, die in Frieden in Gottes würdigem Schoß ruhen möge, nicht als Sklaven arbeiten dürfen. Gut, sehr gut. Und gut ist auch, daß wir darum bitten, uns andere Priester zu schicken, denn als ich in meiner Eigenschaft als Oberrichter und Generalkapitän befahl, Gonzalo de Umbría einen Fuß abzuhacken und Escudero und seinen Kameraden wegen Aufsässigkeit und Meuterei aufzuhängen, wurde der Mönch Juan Díaz ein wenig frech und gemahnte mich, daß er hier der einzige sei, der das Recht hätte, unsere Seelen mit der Gnade der Heiligen Kommunion zu erfüllen.« Er machte eine Pause, bevor er fortfuhr: »Fügt hinzu …«

Und Godoy schrieb weiter, während Cortés in die Flamme blickte, die aus den Scheiten der Okotefichte, die es hier überall in großen Mengen gab und deren Holz die spanische Fackel ersetzte, züngelte.

»Der von den Soldaten aus Kastilien und Aragón bewiesene Mut ist groß und gereicht uns zu hohem Nutzen, doch kann ich nicht das gleiche von jenen behaupten, die aus anderen Regionen Eures Reiches kommen, weshalb ich Euch flehentlich ersuche, die Erlaubnis zu erteilen, daß Hauptmann Portocarrero, der Euch gemeinsam mit Don Francisco de Montejo dieses Sendschreiben überbringen und vor Euer Gnaden mit dem Gold hintreten wird, das aus dem Land stammt, welches wir in Eurem Namen und zum ewigen Ruhm der Streitmacht von Kastilien und Aragón besiedelt haben, mit neuen Männern zurückkommen darf. Erwählt Leute von Wort, und mögen sie aus dem genannten Kastilien und Aragón kommen, auf daß sie dieses an Versprechen so reiche Land betreten und besiedeln.«

»Wollt Ihr die Sache mit den Schiffen erwähnen, Herr?«

Cortés, der solch eine Frage nicht erwartet hatte, schwankte einen Augenblick, doch dann antwortete er: »Schreibt, daß sie ein Opfer natürlicher Fäulnis geworden sind und daß nur das Flaggschiff, welches die Schätze birgt, gerettet werden konnte.«

Er setzte sich und streichelte den Griff seines Schwertes. Zum Schluß sagte er: »Laßt Euch am Ende des Briefes von der Weite des Gedankens leiten und achtet darauf, daß jedes Wort, das Ihr schreibt, von hohem Adel zeugt, damit keiner den Verdacht hege, daß ich mich weder aufs Schreiben noch auf schöne Worte verstehe. Macht alles hübsch und fein, denn Ihr tut es in meinem Namen.«

»Seid unbesorgt, Herr, ich bin ein alter Kenner von Don Alfonso dem Weisen. Hört, wie ich den Brief zu enden gedenke: Durchlauchteste und allermächtigste fürstliche Exzellenzen, sehr katholische und erhabene Könige und Gebieter Don Carlos und Doña Juana, empfanget von Eurem untertänigsten Diener, der stets für Eure erlauchten Herrlichkeiten betet, zusätzlich zu diesem Brief diese mit Gold gefüllten Truhen …«

Da standen die Truhen, angefüllt mit Gold, Silber, Perlen, Federn … Godoy starrte sie an und rief: »So viel Gold …«

»Nach meinem Gefühl genug, um das Herz ihrer Majestät zu versüßen.« Bevor Godoy sich endgültig zurückzog, gab Cortés ihm noch eine letzte Anweisung: »Kennt Ihr Rodrigo de Castañeda und den Pagen Orteguilla?«

»Ich kenne sie von früher, sie sind recht sprachbegabt.«

»Es ist mein Wunsch, daß sie von morgen an täglich ein paar Stunden mit Jerónimo de Aguilar und Marina zusammen sind. Kümmert Euch darum, daß sie die Sprache der mexikanischen Indianer so bald wie möglich erlernen. Sagt den Offizieren, sie sollen sie von der Wache und anderen Pflichten entbinden, damit sie sich ausschließlich dieser Aufgabe widmen können.«

»Jawohl, Kapitän.«

Vor Cortés' Unterkunft heulten die Hunde weiter vor Hunger.

VIII

»So laß mich dir sagen, mein Gebieter, daß Tenochtitlan wie eine in der Morgendämmerung schwebende Quetzalfeder ist. Als Kind schon hörte ich ihre Geschichte, als wäre sie ein zarter, in meinem Innern wachsender Maiskolben. Dies sagte auch meine Schwester Xochiquetzal, Blühende Feder. Meine Mutter aber sprach von ihr als der Stadt Miahuaxihuitl, der türkisfarbenen Blüte des Mais.

Mein Großvater, der in den entfernten Zeiten von Moctezuma Ilhuicamina, dem Großen Himmelsschützen, ein tapferer Krieger gewesen ist, fand viele schöne Worte für die Stadt, die schläfrig im See lebt und die man von unserem Ort aus über die Wege des Cerve erreicht, über die Wege des Wachsens, ein Wort, das nicht von den Leuten aus Tenochtitlan stammt, doch das mir immer sehr gefallen hat. Die Leute sagten: Wir gehen nach Cerve, wir kommen von Cerve.

Die ersten Worte, die ich lernte, stammten nicht von meiner Mutter und nicht von meinem Vater. Es waren Worte auf Nahuatl. Mit einer Geduld, die der eines Agavenstachels glich, erklärte mir mein Großvater die Bedeutung der Farben der Erde und der Gewässer: ›Der Regen ist blau … Das Feuer ist rot, und gelb ist die Dürre.‹ Auf diese Weise erfuhr ich, daß es sich um ein Volk handelte, dem es gefiel, sich in Farben auszudrücken.

Mein Großvater ging hinein ins Gebirge und opferte dem Gott des Feuers, dem Türkisherrn, dem Herrn des Südens, dem Beschützer der Morgendämmerung, kleine Schmetterlinge, denn für ihn war dies der schönste aller Götter, die im fernen Tenochtitlan lebten, dort, auf den Wegen des Westens.

Mein Großvater erzählte mir, daß die Stadt seit unendlich vielen Jahren bestünde. Und daß sie älter wäre als alle Wege. Und daß es nicht wahr wäre, was der Tlatoani Itzcóatl, der

Herrscher von Tenochtitlan, der Herr Obsidianschlange, zu schreiben befahl, als er eines Tages anordnete, alle alten Bücher und alle weisen Greise, die diese Bücher lasen, zu verbrennen und über México Tenochtitlan eine neue Geschichte zu schreiben, die mit ihm beginnen sollte. Die Bibliotheken aller Orte, und das sind Hunderte rund um den Texcoco-See, wurden von den Kriegern des Itzcóatl in Brand gesetzt. Und er befahl, eine neue Geschichte zu schreiben, geschrieben von Schreibern, die ebenfalls neu wären, und das alles nannte er ein neues Erwachen. Aber mein Großvater sagte, daß die Geschichte der Stadt viel, viel älter sei und sich auf tausend Jahre beliefe.

Mein Großvater hatte aus Tenochtitlan Wurzelknollen vom Schilfrohr mitgebracht und sie an den Ufern unseres Flusses eingepflanzt. Auf diese Weise, so sagte er, habe das Leben in der großen Stadt seinen Anfang genommen.

›Eines Tages, kleine Enkelin, mein Baumwollfädchen, kleine Eulenfeder, du blaues Lächeln des Regens, kamen von weit, weit her fremde Leute, und diese gründeten die Stadt. Zuerst aber lernten sie, in dem seichten Gewässer am Seeufer Graswurzeln zu setzen, und bald schon kamen die Mücken und legten dort ihre Eier ab. Später trockneten sie die Grasbüschel und kratzten die kleinen Eier heraus. Mit den Eiern pflegten sie die Tortillas zu bestreichen. Nach einiger Zeit entdeckten sie, daß die Mücken als Nahrung ebenso taugten wie diese grüne, auf der Oberfläche der Lagune schwimmende Wolle. Auch begannen sie, aus den zu Millionen wachsenden Binsen Wände für ihre Hütten zu errichten, und heute benutzen sie die Binsen, um daraus den Icpalli, den Mattenthron, zu flechten, der für den Herrscher von Meer zu Meer bestimmt ist.‹

Abertausend Sklaven widmeten sich der Verarbeitung der Binsen, und am Ende waren es ihrer so viele, daß ihnen eines Tages ein Gott geboren wurde, der für sie sorgte. Er heißt Napatecuhtli, Herr der Vier Himmelsrichtungen, und ist der Gott derer, die die Binsen dieser und aller Lagunen verarbeiten.

Als der Brauch aufkam, Gefangene um eines Gottes willen zu opfern, wurden die Opfer zuvor mit Binsen besprüht, die man zu diesem Zwecke in grüne, mit Wasser gefüllte Kürbisse tauchte, damit sie die Feuchtigkeit aufsogen und anschwollen. Damals tauchten auch der erste Tanz und der erste Gesang auf, als die Handwerker der Flechtkunst vorm Opfern der Gefangenen tanzten und auf den Kanälen das Bildnis ihres Gottes zeigten, das aus reinem Schilf geflochten war.

Während der Herrschaftszeit von Moctezuma I. wurde das Gesetz eingeführt, nach dem auch die Mädchen die Kriegskunst erlernen mußten. Zu diesem Zwecke wurden sie nach Tenochtitlan gebracht. Hier lehrte man sie die Kunst, mit Pfeil und Bogen umzugehen, die Hartholzkeulen zu handhaben und die Boote zu steuern. Das hatte sich Tlacatecatl ausgedacht, ein Priester, der heute in Tenochtitlan die Stelle des zweiten Befehlshabers einnimmt. Sein Name aber geht auf den Bruder von Moctezuma I. zurück, der zu seiner Zeit überaus sichere Verteidigungsanlagen schuf und der zu sagen pflegte: ›Nie wird sich die Sonne verbergen, solange noch die Jungen und Mädchen von Tenochtitlan tanzen.‹

Die Einwohner von Tenochtitlan haben eine rauhe Redeweise. Meine Mutter sagte immer: ›Das sind die, die eine rauhe Rede führen …‹ Wenn sie in unseren Ort kamen oder durch ihn hindurchzogen, rannten wir Kinder vor ihnen davon und verkrochen uns im entlegensten Winkel der Häuser, denn die Tenocha sind sehr schlechte Menschen. Ständig streiften sie durch die Nachbarorte und suchten Herzen von Mädchen, Herzen von Jungen, die sie ihrem Gott Huitzilopochtli darbrachten. Sie sagten, sie seien auf der Suche nach Huitzilíhuitl, der Kolibrifeder; so nannten sie das todgeweihte Mädchen, den todgeweihten Jungen.

Und so kam es, daß die Gesandten Gottes die Wege des Hasses, die Wege der Angst, die Wege der Klage, die Wege der Tränen, die Wege der Trauer, die Wege der Asche auf dem Gesicht, den Händen und dem Kopf der Frauen mehr und mehr ausdehnten, hier und dort, von Ort zu Ort, von

Meer zu Meer. Dutzende Male zogen sie ihrer Wege auf der Suche nach Kolibrifedern. Wenn ein Tlatoani starb und sie die Maske mit dem Antlitz des Tlatoani vom Gesicht des Gottes Tezcatlipoca, den Beinlosen, nahmen, des Herrn Furchtbares Gesicht, des ruchlosen Gottes der Tenocha, der sich von Blut ernährt, dann waren die Wege von größerer Angst erfüllt als sonst, denn es genügte ihnen nicht, ein Stück Jade zwischen die Zähne des Verstorbenen zu stecken, bevor sie den Leichnam verbrannten, nein, sie brachten in seinem Namen auch Menschenopfer dar.

Gleiches geschah, wenn eine Herrin, die Frau des Tlatoani, starb. Außer Kindern wurden auch Bucklige und Zwerge geopfert und dazu noch ein paar rote Itzcuintli, Hunde, die der Frau des Herrschers auf ihrer Reise über den Fluß der Zeiten beistehen sollten. Das ist der Fluß, den wir Nahuachichimeken alle überqueren müssen, wenn unsere Zeit abgelaufen ist. Damit sie in Frieden über den Fluß der Zeiten im Jenseits setzen konnten, wandelten die Tenocha auf den Wegen der Angst und sammelten Mädchen und Knaben ein.

Die um den Herrscher oder um die Herrin Trauernden schmückten sich mit Federn, die für uns so wertvoll wie Juwelen sind. Die Herzen ihrer Sklaven aber wurden in die Flammen geworfen. Die Asche wurde vor dem Altar des großen Gottes Rauchender Spiegel auf einen Opferstein gelegt, und über den Altar hängten sie die Maske des oder der Verstorbenen mit kostbarer Einlegearbeit aus Jade. Und dann tanzten und sangen sie, und überall kehrte wieder Freude ein. Doch in den Orten wie dem unseren war die Trauer nicht mehr aus den Herzen zu bannen, und abermals waren die Wege von Angst erfüllt.

Mein Großvater war stark. Mein Großvater war gut. Mein Großvater gehörte zu den Tapferen der tapferen Krieger. Schon als Knabe mußte er für die Tenocha kämpfen, die selbst von blutjungen Männern verlangten, daß sie für sie in den Krieg zogen. Das Ziel der Kriege war es, die Grenzen der feindlichen Gebiete einzuengen. Sie sollten mit jedem Tag schmaler und schmaler werden, bis am Ende auf der Welt auch nicht ein unabhängiges Gebiet übrigbliebe, in das die Krieger der Azteken nicht vorgedrungen, durch das sie nicht gezogen wären.

Im Monat des Tecuilhitontli, des kleinen Herrenfestes, hatte ich, seit ich wie ein Rosenzweig erblüht war, stets große Angst. Meine Mutter sagte von mir, daß ich hübsch wäre. Auch mein Vater sagte, daß ich hübsch wäre. Und am Markttag sagten die Leute zu meiner Mutter: ›Deine Tochter bewegt sich schon wie ein Kolibriflügel.‹ Da schlug meine Mutter die Augen nieder, und ich fühlte, wie mir die Angst das Herz erdrückte. So wuchs ich auf mit der Angst; mit der Angst unter der Schlafmatte, mit der Angst im Schoß meines Lebens.

Die Priester der Tenocha kamen und suchten ein Mädchen, das die Göttin des Salzes verköpern und danach den Tod empfangen sollte. Das Mädchen, das man wie die Göttin gekleidet hatte, trug bei seinem Tanz goldene Pflöcke im Ohr; auf seinem Rock waren Wogen und Wolken gestickt, und an den Füßen trug es Sandalen, die die Meeresgischt darstellen sollten. Die Frauen tanzten und sangen, und ihr Gesang klang wie das Tirilieren der Vögel und wie Schellengeläut. Bei diesem Fest war es üblich, einen feindlichen Herrn hinzurichten: Vor dem ganzen Volk wurde ihm ein Blumenkranz um den Hals gelegt, den ein Priester langsam fester und fester zog, indes die Schellen und das Vogelträllern fröhlich weiterklangen. Die Sitte der Azteken, einem anderen zum Zeichen der Freude, der Freundschaft und des Grußes einen Blumenkranz um den Hals zu legen, habe ich immer als sehr roh empfunden.

Es war auf dem Markt der Stadt, wo ich zum erstenmal einer Frau begegnet bin, die weder zum Volke der Totonaken noch zum Volk der Chichimeken gehörte. Sie war eine Nahua-Indianerin, eine sehr edle Herrin. Die Nahua laufen nicht mit entblößter Brust herum, so wie wir Chichimeken. Sie verhüllen ihre Brüste mit schön bestickten Hemden, und um die Hüfte tragen sie rote und weiße Röcke.

Solange die Azteken, die Himmelsschützen, die Schmetterlingsjäger, die Männer mit der rauhen Sprache, nicht in unseren Ort kamen, führten wir ein einfaches Leben, so einfach wie in einem Schwalbennest. An den Abenden setzten sich meine Eltern mit anderen zusammen, um sich zu unterhalten und Schokolade zu trinken. In Gruppen saßen sie auf ihren Matten. Sobald die Nacht hereinbrach, wurden die Feuerbekken mit dem Kopalharz angezündet, und die Erwachsenen setzten ihre Gespräche fort. Meine Brüder schliefen dann schon längst, ich aber lauschte weiter der Unterhaltung, denn das Zuhören und Lernen bereitete mir von jeher großen Spaß. All die Dinge, die ich dir erzähle und die aus meinem Munde fließen, wie das Wasser aus einem irdenen Krug fließt, habe ich gelernt.

Als der Sohn des Bruders meiner Mutter starb, war ich noch ein kleines Mädchen. Damals wurde mir zum erstenmal bedeutet, daß auch ich eines Tages ausgewählt werden könnte, den Opfertod zu sterben ... Um ewig zu leben, so sagen die Tenocha. Doch das stimmt nicht. Um zu sterben, immer und immer wieder, damit die Götter der Azteken weiterleben können. Damit die Götter der Azteken nie zu leben aufhören. Deshalb existieren die Wege der Angst.

Der Sohn des Bruders meiner Mutter wurde dem Gott Rauchender Spiegel geopfert. Bevor sie ihn zum Opferstein führten, zogen sie ihm die Tracht des Gottes an und ließen ihn stundenlang einen Tanz vollführen, den die Frauen des Tanzes ihm gezeigt hatten. Ich sah ihm von fern zu. Das hübsche Gesicht des Dreizehnjährigen war mit schwarzer Farbe bemalt, und auf dem Kopf trug er einen Helmbusch aus Quetzalfedern, die sich im Winde wiegten wie die seidigen Haare der Maiskolben. Über die Schultern hatten sie ihm einen herrlichen Umhang gelegt, den rote Federn und Federn des Quetzalvogels schmückten. Die Hirschklauen an seinen Beinen waren mit Riemen festgebunden, die aus der Haut dieser Waldtiere gemacht wurden. Der Sohn des Bruders meiner Mutter war nicht darauf vorbereitet zu sterben. Eigentlich hatte sein Vater ihn schon angemeldet, damit er die Frauen besuchte, die im Haus der Gesänge wohnten und bei denen die Knaben, die den Wunsch hatten, junge Krieger zu werden, die Wonne der Sinneslust erfahren konnten.

Der Sohn des Bruders meiner Mutter mit seinem Gesicht eines Kindes, mit seinen Augen eines Kindes und seinem kleinen rosafarbenen Mund weinte und weinte, und die Tränen rannen ihm unaufhörlich herab bis zu jenem Augenblick, da der in Schwarz gekleidete Priester ihm das Herz herausriß. Selbst als er tanzte, weinte er. Und er weinte mit angsterfülltem Schrei, als er die Stufen zum Tempel hinaufstieg und die Leute ihm Blumen und bunte Papierzettel mit Gebeten an den Gott zuwarfen.

Der Bruder meiner Mutter war damals fast schon ein Greis. Nach dem Tod seines Sohnes bestrich er sich die Hände, die Füße und das Gesicht mit Asche und begann vor der Treppe zum Tempel einen Leidenstanz zu tanzen, der viele Tage dauerte. Er tanzte Tag und Nacht, bis er erschöpft umfiel, aber auch, weil er nicht mehr weinen konnte. Es tat weh zu sehen, wie dieser alte Mann tanzte und tanzte, während die Leute achtlos an ihm vorübergingen. Und er tanzte auch dann noch, als viele Stunden später langsam der Morgen heraufdämmerte und die Feuerbecken, welche die Stadt Tenochtitlan erleuchteten, längst schon erloschen waren.

Mein Großvater hatte bereits ein hohes Alter, als er eines Tages zu mir sagte: ›Die Azteken, ach, diese Azteken, sie sind wie eine Feder, die deinen Kopf zierte und die du längst weggeworfen hast, oder wie eine Halskette mit kostbaren Steinen, die du nicht mehr trägst … Doch das muß nicht immer so sein, denn wie der Wind, der von fern aufkommt und auf die jungen Maiskolben herabfährt, ziehen auch sie sich wieder zurück.‹

Es gab Zeiten, da war mein Großvater voller Bewunderung für alles, was zur Welt der Azteken gehörte, und es gab Zeiten, da haßte er alles. Auch zitierte er gern die Gedichte von Nezahualcóyotl, dem Herrscher von Texcoco.

Obwohl unser Volk alles andere als reich war, mußte es als ein Volk, das die Tenocha einst besiegt hatten, hohe Kriegstribute zahlen. So mußten wir große Mengen Maisklöße für die Versorgung der Kriegsgefangenen abgeben und desgleichen viele getrocknete Maispasteten, die dem Heer als Proviant dienten, wenn es gegen ferne Orte zog, um die Grenzen des aztekischen Reiches auszudehnen. Auch mußten wir viele Ladungen Brennholz für die Tempelschulen der Krieger und für die Schule und den Wohnsitz der Läufer aus Chalco bereitstellen. Und Körbe über Körbe mit Kopalharz, das sie benutzten, um Rauch zu erzeugen, mit dem sie dann die Götter von Tenochtitlan wie auch die Gefangenen räucherten, die geopfert werden sollten. Unsere Frauen mußten unzählige pfefferrote Sandalen flechten, die für die Sklavinnen bestimmt waren, die der Göttin des Mais dienten, dieser grausamen Göttin, die Gefallen daran fand, von den Eltern die neugeborenen Kinder zu fordern, die die Mütter im Lichte der Feuerbecken wiegten. Und ich will gar nicht erst erzählen, was sie von uns verlangten, damit Linker Kolibriflügel mit ihnen stets zufrieden sein konnte. Sie behaupteten, daß dies gut und gerecht wäre und daß so die Völker behandelt werden müßten, die von Tenochtitlan, Texcoco und Tlacopan besiegt worden seien. Und so stark war ihr Glaube, daß die Tributeintreiber Umhänge trugen, auf denen Pfeil und Bogen abgebildet waren, die Symbole der Gerechtigkeit.

Wenn sie in unseren Ort kamen, dann immer bei Nacht. Wir aber wußten, daß sie kamen, daß sie anrückten, denn wir erkannten sie an ihrer äußeren Aufmachung: Lederstreifen um den Kopf, Nasenringe aus Ton, weiße, sich in der Dunkelheit abhebende Umhänge, Ledergurte und an den Füßen klingende Schellen. ›Da kommen die, die sich anhören wie sterbendes Schellengeläut …‹, pflegte mein Großvater zu sagen.

Einmal, als ich noch ein kleines Mädchen war, suchte eine große Freude die Stadt heim. Uns erreichte die Nachricht, daß die Krieger von Huexotzinco sich gegen die Gebieter von Tenochtitlan empört hatten. Wir sahen ihre Heere durch unseren

Ort ziehen. Ach, welch unheilvolle Stunde, in der sie dazu die Erlaubnis erhielten und man die Baumstämme von den Wegen räumte, die die Erde, unsere Erde symbolisierten, jene Region, in der wir geboren wurden, wir, die wir nie Freunde der Tenocha gewesen sind! Die Krieger von Huexotzinco gelangten bis zur Mitte unseres Hauptplatzes und tranken aus dem Brunnen frisches Wasser. Ihre Gesichter waren rot gefärbt, so rot wie Pfefferschoten, und um den Kopf trugen sie eine schwarze Schnur, um sich in der Schlacht von den Tenocha zu unterscheiden. Und, wehe uns Unglücklichen, als sie vorüberzogen, warfen wir ihnen Blumen zu, die von den Spähern aus Tenochtitlan hinterher wieder eingesammelt wurden, da es ja Blumen der Liebe waren, die wir den Kriegern zugeworfen hatten, die in den Kampf gegen Tenochtitlan zogen.

Unsere Alten erzählten, daß die Krieger Tenochtitlan erreichten, ohne daß es ihnen geglückt wäre, auch nur einen Fuß auf einen der Dammwege zu setzen. Lediglich die Priester gelangten in die Stadt und übergaben dort die zum Krieg herausfordernden Geschenke, die Träger ihres Hasses, so den mit Kreide gefüllten Korb, die Reiherfedern, die gelben Blumen, die Kappen aus Agavefasern, die Blusen und Schals, die auch aus Agavefasern gewebt waren. Gegen sie zu kämpfen fiel den Kriegern aus Tlatepac zu, dem Ort, aus dem die Matten kommen, die aus dem Schilfrohr des Sees gemacht werden, und den Kriegern aus Tollan, dem Ort, wo die Binsen wachsen.

Coateotl, der Sänger der Huexotzinca-Krieger, vermochte es nicht einmal, seinen Kriegstanz zu Ende zu tanzen, und auch nicht, seinen Ruf auszustoßen, daß sie die Tenocha-Krieger verbrennen, sie mit dem Pfeil durchbohren und aus ihnen Dünger für die Obst- und Gemüsegärten am See machen würden. Sie konnten sie nicht mit dem Pfeil durchbohren, sie konnten sie nicht verbrennen, wie sie es beabsichtigt hatten.

Der Name des Kriegers Mixcóatl, Wolkenschlange, erlangte in dieser Schlacht Berühmtheit. Er war es, der die siegreichen Krieger bis nach Cuitláhuac führte, einem Ort in der Nähe von Chalco, wo vor tausend Jahren ein Gott herabgestürzt sein soll, dessen Kopf aussah wie der eines Hirsches. An diesem Ort wurden die Kriegerinnen der Huexotzinca zu Hunderten geopfert. Wie durch Pfeile getötete Hirsche führte man sie nacheinander bis zur oberen Spitze des Tempels, wo sie dann den Opfertod erlitten. Seitdem spricht man von jenem Tag als dem Opfertag der Huexotzinca-Kriegerinnen, die in der Schlacht gegen Tenochtitlan besiegt wurden.

Zu keinem der besiegten Krieger sagte man: ›Ruhe dich aus, dies Haus ist dein Haus, komm und iß deine Maisfladen.‹ Im Gegenteil: Am Ende der Schlacht, in der sie geschlagen wurden, gab man ihnen nur fette Tortillas zu essen und nicht hellgelbe, dünne Tortillas, so wie man es getan hätte, wenn man ihnen das Leben geschenkt und sie nicht geopfert hätte. So aber wurden alle getötet, mit dem Pfeil und durch das Feuer. Ein Krieger indes konnte sich retten. Er floh in unseren Ort, doch es fand sich keiner, der ihm einen Wasserkürbis oder ein zartes Stück vom Feigenkaktus gereicht hätte. Alle drehten ihm nur die Schulter zu, keiner wollte etwas mit ihm zu tun haben, und so verlor er sich in der Nacht.

Danach sah man auf den Wegen, die zum Gebiet der Huexotzinca hin- und von ihm wegführten, einen einsamen Schild als Zeichen, daß hier ein neues, von den Azteken beherrschtes Gebiet begann.

Noch lange Zeit später mußten die Überlebenden Tribut nach Tenochtitlan bringen: Ladungen von Bohnen, Ladungen von Totopostle, Kriegsproviant, Fett und auch Totenfett, das als Medizin für die Verwundeten verwendet wurde. Selbst Schreiber, die hervorragend zeichnen konnten, vermochten es nicht, die Geschichte dessen, was geschehen war, festzuhalten. Die Erzähler berichteten nur, daß ein Krieger aus Texoco, kaum daß die Krieger von Huexotzinco den ersten Dammweg erreicht hatten, sich mit einer Holztrommel vor sie hinstellte. Über dem Hügel von Cuauhtepec loderten hell die Feuerzeichen, und da sahen die ruhmreichen Krieger, denn das waren die Huexotzinca, wie die Kriegshäuptlinge aus Texcoco, ganz in Weiß gekleidet, in einer Front dastanden, um die Zugänge nach México Tenochtitlan, der Festungsstadt, zu verteidigen.

Da nutzte es auch nichts, daß mehrere berühmte Anführer aus Tlaxcala in ihren schlichten, harten, weißen Baumwollpanzern den Huexotzinca zu Hilfe eilten. Die Krieger von Tenochtitlan erschienen in Rot und Blut, in Gelb und Weiß und auch in Schwarz gehüllt und mit den sie kennzeichnenden Stirnbändern, bereit, in der Ebene zu kämpfen, an dem Ort, wo sie immer ihren Krieg führen, den sie den himmlischen Tropfen des Kampfes nennen.

Die aztekischen Krieger kündigten ihren Angriff vorher an. Es nicht zu tun, galt als feige und niederträchtig. Die Azteken-Krieger mit ihren Jaguar-Masken, Kojote-Masken, Bären-Masken und ihren weißen baumwollenen Kriegspanzern. Ein Mann mit einer Hirschmaske wurde gefangengenommen. Als er um sein Leben flehte, wurde er von seinem Ergreifer schmachvoll angespien, denn einen Krieger festzunehmen, der nicht mutig ist, das ist wirklich eine Schmach. Bei jenem Kampf rückte das Heer von Tenochtitlan zum Klang seiner Flöten und Holztrommeln vor. Singend marschierten sie, während die Teponaztli, die Zungentrommeln ertönten.

›Wir werden auf dem Marktplatz von Tenochtitlan Agaven pflanzen‹, riefen ihre Feinde, aber das reizte die Tenocha-Krieger nur zum Lachen. Die Krieger von Texcoco, Tlacopan und Tenochtitlan wußten, daß sie die Schlacht gewinnen und die Landkarten danach anders aussehen würden. Die leuchtenden Farbflecken, welche die Gebiete der großen Herrscher des Dreibundes markierten, würden sich immer weiter ausdehnen: Inkarnat für das Land der unmittelbaren Anführer, hellgelb für die Orte, wo die Macehualtin wohnten. Hellgelb ist in den Karten auch das Land der Calpulli, der Großhäuser, gekennzeichnet, wo die Macehualtin, die Erdstocherer, beim Säen ihrer Felder den Rücken krümmen. Später würden die Herrscher beim Vorzeigen der Karten sagen können: ›Dieses Land gehört mir. Ich habe es mit meinem Speer erobert.‹

Um ein Stück Land zurückzugewinnen, auf dem sie leben und säen konnten, mußten die Verlierer ihre Frauen und Kinder hergeben. Dies taten auch einmal die Tepaneken, worauf sie ohne Kinder und Frauen blieben. Die Tepaneken sind die Besitzer der künstlichen Inselgärten, zwischen denen flache Kanus gelassen durch die engen Kanäle zum Festland gleiten.«

Es geschah weitab von Cortés' Feldlager. Brutal und unmenschlich war das Vorgehen der Soldaten gewesen, die jetzt am Ufer eines sanft zum Feuermeer strömenden Flusses ruhten. Sie hatten mehrere Frauen aus dem Nachbarort bei sich, zumeist Mädchen zwischen zwölf und fünfzehn Jahren.

»Und was machen wir nun, Hauptmann?« fragte der Feldwebel.

Die Frage traf den Hauptmann aus Aragón unvorbereitet. Nach kurzem Zögern antwortete er: »Es sind Ungläubige und darum nichts wert.« Er blickte auf die Frauen, die sich verschreckt bei einer Gruppe großer Pirulbäume zusammendrängten. Sie alle waren geschändet und verängstigt. Das Gehen bereitete ihnen Schmerzen, und auf ihren weißen Baumwollröcken waren die Spuren von Blut zu sehen.

»Wenn wir mit diesen Frauen ins Lager von Don Hernán zurückkehren, wird man uns der Ruchlosigkeit bezichtigen, da es sich um Ungläubige handelt.« Der Hauptmann warf einen Blick auf die geschändeten Mädchen, dann sagte er:

»Potztausend, ich sage Euch, auf dem Markt von Sevilla würden sie zu einem guten Preis gehandelt werden!«

Die Soldaten lachten schallend über seinen Einfall.

»Bei meiner Treu, Hauptmann, wenn wir sie mitnehmen könnten, würden wir eine Menge Duros für sie bekommen. Unser Admiral Christoph Kolumbus hat erzählt, daß er noch nie für ein paar fremde Wesen so einen Haufen Geld bekommen hätte wie beim Verkauf der ersten Ungläubigen.«

»So Gott will, wird auch diese Zeit wiederkommen«, sagte der Hauptmann lächelnd. »Für heute jedoch müssen wir verhindern, daß die Frauen in ihr Dorf zurückkehren, damit Don Hernán nicht erfährt, was passiert ist.« Die anderen pflichteten ihm bei und blickten den Hauptmann an. Dieser schaute auf den Fluß, dessen Strömung voller Wucht auf die Steine traf. In seinen Händen hielt er einige Schnüre, während er mit den Augen ein paar große Steine aussuchte und die Füße der Mädchen betrachtete. Aufgrund seiner Blicke errieten diese, daß der Hauptmann vorhatte, ihre Füße mit Steinen zu beschweren und die Mädchen in die Strömung zu werfen. Verzweifelt schrien sie und flehten die Spanier an.

Die Soldaten warteten auf den Befehl des Hauptmanns, der prompt erfolgte. Im selben Augenblick, da der Feldwebel sich einer Frau näherte, um sie zu fesseln und in den reißenden Fluß zu werfen, war ein Geräusch zu vernehmen. Eine doppelschneidige Hartholzkeule surrte durch die Luft und schlug nur wenige Zentimeter vom Kopf des Feldwebels entfernt in die Rinde eines Baumes, hinter dem sich die Mädchen duckten. Gleich darauf setzte ein Getöse von Pfeifen, Schneckentrompeten und Trommeln ein und überflutete den Ort. Die Soldaten zückten ihre Lanzen, Armbrüste und Schwerter. Der Lärm der Instrumente ebbte ab. Nur noch eine kleine Trommel war zu hören. Eine Pfeife ertönte. Marternde Ungewißheit erfüllte den Ort. Angespannt lauschten die Soldaten; im Dickicht des Waldes erspähten sie keinen einzigen Feind. Und doch spürten sie die drohende Gefahr eines Angriffs und hielten sich bereit, ihn abzuwehren. Der Hauptmann war unentschlossen. Er wußte nicht, was er tun sollte.

»Wir sind umzingelt«, rief er. In seiner Stimme klang eine gewisse Furcht mit, was die Unruhe der Soldaten noch erhöhte.

Von allen Seiten tönten jetzt die Trommeln, Pfeifen und Schneckentrompeten. Und Kürbisschalen, angefüllt mit gelben Blumen, fielen auf den Fluß herab. Die Soldaten wußten und spürten, daß sie umstellt waren, doch wohin sie auch blickten, sie konnten nirgendwo etwas ausmachen.

Am gegenüberliegenden Ufer des Flusses verklang eine

Brusttrommel. Es war die Brusttrommel von Cuauhpopoca. Neben ihm standen ein paar Frauen, deren Gesichter mit einem Schmetterling bemalt waren. Cuauhpopoca war Hauptmann der Azteken und zugleich der Statthalter aller am Meer gelegenen Provinzen. Eine schwarze Maske bedeckte sein Gesicht von einem Auge zum anderen. Um ihn herum wimmelte es von Adler-, Jaguar-, Kojote-Rittern und einer großen Schar Kriegerinnen und Krieger unterschiedlichen Ranges. Der Gesichtsausdruck der Kriegerinnen Schmetterlingsmaske verriet wilde Entschlossenheit. Vor Cuauhpopoca stand ein Priester, der Kopalrauch nach allen Seiten verteilte. Etwas hinter ihm befanden sich vier weitere Priester, die in Sänften saßen. Und in der Mitte war auf einer Sänfte aus Bambusstangen der Kriegsgott postiert.

Der Hauptmann der Azteken hatte seine Leute so verteilt, daß die spanischen Soldaten sofort begriffen, daß sie in der Falle saßen. Das Schwert in der Hand, sahen sie die wachsende Gefahr unaufhaltsam auf sich zukommen. Gleichwie, sie waren fest entschlossen, gemeinsam zu sterben oder den Kampf zu gewinnen, den ersten gegen eine Abteilung von Tenochtitlan.

Ein kurzer Augenblick der Stille, dann schlug der Aztekenhäuptling von neuem seine kleine, mit Leguanhaut überzogene Brusttrommel. Und wieder hub von den Lippen der Krieger das Getöse der Pfeifen an. Jeder Krieger, gleich, ob Mann oder Frau, hatte eine Rohrpfeife im Mund. Und alle, Männer wie Frauen, waren mit dem Holzschwert bewaffnet, der mit scharfen Obsidiansplittern besetzten Keule.

»Kameraden, diese Wilden haben nicht vor, uns anzugreifen. Sie wollen uns lebend fangen«, bemerkte der Hauptmann nervös.

»Die Stunde unseres Todes ist gekommen«, entgegnete der Feldwebel.

Der Hauptmann reagierte auf die Worte des Feldwebels mit dem Ausruf: »Die Stunde unseres Todes? Nein! Wir müssen hier raus!«

Der Hauptmann beriet sich mit dem Feldwebel. Sie beschlossen, die Umzingelung mit ihren Lanzen zu durchbrechen, und so stürmten alle siebenundzwanzig Soldaten zum Angriff. Den Frauen war die Verwirrung der Spanier nicht entgangen. Sie nutzten die Gelegenheit und flohen. Der Hauptmann stieß mit seinen Soldaten über einen Hang am Flußufer vor, wo es den Azteken ein leichtes gewesen wäre, sie allesamt auf einmal zu vernichten, doch aus irgendeinem den Spaniern unerfindlichen Grund taten sie nichts dergleichen. Die Soldaten sahen sich einer riesigen Zahl von Kriegern gegenüber. Auf ein Zeichen hin öffneten diese ihre Reihen und ließen sie durch. Doch von allen Seiten verfolgte sie ein Hagel von Speeren, die absichtlich keinen einzigen Soldaten trafen. Und dann geschah noch etwas Merkwürdiges: Als die Spanier eine Stelle erreichten, wo es so aussah, als würden sie angegriffen, sausten Dutzende Pfeile und Speere herab und versperrten ihnen den Weg, gleich einem dichten Vorhang, der, ohne sie zu verwunden, ihnen zu verstehen gab, daß für sie hier kein Durchkommen war.

»Ich habe Euch ja gesagt, Feldwebel, sie wollen uns lebend fangen. Ganz offensichtlich haben sie vor, uns zu einem bestimmten Ort zu führen.«

Doch die Soldaten von Cortés hatten keine andere Wahl, und so flohen sie weiter, ohne zu begreifen, daß sie geradewegs auf die Stelle zuliefen, die der Aztekenhäuptling vorher ausgesucht hatte.

Als Cuauhpopoca sah, daß die Soldaten zu den Sapotebäumen flohen, lächelte er unmerklich, und eine Kriegerin tat es ihm gleich. Der Anführer der Azteken hörte auf, die kleine Trommel zu schlagen, die um seinen Hals hing und mit der er im Verlauf der Jagd die Bewegungen seiner Krieger gelenkt hatte. Die Krieger von Cuauhpopoca, die bisher keinen einzigen Feind verwundet hatten, beobachteten belustigt, wie die Spanier verzweifelt um ihr Leben rannten.

Kaum befanden sich die Spanier unter den Sapotezweigen, fühlten sie sich an den Füßen gefesselt und in die Höhe gezogen, so daß sie mit dem Kopf nach unten an den Ästen baumelten. Andere verfingen sich in Fischnetzen, die von den Ästen der Bäume auf sie herabfielen, und wieder andere stürzten in getarnte Gruben, die als Fallen für die Jaguarjagd gedacht waren. Einen Augenblick später schaukelten die Soldaten, an ihren Stiefeln in die Höhe gehievt, in der Luft und versuchten, mit ihren Schwertern die Fesseln durchzuschneiden. Doch sobald einem Soldaten dies gelang, wurde er von den Kriegern, den Schützen von Cuauhpopoca, mit Pfeilen beschossen, so daß er tot zu Boden fiel.

Dem Hauptmann der Spanier glückte es, zu entkommen. So schnell er konnte, rannte er davon und schlüpfte zwischen ein paar Zweige, unter denen er sich versteckt hielt. Von hier aus mußte er mit ansehen, was geschah. Alle Spanier waren in die Falle gegangen.

Ein Priester tanzte um sie herum. Die Soldaten, die verwundet waren, erhielten von den Kriegerinnen mit dem Schmetterling auf dem Gesicht sofort den Todesstoß. Wieder schlug der Anführer der Azteken seine Trommel. Auf seinen Befehl hin zielten die Schützen auf die Gefangenen und schossen ihre Pfeile ab. Doch achteten sie darauf, daß die scharfen Spitzen ihrer Obsidianpfeile lediglich die Schnüre durchschnitten und die Soldaten unverletzt zu Boden fielen. Gleich darauf tauchten mehrere aztekische Krieger mit zwei Holzkäfigen auf und forderten die Gefangenen durch Gesten auf, hineinzugehen. Angesichts der Übermacht der Azteken blieb den Soldaten nichts weiter übrig, als einer nach dem anderen in die Käfige zu gehen, die jeweils zehn Männer faßten. Der Priester hörte auf zu tanzen. Er ließ die Pfeife und die Trommel ertönen. Die Azteken-Krieger verschwanden in den Bergen.

Der spanische Hauptmann, der alles beobachtet hatte, dankte dem heiligen Santiago für sein Glück und entwischte wie eine Schlange in einen mit Pfefferbäumen bestandenen Wald. Dort angelangt, stand er auf und lief, das Toledoschwert in der Hand, in die Richtung, aus der das Meeresrauschen kam.

IX

Hernán Cortés war das Glück hold. In der großen Stadt Zempoala hatte man die Spanier zunächst als Feinde empfangen. Doch war es den Soldaten nicht schwergefallen, die Angriffstaktik der Krieger von Zempoala erfolgreich abzuwehren; das Ergebnis war ein Feld von Toten.

Rasend hatten sich die Krieger von Zempoala in den Kampf geworfen, doch gegen die Reiter auf ihren Pferden, die Geschütze und die treffsicheren Arkebusen richteten sie nichts aus. Und als das Heer von Zempoala schon im Begriff stand, sich für einen neuen Angriff zu sammeln, beschloß das Oberhaupt der Stadt, ein fettleibiger, dummer Alter, sich zu ergeben.

Die Soldaten wurden mit Blumen, Früchten, Pfeifengetöse, dem Tönen der Schneckentrompeten und mit Tänzen empfangen. Die Straßen füllten sich mit Schwaden brennenden Kopalharzes, mit dem die Priester jeden einzelnen Soldaten aus Cortés' Heer einräucherten. Dann gingen die Spanier daran, die Stadt zu plündern und den Frauen nachzusetzen. Und vor Staunen quollen ihnen die Augen aus dem Kopf, da sie wähnten, die Wände wären ganz aus Silber.

Das alles lag jetzt weit zurück und hatte sich in Neu-Sevilla zugetragen, lange vor dem gestrigen Tag, vor mehr als einer Woche, vor vielen, vielen Tagen. Die Nacht war seit Stunden hereingebrochen. Feuerbecken mit Kopalharz, das die Mücken vertreiben sollte, standen überall in dem Haus mit den Silberwänden, in dem Cortés Unterkunft gefunden hatte. Von draußen drang der süße Klang einer Mandoline an Cortés' und Malintzins Ohr und dazu die Stimme eines Soldaten, der eine alte neapolitanische Weise sang, die einst in Venedig sehr beliebt gewesen war, als die spanischen Soldaten in jener Stadt Quartier bezogen hatten. Die Weise erinnerte an den Krieg gegen Neapel, an die vergewaltigten Frauen und an das Gold der Venezianer.

Auf einem goldbestickten Stuhl lag Cortés' Schwert. Und dort, auf dem Fußboden, sein Wams und seine schwarzen Stiefel. Er selbst ruhte auf einem niedrigen Bett, auf dem schöne, schneeweiße Baumwollaken mit eingewebten Schnekken lagen. Mehrere Jaguar- und Pumafelle bedeckten wie Teppiche den Fußboden. Auf dem Bett neben Cortés lag Malintzin. Sie war vollkommen nackt. Cortés betrachtete sie im Licht einer riesigen Fackel, die das Zimmer hell erleuchtete. In seinen Händen hielt er ein paar Würfel, die er über Malintzins Brust rollen ließ wie über einen Spieltisch. Die Würfel fielen auf ihre Brüste, ihren Hals, ihren Nabel, und bisweilen glitten sie über den Leib hinab zu ihren schwarzen, zwischen den Schenkeln verborgenen Schamhaaren, hinab zur Quelle ihrer Wollust ...

Cortés schlürfte aus einer Trinkschale mit Goldrand Wein und ließ dabei ein paar Tropfen auf Malintzins Brüste fallen, die sich auf der Stelle rot färbten. Voll sinnlicher Begierde nahm Cortés ihre feuchten Brustwarzen in seinen Mund. Malintzin hatte langes schwarzes Haar, und Cortés wurde es nicht müde, immer wieder diese wunderschöne Frau zu betrachten, die ihm das Leben wie eine Kriegsbeute dargebracht hatte. Malintzin, die ebenfalls vom spanischen Wein getrunken hatte, fühlte sich wie im Rausch und verstand kein einziges Wort, als Cortés die Würfel auf ihre Brüste warf, sie in der Falte ihrer Hüfte wieder einsammelte und dabei ausrief: »Sechs, sechs Punkte! Teufel auch, heute ist das Glück auf meiner Seite!«

Und dann küßte er sie leidenschaftlich und sagte: »Kuß. Der Kuß. Küssen. Wir küssen uns. Der Kuß ...« Un bei jedem Wort küßte er ihre Handfläche, ihre Schulter, die Vertiefung ihrer Ohrmuschel, den Ansatz ihrer gewölbten Brüste.

Als würde sie die Lektion lernen, küßte Malintzin ihrerseits Cortés auf den Bart und auf die Hände und wiederholte dabei: »Kuß, Kuß, Kuß ... Kußatl ...«

»Nein, Marina, Nicht Kußatl. Kuß … küssen …« Und er beugte sich über ihren Leib und küßte ihr Geschlecht, daß ihr ganzer Körper erbebte …

»Küssen … küssen … küssen …«

Sie lächelte wie eine Hirschkuh, die in eine Liebesfalle geraten war. Sanft legte Cortés seine Hand auf ihre Lippen und fuhr mit süßer Stimme fort: »Das Erste im Leben ist der Kuß. Am Anfang küßte Gott den Menschen und schenkte ihm so das Leben … Das Zweite im Leben ist der Kuß, und das Letzte ist ebenfalls der Kuß. Der Kuß ist die Liebe … Amor …«

»Amotl«, wiederholte Malintzin.

»Nein, Marina, nicht Amotl. Wiederhole: rrr … rrr …«

»Rrr, rrr.«

»Un nun sage Amorrr, Amorrr …«

»Amorrr, amorrr, amorr.« Und sie lachte, weil sie schon Amor sagen konnte, ohne das Tl anzuhängen.

»Bei der heiligen Jungfrau, du hast Amor gesagt und nicht Amotl …«

Cortés schenkte den Wein bis zur Neige aus, im Stiefel blieb kein einziger Tropfen zurück. Er neigte sich über Malintzin und suchte bei ihrer stolzen und schönen Brust Zuflucht. Während sie mit seinen Haaren spielte, murmelte er: »Du wirst sehen, wenn dieser Krieg erst einmal vorbei ist und die Ungläubigen die Heilige Kommunion erhalten haben, wird alles anders. Dann werden wir Weizen säen, Wein anpflanzen und Äpfel ernten und Aprikosen … Und das Brot wird aus der Erde sprießen, so wie heute die Blumen sprießen. Mit Kalk und Stein werden wir Häuser bauen, und anstelle von Moos werden wir die Dächer mit Ziegeln aus Spanien decken. Und dich, Marina, wird man behandeln wie eine Königin aus Aragón.«

Cortés' Hände glitten über ihren Bauchnabel, während der Schein einer Deckenlampe über ihre dunkelbraunen Brustwarzen tanzte. Malintzin verstand kein Wort von dem, was Cortés zu ihr sagte. Dieser aber redete weiter: »In Salamanca hatte ich einen Lehrer, der den Satz prägte: ›Man muß das Leben so intensiv wie möglich leben, so als könne jede Stunde die letzte sein, doch nur mit unseren eigenen Gesetzen und nur so werden wir die Liebe erfahren …‹« Er blickte in Malinztins schwarze und aufrichtige Augen und fuhr fort: »Du mußt wissen, Frau Marina, daß es in Medellín, meiner Heimatstadt, eine Frau gab, die wie mein Lehrer aus Salamanca redete …« Er wollte die Geschichte von der Frau aus Medellín weitererzählen, als er sich bewußt wurde, daß sie ihn nicht verstand. Da kehrte er zu der unterbrochenen Spanischlektion zurück: »Kuß, der Kuß … Küssen, Marina, küssen! Bei meinem Leben, du bist eine wunderschöne Frau, so schön wie tausend Küsse zusammen!«

Und er küßte sie auf den Mund und küßte und küßte sie immerfort.

Schreie, Schmähungen und Gotteslästerungen unterbrachen Hernán Cortés. Irgend etwas ging draußen vor. Ängstlich versteckte sich Malintzin hinter einem Vorhang, denn sie hatte den unverwechselbaren Ruf eines Ozelot-Kriegers vernommen, und die Ozelot-Krieger bildeten die tapferste Abteilung des aztekischen Heeres. Durch Zeichen bedeutete sie Cortés, sich zu rüsten. Dieser griff nach seinem Schwert und stürzte, nackt wie er war, aus dem Haus. Er erblickte zwei Soldaten seiner Schildwache. Tot, geköpft alle beide. Drei andere spanische Soldaten kämpften mit blutbeflecktem Schwert gegen ein paar Azteken, die Masken vor dem Gesicht trugen und erbittert und wild zuschlugen. Ungeachtet seines fasernackten Zustnds warf Cortés sich in den Kampf und schlug Alarm. Mit seinem Schwert durchbohrte er einen Krieger, der mit seinem Lasso einen Wachposten stranguliert hatte, und stieß den Ruf aus: »Zu mir, Spanier, zu mir!«

Im Nu sahen sich die aztekischen Krieger von spanischen Hauptleuten umzingelt, die in den Kampf eingriffen. Manche waren von Kopf bis Fuß bekleidet, andere wiederum hatten sich ihrer Kleidung zum Teil schon entledigt. Wenige Augenblicke später hatten die Spanier die Situation unter Kontrolle. Als Cortés feststellte, daß die Übermacht auf seiner Seite war, rief er aus: »Fangt sie lebend! Ich will sie lebend!«

Geführt von Hauptmann Olid und Pedro de Alvarado, begab er sich in sein Quartier und erteilte Befehle. Malintzin eilte zu ihm hin und bedeckte seine Blöße mit einer Bettdecke, die aus Federn gewirkt war.

»Ka... Ka... Kapitän, es ist uns ge... gelungen, fünfzig von diesen Wil... Wilden ge... gefangenzunehmen«, meldete ihm wenig später Alvarado.

»Wißt Ihr, wer sie sind?«

»Es ... es ... sind die ... die ... Azteken.«

Mühsam erklärte Alvarado, daß sie zu jenen Männern, Frauen und Kindern gehörten, die sie in ihrer Karawane, beladen mit Lebensmitteln, Früchten, Fladen, Kakao, Tabak und Vögeln, mitgebracht hatten und die von den spanischen Soldaten so freudig begrüßt worden waren. Den Trupp hatte ein junger Krieger angeführt, der den Spaniern mit Worten der Freundschaft seinen Gruß entbot. Nun lag er vor dem Raum des Kapitäns im Sterben, durchbohrt von der Spitze eines Schwertes. Hauptmann Olid berichtete: »Wie wir erfahren haben, sind es Späher, die hergekommen sind, um die Größe und Stärke unserer Truppen und die Verteidigungskraft der spanischen Flotille zu erkunden.«

Eine Stunde später war der Bericht um einiges erweitert worden. Cortés war sichtlich nervös und spielte mit den Würfeln, die er in der Hand hielt. Er war in den Ferderteppich eingehüllt, mit dem Malintzin seine Blöße bedeckt hatte. Das Schwert, noch ganz von Blut befleckt, lag neben seinem Bein. Hinter ihm standen Malintzin und Jerónimo de Aguilar. Vor ihm eine Gruppe verwundeter Azteken-Krieger. Ihre Hälse waren mit einer Schnur gefesselt, die sie miteinander verband. Der Anführer der Gruppe, schmutzig und mehr tot als lebendig, war an mehreren Körperstellen verwundet, doch gab er keinen einzigen Klagelaut von sich und blickte Hernán Cortés gleichgültig an. Unter den Gefangenen befanden sich

Mädchen, kleine Kinder, auch ein paar alte Männer und alte Frauen.

»Ei... ei... einige ha... ha... haben bereits ge... gestanden«, stotterte Pedro de Alvarado.

»Wie viele haben ihre Schuld gestanden?«

Hauptmann Olid schaltete sich ein: »Bei einigen Verwundeten haben wir die Daumenschrauben angelegt, damit sie ihre Schuld bekennen, doch aus diesen da«, er zeigte auf die Frauen, »war kein Wort herauszubekommen. Soviel aber steht fest: sie sind in der Absicht gekommen, auszukundschaften, was wir machen. Der Herrscher von Cholula hat sie geschickt, doch nehmen wir an, daß auch Leute von Temiztlan darin verwickelt sind ...«

Cortés erhob sich, griff mit hochfahrender Geste nach seinem Schwert, als wäre es der Stab der Gerechtigkeit, und dann sagte er mit grimmiger, eiskalter Stimme: »Schön. So sollen sie denn erfahren, wie viele wir sind und daß wir, wann immer sie es darauf anlegen, uns Schaden zuzufügen, ihnen zu antworten wissen, bei Tag wie bei Nacht.« Das Wort an Jerónimo de Aguilar richtend, sagte er: »Jerónimo, übersetze Marina meine Worte, sie soll sie getreu wiedergeben.«

Jerónimo übersetzte Malintzin das Gesagte in der Sprache der Leute des Kakaos und der Früchte, und diese wiederholte es auf Nahuatl, damit die Gefangenen es verstanden. Am Schluß fügte Cortés hinzu: »Wie viele sind es? Fünfzig? Zehn Kinder? Dreizehn Frauen? Gut, hackt allen die rechte Hand ab und schickt sie zu den Anführern zurück, die sie ausgesandt haben, uns auszuspionieren. Auf diese Weise erfahren sie, was für Männer wir in Kastilien und Aragón sind.«

Alvarado und Olid schickten sich an, hinauszugehen, doch da hatte Olid noch eine Frage: »Was sollen wir mit den Verwundeten machen, Herr?« Und dabei zeigte er auf den Anführer der Azteken, der noch immer auf dem Boden lag und hochmütig dreinblickte, als würde er nichts verstehen und als wäre ihm sein Schicksal völlig gleichgültig.

»Werft sie den Hunden vor, sie haben Hunger.« Dann sah

er Malintzin in die Augen und fragte, wobei er in Richtung Jerónimo de Aguilar sprach: »Sagt mir, Frau, wie kommt es, daß die aztekischen Krieger zu solch mutigen Taten fähig sind?«

»Ich will es dir erzählen, mein Gebieter. Als sich am Horizont das erste Licht der Morgendämmerung ankündigte, brach der Aztekenkrieger aus seiner Heimat Aztlán auf, dem Ort der Reiher, dem Ort, wo alles begann, dem Ort, von dem die Hoffnung für ihn ausging. Seit damals, immer in Richtung Sonne marschierend, kennt der Aztekenkrieger nur ein Ziel, Gefangene zu machen, um ihr Blut dem Herrn Tezcatlipoca, dem Herrn Schwarzes Gesicht und Hinkender Fuß, darzubringen; Gefangene zu machen, um ihr Blut dem Herrn Weißer Quetzalcóatl darzubringen, Gefangene zu machen, um mit ihrem Blut den Gott Huitzilopochtli zu ernähren. Du mußt wissen, mein Gebieter, daß das Leben für den aztekischen Krieger nur den einen Sinn hat: er lebt mit der Hoffnung, selber eines Tages den rosaroten Tod zu empfangen und sein Herz Gott zu überreichen.

In Tenochtitlan, Herr, der Festungsstadt, kennt man nicht die Notwendigkeit, ein Heer zu unterhalten, selbst nicht in Fällen der Belagerung, wie ich es bei euch erlebt habe. Tenochtitlan selber ist nichts anderes als eine mächtige Festung. In der Stadt gibt es ausgedehnte Felder, Chinampa, schwimmende Häuser; Fischer, die sich in ihrer Arbeit ständig ablösen, schwimmende Ställe; Bewässerungskanäle und Terrassen voller Blumen und Vögel. Wie du es bereits in Tlaxcala gesehen hast, sind auch hier alle Plätze in der Umgebung des Tempels von Mauern umschlossen. Mitunter sind die Mauern viele Kilometer lang. Im Krieg gehört es zu den kühnsten Zielen, den Großen Tempel einer Stadt einzunehmen. Deshalb hast du in den Büchern, die sie dir geschenkt haben, sehen können, daß sie ihre Eroberungen mit einem Pfeil kennzeichnen, der in einen in Flammen stehenden Tempel einschlägt. Immer wird man bestrebt sein, den Kampf auf die nähere Umgebung des Tempels zu konzentrieren, denn sobald der

Teocalli, das Gotteshaus, genommen ist, gilt die Schlacht als beendet. Gefügig ergeben sich dann die besiegten Krieger, die als Gefangene zur Opferung geführt werden, mit Ausnahme der großen Kriegsherren, denn diese verkörpern Gott selber und sind daher unantastbar.

Das Bildnis des Gottes Huitzilopochtli, der Gottheit, die die Sonne verkörpert, stellt bei Kriegsende die wertvollste Beute dar. Man erkennt ihn an seiner Maske oder Verkleidung in Form einer Feuerschlange. Sein Name bedeutet Kolibri des Südens. Bei den Tänzen für den Gott des Krieges zeigt man ihn mit einer kleinen roten Zunge auf der Stirn, und sein Gesicht ist mit gelben und weißen Streifen bemalt.

Ein anderer wichtiger Gott ist Tezcatlipoca, der in Tenochtitlan der Unsichtbare Gott genannt wird. Er geht in alle Richtungen, überallhin, ebenso rückwärts wie nach rechts und nach links. In Tenochtitlan stehen an den Straßenecken Schemel, damit der Gott sich hinsetzen und ausruhen kann, wenn er bei Nacht die Umgebung seines Tempels abschreitet. Er ist der Gott, der dem Haus der Jungen Krieger vorsteht, und auch der Herr der Kriegsschule. Er trägt die besondere Haartracht der Krieger und ist mit einem Atlatl bewaffnet. Das ist die alte Speerschleuder, die heute längst durch die Waffen der aztekischen Krieger abgelöst ist. Man pflegt ihn auch Rauchender Spiegel zu nennen.

Die Krieger von Tenochtitlan suchen den Krieg mit ihren Nachbarn nicht nur, um die Grenzen fremder Gebiete einzuengen, sondern auch, um Opfergefangene zu machen, die sie bei ihren großen Festen den Göttern darbringen. Das ist der Augenblick, wo die aztekischen Krieger auf den Wegen der Angst daherkommen. Sie suchen nach Gefangenen für die Dauer der großen Feste zu Ehren ihrer Götter: um die errungenen Siege zu feiern, einen neuen Tempel einzuweihen, den Machtantritt eines neuen Herrschers zu begehen oder um Katastrophen zu bannen.

Jeden Feind schmücken sie mit weißen Reiherfedern. Von daher kommt der Brauch, dem Feind, den man zum Kampf ruft, Kreide zu schicken. Das bedeutet, daß er, so er die Schlacht verliert und in Gefangenschaft gerät, zum Opferstein geführt wird. Nach vollzogener Opferung wird dem Krieger der Kopf abgeschlagen. Diesen steckt man dann auf das Schädelgerüst. Wenn dein Heer nach Tenochtitlan kommt, wird es Tausende und aber Tausende in der Sonne getrocknete Schädel sehen. Handelt es sich um einen sehr vornehmen Krieger, versucht man, seinen Kopf mit allem, auch mit der Haut, zu erhalten. In Tenochtitlan gibt es zwei Schädelgerüste, das eine heißt Tzompantli, das ältere und kleinere heißt Huci-Tzompantli. Der grausamste aller Opfertode wird Huehuetéotl, Alter Gott, genannt. Der Gefangene wird bei lebendigem Leib in einen großen Scheiterhaufen geworfen, und dann wird ihm das Herz herausgerissen. Bei der Feier für Tláloc, den Gott des Regens, werden ihm zu Ehren Kinder ertränkt.

Das Leben eines Kriegers besteht darin zu kämpfen, um eines Tages zu sterben und selber der Sonne geopfert zu werden. Deshalb fürchtet der aztekische Krieger den Tod auch nicht, und es wäre Feigheit, nicht bis zum letzten Atemzug zu kämpfen.

So der Krieger Söhne hat, wird es ihm erlaubt, sie in den Krieg mitzunehmen, damit sie nach und nach die Kampftaktik erlernen. Wenn ein Junge fünfzehn Jahre alt wird, kann er zwischen zwei verschiedenen Schulen wählen, dem Calmecac und dem Tepuchcalli. Im Calmecac ist die Erziehung strenger. Dort lernt er die Künste und den Tanz kennen, die Rhetorik, die Geschichte, die Kunst, die Knoten zu deuten und die Bilder zu lesen und die Dinge aus der Bezeichnung zu weissagen, die sie nach diesem Leben haben werden und die sie gehabt haben, bevor er selber das Licht der Welt erblickte. Der Knabe, der in das Tepuchcalli eintritt, ist von Anfang an Tezcatlipoca geweiht. Mit seinem Eintritt ist er bereits ein Krieger und wird, solange er lebt, ein Diener des Krieges sein.

Sobald er fünfzehn ist, stellen ihn seine Eltern mit einer Opfergabe in der Tempelschule vor, wo er eine Reihe unterwürfiger Dienste verrichten muß, wie die umliegenden Straßen fegen, Häuser bauen, Feuerholz herbeischaffen. Auch wird er für längere Zeit in die Berge geschickt, um Kälte und Hunger ertragen zu lernen. Um sein Essen muß er sich selber kümmern, ohne daß es ihm erlaubt wäre, bei der Suche nach Nahrung eine Waffe zu benutzen, etwa um Wild zu erjagen oder Wurzeln zu hacken. Im Tempel hat er die Aufgabe, für die großen Feuerbecken, die die Flamme von Tonatiuh, dem Sonnengott, ewig am Brennen erhalten, Holz zu sammeln.

Es ist ihnen verboten, Alkohol zu trinken, und wer es dennoch tut, wird zum Tode verdammt. Handelt es sich dabei um den Sohn eines berühmten Kriegers, so wird er im engeren Kreis mit einer Schnur erdrosselt. Während seines Dienstes im Tempel ist es dem Krieger verboten zu heiraten. Und so er es doch begehrt, ist er verpflichtet, seinem Lehrer zwanzig bestickte Decken zu zahlen.

Jede Nacht versammeln sich die Jünglinge des Tepuchcalli in einem Haus, dem sogenannten Cuicalco. Hier erlernen sie die Kunst des Tanzes. Die Erziehung, die der junge Krieger an diesem Ort erhält, ist eine militärische und religiöse zugleich. Nicht selten pflegt es zu geschehen, daß man ihn bei den Übungen in den Bergen mit dicken Balken belädt, die er bergauf und bergab schleppen muß. Später dann wird er die Schilder und Waffen tragen. Schon frühzeitig wird er zu den Kampfhandlungen mitgenommen, damit er sich an den Geruch des Krieges gewöhnt. Auch werden die jungen Krieger physisch mißhandelt, um sie gegen den Schmerz unempfindlich zu machen. Dies ist auch der Grund, weshalb der aztekische Krieger selbst bei schwerster Verwundung immer noch weiterkämpft, weil er es gelernt hat, den Schmerz zu beherrschen.

Wenn er sich auszeichnet, kann er einen Grad aufsteigen und ein Tiachcauh, ein Junger Lehrer, werden. Wenn er auf diesem Weg weitergeht, kann er die Stelle eines Telpochtlato einnehmen. Das ist der, der die Jünglinge in der Schule anleitet und die Macht besitzt, sie zu bestrafen. Der Wert eines

Jungen Kriegers hängt davon ab, wieviel Feinde er gefangennimmt. Wenn es ihm nach Ablauf einer bestimmten Zeit immer noch nicht gelungen ist, einen Gefangenen zu machen, ist er gezwungen, zum unkriegerischen Leben zurückzukehren. Die höchste Ehre erfährt der, der vier Feinde gefangennimmt. Dieser Krieger erhält den Titel eines Tlacatecatl. Vor diesen muß man sich in acht nehmen, mein Gebieter, denn nicht umsonst heißt man sie die Tapferen der Tapferen. Die diesen Rang bekleiden, werden damit betraut, die neuen Orte zu regieren, die das aztekische Heer, nachdem es ihre Grenzen eingeengt hat, als seine betrachtet. Die Jungen Krieger sind sehr reinlich und pflegen mitunter bis zu zehnmal am Tag zu baden.

So wie die Hauptleute meines Gebieters sich durch ihre Anmut in der Kleidung und in ihrem Auftreten von den anderen unterscheiden, so unterscheiden sich in der Schlacht auch die berühmten Krieger von den anderen Azteken. Es sind jene, die mein Gebieter fangen und töten muß. Sie tragen Ketten aus Muschelscheiben oder Gold, und ihr Haar ist nach oben gekämmt. Um sich einen wilden Anstrich zu geben, bemalen sie ihr Gesicht mit Streifen. An den Ohren tragen sie Türkisschmuck und auf dem Kopf Helmbüsche aus weißen Federn. Sie gehen sehr einfach gekleidet, nur mit ihrem Chalvayatl. Das ist ein Umhang, der aus gezwirnten Agavefasern gewebt wird.

Die Basis ihres Heeres ist der Calpulli. Es ist wichtig, daß du das deinen Soldaten erklärst, mein Gebieter. In jedem der Calpulli oder Großen Häuser gibt es eine Militärschule, die durch eine bestimmte Anzahl von Kriegern vertreten ist. Jede Abteilung verfügt über eigene Insignien und eigene Anführer. Jeder Calpulli ist wie eine deiner Divisionen, mein Gebieter. Die Stadt Tenochtitlan hat zwanzig Stadtviertel. Das bedeutet, daß sie gegen dein Heer zwanzig hervorragend ausgebildete Divisionen aufbringen kann, und keiner dieser Krieger, keine dieser Kriegerinnen weiß, was Angst ist.

Die Stadt hat vier große, aus je fünf Abteilungen bestehende

Heeresgruppen, die den vier großen Bezirken von México Tenochtitlan entsprechen: Teopan, Moyotlan, Aztaxcalco und Cuepopan. In jedem Bezirk gibt es auch eine Kriegsschule für Frauen, die in ihrer Wildheit den Männern nicht nachstehen, wie du dich selbst hast überzeugen können, mein Gebieter.

Jede Heeresabteilung hat einen Oberhäuptling. Dieser nennt sich Tlacatecuhtli, was Herr der Menschen bedeutet. Er ist dem großen Herrn von México, dem Herrscher von Meer zu Meer, unterstellt. Er ist der Herr der Männer, Herr der Krieger. Durch Wahl des Rates besitzt dieser Herr die Befehlsgewalt über das Heer von Texcoco und über das Heer von Tlacopan. Bisweilen verleiht man auch dem Herrscher Moctezuma den Titel eines Tlacatecuhtli, doch fast immer ist der oberste Kriegsführer ein aus vielen Schlachten hervorgegangener bedeutender Krieger.

Der Cihuacóatl ist der Zweite im Krieg. In früheren Zeiten war es eine Frau, die dieses Amt bekleidete. Daher der Name Frau Schlange. Mit ihm wird die Erinnerung an eine im Krieg berühmt gewordene Frau wachgehalten. Der Cihuacóatl ist Feldherr und geistlicher Würdenträger zugleich. Ihm folgen vier andere militärische Ränge. Da ist zunächst der Herr Tlacochcalcatl. Er befiehlt im Haus der Pfeile und hat unter sich alle Arsenale, in denen die Gerätschaften des Krieges aufbewahrt werden. Er gleicht dem Inspektor, der dich begleitet, Herr. Der Tlacatecatl hingegen befiehlt den Kriegern im Kampf. Jeder der beiden hat einen wichtigen Stellvertreter, der seinen Platz einnimmt, sobald er in der Schlacht stirbt. Der Huitznahuatl ist der Zweite im Haus der Pfeile; der Tecoyahuacatl ist ein Herr wie mein Gebieter. Er hat den Oberbefehl. Der Herr Tlacochcalcatl ist der oberste Befehlshaber über alle Arsenale.

Alle diese Abteilungen werden wiederum vom Rat der Vier regiert. Dieser bildet den Kriegsrat, der den Herrn Tlacatecuhtli unterstützt. Die Beratungen werden in einem besonderen Ratssaal, den sie Tequicalli nennen, abgehalten. Dem Kriegsrat sind die militärischen Führer, die den einzelnen

Bezirken von Tenochtitlan entsprechen, untergeordnet. Die vier Kriegsführer werden vom Herrn der Herren unter jenen Adligen ausgewählt, die sich im Krieg durch besondere Taten ausgezeichnet haben und daher diese Ehre verdienen. Steht die Ernennung eines neuen Statthalters bevor, so fällt die Wahl immer auf einen dieser vier großen Kriegsherren. Ihnen unterstehen sieben Kriegsführer niederen Ranges.

Den Beitrag, den jeder Calpulli oder Bezirk von Tenochtitlan, Texcoco und Tlacopan im Krieg leistet, beläuft sich auf zwanzig Krieger. Jede Zwanzigergruppe steht unter dem Befehl eines Yoatachcan. Die zu einem Bezirk gehörenden Abteilungen werden von einem Telpochtlato angeführt. Dieser ist sehr bekannt, denn ihm fällt es zu, die Insignien seines Stadtteils zu tragen, die auf seinem Rücken festgebunden werden. Wer sie ihm zu entreißen trachtet, schafft das nur, wenn er ihn zuvor tötet. Bei den Insignien handelt es sich um eine Art Flagge. Jeder Calpulli hat eine andere.

Neben dem Telpochtlato und den anderen Hauptleuten, die ich dir genannt habe, gibt es noch eine Reihe von Häuptlingen aus den unterworfenen Gebieten. Jeder Häuptling führt zwischen achthundert und tausend Krieger an. Im ganzen gibt es zehn geachtete Herren des Krieges. Ihnen obliegt es, dafür zu sorgen, daß ihnen Männer zur Seite stehen, die sich in der Kriegsführung bestens auskennen, das heißt hervorragende Krieger des Nahkampfes, des Flankenangriffs und der Nachhut sind.

Der Angriff erfolgt immer durch die kleinen Tequihuaque-Gruppen und durch die Abteilung der Schützen, deren Aufgabe darin besteht, die Flanke zu schützen. Die Nachhut des Heeres wir von einem Quachi genannten Trupp gebildet. Dann, mein Gebieter, gibt es eine Gruppe, die sich durch überaus mutige, gewandte und zum Sterben bereite Krieger auszeichnet. Diese gleichen den Offizieren, die dir zur Seite stehen, Herr. Man nennt sie Cuauhtli, Adler-Ritter; Ozelot- und Jaguar-Ritter. Sie unterstehen direkt dem Befehl des Herrn Tlacatecuhtli. Jeder Krieger, der in einer Schlacht vier

Gefangene macht, kann diesem Orden der Herren Adler und Herren Ozelot beitreten.

Die Heeresführer werden unter denen ausgewählt, die sich im Calmecac durch besondere Leistungen hervorgetan haben. Auch die Priester, die sich in jungen Jahren im Krieg verdient gemacht haben, werden mit einem besonderen Rang bedacht. Einer, der stets alle überragte, war Moctezuma, der Herr Strenges Gesicht, heute Herrscher von Tenochtitlan.

Jeder Jüngling, der sich im Krieg ausgezeichnet hat, geht mit langem Haar durch die Stadt. Ist sein Kopf rasiert und trägt er über dem rechten Ohr eine Haarsträhne, so bedeutet das, daß er ein sehr tapferer und umsichtiger Krieger ist. Die Adler- und Ozelot-Ritter sehen so aus. Das erste, was einem aztekischen Krieger beigebracht wird, ist, das Leben geringzuschätzen. Im Kampf gibt es für ihn nur zweierlei: entweder er siegt oder er stirbt. Aufgrund seiner Erziehung träumt jeder Krieger davon, den Xochimiquiztli, den Glücklichen Tod, zu empfangen. Das ist die Belohnung für den Azteken, der im Krieg dient.

Die Herren Krieger, die gegen meinen Gebieter antreten werden, kommen aus den mit Tenochtitlan, Texcoco und Tlacopan befreundeten Städten, und diese sind Huexotla, Coatlinchan, Chalco, Huitzilopochco, Atzcapotzalco, Quauhtitlan und Otumba.«

Als Malintzin zu Ende gesprochen hatte, erhob sich Cortés, faßte sie bei den Händen und ließ Jerónimo de Aguilar, der jedes ihrer Worte übersetzt hatte, wiederholen: »Frau Marina, Ihr habt mich informiert wie ein spanischer Hauptmann …« Er hielt inne, blickte ihr tief in die Augen und fügte hinzu: »Mehr noch, Ihr habt mich ins Bild gesetzt, wie es kein Hauptmann aus Kastilien und Aragón tun würde.« Dann, nach einer weiteren Pause, fragte er: »Nun sagt mir noch eines, welches sind die Städte, die mit México Tenochtitlan verfeindet sind?«

»Tlaxcala, Huexotzinco, Cholula, Atlixco, Tliliuhquitepec …«

X

Dies war die letzte Zusammenkunft des Hohen Rates, des Rates des Dreibundes, des Rates der Herrscher von Tlacopan, Texcoco und Tenochtitlan. Dies war der große Tag, an dem wir unsere Ohren mit Tonpfropfen verstopften, um nicht den weisesten aller Ratschläge zu hören.

»Zerstückeln wir ihn, verbrennen wir seine Reste, und werfen wir seine Asche in die Kanäle des Sees.« So sprach Matla, wir aber hatten unsere Ohren mit Lehm verstopft.

Der Ort, an dem dies geschah, war der große Beratungssaal. Der gleiche Saal, in dem sich gewöhnlich die großen Sänger, die Erzähler der Zeitläufe, die Entdecker des Lebens, die Medizinfrauen einfanden, um ihre Werke zu erklären oder vorzutragen, und aus dem sie, für ihre Klugheit mit ruhmvoller Ehre gekrönt, wieder fortgingen. Wer aber die Dreistigkeit besessen haben sollte, ein schlechtes Buch zu schreiben, ein schlechtes Gedicht zu verfassen, ein schlechtes Bildwerk zu schaffen oder der Versammlung der Herren einen schlechten Rat zu erteilen, der wurde bestraft. In der Mitte des Saales rauchte ein mit Okoteholz gespeistes Feuer, das von einer Priesterin betreut wurde. Auf einer Seite der Versammlung befanden sich die erhöhten Thronsitze der drei Herrscher der verbündeten Völker und etwas niedriger der Sitz, der dem großen Herrn von Tlatelolco gehörte.

Es präsidierte Moctezuma Xocoyotl, der Herrscher von Tenochtitlan, Herr der Herren und Herrscher von Meer zu Meer, dem die im Dreibund vertretenen Völker die höchste Macht übertragen hatten. Da war der junge Cacamatzin, Herrscher von Texcoco. Zur Linken hatte ein hochbejahrter Würdenträger Platz genommen, der durch ein riesengroßes gläsernes Auge, das an einem langen Holzstab festgebunden war, auf die Versammlung blickte. Das war Toto-Quiahuatzin, der Herrscher von Tlacopan, der ungeachtet seines hohen Alters einen sehr wachen Verstand besaß. Er regierte seit beinahe zweiundfünfzig Jahren und würde im nächsten Jahr, so er nicht bereitwillig zurücktrat, hinauf zum Opferstein geführt werden, da niemand länger als zweiundfünfzig Jahre hintereinander die Macht ausüben durfte.

Anwesend waren die dreißig Herren der Allianz und die Statthalter der eroberten Gebiete. Selbst der Herrscher von Nicarao war gekommen. Er war derjenige, der die größte Entfernung hatte zurücklegen müssen. Mehrere Nächte lang hatte die Trommel geschlagen, damit ihn die Botschaft vom Stattfinden des Rates auch ja erreichte, dort, an den Ufern des großen Sees, wo das Land ganz schmal wird, wie man auf unseren Karten unschwer erkennen kann. Auch die Herrin Matla aus dem Haus der Kriegerinnen und die Frau Schöne Geschorene waren da. Und Cuitláhuac, der Herr von Ixtapalapa; Cuauhtémoc, der große Herr von Tlatelolco, und ein kluger, kräftiger Mann mit dem Titel Xihuacóatl, der Zweite der religiösen Würdenträger der Stadt und aller eroberten Gebiete Mexikos. Auch die großen Gewährsleute waren anwesend und der Häuptling Cuautla, ein tapferer Mann von über zweiundfünfzig Jahren, der als Herr der Herren über die unterworfenen Gebiete wachte. Und die Tequitlato mit ihren Büchern und Landkarten, die Herren, die sich dem Studium der Religion hingeben. Und die Herren Amoxua mit ihren Büchern, die so alt waren wie sie selber. Und auch der edle Herr Mecatlapouhqui, der wie kein anderer die Schnüre und farbigen Knoten zu lesen verstand. Und als Geleit Tozquentzin, die berühmte Kriegerin im mexikanischen Dreibund und die Zweite nach Matla im Haus der Kriegerinnen. Etwas abseits, doch jedes Wort genau verfolgend, saß ein junger Häuptling, der von Kind an Groll im Herzen gegen Tenochtitlan fühlte. Das war Ixtlixóchitl aus Texcoco, der verächtlich jede Handlung unseres Herrn Moctezuma beobachtete.

Cuitláhuac ergriff als erster das Wort. Sich an den Rat der dreißig Herren wendend, zeigte er auf eine Wandkarte, auf der mit rosa, gelber und weißer Farbe jeder Schritt festgehalten war, den Hernán Cortés seit seiner Ankunft in den fernen Ländern der Totonaken getan hatte. Die eingezeichneten Fußabdrücke markierten den Vormarsch von Hernán Cortés und seinen Leuten entlang der Küste, der Flüsse, der Maispflanzungen, der Blumenfelder und der großen Berge, deren schneebedeckte Gipfel weit in den Himmel ragten. Da, auf der Karte, konnte man sehen, wie er immer näherkam. Die Worte von Cuitláhuac, dem edlen Krieger und großen Herrn von Ixtapalapa, wurden wie ein Gebet aufgenommen.

»Ich wiederhole, edle Mütter, edle Väter: Das Heer, das sich uns nähert, ist ein Chicoyautl. Und ich sage, daß es für unsere Völker nur ein halber und kein ganzer Feind ist, weil wir es mühelos in weniger als einem Tag mit Hilfe unseres Herrn Huitzilopochtli, unseres Herrn Kolibri des Südens, vernichten können.« Bei der Nennung des Gottes der Götter machte er eine Verbeugung und küßte die Erde. »Ehrenwerte Mütter, ehrenwerte Väter, dem großen Gesandten aus fernen Landen ist es mit einiger Leichtigkeit geglückt, sich Tenochtitlan zu nähern, doch nur, weil die Orte, die er auf seinem Weg passiert hat, von Menschen bewohnt werden, die schlecht und roh sind. Unser Heer dagegen ist etwas ganz anderes ...«

»Wie ist ihnen das ohne die Macht der Götter gelungen? Sie behaupten, selber Götter zu sein«, meinte Moctezuma.

»Unsere Kundschafter, die Augen der Nacht, haben uns berichtet, was sich in Zempoala zugetragen hat. Der Herr Chicomecatl, Sieben Rohr, hat sich vor ihnen wie ein kranker Bruder aufgeführt. Kaum daß das Heer des großen Gesandten sich näherte, kaum daß es in Zempoala einzog, trat Chicomecatl, dick und häßlich, heraus und empfing sie mit Blumen und Tänzen. Doch ist Chicomecatl ein kranker Mann. Er ist in seinen Bewegungen so eingeschränkt, daß er ohne fremde Hilfe nicht einmal aus seiner goldenen Sänfte steigen kann.« Cuitláhuac machte eine Pause, um vorzuführen, in welcher Form sich Chicomecatl, der Dicke, der Häßliche, wie er ihn nannte, bewegte, und die ganze Versammlung konnte sich eines Lächelns nicht enthalten, mit Ausnahme von Matla, die zu Cuauhtémoc blickte.

»Das Heer des großen Gesandten hat es erreicht, daß ihm Tausende Macehualtin aus Zempoala Hilfe leisten. Auf ihrem Rücken schleppen sie die Gerätschaften des Heeres und die kleinen Häuser mit den Rädern, die so ähnlich aussehen wie das Spielzeug von der Insel Jaina. Unsere Augen der Nacht haben uns erzählt, daß sie alles heranschaffen, was das Heer benötigt, angefangen vom Futter für ihre Hirsche, das sie vom Wegesrand einsammeln, bis hin zu den Huaxolote, den Truthühnern, die sie wie im Rudel mit sich führen, als würde es von den Pfefferbäumen Pulver regnen. Aber ihr wißt auch, Brüder und Schwestern unseres Bundes, daß man ihnen in Tlaxcala Widerstand geleistet hat, und ebenso wißt ihr, daß das starke Heer von Tlaxcala den Kampf verloren hat, sowohl bei seiner ersten Begegnung als auch beim zweiten und dritten Zusammentreffen mit den Soldaten des großen Gesandten. Das alles wißt ihr bereits.«

»Tecuanatzin, der Herrscher von Tlaxcala, hat sich wie ein Waisenkind verhalten«, sagte Matla mit einer Schärfe, daß sich alle Blicke auf sie richteten. Lediglich Moctezuma starrte weiterhin unbeirrt auf Cuitláhuac.

Hernán Cortés hatte damals vor dem steinernen Labyrinth, das das Volk von Tlaxcala umgab, haltgemacht. Schon von weitem hatte er quer auf dem Weg liegende Bäume und Äste gesehen, die darauf hindeuteten, daß er ein Gebiet betrat, das mit den Azteken verfeindet war. Sobald sie seiner ansichtig wurden, verließen die Krieger, die auf den Zinnen Ausschau hielten, unauffällig ihren Posten. Es waren Azteken, und sie hatten die Weisung erhalten, nicht gegen Cortés zu kämpfen, sondern nur zu beobachten, was seine Männer unternahmen, bei Tag wie bei Nacht.

»Du mußt wissen, mein Gebieter«, hatte Malintzin Cortés erklärt, »daß das Volk von Tlaxcala die Herren von Tenochtitlan haßt und sie sich seit hundert Jahren, seit ewigen Zeiten, miteinander im Krieg befinden.« Und auf die Mauer zeigend, die sich bis zum Horizont erstreckte, hatte sie hinzugefügt: »Durch diese Mauer ist das Volk von Tlaxcala von allen Seiten abgeschnitten. Die Menschen leben in großer Armut. Der Weg zum Meer ist ihnen versperrt. Deshalb können sie weder Baumwolle pflanzen noch Salz essen. Monat für Monat kommen Heeresabteilungen aus Tenochtitlan, Texcoco und Tlacopan hierher, um junge Menschen zu suchen, die sie als Opfer für die Götter bestimmen, und jedes Jahr führt das Heer der Azteken den Blumenkrieg gegen sie.«

»Den Blumenkrieg?«

»Man nennt ihn so, weil bei diesem Krieg nur ein Ziel verfolgt wird: Gefangene zum Opferstein zu führen. Das Volk von Tlaxcala gehört zu den Völkern, die Jahr um Jahr Hunderte junger Menschen hergeben müssen, Mädchen, Knaben und kleine Kinder, die ganze Blüte ihrer Existenz, und alle erleiden das gleiche Schicksal.«

»Gibt es diesen Krieg noch immer?«

»Noch immer ... Und Tlaxcala ist eine Ortschaft, die völlig eingeschlossen ist. Überall an den Grenzen sind Steinmauern aufgerichtet, die von den aztekischen Zinnen aus bewacht werden. Tlaxcala ist ein großer Käfig von Gefangenen, von Gefangenen ohne Hoffnung ...«

»Hier werden wir Freunde finden, Marina! Vorwärts!«

An der Spitze des Heeres von Tlaxcala, das der Streitmacht von Hernán Cortés entgegentrat, stand der junge Krieger Xicoténcatl, ein Adler-Ritter und der schlaueste Befehlshaber. Cortés' erste Handlung bestand darin, etwa zwanzig aztekische Gefangene, die er mit sich führte, mit Stroh zu umhüllen und ihnen die Hände auf dem Rücken zusammenzubinden. Die Strohhülle sah aus wie ein grobes Kleid, und die Gefangenen darin wie Waldtiere. Dann tränkte er das Stroh mit Öl und zündete es an, damit sie als lebende Fackeln zu den Kriegern von Xicoténcatl liefen ...

Die versammelten Herren aus Texcoco, Tlacopan und Tenochtitlan entsetzten sich, als sie vernahmen, auf welche Weise der große Gesandte dem Herrn von Tlaxcala den Beweis geliefert hatte, daß er kein Freund der Azteken war. Cuitláhuac nahm einen Speer, kniete nieder und sagte, wobei er eine Bewegung vollführte, als legte er die Waffe auf den Boden: »Das Volk von Tlaxcala hat seine Waffen gestreckt. Es hat viele Tote gegeben. Das Heer des großen Gesandten schien ihnen unsterblich, unbesiegbar zu sein. Als die Schlacht vorüber war, empfingen sie den großen Gesandten mit Blumen, und der Herr Tecuanitzin machte dem siegreichen Kapitän sogar seine eigene, ganz in Gold gehüllte Tochter zum Geschenk. Unsere Kundschafter, die Entdecker des Tages, die Entdecker der Nacht, haben es mir genau berichtet.«

Tecuanitzin, der Herrscher von Tlaxcala, hatte seine neunzehnjährige Tochter Hutznahuatzin, deren Körper ganz mit goldenen Schmuckstücken bedeckt war, bei der Hand genommen und zu Cortés gesagt: »Nimm sie dir, als wäre sie deine Frau. Ich schenke dir meine Tochter zum Zeichen der Freundschaft.«

»Höret, Ihr Herren von Texcoco, Ihr Herren von Tlacopan und Ihr Herren von Tenochtitlan«, fuhr Cuitláhuac fort, »wir haben einen Gefangenen gemacht, der im Augenblick zwar noch nicht unsere Sprache beherrscht, doch sind wir dabei, sie ihn zu lehren. Gleichzeitig lernen wir seine Sprache, und auf diese Weise hoffen wir, daß unsere Weisen bald Näheres über den großen Gesandten erfahren werden: über seine Götter, über seine ferne Heimat und über die Häuser, die dort, im Land des Kakaos und der Blumen, auf dem Meer schwimmen. Was ich Euch nun erzähle, hat sich, das wissen wir, am Tag vor der Schlacht gegen das Heer von Tlaxcala zugetragen. Der große Gesandte hatte einen seiner Soldaten beleidigt. Er schimpfte ihn einen Waisenknaben, er schimpfte ihn einen elenden Bruder, er schimpfte ihn eine neugeborene Schlange, er schimpfte ihn ein gestautes, stinkendes Gewässer, er schimpfte ihn die Hälfte von einem Mann, er schimpfte ihn ein von Angst gefangenes Herz. Und das alles im Beisein seiner Kameraden, während auf der anderen Seite das Heer von Tlaxcala sich bereits zur Schlacht formierte. ›Euch, der Ihr

Euch Señor de Lerma nennt‹, sagte der Kapitän zu ihm, ›laßt Euch sagen, daß Ihr wie ein kleiner, zweitklassiger Torero geflennt habt, der zum erstenmal durch einen Hornstoß verletzt wurde. Ihr seid ein Feigling und nicht würdig, auf Eurer Schulter die Insignien von Kastilien und Aragón zu tragen.‹ Der Soldat erhob sich, entledigte sich seines Schwertes und warf – zur Verblüffung des großen Gesandten und seiner Kameraden, die ihn nicht daran hindern konnten – Dolch und Schild auf den Boden und lief unbewaffnet, doch festen Schrittes auf die Krieger von Tlaxcala zu, die ebenso verdutzt waren wie der große Gesandte.

Die Krieger von Tlaxcala öffneten ihre Reihen und ließen den Soldaten Lerma eintreten. Die Leute von Tlaxcala ließen mich wissen, daß sie bereit wären, mit uns einen Handel zu machen. Wir haben den Gefangenen gegen eine große Menge Decken getauscht. Sie begehrten von uns Decken mit aufgemalten schwarzen Totenköpfen und sagten, daß der Mann klug wäre und einen hohen Wert besäße. Wir haben ihnen auch noch ein paar weiße Decken gegeben. Und nun, Ihr Herren des Hohen Rates, bemühen wir uns, daß er unsere Sprache erlernt. Sobald er sie beherrscht, was, da er sehr intelligent ist, schon in wenigen Tagen der Fall sein wird, werden wir viele Dinge erfahren.«

Der Soldat Lerma trug ein aztekisches Gewand. Wohin er auch seine Schritte lenkte, stets sah er sich von mehreren Weisen und drei jungen Lehrern umgeben. Die jungen Lehrer sprachen ihm die Wörter ein um das andere Mal vor, und ein um das andere Mal ergründete der Soldat Lerma ihren Sinn.

Acayatl – Binse. Der Lehrer zeigte auf einen vorübergehenden Häuptling: Achcauhtli – der Häuptling! Aiuztolin – Seegras. Er zeigte auf einen Regenbogen, der sich über einer entfernten Lagune wölbte und im Kanal endete: Amacotza – Regenbogen. Er zeigte auf sich und legte dabei die Hände auf die Brust: »Amimitl …« – »Amimitl … Amimitl? Ist das Euer Name?« Beide lachten bejahend. Als sie sich vor dem Essen die Hände wuschen, sagte der Lehrer zu ihm: »Apaztli ...« – »Napf zum Waschen der Hände ...«

Der Lehrer, auf eine Tasse zeigend, die mit Wasser gefüllt war: »Apazco ...« – »Tasse, Tasse ...« Und auf einen Wasserstrahl in der Bergschlucht weisend: »Aoztoc ...« – »Strudel, Strudel ...« Und zwei Tage später tauschten sie bereits ihre Gedanken aus, der eine auf Náhuatl, der andere auf Spanisch.

»Und auf diese Weise werden wir bald hinter das Geheimnis ihrer Sprache, hinter das Geheimnis jedes einzelnen Wortes kommen. Wir haben erfahren, daß sie eine Art zu reden haben, die keiner versteht mit Ausnahme einiger weniger, und dazu gehören die Priester. Diese Wörter, die keiner versteht, nicht einmal der große Gesandte, tauchen in ihren religiösen Gesängen auf.«

Cuitláhuac war mit seinem Bericht am Ende und nahm auf seiner Matte Platz. Moctezuma, der große Herrscher von Tenochtitlan, warf einen fragenden Blick auf Hauptmann Cuautla, den Häuptling der eroberten Gebiete ...

»Mühelos sind sie in Tzimpantzinco einmarschiert«, sagte er.

»Wie das?« rief Moctezuma ungeduldig aus. »Tzimpantzinco ist eine Stadt von zwanzigtausend Feuern!«

»Ich wiederhole, es war für sie ein Kinderspiel. Sie tauchten vor der Stadt auf, schlugen ihre Trommeln, bliesen ihre Trompeten und entsandten einen Boten. Danach ging alles ganz schnell. Die Krieger der großen Stadt Tzimpantzinco legten einer nach dem anderen ihre Waffen auf die Erde, und das Heer des großen Gesandten zog in die Stadt ein.«

»Die Nauachichimekin klärt sie über alles auf. Sie sagt ihnen, wer unser Freund ist und wo sie unsere Feinde finden können«, warf Matla ein. »Sie behandeln sie wie eine Tochter der Sonne.«

Moctezuma ließ seine Augen auf einen sehr alten und ernsten Weisen ruhen, der den Herren als Berater diente, und fragte ihn: »Ist so etwas in der Geschichte von México Tenochtitlan schon einmal dagewesen?«

Der weise Herr Mecatlapouhqui begann Hunderte farbiger

Schnüre verschiedener Formen und unterschiedlicher Bedeutung durchzusehen. Hierfür brauchte er eine Zeit, die uns so lang erschien wie die Länge eines den See querenden Kanals, und am Ende sagte er: »Dergleichen hat sich nur während des Krieges der Tolteken ereignet.«

Traurig blickte Moctezuma auf einen anderen Weisen: »Was sagst du, Herr Amoxua …?«

Mein Freund, der Herr Amoxua, erhob sich, stieß durch die Nasenlöcher ein wenig Tabakrauch aus und vollführte den Tanz: das Erzählen der Dinge. Dieser Tanz erzählte von den Zeitläufen, den Blumen, den Kämpfen, den Ereignissen, der Zeit der Dürre, des Regens, der starken Schneefälle in den Bergen; er erzählte von der Trauer und dem Erstaunen, und er schloß mit dem wichtigsten aller Tänze, der unserem Herrn Quetzalcóatl gewidmet war.

Dann sagte er: »Ich wiederhole es noch einmal: Die Prophezeiungen haben sich erfüllt. Sie sind unsere wahrhaften Götter. Nun ist es nicht mehr nötig, daß der Herr Moctezuma die Kleidung der Götter anlegt, um ihre Tänze zu tanzen. Das ist nun nimmermehr nötig. Sie sind bereits da, sie sind gekommen, sind schon ganz nah und wissen alles über uns, sie, unsere Herren, unsere Götter und Söhne der Götter …«

Moctezuma blickt den Herrn Amoxua voller Bewunderung an. Aber Matla war anderer Meinung und bat ums Wort, indem sie mit ihrer Rechten einen Blütenzweig hochhielt. Als man es ihr gewährte, gab sie zu bedenken: »Der Ozelot-Ritter Zinacatzin aus Tlaxcala hat einen ihrer großen Hirsche in zwei Hälften geteilt. Damit hat er bewiesen, daß auch sie sterben müssen …«

Der Herr Amoxua fuhr dazwischen und erinnerte an die Kriege der Chichimeken, an die Zeit, da unser Herr Quetzalcóatl die Erde bewohnte; an die Kriege der Männer von Olman und daran, daß in allen Büchern geschrieben stand, daß die Götter fortgehen würden … und daß manchmal … manchmal auch die Götter sterben müßten und daß der Tod dann ein ewiger wäre.

»In den Zeiten unseres Herrn Quetzalcóatl erlitten seine Gefährten ebenfalls den Tod ...«

Der Herr der Schneckentrompete verließ für einen kurzen Augenblick die Versammlung, um die Zeit zu verkünden.

Jetzt wurde der Herr der Küsten in den Beratungssaal gebeten. Auf seinen Schultern lastete die Verantwortung für all jene Orte, auf die der große Gesandte als erstes gestoßen war.

»Herr Cuauhpopoca, was bringst du uns Neues?«

Der Herr der Küsten sah müde und schmutzig aus, was bei einem aztekischen Herrn befremdete. Mit fester Stimme sagte er: »Wir haben vier von ihnen getötet.«

Diese Nachricht bewirkte, daß drei der Anwesenden aufsprangen: Matla, Cuitláhuac und Cuauhtémoc.

»Sie haben gewaltsam unsere Frauen in der Nähe eines Maisfeldes entführt. Sie haben sie mißhandelt und vergewaltigt, sie haben sie verwundet und wie Hunde behandelt. Die Frauen erzählten uns, daß sie vorhatten, sie in den Fluten des Flusses zu ertränken. In diesem Augenblick tauchten wir auf. Sie rannten durch das Maisfeld davon, wir aber legten ihnen Wild- und Ozelot-Fallen. Einige wenige starben, die anderen habe ich in Holzkäfige gesperrt, damit der Rat über sie befindet.«

Nur wenige nahmen die Nachricht mit Wohlgefallen auf, die meisten, zu ihnen gehörte auch Moctezuma, hörten sie mit Entsetzen.

»Sie haben um Erlaubnis ersucht, als Botschafter einer Sonnenregion und eines großen Gottes ...«

»Und doch sind sie nicht wie Schmetterlinge auf den Flügeln des Windes dahergekommen, sondern mit dem Drang nach Lüsternheit, nach Grausamkeit, nach Gewalt, nach Aufruhr, nach Bosheit, nach Barbarei ...« Der Herr der Küsten hielt kurz inne, ehe er, das Wort an die Versammlung richtend, fortfuhr: »Wie mir berichtet wurde, beabsichtigt Xicoténcatl, der Krieger aus dem Haus der Pfeile in Tlaxcala, den Krieg zu benutzen, um die Barbaren der Nacht in die Flucht zu jagen. Nachdem sich die Häuptlinge von Tlaxcala ergeben hatten, haben sie sich nicht gescheut, selber verruchte Handlungen zu begehen.«

Sobald er die letzten Worte vernommen hatte, sprang der Herr Amoxua, der weiseste von uns allen, mit einem Satz von seiner Matte auf, tanzte den Tanz der Reue, räucherte den Herrn der Küsten mit Kopalrauch ein und beendete seinen Tanz mit einem Weinen, Jammern und Wehklagen, das uns allen ans Herz ging.

Der Herr der Küsten wiederholte seinen Bericht, ohne auf den tanzenden und wehklagenden Herrn Amoxua zu achten.

»Nachdem sich Tlaxcala ergeben hatte, haben die weißen Hauptleute Handlungen begangen, wie nur Hunde sie begehen ...«

»Was für welche?« fragte Moctezuma beklommen.

Cuauhpopoca setzte zu seiner Schilderung an. Im gleichen Augenblick fühlten die Versammelten, wie sich in ihren Herzen erster Zweifel regte.

»Sie haben auf offenem Feld ein Fest veranstaltet. Das Feld war von Blumen übersät, so wie bei den Festen für unseren Gott Kleiner Herr, so wie bei unserem Erntefest, so wie bei unserem Fest vom Aufkommen der Regenfälle und vom Niedergehen der Regenfälle. Kapitän Cortés hatte ein Podium errichten lassen. Bei dem Fest waren als besondere Gäste des Herrn Kapitän viele Leute aus Tlaxcala zugehen. Sie führten ein paar edle Huaxteken vor. Es war ihnen daran gelegen, daß die Leute aus Tlaxcala alles mit ansahen. Die riesigen Hunde, die sie mit sich führen, hatten tagelang nichts mehr zu fressen bekommen. Die Totonaken waren jung und sie waren alt, und es waren Kinder dabei und Frauen. Man drückte ihnen Knüppel in die Hand, mit denen sie sich gegen die Hunde verteidigen sollten. Dann warf man ihnen ein paar hungrige Welpen vor, die von den Gefangenen getötet wurden. Nun ließ man auch noch den Rest der Meute auf sie los. Es waren über zwanzig Gefangene. Die Hunde zerrissen sie alle, und dann fraßen sie einen nach dem anderen auf – unter dem Lachen des großen Gesandten und seiner Offiziere, die Wein tranken und laut tobten … Das war ein Fest von Barbaren und nicht ein Fest von Wesen, die es Göttern gleichtun.«

Das Schlimmste hatte Cuauhpopoca für den Schluß aufgehoben: »Doch was sie in Cholula, der Stadt der Götter, der Stadt der Tempel, gemacht haben, übertrifft jede Grausamkeit. Vom Norden und Süden, vom Osten und Westen waren Tausende Pilger nach Cholula gekommen. Von den fernen Seen und nahen Lagunen, aus den Städten unweit der Kanäle, aus den kalten Ländern und aus den warmen Ländern waren Tausende gekommen, um an den Festlichkeiten für unseren Herrn Quetzalcóatl teilzunehmen. Da befahl Kapitän Cortés, alle einzusperren. Vergebens versuchten Kinder, Frauen und Männer zu fliehen. Vergebens flehten die Kranken, die den großen Tempel aufsuchten. Das Gemetzel war unbeschreiblich. Es floß soviel Blut, daß die Pferde in den Blutlachen ausrutschten. Die Feier verwandelte sich in ein großes Wehklagen, eine Tragödie, ein Fest des Grauens. Drei Tage und drei Nächte brauchten die Krieger aus Tlaxcala, um all die Toten aus dem großen Tempel wegzuschaffen und zu verbrennen …«

Auf den Gesichtern der meisten Anwesenden zeigte sich blankes Entsetzen.

»Die Stärke, die ihnen ihre Waffen verleihen, ist ohnegleichen. Um sie zu besiegen, reichen unsere Waffen nicht aus.«

Wieder tauschten die Herren des Krieges untereinander Blicke. Matla sah dem Berichterstatter fest in die Augen.

»Unsere Krieger waren stets besser als alle, die ihnen jemals die Stirn geboten haben. Zu keinem Zeitpunkt haben sie vor dem Herzen des Tages ihr Leben aufgegeben. In den fernen Gebieten von Chiapas haben die Krieger gekämpft, bis sie nicht mehr ihre Arme heben konnten. Und die Verteidiger von Yecapixtla haben sich, statt sich zu ergeben, von der Höhe eines Felsens in den Fluß gestürzt. Sie zogen es vor, gemeinsam in den Tod zu gehen, als Sklaven des Hauptmanns Cortés zu werden. In der Schlacht von Tlaxcala hatte Xicoténcatl der Alte den im Kampf gefallenen Kriegern ewiges Leben versprochen. Einer meiner Gewährsleute, Komm bei

Nacht und Komm bei Tag, hat mir erzählt, daß er sich danach die Kleider vom Leibe gerissen und weinend ausgerufen habe: ›O ich Elender, ich Elender, wohin soll ich meinen Blick wenden? Wenn sich meine Augen doch nur mit Tränen füllen würden, so bitter wie der Epazote, der Kot des Stinktiers, auf dem Grunde meines Herzens!‹«

Nach den Berichten der drei Hauptleute herrschte unter den Anwesenden niedergedrückte Stimmung. Da aber fuhr Matla dazwischen: »Mögen andere besiegt worden sein, uns kann das nicht passieren. Wenn wir verlieren, werden wir nichts als elende Gestalten sein, Krieger der Furcht. Dann wird kein Mann mehr sein Alter erreichen, und die Frauen von Tlacopan, Texcoco und Tenochtitlan werden auf der Hälfte ihres Lebensweges zu Witwen, und Tenochtitlan wird für immer eine Stadt ohne Blumen, doch voller Waisen sein.« Sie ließ ihren wilden Blick über die Versammlung schweifen und fügte hinzu: »Wenn wir aufgeben, bevor wir gekämpft haben, wird die Nacht des Hungers, die Nacht der Kriege, die Nacht des Schmerzes über uns kommen. Dies und noch viel mehr, Ihr edlen Herren. Mein Rat ist, daß wir Kapitän Cortés eine Ozelot-Falle legen, daß wir seinen Körper, der es nicht verdient, der Sonne dargebracht zu werden, verbrennen und seine Asche in den Kanal werfen ...«

Auf Matlas Worte folgten die Worte von Moctezuma, die mit großer Ehrerbietung gehört wurden und die er hervorbrachte, als wären sie an sein eigenes Herz gerichtet.

»Unsere alten Feinde strömen ihm in großen Scharen zu, so wie der Wasserschwall, der sich in den großen See ergießt. Und seine großen Hirsche wirbeln von den Wegen den Staub auf, gleich den Winden in der Bergschlucht. Ihre Stöcke sind aus Eisen, ihre Lanzen glänzen in der Sonne, und ihre Keulen sind Schwerter aus gekrümmtem Eisen und aus Gold.« Langsam erhob er sich von seinem Sitz. Den Blick auf die Anwesenden gerichtet, fuhr er fort: »Sie sind die Gesandten Gottes, die Gesandten unseres Herrn Quetzalcóatl, der uns vor langer Zeit versprach wiederzukommen und der nun wiedergekommen ist ... Sie sind die Nachkommen unseres Herrn.«

Die Herren aus Tlacopan und Texcoco schienen der gleichen Meinung zu sein: auch sie erhoben sich von ihren Plätzen wie zuvor der Herrscher von Meer zu Meer.

»Und also schlage ich den edlen Herren des Rates vor, daß wir sie hier in Tenochtitlan empfangen und anhören, so wie es der Brauch erheischt und wir es stets mit Abgesandten getan haben. Sie sagen, sie wären von einem mächtigen Gebieter ausgeschickt, einem König der Könige, einem Gott der Götter. Das aber kann kein anderer sein als unser Herr Quetzalcóatl.«

»Edle Herren, dies zu tun, hieße, Menschen in unser Haus aufzunehmen, die uns vielleicht morgen schon aus ihm fortjagen, so wie es in Zempoala geschehen ist«, rief Cuitláhuac dazwischen.

»Mein Rat ist, daß wir Gesandten ausschicken, die den großen Herrn der Herren willkommen heißen, und daß wir ihn im Namen von Tenochtitlan, Texcoco und Tlacopan empfangen, denn so will es das Gesetz unserer Völker, und dies ist nicht die Stunde, es zu ändern«, bemerkte Cacamatzin, Herrscher von Texcoco. »Schmücken wir ihren Weg mit Blumen. Schicken wir dem großen Herrn und seinem Heer reichlich Matten, Maisfladen und Truthähne, damit sie gut essen und sich gut betten können und alleweil zufrieden sind.«

»Und dies ist der Rat aus dem Haus der Kriegerinnen«, warf Matla ein, »verschließen wir die Türen unserer Häuser vor Menschen, die sich nicht wie Götter verhalten und uns morgen schon aus unserem eigenen Haus hinauswerfen können, so wie wir es von unserem kleinen Bruder Cuitláhuac gehört haben, daß sie es in Zempoala gemacht haben. Außerdem ist mein Rat der, daß wir diesen Zwerg von einem Mann, der hier der Sohn Gottes genannt wird, fassen, daß wir ihn zerteilen, verbrennen und seine Asche in die Kanäle des Sees werfen.«

»Diesen Rat hast du uns schon einmal erteilt«, fuhr Moctezuma sie scharf an.

»So haltet fest, daß ich es ein zweites Mal getan habe, und falls erforderlich, werde ich es ein drittes Mal tun.«

»Wir Herren von Texcoco erachten es als notwendig, die Botschaft, die uns von einem großen Herrn und Gott der Götter erreicht, entgegenzunehmen, so wie wir es stets getan haben«, sagte Cacamatzin, der Herrscher von Texcoco, würdevoll.

»Es wäre für Texcoco, Tenochtitlan und Tlacopan sehr schmachvoll, wollten wir anders handeln, als wir stets gehandelt haben. Der Brauch gebietet es, daß wir die Balken aus dem Weg räumen. Stets haben wir denen, die zu uns gekommen sind, um uns Reiherfedern zu überbringen und vor unserem Stuhl zu tanzen und uns den Kopf, die Hände und das Gesicht mit Kreide zu bestreichen, mit Schokolade gefüllte Schalen, Blumenzweige und Maisfladen dargeboten, und also frage ich, warum sollten wir uns heute vor einem Gesandten, der zudem als Botschafter seiner Gebieter auftritt, anders verhalten? Bei unseren Völkern herrscht das Gesetz, daß wir den Botschaftern Audienz gewähren, ihnen unser Ohr leihen. Wenn die Abgesandten sehen, daß wir sie nicht empfangen, werden sie denken, daß es aus Angst geschieht. Das aber darf nicht sein. Wir haben viele Krieger, und unsere Völker sind stark und mächtig genug, um sich vor ihnen nicht fürchten zu müssen. Und dann: Die Städte, die hier genannt worden sind, sind mit uns nicht zu vergleichen. Dies ist die große Stadt México Tenochtitlan.«

Einstimmig wurde der Beschluß gefaßt, den großen Gesandten in Tenochtitlan wie einen Herrn der Herren zu empfangen. Mit seinem Empfang aber wurden Cacamatzin und Cuitláhuac beauftragt.

»Dieser Tag und diese Stunde werden in die Erinnerung eingehen als der Tag und die Stunde, da wir unsere Herzen wie gelbe Rosen zu Grabe trugen«, sagte Matla zu Cuauhtémoc.

Einer, der an der Versammlung des Dreibundes ebenfalls teilgenommen hatte, verließ den Saal in hochmütiger Haltung. Auf der Treppe des Palastes grüßte ihn ein Diener mit dem Ruf: »Campa uee!« Rasch wurde für den edlen Herrn eine Federmatte ausgebreitet, damit er seine Füße auf sie setze, bevor er endgültig seine Sänfte bestieg. Mit einem Fußtritt stieß dieser jedoch den Diener beiseite, sprang mit einem Satz in die Sänfte und befahl, ihn schnell nach Hause zu tragen. Der sich so verhielt, war Ixtlixóchitl, der große Krieger aus Texcoco.

Höchst erstaunt empfing Cortés die Meldung, die ihm den Besuch eines edlen Ozelot-Ritters ankündigte. Malintzin erklärte ihm: »Ixtlixóchitl, dem Herrn Schwarzes Gesicht, ist aufgrund seiner Verdienste die Ehre zuteil geworden, sich das Gesicht schwarz anmalen zu dürfen, von Auge zu Auge, denn er gehört zu den tapfersten Kriegern Texcocos. Er beherrscht die Kriegskunst wie kein zweiter und ist aus vielen Kämpfen als Sieger hervorgegangen. Von Stadt zu Stadt, von Ort zu Ort ist er wegen des Hasses bekannt, den er Moctezuma gegenüber im Herzen trägt. Sein Vater, Nezahualpilli, hatte einst durch Moctezuma, den Herrn von México, den Herrscher von Meer zu Meer, Demütigung und Verachtung erfahren. Doch der andere Grund für seinen Haß ist, daß jener den Rat der Alten von Texcoco beeinflußt hat, seinen Bruder Cacamatzin zum Regierungsoberhaupt der Stadt am Ufer des Sees zu ernennen und nicht ihn, so wie er es sich erhofft hatte. Er ist ein Mann des Hasses, doch keiner von allen Herren des Hasses ist so mutig wie er, darum ist ihm in Tenochtitlan das Recht auf einen Sitz im Hohen Rat zugesprochen worden.«

Nach den Worten Malintzins konnte es nicht wundernehmen, daß Hernán Cortés den Gast in seiner feinsten Uniform empfing.

»Seid willkommen in diesem Euerm Haus, Herrscher von Texcoco …«

Obwohl Ixtlixóchitl nicht der »Herrscher« von Texcoco

war, schmeichelte ihn die Anrede, und er antwortete: »Campa uee!«

Daraufhin umarmten Hernán Cortés und sein Offiziersstab den Krieger aus Texcoco. Es wurde gelacht, und Cortés bot ihm Wein an.

Hernán Cortés hatte sein Lager an einem unwirtlichen Flecken aufgeschlagen: es gab kaum Bäume, dafür wilde Agaven und überall Sand und Steine. In seiner Gesellschaft befanden sich Hauptmann Sandoval, Hauptmann Olid und die vier Gebrüder Alvarado. Cortés saß auf seinem Scherenstuhl. Anstelle der Rüstung trug er ein rotes Wams; das Schwert steckte am Gurt. Seine Finger spielten mit einer riesengroßen Perle, die an einer schweren goldenen, mit Edelsteinen verzierten Halskette hing – ein Geschenk der Stadt Tenochtitlan, das Moctezuma ihm zum Zeichen der Freundschaft geschickt hatte. Auf ein paar Gesteinsbrocken saßen mehrere Krieger aus Tlaxcala, numehr Verbündete von Cortés. Es waren Häuptlinge, deren Augen schon vieles gesehen hatten und die sich durch große Tapferkeit auszeichneten. Ein Adler-Häuptling aus Tlaxcala erklärte: »Unsere Schutzpanzer sind elastischer und trotzdem härter und halten länger als die, welche die Soldaten des Herrn Kapitän tragen.«

Malintzin übersetzte Jerónimo de Aguilar die Worte der Krieger aus Tlaxcala.

»Ein ehemals großer Feldherr im Krieg gegen die Mauren«, entgegnete Cortés, »unser Gran Capitán Gonzalo Fernández de Córdoba, pflegte zu sagen: ›Jedes Ding will zuerst geprüft sein.‹ Und so lasset es uns prüfen.«

Die Krieger aus Tlaxcala holten mehrere aztekische Gefangene aus zwei Holzkäfigen. Unter den neugierigen Blicken von Cortés legte man ihnen nacheinander das bei den Indianern übliche Kriegshemd an, das zuvor in Salzlake getaucht und anschließend in der Sonne getrocknet wird. Es handelt sich um einen bis zu den Knien reichenden Panzer aus feingesponnener Baumwolle. Bevor die Stoffe Cortés vorgeführt wurden, hatte man auch sie in Salzwasser getaucht. Die Gefangenen waren vier an der Zahl, drei Männer und eine Frau. Voller Verachtung blickten sie auf die Krieger aus Tlaxcala, während sie für die Soldaten des Cortés nur einen gleichgültigen Blick übrig hatten. Sie ließen es mit sich geschehen, als wäre ihnen alles einerlei, als würde das, was geschah, nicht mit ihnen geschehen.

Einer der Gefangenen wurde an einen Pfahl gebunden. Hauptmann Sandoval stieg auf sein Pferd und griff, die Lanze in der Hand, den Gefangenen an, um ihn mit der Spitze seiner Waffe zu durchbohren. Zwar gelang es ihm, den Krieger aus dem Gleichgewicht zu bringen, doch nicht, ihn zu verletzen. Danach war die Reihe an Hauptmann Alvarado. Er nahm seine Lanze in beide Hände und wollte Sandovals Ausfall wiederholen, doch auch er schaffte es nicht, den Azteken zu töten.

Es folgten weitere Versuche. Ja, man schoß sogar mit der Armbrust auf die Panzer der Gefangenen, aber zur größten Verwunderung von Hernán Cortés hielt das Hemd allem stand. Schließlich rief der Generalkapitän vier Arkebusiere herbei und befahl ihnen, direkt auf die Brust der Gefangenen zu zielen. Die Arkebusiere gaben ihre Schüsse ab, und die Luft füllte sich mit einer rauchenden Pulverwolke. Die drei Männer und die Frau stürzten tot mit durchlöcherter Brust zu Boden. Cortés betrachtete die Wunden.

»Das heißt, ihre Brustpanzer bieten gegen unsere Feuerwaffen keinen Schutz«, sagte er.

Stunden später wurde in Hernán Cortés' Beisein eine Kriegsübung abgehalten. Die Soldaten hatten ihre Rüstungen angelegt und rannten und sprangen um die Wette. Dann wiederholten sie die gleiche Übung noch einmal, diesmal jedoch mit dem weißen Brustpanzer, der Rüstung, die man in den zu México Tenochtitlan gehörenden Ländern trug. Während der Übungen nahm ein älterer Soldat, der auf den Namen Morón hörte, mit der Sanduhr die Zeit. Danach erklärte Cortés vor den Mitgliedern seines Kriegsrates: »Nach allem, was wir soeben gesehen und erlebt haben, kann kein Zweifel darin bestehen, daß es von Stund an die Rüstung der Indianer und nicht unsere sein wird, die wir gegen die feindlichen Bestien tragen müssen.«

XI

Im Innern eines Hauses mit strohgedecktem Dach und weißen Wänden wartete Cortés auf Sandoval, der, gefolgt von Pedro de Alvarado, den Raum betrat.

»Hau… Hau… Hauptmann San… San… Sandoval hat sie alle ge… ge… gefesselt«, sagte Pedro de Alvarado lächelnd, und unter Lachen berichtete er Cortés, wie Sandoval und er sieben Häuptlinge mit einer Kette gefesselt und den Hunden vorgeworfen hatten.

Wohlgefällig lachte Cortés.

»Unsere armen kleinen Häuptlinge verfingen sich in der Kette«, erzählte Sandoval, »und sie schrien, wir sollten ihnen die Hunde vom Leibe halten.«

»Recht so. Nur zu, nur zu, damit sie erfahren, was jene erwartet, die sich widersetzen oder auch nur den Versuch unternehmen, sich unserer Anwesenheit in diesem Land zu widersetzen, das ihrer königlichen Majestät Doña Juana von Kastilien und Aragón und ihrem erlauchten Sohn Don Carlos I. von Spanien und V. von Deutschland gehört, die Gott in seiner Glorie stets beschützen möge.«

»Mein General, vor der Tür wartet Doña Marina«, meldete ein Soldat.

»Laßt sie eintreten und ruft Jerónimo de Augilar. Er soll zu mir kommen.«

Alvarado und Sandoval verließen den Raum, und herein trat Malintzin. In ihrem rot und weiß karierten Kleid, das ihren Körper vom Hals bis zu den Fußknöcheln umhüllte, sah sie strahlend schön aus. Eine prachtvolle Frisur faßte ihr Haar über der Stirn zusammen wie ein einziger, um den Kopf geschlungener Zopf. Cortés verbeugte sich vor ihr.

»Marina, du meine Herrin.«

Malintzin, die die Sprache des Kapitäns schon recht gut verstand, antwortete: »Du mein Gebieter.«

Cortés hatte eine Karte holen lassen, auf der die Strecke eingetragen war, die sein Heer bis zu diesem Tag zurückgelegt hatte. Er forderte Malintzin auf, näherzutreten, und zeigte auf verschiedene Orte, die sie laut bei ihrem Namen nannte: »Quihuatlan ... Zempoala ... Xalapa ... Coaxtepex ... Xico, Ixhuacan.«

»Wie schwer diese Namen auszusprechen sind! Sobald wir in México ankommen, werde ich den Befehl erteilen, Herrin, diese abscheulichen aztekischen Namen auszulöschen. Dieses Land soll Neuspanien heißen, und es soll keine geteilten Länder mehr geben. Alle Gebiete werden unter unserer Fahne und zum Nutzen ihrer königlichen Hoheit, die Gott mit reichen Glücksgütern überhäufen möge, zu einer einzigen Nation zusammengefaßt ...«

»Wenn mein Gebieter dies tut ... dann werden die Namen für immer vergessen ...«

»Ich werde meinen Sekretär Godoy bitten, nicht zu versäumen, die Namen in den Briefen an Doña Juana und ihren erlauchten Sohn zu erwähnen, damit diese Wilden, wenn sie wissen wollen, welche Namen die Orte trugen, bevor sie zur Christenheit gehörten, künftig ihre Augen auf meine Briefe an die Königin von Kastilien und Aragón richten müssen.« Er blickte Malintzin an, strich ihr übers Haar und sagte: »Und du, Herrin, wirst in diesem Land Herzogin sein, und alle Ungläubigen werden dir die Füße küssen.«

»Mein Gebieter, O mein Gebieter«, sagte Malintzin lächelnd.

»Ich werde veranlassen, daß Eure Mutter und Euer Rabenvater mit dem Würgeisen dafür bezahlen, daß sie Euch als Sklavin verkauft haben.«

In diesem Augenblick mischte sich Jerónimo de Augilar in

das Gespräch. Er hatte sich bis dahin im Hintergrund gehalten, wohl wissend, daß Malintzin bereits genug Spanisch verstand.

»Doña Marina hat mir erzählt, daß einige Indianer Euch einen neuen Namen gegeben haben.«

»Was für einen Namen?«

»Herr des Zorns …«

»Herr des Zorns? Dieser Name gefällt mir … er gleicht dem, den die Indianer von Santo Domingo Admiral Christoph Kolumbus gegeben haben: domine furori. Deshalb gefällt er mir.«

Ein langer Zug von Soldaten aus Tlaxcala erklomm mühsam die Höhen der Berggipfel. Jaguar-, Ozelot- und Kojote-Ritter trieben sie zur Eile an. Tausende Macehualtin schleppten den Proviant für das Heer von Hernán Cortés. Eine große Zahl plagte sich mit dem Ziehen der Geschütze. Zwei kräftige Männer trugen auf ihren Schultern den Geistlichen Juan Díaz und den Mönch Olmedo. Beide lehnten in Sitzen, die durch Schnüre am Kopf der Träger festgebunden waren. Cortés schritt mit seinen Offizieren an der Spitze.

»Herr, von den Indianern und Indianerinnen, die wir aus Kuba mitgenommen haben, sind auf dem Weg etliche vor Kälte umgekommen«, informierte ihn ein Hauptmann.

»Wie viele?«

»Die Mehrzahl. Von den Negern ist nur noch Mandinga, der Sklave Sandovals, am Leben.«

»Fertigt ein Protokoll an. Schreibt, daß sie die Kälte nicht vertragen haben«, sagte Cortés zu Godoy. »Diese Indianer taugen nur als Hausknechte. Heute haben wir viele, die den Proviant unseres Heere schleppen, bald werden es Millionen sein.«

Sie machten halt. Vor ihnen erhoben sich in nächster Nähe die Vulkane Popocatépetl und Ixtaccíhuatl. Der schwarze Rauch, den der eine ausspie, kontrastierte mit dem weißen Schnee auf seinen Hängen. Als sie die Bergspitze erreicht hatten, sagte Hauptmann Olid: »Kapitän, Kapitän, das da vorn ist México …«

Cortés trieb sein Pferd an und rief: »Auf den heiligen Santiago! Auf unsere Jungfrau, unseren Schutz und Schirm! Vorwärts, meine Tapferen!«

Mit einem Ruck brachten Hernán Cortés und seine Offiziere ihre Pferde zum Stehen. Ihre Augen glänzten vor Freude; zum erstenmal erblickten sie in der Ferne die große Stadt México Tenochtitlan.

Sie befanden sich auf einem Weg, der zwischen den Vulkanen hindurchführte. Ihr Blick fiel auf das Panorama des großen Sees von Texcoco und auf die Tausenden von kleinen Ortschaften rundherum; und dort, in der Mitte, lag klar und offen die große Stadt Tenochtitlan. Und da, nicht ganz so weit entfernt, befand sich Ixtapalapa und, als wäre es halb im See versunken, Ayotzinco. Auch konnten sie Tausende Boote ausmachen, die den See kreuzten, dessen grüne Wasserfläche aus der Ferne wie makelloses Blau erschien.

Cortés und seine Offiziere waren des Staunens voll. Nach und nach kam auch der Rest der Truppe heran. Die Krieger aus Tlaxcala blickten stumm auf die Stadt, in der man sie nun wie Gäste empfangen würde, da Tenochtitlan sie nie und nimmer als Gefangene behandeln konnte. Nachdem sie hundert Jahre gegeneinander Krieg geführt hatten, würden die Hauptleute von Tlaxcala nun ihre Spuren im Staub der großen Stadt der Götter hinterlassen … Mit Worten, die nicht ohne Rachedurst waren, sagte Malintzin zu Hernán Cortés: »Die alles überragenden Bauten sind Tempel. Dort wohnen die Götter der von Texcoco, Tlacopan und Tenochtitlan unterworfenen und beherrschten Städte.«

»So viele sind es?«

»Mein Gebieter vermag sie nicht zu zählen, nicht einmal dann, wenn er zum Zählen die Hände seiner Offiziere benutzen würde.« Malintzin verstummte und genoß einen kurzen Augenblick lang die andächtige Stille, die der Anblick der Stadt bei den Spaniern hervorrief. Dann flüsterte sie: »Schon als Kinder wußten wir, daß Tenochtitlan die Stadt der Hunde ist, die Stadt der Angst, die Stadt, in der sich die Rosen der Mädchen in Rauch verwandeln.« Sie unterbrach sich und wiederholte dann mit lauter, haßerfüllter Stimme: »Die Stadt der Hunde!«

»Andere, mein Gebieter, lieben Tenochtitlan wie eine Berufung. Wie die Liebe an sich. So wie man eine Rose liebt. Sie lieben sie in ihren Gesängen, in ihren Tänzen. Sie lieben sie, wie man den Flug der Reiher liebt oder das Blühen der Binsen, die alle auf einmal erblühen, an einem einzigen Tag von einem Ufer des Sees zum anderen, bis zur Mitte der Lagune – ein Meer von Binsen, die in allen Farben, allen Größen erblühen. Andere, mein Herr, lieben Tenochtitlan, wie man den Mondschein liebt, der auf die Dammwege fällt, die in die große Stadt hinein- und hinausführen. Sie lieben sie, weil sie nicht anders können, als sie zu lieben. Anders ich. Von Kind an lebte ich mit dem Gefühl der Angst. Mit dem Gefühl der Angst und dem Wissen, daß die Gesandten Gottes kommen werden, um nach kleinen Mädchen zu suchen, die so lächeln, wie man auch mich zu lächeln gelehrt hat. Die Menschen, die in Tenochtitlan leben, haben die Kunst gelernt, zu lieben. Das ist ihr Amt, ihre Berufung. Wir aber, die wir fern von Tenochtitlan leben, haben gelernt, diese Stadt zu hassen. Das ist unser Amt, unsere Berufung.

Es ist jetzt viele Jahre her, daß ich Tenochtitlan verließ, doch als ich die Stadt heute morgen wiedersah und die Freude in deinen Augen, Herr, entdeckte, habe ich mich daran erinnert, wie sie ist, wie sie gewesen ist und wie sie immer sein wird, so du und die Deinen nicht dafür sorgen, daß die Windungen der Kanäle eine andere Richtung nehmen. Zu der Zeit, da ich in Tenochtitlan lebte, strömten die Menschen singend und scherzend zu den Festen. Ihr Essen brachten sie selber mit: Maisfladen, Vögel, Insekten, kleine Eier aus dem See. An jeder Ecke konnte man einen Pfahl mit dem Bildnis eines anderen Gottes sehen. Und stets erwartete man, daß jemand hinaufklettern und es herunterholen würde, doch das war sehr schwer, denn die Priester hatten den Pfahl vorher eingeschmiert. Aus allen umliegenden Ortschaften kamen die Einwohner, um in der Stadt ihre Verwandten und Freunde zu besuchen. Die Männer brachten als Geschenk Rosen mit, und den Armen pflegte man für die Zeit der Saat einen Bauern dazulassen. Doch wie furchterregend war Tenochtitlan in der Zeit nach den Kämpfen, wenn man die gefangengenommenen Feinde in Frauenkleider steckte und sie zwang, langsam zum Klang der Trommeln, der Teponaztli und Huehuetl, zu tanzen.

Nein, mein Gebieter, noch haben sie dir nicht den Krieg erklärt. Denn dann würden sie ein paar Gesandte schicken, die vor dir tanzen. Ihr Tanz folgt einem langsamen Rhythmus, und am Ende werden sie so, wie sie gekommen sind, wieder davoneilen. Dabei werden sie die Handflächen gegen die Lippen schlagen und Kriegsrufe ausstoßen.

Tenochtitlan ist die Stadt des Lärms und der Angst. Als Kind sah ich, wie die Krieger mit Körben voller abgeschnittener Ohren von Gefangenen zurückkehrten. Das war ihre Art festzustellen, wie viele Gefangene sie gemacht hatten. Auf Schritt und Tritt begegnet man tapferen Kriegern. Sie unterscheiden sich von den anderen dadurch, daß sie kleine Tonröhren tragen dürfen, in denen Papierblumen oder frische Blumen von der Lagune stecken.

Die Zahl der Priesterschüler ist sehr groß, aber die Zahl der Tempel nicht minder. Sie bereiten sich auf die Feierlichkeiten in den Teocalli, den Gotteshäusern, der großen Stadt Cholula vor. Jedoch versetzt sie das Hochgefühl, daß sie bei diesem Fest empfinden, nie in den Zustand des Rausches, wie ich ihn bei deinen Soldaten erlebt habe, mein Gebieter, denn in Tenochtitlan wird jeder, der Pulque trinkt, zum Tode verurteilt, weil dies allein das Getränk der Götter ist.

Ein sehr schönes Viertel, das du auch kennenlernen wirst, ist das Viertel der Kunsthandwerker. Es befindet sich längs des Deiches, wo sich der Wasserschwall ergießt, der von Chapultepec, dem Berg der Heuschrecken, kommt. Hier schneiden die kunstfertigen Meister den Bergkristall, wie andere, die nach Insekteneiern suchen, Seegräser schneiden. Sie schneiden auch den schwarzen Obsidian, den Jade und den Türkis und fertigen daraus Schmuckgegenstände. Hier werden ferner die goldenen Haarnetze hergestellt, die den edlen Herren und edlen Kriegerinnen aus dem Haus des Kriegsgottes als Kopfschmuck dienen. Desgleichen auch die Masken für die Götter hoch oben auf den Tempeln. Einer der Dammwege, die du heute erblickt hast und die von weit her in die Stadt führen, ist der in seiner Schönheit unvergleichliche von Coyoacan. Er reicht bis nach Xochimilco und zählt tausend Holzbrücken, von denen jede einzelne ein wahres Meisterwerk ist.

Auf dem Markt von Acolman werden Hunde verkauft. Und in jedem Winkel der Stadt steht ein Tepuchcalli oder Jungmännerhaus, in das die Knaben geschickt werden, damit sie die Kunst des Herrschens und die Kunst des Krieges erlernen. Die Schüler des Tepuchcalli kleiden sich sehr ärmlich, mit Stoffen aus Agavefasern, wie sie auch die Macehualtin tragen, die nie in den Krieg ziehen und nie einen Gefangenen machen.

Ein großer Herr regiert in der Stadt Cuitláhuac. Diese Stadt liegt im Gebiet der Nebel, in der Nähe von Chalco. Dort verehrt man einen Gott, der sich Mixcóatl, Gott der Jagd, nennt. Von ihm weiß die Legende zu berichten, daß er eines Tages in der Gestalt eines Hirsches erschien. Das Ansehen, das der Herrscher Cuitláhuac genießt, ist sehr groß. Du wirst noch von ihm hören, mein Gebieter. Es heißt, daß Cuitláhuac ausersehen ist, die Nachfolge des Herrschers von Meer zu Meer anzutreten, sobald dieser zweiundfünfzig Jahre lang gedient haben wird. Dann wird Cuitláhuac der höchste Gebieter über das Reich sein. Er ist einer der edelsten Herren.

Die Leute von Chalco sprechen anders als die Leute von Tenochtitlan. Sie haben eine weiche Sprache, wie Baumwolle so weich oder so weich wie das Blütenblatt einer Blume.

Da ist noch etwas, was ich dir erzählen muß: Den Menschen in den eroberten Städten ist es verboten, sich im Schwimmen oder im Steuern der Boote zu üben, denn in Tenochtitlan und den verbündeten Städten tut man alles für den Schutz und die Sicherheit der Festungsstadt. Nur den Freunden von Tlacopan, Texcoco und Tenochtitlan ist es erlaubt, schwimmen zu lernen.

Ganz zu Beginn, als die Leute von Tenochtitlan, die sogenannten Tenocha, in diese Gegend kamen, führten sie ein sehr bescheidenes Dasein. Sie trugen Kleider aus Blättern, und ihre Füße waren mit Eidechsenleder beschuht. Die einzige Waffe, die sie kannten, war der Atlatl. Das ist eine Speerschleuder. Die chichimekischen Herrscher erlaubten ihnen nur, sich in der Lagune von Tenochtitlan aufzuhalten, wo das Wasser ihre Matten überspülte, sobald es mit der Strömung anschwoll. Und so brachten sie hundert Jahre zu. Doch eines Tages kamen die Vögel aus dem Norden, und die späten Seerosen erblühten. Und sie lernten, Pfeil und Bogen zu führen, und es waren die Chichimeken selber, die es ihnen zeigten – zu ihrem eigenen Unglück. Denn von da an klebten den Tenocha beim Sprechen nicht mehr das Knie am Kinn und die Augen am Boden. Von der Hochebene aus begannen sie, zu den warmen Gebieten der Früchte, der Palmen, des Fisches, des Kakaos, der Baumwolle, des Flaschenbaumes, des Tabaks und der Quetzalfedern vorzudringen. Nun mußten sie nicht mehr den Tributforderungen der Chichimeken nachkommen, nun waren sie es selber, die von anderen Tribute verlangten: Papierblumen, bunte Vögel, Körbe voll Kakao, Federn, Kautschuk. Auch Tiere verschiedener Färbung und Größe, darunter ein paar Arten, die aus fernen Gebieten kommen, ferner noch als Aztlán, und die größer sind als deine Pferde. Du wirst sie sehen, denn sie halten sie in ihren Blumengärten und Tiergehegen. Auch verlangten sie Tausende Ladungen von Kakao, Pfefferschoten, Bohnen, Kürbissen, Mais. Handwerker aus anderen Orten mußten für sie blaue Sandalen und Federdecken herstellen, auch Gegenstände aus Gold, Silber und Kupfer.

Nach ihnen kamen andere. Die aus Tlatelolco waren nie einverstanden gewesen, daß sich die Leute aus Aztlán, die Tenocha, in der Lagune niederließen, da sie schon vor ihnen dagewesen waren, als es ringsum nichts gab außer Grasland und noch keines Menschen Hand an irgendeiner Stelle der Lagune ein Feuer entfacht hatte. Am Anfang ernährten sich die Tenocha von zarten Grashalmen, von Vögeln, Ameisen und Gewürm, bis sie anfingen, nachts nach Steinen zu suchen und in der Mitte der Lagune eine Insel zu bauen. Die Steine holten sie sich aus entfernt gelegenen Ortschaften, aus Teotihuacan und Tula, wo sie auf schlafende, längst verlassene Städte stießen. Hier fanden sie Quader, die ihnen für ihre Absichten gut geeignet schienen. Dann, so erzählt die Geschichte, flogen die Jahre dahin wie im Traum, und im Verlauf seiner tausendjährigen Existenz wurde Tenochtitlan groß und mächtig. Doch das muß nun ein Ende haben. Tenochtitlan, die Stadt der Angst, muß zugrunde gehen.

Tue alles, mein Gebieter, damit der Schmerz, den die von Tenochtitlan unterworfenen Orte erleiden, künftig nicht mehr ist als ein Windhauch, der über die Lagune streift, und wenn wirklich alles stirbt, so wie Nezahualcóyotl es vorhergesagt hat, dann wird auch der Wind über dem See sterben, so wie die Blumen sterben, wenn der Ahuehuetl, die Sumpfzypresse, sie verdrängt. Daß von neuem Friede und Ruhe herrsche, so wie es gewesen ist, bevor die Tenocha sich in Tenochtitlan niederließen. Daß die Stadt der Hunde nur noch ein Ort der Binsen sei und nichts anderes in ihr fortlebe als die Schnecken in den Wassern des Sees.

Willst du das tun, mein Gebieter? Du mußt es tun. Andere werden dir raten, es nicht zu tun. Aber diese anderen sind mit der Berufung geboren worden, México Tenochtitlan zu lieben.«

XII

Es war Mittag. Vor ihnen lag Tenochtitlan. Tenochtitlan, die erhabene Stadt, der Mittelpunkt der Welt. Wohnsitz des großen Tlatoani von México, des Herrschers von Meer zu Meer. Wie ein Smaragd in der Mitte einer Lagune war sie, wie eine Blumenschale, wie ein Kolibrinest, wie der Gesang eines Vogels, wie ein kleines Gebet. Wie zwei aneinandergelegte Hände, die auf Wiedersehen sagen. Tenochtitlan, der Ort, an dem die Blumen ihre Blüten dem Licht öffnen.

Tenochtitlan … Ach, Tenochtitlan!

Und das Spiegelbild der Sonne zersplitterte im Wasser, mitten am Vormittag, mitten in der Lagune, mitten am Tag. Auf der oberen Plattform der Tempelpyramide beobachtete ein einsamer Mann den Einzug des spanischen Heeres in die Stadt. Das war Moctezuma, der Tlatoani von México. An diesem Tag würden die Leute aus Tlaxcala seine Stadt betreten, und der Tag würde ein Tag der Klage werden.

Die spanischen Soldaten rückten in vollendeter Marschordnung in die Stadt, mit Augen so offen wie Schalen voller Mais.

Zuerst kam das spanische Heer, danach das Heer von Tlaxcala. Ihm auf dem Fuß folgten die Herren von Cholula, die Herren und Krieger von Atlixco, die Herren und Krieger von Tliliuhquitepec und die adligen Krieger von Tecoac. Vornweg, nur zwanzig Schritt vornweg, ging der Herold von Tlaxcala, der lauthals in unserer Sprache verkündete, daß jede Frau, jedes Kind, jeder Mann, jeder Greis, jede Blume, jedes Blatt, jeder Baumzweig, daß jeder, der es wagen sollte, sich dem Einzug des spanischen Heeres zu widersetzen, zweigeteilt und den Hunden zum Fraß vorgeworfen werde. Das waren die Worte des Kriegers aus Tlaxcala, die er mit donnernder Stimme mehrmals wiederholte.

Auf den Dachgärten der Häuser hatten sich Tausende von Menschen eingefunden, die schweigend den Einmarsch der Fremden beobachteten. Zu beiden Seiten des Dammweges von Ixtapalapa standen in gleißendem Sonnenlicht die Mädchen in ihren hübschen farbigen Röcken. Die einen in Hemden, die anderen mit nackten Brüsten, die sich vor Staunen langsam hoben und senkten. Und soweit sich der Dammweg von Ixtapalapa Richtung Sonnenaufgang erstreckte, war er mit roten, weißen, blauen, grünen und violetten Blumen bedeckt. Und mit Rosen, Millionen kleiner Rosen. Rosen aller Farben. Und mit Millionen Binsenblüten. Und millionenfacher Freude … Und millionenfach verborgener Traurigkeit.

Und da waren Tausende von Booten, in denen Frauen und Kinder saßen, die einen wahren Blumenregen auf die Spanier herabgehen ließen, die sich auf das Fort von Xólotl zu bewegten, in dem die Herrscher von Tlacopan, Texcoco und Tenochtitlan auf sie warteten.

In den Zweigen der Bäume hingen Tausende bunter Papierfahnen. Manche bis zu zwanzig Meter lang. Sie flatterten in der leichten Brise, die vom See her kam, den Dammweg kreuzte und am Fuße des Sternenhügels verebbte, von dem aus unsere Priester, immer wenn ein Jahresbündel von zweiundfünfzig Jahren zu Ende ging und ein neues geboren wurde, mit dem Lebensfeuer herabstiegen, um es auf die zweihunderttausend Feuerstellen von México Tenochtitlan zu verteilen.

Der größte Teil der Bewohner war von tiefer Freude erfaßt. Einen Augenblick lang herrschte regungslose Stille, doch dann brach es los, und der Boden unter dem Dammweg dröhnte wie bei einem Erdbeben. Das Geräusch wurde von Tausenden und Abertausenden auf den Boden stampfender Füße verursacht. Auf diese Weise grüßten die Einwohner von Tenochtitlan die Männer, die die Stadt betraten.

Cortés' Leute bewunderten die schöngeformten Brücken, von denen manche bis zu zwanzig Meter maßen. Sie führten über den Dammweg hinweg und enthielten die mit Süßwasser gespeisten Kanäle der Wasserleitung – die Lebensquelle der

Chinampa, der künstlichen Inselgärten, von denen einige mit Blumen, Lilien, Gemüse und Obst bepflanzt waren. Tausende Bäume waren zu sehen, darunter besonders viele mit roten und gelben Früchten, den Xoxotl und Nance. Alles, was die Bewohner unserer Stadt mit viel Liebe anbauten und weshalb Tenochtitlan die Stadt der Früchte, der Vögel, der Fische, der Blumen genannt wurde, war vorhanden.

Ach, unsere Stadt, in der die Blumen dem ersten Morgenlicht und dem letzten Licht der Abenddämmerung ihre Blüten öffneten! Tenochtitlan, du Schöne, du blühendes Maisbüschel, kleiner Schmetterling, murmelndes Gewässer der Lagune, schönes Mädchenauge, Tempel der Krieger, die geboren werden, um zu sterben und mit der Sonne weiterzuleben. Es war in der dritten Tagesstunde, in der Stunde von Chalchiuhtlicuye, der Göttin des Wassers … Mein kleines Gemurmel … Mein kleines, vom Wind hinweggefegtes Blatt … Mein Knospenknall im Frühling … Ach du, mein Tenochtitlan!

Unzählige Papierblumen, eine jede so groß wie zwei Hände, hingen zwischen den Zweigen der Huexotes, der Weiden, den schönsten Bäumen in der Stadt, und wiegten sich zur Musik des Windes, der über den See bis zum Herzen der Lagune strich. Und dort, weit in der Ferne, reckten sich bis an des Himmels Gewölbe die Vulkane Ixtaccíhuatl und Popocatépetl, zu denen jedes Jahr im Frühling die Pilger aus Tlatelolco mit Körben voller Früchte wanderten, die sie den Vulkanen darbrachten. Die Blicke der spanischen Soldaten schweiften über die kleinen künstlichen Inseln mit ihren schönen aus Kalk und Stein errichteten Häusern, die so weiß aussahen wie die Eier der Truthennen. Schon wanderten die Blicke der Ankömmlinge weiter zu den Inselgärten, den Chinampa, die den Eindruck erweckten, als würden sie auf dem Wasser schwimmen.

Und so zog das erste Eroberungsheer, das die Stadt in ihrer tausendjährigen Geschichte erlebte, in Tenochtitlan ein. An der Spitze schritt ein einzelner Soldat, dessen Rüstung in der

Sonne funkelte. Er schaute weder nach rechts noch nach links oder gar zurück. Er blickte stur geradeaus, als wären seine Augen fest auf das Adlertor gerichtet. In der Hand hielt er die Schwadronsfahne. Er hob sie in die Höhe, drehte und schwenkte sie im Kreise, und zwar exakt im Takt der ihm vorauseilenden Trommelwirbel und Trompetenstöße. Dies war der erste Soldat, der seinen Fußabdruck auf dem Blumenteppich hinterließ. Das weiße Ziegenleder seiner Stiefel war von den Tausenden Blumen, die er auf den zehn Kilometern vom Ufer des Sees bis zum Fort Xólotl niedergetreten hatte, buntgefleckt.

Auf den Fahnenträger folgten vier Reiter. Sie trugen glänzende Brustpanzer. Auf ihren Helmen, von denen man meinen konnte, sie wären aus Bergkristall, prangten leuchtende Quetzalfedern, die beim leisesten Windhauch bis auf ihre Rücken herabflatterten. In der einen Hand die nach unten gerichtete Lanze, in der anderen Hand das gezückte Schwert, dessen Scheide im Sonnenlicht blendete, so zogen die vier Reiter vorüber.

Dann marschierte vor den staunenden Blicken der Einwohner ein Fußtrupp vorbei. Jeder hatte einen kleinen Hut auf dem Kopf, den rote Federn zierten. Die Kleider waren aus Leder; dazu trugen sie Handschuhe und hielten ein paar Lederriemen, an denen jeweils zwei Hunde festgebunden waren, in ihren Händen. Das war die Abteilung der Hundeführer.

Den großen, wilden, schwarz und weiß gefleckten Hunden troff der Speichel aus dem Maul. Sie hechelten. Die Führer hielten sie zurück, denn durch den Geruch der Menschen aufgereizt, versuchten sie, sich loszureißen und auf die Menge zu stürzen. Dies waren die Hunde, die mit Menschenfleisch gefüttert wurden. Einen Augenblick lang herrschte Verwirrung. Die Leute traten zur Seite, einige stolperten und fielen in den See. Das steinerne Schweigen der Menge wurde nur vom Keuchen der ausgehungerten Hunde unterbrochen. Es schien, als rissen die Hunde ihre Führer vorwärts.

Dem Trupp der Hundeführer folgte ein einzelner Hauptmann: Pedro de Alvarado auf seinem Pferd. In der linken Hand hielt er die Zügel seines schwitzenden, tänzelnden Reittiers. Auf dem Leib trug er eine goldglänzende Rüstung. Er hatte keinen Helm auf. Sein Haar war blond, die Augen blau, und rotblond war sein Bart. In der Rechten trug er die Fahne von Hernán Cortés, die er hin und her schwenkte. Als er Alvarado erblickte, rief ein Tempelpriester halb entzückt aus: »Ein Sohn Gottes, ein Sohn Gottes! Tonatiuh, Sonne!«

Bewehrt mit Schild und Schwert folgten in Reih und Glied weitere Reiter. Sie trugen baumwollene Panzerhemden, wie die Krieger aus dem Heer von Tlaxcala. Hinter ihnen kamen die Bogenschützen. Die meisten hielten ihre Waffe kampfbereit und zielten auf die sich drängende Menge der Tenocha, die sie beobachteten. Nur einige wenige trugen die Waffen auf der Schulter. Es folgten die Arkebusiere in ihren mit Salzlake getränkten baumwollenen Panzerhemden, die ihnen weit übers Knie reichten. Auf dem Kopf trugen sie einen kleinen Hut mit grünen Federn. Ab und zu schossen sie mit ihren Büchsen in die Luft. Die Tenocha erschraken. Aber gerade das hatte Hernán Cortés bezweckt.

Danach kam das Fußvolk. Es belief sich auf einige tausend Männer. In ihrem Zug führten sie die Geschütze mit sich, die von Kriegern aus Tlaxcala gezogen wurden. In der rechten Hand hielten sie eine brennende Fackel, als hielten sie sich jederzeit bereit, die Waffe abzufeuern.

Anschließend zog die Gruppe der spanischen Frauen vorüber. Allen voran und hoch zu Roß María Estrada, die verächtlich auf die schönen Mädchen mit den nackten Brüsten herabblickte. Auf einem anderen Pferd ritt der Geistliche Díaz. Er trug ein weißes, goldbesticktes Chorhemd. Er wurde von Fray Bartolomé de Olmedo begleitet, der zu Fuß neben ihm herging. Ihnen folgten zwei Spanier, welche die Standarte der Jungfrau Maria, der Señora del Rescate, trugen. Ganz in Blau gehüllt, die Füße auf einen Halbmond gesetzt, so stand sie da, durchbohrt von den Spitzen der Schwerter, die sie gleich Sonnenstrahlen umgaben. Die andere Standarte war die des heiligen Santiago, wie er hoch zu Roß die feindlichen Soldaten niederwarf, indem er ihnen mit dem Schwert die Schädel spaltete; die Hufe seines Pferdes aber traten auf den Kopf eines Kindes.

Dahinter marschierten in größerem Abstand die Hauptleute Sandoval und Olid sowie weitere Offiziere. Ihre Rüstungen glänzten wie die Sonne. Die Fesseln ihrer Pferde waren mit Schellen geschmückt, die bei jeder Bewegung klingelten.

Zehn Meter hinter seinen Offizieren kam Hernán Cortés. Allein. Ganz in Rot gekleidet. Eine Kappe aus Sevilla bedeckte seinen Kopf. Er trug keine Rüstung. Das Schwert hing an der Seite herab. Aufrecht saß er auf seinem Pferd, das in ruhigem Schritt ging. Er ritt mit der Haltung eines mächtigen Herrn in die Stadt ein. Ungeachtet seiner kleinen Statur machte er auf dem Pferd einen überaus majestätischen Eindruck. Man warf ihm so viele Blumen zu, daß ein Soldat aus Tlaxcala vor ihm herlaufen und den Weg säubern mußte, damit das Pferd passieren konnte.

Zehn Meter hinter ihm schritten drei Häuptlinge aus Tlaxcala, bei deren Anblick die Menschenmenge jäh verstummte. Es waren dies die Herren Tlatotzin, Tehuanitzin und Maxzatzin. Die drei betraten die Stadt mit der Würde edler Kriegsherren und den Insignien, die ihren Rang kennzeichneten.

Den Herren von Tlaxcala folgten Malintzin und Jerónimo de Aguilar, jeder auf seinem Reitttier. Malintzin ritt im Damensitz. Sie trug ein weißes Kleid mit blauen Quasten und auf dem Kopf eine Krone aus roten Rosen. Keiner warf ihr auch nur eine Blume zu.

Vom Fort Xólotl aus beobachteten aztekische Hauptleute und Einwohner von Tenochtitlan, wie die Männer aus Tlaxcala näher und immer näher kamen. Mit ihren Booten fuhren die Kriegerinnen aus Tenochtitlan dicht an den Dammweg heran und bewarfen die Gruppe der tlaxcaltekischen Häuptlinge mit gelben Blumen. Die Antwort der Krieger aus Tlaxcala ließ nicht auf sich warten, und die bis dahin beibehaltene Ordnung geriet durcheinander. Die tlaxcaltekischen Krieger bliesen mit den Schneckentrompeten Alarm und schlugen ihre Kriegstrommel. Cortés machte halt und wartete auf Malintzin. Mit Hilfe von Jerónimo de Aguilar fragte er sie, was das zu bedeuten hätte.

»Herr«, erklärte Malintzin, »Die Krieger aus Tenochtitlan hassen die Krieger aus Tlaxcala … Sie fühlen sich durch sie gedemütigt. Die gelben Blumen sind Ausdruck ihres Hasses und symbolisieren den Tod.«

Cortés beobachtete den Blumenregen, der auf die tlaxcaltekischen Krieger niederging. Plötzlich tauchte ein aztekischer Priester auf und verbot den Frauen, die Krieger weiter mit gelben Blumen zu bewerfen. Gleichzeitig erinnerte er sie daran, daß die Tlaxcalteken Gäste des Hohen Rates des Städtebundes seien. Cortés deutete das Verhalten des Priesters jedoch falsch, gab seinem Pferd die Sporen, ritt auf ihn los und riß ihn zu Boden. Der Priester blickte Cortés entsetzt an. Doch bevor die Spanier bemerkten, was geschehen war, erklang die Trommel; als ob nichts den pompösen Einzug beeinträchtigt hätte, wurde der Marsch fortgesetzt.

Es folgte eine Abteilung tlaxcaltekischer Krieger, die berühmt dafür waren, daß sie vortrefflich mit Pfeil und Bogen umzugehen wußten. Sie galten als gefürchtete Krieger. Die Menschen, die sie vorüberziehen sahen, warfen ihnen keine Blumen zu und machten über sie auch keine Scherze. In Tenochtitlan war es Sitte, dem Feind, der sich durch ungewöhnliche Tapferkeit auszeichnete, mit höchstem Respekt zu begegnen.

Unter den Kriegern aus Tlaxcala befanden sich etliche, die sehr ärmlich gekleidet, ja fast in Lumpen gehüllt waren. Es sah so aus, als würden sie statt der Umhänge Netze auf dem Körper tragen. Doch alle hielten die Waffe kampfentschlossen in der Hand, bereit, jeden unverhofften Überfall abzuwehren. Ihre Zahl belief sich auf Tausende. Habsüchtig starrten sie auf die Kleidung der Einwohner von Tenochtitlan.

Mehrere Soldaten aus Cortés' Truppe traten dicht an die Mädchen mit den nackten Brüsten heran, einige versuchten sogar, sie zu berühren, was ihnen aber von den Offizieren verwehrt wurde.

Nach dem Heer von Tlaxcala kamen andere Krieger, die besser gekleidet waren. Es schritten vorüber die Hauptleute des Heeres von Huexotzinco; die Herren aus Cholula und ihre Krieger; die Herren aus Atlixco und ihre Krieger; die Herren aus Tliliuhquitepec und ihre Krieger und die Herren aus Tacoac und ihre Krieger.

Das verbündete Heer zählte Tausende und aber Tausende von Kriegern. Vor dem Fort Xólotl kamen sie zum Stehen – eine riesige Schlange auf der sich endlos dahinziehenden Blumenmatte, die den zehn Kilometer langen Dammweg von Ixtapalapa in seiner ganzen Ausdehnung vom Festland bis zur Mitte des Sees und darüber hinaus bedeckte.

Kapitän Cortés ritt an die Spitze des Heerwurms. Die Reihen öffneten sich, um ihn durchzulassen. Die Leute warfen ihm keine Blumen mehr zu. Sie blickten ihn einfach nur an.

Die Männer aus Tlaxcala nahmen gesondert Aufstellung, jeden Fußbreit der Dammstraße von Ixtapalapa beherrschend. Sie waren auf der Hut, denn sie befürchteten vom Heer der Azteken das Schlimmste. Viele der tlaxcaltekischen Häuptlinge trugen auf dem Kopf weiße Reiherfedern, das Symbol, das ihnen die Herren von Tenochtitlan zehn Generationen zuvor zum erstenmal geschickt hatten. In ihren baumwollenen Panzerhemden waren sie gut gerüstet. Ein tlaxcaltekischer Priester löste sich aus der Gruppe. Auf seinem Rücken trug er das aus Ton gebrannte Bildnis des Gottes von Tlaxcala. Zum Klang eines Tamburins tanzte und tanzte er, bis er erschöpft zu Boden sank.

Mit Hilfe seines Stallburschen stieg Hernán Cortés vom Pferd und schritt mit rasselnden Sporen über die Blumen. Seine Schritte erzeugten einen dumpfen Klang. Mitten auf dem Dammweg von Ixtapalapa blieb er stehen, direkt vor dem Haupteingang zum Fort Xólotl. Die Handwerker von Tenochtitlan hatten an dieser Stelle einen riesengroßen roten Teppich, der ganz aus Vogelfedern geknüpft war, ausgebreitet und in der Mitte einen neuen, aufs feinste geflochtenen Thronsitz aus Binsen aufgestellt. Neben Cortés standen Jerónimo de Aguilar und Malintzin. Letztere sagte zu Cortés: »Dort kommt der Herrscher Moctezuma.«

Moctezuma erschien in einer Sänfte, die von acht Kriegern des Adler-Ordens getragen wurde. Vor ihm schritt ein Herold, der mit einem goldenen Fähnchen den Leuten Zeichen gab, auf daß keiner sich dem Herrscher nähere oder ihm ins Antlitz blicke. Diener breiteten vor den edlen Kriegern, welche die Sänfte trugen, grüne, weiße und blaue Teppiche aus. Kaum hatte Moctezuma die Teppiche passiert, wurden diese von den Dienern aufgenommen und aufs neue vor ihm ausgerollt. Die acht Krieger trugen kostbare Gewänder und hatten goldene Sandalen an den Füßen. Es waren Krieger vom Orden der Adler- und Ozelot-Ritter. Währenddessen beugten die Einwohner von Tenochtitlan ihre Köpfe und hielten den Blick auf den Teppich gerichtet, zum Zeichen des Respekts und der Ehrfurcht.

Moctezuma wurde von den Adler-Rittern abgesetzt. Auf seiner Brust leuchtete ein riesiger, faustgroßer Smaragd, der an einer Goldkette hing. Sein Umhang war eine herrliche Knüpfarbeit aus blauen Kolibrifedern. Auf dem Kopf des Herrschers glänzte eine Krone aus Quetzalfedern mit goldenen Fransen und kostbaren Perlen. Zu beiden Seiten des Kopfes hingen bis zum Hals Quasten herab – das Symbol des Tlatoani von Tenochtitlan und des Oberhauptes von Mexiko.

Cacamatzin, der Herrscher von Texcoco, und Cuitláhuac, der Herrscher von Ixtapalapa, halfen Moctezuma aus dem Tragesessel, mit dem er hergekommen war. Sie führten ihn bis zur Mitte des roten Federteppichs. Hernán Cortés saß auf einem Mattenthron. Der Teppich war so groß, daß auf ihm dreitausend Menschen und mehr Platz gefunden hätten. Cacamatzin und Cuitláhuac stützten den Tlatoani von Tenochtitlan jeder mit einem Arm. Der Herrscher von Meer zu Meer zeigte sich erstaunt und gerührt zugleich.

Auf ein Zeichen von Hauptmann Alvarado befahl der

Offizier, der die Geschützabteilung kommandierte, die auf zwei Holzrädern sitzenden Lombarden abzufeuern. Ein ohrenbetäubendes Krachen folgte der Rauchwolke und dem funkensprühenden Blitzstrahl. Den Anwesenden fuhr der Schreck in die Glieder. Beim Dröhnen der Geschütze waren Cuitláhuac, Cacamatzin und Moctezuma stehengeblieben, doch im Gegensatz zu den Tenocha verrieten ihre gleichgültigen Mienen keinerlei Entsetzen. Moctezuma war am Ende des Federteppichs stehengeblieben, ein wenig von dem Thron entfernt, auf dem Hernán Cortés saß. Der Teppich war so breit wie der Dammweg; er maß etwa achtzehn Meter in der Breite und sechzig in der Länge. Der Wind, der vom See her wehte, bewegte sanft die Federn des Teppichs, und in der Luft schwebte ein zarter Duft nach Blumen. Blickte man in die Richtung zurück, aus der Cortés gekommen war, konnte man kaum glauben, daß dort, wo die Stiefel der Soldaten und die Hufe der Pferde nur Schmutz zurückgelassen hatten, Stunden zuvor ein einzigartiger Blumenteppich gelegen hatte.

»Das ist der Blitz des Todes«, sagte Cuitláhuac zu Moctezuma. Dieser drehte sich um und betrachtete die abgebrochenen Äste des Baumes, auf den die Schützen ihr Geschoß abgefeuert hatten. Die Seevögel, die sich zu Hunderten in dem Wald nahe einer kleinen Insel aufhielten, flohen von dem Ort, und über der Menschengruppe hörte man das Flügelschlagen Tausender Reiher, die aufgestört zum Flug ansetzten.

Hernán Cortés streckte beide Arme aus und rief: »Auf Santiago!«

Und sein Heer antwortete ihm im Chor: »Auf Santiago! Auf Santiago!«

Mit Befremden hörten Moctezuma, Cuitláhuac und Cacamatzin den Ruf der Spanier.

»Wahrscheinlich ein Kriegsruf«, bemerkte Cuauhtémoc, der Herr von Tlatelolco, zu seiner Gefährtin Matla, der Herrin aus dem Haus der Kriegerinnen.

Die Bemerkung von Cuauhtémoc im Ohr, trat Matla nach vorn. Sieben Schritte hinter Moctezuma blieb sie stehen, hielt ihre Blumenschale hoch und rief: »Campa uee!« Reglose Stille war die Antwort. Wieder schrie Matla, und ihr Ruf, der Ruf einer Frau, breitete sich über dem See aus, bis er wie ein Echo auf die Berge traf, dort, wo die Vulkane sich abzeichneten … »Campa uee! Campa uee!«

Verwundert beobachteten Cacamatzin, Cuitláhuac und Moctezuma die Reaktion von Matla und die Antwort des Volkes darauf. Tausende Menschen hatten ihre Blumenschalen zum Himmel gehoben. Da hielten die drei Männer ihre Schalen ebenfalls hoch und wiederholten den Ruf: »Campa uee!«

Von der Höhe eines Tempels herab verkündete die Schnekkentrompete die Stunde Vier, die Stunde von Nahuiolin, Vier-Bewegung …

Fort Xólotl war eine kleine Insel mitten im See. Eine kleine, schöne Insel, von Gärten und Chinampa umgeben.

Cortés' Soldaten standen streng in Reih und Glied, doch untereinander machten sie Scherze. Man hörte griechische, italienische, portugiesische Brocken … Unter den Soldaten gab es Weißbärtige und Dunkelhäutige, Zwerge, Einäugige, Alte und junge Burschen, die kaum älter als fünfzehn waren. Im Heer gab es auch Väter und Söhne. Ein Soldat, der in Cortés' Nähe stand, trat mit einem roten Wimpel und einem Kreuz vor die Front und rammte beides seitlich vom Teppich in die Erde. Dabei rief er: »Auf Santiago und die Jungfrau Maria!« Doch diesmal antwortete ihm keiner. Ein Trommelwirbel erklang, dann ein Hornsolo. Ein spanischer Marsch überflutete den Ort. Die Soldaten gaben vor, zum Klang der Musik zu marschieren, ohne sich von der Stelle zu rühren. Sie demonstrierten eiserne Disziplin, und gerade das war es, was Cortés den Herrschern von Mexiko vorführen wollte.

Ein wenig abseits hielt ein Stallbursche die Zügel des Rotschimmels, den Malintzin ritt. Die Trommeln und Hörner verstummten für einen Augenblick. Die Empfangszeremonie für Hernán Cortés war eröffnet.

In der Reihenfolge ihres Ranges traten mehr als zweitausend Azteken an Hernán Cortés heran und entboten ihm ihren Gruß. Steif auf seinem Binsenthron sitzend, sah dieser sie an, ohne auch nur eine Miene zu verziehen. Er hatte befohlen, seinen Sitz leicht erhöht aufzustellen, so daß alle, die ihn grüßten, sich unter ihm befanden. Jeder für sich schritten die mexikanischen Herren über den Federteppich, und sobald sie sich Cortés auf zehn Meter genähert hatten, beugten sie ein Knie zum Teppich, berührten mit der rechten Hand den Boden, küßten ihn und zogen sich gesenkten Blickes wieder zurück. Die ganze Zeremonie dauerte über drei Stunden. Drei Stunden, die mit einem Warten angefüllt waren, das die Soldaten von Cortés zunehmend beunruhigte.

»So wird es sein. Genauso ...« hatte Malintzin Cortés vorher aufgeklärt. Und so grüßten Cortés Cacamatzin, Herrscher von Texcoco; Totoquiahuatzin, Herrscher von Tlacopan; Itzqueuhtzin, Herrscher von Tlatelolco; Cuitláhuac, Herrscher von Ixtapalapa. Gemäß ihrem Stande kamen alsdann die Herrscher Atlixcatzin, Herrscher von Tlatecatl, und Tepecuatzin, Herrscher von Tizociaocatl. Eine Gruppe von Priestern und Priesterinnen verschiedener Tempel tanzte vor Cortés zu Ehren von Quetzalcóatl. Hierbei wurden sie von ein paar Musikern mit Rohrflöten begleitet. Ein Jüngling, der ein Räuchergefäß mit Kopalharz in der Hand trug, hüllte Cortés von Kopf bis Fuß in Rauch ein.

Edle Herren aus anderen Teilen Mexikos folgten. Sie unterschieden sich durch ihre jeweilige Tracht. Es waren dies die Herren von Xochimilco, Coyoacan, Huitzilopocho, Culhuacan, Atzcapotzalco, Checatepec und Amaquemecan. Die übrigen Mitglieder des Hohen Rates der verbündeten Völker von Technotitlan, Tlacopan und Texcoco schlossen sich an, dreißig an der Zahl. Die Männer und Frauen, unter denen sich auch ein paar Greise befanden, trugen einen mit Quetzalfedern reichverzierten Kopfschmuck – Ausdruck ihrer Macht und Würde.

Matla und Cuauhtémoc waren die beiden letzten Vornehmen, die Cortés begrüßten. Matla beugte ihr Knie auf den

Federteppich, doch anstatt mit der Hand die Erde zu berühren, streifte sie ihr Hemdgewand zur Seite, so daß Cortés' Blick auf ihre schönen runden Brüste fiel. Matla ließ sich keine seiner Regungen entgehen. Dann trat Cuauhtémoc zum Gruß vor. Nachdem er sein Knie gebeugt hatte, küßte er sich zum Zeichen der Demut weder die Hand noch blickte er Hernán Cortés ins Gesicht. Nun kam das Oberhaupt von Mexiko, der große Moctezuma, der Herr der Herren und Herrscher von Meer zu Meer. Von neuem begleiteten ihn Cuitláhuac und Cacamatzin. Fünf Meter vor Cortés blieben sie stehen, gingen fünf Schritte zurück und ließen Moctezuma allein. Es war die Stunde Sechs, die Stunde von Mictlantecutli, dem Herrn des Totenreichs.

Moctezuma verbeugte sich tief, setzte ein Knie auf den Teppich, berührte ihn mit der Hand und küßte ihn. Dann hob er zum Zeichen der Bewunderung und Verehrung seine Augen zu Hernán Cortés empor und richtete sich allmählich auf, bis er dem spanischen Kapitän direkt ins Gesicht sah. Cortés erhob sich von seinem Thronsitz und wollte Moctezuma umarmen, doch schnell traten Cuitláhuac und Cacamatzin dazwischen und hinderten ihn daran. Auf ein Zeichen von Cortés setzte ein Trommelwirbel ein, und es erklang ein spanischer Marsch. Es war der gleiche Marsch, den Isabel die Katholische und ihr Mann Fernando gehört hatten, als die Mauren die Stadt Granada für immer verließen. Es war eine sehr heitere Musik, doch auf ein weiteres Zeichen von Cortés brach sie jäh ab.

Moctezuma trat mit einer goldenen, bis an den Rand gefüllten Blumenschale auf ihn zu. Alle, die Cortés gegrüßt hatten, stellten ihre Blumenschalen rings auf den Boden …

»In Tenochtitlan«, so hatte Malintzin ihm berichtet, »gehen die Leute von Stand immer mit einer Blumenschale umher. Immer, bei Tag wie bei Nacht, bei Sonne wie bei Regen. Es ist eine Stadt, die mit Blumen reich gesegnet ist. Treffen sich Freunde, so schenken sie einander Blumen, und wenn sie sich besuchen, legen sie Blumen vor das Haus, das sie betreten.«

Eine Gruppe von jungen bildhübschen Mädchen näherte sich mit Blumenkränzen, mit denen sie einen Tanz vollführten. Dazu sangen sie mit weicher Stimme. Nach ihrem Tanz ließen sie die rotfarbenen Kränze auf dem Teppich zurück.

Cortés ging auf Moctezuma zu, nahm eine Kette aus weißen gläsernen Margeriten, mit der ihn der Priester Juan Díaz vor der Zeremonie geschmückt hatte, und legte sie Moctezuma um den Hals. Dieser empfing die Gabe mit dem Ausdruck tiefen Glücks. Moctezuma seinerseits streifte die Muschelkette, die seinen Hals zierte und das Symbol von Quetzalcóatl darstellte, sowie die Schulterdecke aus Quetzalfedern Cortés über den roten Rock, wobei er sagte: »Oh, du Herr der Herren! Oh, du mein Herr Quetzalcóatl!«

Cortés warf ihm einen kurzen Blick zu. Womöglich mochte er sich fragen, warum ihm der Herrscher der Azteken die Muschelkette und nicht die goldene mit dem großen Smaragd um den Hals gelegt hatte. Doch den Gedanken gleich wieder beiseite schiebend, fragte er: »Herr, seid Ihr wirklich der große Moctezuma?«

Malintzin übersetzte: »Ich bin Moctezuma, der Tlatoani von Mexiko und Herrscher von Meer zu Meer.«

Cortés lächelte.

»O Herr!« übersetzte Malintzin Moctezumas Worte. »Mit Mühsal und unter großer Ansgrengung bist du nach Mexiko gekommen, in dein Land … Du bist hierhergekommen, um dich auf deine Matte, deinen Thron zu setzen, den ich für eine kurze Weile für dich bewahrt habe. Denn seit langem schon sind deine Diener, die ihn für deine Ankunft bewahrt hatten, dahingegangen; die Könige Itzcóatl, Moctezuma Ilhuicamina, Axayácatl und Ahuizotl. Auch sie hatten deinen Thron nur für eine kurze Zeit bewahrt und von ihm aus über México Tenochtitlan geherrscht …«

Moctezumas Augen füllten sich mit Tränen.

»Ach, wenn einer von ihnen doch nur teilhaben könnte an dem Erstaunen, das mich erfaßt! Wenn einer von ihnen doch nur erleben könnte, was ich erlebe! Wenn sie doch nur sehen könnten, was ich sehe! Fünf, zehn Tage lang war ich voller Unruhe, Herr, denn man hatte mir berichtet, du seist aus einem unbekannten Land aufgebrochen und zu uns zurückgekehrt, aus Wolken und Nebeln und Stürmen, so wie es unser Herr Nezahualcóyotl vorausgesagt hat … Unsere weisen Vorfahren, die Herren Tlatoani, hatten immer davon gesprochen, daß du eines Tages zurückkehren würdest, um deine Stadt wiederzusehen und dich auf deinen Thron, deinen Stuhl, deine Matte zu setzen … Und nun bist du wirklich zurückgekommen, unter Mühsal und Anstrengung. Sei willkommen in deinem Haus, und ruh dich nun aus. Geh zu deinem Palast, gib deinem Körper Ruhe.«

Er machte ein paar Schritt zu einer Ecke des großen Federteppichs, hob seine Arme gen Himmel und rief, das Wort an sein Volk richtend, laut aus: »Unser Herr Quetzalcóatl ist zurückgekommen!« Und das Volk von Tenochtitlan erwiderte: »Campa ueeeee!«

Es war die Tagesstunde Acht, die Stunde, in der über Tenochtitlan der Mond aufging.

XIII

Cacamatzin, der große Herrscher von Texcoco und Erbe aller Weisheit von Nezahualcóyotl, der als Herr der Vernunft hoch geachtet wurde, hatte den Mönch Bartolomé de Olmedo in seinen Palast eingeladen. Dieser fand sich gemeinsam mit Malintzin bei ihm ein.

Es war ein schöner Palast, direkt an den Ufern des Texcoco-Sees gelegen. In Richtung auf den Sternenberg sah man in einem riesigen offenen Gelände die Stadt Tenochtitlan. Cacamatzin trug das königliche Gewand eines Tlatoani von Texcoco, Fray Bartolomé de Olmedo einen Talar, über dessen Kragen ein großer Rosenkranz mit einem silbernen Kruzifix hing.

Fray Bartolomé hatte es für notwendig erachtet, das Gespräch mit jenem Mann zu suchen, der neben seiner Macht so unendlich viel Weisheit besaß. »Dies ist der Weg, den auch die großen Väter der Heiligen Katholischen Kirche beschritten haben«, hatte Fray Bartolomé zu Cortés gesagt, als er ihm seinen Plan erläuterte. Er meinte damit den Weg des heiligen Paulus, des heiligen Thomas von Aquin, des heiligen Augustinus, die mit erlauchten Persönlichkeiten Dispute über die Wahrheit und das Leben geführt hatten. Fray Bartolomé de Olmedo eröffnete die Unterhaltung, während Malintzin und Jerónimo de Aguilar es sich zur Aufgabe machten, seine Worte für Cacamatzin, der ihnen sein besorgtes Ohr lieh, getreu zu übersetzen.

»Die Wahrheit, die ganze Wahrheit und nichts als die Wahrheit steht in diesem Buch, das sich Bibel, Heilige Schrift, nennt, inspiriert vom Gott der Götter. Hier steht sein Auftrag für alle Bewohner der Erde, für alle Menschen. Dieses Buch wurde vor Tausenden von Jahren geschrieben ...« Er breitete die Arme aus, als wollte er den Palastsaal in seinem ganzen Ausmaß umfassen, und fügte hinzu: »Vor Tausenden und Abertausenden von Jahren. Dieses Buch enthält die Geschichte der Erde, die Geschichte der Menschen, die Geschichte all dessen, was geschehen ist.«

»Kommen auch wir, die Männer und Frauen von Texcoco, darin vor?«

Auf solch eine Frage war Fray Bartolomé nicht vorbereitet. Er zögerte, dann antwortete er, ein wenig aus der Fassung gebracht: »Nun ... dieses Buch sagt nichts über eure Existenz auf Erden ... Doch bin ich sicher, daß ihr Indianer das zweite Wunder in der Geschichte der Welt seid, gleich nach der Schöpfung. Die Entdeckung dieser neuen indianischen Gebiete ...«

»Entdeckung? Was für eine Entdeckung? Wir waren doch vorher auch schon hier. Wir haben dieses Land lange vorher entdeckt, am Anfang der Sonnen, der Weltzeitalter ...«

Fray Bartolomé gab vor, in dem Buch eine bestimmte Stelle

zu suchen. Wieder war er unschlüssig, was er darauf erwidern sollte, doch ließ er sich das nicht anmerken, sondern fuhr mit den Worten fort: »Die ganze Erde ist die Hinterlassenschaft unseres Herrn Jesus Christus, der gestorben ist, um uns vor dem ewigen Feuer zu retten. Das reine Blut unseres Herrn Jesus Christus, des Erlösers der Welt, ist zu euch gekommen mit der Wahrheit, die dieses Buch enthält, mit der Weisheit, mit dem heiligen Wort.« Er klappte das Buch zu und sagte theatralisch: »Wir sind hier, um euch zu erleuchten auf dem Weg der Wahrheit, des Wortes und der Weisheit. Dies ist der Wille der Mutter und des Vaters unserer katholischen Welt von heute, Doña Juana und ihres erlauchten Sohnes Don Carlos, die Gott stets beschützen möge. Alles, was sie tun, tun sie in Übereinstimmung mit dem Heiligen Vater, dem Oberhaupt der katholischen Welt.«

»Vermag dieses Buch Antwort auf unsere Fragen zu geben?«

»Dieses Buch birgt die Weisheit Gottes, die Weisheit der Weisheit. Es enthält alle unter der Sonne gefundenen Schätze menschlichen Geistes. Hier steht der Ursprung aller Dinge, das gesamte menschliche Wissen, die ganze Wahrheit, ich sage es noch einmal.«

»Hat der, den du den Heiligen Vater nennst, eine Seele? Kann dieses Buch erklären, warum es den Tag gibt und die Nacht, warum es Kälte gibt und Wärme? Zu welchem Ort uns die Sterne führen auf ihrem Weg durchs Universum? Warum die Erde sich bewegt? Und schließlich, wozu ihr so viel Gold begehrt?«

Als Malintzin die Worte von Cacamatzin übersetzte, fühlte sich Fray Bartolomé in die Enge getrieben und war um eine Antwort verlegen. Einer der Gelehrten, die Cacamatzin bei dem Gespräch beistanden, wechselte mit dem Herrscher von Texcoco ein verständiges Wort und schloß das Buch, das er seinerseits zu Rate gezogen hatte.

»Ich kann Euch darauf nicht antworten«, sagte Fray Bartolomé. »Nur daß die Erde sich nicht bewegt und die Sterne fest im Universum, dem Schoß Gottes, sind. Hier handelt es sich um Mysterien, die wir noch nicht ergründet haben und die unser Herr für die Weisheit anderer bestimmt hat.«

Der Gelehrte, der Cacamatzin begleitete, wollte sein Buch erneut aufschlagen, um für Fray Bartolomé eine Antwort zu finden, doch der Herrscher von Texcoco hielt ihn taktvoll zurück. In seinem Blick lag der Zweifel und der Spott, den die Weisheit des Buches, das die Kastilianer und Aragonier den Hort der menschlichen Weisheit nannten, bei ihm provoziert hatte. Dessen ungeachtet sagte er mit Worten, die von größter Diplomatie zeugten: »Es ist unsere Hoffnung, daß ihr nicht lange warten müßt, um herauszufinden, warum sich die Erde bewegt und in welche Richtung uns die Sterne auf ihrem Weg durchs Universum führen. Was nun euern Hunger auf Gold betrifft, so erinnere ich mich daran, daß Kapitän Cortés gesagt hat, daß man in dem Land, aus dem ihr kommt, verzweifelt des Goldes zur Heilung vieler Leiden bedarf. Wir werden euch alles Gold, das wir haben, in der Hoffnung geben, daß ihr eines Tages von all euren Übeln befreit sein werdet, die darin begründet sind, daß ihr kein Gold besitzt.«

Cacamatzin blickte Malintzin an und bedeutete ihr, daß die Audienz beendet sei.

Vom Fenster seines Hauses beobachtete Cuauhtémoc die Soldaten von Hernán Cortés, wie sie einen Palast betraten, der hinter dem Großen Tempel von Tenochtitlan lag.

Cuauhtémoc, Matla und die Herrin Schöne Geschorene, die höchste Priesterin von Tenochtitlan, waren zusammengekommen. Sie hatten auf Matten Platz genommen. Draußen verkündete der Priester der Schneckentrompete gerade die Stunde Drei, die Stunde der Wassergöttin in Tenochtitlan. Cuauhtémoc sprach als erster: »Wir haben sie mit unseren eigenen Augen einmarschieren sehen ... Nun wissen wir, daß es sie wirklich und wahrhaftig gibt, doch ich bezweifle, Herrin, daß es Götter sind.«

Matla runzelte die Stirn, auf die ein roter Schmetterling gemalt war, und erklärte: »Man hat mir berichtet, daß sie dreihundert Krieger aus dem Gebiet der Huaxteca gefangengenommen und auf sie geschossen haben. Das entspricht nicht dem Tun von Göttern.«

»Und der Hochmut der Leute von Tlaxcala!« ereiferte sich Cuauhtémoc. »Was hätte mein Großvater Ahuízotl gesagt, wenn er erlebt hätte, wie sie durch die Straßen des Heiligen Bezirks von Tenochtitlan gezogen sind? Und wie sie auf unseren Blumen ihre Kriegstänze aufführten!«

Die Priesterin warf einen letzten Blick auf die Schwadron, die in den Palast einzog, den Moctezuma Cortés zur Verfügung gestellt hatte, damit er mit seinem Heer ausruhe, aber sie antwortete nicht, sondern hüllte sich in tiefes Schweigen.

Hernán Cortés verbrachte die Nacht in Gedanken versunken. Er saß auf seinem Scherenstuhl im Schein einer Lampe mit langem Docht. Auf dem Tisch befand sich eine Sanduhr, die Godoy, sein Sekretär, stellte, sobald er den letzten Ton der Schneckentrompete vernahm. Cortés war mit seinem Wams bekleidet, dessen grelles Rot wie ein Blutfleck auf der makellosen, beinahe silberweißen Wand wirkte. Er trug hochhackige Stiefel, die ihm weit über die Wade gingen, eine weiße Halskrause und auf dem Kopf die schwarze Kappe, der er einen eleganten, leichten Stubs versetzt hatte, so daß die grüne Quetzalfeder seitlich auf eine Gesichtshälfte herabfiel. Auf einem anderen Stuhl lag sein Schwert in Reichweite. Jenseits des großen Fensters erblickte man das von Feuerbecken und Fackeln erleuchtete Tenochtitlan, so daß die Stadt »festlich erhellt wirkte, wie es nicht einmal bei den großen Dogen in Venedig üblich war«, so notierte Godoy. Eine Flamme leuchtete höher und weiter über Tenochtitlan als alle anderen. Es war die Flamme des Großen Tempels.

»Unsere Majestäten in Toledo werden wohl kaum mit derartigen Neuigkeiten rechnen«, sagte Godoy, der bereit war, mit dem Schreiben zu beginnen.

»Befleißigt Euch Eures besten Stils. Schreibt so, daß meine Briefe Gegenstand des Staunens werden und meiner Person zum Ruhm gereichen …«

»Sorgt Euch nicht. Dies werde ich tun.«

»So schreibt denn und wiederholt das Geschriebene laut, damit ich Euch mit meinem Gedächtnis unterstützen kann …«

»Hochheilige Majestät … In dieser Stadt fühlen wir uns bei Nacht genauso wie bei Tag in den Straßen von Sevilla. Es bereitet uns Freude zu beobachten, wie jene Menschenwesen die Nacht zum Tag machen, indem sie unzählige Fackeln und Feuerbecken entzünden, die sie mit einem schwarzen Öl speisen, das brennt wie keines der von den Olivenhainen Eures Andalusien gewonnenen Öle. Die Fackeln erleuchten ihre Straßen, ihre Märkte, ihre Tempel und auch ihre Schulen, in denen die Lehrer mehr Dinge lehren als in der Universität von Salamanca. Um Euch nur ein Beispiel zu geben, höchster Gebieter: Sie studieren die Formen des Körpers, die äußeren wie die inneren, und sogar das Fließen des Blutes in unseren Adern!« Godoy wurde durch Malintzin unterbrochen, die auf einem Tablett zwei mit Schokolade gefüllte Keramiktassen hereinbrachte.

»Eines Tages wird ganz Spanien sich an diesem köstlichen Getränk laben …«

Marina lachte, ohne zu verstehen, was Cortés damit meinte, doch Godoy gab ihm recht: »In der Tat, Kapitän, dieses Getränk ist ein Geschenk der Götter.«

»Wie Ihr seht, Herrin, ist mein Sekretär dabei, einen Brief an ihre durchlauchten Majestäten zu schreiben«, erklärte Cortés Malintzin. »Jedoch sind die Dinge, die es festzuhalten gibt, so zahlreich und schön, daß sich in mir mitunter der Zweifel regt, ob man sie auch glauben kann. In der Region von Extremadura, wo ich zur Welt gekommen bin, haben wir immer gedacht, das Größte des Universums wären die von Kastilien und Aragón eroberten Länder. Wie kann man die Stadt Madrid, die dreitausend Einwohner hat, mit dieser großen Stadt Temiztlan vergleichen, die von einer halben Million bewohnt wird? Was würde ihre erlauchte Majestät dazu sagen, wenn ich dem Erzbischof von Toledo, seiner Gnaden Kardinal Cisneros, berichten wollte, daß der Große Tempel dieser Ungläubigen höher und größer ist als der höchste Turm der nie genug zu rühmenden Kathedrale von Sevilla. Und was, bei Gott, mögen sie empfinden, wenn sie erfahren, daß im Hof des Großen Tempels eine andalusische Siedlung von fünfhundert Einwohnern Platz hat?«

Cortés stand von seinem Stuhl auf und begann im Raum auf und ab zu schreiten und nach schmückenden Worten für den Bericht an seinen König zu suchen.

»Schreiben Sie, Herr Godoy, daß der Marktplatz von Tlatelolco der größte der Welt ist und daß über sechzigtausend Menschen Tag für Tag herbeiströmen, um hier Waren zu kaufen und zu verkaufen. Ahnt Ihr, Godoy, welche Schlüsse man aus meiner Behauptung ziehen wird? Erinnert Euch, daß Sevilla, das edle und berühmte Sevilla, die größte Stadt ihrer Majestät, kaum fünfundvierzigtausend Einwohner zählt. Das bedeutet, daß die Zahl der Menschen, die sich auf dem Markt der Stadt Tlatelolco einfinden, die aller Einwohner von Guadalquivir, Córdoba und Sevilla übersteigt.« Er hielt in seiner Wanderung von einer Seite des Raumes zur anderen inne und befahl: »Ruft Jerónimo de Aguilar. Ich möchte, daß Doña Marina uns in dieser Nacht noch mehr erzählt, damit wir ihren Majestäten davon berichten können.«

Als Jerónimo schlaftrunken auftauchte, reichte man ihm eine Tasse Schokolade, und Malintzin fing an zu erzählen. Sie erzählte alles, was sie wußte, damit Godoy es in seinem Brief an den König der Könige festhalten konnte.

»Es ist die Stadt Gottes. Die Leute, die von außerhalb kommen, werden von den Bewohnern als einfache Temime betrachtet, als wilde, rohe, grobe Wesen – als Totonaken. Es ist die Stadt von Tloque Nahuaqui, dem Schöpfer der Welt, der Sterne und aller auf der Erde lebenden Männer und Frauen. Er ist der Herr des Jenseits, der einzigartige Gott, der Herr der Nähe, der Verbundenheit, der Gott der Götter.

In Paynala sagen unsere alten Weisen, daß die Geschichte, die heute in den Schulen von Tenochtitlan gelehrt wird, nicht wahr ist, daß es nicht stimmt, daß sie die ersten auf dem See waren, die ersten am Sternenberg, und daß es auch nicht wahr ist, daß sie diese Stadt erbaut haben, denn lange bevor die Tenocha hier ankamen, war Tlatelolco bereits bewohnt. Und die es bewohnten, pflanzten im See Binsen, ernteten, was sie auf den Chinampa angebaut hatten, fischten mit Netzen, fuhren in Booten. Aber die Geschichte, die überliefert wurde, mißfiel dem großen Herrn von Tenochtitlan, Itzcóatl, dem Herr Obsidianschlange, und er befahl den Weisen, alles neu zu zeichnen, und den Dichtern befahl er, alles neu zu besingen.

Früher hat es in diesem Gebiet keine Tenocha gegeben, nicht in der ganzen Weite des Texcoco-Sees. Der große See wurde von vielen Völkern, vielen Menschen bewohnt, doch nur an seinen Ufern. Die Leute waren überzeugt, daß kein Mensch auf dem See leben konnte wegen der vielen Mücken und des fürchterlichen Gestanks, der besonders dann auftrat, wenn im Winter das Wasser von den Bergen nicht herabfloß oder es im Sommer heiß wurde und die Regenfälle ausblieben. Die Leute glaubten, daß der See nur für den Fang von Mücken, Vögeln und Fischen tauge. Aber Itzcóatl, die Obsidianschlange, befahl, alle Geschichtsbücher zu verbrennen und ein neues zu schreiben, das mit ihm beginnen sollte.

Für sie war dieser Neubeginn wie eine Geburt, gleich der Morgenröte über den Wassern des Sees. Eine Gruppe müder Menschen tauchte am Ufer des großen Sees auf. Es war ein umherschweifender Stamm, der über fünfhundert Menschen zählte. Sie kamen aus dem Norden, aus dem Land Aztlán, wo die Reiher hausen und schlüpfen und jeden Morgen auf der Suche nach den Wegen der Sonne davonfliegen. Es waren Kinder, Männer und Frauen, die von einem Priester, dem Priester Tenoch, geführt wurden. Dieser trug auf seinem Rükken ein heiliges Bündel, das er liebevoll hütete. Darin bewahrte er seinen Gott Huitzilopochtli auf.

Als sie zu dem See kamen, erblickte der Priester einen riesigen Adler, der auf einem Feigenkaktus saß und eine Schlange zerriß. Da erzählte er seinen Leuten, daß die Götter ihm gesagt hätten, wenn er diesen Ort mit dem Adler und der

Schlange fände, so wäre dies der für sein Volk ausersehene Platz, an dem es für immer in Glück und Frieden leben könnte. Ohne Aufschub machten sie sich daran, Zweige zu brechen und mit dem Schilf der Lagune ein provisorisches Lager zu errichten. Doch ihr Glück währte nicht lange. Gerade hatten sie sich in ihrem Lager eingerichtet, als ein paar chichimekische Krieger auftauchten, die Herren der tausend Dörfer an den Ufern des Sees. Sie riefen sie heraus und teilten ihnen mit, daß sie in diesem Gebiet nicht bleiben dürften, da ihr Tlatoani es ihnen nicht erlaube. Der Priester Tenoch, der sich durch große Klugheit auszeichnete, sprach lang mit dem Anführer der chichimekischen Krieger, und am Ende sagte dieser, auf die Stelle weisend, wo Tenoch den Adler gesehen hatte, der gerade eine Schlange zerriß: ›Dort könnt ihr euch niederlassen, aber wehe, ihr kehrt an das Ufer des Sees zurück, dann werden wir euch alle töten.‹ Und auf diese Weise, so erzählen die Tenocha, begann ihre Geschichte.

Der Stamm lebte auf der kleinen Insel in der Lagune unter großen Schwierigkeiten. Man ernährte sich von dem Gewürm des Sees, von den Eiern der Mücken und von dem wenigen sauberen Wasser, das man aus einem kleinen Bach schöpfte. Lange Zeit herrschte nur Elend. Die Leute kleideten sich ärmlich; sie gingen in Lumpen aus Rindenbast oder in Felle erjagter Tiere gehüllt. Als die Zeit der großen Regenfälle kam, schwoll das Wasser auf der Insel an. Es stieg und stieg, die Menschen konnten so nicht weiterleben. Die wenigen, die sich hinauswagten, um einen besseren Ort zu erkunden, wurden von den Pfeilen der chichimekischen Krieger, die sie bewachten, durchbohrt und kehrten nie wieder zurück. So kam es, daß sie ihre erste Chinampa bauten. Die Erfindung der Chinampa war das Beste. Ohne die Chinampa wären sie gestorben. Nur durch sie konnten sie weiterleben. Sie sammelten an den Ufern des Sees Ruten, verflochten sie miteinander und ließen sie wie Holzroste auf dem Wasser schwimmen. Danach bedeckten sie sie mit Schlamm vom Grund des Sees und mit Steinen und stampften alles fest. Am Ende sah das

Ganze wie ein großes, auf dem Grund der Insel treibendes Floß aus. Es war ein von Moos bedecktes festes Stück Land, das sich im Wind zu bewegen schien.

Auf der Chinampa errichteten sie ein Haus aus Schilf. Alsdann bohrte eine Frau mit der Spitze eines Schilfrohrs ein Loch in den Boden und warf drei Maiskörner hinein. Sie machte ein weiteres Loch und tat drei Kürbiskerne hinein. Drei Samen der Pfefferschote warf sie in ein drittes Loch und drei Bohnensamen in ein viertes. Und so entwickelte sich auf den Chinampa der Bodenbau. Eines Morgens, in der Stunde Sechzehn, als über der Erde die Morgenröte entflammte und die Dämmerung keine Dämmerung mehr war, machte die gleiche Frau die größte aller Erfahrungen; sie nahm einen in der Sonne getrockneten Fischkopf, steckte drei Maiskörner hinein, bohrte ein Loch in den Boden der Chinampa und setzte den Kopf hinein. Auf diese Weise wurde das Düngen erfunden, und von da an vermehrten sich ihre Ernten. Später bauten sie weitere Chinampa, doch nicht, um darauf zu leben, sondern um Beete für Mais, Bohnen, Chilli, Obstbäume, Kürbisse, Chayote anzulegen. Um die Chinampa herum legten sie Gräben an, damit das Wasser hinausfließen konnte. Dort setzten sie Fische aus und ließen sie wachsen. Sie entwickelten die Fischzucht, wie sie es schon mit dem Anbau von Mais, mit dem Anbau von Chilli und Kürbis getan hatten. Und noch später umzäunten sie eine große Chinampa, um sich der Aufzucht von Vögeln zu widmen und den Huaxolote, den Truthahn, zu zähmen.

Doch eines schönen Tages, bevor noch der Morgen dämmerte, tauchten die chichimekischen Krieger auf, und als der Morgen erwacht war und die Sonne bereits ihren Weg am Himmel zog, war alles zerstört, zerstört von den Chichimeken. Die Kinder von Tenochtitlan starben bei der Verteidigung ihrer Parzellen; die Frauen starben bei der Verteidigung ihrer Gärten; die Alten starben beim Kampf um ihre Maispflanzungen, ihre Chillipflanzungen, ihre Fischgehege im See. Die Tenocha verteidigten sich, so gut es ging, und gaben dabei ihr

Bestes, doch das chichimekische Heer besaß eine furchtbare und mächtige Waffe, die dem Stamm aus Aztlán unbekannt war: Pfeil und Bogen. Aber eines Nachts schwamm ein Mädchen aus Tenochtitlan ans Ufer des Sees. Heimlich gelangte es zu der Stelle, wo ein chichimekischer Wächter im Halbschlaf lag. Sie erwürgte ihn und nahm ihm die Waffe weg. Frauen und Kinder, Alte und Männer, alle begannen Waffen herzustellen. Sie taten dies in aller Heimlichkeit, da sie vom Heer der Chichimeken ständig bewacht wurden. Die Leute aus Tenochtitlan bauten ihre zerstörten Chinampa wieder auf, pflanzten von neuem Chilli, Kürbis, Bäume. Und sie vermehrten sich. Von Zeit zu Zeit kleideten sich die Priester in die Büffelfelle, mit denen fremde Kaufleute in dem fernen Land Aztlán Handel trieben. Sie verbanden die Chinampa untereinander mit einem Steg aus Schlingpflanzen, und so entstanden Dammwege, doch nicht, um von einer Chinampa zur anderen zu gelangen, sondern aus reiner Kriegsstrategie.

Nach einiger Zeit kamen die chichimekischen Krieger wieder, um das zu zerstören, was die Tenocha geschaffen hatten und was mit jedem Tag mehr und mehr wurde. Doch wie groß war ihre Bestürzung, als sie feststellen mußten, daß die Wege, auf denen sie gekommen waren, um gegen die Tenocha zu kämpfen, zerstört waren. Unvermittelt sahen sich die jungen Krieger der Chichimeken von allen Seiten umzingelt. Und eine weitere Überraschung wartete auf sie: Jedes Kind, jeder Mann, jede Frau, jeder Krieger war ein vortrefflicher Bogenschütze. Lange hatten die Leute aus Tenochtitlan sich darin geübt, auf Nachtvögel Pfeile abzuschießen. Bei jenem Zusammenstoß gelang es den chichimekischen Kriegern nicht, die Stadt zu zerstören; sie selber wurden vernichtend geschlagen und mußten fliehen. Als tapfere Bogenschützen ernteten die Männer und Frauen der Tenocha viel Ruhm. Aus allen Orten kam man, um sie für das Heer der kriegsführenden Herrscher anzuwerben.

Dann begannen sie, in großen Kanus Steine zu befördern, die sie überall dort stahlen, wo sie auf verlassene Städte stießen, so wie in Tula und Teotihuacan. Die Steine wurden bei Nacht herbeigeschafft, aus einer Entfernung bis zu fünfzig Kilometern. Jedes Kind einen Stein. Jede Frau einen Stein, Jeder Alte einen Stein; einen Stein je nach Körpergröße. Die Steine wurden zum Seeufer geschleppt und von geschickten Ruderern in Kanus nach Tenochtitlan gebracht. Auf diese Weise gingen sie daran, ihre Tempel zu bauen. Und sie lernten, sie mit der gleichen Kunstfertigkeit zu bauen wie die Tolteken von Tula.«

»Die Tolteken von Tula? Was waren das für Leute?« fiel Hernán Cortés ihr ins Wort.

»Das waren die Väter und Mütter der Weisheit. Ein Volk berühmter Männer und Frauen. Der große Nezahualcóyotl pflegte zu sagen, sie wären so weise, daß sie sogar mit ihrem eigenen Herzen Zwiesprache hielten.«

»Zwiesprache mit dem eigenen Herzen! Was würden meine Lehrer aus Salamanca sagen, wo ich acht Wochen verbrachte, um Latein zu studieren, wenn sie diese Worte hörten?«

»Und in weniger als dreihundert Jahren«, fuhr Malintzin fort, »beherrschten die Erbauer der Chinampa und gewandten Bogenschützen alle anderen Völker und erbauten die schöne Stadt Tenochtitlan. Überall verbreiteten sie Furcht und Schrecken – von dem Gebiet, wo die Bisons leben, bis zu den weit entfernten, auf den Wegen der Sonne liegenden Gegenden, wo die Erde so schmal wird wie die Taille einer Frau, die vor dem Großen Tempel tanzt.«

Cortés hatte seine Tasse Schokolade inzwischen geleert und erklärte Godoy, was der Imperator Don Carlos V. erfahren sollte.

»Berichtet ihm, daß die Häuser keine Türen besitzen, die Leute frei von Arglist sind und keinen Diebstahl kennen. Daß es ein Volk ist, das Blumen und Bäume sehr verehrt, so sehr, daß es das Fällen eines Baumes ahndet, als würde ein Menschenleben ausgelöscht, und den Übeltäter zum Tode verdammt.« Dann sagte er wie zu sich selbst: »Es sind so weise Leute, daß sie sogar mit ihrem Herzen Zwiesprache halten ...«

Der Sekretär las laut einige Abschnitte aus dem Brief vor, damit Cortés seine Zustimmung gebe.

»So wisset denn, Eure erlauchte Majestät, daß die genannte Stadt von wunderschönen lieblichen Gärten und großen herrlichen Palästen mit Millionen Blumen umgeben ist und daß es überall Anlegestellen gibt, damit die Boote ein- und ausfahren können. In den Straßen herrscht strenge Ordnung und Sauberkeit, und es ist so, daß die Menschen aus Afrika ihnen nicht gleichen.

Wir haben einen Ort besucht, wie ihn kein Mensch seit den fernen Zeiten Babylons, so wie sie in den alten heiligen Büchern beschrieben werden, je gesehen hat. Sie besitzen eine reiche Sammlung verschiedener Tierarten sowohl der Erde als auch der Luft, des Meeres und der Süßwasser. Die Vögel haben alle nur denkbaren Farben und Größen. Es macht Freude, sie zu beobachten. Aus den Federn der Vögel werden herrliche Knüpfarbeiten hergestellt. Ein Beispiel hierfür ist der Umhang, der mir bei meinem ersten Besuch in Temiztlan geschenkt wurde. Er ist ganz aus roten Federn geknüpft und zweimal so groß wie der Hof, der sich vor der Kathedrale von Toledo befindet.

In den Parks und Gärten leben Tiere jeder Gattung. Es sind ihrer so viele wie in der Arche Noahs. Manche Tiere sind so klein wie Schmetterlinge und andere so groß, wie es sie weder in Kastilien noch in Segovia oder Aragón gibt. Diese mächtigen, unvergleichbaren Tiere werden Bisons geheißen. Sie kommen aus den fernen Gebieten im Norden des Landes, wo man sie, wie es heißt, in Mengen finden kann. Sehenswert sind auch die gemauerten Wasserbehälter, in denen Zierfische, aber auch Tafelfische aller Farben und Größe gehalten werden.

Jeden Morgen sind kunstfertige Frauen damit beschäftigt, aus dem Kleid der Vögel Federn auszureißen, die in nahegelegene Werkstätten gebracht werden, in denen tagaus, tagein mehr als dreihundert Frauen arbeiten. Hier entstehen die herrlichsten Knüpf- und Webarbeiten: Kleider und Umhänge, Decken für Zelte, Stoffe für die Priester, Wandbehänge für die

Paläste, Bilder mit Landschaften – alles von sehr geschickten Frauenhänden gemacht. Auf den Federarbeiten sind wunderbare Dinge zu sehen, und sie erzählen Geschichten aus längst vergangenen Zeiten.

Wisset, Eure durchlauchte Majestät, daß für die Erhaltung und Pflege der Tiere sowie der Gärten, in denen die Heilpflanzen wachsen, mehrere hundert Männer Sorge tragen. Dreihundert betreuen die Gärten und weitere dreihundert kümmern sich um die Tiere. Zu ihnen gehören auch Ärzte, die über die Gesundheit der Tiere wachen. Zur Heilung verwenden sie Medizin, die sie eigens zu diesem Zweck erfunden haben. Man nennt sie Heilkundige für Tiere – eine Sache, die wir von den Spaniern her nicht kennen und die selbst jene unter unseren Soldaten, die schon in Afrika, Venedig und Paris gewesen sind, in Erstaunen versetzt hat.

Außer dem bereits erwähnten Markt von Tlatelolco gibt es eine Reihe anderer öffentlicher Märkte, wo unter dem Vorsitz dreier Richter sofort Recht gesprochen wird. Daneben existieren noch andere Gerichtshöfe, wo den Richtern für die Untersuchung der Tatmotive achtzig Tage zur Verfügung stehen. Jeder Richter, der das Urteil über die genannte Frist von achtzig Tagen zurückhält, wird zum Tode verurteilt. Um den Titel des Obersten Richters aller Gerichtshöfe zu erwerben, muß man viel studiert haben, denn die Gesetze dieses Landes sind viel weiser als die ›Sieben Teile‹, das Gesetzbuch von Alfonso X., und weitaus gründlicher als die Gesetze des Justinianus. Es gibt Gesetze, die darauf achten, daß die Kinder mit sieben Jahren zur Schule gehen. Weiter gibt es Gesetze gegen Trunkenheit, gegen den Müßiggang, gegen die Bosheit des Herzens sowie gegen das Fällen von Bäumen, die in der Nähe von Quellen stehen, aus denen sie ihr Trinkwasser holen. Jede Person muß alle achtzig Gesetze aus dem Gesetzbuch von Nezahualcóyotl kennen, eines sehr berühmten Gelehrten aus Texcoco, der einen Tempel, doppelt so hoch wie die Kathedrale von Toledo, erbaut hat, und in dem die Leute mit Blumen und Gesängen einem einzigen Gott, dem höchsten ihrer Götter, huldigen. So viele und so weise Gesetze, wie sie die Achtzig Regeln der Weisheit darstellen, finden sich im ganzen Reiche Eurer Majestät nicht.

Unter den Indianern gibt es recht fleißige Leute, die sich ausgezeichnet für die Arbeit in den Minen eignen. Andere wiederum sind sehr anmutig. Die einen wie die anderen ließen sich auf den Stufen der Kathedrale von Sevilla gut als Sklaven verkaufen, und das zu einem stattlichen Preis, so Eure erlauchte Majestät dies in Übereinstimmung mit den Gesetzen von Burgos erlauben würde, dem Erbe Eurer erhabenen Großmutter Doña Isabel, die sich auf ewig in Gottes hochwürdiger Glorie befindet. Man muß diese Menschen nur einmal gesehen, gehört und erlebt haben.

Mit jedem Tag, der vergeht, wächst die Stadt auf dem See ein Stückchen mehr. Sie ist so breit und weit, sie ist so schön und sie besitzt so viele Paläste und unzählige Tempel, daß Venedig einen Vergleich mit ihr nicht standhielte. Auf den Dachgärten der Häuser befinden sich meisterlich gebaute Brücken, über die man von einem Haus zum anderen gehen kann. Die Wege über das Wasser sind so breit, daß auf ihnen zwölf Reiter in Kampflinie bequem nebeneinander Platz finden, und so lang, daß sie sich irgendwo am Horizont verlieren.

Jede Sekunde wird ein Kind geboren, eine Chinampa bepflanzt, eine Brücke gebaut, ein Stück Land bestellt. Immer, bei Tag wie bei Nacht, trifft man auf einen Mann, der ein Buch schreibt, auf eine Frau, die zu den Göttern betet: allerweilen werden Gold, kostbare Steine und Perlen dargebracht ... Stunde um Stunde, vom frühen Morgengrauen an, kommen von allen Orten des Reiches Karawanen gezogen, die mit Tributgaben beladen sind.

Hochwürdiger Herr, hochwürdige Doña Juana, ich bin im Begriff, Euch ein paar von den Wesen zu schicken, die diese Stadt bewohnen, damit Ihr Euch selbst von der Anmut und Schönheit dieser Männer und Frauen überzeugen könnt, mit denen sich ein guter Preis erzielen ließe, so man sie als Sklaven verkaufte. In ihrer Begleitung befinden sich Gaukler, die sich wie Schlangen biegen, Zauberer, die Feuer schlucken, Zwerge, eine Gruppe Ballspieler und Tänzer. Desgleichen schicke ich Euch mehrere Bücher, die Eure Aufmerksamkeit erregen werden, da sie besser gemacht sind als die, welche sich in unseren königlichen Bibliotheken befinden. Sie haben ein festeres Papier und einen stärkeren Einband als jene und werden in richtigen Werkstätten hergestellt. Das Material, das zur Herstellung der Bücher verwendet wird, ist in Europa gänzlich unbekannt, und ich glaube, daß es für Eure Majestäten eine Goldgrube sein könnte.

Auch schicke ich Euch, hochheiliger Herr, Proben von Nahrungsmitteln, die man hierzulande ißt: Samen verschiedener Früchte und vom Mais, aus dem sie eine Art Brot backen. Ich bin sicher: so wie der Mais könnte auch die Kartoffel, von der ich Euch ebenfalls ein paar Exemplare schicke, helfen, den in manchen Teilen Europas herrschenden Hunger zu lindern, denn beide vermehren sich unglaublich schnell.

Es gibt hier viele Schulen, in denen die Jungen und Mädchen beizeiten die Kriegskunst erlernen, und wir können nur Gott dafür danken, daß wir mit diesem Volk bislang noch nicht in Konflikt geraten sind und der Herrscher Moctezuma sich beeilt hat, uns das Angebot seiner Unterwerfung zu machen, denn andernfalls, so sagen meine Offiziere, hätten sie das Generalkapitanat Neuspanien leicht in Bedrängnis bringen können.

Auch besitzen sie eine Universität, die sie Calmecac nennen. Sie ist größer als die von Salamanca und vermittelt Wissen auf vielen Gebieten.

An einem bestimmten Tag, ähnlich dem Freitag der Christenheit, ist bei diesen Leuten Markttag. Den Verkauf an den Marktständen betrachten sie als Sache der Frauen. An diesem Tag finden auf dem Platz auch die Spiele statt. Da gibt es viele Spiele und viele Tänze zu sehen; Personen, die rennen, und andere, die durch den Mund Feuer speien, was wirklich sehenswert ist. Man nennt sie Feuerschlucker. Andere wiederum gehen auf Stöcken, die sie sich wie Stelzen an die Beine binden. Auch gibt es eine Menge ausgezeichneter Keramik, mit der sich die beste aus Toledo nicht vergleichen kann.

Neben den Musikern und Feuerschluckern finden sich auf den Plätzen auch die Seiltänzer und Geschichtenerzähler ein; die Leute setzen sich im Kreise um sie herum und erfahren aus dem Munde der letzteren vom Lauf der Geschichte und von Neuigkeiten aus der Stadt.

Wir haben mit vielen Menschen gesprochen und dabei erfahren, daß Moctezuma und sein Reich einem Leben unterworfen sind, das von großer Furcht, Neid und Haß gekennzeichnet ist. Wir haben ein System von heißen Bädern mit Wasserbecken gesehen, die nicht anders sind als die, von denen Plinius erzählt, daß es sie in Rom, der erhabenen kaiserlichen Stadt, gegeben haben soll. Doch die Paläste hier sind um vieles größer und schöner als die, welche Rom in der Epoche von Mark Aurel besaß und heute noch besitzt, wie mir die Soldaten erzählten, die sie selbst gesehen haben und die am Ende immer sagen, daß Venedig sich in seiner ganzen Schönheit nicht mit dieser einzigartigen Stadt México Temiztlan vergleichen kann.

Häuser gibt es, die so groß und so schön sind, wie es in Spanien keine schöneren gibt. Ja, sie sind schöner noch als die, die Granada zu der Zeit besaß, da die erlauchten Großeltern Eurer Majestät diese Stadt den Mauren im Kampf abgewannen. Die Häuser stehen dicht nebeneinander, so daß man von einem Dach zum anderen gehen kann. Sie sind aus Stein und Balken und vortrefflich gebaut. Zwischen ihnen gibt es eine Unmenge Brücken. Der Grund hierfür ist, daß alle Straßen in dieser Stadt außerhalb des Heiligen Bezirkes Wasserstraßen sind. Sie haben ein großes Haus, in das sie verwachsene und abnorme Wesen aufnehmen. Jedem steht ein eigenes Zimmer zur Verfügung, und über dreihundert Personen und Diener sind ständig damit befaßt, nach ihnen zu sehen, ihnen zu helfen, sich um sie zu kümmern.«

XIV

Es war die Stunde des Morgensterns, die Stunde von Tlahuitzcalpantecutli. Auf dem Vorplatz des Großen Tempels begann ein Priester rhythmisch auf eine große Trommel zu schlagen. Das Schlagen setzte mit Anbruch des Tages ein. Der Klang der Trommel kreuzte den See in alle Richtungen. Die Morgenröte erstrahlte. Auf der anderen Seite der Stadt begann ein Priester des Tempels von Tlatelolco gleichfalls, die Trommel zu schlagen. Es war die Stunde Sechzehn. Das Echo der Trommel gelangte über die Weite des Sees bis nach Texcoco. Da fing der Priester, der hoch oben auf dem Großen Tempel von Texcoco stand, ebenfalls an, die Trommel zu schlagen. Weit entfernt von Tenochtitlan hörte ein Priester im Tempel von Tenayuca aufmerksam die Botschaft, die aus der Ferne zu ihm drang, und auch er begann, die Trommel zu schlagen. Das Echo der dumpfen Klänge fuhr wie ein Donnerhall über die ausgedehnten Agavenfelder und Obsthaine, über die Gärten und Maisfelder, über die Bohnen- und Chillipflanzungen. Die Resonanz der Trommel verwandelte sich in das Rauschen von Muscheln, und die Botschaft drang bis zur großen Festung des Hügels von Malinalco, die sich noch im Bau befand, die aber bereits über eine große Ansammlung aztekischer Krieger verfügte. Auf der anderen Seite jenseits des Tales von México wurden in der entfernt gelegenen Stadt Xochicalco ebenfalls die Trommeln geschlagen. Eine Stunde später ertönten die Trommeln selbst in den entferntesten Winkeln des aztekischen Machtbereichs. Sie schlugen ohne Unterlaß. Der Tag schritt weiter und weiter, und als er längst entflammt war und die Sonne ihren höchsten Stand erreichte, stiegen von allen Hügeln farbige Rauchwolken zum Himmel: weiße, rote, grüne, blaue, gelbe und erdbeerfarbene.

Bevor noch die erste Trommel von der höchsten Plattform

des Großen Tempels von Tenochtitlan widerhallte, war die Stadt auf den Beinen. Danach aber schienen der See und die Lagune wie leergefegt. Dort, wo gewöhnlich Tausende und aber Tausende Boote hin und her schifften, war kein einziges mehr zu sehen. Die Mädchen, die wie jeden Tag hergekommen waren, um in der Stadt ihre Blumen zu verkaufen, machten mit ihren Booten kehrt, und so taten es auch jene, die gekommen waren, um ihre Jaguar-, Ozelot-, Hirsch- und Hundefelle zu verkaufen. Dieser Tag war der große Tag des Wettlaufs der Huaxolote, der Truthähne, der später von den Leuten aus Kastilien und Aragón der Tag des Hahnenkampfes genannt werden sollte.

Die aus fernen Orten Kommenden sperrten ihre bunten Huaxolote, ihre blauen, grünen, dunkelvioletten und schwarzen Huaxolote, wieder in die Käfige und kehrten nach Haus zurück. Der berühmte Wettlauf, der jedes Jahr das Datum bezeichnete, an dem auch der Auftakt zu den Spielen der Kunst und Wissenschaft gegeben wurde, würde an diesem Tag nicht stattfinden. Schon sollte es keinen Morgen mehr geben, und der letzte große Gedanke würde der Gedanke an die ewige Nacht dieses Tages sein. Es begann der Morgen, den es nicht mehr geben sollte, der Morgen, der in der Grausamkeit des Kastilianers und Aragoniers schlief, der Morgen der Waisen und Witwen, der Morgen der Zerstörung, der Lüge, des Betrugs, der Angst und der Schlacht. So würde auch die Nacht aller Zeiten beginnen: die Ära des Hundes in Tenochtitlan.

Wie alle achtzig Tage wollten sich an diesem Morgen, den es nicht mehr geben sollte, die großen Künstler einfinden, die Maler, Bildhauer, Musiker, um vor dem erhabenen Preisgericht ihre Schöpfungen auszubreiten und den höchsten Preis zu empfangen oder eine gebührende Strafe, falls sie es gewagt haben würden, ein minderwertiges Werk vorzustellen.

Cortés rief eine dringende Beratung ein, an der alle Offiziere teilnahmen. Auch die beiden Geistlichen, Juan Díaz und Fray Bartolomé, waren anwesend. Malintzin zeigte ein sehr besorgtes Gesicht. Hinter ihr standen einige Häuptlinge aus Tlaxcala. Cortés grüßte mit einer Verbeugung zu Malintzin hinüber, die sich mit Jerónimo der Aguilar unterhielt. Abwartend und voller Unruhe verharrten die Offiziere. Viele pafften eine Zigarre nach der anderen – diesen Rauch der Götter, den sie bei den Leuten aus Tenochtitlan kennengelernt hatten. Malintzin und die Krieger aus Talxcala verließen den Raum. Cortés blieb in der Gesellschaft seiner Offiziere zurück.

»Hört die Trommeln«, sagte Cortés.

»Seit der Tag erwacht ist, haben wir nichts anders getan, Kapitän.«

Die Stadt war erfüllt vom Klang der Trommeln. Es dröhnte nicht nur die Trommel des Großen Tempels, es dröhnten auch die Trommeln der übrigen siebzig Tempel. Sie schlugen einen Wirbel, als würde sich der Stadt ein Heer im gestreckten Galopp nähern.

»Hab ihr etwas bemerkt?« fragte Cortés.

»Die Stadt ist wie ausgestorben. Die Märkte haben heute nicht geöffnet, und selbst der große Hahnenkampf, eins der wichtigsten Feste im Kalender der Azteken, findet nicht statt.«

Cortés hörte gelassen zu. Dann sprach er selber, und er tat es sehr bedächtig. In diesem Augenblick war er ein anderer Mann – so als müßten die Offiziere nicht ihre Augen senken, um ihm ins Gesicht zu blicken. Er war der Hernán Cortés, der sich im Augenblick der Entscheidung in einen Giganten verwandelte.

»Meine Herren, das Gezeter, das jene Wilden veranstalten, bedeutet, daß die Herren von Tenochtitlan, Texcoco und Tlacopan uns nicht mehr als Götter oder Söhne von Göttern betrachten.«

Ernst blickte er seinen Offizieren der Reihe nach ins Gesicht und sagte: »Heute können wir uns des Friedens noch sicher fühlen. Die Indianer greifen nie an, ohne zuvor den Krieg zu erklären. Ihre Gesetze verbieten es ihnen, überraschend und hinterrücks anzugreifen. Das heißt, daß sie morgen eine Gruppe von Tänzern entsenden werden, die um mich herum einen Tanz vollführen, mich mit Kreide bemalen und mir eine Krone aus Reiherfedern aufsetzen werden ... Und noch in der gleichen Nacht werden wir alle Mann tot sein, so nicht jeder einzelne aus der Schar der tapferen Soldaten des mächtigen Kaisers Karl V. und des Ersten seines Namens in Spanien sowie seiner hochwürdigen Mutter Doña Juana es für notwendig erachtet, sich zu verzehnfachen. Meine Herren Offiziere, der Augenblick ist gekommen. Was ist euer Rat?«

Nicht weit von uns, nur die Schußweite einer Feldschlange entfernt, befand sich der Palast von Axayácatl. Und nur die Schußweite eines Pfeils entfernt befand sich der Große Tempel. Ein Kanal, dessen Ufer mit Blumen bewachsen waren, trennte beide.

Der Palast war riesig, und sein Name erinnerte an einen unserer großen Tlatoani. Umgeben von Zisternen mit Süßwasser und salzigem für die Fische rann das Wasser perlend aus verschiedenen künstlichen Quellen, die fein ersonnen und kunstvoll angelegt worden waren. Dies war der Palast, den unser Herrscher Moctezuma als Herberge für Cortés und sein Heer und die zehntausend Krieger aus Tlaxcala auserwählt hatte. Durch das Haupttor kamen und gingen die Bediensteten: Männer, Kinder, Frauen. Ihre Aufgabe bestand darin, für die Soldaten des Cortés da zu sein. In den riesigen Innenhöfen lagerten in Feldzelten die Krieger von Tlaxcala, für das spanische Heer eine Art von Schutzpanzer. Der Ort war nach allen Seiten hin befestigt. Hier und da konnte man in den großen Fenstern des Palastes, die auf den Heiligen Tempel zeigten, die Mündungsrohre von Falkonetten, Lombarden und Arkebusen sehen.

Hernán Cortés saß mit seinen Offizieren an einem großen viereckigen Tisch mit niedrigen Beinen. Außer den Offizieren hatten sich bei ihm Fray Bartolomé de Olmedo, der Priester Juan Díaz und drei Frauen eingefunden, unter ihnen María Estrada mit ihrem entschlossenen Blick und dem energischen Kinn. Ihr Mann, der Feldwebel Estrada, der in Sachen Kriegstechnik sehr bewandert war, hatte zunächst geschwankt, ob er sie mitnehmen sollte, aber sie hatte zu ihm gesagt: »Ich kann laufen wie ein Rennpferd aus Almería; ich bin hartnäkkig wie der Fluß Guadalquivir; ich besitze alle Kenntnisse, die Santiponce seit der Epoche der Römer in Sevilla angehäuft hat; ich kann kochen, waschen, kenne mich in der Liebe aus, warum also zweifelt Ihr an mir?«

»Ihr versteht nicht zu kämpfen wie ein Mann.«

»Gewiß, aber ich verstehe zu kämpfen wie eine Frau.«

Und sie hatte bewiesen, wie sie das Schwert zu führen und wie sie zu reiten verstand ... ja, und wie sie auf den Hinterbacken ihres Pferdes den Liebesakt mit ihm vollziehen konnte, in einem von der Dunkelheit der Nacht geschützten Winkel auf dem weiten Weg von Villa Rica de la Vera Cruz nach Tenochtitlan. In Cholula war sie im Tempel der Tempel bereits über Tausende erschlagener Leiber von Männern, Frauen und Kindern hinweggeschritten, und die Flüsse hatte sie überquert, indem sie sich am Schweif ihres Pferdes festklammerte. Hernán Cortés pflegte von ihr zu sagen: »Ihr Verstand ist so groß wie ihre Brüste.« Und so war María Estrada mitgekommen, mit verschränkten Armen und wildem, entschlossenem Blick stand sie da. Alle Trommeln von México Tenochtitlan hatten nicht vermocht, daß ihr Herz schneller schlug.

Draußen dröhnten die Trommeln noch immer und übertönten beinahe die Stimmen der versammelten Offiziere. Cortés ließ seinen Blick auf der Sanduhr ruhen. Dann ergriff er das Wort, während der Sekretär Godoy getreu notierte, was er sagte. »Es ist zwölf Uhr mittags. Der Tag dieser Indianer steigt höher und höher.«

Mit einem Mal verstummten die Trommeln, und man vernahm den Gesang des Herrn der Schneckentrompete, der verkündete, daß sich die vier Stunden des Vormittags vollendet hatten.

»Wir haben genügend Waffen, Wasser, Pulver, Mais, Bohnen, Salz, Kakao und Brot ... Genug, um für ein Jahr jeder

Belagerung zu widerstehen«, fuhr Cortés fort. Er machte eine Pause, blickte die Anwesenden nacheinander an, auch die Frauen, und fügte dann hinzu: »Verdammt, wir sind die tapfersten Soldaten, die die Welt je gesehen hat! Ich verstehe nicht, weshalb sich diese Wilden gegen uns stellen.«

»Kapitän, wo auch immer wir durchgezogen sind, haben wir die Wege von Blut getränkt zurückgelassen«, sagte der Priester Juan Díaz.

Cortés blickte ihn an, als wolle er ihn zurechtweisen, doch hörte keiner seine Erwiderung, denn in diesem Augenblick füllte sich die Luft über der Stadt von neuem mit dem vibrierenden Dröhnen der Trommeln. »Hauptmann Sandoval, was habt Ihr zu berichten?« fragte Cortés.

»Sie können uns nicht im Handstreich einnehmen. Das ist ausgeschlossen«, antwortete der Angesprochene langsam, die Hand auf den Griff seines Schwertes legend. »Ich habe an allen Ecken des Palastes und an allen Schanzen der Stadt Wachtposten aufgestellt. Überdies macht Hauptmann Olid mit seiner Reitertruppe ständig die Runde. Diese Wilden können soviel Krach machen, wie sie wollen, aber sie können, verdammt nochmal, kein Heer mobilisieren, ohne daß wir davon erfahren. Wir sind zwar wenige, haben jedoch viele Indianer auf unserer Seite. Unsere Feldwachen tauschen alle zwei Stunden die Parolen untereinander aus. Kurz, ich behaupte, daß sie uns nie und nimmer überraschen können ...«

»Kapitän«, sagte María Estrada, »Ihr habt vergessen zu erwähnen, was Eure Informantin Euch erzählt hat, daß diese Wilden, bevor sie angreifen und den Krieg gegen uns beginnen, Priester schicken werden, die um Euch herumhüpfen, Euch mit weißem Pulver bestreuen, Euch mit Federn bekleben, Euch ein Schwert überreichen und einen Helm aus gelben Papierblumen als Botschaft des Reihers. Das alles haben sie noch nicht getan.«

»Die Gefahr ist maßlos groß«, meinte Cortés. »Unsere Freunde, die Häuptlinge aus Tlaxcala, haben es geschafft, die Botschaft der Trommler zu entschlüsseln. Sie fordern Krieger aus allen Orten ihres Dreibundes an. Wir sollten keinen Augenblick daran zweifeln, daß sie uns den Krieg erklären werden.«

»Wir sind sehr stark«, bemerkte Sandoval.

»Ja, aber wir müssen auch bedenken, daß wir an diesem Ort hoffnungslos gefangen sind, wenn sie uns den Weg über die Brücken abschneiden«, sagte Hernán Cortés. »Hinzu kommt, daß wir uns in jedem Fall auf uns selbst verlassen müssen, denn die Krieger aus Tlaxcala können weder schwimmen noch verstehen sie sich darauf, den Krieg von den Booten aus zu führen. In beidem aber sind die Azteken sehr gewandt.«

»Meine Herren«, warf Olmedo ein, »ich schlage vor, daß wir uns mit unseren Freunden beraten.«

»Euer Rat ist Gold wert«, pflichtete Cortés ihm bei.

Minuten später betraten drei tlaxcaltekische Häuptlinge und Malintzin den Saal. Sie wurden von dem Pagen Orteguilla begleitet, dessen Fortschritte in der Nahua-Sprache erstaunlich waren. Jerónimo de Aguilar, Orteguilla und Malintzin dienten als Brücke, um die Ansichten der drei, selbst von den berühmtesten Kriegern Tenochtitlans gefürchteten Häuptlinge von Tlaxcala – Tlatatzin Tequinitzin und Mazatzin – zu übersetzen. Seit vielen Jahren hatten sie stets an der Spitze gestanden, wenn das Heer der Azteken versucht hatte, sie zu überfallen. Sie waren mit den morgendlichen Angriffen, mit der Kriegslist und der Verwegenheit der verbündeten Heere von Tlacopan, Tenochtitlan und Texcoco so gut vertraut wie sonst niemand. Nachdem die drei ihre Ansicht kundgetan hatten, fragte Cortés Jerónimo de Aguilar, was letztlich ihr Rat wäre.

»Unsere Freunde, die edlen Krieger, meinen, wir sollten morgen die drei führenden Köpfe von Mexiko sowie die dreißig Herren des Hohen Rates gefangennehmen. Daraufhin werden sich uns alle anderen beugen. Dies erheischen ihre Bräuche und Gesetze.«

»Das zu glauben fällt schwer!«

»Bei diesem Volk mögen andere Kriegsgesetze herrschen, aber auch sie sind Gesetze, Kapitän.«

Cortés lief durch die weiten, mit Glimmer ausgelegten Korridore des Palastes von Axayácatl. Eine große Zahl Diener säuberte mit Baumwolltüchern den Glimmerboden des Korridors, bis er blank wie ein Spiegel war. Frauen eilten hin und her und brachten riesige Schalen mit frischen Blumen.

Cortés und seine Soldaten hasteten die Flure entlang, ohne nach rechts und links zu schauen. Hinter ihnen liefen die beiden Geistlichen ebenso schnell wie der Generalkapitän, so daß ihre Talare in der Luft flatterten. Aufgeregt sprach Hauptmann Cristóbal de Olid auf Kapitän Cortés ein.

»Bei einer Wand vermuteten wir, daß sie erst vor kurzem in Ordnung gebracht worden sei. Wir meinten, es müßte sich eine Tür dahinter befinden, denn der Lehm und der Kalk der Wand fühlten sich noch ganz feucht und frisch an. Offenbar hatte man die Stelle zugemauert, damit wir nichts bemerken sollten.«

»Die Gnade unseres Herrn Jesus Christus ist mit uns und wird uns auch künftig nicht im Stich lassen«, entgegnete Cortés aufgeregt. Vor einer frisch aufgerissenen Mauerlücke blieb er stehen. Seine Augen strahlten vor Begeisterung. Der Mund stand ihm offen, seine Hände zitterten. Die Gruppe betrat einen Raum, in dem einige Soldaten mit geschulterter Arkebuse Wache standen. Große Becken mit schwarzem Öl aus den Bergen ließen den Saal hell erstrahlen. An der Stelle, wo man die Wand eingerissen hatte, lagen die Steine, die zum Zumauern benutzt worden waren. Hernán Cortés, die beiden Geistlichen und die Hauptleute konnten sich vor Staunen nicht fassen. Ungläubig blickten sie im Saal umher: Vor ihnen lag in seiner ganzen Herrlichkeit der Schatz des Palastes von Axayácatl.

Im Empfangssaal des Palastes von Nezahualcóyotl und Nezahualpilli, Großvater und Vater des Herrn Cacamatzin, des Herrschers von Texcoco, waren versammelt: Zihuacóatl, der Oberste Priester von Tenochtitlan; Cuitláhuac, Herrscher von Ixtapalapa und Herr des Krieges; Cuauhtémoc, Herrscher von

Tlatelolco, und Matla, die Herrin aus dem Haus der Kriegerinnen. Vor ihnen stand der Soldat Lerma.

Lerma war wie ein Macehualtin gekleidet. Er trug einen Kittel aus Agavefasern und um das Haar ein rotes Band, das an der Stirn geknotet war. Ihm fehlte das rechte Ohr – das Zeichen, daß er ein Gefangener der Azteken war. Trotz seiner ärmlichen Kleidung wirkte er sehr sauber. Er stand vor dem Rat der Krieger, und während er sprach, notierte ein Maler seine Worte mit erstaunlicher Schnelligkeit. Er drückte sich auf Náhuatl aus, und wenn er bei einem Wort nicht weiter wußte, half ihm sein Lehrer, der inzwischen die Sprache des Spaniers gelernt hatte.

»Wir sind von der anderen Seite des Meeres gekommen, von einer Insel mit Namen Kuba, die ihr gewiß kennen werdet, da man euch dort als mutige Krieger bezeichnet. An einigen Orten befinden sich Tempel von Leuten, die eure Küsten bewohnen. Vom Sonnenaufgang her sind wir nach Kuba gekommen. Immer dem Weg der Sonne und dem Ostwind folgend, so sind wir dorthin gelangt. Der Befehl, den wir vom Statthalter der Insel Kuba bekommen hatten, lautete, streng nach dem Willen unserer kaiserlichen Majestäten vorzugehen, also Meere zu befahren, Länder zu durchqueren, Sklaven zu machen und Gold zu beschaffen …«

»Wozu braucht ihr so viel Gold?«

»Dort, im Lande von Sevilla, Alicante, Toledo, Navarra, Segovia und Madrid bis hin zu den Gebieten des Grafen von Barcelona ist Gold das, was das Herz der Welt bewegt. Es ist für uns etwas so Kostbares wie für euch die Quetzalfedern oder die Obsidianmesser. Es spielt auf unseren Märkten die gleiche Rolle wie bei euch die Decken und Kakaobohnen. Es ist wertvoller als die Kupferscheiben, die ihr beim Tauschhandel als gängige Münzen benutzt. Aber Hernán Cortés ist ehrgeizig und ruchlos; ein Böser unter den Bösen. Anstelle eines Herzens hat er eine Eisenfaust. Das einzige, worauf er sich versteht, ist das Würfelspiel und unanständige Lieder zu singen, wie ein Schiffer auf dem Guadalquivir zu fluchen und den Frauen nachzustellen, Männer zu erniedrigen und den Namen Gottes zu beleidigen.

Wir sind keine Götter, sondern Christen. Wenn wir sterben, steigt nur unsere Seele in den Himmel. Kapitän Hernán Cortés ist schlecht und hinterhältig, aber er gibt uns die Befehle, denen wir alle gehorchen müssen. Wenn es uns gelingen sollte, die Azteken zu besiegen, bleibt von alledem hier nicht mehr zurück als das Salz am Ufer der Meere.«

Die Anwesenden lauschten aufmerksam Lermas Worten. Cuitláhuac, der dem Rat vorstand, erhob sich. Matla sagte zu dem Soldaten Lerma: »Erzähle uns alles, was du weißt. Doch wenn deine Geschichte zu Ende ist, werden wir dich im Tempel unseres Herrn Quetzalcóatl opfern.«

Lerma hörte Matlas Worte und schwieg.

XV

Von Malintzin, Jerónimo de Aguilar und seinem Pagen Orteguilla begleitet, bestieg Hernán Cortés das Boot des Oberkommandierenden, das Moctezuma gehörte und von hundert Kriegern aus Tenochtitlan gerudert wurde. Es war ein riesengroßes Boot mit Blumenbecken und einem besonderen Platz für die Musiker sowie einem Ruheraum für die vornehmen Herren. In der Mitte des Bootes saß Moctezuma mit untergeschlagenen Beinen auf einem Teppich aus grünen und roten Federn. Die Krieger, die sich in seiner Begleitung befanden, waren festlich gekleidet. Hinter Moctezumas Rücken ragten ein Paar Flügel aus Goldscheiben seitwärts. In jeder Hand hielt der Herrscher eine goldene, mit Blumen gefüllte Schale. Cortés machte eine Verbeugung und setzte sich Moctezuma gegenüber. Der Herr Strenges Gesicht hatte ihn eingeladen, den wichtigsten Plätzen der großen Stadt Tenochtitlan einen Besuch abzustatten. Die Krieger lenkten das Fahrzeug zur Mitte des Texcoco-Sees, wo sich eine steinerne Mauer befand, die sich bis zum Horizont erstreckte und die Entfernungen halbierte.

»Dieser Damm wurde von Nezahualcóyotl errichtet, dem Herrscher von Texcoco, Herr des Krieges, Herr des Friedens, Herr der Küste, Herr der Weisheit, Herr der Herren und Mann der Männer. An seinem Bau haben Tausende von Arbeitern mitgewirkt. Er verhindert, daß das salzige Wasser des Texcoco-Sees in das Süßwasser der Lagune dringt. Eben dies passierte vor der Zeit des Herrschers Nezahualcóyotl, und die Ernten der Chinampa wurden zerstört. Wir brauchen Süßwasser, damit unsere Chinampa gut gedeihen. Der Herr Nezahualcóyotl war ein großer Gelehrter. Er prophezeite uns, daß du und deine edlen Männer auf geflügelten Hirschen zu uns zurückkommen würden.«

Cortés bewunderte den Wall. Er war hoch und ragte zwei Meter über die Wasserlinie hinaus. Kein noch so stürmischer Wellengang vermochte diese Linie zu überfluten. Auf der Mauer konnten sich gut zwölf berittene Männer bewegen. Sie war mit starken, hölzernen Schleusentoren abgedichtet.

Moctezuma war sichtlich stolz und wies auf den Dammweg von Tacuba, der von Brücken unterbrochen war, damit die mit Lebensmitteln beladenen Boote, die vom Land zu den Märkten der Stadt fuhren, passieren konnten. »Hier fließt das Wasser in die Stadt Tenochtitlan hinein. Der große Baumeister von Tenochtitlan erkannte die Notwendigkeit, von Chapultepecher, dem Hügel der Heuschrecken, die Stadt mit frischem Wasser zu versorgen. Für den Bau des Aquädukts bestellte er die klügsten Baumeister Mexikos zu sich und ließ einen Plan erarbeiten. Am Ende wurden dem Rat der Weisen zwei Projekte vorgelegt. Der erste Plan sah vor, das Wasser über eine Krümmung zu leiten, auf daß es sanft bis ins Zentrum von Tenochtitlan ströme. Der zweite fußte auf der Idee, das Wasser auf einmal mit seiner Kraft kommen zu lassen. Dies war das Projekt, das angenommen wurde. Der Baumeister aber, der das erste vorgeschlagen hatte, wurde unserem Gott geopfert, weil er einen schlechten Plan entwickelt hatte.

Als der Aquädukt eingeweiht wurde, stürzte das Wasser mit solcher Wucht heran, daß die Keramikrohre platzten und sich das Wasser auf den Weg ergoß. Zehn Jahre Arbeit versanken auf dem Grund der Lagune. Der Stadtrat befahl, den Baumeister, der den Wettbewerb gewonnen hatte, zu opfern. Nun nahm man das Projekt, das man zuvor abgelehnt hatte, in Angriff. Es taugte. Wie du selbst sehen kannst, fließt das Wasser durch zwei Rohre, die sich in Größe und Stärke mit einem deiner mächtigen Hirsche vergleichen lassen. In dem einen ist kein Wasser, wir benutzen es nur, wenn das andere verschmutzt ist und gereinigt werden muß.

Alles Wasser dringt aus dem Leib der Erde im Heuschrekkenhügel. Er heißt so, weil unsere Vorfahren, als sie an die Ufer des Sees kamen, dort viele Heuschrecken fanden, mit denen sie ihren Hunger stillten.«

Das Boot erreichte eine Anlegestelle, an der sie eine Gruppe Krieger mit zwei Sänften erwartete, die ganz mit Gold und Jade überzogen waren. In die eine wurde Moctezuma hineingehoben, während man Kapitän Cortés bat, die andere zu besteigen. Die Offiziere und die Eskorte von Hernán Cortés folgten zu Fuß. Unser Herrscher Moctezuma wurde von einer großen Schar Krieger begleitet, die ihn nach allen Seiten hin schützten. Ein paar Adlige aus Tenochtitlan schlossen sich dem Zug an. Sie saßen ebenfalls in Sänften, die so prächtig waren wie die des Herrschers Moctezuma und die ihre Dienerschaft auf den Schultern trug. Moctezuma wollte Cortés die Dampfbäder zeigen, die Tempelschule der Kriegermädchen und die verschiedenen Tempel der in den siegreichen Kämpfen gegen andere Völker gefangengenommenen Götter.

Vor dem Tempel von Yacatecuhtli, dem Gott der Wege und Märkte, tanzten ein paar Priesterzwerge den Tanz der Versöhnung. Auf den Bäumen nahe dem Tempel flatterten Gebetsfahnen im Winde. Moctezuma in ihren eigenen Sänften begleitend, folgten in einigem Abstand Cacamatzin, der Herrscher von Texcoco, und Totoquiahuatzin, der Herrscher von Tlacopan, der Weiser Alter genannt wurde und der an diesem

Morgen zu Moctezuma gesagt hatte: »Gestern nacht hatte ich einen Traum, den mir die Götter der Wege geschickt haben: Der Herr Yacatecuhtli sagte zu mir, daß wir alle verderben werden wie ein einsamer, am Wegesrand vergessener Stein, wenn wir mit dem großen Gesandten diese Wege entlanggehen.«

Die Herrin Tlazocoacull, die Herrin Schöne Geschorene, die Erste der Herrinnen im Haus des Krieges und Herrin des Tempels, begrüßte Hernán Cortés in ihrem Tempel mit einem Tanz. Sie ließ sich dabei von Matla begleiten, der Herrin Blaues Wasser, und von Tozquentzin, der Stellvertreterin der zweiten Herrin des Krieges.

Moctezuma war daran gelegen, daß Hernán Cortés jeden der siebzig Tempel kennenlerne, die den Göttern der besiegten Völker geweiht waren.

»Jedesmal, wenn wir einen ihrer Tempel in Brand steckten, befreiten wir zuvor ihren Gott und überführten ihn unter vielen Ehren in die Hauptstadt des Dreibundes, wo wir ihm einen Tempel errichteten mit eigenem Priester und eigenen Dienern.«

Sie kamen zu einem kleinen Platz, auf dem sich parallel angeordnete Gerüste mit Tausenden auf Stangen gespießter Menschenschädel befanden ... Ehrfurchtsvoll verbeugten sich Moctezuma und seine Priester vor den Totenschädeln und ließen die Spanier wissen, daß diese von Männern, Frauen und Kindern stammten, denen irgendwann die Ehre zuteil geworden war, den Göttern geopfert zu werden, aber auch von feindlichen Kriegern, die auf dem Stein der Gladiatoren den Tod gefunden hatten. Die Spanier wurden bei dieser Vorführung von einem nie gekannten Schrecken heimgesucht. Cortés schätzte, daß es etwa zehntausend Schädel sein mochten, die hier mittels eines Stockes, der ihnen die Schläfen durchbohrte, aneinandergereiht waren.

Danach kamen sie an einem Wasserbecken vorbei, in dem ein paar Jungen und Mädchen unter Aufsicht ihrer Lehrer nackt herumschwammen.

Vor dem Großen Tempel stiegen Moctezuma und seine wichtigsten Begleiter aus ihren Sänften und erklommen die Treppe, die zu ihm hinaufführte. Hier, weit oben, befanden sich die Tempel unseres Herrn Tezcatlipoca, unseres Herrn der Dunkelheit, und unseres Herr Huitzilopochtli, unseres Herrn Blauer Kolibri. Unten begannen die zwergenhaften Priester des Tempels von Quetzalcóatl mit ihren abendlichen Tänzen, die sie erst beendet haben würden, wenn die Nacht sternenüberstrahlt war. Während die Spanier die Stufen des Großen Tempels hinaufstiegen, bemerkten sie untereinander, daß er viel höher sei als der Giralda, der Glockenturm der Kathedrale von Sevilla. Von einem gewissen Schauder erfaßt, wanderten ihre Blicke immer wieder zum Tzompantli, unserem Schädeltempel.

An der Giebelseite des Tempels von Tláloc, dem Regengott, warteten mehrere Priester auf den Herrscher Moctezuma. Sie waren von Kopf bis Fuß in schwarze Umhänge gehüllt. Als Moctezuma vor sie hintrat, bekleideten sie ihn mit einer reichen, aus Quetzalfedern gewebten Decke, deren Ende mehrere Meter hinter ihm auf dem Boden schleifte.

Mit einer tiefen Verbeugung und großer Ehrerbietung lud der Herrscher von Meer zu Meer Hernán Cortés ein, ihm ins Innere des Tezcatlipoca-Tempels zu folgen. Eine Gruppe von Priestern saß auf Steinbänken, die mit herrlichen Malereien und Sinnzeichen der Sonne geschmückt waren. Der Ort lag im Halbdunkel. Eine Lampe mit Chapopotli, dem Erdpech aus dem fernen Land der Früchte, erhellte den Raum. Die Öllampe war auf eine Weise reguliert, daß ihr Licht auf dem Gesicht der Priester tanzte, die steif dahockten, als wären sie ein Teil der steinernen Wände. Sie waren ganz in Schwarz und in der gleichen Art gekleidet wie jene, die Cortés empfangen hatten. Dessen Blicke wanderten im Hauptgemach des Tempels von einer Ecke zur anderen. Die Priester bewegten sich nicht, sie waren ganz Schweigen und reglos wie der Stein.

Die Flamme der Lampe mit dem schwarzen Öl erzeugte Schatten und Lichtflecke, und Cortés konnte erkennen, daß die Umhänge der sitzenden Priester blutbefleckte Säume hatten und schlecht rochen. Ihr Haar war von getrocknetem Blut struppig und starr. Der Sohn der Sonne und seine Offiziere blickten über die furchteinflößenden Priester hinweg zur Seite und ließen ihre Augen auf dem Gott Huitzilopochtli ruhen, dem Herrn der Herren, dem Blauen Herrn, dem Herrn Kolibri. Als sie die Pracht des Kleides sahen, das Huitzilopochtli umhüllte, stand ihnen vor Staunen der Mund offen. Es war über und über mit Gold und Jade besetzt. Der hölzerne Fuß des Gottes war mit vielen wertvollen Edelsteinen und Perlen verziert.

Das Gesicht unseres Herrn Huitzilopochtli berührte Cortés unangenehm, und er rief: »Und dieser Schreckensfigur opfert ihr unschuldige Menschen?«

Jerónimo de Aguilar wiederholte diese Worte Orteguilla, damit dieser sie für Moctezuma übersetze, da aber äußerte Malintzin in der Art eines Ratschlages: »Tut es nicht. Wenn wir dem Herrscher Moctezuma das übersetzen, wird man uns auf der Stelle töten.«

Moctezuma schien den Wortwechsel zwischen Jerónimo de Aguilar, dem Pagen Orteguilla und Malintzin zu erraten. Er kniete vor dem Gott Kolibri nieder und murmelte ein Gebet, das Malintzin übersetzte: »Herrscher der Welt, Herr der Herren, wir lieben dich.« Er beugte sich vor und berührte mit den Lippen den Boden, und sein gesamtes Gefolge tat es ihm gleich, auch die Herrscher von Tlacopan und Texcoco.

Die Priester, die dahockten, als wären sie eins mit der Wand, rührten sich nicht. Streng und stumm verharrten sie auf ihren Plätzen. Man hätte meinen können, sie seien gemalte Bilder. Der flackernde Schein der Lampe spielte auf ihren Gesichtern.

Den Hauptplatz des Heiligen Bezirkes zierte ein Steinmosaik in den Farben rosa, schwarz und weiß. Auf einer Seite befanden sich die Stufen, die zum gewaltigen Tempel von Tenochtitlan führten. Wenn Hernán Cortés und seine Offiziere den Blick hoben, konnten sie den runden Tempel von Quetzalcóatl sehen. Den Eingang bildete das riesige Gebiß einer Schlange, deren Zähne stark wie Säulen waren.

Cortés und seine Hauptleute saßen auf einer Steinbalustrade; ein vielfarbiger Baldachin aus Papier schützte sie vor den Sonnenstrahlen. In der Begleitung des Kapitäns befand sich eine wunderschöne Frau von ungefähr achtzehn Jahren. Sie war gekommen, um ihre Tante Malintzin zu besuchen, und bei ihr geblieben. Cortés hatte sich sofort in sie verliebt. Das ärgerte Malintzin, und sie hatte sich geweigert, ihn ständig zu begleiten.

Unterhalb der Sitzbänke befand sich eine riesige Steinplatte, auf der sonst Tanz- und Theatervorstellungen geboten wurden und die Herolde dem Volk, das die Tempel besuchte, die guten und schlechten Neuigkeiten verkündeten. In der Mitte des riesigen Steins war ein Loch, aus dem eine rot und weiß geflochtene Schnur herausragte. Rundherum hatte sich eine Menschenmenge eingefunden. Die Krieger waren wie an einem Festtag geschmückt.

»Wir werden einen Gladiatorenkampf erleben«, erklärte Cortés Hauptmann Alvarado.

»Wie im Rom der Cäsaren?« fragte Hauptmann Olid, der ebenfalls zuhörte.

Cortés blickte umher und ließ Olids Frage unbeantwortet. In seiner Nähe sah er den Steinsitz für unseren Herrn der Erde und des Meeres, für den Herrscher von Meer zu Meer, für Moctezuma; doch sein Platz war leer.

Von der Höhe des Tempels ertönte eine Trommel. Sekundenlang dröhnte es über der Stadt, dann trat Stille ein. Moctezuma erschien. Und mit ihm viele bedeutende Leute nebst seinen Söhnen und Töchtern sowie seiner Frau. Zu seiner Begleitung gehörten Priester, Krieger und geladene Gäste aus den entferntesten Gegenden des Reiches. Moctezuma grüßte kurz zu Cortés hinüber und nahm auf einer Decke aus Quetzalfedern Platz. Die Sitzbank für Hernán Cortés war mit Pumafellen und roten Papageienfedern ausgelegt.

Vom Platz, auf dem der Palast der Krieger stand, kamen zwei Männer herüber, die freundlich miteinander redeten. Der eine war ein Adler-Krieger, der andere ein Tlaxcalteke.

Hinter Cortés stand der Page Orteguilla, dem ein Azteke lauthals die Bedeutung des Vorgangs erklärte: »Der Krieger zur Linken ist ein ruhmreicher Jaguar-Ritter. Der Krieger neben ihm ist sein Gefangener. Er gehört zu den berühmten Kriegern aus Tlaxcala. Den aztekischen Krieger betrachtet er als seinen Beschützer. Darum sieht man sie so friedlich miteinander reden. Der Krieger aus Tlaxcala wird bei dem Gladiatorenkampf sterben.«

»Werdet Ihr dies erlauben, Don Hernán?« fragte der Priester Juan Díaz.

»Diese Bestien haben ihre eigenen Sitten und Rituale ... Kommt Zeit, kommt Rat. Laßt uns erst einmal zusehen«, erwiderte Cortés und drückte die Hand von Juan Díaz.

Ein Priester band den Krieger aus Tlaxcala an der Hüfte mit der rot-weißen Kordel fest, die aus der Mitte des Steines herausragte. Dann reichte er ihm eine Holzkeule, die jedoch anstelle der üblichen Obsidianspitzen Papageienfedern hatte. Nun näherten sich fünf weitere Aztekenkrieger dem Schauplatz. Orteguilla übersetzte, was der Azteke an seiner Seite ihm erklärte: »Der Tlaxcalteke hat außer der Waffe mit den Federn noch fünf Keulen, mit denen er sich verteidigen kann. Wenn er die ersten fünf Krieger tötet, was so gut wie ausgeschlossen ist, werden fünf weitere gegen ihn antreten. Doch die müssen dann mit der linken Hand kämpfen.«

Es war mucksmäuschenstill auf dem Platz. Die Zuschauer, Männer, Frauen und Kinder, unterhielten sich damit, an den Blumen in ihren Schalen zu riechen. Dem Azteken, der den Feind aus Tlaxcala gefangengenommen hatte, wurde erlaubt, sich in die Nähe des Herrschers von Meer zu Meer zu setzen, was ihn mit großem Stolz erfüllte.

»Der Krieger aus Tlaxcala weiß, daß er direkt in den Himmel der Krieger kommt, falls er stirbt«, fuhr Orteguilla fort. »Nicht anders, als ob er auf dem Schlachtfeld gestorben wäre und den rosaroten Tod empfangen hätte. Er fühlt sich glücklich, auch wenn er jetzt viel Tapferkeit beweisen muß.«

Es erklang eine Schneckentrompete. Langsam schlug Moctezuma die kleine Trommel, die an der goldenen Kette von seinem Hals herabhing. Der Kampf begann.

Obschon an der Hüfte festgebunden, zeigte sich der Krieger aus Tlaxcala sehr gewandt und versuchte, den Hieben auszuweichen, die ihm der aztekische Krieger mit seinem Obsidianschwert versetzte. Er war fast unbekleidet, während sein Gegner die stolze Tracht der Sonnenkrieger trug. Da schnitt der aztekische Krieger mit einem Hieb die einzige Quetzalfeder ab, die der Krieger aus Tlaxcala auf seinem Kopf hatte. Dieser täuschte Erschrecken vor, duckte sich blitzschnell und griff überraschend nach einer der Keulen auf dem Boden, um sie seinem Gegner auf den Kopf zu schlagen. Betäubt fiel dieser um.

Ein Freudenschrei stieg in den Himmel. Viele der Anwesenden begannen ihre Blumenschalen zu schwenken und zuerst mit dem rechten Bein, dann mit dem linken zu trampeln, geradeso, als würden sie applaudieren. Zwei Macehualtin eilten herbei, um den verwundeten und kampfunfähigen Krieger wegzuführen. Nun betrat ein anderer Aztekenführer die Kampfstätte. Der Krieger aus Tlaxcala zeigte bereits Anzeichen von Erschöpfung, blieb aber weiterhin wachsam. Diesmal schaffte er es, seinen Widersacher vom Stein zu stoßen, indem er ihm mit aller Kraft einen Schlag gegen die Kinnlade versetzte. Der zweite aztekische Krieger wurde weggebracht. Die Menge sprang auf und trampelte jetzt noch stärker, diesmal jedoch mit beiden Füßen gleichzeitig. Der Krieger aus Tlaxcala hatte nun keine Keule mehr; in seiner Hand hielt er nur noch das Schwert mit den Federn; er war verwundet und am Ende seiner Kräfte.

»Er wird sterben«, murmelte bei seinem Anblick Hauptmann Olid bekümmert.

»Vor vielen Jahren«, übersetzte Orteguilla, »tötete ein Krieger aus Tlaxcala zehn seiner Gegner und dann noch fünf andere. Er wurde als Held gefeiert und für frei erklärt und in das Heer der Azteken aufgenommen. Obendrein bot man ihm eine der schönsten Frauen der Stadt als Ehefrau an. Doch er verlangte, auf dem Stein der Götter geopfert zu werden, und da er ein sehr verdienstvoller Mann und ein großer Krieger war, erfüllte man seine Forderung, was für ihn so etwas wie ein Geschenk war.«

»Das ändert nichts an dem, was ich hier sehe«, murmelte Olid. »Dieser Mann da ist nur von einem Wunsch beseelt, dem Wunsch zu leben.«

Der dritte der aztekischen Krieger kam. Der Priester wies ihn an, mit der linken Hand zu kämpfen. Der Krieger aus Tlaxcala hatte am Körper bereits viele Wunden. Die rechte Hand und der Arm waren schwer verletzt. Er blutete am Kopf, am Rücken, an der rechten Gesichtshälfte, und ein Auge war zugeschwollen. Es schien unmöglich zu sein, daß der Krieger seinen dritten Gegner besiegen konnte. Ergriffen von dem Kampf, bewarfen die Anwesenden den Krieger mit weißen Reiherfedern, dem Zeichen des Todes, oder schwenkten weiße Blumen. Von den vielen Versuchen, die Todesstöße abzuwehren, welche ihm die ersten Gegner versetzen wollten, war die Waffe des Kriegers entzweigegangen.

Voller Schwung sprang der aztekische Krieger, ein Adler-Ritter, auf den Stein: er ahnte, daß die Angelegenheit nur noch Minuten, ja Sekunden dauern würde. Der Kampf begann, nachdem Moctezuma zum Zeichen des Auftakts die kleine Trommel geschlagen hatte. Der Aztekenkrieger versetzte dem Krieger aus Tlaxcala einen Schlag, daß diesem der Rest der Waffe aus der Hand flog. Im Lärm der tobenden Menschenmenge riß der Tlaxcalteke sein gesundes Auge weit auf und schickte sich an, den letzten Angriff mit bloßen Händen abzuwehren. Der Adler-Ritter suchte sich die beste Stelle aus, um dem fast schon besiegten Ritter aus Tlaxcala den Todesstoß zu versetzen.

Im selben Augenblick, da der Krieger seine Waffe hob, um den festgebundenen Feind zu vernichten, warf sich Hauptmann Olid in die Mitte der Steinarena und hieb mit seinem Toledoschwert die Obsidianwaffe des aztekischen Häuptlings durch. Dann bot er dem aztekischen Krieger ein Schwert an und forderte ihn auf, gegen ihn zu kämpfen. Der Krieger zögerte einen Augenblick, doch dann ergriff er, Olids Waffe mißachtend, im Fluge ein anderes Hartholzschwert, das ihm einer seiner Kameraden von unten zugeworfen hatte, und schickte sich an, gegen den spanischen Hauptmann zu kämpfen. Da erklang eine Trommel. Der aztekische Krieger richtete, wie alle Anwesenden auch, seinen Blick auf Moctezuma, der die kleine Trommel schlug. Der Azteke, der sich gerade auf Olid hatte werfen wollen, hielt inne. Moctezuma hörte auf, die Trommel zu schlagen, reckte die linke Hand mit einem roten Fächer aus Papageienfedern hoch und sagte: »Der Frieden ist wertvoller … Schafft den Gefangenen fort.«

Hauptmann Olid half dem Häuptling aus Tlaxcala, sich loszubinden.

XVI

Der Palast des Königs Moctezma gehörte zu den prachtvollsten, die Tenochtitlan besaß. Der einstige Tlatoani von Mexiko, der Herrscher Moctezuma Ilhuicamina, der Himmelsschütze, hatte ihn von den Gefangenen des Krieges gegen Chalco erbauen lassen. An seiner Stirnseite befand sich ein Kanal, auf dem rote, rosafarbene und weiße Lilien wuchsen, die im Winde wogten. Man hatte sie so gepflanzt, daß sie halfen, die Korridore des Palastes beim leisesten Windhauch zu erfrischen, was in den heißen Sommermonaten, wenn die Lagunen von Tenochtitlan voller Mücken waren, sehr angenehm war. Ihm gegenüber befanden sich der Palast der Tänze, das Theater und das öffentliche Handelshaus von Tenochtitlan.

Entschlossen betrat Hernán Cortés den Palast des Herrschers von Meer zu Meer. Eine Abteilung seiner besten Soldaten begleitete ihn. Draußen hallte das rhythmische und ohrenbetäubende Echo der Trommeln, die seit dreizehn Tagen pausenlos dröhnten. Sowohl Cortés als auch seine Offiziere und Soldaten waren bewaffnet, als würden sie in den Krieg ziehen. Soldaten mit Armbrüsten und Arkebusen bezogen gegenüber dem Palast Stellung und nahmen von den umliegenden Dächern den Eingang ins Visier. Vor dem Palast, unmittelbar neben dem Landungssteg, richteten drei Kanoniere ihre Lombarden auf den Herrschaftssitz von Moctezuma.

Matla, Cacamatzin und Cuauhtémoc betraten fast zur gleichen Zeit, nur von der anderen Seite her, Moctezumas Palast. Als sie Cortés erblickten, hielt Matla ihre Gefährten zurück.

»Das bedeutet Krieg«, murmelte sie.

»Das kann nicht sein. Noch haben wir ihnen nicht unsere Kriegstänzer geschickt und ihnen auch nicht die Reiherfedern übergeben«, sagte Cacamatzin.

»Für sie hat die Zeit eine andere Farbe«, bemerkte Cuauhtémoc; er gab Matla recht. »Sie wissen inzwischen, daß mit unserem Herrn Moctezuma eine Veränderung vor sich gegangen ist. Er ist nicht mehr der, der sie durch die Stadt geführt hat, damit sie unsere Gesänge, Lilien und Rosen kennenlernen. Das Gestern liegt längst aufbewahrt unter den Steinen.«

»Wartet«, sagte Matla. Sie verharrten, so daß die Truppe von Hernán Cortés, der grußlos an ihnen vorbeischritt und so tat, als habe er sie nicht gesehen, als erste hineinging.

Im gleichen Augenblick betraten durch eine andere Tür die edelsten Würdenträger von Tlacopan, Texcoco und Tenochtitlan den Saal des Hohen Rates des Städtebundes. Cortés kam ungelegen, er drang direkt in die große Versammlung ein. Gleichzeitig verteilten sich seine Soldaten auf die anderen Türen und auf die Landungsstege, um zu verhindern, daß jemand entwich.

»Besser, unser Herr Cacamatzin betritt den Saal nicht«, sagte Matla. Cuauhtémoc und Cacamatzin verschwanden ungesehen zwischen den Binsen des Sees, während sich Matla hinter ein paar großen Farngewächsen versteckte. Von hier aus beobachtete sie, was in der großen Versammlung der edlen Herren vor sich ging. Cortés näherte sich Moctezuma und bedeutete ihm mit Hilfe von Malintzin, daß er ihn zu sprechen wünsche. Eine Gruppe von Soldaten baute sich mit gezogenem Schwert drohend vor Moctezuma auf. Die Arkebusiere indes hielten ihre Waffen direkt auf die Herzen der anwesenden Persönlichkeiten gerichtet. Heimlich näherte sich Matla der Stelle, wo sich Cacamatzin und Cuauhtémoc befanden.

»Sie werden sie gefangennehmen.«

»Um das zu verhindern, ist es zu spät«, sagte Cuauhtémoc. Er und Cacamatzin begriffen, daß ein weiterer Aufenthalt im Palast gefährlich für sie werden könnte, und so flüchteten sie durch eine geheime Pforte am großen Wasserbecken. Matla legte ihren Kriegsschmuck ab und verkleidete sich als Dienerin, um in diesem Aufzug unbemerkt das Geschehen zu beobachten.

»Herr, es tut not, daß Ihr uns in unseren Palast begleitet«, sagte Cortés zu dem Herrscher von Meer zu Meer. »Wir haben erfahren, daß Ihr uns hintergangen habt und uns zu töten beabsichtigt.«

Malintzin und Jerónimo de Aguilar übersetzten seine Worte. Moctezuma hörte sie zunächst erstaunt; dann sagte er ernst: »Wenn du mir Ketten anlegst, tust du nichts weiter, als ein Signalfeuer zu entzünden, auf daß die Kriegstrommel ertöne … Es wäre ein Fehler.«

»Marina, sagt ihm, daß die Soldaten aus Kastilien und Aragón nie Fehler begehen.«

Statt einer Antwort lächelte Moctezuma spöttisch, was Cortés wütend machte.

»Euch bleibt keine andere Wahl, als uns zu begleiten.«

»Ich gehe nicht. Wenn ich mit dir käme, bedeutete das Krieg«, erwiderte Moctezuma würdevoll.

»Dann ist eben Krieg!« schrie ihn Cortés an.

Die Würdenträger, die Moctezuma begleiteten, sprangen auf. Die spanischen Soldaten gerieten in Bewegung, behielten sie aber mit ihren Arkebusen im Visier. Da betrat Matla als

Dienerin verkleidet den Saal und brachte auf einem Tablett etliche Tabakpfeifen, die sie an die edlen Herren von Tenochtitlan verteilte. Alle erkannten sie. Demutsvoll kniete sie nieder, den Blick auf den Boden gesenkt, so wie es die anderen Diener des Palastes zu tun pflegten.

Die Offiziere von Hernán Cortés berieten sich untereinander. Hauptmann Juan Veláquez de León jedoch herrschte Hernán Cortés hart an: »General, genug der Bitten an diesen Scheißindianer, diese Bestie in Menschengestalt. Ihr sollt ihn nicht länger bitten, uns zu begleiten. Er ist unsere Lebensversicherung, deshalb müssen wir ihn gefangennehmen. Sofort! Gemeinsam mit dieser Herde von Bestien muß er begreifen, daß sie unsere Kriegsgefangenen sind ... Jawohl, unsere Kriegsgefangenen. Und wenn er sich weigert, mit uns zu kommen, so laßt ihn mich auf der Stelle mit meinem Schwert durchbohren! Er ist nichts weiter als ein Scheißindianer!« Und indem er dies sagte, richtete er sein Schwert auf Moctezumas Brust.

Den Herrscher von Meer zu Meer befremdete das Verhalten des Hauptmanns Veláquez de León, das er sich nicht erklären konnte, und so fragte er Malentzin: »Was hat er? Warum ist er so verärgert?«

»Herr, mein Rat ist, daß du sie begleitest und dich von Kapitän Hernán Cortés führen läßt. Der Grund, weshalb sie hergekommen sind, bist du. Besser, du folgst ihnen, andernfalls werden sie dich tot zurücklassen.«

Außerhalb des Palastes waren Arkebusenschüsse und der Donner einer Lombarde zu vernehmen. Cortés verlangte zu wissen, was passiert war. Es wurde ihm gemeldet, daß sich vor dem Palast das Heer der Azteken, angeführt von Cacamatzin und Cuauhtémoc, zum Angriff formiert hätte.

»General, draußen begehrt eine Gruppe aufgehetzter Indianer Einlaß. Ansonsten, so sagen sie, werden sie uns alle töten.«

»Vorwärts Spanier! Zu mir!« sagte Cortés wütend und hielt seinen Dolch an Moctezumas Hals.

»König Moctezuma, im Namen unserer erlauchten Majestäten Don Carlos I. von Spanien und seiner Mutter Doña Juana von Kastilien und Aragón erkläre ich Euch zu meinem Gefangenen.«

Hauptmann Juan Velázquez de León beeilte sich, die Füße und Hände des Herrschers von Meer zu Meer in Ketten und Eisen zu legen. Und seine Offizierskameraden taten das gleiche mit den anderen edlen Männern des Rats. Moctezuma wirkte unerschütterlich.

In einem Saal mit Wandmalereien, die von den Schlachten der großen Herrscher von México, Tlacopan ud Texcoco berichteten, saßen Cacamatzin, Cuauhtémoc und Matla. An ihrer Seite, doch etwas abseits, wartete Tozquentzin. Die Anwesenden lauschten Matlas Bericht.

»Er benutzt den Siegelstempel des Rates, wann immer ein Hauptmann dieser Unmenschen ihn dazu auffordert …«

Cuitláhuac, den man zusammen mit Moctezuma gefangengenommen hatte, dem es aber inzwischen gelungen war zu fliehen, bestätigte Matlas Worte und fügte hinzu: »Es ist würdelos, einfach würdelos. Lieber sterben als das.«

»Der Herrscher von Meer zu Meer erklärte, dies wäre der Wille von Huitzilopochtli, unserem Herrn Blauer Kolibri«, fuhr Matla fort. Sie berichtete, daß ein spanischer Diener, der die Sprache der Leute von Tenochtitlan sehr gut beherrschte, unserem König Gesellschaft leiste und ihm sogar das Würfelspiel beigebracht habe. Und sie erzählte, wie sich der Herrscher von Meer zu Meer von den Soldaten beim Spiel Unmengen von Schmuck abgewinnen ließ.

Der Tag, an dem der Brief eines dieser Unmenschen mit Namen Kapitän Hernández eintraf, war furchtbar und schmerzlich für uns alle, die wir davon hörten. Hernán Cortés warf unserem Herrscher von Meer zu Meer vor, daß er einen Boten zum Herrn der Küsten geschickt hätte, damit dieser eine Gruppe von Soldaten in einen Hinterhalt locke und sie töte. Noch am gleichen Tag erteilte Moctezuma einen Befehl, indem er sein Siegel vorstreckte, worauf Cuauhpopoca, der

Herr der Küsten, zu ihm gebracht wurde. In seiner Begleitung befanden sich fünfzehn Adler-, Ozelot- und Jaguar-Häuptlinge sowie sein zwölfjähriger Sohn. Im Beisein des Herrschers von Meer zu Meer wurde eine Art Gericht gehalten. Hernán Cortés fragte mit Hilfe von Malintzin: »Habt Ihr durch ein Gebot dieses Mannes den Befehl erhalten, meine Leute zu töten? Sagt es hier und auf der Stelle!«

Der Herr Cuauhpopoca und die anderen edlen Herren antworteten Cortés nicht, sondern blickten fragend zu Moctezuma. Der aber blieb stumm wie ein Stein. Er war an Händen und Füßen mit Ketten gefesselt.

»Ich bin der Herr der Grenzgebiete«, sagte Cuauhpopoca mit großer Würde. »Ich kenne meine Pflicht, ohne daß ich Befehle erhalten oder erst unseren Herrscher von Meer zu Meer oder einen anderen Herrn des Rates befragen muß. Deine Männer starben, weil sie feige waren, weil sie unsere Frauen vergewaltigt und unsere Kinder getötet haben und weil sie ohne Erlaubnis in unser Land, in das Land der Götter, eingedrungen sind.« Er stellte sich vor Cortés und fuhr fort: »Dein Hauptmann Hernández ist wie ein Hund davongelaufen. So wirst auch du morgen davonlaufen …«

»Schafft sie fort und statuiert an ihnen ein Exempel!« rief Cortés zornig.

Der Herr der Küsten und Grenzen, unser Herr Cuauhpopoca, bat Cortés, seinen zwölfjährigen Sohn und dessen Mutter heimkehren zu lassen. Cortés würdigte ihn keiner Antwort.

Matla hüllte sich in Schweigen. Auch die anderen Hauptleute verharrten stumm. So begann über der großen Stadt Tenochtitlan die Nacht der Klage. In dieser Nacht hatte keiner mehr Zweifel im Herzen; es begann die Nacht des Hernán Cortés, des Unmenschen, des großen Topiltzin; die Nacht des Hundes …

Im Innenhof des Palastes von Hernán Cortés ragte ein riesiges Kreuz aus Pinienholz empor. Vor dem Kreuz hatte Fray Bartolomé de Olmedo für die Truppe eine Messe zelebriert, bei der die Sänger Lobeshymnen auf die Heilige Jungfrau und den Heiligen Santiago in den Himmel schickten und auch tausend Danksagungen an die Königin Doña Juana und den König Don Carlos, von dem der Satz stammte, daß Gott mit seinen Pferden Spanisch redete. Rund um das Kreuz waren große Mengen von Okotescheiten aufgestapelt, die man in Chapopotli, dem schwarzen Öl, getränkt hatte.

Eine Kette lief den Gefangenen von Hals zu Hals. Sie standen rund um das Kreuz, so daß Cuauhpopoca seinem zwölfjährigen Sohn direkt ins Gesicht blickte.

»Vater«, sagte sein Sohn Flug der Schwalbe. »Wir werden sterben.«

»Mein kleiner Sohn, du kleines Blatt von einem Rosenstrauch, du kleines Gewebe aus Quetzalfedern, du warst es doch, der eines Tages Herr der Sonne sein wollte.«

»Ich weiß, Vater, ich weiß ..., aber ich möchte so gern noch leben.«

»Dafür ist keine Zeit mehr. Es war unser Los, miteinander zu leben, und nun ist es unser Los, miteinander zu sterben ...«

Der Priester Juan Díaz trat an die Gefangenen heran und segnete sie. Er forderte sie auf, sich vor dem Sterben zum Christentum zu bekennen. Mit einem Schwall Wasser, das sie Weihwasser nannten, benetzte er jeden einzelnen und rief dabei aus: »Ego te absolvo a pescatis tuis. In nomine Patre et Filii, et Spiritus Sancti, Amen ...«

Im letzten Augenblick wurde das Kind gewahr, was nun erfolgen sollte. Die Kette war lang, doch keiner der Krieger bewegte sich. Als das Kind die Soldaten sah, die sich mit Fakkeln in der Hand näherten, weinte es. Cortés, der die Szene von einem gesonderten Platz aus verfolgte, ging auf Cuauhpopoca zu. Ihn begleitete Orteguilla, der bei vielen Gelegenheiten Malintzin und Jerónimo de Aguilar vertrat. »Du weißt, daß es für euch keine Rettung gibt, da eure Taten ihre Majestäten zutiefst beleidigt haben. Mir ist aber zu Ohren gekommen, daß keiner die Verteidigungsanlage des großen Reiches von Tenochtitlan so gut kennt wie Ihr, da Ihr der Herr der Küsten seid, also schlage ich Euch einen Handel vor.«

Cuauhpopoca schwieg, sah ihn aber fragend an, als wolle er hören, was für ein Handel das wohl sein sollte.

»In deinem Besitz befinden sich viele Verteidigungskarten des Reiches. Wenn du bereit bist, sie uns zu erklären, will ich deinem Kind das Leben schenken.«

Und wie um seinen Worten Nachdruck zu verleihen, legte er seine schwarzbehandschuhte Hand auf den Kopf des Kindes, das im selben Augenblick zu weinen aufhörte. Cuauhpopoca schaute auf das kleine Gesicht seines Sohnes und dann auf Hernán Cortés, der abwartend vor ihm stand. Anstelle einer Antwort spie er den Spanier an, daß diesem der Speichel über den Bart rann. Außer sich vor Wut holte Cortés aus und schlug ihm ins Gesicht. Alsdann stimmte der Priester Juan Díaz einen Gesang an, begleitet von Fray Bartolomé de Olmedo. Cortés brüllte: »Jetzt!«

Ein Soldat entfachte den Scheiterhaufen. Die Flammen begannen hochzuschlagen und um die Körper der Gefangenen zu züngeln. Keiner von ihnen gab einen Schrei von sich. Das Kind weinte nicht mehr. Das Kreuz wurde allmählich feuerrot. Fray Bartolomé de Olmedo und der Priester Juan Díaz murmelten Gebete.

Vor einem Wasserbecken des Palastes, in dem er gefangen gehalten wurde, gab sich Moctezuma seinen Gedanken hin. Eine bewaffnete Eskorte sorgfältig ausgewählter Soldaten bewachte ihn. Für Cortés war Moctezuma die kostbarste Geisel, wußte er doch, daß die Völker des Dreibundes übereingekommen waren, ihn nicht anzugreifen, solange sich Moctezuma und die edlen Herren des Rates in seiner Gefangenschaft befanden.

In der provisorischen Ratsversammlung der Krieger von Tenochtitlan konnte man bisweilen die Stimme eines Adligen vernehmen, dem es auf überraschende Weise und mit viel Glück gelungen war, zu entkommen. Dies war die Stimme von Cuitláhuac, dem Herrscher von Ixtapalapa.

»Versuchen wir einen neuen Weg ...«

»Die Herren werden sterben …«

»Versuchen wir einen neuen Weg … aus eben diesem Grund.«

Doch der Beschluß wurde hinausgezögert, denn allen war klar, daß sie, die großen Herren von Tenochtitlan sowie die geistlichen und anderen Würdenträger die ersten wären, die sterben würden.

Moctezuma wurde von Dienern aus seinem Gefängnis im Palast des spanischen Heeres hinaus ins Freie geführt. Der Palast war von einem Hauptmann aus Asturien erst kürzlich in eine Festung verwandelt worden. Cortés, mit einem luftigen, seidenen Gewand und einem gewebten Baumwollumhang aus Tenochtitlan bekleidet, näherte sich der Stelle, an der sich Moctezuma befand. Er wollte seinen Gefangenen gerade grüßen, als ihn der kalte Blick des anderen zurückhielt. Moctezuma, der sich des Pagen Orteguilla bediente, um sich mit Hernán Cortés zu verständigen, überraschte letzteren mit den Worten: »Auf der anderen Seite des Meeres gibt es Offiziere, die dich nicht lieben …«

»Wie kommst du dazu, so etwas zu sagen?«

»Es sind mehrere Schiffe eingetroffen. An ihrer Spitze steht ein mutiger Krieger, der nichts anderes im Sinn hat, als dich lebend zu fassen und an deinen Befehlshaber auszuliefern, damit dir die Schlinge um den Hals gelegt wird. Die Stunde ist gekommen, da du deine Pläne aufgeben solltest. So du das tust, werde ich die Anweisung erteilen, dir und den Deinen Schutz zu gewähren. Auch werde ich Befehle in Umlauf bringen, um die zu lähmen, die dich verfolgen, damit du mit deinen Leuten fliehen kannst …«

»Woher wißt Ihr das?«

»Ich weiß es eben.«

Noch am selben Abend erreichten Boten den Palast von Hernán Cortés. Sie waren aus den fernen Ländern des Kakaos, der Früchte und der Baumwolle hergeritten und hatten ihre Pferde unterwegs fast zu Tode gehetzt. Sie berichteten Cortés das gleiche, was er bereits von Moctezuma erfahren hatte.

»Sie wollen Euch lebend, Herr, um Euch am höchsten Mast im Hafen von Santiago de Cuba aufzuhängen ...«

»Kapitän, Statthalter Velázquez ist schon immer ein Mensch mit einem schlechten Geschmack gewesen, aber dieses Ansinnen ist das Schlimmste, zum Teufel!«

Vor seinen wichtigsten Offizieren marschierte Cortés im Raum auf und ab. Er hatte zuviel Wein getrunken, doch seine Worte waren fest und haßerfüllt.

»Don Pedro de Alvarado, Ihr und Eure Kameraden, Ihr wißt genau, daß ich immer nur eines wollte ... unserer tausendmal mächtigen Hoheit Don Carlos und seiner hochwürdigen Mutter Doña Juana von Kastilien und Aragón, die Gott in seiner Barmherzigkeit stets beschirmen möge, zu dienen ...«

»Wir wis... wis... wissen es ...«

»Aber der Teufel soll mich holen, wenn dieser Schurke, der sich Herr von Santiago de Cuba nennt, wenn dieser Diego Velázquez seinen Kopf durchsetzt ... Wie ich erfahren habe, soll in der nächsten Woche eine weitere Truppe an einem sicheren Ort vor Anker gehen, um die anderen wieder an Bord zu nehmen. Heute nun habe ich den Priester Juan Díaz hingeschickt, um sie zu überzeugen, daß wir uns nicht miteinander schlagen sollten ... Auf jeden Fall will ich mich selbst auf den Weg machen, um diese neue Gefahr, die nicht die geringste ist, die zu erleben uns zufällt, abzuwehren. Inzwischen übertrage ich Euch, Pedro de Alvarado, die Statthalterschaft von México. Hütet sie, wie ich sie selbst hüten würde, und zögert nicht, diesen Hunden Stockhiebe zu verabreichen, falls sie aufsässig werden.«

»Wie Ihr befehlt, General«, antwortete Pedro de Alvarado energisch.

Während Hernán Cortés im Hof des Palastes von Axayácatl die Wachen kontrollierte, wurde er von der gegenüberliegenden Seite des Moctezuma-Palastes und den angrenzenden Dächern von Matla, Cuitláhuac, Cuauhtémoc und mehreren Adler-, Ozelot- und Jaguar-Häuptlingen beobachtet.

»Es gehen nicht alle fort«, bemerkte Matla.

»Der Hund geht fort, das reicht«, sagte Cuauhtémoc.

»Jetzt wird es uns möglich sein, unseren Herrscher Moctezuma und die edlen Herren des Rates zu befreien.«

Ein Horn ertönte. Cortés tummelte sein Pferd. Ein Herold machte eine Meldung, doch seine Worte gelangten nicht bis zu den flachen Dächern, auf denen sich die Feinde des Spaniers befanden. Der Herold des Heeres von Kastilien und Aragón verlas eine Bekanntmachung von Kapitän Cortés an das Heer, die er mit einem Hohelied auf die Königin von Spanien, an Gott, an die Heilige Jungfrau und den heiligen Santiago, den Kapitän der Kapitäne, beendete.

Cortés, gefolgt von fünfhundert Soldaten, verließ den Palast auf einem der Dammwege, die in das Land des Kakaos, der Blumen, der Palmen, der Fische, der Baumwolle und des Tabaks führten. Moctezuma beobachtete ihn von einem Fenster aus.

Hernán Cortés hob seine Hand, die in einem schwarzen Handschuh steckte, der ihm bis zum Ellbogen reichte, gab seinem Pferd die Sporen und ritt zum Klang eines Marsches aus Kastilien und Aragón davon.

XVII

Nach Cortés' Abmarsch nahmen die Offiziere in der Stadt merkwürdige Veränderungen wahr. Die Kanus, die sonst mit Mais, Bohnen und Tieren des Waldes beladen in die Stadt fuhren, waren jetzt bis obenhin mit Maiskolben angefüllt und mit Holz, viel Holz. Jede Minute erreichten Alvarado und seine Offiziere neue Berichte.

»Hundert Kanus sind über den nördlichen Wasserweg gekommen. Sie sind mit Schleifsteinen beladen.«

»Mit Schleifsteinen?«

»Mit Schleifsteinen. Jemand hat uns erzählt, daß jeder Krieger mit seinem eigenen Schleifstein in den Kampf zieht, um sein Obsidianschwert zu schärfen.«

»Vierhundert flache Boote, die von Frauen aus Chalco und Amaquemecan gesteuert werden, haben sich Tenochtitlan auf der Route des Dammweges von Ixtapalapa genähert. Ihre Ladung besteht aus Maiskolben.«

»Hauptmann Alvarez hat dreitausend Kanus gezählt, die über das Lilienfeld hereingefahren sind.«

»Was ist mit den Blumen? Haben sie sie gepflückt?«

»Der See ist voller roter Blumen, doch seit drei Tagen ist keiner gekommen, um nach ihnen zu sehen.«

»Die Schneckentrompete, die die Zeit verkündet, ertönt nicht mehr.«

»Auf dem Tempel von Quetzalcóatl brennen ununterbrochen die rot rauchenden Chilli-Feuer.«

»Die Kinder haben zu spielen aufgehört.«

»Auf dem Markt von Tlatelolco haben sie die Tänze eingestellt und desgleichen die Gesänge und Erzählungen.«

»Auf dem Markt von Tenochtitlan ebenfalls.«

»Kapitän, wir glauben, daß es regnen wird.«

»Blut wird es regnen, Blut«, murmelte Hauptmann Alvarado, der auf Hernán Cortés' Stuhl saß, ahnungsvoll. Pedro de Alvarado, der stotternde Hauptmann, den wir, als er seinen Fuß auf die Erde von México setzte, den Tonatiuh, den Sonnensohn der Sonne genannt haben. Trotz der Ungewißheit, die in Alvarados Feldlager herrschte, blieb das Heer gefaßt. Cortés' Empfehlung war eindeutig gewesen: Blut, Schwert und Feuer, wenn diese Wilden es wagen sollten, aufsässig zu werden. Der Dolmetscher Orteguilla war gerade bei Hauptmann Alvarado, als eine Abordnung der Azteken eintrat. Die edlen Priester sprachen beton langsam, damit Orteguilla ihr Anliegen verstehen und übersetzen konnte.

»Seit Hunderten von Monden ist es bei unserem Volke Brauch, in der großen Stadt das Fest unseres Herrn Tezcatlipoca zu feiern. Wir begehen das Fest, wenn die Regenzeit anbricht und die Binsen im See erblühen, Kapitän.«

Stotternd fragte Pedro de Alvarado, wo das Fest stattfinden soll.

»Vor dem Tempel unseres Herrn Tezcatlipoca.«

»Und wie nennt Ihr dieses Fest?«

»Das Fest Toxcatl, Herr Tonatiuh.«

»Ihr dürft es durchführen, doch gebt acht, daß es zu keinen Ausschreitungen kommt.«

Der Anführer der Priester blickte Pedro de Alvarado starr in die Augen, als würde ihn ein Hintergedanke bewegen. Dann aber berührte er mit der Hand die Erde und zog sich zurück.

Der Soldat Lerma saß mit den aztekischen Anführern Cuauhtémoc und Cuitláhuac zusammen. Die Alten der Stadt hatten bereits zum Ausdruck gebracht, daß in Abwesenheit des Königs Moctezuma und der edlen Ratsherren die Befehlsgewalt der Städte Tenochtitlan, Tlacopan und Texcoco in den Händen von Cuitláhuac liegen sollte.

Cacamatzin, der Herrscher von Texcoco, war in der Umgebung des Sees in den Hinterhalt geraten, so daß er nun gemeinsam mit Moctezuma und dem Herrscher von Tlacopan die Ketten ertragen mußte.

Zugegen waren auch mehrere aztekische Krieger, die ein paar Karten studierten, welche die Boten von der Küste nach Tenochtitlan gebracht hatten. Lerma betrachtete die Karten und sagte: »Ich habe nicht den geringsten Zweifel, daß Diego de Velázquez, der Statthalter von Kuba, die Brigantine geschickt hat, um Kapitän Cortés gefangenzunehmen.«

»Warum sollte er das tun?« fragte Cuitláhuac.

»Wie ich euch schon erzählt habe, hat Hernán Cortés die Sache des Statthalters Diego de Velázquez verraten, so daß die Mission keine andere sein kann als die, ihn gemeinsam mit seinen Offizieren gefangenzunehmen, damit er hängt.«

Cuitláhuac nahm die Karte an sich und ging mit dem Soldaten hinaus.

Das Toxcatl-Fest war bedeutsam wegen seiner Erhabenheit. Hinter der Musik und hinter der Standarte zogen die Leute aus dem Norden und Süden, aus dem Westen und Osten einher. Auf allen Wegen strömten die Menschen zum Heiligtum von Tenochtitlan.

Es war ein herrlicher Morgen. Der See ruhte im Licht der prall aufsteigenden Sonne. Und inmitten dieses anbrechenden Tages erblickten die Bewohner von Tenochtitlan die Silhouette eines Priesters, der hoch oben auf der Plattform des Großen Tempels stand. Der Priester bewegte seine Hände, und sanft setzte ein Trommelwirbel ein, so sanft wie das Schwingen einer Hängematte. Der Trommelschlag steigerte sich, wurde laut und immer lauter, so wie ein vielfacher Freudenruf.

Tausende von Kanus, mit frischen Blüten und Blumengirlanden aus Papier geschmückt, steuerten von allen Ufern des Texcoco-Sees die Landungsstellen von Tenochtitlan an. Alles rund um den tausend Quadratkilometer großen See war ein einziges Warten auf den Tag der Hoffnung, auf den Tag der Freude. Die Einwohner liefen über die flachen Dächer der Stadt; in ihren Händen trugen sie Schalen mit duftenden Blumen. Und bevor der Morgenstern endgültig hinter den gleißenden Sonnenstrahlen verschwand, vernahm die Menge das Gebet vom Erwachen des Tages, das der Oberste Priester von Tenochtitlan laut vortrug:

O du, Herz des Himmels
O du, Herz der Erde
Blick auf uns, höre uns, verlaß uns nicht,
Versage uns nicht deinen Schutz!
O du, Gott der Götter, Herr der Nähe,
Herr der Ferne, Gott, der du im Himmel bist
Und über die Erde herrschst,
Gib uns unser Geschlecht, unsere
Nachkommenschaft, solange die Sonne
Ihre Bahn zieht und Licht ist!
Daß es Tag werde, daß die Morgenröte erscheine!

Schenke uns viele Wege, ebene Wege!
Daß alle Völker Frieden haben,
Viel Frieden, und glücklich sind!
Schenk uns ein gutes Leben, ein nützliches Dasein!
Großmutter der Sonne, Großmutter des Lichts!
Daß es Tag werde, daß die Morgenröte erscheine!

Der Betgesang drang bis ins Innere des Axayácatl-Palastes, in dem sich Pedro de Alvarado, seine Brüder und weitere Offiziere befanden. Und selbst von hier konnte man die Gestalt des Priesters hoch oben auf der Tempelpyramide erkennen. Orteguilla übersetzte die Worte des Priesters ins Spanische.

»Dann ist es also ein Fest des Friedens …« sagte Alvarado und blieb eine Weile in Gedanken versunken.

Vor dem Tempel des Herrn Quetzalcóatl nahm das Fest seinen Anfang. Der Tempel war ein Rundbau und lag seitlich vom Großen Tempel. Überall Tänze, Possen, Fröhlichkeit. Die Künstler sagten etwas, und das Volk antwortete im Chor. Man feierte das Fest des Ersten unter den Göttern. Mehrere festlich gekleidete Zwerge gingen vorüber. Die Bewohner von Tenochtitlan und auch die, die von weither gekommen waren, grüßten sie voller Hochachtung. Die Zwerge wurden als Glücksbringer angesehen und deshalb bei Festen wohl gelitten. Ein Fest ohne Zwerge war ein Fest ohne Freude.

Hier und dort sah man feuerschluckende Männer und Frauen. Aus großen Krügen und Gefäßen nahmen sie Schlucke schwarzen Öls und spien es in eine brennende Fackel. Das waren die Männer und Frauen Feuerschlucker. Auch konnte man Schlangenmenschen sehen und Kinder, die auf Stelzen liefen.

In der Mitte des kleinen Hofes stand ein Pfahl mit vielfarbigen Papierfahnen. Auf einer Plattform an seiner Spitze schlug ein Mann, der als Papagei verkleidet war, eine kleine Kriegstrommel, und mehrere als Vögel verkleidete Männer drehten sich an Stricken und vollführten so die notwendigen Runden für das Jahr von Tenochtitlan. Ein paar Männer versuchten, zur Spitze hinaufzuklettern, um den sich dort drehenden Sänger und Trommler herunterzuholen, doch der Priester hatte den Pfahl vorher eingeschmiert, damit keiner hinauf konnte.

Auf den Wasserstraßen außerhalb von Tenochtitlan gab es viele aus Papierblumen gewundene Bögen. In der Umgebung des Großen Tempels hingen von einem Baum zum anderen Girlanden mit echten Blüten, und in den Zweigen sah man eine große Anzahl Kaninchen und Vögel.

Einige Künstler mimten Blinde; andere gaben sich als alte, vom Leben gebeugte und im Gehen behinderte Männer. Das Gesicht bedeckten sie mit Masken, die sie noch älter machten. Wieder andere Künstler spielten Hirsche, die gejagt werden. Sie simulierten die Jagd des Ozelots, des Adlers, des Jaguars, der Schlange. Diese täuschten einen glücklichen Mann vor und jene die Witwe eines Mannes, der in den Krieg gezogen und von dort nie zurückgekehrt war. Es gab einige, die als alte Bären auftraten; und da war auch der Oberste Priester des Tempels, der die Tänzer anführte und der Alter Bär geheißen wurde.

In besonderen Sänften langte eine riesige Menschenmenge auf dem Heiligen Platz des Großen Tempels an: Kranke, Einhändige, Blinde, Paralytiker, alles Leute, die sich dem Pilgerzug angeschlossen hatten, der vor Monaten an den Grenzen des Reiches seinen Anfang genommen und in der Frühe zum Fest des Herrn eingetroffen war. Es gab Männer, die vorgaben, Stotterer zu sein, sie ließen sich rot anlaufen, husteten und prusteten und brachten ihr Publikum zum Lachen. Diese Art Possenspiele erheiterten das Gemüt der Leute. Bei den Vorführungen gab es Künstler, die sich als Kröten, Frösche oder Käfer verkleideten.

Auf einer Seite des Großen Tempels, unweit des Hauptplatzes, breiteten Priester eine vielfarbige Matte aus, die aus Tausenden Federn geknüpft war und auf die sich die Musiker mit ihren Instrumenten stellten.

Eine der Trommeln wurde mit der Handfläche geschlagen, eine andere mit kleinen Kautschukstöcken; sie waren Ausdruck der Fröhlichkeit an sich. Ein Musiker trat gleichzeitig als Sänger in Erscheinung. Er stimmte einen Gesang an, und die Menge antwortete ihm. Manchmal war es auch umgekehrt. Dann sang die Menge zuerst, und der Sänger mußte Antwort geben.

Die Leute, die aus fernen Gegenden kamen, hatten ihre eigene Tracht und Musik mitgebracht, um sich von den anderen zu unterscheiden. So auch die Bewohner von Atlapula und Atlatlahuacan, von Atexcal und Atipac und die von Atexca. Da waren auch die Leute aus Iztacalco mit ihren gekochten Chompipe. Und andere, die mit ihren Kampfhähnen, wie die Spanier sie nannten, gekommen waren, den farbenreichen Huaxolote aus Iztapalantengo, dem Ort, wo die edlen Herren von Texcoco zum erstenmal vor Hernán Cortés hingetreten waren und ihn für den Sohn Gottes gehalten hatten.

Da waren auch die Leute aus Mecatlan, die mit ihren Riten, ihren Blumen und Gaben für den Gott, ihrer Baumwolle und ihren Bernsteinketten von den fernen Ufern des Meeres gekommen waren. Und die Leute, die aus Metilatla stammten, mit ihrer Ladung von Pfeilen. Und die aus Mecatepec und jene, die sich über sie lustig machten und sie Totonaken nannten, was soviel heißt wie die Dummen, nur weil sie von weither kamen und nicht die gelehrte Sprache der Nahua sprachen. Mit ihnen kamen auch die Eingeborenen aus Mazapa, die gezähmte Bären mit sich führten, eine Bärenart aus den Bergen, die sich von Ameisen ernährt.

Die Leute kamen von weither, so aus Tuxpan, wo andere Länder beginnen und andere Götter leben. Die aus Tututepec kamen mit ihren Priestern, die mit solch einer Weisheit ausgestattet waren, daß sie, bevor noch der Gott der Kastilianer und Aragonier auf den Wassern eines Sees wandelte, bereits viele Wunder vollbracht hatten. Und es kamen die Menschen, die sich mit Fellen kleideten, und jene, die sich mit Federn kleideten, und die, welche sich überhaupt nicht kleideten, sondern einfach nackt durch die Straßen von Tenochtitlan gingen.

Es kamen auch die Jaguarjäger aus Tulixa, die ihre Beute in Käfigen mit sich führten. Und die Jäger der Wüstenschlange mit ihrer Beute für den Garten des Herrschers Moctezuma. Bei unserem großen Fest konnte es auch nicht an Gästen fehlen, die aus reiner Höflichkeit erschienen, so die edlen Herren aus Tucurascan. Und die greisen Männer aus Tula, die unsere nicht weniger alten Weisen lehrten, die Weisheit der Tolteken zu verstehen. Und aus Dedeni, aus Dege, aus Donica die Otomí mit ihren Flöten und ihren verdrießlichen Kürbisrasseln … Und so kamen die Leute von überallher, aus nah und fern.

Als die Musiker sich ausruhten, nahmen zehn Männer den Platz der Sänger in der Mitte der Federmatte ein und fingen zu pfeifen an. Sie pfiffen, und die Anwesenden tanzten im Rhythmus ihres Pfeifkonzerts. Eine Gruppe junger Tänzer trat auf, Krieger, die schon ihren ersten, ihren zweiten, ihren dritten, ja selbst ihren vierten Gefangenen gemacht hatten. Sie trugen herrliche weiße, rote, grüne, blaue Umhänge mit eingewebten blauen Meeresschnecken. Andere hatten Umhänge, die mit farbigen Vögeln bestickt waren.

Unter den Anwesenden gab es edle Krieger, die auf dem Gesicht, auf den Schultern, auf den Beinen viele Narben von Verletzungen zeigten. In den Kämpfen trachteten ihre Feinde danach, sie an den Beinen zu verwunden, um sie lebend zu fangen. Ihnen war es gelungen zu überleben, deshalb kleideten sie sich mit goldbestickten Umhängen und trugen um die Stirn goldene, silberne und kupferne Kränze und auch Kränze aus Platin, Bronze, Perlmutt und Perlen, von den Blumensträußen und den Federn in ihren Händen einmal abgesehen. Ihre Sklaven hüllten sie dann und wann mit Räucherwerk aus Samen ein, die ein wohlriechendes Aroma verströmten.

Viele der Tänzer und Tänzerinnen trugen Tiermasken. Manche trugen gleich zwei. Eine vorn und eine hinten, beide von verschiedenen Tieren. Oder eine Maske, die vorn lachte, und eine auf dem Hinterkopf, die weinte; oder eine Maske, die vorn ein junges Gesicht zeigte und hinten ein altes. Es gab Künstler, die unter den Menschen herumliefen wie ein paar Dumme, ein paar Blöde, wie alte Männer oder alte Frauen und die die Leute zum Lachen brachten. Viele waren geschickt geschminkt und trugen fremdes Haar, um wie Frauen, Männer, Kinder, Alte beiderlei Geschlechts auszusehen.

Mit einem Mal tauchte eine Gruppe von Jungfrauen auf, mit Federn und Schellen an den Füßen und über dem Knöchel. Das Gesicht und die Beine waren rosa angemalt, ihre Brüste waren nackt. Sie tanzten vor einem mit viel Liebe und Geschmack geschaffenen Hintergrund künstlicher Berge und Wälder. Flüsse aus versilberter Baumrinde kamen hinzu, auch Wege, Blumen und Bäume, und alles sah ganz echt aus.

Auf den Stufen zum Großen Tempel wirkten die edlen Priester genauso wie höchste kirchliche Würdenträger. Sie blickten sehr ernst drein. Nichts konnte ihre Mienen aufhellen; weder der Frohsinn noch die Scherze derer, die an ihnen vorübergingen: die Akrobaten, die Zauberkünstler, die Spaßmacher sowie ein Mann, der vortäuschte, eine Frau in der Mitte durchzusägen, und der sie, zur Überraschung seiner Zuschauer, am Ende völlig unversehrt vorzeigte.

Die Leute waren ausgelassen, sie stampften mit einem Fuß oder auch mit beiden Füßen auf den Boden; je nachdem, ob sie die Künstler gut oder weniger gut fanden. In der Nähe des Schädelgerüstes tanzte eine Gruppe greiser Männer und Frauen in zwei Reihen, und dabei taten sie so, als wären sie betrunken. Sie wurden von Musikern unterstützt, die Pauken schlugen, Hörner und Schneckentrommeln bliesen, Kürbisrasseln und andere Instrumente spielten, und auch von Sängern.

Da kamen die Jünglinge aus dem Tempel der Krieger. Sie umnebelten die Gesichter der Leute mit Weihrauch, um die Geister zu vertreiben, von heute auf morgen und von morgen auf ewig. Eine Gruppe alter Frauen und Männer bereitete Maispasteten, Hühner, Hunde und Maisfladen zu und bot sie den Anwesenden an, die sich über das Essen freuten.

Plötzlich trat reglose Stille ein. In einer goldenen Sänfte getragen, erschien unser Herr, der Gott Tezcatlipoca. Der Schwarze Gott, dessen mit Edelsteinen besetzter hölzerner Fuß in der Sonne funkelte. Die Priester seines Tempels trugen ihn zum Klang einer Trommel. Langsam schritten sie aus. Manchmal taten sie drei Schritte auf einmal und blieben dann stehen. Mit dem Erscheinen des Gottes Tezcatlipoca ließen die Menschen, die Minuten zuvor noch so ausgelassen gewesen waren, von ihrer Fröhlichkeit ab und begannen einander zu geißeln; die Kinder die Kinder, die Alten die Alten, die Frauen die Frauen. Einige der edlen Krieger rissen ihre vernarbten Wunden auf, die von neuem bluteten. Andere Herren und Herrinnen durchbohrten sich die Zunge mit einem Dorn des Feigenkaktus. Dann schritt man zur Zeremonie der jungen Priester, die sich vor ihren Oberpriestern und vor ihrem Gott eine Fischgräte durch ihr Glied stachen, um bis zum Tag ihres Todes Keuschheit zu geloben.

Auf die eingetretene Stille verkündete der Tempelpriester, der Herr der Schneckentrompete, mit einem durchdringenden und klagenden Ton die Stunde. Auf einer Straße, die zum Großen Tempel führte, tauchte ein Zug von fünfzig Jünglingen mit einem Käfig auf der Schulter auf. Es war ein prachtvoller Käfig, ganz aus edlem Holz gemacht, gerade so wie ein großes Haus, und mit vielen Blumen geschmückt. Vor den Stufen des Großen Tempels stellten sie den Käfig ab, und heraus kamen ein paar wunderschöne Mädchen. Das Innere des Käfigs ähnelte dem Zimmer einer Herberge; es war voller Wandteppiche aus Federn und schön gewebter Stoffe.

Auf einem niedrigen, aus Federn gefertigten Sitz saß ein junger Mann, der von einem Priester aufgefordert wurde, durch dieselbe Tür zu treten, durch welche ihm die schönen Mädchen vorangegangen waren. Der Jüngling verließ lächelnd und maßvollen Schrittes den Käfig, so wie ihm die Priester gezeigt hatten, daß die Söhne des Gottes schreiten und der Gott selbst. Tausende Personen begrüßten den Jüngling; sie beugten ein Knie zur Erde und küßten sich zum Zeichen der Ehrerbietung die Hand.

Im Palast der Spanier beobachtete Alvarado, was draußen vor sich ging, und fragte Orteguilla: »Was hat das zu bedeuten?«

»Es ist ein seltsamer Brauch«, antwortete der Page. »Dieser Jüngling ist ein Gott.«

»Ein Gott, sagt Ihr?«

»Nun, der Vertreter Gottes ... Schon als Kind wurde er ausgewählt, um bei diesem Fest zu sterben.«

Wo immer der Jüngling entlangschritt, küßten die Menschen den Boden, über den er gegangen war.

»Man hat mir gesagt, daß er vor seinem Opfertod alle Viertel von Tenochtitlan aufsuchen muß. Danach kehrt er hierher zurück, um geopfert zu werden.«

»Geopfert? Zum Teu... Teu... Teufel, das wer... werde ich nicht zu... zu... zulassen!«

Stunden danach kehrte der Jüngling zur Vorderseite des Großen Tempels von México Tenochtitlan zurück. Er trug einen prachtvollen, aus Federn geknüpften Mantel, den ihm nun die Frauen auszogen. Das Gesicht des Jünglings war ungeschminkt und das Haar kurzgeschnitten, so wie es die Krieger der Sonne trugen. Hin und wieder wurde er von den Vorübergehenden angehalten. Sie küßten ihm die Füße und flüsterten: »Erinnere dich meiner, Herr!«

Der junge Mann schenkte ihnen ein Lächeln und schien sie segnen zu wollen, indem er beide Hände aneinander legte. Auf dem Kopf trug er einen Blumenkranz, an seinen Ohren hingen Perlengehänge, und seinen Hals schmückte eine Kette mit goldenen Schnecken. Bei jedem Schritt, den er tat, klingelten die silbernen Schellen, die seine goldenen Sandalen zierten. Die ganze Zeit bis zu diesem Augenblick hatten ihn vier Jungfrauen von auserlesener Schönheit begleitet.

»Sie sind seine Frauen gewesen«, erklärte Orteguilla. »Sie haben mehrere Tage gemeinsam mit ihm im Käfig zugebracht, damit sie von ihm schwanger würden und einen

Sohn der Sonne bekämen, denn vor vielen Jahren schon wurde dieser Junge ausgewählt, um das Schicksal eines Gottes zu teilen.«

Nachdem die Mädchen ihn seiner Kleidung entledigt hatten, verabschiedeten sie sich von ihm mit einem langen Blick. Rückwärts gehend entfernten sie sich. Der Jüngling blieb allein vor den Stufen des Großen Tempels zurück. Da näherte sich ein Priester und reichte ihm eine Flöte, die er mit großer Meisterschaft blies. In der Stadt herrschte vollkommene Stille, nur der Ton der Flöte, der immer rhythmischer klang und dem zarten Hauch des Windes nacheiferte, war zu vernehmen. Während der Jüngling die Melodie erklingen ließ, stieg er die Treppe zum Tempel hinauf. Er war fast unbekleidet. Über der Schulter trug er eine mit Flöten gefüllte Netztasche. Auf jeder Stufe, die er erklomm, zerbrach er eine Flöte und holte eine weitere hervor, die er bis zur nächsten Stufe blies.

Auf der obersten Plattform warteten fünf schwarzgekleidete Priester. Es wartete der, der ihn am rechten Fuß fassen, und der, der das gleiche mit dem linken tun würde. Es wartete der, der seine rechte Hand packen würde, und der, der seine Linke ergreifen sollte. Und es wartete der, der ihn auf einen Stein legen und seinen Kopf halten würde. Und schließlich erwartete ihn der Oberpriester, dessen Amt es war, mit einem Schnitt seinen Brustkorb zu öffnen, ihm das noch schlagende Herz herauszureißen und es der Sonne darzubieten.

Während der Jüngling, der dem Gott geopfert werden sollte, die Stufen emporstieg, folgte ihm das Volk mit inbrünstigen, auf die Spitze des Tempels gerichteten Blicken. Die Musiker bereiteten sich darauf vor, die Tänze und Gesänge zu begleiten. Die Chöre hielten sich ebenfalls bereit, so auch der Alte Bär, der Herr, der den Auftakt zu einem Tanz geben sollte, der bis zur Morgendämmerung dauern würde, bis zur Stunde Sechzehn.

Pedro de Alvarado befahl seinen Offizieren, sich in Bewegung zu setzen. In aller Stille, fast geräuschlos, wurden die Falkonette, die Lombarden, die Pferde und die Arkebusen in

Stellung gebracht. Die Fußtruppen der Kastilianer und Aragonier sperrten die vier Tore, die zum Heiligen Bezirk führten, ab. Die Opfergabe des Sonnengottes brauchte nur noch zehn Stufen, um zu der Stelle zu gelangen, da die Priester auf ihn warteten. Und nun hatte er nur noch vier Flöten übrig, vier Flöten für die letzten vier Stufen. Die erste würde er mit dem Blick zur Sonne spielen, bei der zweiten würde er seine Augen dorthin wenden, wo die Sonne schlafen ging; bei der dritten würde er nach Norden blicken; die letzte aber würde er spielen, wenn er das Knie auf den Boden legen und mit der Hand die Erde berührte, die Stelle, von der er zu den Regionen der Sonne aufbrechen würde.

Der Jüngling ließ die letzte Flöte ertönen. Danach warf er sie fort. Sie rollte die Stufen hinunter. Tausende Augenpaare voller Erwartung und Ehrfurcht blickten bewundernd zu ihm empor. Lautlos murmelten die Lippen Bitten, Versprechungen, Lobpreisungen.

In den Augen des Jünglings, der Opfergabe des Gottes, lag tiefes Glück und ein Lächeln voller Seligkeit. Er würde sein Herz dem Gott darbringen, und Gott würde zufrieden sein, und überall auf der Erde würden die Menschen in Frieden und Freude leben. Er beugte ein Knie auf die letzte Stufe herab, legte seine Hand auf den Boden und küßte ihn. Geheimnisvoll, ernst und unerbittlich näherten sich die Priester. Helfend streckten sie ihm die Hände entgegen, damit er die allerletzte Stufe erklomm. Ein Priester nahm ihn bei der rechten, ein anderer bei der linken Hand. Das Opfer der Sonne streckte beide Hände aus, damit sie ihn packten und ihm halfen, bis zum Vorplatz hinaufzusteigen.

Im Inneren des Palastes fragte Pedro de Alvarado genau in diesem Augenblick einen Hauptmann: »Alles bereit? Faßt Euch kurz!«

»Wir sind bereit!«

Pedro de Alvarado erteilte einen Befehl, gab seinem Pferd die Sporen und rief: »Beim Schwert des heiligen Santiago! Vorwärts!«

Die Musiker vor dem Großen Tempel, die sich bereithielten, die Musik erklingen zu lassen, waren die ersten, die starben. Zwei Soldaten mähten ihre Köpfe, als wären sie aus Butter. Danach begann die Schlächterei. Das Volk von Tenochtitlan fiel unter den Schüssen der Lombarden, der Falkonette. Die Frauen rannten. Die Kinder schrien.

Da sich die großen Kriegsführer eingefunden hatten, um einer Opfergabe an ihren Gott beizuwohnen, waren sie ohne Waffen gekommen. Bald rollten überall Köpfe und abgeschlagene Arme. Blut schwappte über die Freitreppe des Tempels. Die Tore waren von Feuerwaffen umstellt, so daß die Männer und Frauen, sobald sie versuchten davonzurennen, zuhauf tot niedersanken. Einige sprangen auf der Suche nach Rettung von der hohen Freitreppe des Großen Tempels hinab in die Tiefe. Von den Häusern in der Nähe der Kanäle stürzten sich Männer und Frauen kopfüber ins Wasser. Die Schwerter schlugen links und rechts Köpfe ab, als würden sie mit Schilfrohr spielen. Dann machten sie kehrt und wüteten erneut. Pedro de Alvarados Pferd glitt auf dem blutverschmierten Boden aus. Die Spanier selbst blieben im Blut stecken.

Erst Stunden später trat Stille ein. Die Soldaten und Offiziere kontrollierten die Stufen des Tempels. Der Jüngling, der dem Gott geopfert werden sollte, war gleichfalls tot, sein Kopf von einer Kanonenkugel zerschmettert. Die Soldaten durchforschten jeden Winkel des Heiligen Bezirks. Stöhnte irgendwo ein Verwundeter, näherte sich ihm ein Soldat, hielt ihm das Schwert an die Kehle und stieß es hinein.

Pedro de Alvarado zog sich in seine Gemächer zurück. Das Schwert in seiner Hand wog schwer.

XVIII

Als er Stunden später den Bericht eines Boten hörte, senkte Moctezuma den Kopf.

»... und alle starben ...!«

»Oh, Schmerz meiner Ahnen ...!« rief Moctezuma aus. In dem Maße, wie er erfuhr, was geschehen war, füllten sich seine Augen mit Tränen. Der Herr Strenges Gesicht weinte zum zweitenmal in seinem Leben.

»Wir haben erfahren, daß sie gestern nacht Cacamatzin, den Herrscher von Texcoco, gefangengenommen und hierher gebracht haben, damit er deine Gefangenschaft teile, Herr.«

Als er hörte, daß Cacamatzin gefangen war, begriff Moctezuma, daß den letzten Herrn des Bundes von Tlaxcopan, Texcoco und Tenochtitlan ein unheilvolles Geschick erwartete. Nach einem Augenblick sagte er: »Jetzt ist die Reihe an Matla, Cuitláhuac und Cuauhtémoc, das Ihre zu tun ... Und ich weiß, daß sie es tun werden.«

Matla, Cuauhtémoc und Cuitláhuac hielten mehrere Stunden hintereinander Rat mit verschiedenen Kriegshauptleuten und adligen Kriegerinnen.

»Wir haben alle Ausgänge geschlossen und alle Brücken unterbrochen«, berichtete Cuauhtémoc.

»Und wie ist es Tonatiuh gelungen, sich Tacuba zu nähern«, fragte Cuitláhuac.

»Er kam mit großer Verstärkung und zog überraschend ein, bevor wir die Brücken vor den Toren von Tacuba zerstört hatten. Doch jetzt sitzen sie fest und können nicht mehr hinaus«, antwortete Matla, die vorübergehend das Oberhaupt der Krieger von Tenochtitlan war.

»Sie werden Moctezuma töten ...«

»Und Cacamatzin auch«, sagte Matla. »Und mit ihnen

Zihuacotzin und die anderen. Alle werden sterben. Aber nach unserem Gesetz verliert der Herrscher seinen Rang, wenn er die Befehlsgewalt verloren hat.«

Cuauhtémoc fügte hinzu: »Herr Cuitláhuac, sie sind dabei, oben auf dem Großen Tempel eine neue Waffe aufzustellen. Der spanische Gefangene hat uns erzählt, daß sie furchtbar sein soll, und wir haben an dem Ort, wo sie aufgebaut wird, keine Möglichkeit, uns zu verteidigen.« Er trat ans Fenster und wies auf eine Gruppe Spanier, die hoch oben auf der Plattform des Großen Tempels eine Wurfmaschine aufstellten.

»Wir müssen sie zerstören, bevor sie fertig ist.«

Cuitláhuac war mit dem Vorschlag von Matla einverstanden und ergänzte: »Nicht ein einziger darf am Leben bleiben. Nicht einer! Dafür haben wir fünfundzwanzigtausend mexikanische Krieger, für jeden einzelnen von ihnen.«

Mit großem Erfolg und Kraftaufwand errichteten mehrere spanische Soldaten die Wurfmaschine auf der oberen Plattform des Großen Tempels. An Seilen zogen Krieger aus Tlaxcala riesige Balken nach oben. Etwas abseits waren andere Spanier dabei, ein Seil zu flechten, das zwanzigmal stärker war als die Stricke, die man in Tenochtitlan kannte. Ein älterer Soldat sagte: »Wir werden Steine, so groß wie ein Haus, auf die Stadt schleudern.« Er ließ seinen Blick über Tenochtitlan schweifen und fuhr fort: »Im Kampf gegen die Mauren versenkten wir von den Zinnen der Burg aus so viele Brigantinen, daß sie die Ungläubigen am Ende nicht mehr zählen konnten.« Er blickte einen Augenblick forschend zu den nahen Tempeln hinüber und murmelte: »Wenn die Wurfmaschine erst einmal fertig ist, gehen die Steine dort und dort und dort nieder ...«

»Aber, Herr, die schweren Steine hinaufzutragen, ist eine Sache, die an ein Wunder grenzt, so der Himmel uns nicht beisteht.«

»Wir holen sie uns von dort ...« Und dabei zeigte er auf die riesigen Steine des Tempels von Huitzilopochtli.

Unter Aufsicht der spanischen Offiziere schleppten auch

aztekische Sklaven Balken. Erbarmungslos setzte der spanische Hauptmann seine Peitsche ein, sobald einer der Azteken langsamer wurde. Die Sklaven bewegten sich unter Schmerzen, da man ihnen dem Brauch gemäß den hinteren Teil der Ferse abgehackt hatte und die Wunden noch nicht verheilt waren. Auf diese Weise war man sicher, daß die Sklaven nicht wegrennen konnten. Alle trugen im Gesicht das Brandzeichen »G« den Anfangsbuchstaben des spanischen Wortes für Krieg – Guerra. Es war ihnen mit glühendem Eisen eingebrannt worden, und manche hatten davon eine stark geschwollene Wunde. Aber selbst jetzt knallte die Peitsche auf ihre Rücken. Unter den Sklaven gab es auch ein paar Kriegerinnen, die man auf der Schulter gebrandmarkt hatte, um ihre Schönheit nicht zu verschandeln.

Am ersten Absatz der Stufenpyramide stand ein spanischer Soldat Wache; er schaute auf die aztekischen Sklaven, die mühsam einen riesigen Balken Stufe für Stufe emporschleppten. Urplötzlich glitt dem Soldaten von hinten ein Lasso über den Kopf. Er wurde erdrosselt, ohne daß er noch einen Laut von sich geben konnte. Augenblicklich stand auf seinem Platz ein aztekischer Krieger, der in seine Uniform geschlüpft war. Weitere Krieger tauchten auf, gleichfalls in spanischen Kleidern. Als die aztekischen Sklaven den ersten Absatz der Stufenpyramide erreicht hatten, schlossen sich ihnen andere Macehualtin an, die in Wirklichkeit verkleidete Krieger waren. Einige zeigten auf dem Rücken sogar Spuren von Peitschenhieben. Von unten schrie der Hauptmann, der den Bau der Waffe überwachte, Befehle herauf, die ohne Eile beachtet wurden.

»Mehr Seil, mehr Seil …!« Endlich war der riesige Balken von den Sklaven hinaufgezogen worden.

»Hierher, hierher! Schiebt ihn hierher, aber vorsichtig! Genau hier!« sagte der Baumeister und Offizier, doch im gleichen Augenblick stockte er; direkt über sich erblickte er die Augen einer Sklavin. Das war das letzte, was er sah, bevor ihm Matla mit dem Obsidiandolch die Gurgel durchbohrte.

Die anderen spanischen Soldaten, die die Gefahr nicht erkannt hatten, wiesen die Sklaven an, wo sie den Balken ablegen sollten ... Doch die warfen den Balken blitzschnell auf die Soldaten, die sich nicht verteidigen konnten und zusammen mit dem Balken in den Abgrund geschleudert wurden.

Am Fuße des Tempels war ein anderer Offizier gerade im Begriff, einen Schrei auszustoßen, um Alarm zu schlagen, als ihm ein Schütze einen Pfeil in die Brust schoß. Im Handumdrehen zerstörten die aztekischen Krieger die Wurfmaschine und töteten die restlichen Soldaten. Nach ihnen stiegen die Priester hinauf und stellten vor dem Tezcatlipoca-Tempel eine Trommel auf, die sie schlugen ... Der Klang der Trommel eilte durch die Stadt und breitete sich bis zum Horizont aus.

Die Pferde hielten am Stadtrand von Tacuba inne. Die Bewohner der Stadt eilten herbei, um den Einzug der vielen Pferde zu erleben, die an den Vorder- und Hinterbeinen Schellen trugen. Mit Gepränge, unter Trommel- und Hörnerklang kehrte Hernán Cortés aus dem fernen Land der Blumen, des Kakaos, des Tabaks, der Baumwolle und des Salzes zurück ... In seiner Begleitung waren der Priester Juan Díaz und ein den Azteken bis dahin unbekannter Hauptmann, Pánfilo de Narváez, der reichlich zerzaust aussah und an einem Auge verwundet war. Hinter Cortés und Narváez marschierten die Soldaten, die der Letztgenannte bis nach Zempoala geführt hatte und die von Juan Díaz mit Gold bestochen worden waren, damit sie Narváez verrieten und an Kapitän Cortés auslieferten.

Cortés hatte denen, die sich ihm fügten und an dem Traum von Mexiko festhielten, Gold und Land versprochen, herrschaftlichen Besitz, Gewinne aus Abgaben, Sklaven, indianische Siedlungen mit hörigen Arbeitskräften, Kirchen, Klöster und Adelstitel. So war es ihm ein leichtes gewesen, Hauptmann Narváez zu fangen, der sich unterwürfig und geschlagen mit dem Abenteuer Neuspanien, wie Cortés es nannte, aussöhnte. Narváez, das bedeutete Lebensmittel, Pulver, Pferde, Kanoniere, Armbrüste, Wein, Maniokfladen und Nachrichten aus Santo Domingo, wo der Königliche Gerichtshof geneigt war, Diego de Velázquez recht zu geben, das Abenteuer des Piraten Hernán Cortés zu vereiteln.

»Kapitän, wir sind auf der Suche nach Euch. Die Indianer von México haben sich erhoben!« informierten ihn drei berittene Männer, die sich auf den Weg gemacht haben, um ihn zu informieren.

»Sie haben viele unserer Verbündeten getötet, und Hauptmann Alvarado und unsere Leute sitzen abgeschnitten in ihrem Palast.«

Gefolgt von Hauptmann Pánfilo de Narváez und dessen Truppen sowie einer Verstärkung der verbündeten Stadt Tlaxcala, marschierte Hernán Cortés auf Tenochtitlan zu. Die Spitze des Zuges bildete die Geschützabteilung. Schießend betraten sie die Stadt – doch die Straßen waren leer. In der Nähe des Haupttores von Tenochtitlan ließ Hernán Cortés auf einem Tempel sieben Kanonen aufstellen. Sein Befehl lautete, Schrecken zu verbreiten, und also schossen sie drauflos. Auf den Markt, auf die Schulen, auf alles, was sich in Schußweite befand. Auf diese Weise gelang es ihnen, bis zu dem Palast vorzudringen, in dem Pedro de Alvarado und seine Leute auf seine Rückkehr warteten. Als Hernán Cortés eintraf, empfingen sie ihn mit großer Erleichterung.

»Freut Euch, Hauptmann Alvarado, daß wir wieder glücklich versammelt sind!«

»Das ist es ja, was mich beunruhigt, Kapitän ...«

»Wieso? Wir haben es geschafft, heil zurückzukommen – dank unserer Kanonen.«

»Kapitän, der neue Befehlshaber, den die Azteken Cuitláhuac rufen, wendet im Kampf eine andere Taktik an, als wir sie kennen. Deshalb beunruhigt es mich, daß es Euch gelungen ist, bis hierher vorzudringen. Denn wie kommen wir wieder von hier raus?«

»Raus? Wer sagt, daß wir raus wollen? Die Angst hat Euch sogar das Stottern vertrieben, mein lieber Alvarado. Das Heer von Kastilien und Aragón hat sich in den letzten achthundert Jahren nicht ein einziges Mal ergeben und wird es auch jetzt nicht tun ...« Und gutgelaunt rief er aus: »Es lebe der heilige Santiago! Hoch Spanien!«

Und das versammelte Heer, das in abwartender Haltung den Wortwechsel verfolgt hatte, wiederholte den Ruf von Hernán Cortés, dem Kriegsherrn, dem Repräsentanten einer Streitmacht, die sich in den letzten achthundert Jahren nicht ein einziges Mal ergeben hatte.

Hernán Cortés war über den Dammweg kommend zum Klang seiner Trompeten und Kriegstrommeln einmarschiert. Diszipliniert, in martialischer Form unter dem Lederschild, betraten die Soldaten die Stadt Tenochtitlan. Ein ums andere Mal feuerten die Schützen ihre Kanonen ab. Bald trafen die Geschosse ein Haus, bald einen Turm, bald eine Mauer. Und das Haus, der Turm, die Mauer – alles zerbarst. Von einem Dachgarten aus beobachteten Matla, Cuitláhuac und Cuauhtémoc die Spanier. »Greifen wir sie endlich an«, sagte Cuitláhuac.

Auf Hunderten von Dächern waren aztekische Krieger verborgen. Sie hielten sich hinter Steinen versteckt, hinter Holzkloben, Bäumen, Waffen; hinter allem, was unbeweglich schien. Ohne es zu ahnen, schritt Cortés unter Hunderten riesiger Steine dahin, die die Krieger bereithielten, um ihn und seine Leute unter einer Lawine zu begraben, sobald sie den Befehl dazu bekämen.

»Wir sollten Topiltzin angreifen«, wiederholte Cuitláhuac.

»Dann würde er kämpfend sterben«, bremste Matla seine Absicht. »Er ist ein mutiger Mann, vergessen wir das nicht. Wir müssen ihn leben lassen. Wartet noch.«

Cuitláhuac und Cuauthémoc stimmten Matlas Vorschlag zu, ihn lebend zu fangen, um sein Herz dem Sonnengott zu opfern. Cuitláhuac gab ein Zeichen, und sogleich stieg von mehreren Dächern roter Rauch auf, das Signal, daß keiner die Barbaren angreifen sollte, die von neuem in die Stadt zogen. Die Soldaten waren nervös. Jene, die mit Narváez gekommen waren, bewegten sich besonders vorsichtig, sie waren es noch nicht gewohnt, gegen die Azteken zu kämpfen. Diese Feuertaufe stand ihnen erst noch bevor. Von Gewährsleuten, die vor ihnen in México angekommen waren, hatten sie gehört, daß die aztekischen Krieger anders waren als die maurischen Soldaten, daß sie niemals die Flucht ergriffen, selbst dann nicht, wenn sie sich in höchster Lebensgefahr befanden. Die Flucht vor dem Tod wurde von ihnen als Verrat angesehen. Sie waren erzogen worden, um zu sterben, und nicht, um zu fliehen. Wenn man sie besiegen wollte, mußte man sie töten.

Den Marsch von Cortés' Soldaten deckten Hunderte Krieger aus Tlaxcala, und Hunderte starben unter dem Hagel der Pfeile, welche die Schützen aus Tenochtitlan auf sie abschossen. Als Cortés den Befehl erteilen wollte, den Verbündeten zu Hilfe zu eilen, mußte er erfahren, daß es nicht mehr möglich war umzukehren – alle Brücken waren zerstört.

Hernán Cortés spürte, daß sie sich in einer Mausefalle befanden. Und die Falle war zugeschnappt.

Hernán Cortés ging vor seinen Offizieren noch einmal die letzten Ereignisse durch, wobei er Pedro de Alvarado scharf zurechtwies: »Ihr seid verrückt geworden! Total verrückt!«

»Kapitän«, intervenierte Sandoval, »Hauptmann Alvarado glaubte, dies wäre eine günstige Gelegenheit. Alle Häuptlinge waren bei dem Fest zugegen, und alle waren unbewaffnet. Der geeignete Augenblick also, sie zu töten. Alle.«

»Alle?«

»Nein, Herr, die drei rasenden Furien haben gefehlt. Sie sind nicht bei dem Fest gewesen ...«

»Die drei rasenden Furien? Wer soll das sein?«

»Ihr Anführer, den die Leute aus Tlaxcala Dreck nennen, dann der junge Herrscher aus Tlatelolco, der Herabstoßender Adler gerufen wird, und schließlich eine Frau, genannt Blaues Wasser ...«

»Nein ... das ... das ... ist ... kei... keine Frau«, stotterte Alvarado.

»Stimmt, General, Blaues Wasser ist eine Kriegerin der Azteken ...«

»Wie denn! Heißt das, daß Ihr Euch angesichts einer in Männerlumpen gehüllten Frau den Kopf zerbrochen habt?«

»Sie trug Frauenkleider. Sie ist eine Kriegerin, eine edle Herrin, die der Schule der Kriegerinnen vorsteht.«

Der Palast war völlig von aztekischen Kriegern umstellt. Cortés beobachtete ihre Bewegungen.

»Wir haben es mit einer Belagerung zu tun«, sagte er. Wieder fuhr er Hauptmann Alvarado an: »Ich frage Euch noch einmal, was hat Euch veranlaßt, solch eine Torheit zu begehen? Der Teufel soll mich holen, wenn hierfür auch nur ein zwingender Grund bestand! Jetzt ... Ach, zum Henker mit Euch!« Und er fuhr fort, jeden einzelnen seiner Offiziere zu beschimpfen, die gesenkten Hauptes seine Schmähungen über sich ergehen ließen.

»Man hat mir ge... ge... gesagt, daß sie Menschenopfer dar... darbringen würden.«

»Ja, und man hat Euch auch gesagt, daß alle großen Anführer anwesend wären, aber die wichtigsten, die haben gefehlt. Man hat Euch gesagt, daß dies eine großartige Gelegenheit wäre, alle auf einen Schlag zu vernichten, doch die, auf die es ankam, die waren gar nicht gekommen.« Und indem er Alvarado mit dem Blick tadelte, wiederholte er: »Man hat mir gesagt! Man hat mir gesagt! Wo gibt es das, daß ein spanischer Offizier, ein Offizier ihrer Majestät, es nötig hat, sich Ratschläge erteilen zu lassen wie eine lausige kleine Zigeunerin? Was hat Euch Eure eigne Klugheit denn geraten? Wer war der Elende, der Euch beraten hat?«

Einer der anwesenden Häuptlinge aus Tlaxcala versuchte zu begreifen, was vorging, und fragte Malintzin: »Was will er herausbekommen?«

»Er will wissen, wie das alles hat passieren können.«

»Ich bin es gewesen, der ihm den Rat erteilt hat«, sagte da der tlaxcaltekische Häuptling zu Cortés. Dieser blickte ihn von oben herab an und fragte: »Ihr habt einem spanischen Offizier geraten!?« Er sah ihn voller Verachtung an und rief aus: »Alle Indianer sind Dreckskerle!«

Alvarado verteidigte sich: »Wir haben nichts anderes gemacht als das, was wir in Cholula von Euch gelernt haben, Kapitän! Erinnert Ihr Euch nicht? Auch in Cholula ist kein einziger Anführer am Leben geblieben, und jetzt herrscht dort Ruhe.«

María Estrada, die bei dem Gespräch zugegen war, erinnerte Cortés: »Die Leute von Tenochtitlan sind anders als die Krieger von Cholula … Erinnert Euch, Cholula war eine Stadt der Priester.«

Statt einer Antwort drehte Cortés seinen Offizieren den Rücken zu und ging in den Saal hinüber, wo der Herrscher Moctezuma, an Händen und Füßen gefesselt, gefangen gehalten wurde.

Als Hernán Cortés den Saal betrat, spielte Moctezuma mit Cacamatzin, dem Herrscher von Texcoco, Patolli, ein Brettspiel. Jeweils drei mexikanische Edelleute waren durch eine Halsfessel miteinander verbunden; ihre Füße lagen in Eisen gekettet. Lediglich die Hände hatten eine gewisse Bewegungsfreiheit.

In zwei Metern Entfernung saßen zwei ausgewählte, tapfere spanische Hauptleute, in deren Verantwortung es lag, jeweils drei Herren zu bewachen. Für den Fall, daß aztekische Krieger den Palast überfallen sollten, um zu versuchen, Moctezuma zu befreien, hatten seine Wächter den strikten Befehl, ihn zu töten.

Cacamatzin und Moctezuma bewegten ihre Steine und taten, als würden sie Hernán Cortés nicht bemerken. Dieser trug noch immer seine Reisekleidung mit den schmutzigen Stiefeln und roch nach Pferdeschweiß. Er näherte sich den beiden und blieb vor ihnen stehen. Moctezuma und Cacamatzin dachten nicht daran, ihr Spiel zu unterbrechen und fuhren fort, die Steine auf die markierten Flächen zu werfen. Cortés schrie sie an, sie aber taten weiter so, als wäre er nicht vorhanden. Das einzige Geräusch, das zu hören war, war das der Ketten und deren Glieder, wenn sie beim Bewegen der Steine aneinanderstießen.

»Ich befehle Euch, daß Ihr auf der Stelle dem Frevel Eurer Hauptleute Einhalt gebietet, so Euch Euer Leben lieb ist …«

Moctezuma und Cacamatzin spielten mit der gleichen Ernsthaftigkeit weiter. Cortés knallte mit der Peitsche, als Aufforderung an Orteguilla, die Warnung zu wiederholen, diesmal jedoch um einiges lauter: »König Moctezuma, Ihr sollt befehlen, daß mit der Belagerung Schluß gemacht wird und meine Truppen von neuem mit Lebensmitteln versorgt werden, wenn Euch das Leben Eurer Frauen und Kinder etwas wert ist …«

Moctezuma, der gegen Cacamatzin gerade einen Zug gewonnen hatte, machte ein zufriedenes Gesicht. Orteguilla, der den Herrschern während der Zeit ihrer Gefangenschaft als Übersetzer diente, sagte: Herr Moctezuma, mein Kapitän Cortés spricht mit Euch.«

»Ich habe kein Interesse, mit deinem Kapitän Cortés zu reden«, sagte Moctezuma, ohne den Blick zu heben.

Wütend zückte Cortés sein Schwert und schlug mit einem Hieb das Brett durch, auf dem die edlen Herren die Steine bewegt hatten. Mocetzumas Hand, die gerade einen Zug machen wollte, hielt in der Bewegung inne.

»Ich sage Euch, so Ihr nicht sterben wollt, müßt Ihr vor Eure Leute hintreten und mit ihnen reden. Zwingt mich nicht, Euch zu töten!« wiederholte Cortés.

Mocetzuma erhob sich, wenn auch mühsam, so doch mit großer Würde. Cacamatzin tat es ihm gleich. Moctezuma, der ein großer, stattlicher Mann war, blickte auf den wütenden Cortés herab, der mit erhobenem Schwert vor ihm stand.

»Sterben? Was macht das schon? Glaubst du vielleicht, daß wir Azteken zurückschrecken, wenn es ans Sterben geht? Um zu sterben, sind wir geboren! Denk nicht, daß ich mein Todesschicksal nicht kenne. Ich weiß, es liegt in deiner Hand. Wir sind bereit zu sterben …«

Cortés senkte die Stimme und legte sein Schwert beiseite. Angesichts der Worte von Mocetzuma fühlte er sich entwaffnet. Die Augen zu dem Herrscher von Tenochtitlan emporhebend, sagte er: »König Moctezuma, es ist nicht der Wille unserer Hoheiten von Kastilien und Aragón, daß diese Erde mit weiterem Blut befleckt wird. Aber so Ihr nicht gehorcht, werde ich der Raserei meiner Soldaten nicht länger Einhalt gebieten können, so leid es mir tut.«

»Ich kann dir nicht gehorchen, weil ich ein aztekischer Krieger bin. Ein aztekischer Krieger gehorcht nur seinem Herrn Huitzilopochtli.«

Cortés unternahm einen erneuten Versuch und sagte sanft zu Orteguilla: »Fragt ihn, wieviel ihm sein Leben wirklich wert ist.«

Moctezuma schaute auf die Jadesteine, die auf dem grünen Brett gelegen hatten. Wortlos klaubte er sie auf und warf sie in das Wasserbecken, das sich auf einer Seite des Raumes befand. Die Steine tauchten unter; auf dem Wasser bildeten sich Kreise.

»In deinen Händen verliert jedes Leben seine Würde!«

»Verfluchter Hund, widerlicher Indianer!« reagierte Cortés zornig. »In wenigen Stunden werde ich Euch und all die Euren töten, so ihr nicht meine Befehle befolgt!«

Moctezuma antwortete mit einem Lächeln, das bei ihm selten war: »Sag diesem Hund von einem Cortés, daß ich nach unseren Bräuchen nicht mehr das Oberhaupt bin, daß andere jetzt an meiner Stelle herrschen und er mich ruhig töten kann ...«

Eine Stunde später führte Hauptmann Olid einen erschreckt dreinschauenden Adligen von Tenochtitlan vor Hernán Cortés. Olid wurde von Huaptmann Ordaz begleitet, der zu seinem Befehlshaber sagte: »Kapitän, dieser Indianer will leben. Er gehört zu den dreißig Herren des Stadtrates.«

»Ah! Er will leben?« Cortés blickte ihn lächelnd an und führte ihn zum Dachgarten des Palastes. Unten auf dem Platz standen Tausende von Menschen. Sie riefen Cortés Worte zu, die er nicht verstand.

»Unser König Moctezuma, der Herrscher von Meer zu Meer, befiehlt euch, die Waffen niederzulegen und in eure Hütten zurückzukehren. Ihr sollt euch den Söhnen der Götter nicht länger widersetzen. Er läßt euch durch mich sagen, daß man ihn töten wird, so ihr beharrt. Er bittet euch, dafür zu sorgen, daß die Herren von neuem Maispasteten, Schokolade, Tortilla, Bohnen und Tomaten mit Chilli erhalten!«

»Du Feigling! Elender Bruder! Abgelaufene Sandale! Du Verbündeter der Hunde!« schrie die Stimme des Volkes, und es ging ein Hagel von Pfeilen und Steinen auf ihn nieder.

Die Spanier versuchten, ihn mit ihren Schilden zu schützen, doch als sie ihn vom Dach zogen, war er bereits tot.

Am Schluß der Beratung mit Matla, der Herrin des Krieges, und Cuauhtémoc, dem Herrscher von Tlatelolco, sagte Cuitláhuac: »Ein Mann aus dem Haus der Jäger wird Tag und Nacht unterwegs sein und desgleichen ein Bote aus dem Haus der Läufer, der weder Regen scheut noch sengende Hitze. Die Herren des Rates sollen Zeichnungen und Knotenschnüre vorbereiten, die unsere Botschaften enthalten, und allen mitteilen, was wir wollen, das sie verstehen.

Die Läufer sollen bis zu den ausgedehnten Grenzen unseres Reiches gehen, dessen Größe wir unserem Herrn Huitzilíhuitl und unserem Herrn Chimalpopoca, unserem Herrn Moctezuma Ilhuicamina und unserem Herr Axayácatl. unserem Herrn Ahuizotl und unserem Herrn Moctezuma Xocoyotl verdanken. Unsere Läufer sollen überall hingehen, wo wir keine Balken quer auf den Weg gelegt haben. Sie sollen verkünden, daß wir Azteken das Herz jedweden Bewohners dieser Erde, der den Barbaren von Topiltzin hilft, in zwei Hälften schlagen werden, gleich ob er ein Freund oder ein Feind unseres Dreibundes ist. Jeder soll dies erfahren, in Oxtipan ebenso wie in Zimapan, in Itzmiquilpan Tototepec, Cuahinanco, Chololan, Tepeyac, Tecamachalco, Cuetlaxtlan, Zacatlan und Calpullalpan.

Alle Orte sollen uns Bögen und Lanzen schicken und auch Messer aus Feuerstein und Schutzpanzer; von Tehuantepec bis zum Land von Nicarao, von Tenochtitlan bis zu den Gebieten der Tarasken im Westen. Daß keiner die Größe und Macht von Tenochtitlan geringschätze. Alle Welt soll erfahren, daß wir auch künftig dieses Land beherrschen werden und es keinen anderen Gott gibt als unseren Herrn Huitzilopochtli …

Die Läufer sollen überall den Befehl verbreiten, den ich, Cuitláhuac, aussende: Wer von den Einwohnern des stolzen Mexico auch nur einen dieser Barbaren als Herr ansieht, dem werden die Augen ausgerissen; wer einem von ihnen einen Krug Wasser reicht, dem werden die Hände abgehauen; wer ihnen unter seinem Dach Unterkunft gewährt, dem wird Feuer ans Haus gelegt, damit es bis auf den Grund abbrennt, mit allem, was darin ist; wer ihnen einen Weg zeigt, auf dem sie aus Tenochtitlan herauskommen oder dahin zurückkehren können, der wird in Stücke geteilt, und seine Teile werden als Füllung für jenen Weg benutzt werden, den er unseren Feinden gezeigt hat … Daß niemand sich vor den Barbaren verbeugt. Daß keiner in ihrer Anwesenheit uriniert.

Dies ist der Befehl, den ich verkünde, ich, der vorübergehende Herrscher von Tenochtitlan, Herr von Tlacopan, Herr von Texcoco, bis daß der Rat entscheidet. Meinen Hauptleuten befehle ich, daß sie sich in meiner Nähe aufhalten, und wenn sie mich auch nur einen einzigen Augenblick vor den Barbaren wanken sehen, sollen sie mir das Herz herausreißen und es den Hunden zum Fraß vorwerfen.«

In einem großen, entlegenen Saal hockten die Soldaten. Der Klang der Trommel wurde von Mal zu Mal lauter, doch wenn die Soldaten schon glaubten, sich an ihn gewöhnt zu haben, wurde er durch den Lärm der Pfeifen und Schneckentrompeten ersetzt und auch durch Schmähungen, die ihnen die Azteken auf spanisch zuriefen, als würden viele von ihnen die fremden Worte verstehen.

Mit schwarzem Öl getränkte Fackeln erhellten die Wände. Die Soldaten gruppierten sich um einen jungen Mann, der nur schlecht Spanisch sprach. Seine Finger waren voller Ringe, und er redete wie eine Frau. Sein Name war Botello, der Soldat Botello. Er stammte aus Italien. Das Gesicht, die Hände, die Stimme, seine ganze äußere Erscheinung wiesen darauf hin, daß er Gefallen an Männern fand. Aber die waren nur darauf erpicht, daß er ihnen die Vergangenheit und Zukunft aus den Karten las. In andächtiger Stille warteten die Soldaten auf seine Weissagung. Botello sprach zu ihnen, da aber keiner auch nur mit einer Silbe reagierte, verwandelte sich seine Rede in einen Dialog mit den Karten; in einen Monolog der Nacht.

»Könige! Immer die Könige! In meinem Italien bin ich stets ein rechtschaffener Mann gewesen. Dort, will sagen, wo ich herkomme … den Spuren des großen Admiral Kolumbus folgend … Eicheln! Schellen! Ich habe gelernt, was die Sterne sagen … Wißt Ihr es wirklich?«

»Was sagen die Karten?« fragte ein Soldat. »Kommen wir lebend aus dieser Umklammerung heraus? Oder müssen wir alle sterben? Kann es passieren, daß diese Wilden unseren Generalkapitän des Ruhms berauben, den wir als die Unbesiegbaren erworben haben?«

»Jotas!« antwortete Botello. »Jotas und Blumen!« Er nahm das Bündel Karten, warf es aufs Gratewohl hin und fragte: »Werde ich in diesem fremden Land sterben, in den Fängen dieser indianischen Hunde?«

Er schob sie auseinander und murmelte: »Du wirst nicht sterben … Du wirst sterben … Ich werde mein Pferd verlieren … Ich werde mein Pferd nicht verlieren … Ich werde das Gold mitnehmen können … Ja, sie werden auch mein Pferd töten.«

»Was sagen die Karten?« wiederholte ungeduldig ein Soldat angesichts des finster dreinschauenden Botello.

»Die Karten? Sie sagen, daß wir allesamt sterben werden, so wir es morgen nicht schaffen, uns von hier fortzumachen.«

Er knüllte die Karten zusammen und murmelte: »Sie sagen auch ... daß es kein Gold geben wird ... daß ich mein Leben nicht retten werde ... daß mein Pferd mit mir sterben wird ...«

XIX

In Cuepopa, dem Ort, wo die Blumen ihre Blüten öffnen; in Moyotlan, dem Ort der Mücken; in Teopan, dem Ort des Gottes der Götter, des Herrn der Herren, des Herrn der Nähe und der Verbundenheit, wo die Wasserstraßen zum Heiligen Bezirk des Großen Tempels hin- und wieder wegführen; in Axtacalco, wo die Reiher ihre Nester bauen – überall wurden die Brücken zerstört. Dort aber, wo es keine Brücken mehr gab, bewachten Kriegstruppen die Zugänge, so daß keiner mehr aus der großen Stadt Tenochtitlan heraus und keiner mehr in sie hinein konnte. Jeder Kanal, der zur Lagune führte, jeder Dammweg, jede Straße, alles war vom Heer der Azteken abgeriegelt. Tausende von Frauen gesteuerte Kanus bezogen ihre Positionen. Sie waren mit Waffen beladen, mit Umhängen, mit frischem Wasser, mit Tortillas, Maiskörnern und anderem Proviant. Auf den festen Straßen der Stadtteile wurden Fallen für die Pferde errichtet. Das also war es, was Topiltzin »die Belagerung« genannt hatte.

Vor dem Eingang des Palastes, in dem sich die Spanier befanden, hatte man so viele Stämme aufgeschichtet, daß Cortés sich eingestehen mußte, wie ohnmächtig seine berühmte Reiterei vor solch einem Hindernis war. Wer von den Spaniern den Mut hatte, den Palast zu verlassen, ward von den Seinen nie wieder gesehen. Ihre Gegner hatten den Befehl, sie, soweit dies möglich war, lebend zu fangen. Wenn ein oder mehrere Soldaten hinausgingen und eine Runde machten, wurden sie in einer Weise umzingelt, daß sie weder mit dem Schwert noch mit der Arkebuse irgend etwas ausrichten konnten.

Cortés zeigte sich an einem der Fenster. Ein Hagel von Pfeilen, von Armbrüsten abgeschossen, drang beinahe durch die Fensteröffnung. Der Hinweis, daß sie lernten, mit den Waffen der Spanier umzugehen, stimmte also, und zweifellos würden sie ihre Treffsicherheit mit der Armbrust noch verbessern. Cortés ordnete an, Schießscharten in die Palastmauern zu brechen. Als ein Soldat durch eine der Mauerlücken blickte und die Pferdefallen sah, murmelte er: »Botello hat recht ... unsere Pferde werden sterben.«

Auf der Plattform des Großen Tempels türmte eine Schar Krieger einen Berg riesiger Steine auf. Cuitláhuac, der genau verfolgte, wie seine Leute die von ihm ersonnenen stretegischen Maßnahmen in die Tat umsetzten, sagte: »Sie können nicht raus ...«

»So ist es, Herr, alle Ausgänge sind versperrt. Nichts kann sie mehr retten, sie sind verloren.«

»Denkt daran, wir wollen sie lebend«, verkündete Matla.

»Wir werden sie lebend fangen, Herrin«, entschied Cuauhtémoc.

In der Mitte eines Innenhofes waren mehrere Spanier, unterstützt von Handwerkern aus Taxco, damit beschäftigt, das Schmelzen allen Goldschmucks, der zum Schatz des Axayácatl-Palastes gehörte, vorzubereiten. Die Soldaten waren bewaffnet, und ihre Aufgabe bestand darin, die Arbeit zu beaufsichtigen. Alderete, der königliche Schatzmeister, führte Buch. Cortés hatte zu ihm gesagt: »Alles Gold und Silber muß zu Barren geschmolzen werden.«

Alle Kunstwerke, die die Soldaten in Körben aus dem Innern des Palastes herbeischleppten, wurden in die Schmelztiegel geworfen. Das ganze Leben, von der Geburt bis zum Tod, hatten die Azteken in Gold festgehalten. Figuren aller Art, ob sie nun die Saat des Maises oder die Flöße zeigten, auf denen jeweils zwanzig Krieger Platz hatten und die nach vielen Monaten des Navigierens auf den Meeren der Sonne selbst so abgelegene Länder erreichten wie das der fernen

Meeresbrüder. Und die Tiere der Wälder und Täler, der Meere und Gebirge, auch sie alle in Gold. Und dann die Schmuckstücke, die Ketten und Ohrgehänge und die Schellen, die sie bei ihren Tänzen trugen. Und goldene Vögel, vor allem Quetzalvögel, und Brustpanzer aus Gold, Kronen aus Gold, Anhänger aus Gold – Gold über Gold ... Die Kunsthandwerker aus Taxco schmolzen alles ein, und sobald das Gold erkaltet war, registrierte es der königliche Schatzmeister Alderete. Alles andere, darunter Mengen von Jade, Platin und Perlen, legten sie beiseite.

Sobald der Schmelzvorgang beendet war, wurde Cortés verständigt. Dieser baute sich vor dem Tisch auf, der in der Mitte eines der geräumigen Palastsäle stand. Vor ihm lag auf Baumwolldecken der ganze unter dem wachsamen Blick des Schatzmeisters Alderete geschmolzene Schatz. Die Barren waren in mannshohen Stapeln, über sieben an der Zahl, aufgeschichtet. Gold-, Platin- und Silberstapel. Ein blauer Überwurf verbarg sie vor den neugierigen und habsüchtigen Blicken der anderen. Da gab es auch Diamanten, Chrysoberylle, Rubine, Achate, Aquamarine, Bernstein und viele andere Edelsteine. Voller Gier standen die Offiziere des Hernán Cortés um den Tisch. Hinter ihnen drängte eine große Schar von Soldaten. Ob Offizier oder Soldat, jeder blickte stumm auf das Gold. Bereits vor einer Stunde hatten die Azteken aufgehört, ihre Trommeln zu schlagen, doch keiner wußte, warum.

»Sie bereiten etwas vor«, sagte Sandoval.

»Nein«, bemerkte Cortés, der allmählich begann, die Kriegslist der Azteken zu durchschauen. »Sie setzen die Stille als Waffe ein. Das ist wieder etwas, was wir erst lernen müssen.«

Der Sekretär Godoy wußte zu berichten, daß diese Kriegstechnik weder von Alexander dem Großen in den Kriegen gegen die Perser noch von Cäsar in seinen Feldzügen gegen die Barbaren eingesetzt worden war.

»Wir wissen es deshalb, weil unser Vaterland im Laufe seiner Geschichte von verschiedenen Völkern erobert worden ist.«

»Überfallen, solltet Ihr sagen, Herr, nicht erobert«, korrigierte ihn Hernán Cortés. »Das ist nämlich etwas ganz anderes. Die Mauren haben achthundert Jahre unter uns gelebt, ohne daß es ihnen jemals gelungen wäre, uns zu erobern.« Er verfiel in nachdenkliches Schweigen. Schließlich sagte er mit geradezu philosophischer Tiefe: »Überfallene Völker bewahren immer noch eine Hoffnung, eroberte indes sind bereits tot.«

Kapitän Cortés beipflichtend, sagte Godoy: »So ist es immer gewesen. Seit Cäsar und vor Cäsar. Selbst zu der Zeit, da der Sevillaner Cäsar sich mit dem Hof in Santeponce niederließ. Und auch lange vor Hannibal mit seinem Invasorenheer. In Spanien haben wir die Iberer und Keltiberer gehabt, die Karthager, Phönizier, Römer, Goten, Westgoten, Mauren, was weiß ich noch alles! Aber keine dieser Armeen, von Alexander bis Cäsar und von Cäsar bis Tamerlan, hat jemals die Stille als Waffe benutzt ...«

»Meine Herren Offiziere, sagt Euren Soldaten, daß sie sich von der Stille nicht attackieren lassen sollen.«

Ungeachtet der Warnung blieben die Soldaten unruhig. Nicht einmal der Anblick des Goldes konnte sie beruhigen. Das Geräusch, das die Stiefel der auf- und abgehenden Soldaten erzeugten und das ein Gefühl von Wachsamkeit hervorrief, hallte in den Herzen der Anwesenden wie ein Echo wider. Cortés erhob seine Stimme und sagte feierlich: »Seit den Zeiten des Cid Campeador hat es nie eine Falle gegeben, aus der das Heer von Kastilien und Aragón nicht siegreich herausgekommen wäre! Auch aus dieser werden wir einen Ausweg finden! Auf dem Meer warten die Schiffe von Hauptmann Narváez, um uns, reich und mit Ruhm bedeckt, nach Kuba zurückzubringen ... Doch zuvor müssen wir dieser Falle entkommen.«

»Aber wie wollen wir das schaffen?« Er blickte auf die Versammelten, die ihn ungeduldig beobachteten.

»Es macht nichts, daß diese indianischen Bestien alle Brükken zerstört haben, wir werden sie mit unserem Mut neu schlagen.« Er zeigte auf die Goldstapel und fuhr fort. »Da liegt das Gold, auf das wir gewartet haben. Diese Barren hier bilden das Fünftel, das ihrer erlauchten Majestät Don Carlos und seiner nie genug zu rühmenden Mutter Doña Juana, die Gott in seiner Gnade beide stets erleuchten möge, zusteht«, sagte Cortés und wies dabei auf einen Stapel, der dem Anteil der Katholischen Könige entsprach. »Ebenso habe ich jenen Teil abgetrennt, der für unsere Mutter, die Katholische Kirche, bestimmt ist.« Und er deutete auf die beiden Geistlichen, die höchst zufrieden neben dem Stapel Goldbarren standen, der das Fünftel für die Heilige Mutter Kirche darstellte. »Ferner habe ich meinen Sekretär ersucht, schriftlich festzuhalten, daß ich in diesem Augenblick der hohen Gefahr für uns alle verfüge, ein jeder möge sich von dem Fünftel, das der Truppe zugedacht ist, das nehmen, was er für angemessen hält und was er glaubt, forttragen zu können.« Er zeigte auf einen riesigen Stapel von Goldbarren. »Und also lautet mein Befehl, daß jeder Soldat selbst entscheidet und sich das nimmt, was ihm am meisten zusagt.«

Die Soldaten, und es waren ihrer über tausend, hörten Cortés' Worte und richteten ihre Blicke auf das Gold.

»Was mich betrifft, so verzichte ich auf das Fünftel, das mir als Generalbefehlshaber und Oberrichter von Neuspanien zusteht. Es ist mein Wunsch, daß es unter meinen geliebten Kameraden, den Soldaten des unbesiegbaren Heeres von Kastilien und Aragón aufgeteilt werde. Vergeßt in diesem Augenblick der Prüfung keine Minute lang, daß ihr das mächtigste Heer Europas und das beste der Welt seid ...«

Nicht ein einziges Mal hatte er im Verlauf seiner Rede auf die Körbe gezeigt, die voller Diamanten, Brillanten und Perlen waren und die er im voraus für sich und seine vornehmsten Offiziere beiseitegestellt hatte. Vor der sprachlosen Truppe fügte er jetzt hinzu: »Und nun stellt euch alle in einer Reihe auf, geht zu den Goldstapeln und nehmt euch von den Barren soviel, wie euch behagt.«

Es herrschte ein Augenblick der Verwirrung. Dann nahmen die Soldaten Aufstellung, und diszipliniert näherten sie sich dem Gold. Jeder, der vor dem Goldstapel stand, griff mit beiden Händen zu und nahm sich, soviel er wollte, der eine mehr, der andere weniger. Die Soldaten, die mit Pánfilo Narváez gekommen waren, zeigten sich besonders gierig. Nachdem sie ihre Rocktaschen mit Gold gefüllt hatten, steckten sie es auch noch in ihre Hüte, in ihre Stiefel und in die Taschen, in denen sie Waffen trugen. Die Soldaten von Hernán Cortés waren zurückhaltender. Sie kannten die Azteken besser und länger als die nach ihnen Angekommenen. Anstatt sich haufenweise von dem Gold zu nehmen, beschränkten sie sich auf ein bis zwei Barren, damit sie beim Gehen nicht behindert würden. Die Soldaten von Pánfilo de Narváez aber, die in der Mehrzahl waren, beschwerten sich mit so viel Gold, daß sie nur langsamen Schrittes den Saal verlassen konnten. Einer von ihnen, ein noch junger Bursche, nahm sich nur einen Barren, worauf ein anderer ihn fragte: »Bernal Díaz del Castillo, warum begnügt Ihr Euch mit so wenig Gold, wo doch so viel davon da ist?«

»Vor die Frage gestellt, was mir lieber ist, Gold oder Leben, entscheide ich mich für das Leben«, antwortete Bernal.

Im Großen Palast von Axayácatl befand sich Cortés' Heerlager. Und dort saß auch Moctezuma gemeinsam mit den Herrschern von Tlacopan und Texcoco und dem Rest des Rates der Dreißig gefangen.

Als würde sie direkt aus dem Zentrum der Erde hervorbrechen, sprudelte aus einem Wasserloch von der Form eines riesigen Hirschauges eine künstlich angelegte Quelle, die Baumeister vor hundert Jahren geschaffen hatten, indem sie das Wasser durch farbige Tonröhren lenkten. Das Wasser floß in ein Becken, in dem Fische mannigfaltiger Farben und Formen herumschwammen, und es gab Tausenden von Blumen, die hier unter natürlichen Bedingungen wuchsen, Nahrung. Insbesondere den Orchideen.

Als würde er von der Quelle emporgetragen, tauchte aus dem Wasserloch mit einem Mal der Kopf einer Frau auf. Zuerst der Kopf, dann der ganze Körper. Vorsichtig und nach allen Seiten um sich blickend, schwamm die Frau durch die Zisterne und versteckte sich unbemerkt zwischen den Wasserpflanzen. Sie hatte ein Bündel bei sich, das in eine mit Kautschuk bestrichene Decke gewickelt war, die es vor der Nässe schützte. Das Bündel enthielt Kleidungsstücke, wie sie die einfachen Frauen aus dem Volke trugen, die zu Dutzenden den vornehmen Gefangenen zu Diensten waren. Einmal im Trockenen, hüllte sich die Schwimmende in einen langen Wickelrock. Ihre schönen, sich zart wölbenden Brüste ließ sie unbedeckt. Die Frau, die jetzt ihre Schritte zu einem langen breiten Gang lenkte, war keine andere als Matla. Die Wächter zu beiden Seiten des Ganges passierte sie ungehindert. Die Stille der Nacht wurde vom Echo der Arkebusen unterbrochen. Dann und wann schossen die Spanier mit einer Lombarde, deren Dröhnen die ganze Stadt erschütterte. Das Schießen erfolgte auf Cortés' Befehl, der damit die Stille zerstören wollte, die neue Waffe der Azteken gegen das spanische Heer.

Matla erreichte den Saal, in dem König Moctezuma und Cacamatzin sowie die anderen Häuptlinge und edlen Herren des Dreibundes von México gefangen saßen. Sie kauerte sich hinter die Gefangenen, die bäuchlings auf dem Fußboden lagen und an Händen und Füßen in Eisen geschlossen waren. Leise schlich Matla zu Moctezuma und zog aus einer Rockfalte einen dünnen, feinen Draht hervor. Moctezuma, der erkannte, was die Kriegerin vorhatte, hielt ihr seine Hände hin. Die anderen Gefangenen bewegten sich erwartungsvoll, immer darauf bedacht, kein Geräusch zu verursachen, das die Aufmerksamkeit der Posten wecken könnte, die an jedem Ein- und Ausgang des Saales Wache standen.

Matla führte den langen, silbern glänzenden Draht zwischen das Kettenschloß. Zuerst löste sie die rechte Handschelle, dann befreite sie Moctezuma auch von der eisernen Fessel seiner linken Hand. Draußen auf dem Flur erklangen hastige Schritte. Matla gelang es, sich schnell hinter ein paar Farnkräutern zu verbergen. Vorsichtig warf sie Cacamatzin einen Dolch aus

Obsidian in den Schoß. Zwischen den Farnkräutern kauernd, wurde sie Zeuge dessen, was nun geschah.

Als erster betrat Hauptmann Velázquez de León den großen Saal. Ihm folgten einige Feldwebel. In ihren Blicken lag die Tücke von Mördern. Unschwer errieten die Gefangenen, was die Spanier im Schilde führten. Velázquez de León lenkte seine Schritte zu der Stelle, an der Moctezuma lag, der Herrscher Strenges Gesicht, der Herrscher von Meer zu Meer, der Tlatoani von Mexiko, dessen Machtbereich sich von Tenochtitlan, der Stadt der Lagune, bis zu den fernen Gebieten erstreckte, in denen die Quetzalvögel nisteten, der Kakao geerntet wurde, der heilige Vogel des Herrn lebte, es Früchte, Perlen und Blumen in Hülle und Fülle gab und leuchtend weiße Baumwollfelder das Land bedeckten, so wie der Schnee die ewigen Vulkane Mexikos. Der Hauptmann nahm sein Toledoschwert von der rechten in die linke Hand und stieß es Moctezuma, ohne daß dieser sich auch nur hätte wehren können, bis zum Schaft in die Brust. Ungeachtet seiner Fesseln gelang es Cacamatzin, einen Feldwebel, der auf ihn einstechen wollte, mit dem langen, scharfen Obsidiandolch, den er von Matla erhalten hatte, zu töten. Wütend warfen sich die anderen auf ihn. Cacamatzin kämpfte und starb, den Dolch in der Hand. Man fuhr mit dem Schlachten der anderen Gefangenen fort. Alle wurden ohne Unterschied umgebracht: Söhne und Töchter von Moctezuma, Söhne und Töchter von Cacamatzin, die greisen Tempelherren, die weisen Gelehrten aus dem Calmecac ... Das Gemetzel war grauenerregend.

Keiner blieb am Leben.

Aus ihrem Versteck heraus beobachtete Matla, wie Velázquez de León noch einmal an den toten Moctezuma herantrat, ihm das Schwert an die Kehle setzte und es hineinstieß.

»Hund!« rief Velázquez de León aus.

Zwischen den Blättern der Farnkräuter machte sich Matla ganz klein und blieb dort hocken, bis der Hauptmann und die anderen Mörder den Saal verlassen hatten.

Auf der oberen Plattform des Großen Tempels hatte sich eine Gruppe gewandter Pfeilschützen verschanzt, die von allen Seiten auf den Palast der Spanier zielten. Cuitláhuac, der das Vorgehen seiner Hauptleute beobachtete, ließ seinen Blick über die riesigen Tore schweifen, welche die Spanier gezimmert hatten, und befahl: »Sichert den Palast von Moctezuma Ilhuicamina und auch den von Ahuízotl.«

Eine große Anzahl Krieger besetzte daraufhin die strategischen Punkte der beiden Paläste. Matla trat auf Cuitláhuac zu und berichtete ihm, was geschehen war.

»Einer der Offiziere von Topiltzin hat sein Schwert in die Brust unseres Herrschers von Meer zu Meer gebohrt. Als der Herrscher von Texcoco versuchte, sich zu verteidigen, versetzte ihm eine Meute von Soldaten etwas vierzig Lanzenstiche, worauf er erlag. Alle anderen waren unbewaffnet und starben, ohne sich verteidigen zu können. Keiner der Ratsherren hat überlebt.«

Cuitláhuac vernahm Matlas Worte mit großer Trauer …

Ein Krieger erteilte einer Gruppe von Arbeitern Befehl, Gruben auszuheben, damit die Pferde nicht durchkommen konnten. Der Soldat Lerma hieß gut, was die Arbeiter taten, fragte aber dennoch einen aztekischen Häuptling: »Wäre es nicht besser, die Gruben mit Stroh zu bedecken, damit man sie nicht sieht?«

»Sie werden es nicht wagen, den Palast zu verlassen. Sie kommen hier nicht durch«, antwortete ihm der Krieger verächtlich.

Einige Azteken maßen die Grube mit einem aus Stroh gefertigten Pferd. Gleichermaßen bestimmten sie die Form der Hindernisse, damit die Lombarden es nicht schafften, sie zu überwinden. Hierfür benutzten sie als Maß ein den Spaniern entwendetes Geschütz.

Cuauhtémoc kam vom Großen Tempel herab und empfing eine Gruppe von Kriegern, die von einem Häuptling aus Tlatelolco angeführt wurde. Dieser zeigte ihm die neue Waffe, eine viermal längere Lanze als die, welche ihre Feinde benutzten. Doch anstelle der Eisenspitze, wie sie bei den spanischen Waffen üblich war, oder der Obsidianklinge, wie sie die Azteken benutzten, waren an ihrem Ende Toledoschwerter befestigt, die man den Spaniern entwendet hatte. Die Stange maß vier Meter und mußte von den Kriegern mit beiden Händen gehalten werden.

»So und nicht anders habe ich es mir gedacht«, erklärte Cuauhtémoc, als er eine der Waffen entgegennahm.

Ein paar Adler-Ritter kamen auf Cuauhtémoc zu. Sie führten ein Pferd aus Holz und Stroh mit sich, das annähernd so groß war wie die Pferde des Cortés. Die Krieger taten, als würden sie zum Angriff reiten, wobei sie die Gangart der Pferde vortäuschten. Cuauhtémoc durchbohrte mit der neuen Waffe die Brust des Pferdes aus Stroh und Holz und rief dabei: »So, genau so!«

In der Nähe des Quetzalcóatl-Tempels sah man eine Gruppe von Ozelot-Rittern, die von einem Adler-Krieger in der Handhabung der Toledoschwerter unterrichtet wurden. Wo sich die Schulen der Schwimmer befanden, schossen ein paar Mädchen mit Armbrüsten. In der Schule der Kriegerinnen forderte eine von vielen Narben gezeichnete Kriegerin ihre Schützlinge, die noch halbe Kinder waren, auf, Pfeffer in die Augen eines aus Stroh und Baumrinde geformten feindlichen Soldaten zu werfen. Jede der jungen Kriegerinnen erhielt einen Beutel, entweder mit rotem oder grünem Chillipfeffer.

»Sobald die Trommel das Zeichen gibt, verstreut ihr vom Dachgarten aus das Pulver, und zwar so, daß sich selbst die Luft rot färbt. Vergeßt das nicht!«

Einige Mädchen übten es schon jetzt. Gerade ging an ihnen ein als Spanier verkleideter aztekischer Krieger vorüber. Unversehens griffen sie in ihren Beutel und warfen ihm Pulver ins Gesicht, das auf der Stelle rot anlief.

In der Nähe des Tempels der Fremden brachte ein aztekischer Krieger mehreren Jaguar- und Adler-Rittern spanische Worte bei: »Zieht euch zurück ...! Bei meinem Leben ...! Kapitän Cortés ist tot ... Seht nur euern Kapitän, er hat keinen

Kopf mehr … Es sterbe der König! Es sterbe die Königin … Scheißkerle, kehrt zurück, woher ihr gekommen seid …«

Eine andere Gruppe übte sich in Flüchen, die den Kriegern aus Tlaxcala galten: »Arschlöcher … Weiber … Abfälle der Erde … Malinches … Elende … Wir werden euch zwingen, Tenochtitlan wieder aufzubauen … Für die Luftziegel, mit denen wir die Dammwege und Straßen rund um den See befestigen, werden wir kein Wasser nehmen, sondern das Blut eurer Kinder, eurer Eltern und Großeltern …«

»Sie werden diesen Punkt bis zuletzt verteidigen«, sagte Matla zu den von ihr selbst ausgewählten Kriegern, die in der Mehrheit Frauen waren.

Dann gingen Cuauhtémoc und Matla zu Cuitláhuac, der schon auf sie wartete, und berichteten ihm, was sie für den Angriff vorbereitet hatten. Am Ende baten sie ihn um letzte Anweisungen.

Cuitláhuac zeigte ihnen eine Reihe von Zeichnungen, auf denen Hauptmann Juan Velázquez de León abgebildet war, und sagte: »Verteilt diese Bilder an eure Hauptleute. Ich will diesen Mann lebend. Wenn möglich, ohne eine Wunde.«

»Herr, überlaßt diese Aufgabe meinen Kriegern«, antwortete Matla.

Vom ersten Tag, da er im Palast eines der großen aztekischen Herrscher Quartier bezogen hatte, bis jetzt war für Cortés alles nach Gutdünken verlaufen. Zu seinen Diensten stand ihm nicht nur ein Heer von Holzfällern und Frauen, die für die Truppe das Essen kochten, sondern auch eine Schar von Bediensteten, die je nach Rang die unterschiedlichsten Arbeiten verrichteten. Seit seinem ersten Tag in México Tenochtitlan hatte es sich selbst der Herrscher von Meer zu Meer nicht nehmen lassen, seinem Gast zu dienen und ihn zu den schönsten Plätzen der Stadt zu führen. Wenn Cortés eine Frage stellte – und er stellte viele –, so waren immer gleich ein weiser Mann oder eine Frau zur Stelle, die ihm antworteten.

Nachdem Moctezuma tot war, herrschte einige Tage Ruhe.

Die Azteken zogen sich in ihre Tempel zurück, um dem Ritual zu entsprechen und ihre Toten zu verbrennen, den Herrscher Moctezuma und die edlen Herren des Städterates sowie auch den Herrscher von Tlacopan und den Herrscher von Texcoco. Von weitem vernahmen Cortés und seine Leute das Lärmen der Tänze, den Schrei der Kriegerinnen und das Wehklagen der Verwandten, das die verruchte Tat der Spanier ausgelöst hatte. Doch die Belagerung des Palastes ging weiter. Keiner kam hinein. Keiner hinaus. Die Spanier, die Hernán Cortés an der Küste von Vera Cruz zurückgelassen hatte, wurden umzingelt, besiegt und den Göttern geopfert. Und das gleiche geschah mit allen Herrschern, die den Spaniern als Verbündete und Freunde begegnet waren, sobald sie von den aztekischen Kriegern gefaßt wurden.

Der Große Tempel von Tenochtitlan wurde durch ein Opferritual gereinigt, da Cortés einst diesen Ort besucht hatte. Cuauhtémoc stellte eine ausgewählte Gruppe von Adler-Frauen und Ozelot-Männern für die Bewachung des Tempels ab. Sie mußten ihm schwören, nie wieder zuzulassen, daß ein Feind seinen Fuß auf die Stufen des Heiligtums setze und es durch seine Anwesenheit entweihe.

Wenn es einem Spanier gelang, heimlich und geschützt von den Geräuschen der Nacht den Palast zu verlassen, wurde er wie ein Hirsch zu Fall gebracht. Cortés erfuhr durch die Schreie des Gefaßten, daß wieder einer von seinen Leuten den Weg des Opfers ging.

»Kapitän, weh mir! Helft mir …!«

Die Belagerung war vollkommen. Die unzähligen Diener, die Moctezuma für Cortés' Betreuung zur Verfügung gestellt hatte, blieben aus. Der Markt der Stadt wurde geschlossen. Nach und nach begriffen die Bedrängten, daß die Belagerung zu einer durch Hunger diktierten Kapitulation führen konnte. Deshalb auch hatte Cortés sie in seiner Ansprache erinnert: »Niemals darf es geschehen, daß sich das Heer von Kastilien und Aragón aus Hunger ergibt. Vergeßt nicht, wir sind die Erben eines in der Vergangenheit tausendfach erworbenen

Ruhmes, sei es in den Kriegen gegen die Gallier oder Etrusker, gegen die Burgunder oder Germanen oder gegen all die anderen Völker, die versucht haben, uns auf diese oder jene Weise in die Sklaverei und ins Unglück zu stürzen. Wir sind das Heer unseres edlen Gebieters, des Königs Carlos I. von Spanien, und seiner erhabenen Mutter Doña Juana ...«

Dennoch bereitete Cortés die Flucht vor. Die Krieger aus Tlaxcala sollten als erste den Palast verlassen. Zu Tausenden.

»Die Männer aus Tlaxcala sind unser wichtigstes Kriegsmaterial. Sie werden unserem Heer als Vorhut vorangehen, seine Flanken schützen und schließlich die Nachhut bilden.«

Cortés' Offiziere beobachteten, wie jeder Krieger aus Tlaxcala beim leisesten Versuch, sich vor den Palast zu wagen, von den aztekischen Pfeilschützen förmlich in einen Igel verwandelt wurde. Dessen ungeachtet hatten sich die spanischen Soldaten, die über tausend Mann zählten, gerüstet und warteten auf das Zeichen zur Flucht. Die meisten trugen mehr Gold als Waffen bei sich. Auch die Frauen waren der Versuchung des Goldes erlegen. Nur eine hatte sich beschieden und lediglich einen Obsidiandolch mitgenommen, dessen Griff mit Edelsteinen verziert war. Diese eine war María Estrada.

Cortés eröffnete die Beratung, indem er sich mit einer Frage an einen seiner wackersten Offiziere wandte: »Wie steht es mit der Brücke, Hauptmann Sandoval, ist sie fertig?«

»Sie ist es, Kapitän. Die Zimmerleute haben für sie das beste Holz genommen, das sie im Palast finden konnten. Alles ist soweit vorbereitet, daß sie von den tausend tlaxcaltekischen Kriegern, die unter dem Befehl von Diego de Ordaz stehen, transportiert werden kann.«

Cortés bedankte sich bei Diego de Ordaz. Dann sprach er mit Juan Velázquez de León.

»Hauptmann, Ihr kümmert Euch darum, daß wir alle wohlbehalten über die Brücke gelangen. Ich lege das in Eure Verantwortung.«

»Keine Sorge. Zu diesem Zweck habe ich mir hundert Gehilfen ausgesucht. Alles wilde, tapfere, kampferfahrene Soldaten«, antwortete Velázquez de León stolz. »Ich habe sie unter den Leuten aus Kastilien und Aragón ausgewählt ...«

»Ein Trupp von zweitausend Kriegern aus Tlaxcala geht als erster und bildet die Vorhut«, sagte Cortés und zeigte auf eine Karte, die von der Art war, wie sie die Künstler von Tenochtitlan zu zeichnen pflegten. »Ihr, Sandoval, Domínguez und Saucedo, sorgt für meinen Schutz, denn ich trage das Eigentum unseres Herrn, des Königs. Die Nachhut von mehreren tausend Männern wird ebenfalls von den Kriegern aus Tlaxcala gebildet. Hauptmann Pedro de Alvarado wird sie anführen.«

Sie stimmten dem Fluchtplan uneingeschränkt zu. Bevor er die Sitzung des Kriegsrates beendete, sagte Cortés energisch: »Ein letzter Befehl! Ich will keine Gefangenen. Den Verwundeten soll der Rest gegeben werden.« Sein Schwert schwenkend, rief er aus: »Tötet sie ohne Erbarmen!«

Im Inneren des Palastes erreichte die Spannung ihren Höhepunkt. Stumm hob Cortés seine Fahne in die Höhe. Dann flüsterte er: »Jetzt ...!« Die behelfsmäßigen Tore, die die Spanier aus den großen Portalen des Axayácatl-Palastes gebaut hatten, öffneten sich. Eine dreißig Mann starke Gruppe tlaxcaltekischer Krieger trat hinaus und wurde auf der Stelle von den Azteken vernichtet, die dem Palast gegenüber Position bezogen hatten. Die Tore schlossen sich wieder. Zwei Minuten später wurden von der Höhe der Dachgärten die Körper jenes ersten Trupps, der versucht hatte hinauszugelangen, in den Palasthof geworfen. Körper ohne Köpfe. Die spanischen Soldaten schauten sich vielsagend an.

In diesem Augenblick wurde Hernán Cortés gemeldet, daß ihn zwei aztekische Krieger zu sprechen begehrten, was unter den Offizieren nervöse Gespanntheit hervorrief. Cortés empfing die Abordnung in einem der Säle. Beide Krieger waren bewaffnet und in Begleitung von drei Standartenträgern. Cortés gab Marina ein Zeichen, daß sie sich nähern sollte, um ihm als Übersetzerin zu dienen, da aber sagte einer der aztekischen Krieger in perfektem Spanisch: »Ihr braucht sie nicht mehr, wir haben Eure Sprache inzwischen gelernt ...«

»Wie habt ihr das geschafft?«

»Das war nicht schwer. Ihr sprecht wie ein Hund.«

Cortés nahm die Beleidigung gelassen hin. Hauptmann Alvarado zückte sein Schwert, doch Cortés hielt ihn zurück.

»Beruhigt Euch, Hauptmann. Vergeßt nicht, daß sie als Unterhändler gekommen sind. Ihr Banner ist ihr Schutz.« Dann fragte er den Krieger, der ihn auf Spanisch angesprochen hatte und augenscheinlich jünger als sein Gefährte war: »Was wollt Ihr?«

»Morgen werden wir euch alle um einen Kopf kürzer machen ...«

»Unverschämter, Ihr sprecht zu spanischen Offizieren!«

»Ich spreche zu spanischen Hunden«, erwiderte der aztekische Häuptling scharf. »Ich bin hier, um Euch vorzuschlagen, daß Ihr uns freiwillig all eure Waffen übergebt. Und das heute noch ... Es gibt für Euch keine Möglichkeit, lebend hier herauszukommen. Nicht eine, Kapitän Cortés ...«

Cortés dachte kurz nach, dann fragte er: »Und was für Sicherheiten könnt Ihr uns bieten?«

»Daß wir Euch anstatt morgen schon heute nacht töten ...«

»Ist es nicht möglich, daß wir uns in Frieden zurückziehen und Euer Land Richtung Kuba verlassen?«

»Wir haben all Eure Schiffe versenkt. Und an der Meeresküste ist keiner mehr da, der auf Euch wartet.«

»Das Leben wartet auf uns ...«

»Auf Euch wartet keiner, nicht einmal das Leben. Nur der Tod. Ich schlage vor, daß wir das Gespräch beenden. Sparen wir die Zeit.«

Cortés wurde wütend und schrie: »Schufte seid ihr allesamt und eure Herrschaft! Glaubt Ihr, ein Offizier aus Kastilien und Aragón ist wie einer von euren Scheißindianern vom Ufer des Sees? Was fällt Euch ein, einen spanischen Soldaten mit jemandem zu vergleichen, der zwischen Agavenblättern Raupen sucht? Die Hoden meiner Männer sitzen am rechten Fleck, und in uns ist Leben genug, um euch und alles, was ihr darstellt, zur Unterwerfung zu zwingen, ihr Elenden! Verschwindet von hier und sagt dieser Hure von Matla und diesem Dreckskerl Cachamachin, oder wie er sonst heißen mag, daß wir euch allesamt mit glühenden Eisen brandmarken werden, mitten auf den Mund! Und danach werden wir uns eure Weiber vornehmen und sie schwängern, auf daß eure Rasse ein für allemal ausgelöscht werde und euch keiner mehr anders rufe, als man Hunde ruft! Geht, Elender, bevor ich Euch das Leben austreibe!«

Der aztekische Krieger blickte ihn mit tiefer Verachtung an, machte eine wegwerfende Geste und ging. Zwei Stunden später unternahm Hernán Cortés erneut einen Fluchtversuch. Entschlossen galoppierten ein paar Männer zu Pferde durch das große Palasttor. Doch sie kamen nicht weit. Schon nach wenigen Metern stürzten sie in die Fallgruben und wurden von den Pfeilschützen aus Chalco getötet. Jene, die zu fliehen versuchten, wurden durch Wurfnetze gefaßt. Einer der Soldaten rannte zu Cortés zurück.

»Kapitän, die Azteken haben vor dem äußeren Ausgang, den Ihr als Fluchtweg vorbereitet habt, drei Geschütze aufgestellt.«

»Geschütze? Ihr seid verrückt!«

Cortés näherte sich der von dem Soldaten bezeichneten Stelle und umfaßte mit einem Blick die Situation. Auf der gegenüberliegenden Seite standen mehrere aztekische Hauptleute bei drei Lombarden, die Cortés sofort wiedererkannte: Sie stammten aus der Garnison in Vera Cruz und waren von den Indianern entwendet worden. Die Krieger hielten Kienfackeln in Händen. Was Cortés jedoch nicht wußte, war, daß die Azteken die Feuerwaffen überhaupt nicht einsetzen konnten, da ihnen das Pulver ausgegangen war. Sie hatten sich vor Cortés aufgebaut, um ihm auf diese Weise deutlich zu machen, daß auch die Azteken den Donner zu handhaben verstanden.

»Kapitän, Euer Plan ist nicht durchführbar«, sagte Hauptmann Juan Velázquez. »Wir sind von Tausenden Kriegern umzingelt …«

»Feuert ein paar Kanonenschüsse ab!«

»Wir haben kein Ziel vor uns, Herr, es ist keiner da, auf den wir schießen könnten.«

»Wir müssen den Großen Tempel stürmen. Auf diese Weise führen wir sie an der Nase herum«, sagte Cortés zu Hauptmann Lugo. »Sie haben ihn nur unzureichend geschützt, weil sie glauben, daß wir nur noch eins im Sinn haben: unsere Flucht. Führen wir den Krieg nach innen, dort, wo diese Bestien es am wenigsten erwarten!«

Alle fanden die Idee vortrefflich. Da sie nicht fliehen konnten, war es das beste, die Azteken dort anzugreifen, wo sie den größten Schmerz erleiden würden: beim Tempel von Tláloc, beim Tempel von Tezcatlipoca.

»Hauptmann Lugo, nehmt eine Gruppe von Euren tapferen Soldaten und zündet den Tempel an.«

Was die Spanier freilich nicht wußten, war, daß Cuitláhuac vorausgesehen hatte, daß sie in einem Akt der Verzweiflung daran denken würden, den Krieg im Innern zu führen, und er deshalb für den Großen Tempel eine starke Verteidigung aufgebaut hatte. Als Hauptmann Lugo mit hundert Mann versuchte, die Stufen des Tempels zu erklimmen, empfing ihn Grabesstille, die ihn und die Seinen schaudern machte. Plötzlich flog ein roter Pfeil durch die Luft, dann ein blauer und zuletzt ein gelber, der sich in die Brust eines Soldaten bohrte. Im nächsten Augenblick prasselten von allen Seiten Tausende Pfeile hernieder. Es waren so viele, daß sie den Angreifern förmlich den Blick versperrten. Verletzt kehrte Hauptmann Lugo in den Palast zurück. Von den hundert Männern, die gemeinsam mit ihm den Angriff gewagt hatten, waren nur zehn entkommen. Von der Höhe des Tempels waren Rufe und Jubel zu hören. Ein paar Minuten später wurde eine Reihe spanischer Soldaten mittels einer langen Mecateschnur gewaltsam zum Opfertisch geschleift. Cortés' Soldaten sahen zu, ohne etwas tun zu können.

»Herr«, berichtete Hauptmann Lugo, »sie haben fast alle meine Männer getötet oder gefangengenommen. Drei Kriegerinnen versuchten, mich lebend zu fangen. Als sie mich angriffen, schlug ich zweien von ihnen die Hände ab, und so vermochte ich zu fliehen. Aber gegen den Hagel von Pfeilen, der wie eine Wolke vom Himmel auf uns herabkam, konnten wir nichts ausrichten.«

»Was sagt Ihr? Die Pfeile fallen vom Tempel herab wie Wolken oder Regen?«

»Genauso, Kapitän.«

Cuitláhuac wurde berichtet, daß die Spanier dabei waren, die großen Tore, die sie zur Sicherung aller Ein- und Ausgänge des Palastes errichtet hatten, wieder abzureißen.

»Was haben sie mit ihnen vor?«

»Ich weiß es nicht, Herr, es gibt für sie keinen Weg nach draußen«, antwortete Cuauhtémoc.

Doch bald erfuhren sie, daß Cortés auf den Einfall gekommen war, die Türen als Schilde gegen den Hagel der Pfeile einzusetzen. Unter jede Tür hatte er eine Gruppe von fünfundzwanzig Fußsoldaten postiert. Derart gewappnet, stiegen sie die Treppe zum Großen Tempel hinauf. Die Idee erwies sich als genial. Bald schon waren die Türen von Pfeilen gespickt. Die Soldaten aber gingen unverdrossen weiter und immer weiter. Hauptmann Lugo, der trotz seiner Verletzung den anderen mutig voranging, rief: »Eins, zwei drei! Hinauf, meine Tapferen!« Und bei jedem neuen Antrieb erklommen die Soldaten wieder eine Stufe. Die aztekischen Krieger verdoppelten die Zahl der Speere und Pfeile, die sie auf die Spanier schleuderten.

Eine der Türen schützte die Kanoniere, die gleich hinter Hauptmann Lugo kamen und ihre Geschütze auf die Mauern des Großen Tempels abfeuerten. Und so, Schritt für Schritt, überwanden die Soldaten von Kastilien und Aragón jede einzelne der hundertsechzehn Stufen, die zum Großen Tempel führten. Der Kampf, der dann auf der oberen Plattform des Tempels einsetzte, war grausam. Für die Verteidigung hatte Cuitláhuac die besten Krieger ausgewählt, da er nicht die gleiche Schande wie sein Vorgänger Moctezuma erleben wollte.

Die Verluste der Spanier waren nicht minder schrecklich, doch Cortés hatte gesagt: »Wenn wir den Großen Tempel einnehmen, können wir in Übereinklang mit ihren Kriegsregeln unser Leben gegen ihre Götter tauschen.«

Von neuem kam es dazu, daß die Azteken in die Enge getrieben wurden. Diesmal aber stürzten sie sich nicht in den Kanal, um sich zu retten. Den Tempel verteidigend, kämpften sie bis zum letzten Atemzug. Es gab nicht einen, der die Schlacht überlebte. Hoch oben auf der Tempelpyramide gingen die siegreichen Spanier wie schon einmal daran, alles zu zerstören. Wieder beraubten sie den Blauen Gott seines Schmuckes, ebenso den Schwarzen Gott. Einer der Soldaten hackte Tezcatlipoca das hölzerne Bein ab, nahm es in die Hand und rief: »Ein lahmer Hinkefuß weniger!«

Cortés überraschte die Krieger von Tenochtitlan mit einer neuerlichen List, Produkt seiner Verzweiflung. Er ließ eine Art von Käfigen herstellen, deren Längsseite fünfundzwanzig Meter maß. Das Dach wurde von dicken Holzbalken geschützt. In die Käfige paßten drei Pferde und dreißig Soldaten und dazu noch ein Geschütz. Diese Methode, mit Käfigen einen Ausbruchversuch zu wagen, beeindruckte die Azteken – doch nur für einen Augenblick. Kurz darauf wurden die Käfige, die die spanischen Soldaten samt den Pferden und der Kanone schützen sollten, im Nahkampf genommen. In diesem Kampf wuchs Cortés über sich hinaus. Er war von oben bis unten mit Blut befleckt. Mit dem Schwert schlug er so viele Köpfe ab, daß ihm die Arme schmerzten. Die Soldaten blickten ihren Kapitän, der sich vor ihren Augen in einen Giganten verwandelte, voller Bewunderung an. Cortés war überall zur gleichen Zeit und übertraf alle seine Männer. Er schritt über die Verwundeten hinweg und berauschte sich daran, sein Schwert in die Leiber der aztekischen Krieger zu versenken.

»Herr«, sagte Velázquez de León, »sie haben gelernt, den Krieg auf unsere Weise zu führen.«

»Warten wir's ab«, erwiderte Cortés. »Entweder sie oder wir.«

In diesem Augenblick tauchte auf den Stufen des Großen Tempels von Tenochtitlan eine Priesterin auf. Die spanischen Soldaten wollten schon auf sie schießen, doch Hauptmann Lugo hielt sie zurück. Es war eine alte Frau mit geschorenem Kopf. Sie erklomm die Stufen nur mühsam. Die Soldaten auf der Plattform sahen ihr schweigend entgegen. Wortlos erreichte sie die Tempelspitze. In den Händen trug sie ein Kürbisgefäß, das bis zum Rand mit roter Farbe gefüllt war. Sie nahm einen Pinsel und machte sich daran, das Gesicht von Tláloc und Tezcatlipoca zu bemalen. Nachdem sie das Gesicht der vom Sockel gestoßenen und zerborstenen Götter bemalt hatte, bestrich sie mit der roten Farbe ebenfalls die halbzerstörten Wände des Großen Tempels. Und ohne sich durch die Anwesenheit der spanischen Soldaten verwirren zu lassen, verließ sie den Ort wieder. Als Cortés dieser Vorfall berichtet wurde, konnte er sich vor Wut nicht fassen und schrie: »Dummköpfe! Das ist ein alter Brauch … Mit dem Bemalen der Gesichter erklären sie ihre Götter für tot. Das heißt, sie sind keine Götter mehr und wir haben nichts, um unsere Freiheit zu ertauschen!«

Im Palastinneren sagte Cortés zu seinen Offizieren: »Wir nehmen den Weg nach Tacuba … Das ist der kürzeste, und die Brücke kann uns dabei helfen. Möge der heilige Santiago uns beistehen!«

Hoffnungsfroh lachten die Offiziere. Sie begriffen, daß ihre beste Waffe immer noch eine mutige Tat war. Doch die Soldaten murrten und meinten unter sich: »Für das Gold des Königs hat er sieben Pferde und ein Maultier ausgesucht. Um sein eigenes Gold sicher wegzubringen, hat er einen Trupp von hundert Soldaten zusammengestellt.«

»Schweigt«, tadelte ein anderer Soldat. »Was für uns und unser Seelenheil zählt, ist, daß er uns kraft seiner Einfälle lebend aus der Gefahr herausbringt.«

»Der heilige Santiago kämpft auf unserer Seite, ihr selbst hat es den Kapitän sagen hören.«

XX

All dies geschah während einer unserer 13-Tage-Wochen. Draußen zog ein leichter Nebel auf, der kalt um die Bärte der spanischen Soldaten strich. Mitten in der Woche schlug die Trommel immer noch. Und auf die Stunden der Stunden und auf die Stunden der Tage bis zur Mitte jener Woche schlug die Trommel und schlug und hörte nicht auf zu schlagen. Tam, tam, tam, so klang die Trommel wie der Wind auf dem Schnee der Vulkane. Tam-tam, tam-tam, tam-tam.

Dann, mit einem Mal herrschte Stille. Eine Stille, die aus der Ferne und Mitte und von allen Ufern des Sees zu kommen schien und die so rein war wie ein frischgewaschenes Gesicht, auf dem noch das Wasser der Lagune perlte. Die Schlacht war vorüber. Die Azteken hatten ihre Toten verbrannt und den Göttern Opfer gebracht.

Die Priester kamen und wuschen vom Antlitz der geliebten Götter die Farbe ab. Und sie säuberten auch alle Wände, und der Tempel der Tempel erstand von neuem. Hoch oben auf dem Tempel fanden sich wieder die Opferpriester ein. Und auch die Bogenschützen und Speerschleuderer, die eine neue Art der Kriegsführung gelernt hatten, waren auf ihrem Posten. Da waren auch Matla, Cuauhtémoc und Cuitláhuac. Alles war vorbereitet: die Käfige und die Netze und die Anzahl der spanischen Soldaten, die jeder Tempel als Geschenk erhalten sollte. Nur noch eine Frage der Zeit, wie Matla bemerkte.

Die Stunde der Stunde war bereits angebrochen; die Stunde der Stunde in der Mitte der 13-Tage-Woche. Fest wie ein Keil saß die Angst in den Herzen der Kastilianer und Aragonier. Für die Pferde gab es kein Futter mehr, und auch die Spanier und ihre Verbündeten, die Krieger aus Tlaxcala, hatten nichts mehr zu essen. Schon suchten die Soldaten nach Pflanzen und Wurzeln, um wenigstens etwas zwischen die Zähne zu bekommen. Schon stritten sich die Pferde mit den Menschen um eine Handvoll Blätter oder eine Handvoll Wurzeln. Es gab kein Essen mehr für die Menschen und keins mehr für die Hunde aus dem Heer des Cortés. Nur eins gab es noch: Hunger. Doch auch jetzt war Cortés mit seinem so tapferen, verschlagenen, grausamen Herzen bereit, einen Schritt nach vorn zu tun, um das Heer zu retten.

Cortés griff nach einem Stiefel Wein und reichte ihn an seine Offiziere weiter, damit jeder einen Schluck daraus trinke. Die Offiziere leerten den Stiefel bis zum letzten Tropfen.

»Die … die … Truppe hat Hun… Hunger …«

»Hauptmann«, entgegnete Cortés, »wir alle haben Hunger, aber heute nacht geht es nicht um unseren Magen, sondern um unser Leben. Es ist nicht Zeit zu essen, es ist Zeit zu leben.«

Die Offiziere fühlten sich durch diese Bemerkung ermutigt. Gemeinsam mit Velázqeuz de León prüfte Cortés sodann, was sie unter sich die letzte Hoffnung nannten. Hunderte von Kriegern aus Tlaxcala hatten neben einer Holzbrücke, die achtzig Meter lang war, Aufstellung genommen. Die Brücke war aus großen Balken gemacht und breit genug, daß zwei Pferde nebeneinander Platz hatten. Nachdem er sie noch einmal angesehen hatte, sagte Cortés zufrieden: »Das ist eine große Brücke! Fürwahr!«

Im Innern des Palastes, in dem Cuitláhuac wartete, sagte Matla mit dem Brustton der Überzeugung: »Heute nacht werden sie ausrücken. Wir haben Rauchzeichen erhalten. Heute nacht werden sie den Palast verlassen.«

»Ist der Geruch bis zu ihnen in den Palast gedrungen?«

Matla antwortete mit einem Lachen. Den ganzen Morgen und den ganzen Nachmittag dieses Tages, der die Wochenmitte markierte, hatte Matla, die Herrin des Krieges, hundert Frauen damit beschäftigt, Maisfladen zu backen, Bohnen zu kochen und Fleisch zu braten, dort bei den Reihernetzen, dort, wo sich die Stadt erhob, dort, von wo die Winde kamen, die nach Tenochtitlan fegten. Und den ganzen Tag über, vom Morgen bis zum Abend, hatte der Wind den Essengeruch in das Heerlager von Hernán Cortés getrieben. Gerade das hatten Matla und ihre Köchinnen auch bezweckt.

Matla bat Cuitláhuac: »Gestatte Herr, daß meine Zwanzigergruppe das Vorrecht erhält, Hauptmann Velázquez de León gefangenzunehmen, den Mann, der unseren Herrscher Moctezuma getötet hat.«

»Er gehört dir, Herrin.«

Da gingen sie hin, inmitten der Stille, inmitten des Nebels. Die Hufe der Pferde waren in Lumpen gewickelt, damit sie auf den Steinen keinen Lärm machten. Cortés hatte seinen Männern verboten, auch nur irgend etwas am Körper zu tragen, was ein Geräusch erzeugen konnte. Und so gingen sie dahin – inmitten der Stille.

Über Tenochtitlan herrschte finstere Nacht. Nirgendwo brannte eine Feuerstelle. Kein einziger Lichtstrahl durchbrach die Dunkelheit. Nur hoch oben, da leuchteten der Herr und die Herrin der Nacht und noch weiter weg die Neun Herren der Nacht, die sich im Wasser des Sees spiegelten, wo die großen, vom Wind bewegten Wellen mit den Booten der Holzfäller, der Blumenhändler und Fischer spielten. Tausend Krieger von Tlaxcala übernahmen die Brücke. Die einen schritten an der Seite des Balkengerüstes, die anderen zogen es vorn mit Hilfe von Seilen. Dreitausend weitere Krieger schützten die Brücke nach allen Seiten.

Die Idee, die Cortés entwickelt hatte, war vortrefflich: Da alle Brücken entlang dem Dammweg von Tacuba zerstört waren, half nur eins: die tragbare Brücke! Sie würde für die kleinen wie für die großen Schritte taugen.

Die Soldaten waren zufrieden. In dieser Nacht bewunderten sie ihren Kapitän wie nie zuvor, und sie gelobten, daß sie ihr Lebtag nicht von der Seite jenes Mannes weichen würden, der in der Lage war, Ideen zu haben, vor denen selbst die Taten eines Cäsars oder eines Alexander von Makedonien verblaßten.

Rund um die Brücke waren hundert Soldaten aus Aragón angeordnet. Sie bildeten eine Art zweites Schutzgeleit; ihren Panzer stellten die Körper der tlaxcaltekischen Krieger dar. »Die Krieger von Tlaxcala werden alle Pfeile stoppen«, sagte Cortés. »Und falls die Azteken die Geschütze einsetzen sollten, werden sie auch die Kugeln abfangen.«

Inmitten der hundert spanischen Soldaten, hinter einer großen Eskorte, ritt Hernán Cortés. Ihm folgten die Pferde mit dem Gold für König und Kirche, ferner Moctezumas Töchter, von denen zwei schwanger und kurz vor der Niederkunft waren, und einige Geiseln der Spanier, die bei einem Angriff ebenfalls als Schutzpanzer dienen sollten. Ein aztekischer Hauptmann hatte zu Cuitláhuac gesagt: »Der Soldat Lerma hat uns darauf aufmerksam gemacht, daß Cortés in der Truppe seiner Gefangenen Schutz suchen wird. Er glaubt, daß sie unsere Pfeile abhalten, ja daß wir gar nicht erst auf ihn schießen werden, um sie nicht zu töten.«

»Cortés und seine Hunde haben falsche Gedanken ... Sie sind von Luft umgeben ...«

Im Zug ging auch eine Gruppe bewaffneter spanischer Frauen, angeführt von María Estrada. Die Holzbrücke ruhte auf den Schultern der Krieger aus Tlaxcala. Danach kamen Cortés, Marina und die Gefangenen. Den tlaxcaltekischen Kriegern gelang es, die Brücke auf die erste Dammlücke zu legen.

Matla und ihre Leute beobachteten jeden Schritt. Gerade gingen in aller Stille mehrere Frauen über die Brücke. Es folgten Cortés und die mit Gold beladenen Pferde. Plötzlich war der Ruf einer Frau zu vernehmen, gerade als Velázquez de León und seine Soldaten die Brücke passieren wollten; unter ihr tauchten die Köpfe aztekischer Krieger auf. Im nächsten Augenblick versank die Brücke, und aus der Dunkelheit schossen Kanus hervor, die Velázquez de León und seine Leute einkreisten ... Weiter vorn griff eine Gruppe aztekischer Krieger die Truppe von Topiltzin an. Cortés kämpfte wie ein hungriger Kojote in den Bergen des Winters; er wuchs über sich hinaus, bis ihm ein Krieger das Schwert aus der Hand schlug. Fünf andere faßten ihn beim Gürtel und an den Füßen und zogen ihn im Triumphgeschrei fort. Verzweifelt versuchte Cortés, sich zu befreien, aber die Krieger packten nur noch fester zu, bis er sich nicht mehr rühren konnte.

In diesem Moment gingen ein paar Häuptlinge aus Tlaxcala dazwischen, die berühmt für ihren Mut, ihre Verwegenheit und ihre Todesverachtung waren. Hinter den Häuptlingen tauchte Cristóbal de Olid auf. Gemeinsam warfen sie sich in das Kampfgeschehen. Zum Äußersten entschlossen, versuchten die tlaxcaltekischen Häuptlinge, Hernán Cortés zu befreien, der verwundet war, auch sichtlich Angst hatte und nicht zu schreien aufhörte. »Zu mir … Zur mir! Zu Hilfe … Zu Hilfe!« Schließlich schafften es die Tlaxcalteken, die Krieger von Tenochtitlan zu bezwingen und ihnen die Beute zu entreißen. Olid bot Cortés ein Pferd an. Dieser sprang auf das Pferd und floh, ohne weiter auf seine Gefährten zu achten.

Gemeinsam mit fünf anderen Spanierinnen kämpfte María Estrada wie der Wind über der Wüste. Mit Schwertern und Dolchen versuchten sie, ihre Verfolger abzuschütteln. Einige von ihnen bewiesen ungewöhnlichen Mut und starben mit der Waffe in der Hand. Auch die Geiseln fanden den Tod. Nicht umsonst hatte Cuitláhuac gesagt: »Sie sind Luft.«

Auf den Dachgärten standen die Mädchen aus der Schule der Krieger und schütteten säckeweise Chillipulver über die spanischen Soldaten, die sofort loshusteten, sich die Augen rieben und auf diese Weise umkamen. Von tausend Dächern ließen sie Stroh herunterfallen, das sie im Fluge mit brennenden Pfeilen entzündeten. Es war, als würde es vom Himmel Feuer auf das spanische Heer regnen.

Vor einer zerstörten Brücke brachte Hernán Cortés sein Pferd zum Stehen. Da das Wasser an dieser Stelle flach war, unternahm er den Versuch und durchquerte es gemeinsam mit seiner Eskorte. Die Eskorte bestand aus tlaxcaltekischen Kriegern, die, sobald sie von den Azteken verwundet oder getötet wurden, auf der Stelle durch eine andere große Gruppe von

Kriegern ersetzt wurden, die dann ihrerseits dem spanischen Kapitän als Schutzwall dienten. Auf dem See trieben die Leiber Tausender tlaxcaltekischer Krieger, die in den Wellen den Tod gefunden hatten. Die Tlaxcalteken waren keine Schwimmer, keine Leute des Wassers, und so verstanden sie es auch nicht, im Wasser zu kämpfen oder sich schwimmend zu retten. Von ihren Booten aus durchbohrten die Azteken sie mit ihren spitzen Waffen. Die Pferde wanden sich in ihrer Agonie. Die gellenden Schreie der Krieger und der Pferde waren weithin zu hören. Vorbei war die Stille. Es herrschte nur noch der Tod. Der Schrei des Todes.

»Baut eine andere Brücke«, sagte Cortés.

Und so schleppten sie die Körper der Toten und Verwundeten herbei und füllten mit ihnen den Weg aus, den die Pferde, die Frauen, einige Offiziere und die Geistlichen mit ihrem Gold sodann passierten. Auf dem Weg verloren sie Pferde, Kanonen, Krieger, Soldaten. Um ein Haar wäre Hauptmann Pedro de Alvarado von zwanzig Azteken gefaßt worden, wenn er sich nicht mit einem mächtigen Satz ans andere Ufer gerettet hätte. Die Soldaten, die das Gold schleppten, waren die ersten, die fielen. Stunden später waren die meisten spanischen Soldaten entweder tot oder gefangen.

»Rasch, zählt meine Truppen und laßt sie Aufstellung nehmen«, rief Cortés, der sich bereits auf der anderen Seite des Dammwegs von Tacuba und in Sicherheit befand.

»Bei meiner Seele, Kapitän, es ist keiner mehr da, den man zählen könnte ...«

»Was faselt Ihr da? Die Schlacht flaut ab ... Also tut, was ich Euch heiße: sammelt meine Tapferen und zählt sie!«

»Kapitän, es gibt keine Spanier mehr, die auf den Wegen vorangehen könnten. Wir haben keine Leute mehr zum Aufmarschieren. Die Schlacht ist verloren ... Wir sind vernichtet!«

Auf der anderen Seite stellten die Azteken den Kampf ein. Cuitláhuac schwenkte die Siegesfahne. Irgendwer hatte ihm gemeldet, daß Kapitän Topiltzin in Gefangenschaft geraten sei. Der Kampf war zu Ende. Auf dem See schwammen die Leiber

der ertrunkenen tlaxcaltekischen Krieger und stießen aneinander. Die Wellen trieben ihr Spiel mit ihnen: sie rollten hin, sie rollten her …
Auf dem Dachgarten eines der vielen Häuser am Dammweg nach Tacuba stand Matla und verfolgte die Schatten der Soldaten, die von Velázquez de León angeführt wurden. An ihr Ohr drangen Stimmen, die ihr sagten, welchen Weg die Brückenschlange, die sich durch Tenochtitlan bewegte, gerade einschlug und an welcher Stelle sie vorbeikam. Matla war mit einem Toledoschwert bewaffnet, über der Schulter trug sie Bogen und einen mit Pfeilen vollgestopften Köcher. Sie wurde von einer ausgesuchten Zwanzigergruppe aus Kriegern und Kriegerinnen des Kojote-, Ozelot- und Jaguar-Ordens begleitet. Wenig später erfuhr sie, daß die Spanier in die Falle gegangen, die Pferde gestorben und die Offiziere bereits gefangen waren.

Der Zorn der Trommeln sprengte die Stille der Nacht. Auch Topiltzin antwortete auf den Lärm der Trommeln und Hörner, bis sie einen Augenblick später verstummten. Die Musiker mußten um ihr Leben kämpfen. Alles war nur noch Verwirrung und Haß. Die Luft war erfüllt vom Geschrei der Verwundeten, die mit der Schneide eines Toledoschwertes oder mit der Schneide eines Obsidianschwertes zum Verstummen gebracht wurden.

Matla wandte ihren Blick zu einer Gruppe von Kriegern, die von einem Dach zum andern sprangen und spanische Soldaten verfolgten. Man hatte ihr berichtet, daß einige Soldatengruppen ebenfalls Brücken trugen, die jedoch nicht so groß waren wie jene, welche die Mannschaft von Velázquez de León mit sich führte, der auf Schritt und Tritt Soldaten verlor, allerdings nicht durch Matlas Angriff. Im gleichen Augenblick, da die Krieger von Tenochtitlan die Träger der Brücke töteten, nahmen andere ihren Platz ein. Die Krieger aus Tlaxcala wußten, daß die Brücke ihr Leben bedeutete. Sie konnten nicht schwimmen.

Velázquez de León war im besten Mannesalter; sechsunddreißig Jahre alt. Er stotterte wie Pedro de Alvarado, jedoch nur in Augenblicken der Gefahr. Still und mannhaft, so ging er stets an der Spitze seiner Truppe. Matla befragte die Frau, die während des sechsmonatigen Aufenthalts von Topiltzin in der Stadt Tenochtitlan seine Sklavin gewesen und ein paar Tage zuvor geflohen war. Die Frau, mit einem Adlerkostüm bekleidet, beantwortete Matla willig jede Frage.

Velázquez de León rief: »Beeilt euch! Ihr verkörpert die Seele und den Sieg unseres Heeres, denn in euern Händen liegt das Leben aller!«

»Hauptmann«, bemerkte ein Soldat, »wir haben beobachtet, daß die Heiden mit allen Mitteln versuchen, und koste es ihr eigenes Leben, uns heil und unverletzt zu fangen …«

»Ja, ja, genau das ist ihre Absicht«, bestätigte ein anderer angstvoll. »Bestimmt wollen sie sich für den Tod ihres Herrschers Moctezuma rächen. Für uns gibt es keine Rettung.«

Velázquez de León blickte verächtlich auf den, der das gesagt hatte, und rief: »Uns bleibt keine andere Wahl … Vorwärts zum Sieg!«

In der Dunkelheit der Nacht schwammen Tausende Kanus. Sie wurden von Mädchen und Jungen gesteuert, während die Krieger und Kriegerinnen stehend in ihnen kämpften.

»Vorwärts Spanien, schlag drein!« rief Velázquez de León. »Auf nach Tacuba!«

»Für dich gibt es kein Tacuba mehr!« antwortete Matla. Dann erhob sie ihre Stimme und rief auf Spanisch: »Euer Gott ist tot … ist tot … ist tot!« Und dabei hielt sie ein Bildnis der Jungfrau Maria hoch, das man den Spaniern abgenommen hatte. Die Kriegerin, die ihr mit Rat beiseite stand, bemerkte: »Die Barbaren kümmern sich nicht um ihre Götter, wenn sie fliehen.«

Einen Augenblick später hatten es die Krieger aus Tlaxcala geschafft, die Brücke über eine Lücke im Dammweg von Tacuba zu legen. Von den Dachgärten sprangen die Krieger und Kriegerinnen aus Tenochtitlan in die Wellen des Sees. Unter ihnen Matla. Matlas Krieger bildeten im Wasser eine

Pyramide, einer stellte sich auf den anderen, bis sie an die Brücke heranreichten und sie mit armdicken Seilen festbanden. Andere Schwimmer, ebenfalls mit Seilen ausgerüstet, verteilten sich unter der Brücke. Ein besonderer Ruf war das Zeichen für Matla. Die Krieger zogen an den Seilen, und die Brücke fiel ins Wasser. Die Menge der wartenden Kanus, aus denen sich die Azteken auf die Schwimmer warfen, war beeindrukkend. Schwimmend hielt Velázquez de León sein Schwert hoch und rief: »Trennt euch nicht! Bleibt zusammen, zusammen!«

Matla stieg in eins der unzähligen Kanus, die sich anschickten, die Spanier einzukreisen. Die Spanier versuchten, dem Angriff der Boote auszuweichen, indem sie auf das Seeufer zuschwammen. Die meisten hielten sich an Balken fest, die noch kurz zuvor Teile der Brücke gewesen waren. Die Azteken töteten jeden Krieger aus Tlaxcala, der ebenfalls Halt an den Balken suchte, doch von den spanischen Soldaten verwundeten oder töteten sie nicht einen. Derselbe Soldat, der Velázquez de León gewarnt hatte, daß man sie alle fangen würde, rief ihm jetzt zu: »Ich habe es Euch gesagt, sie wollen uns lebend!«

Die große Holzbrücke wurde samt den spanischen Soldaten zum Ufer gezogen. Mit einer Hand krallten sich diese an der Brücke fest, in der anderen hielten sie das Schwert, bereit, jedweden Angriff abzuwehren, zu dem es jedoch nicht kam. Mühelos, als wäre es nicht schwerer als eine Bienenwabe, zogen die Ruderer das mächtige Holzgerüst bis zu einem der Paläste. Von den Kriegern aus Tlaxcala war keiner mehr am Leben. Die Krieger aus Tenochtitlan drängten die Spanier zum Ufer der Lagune, direkt vor die Stufen des Palastes. Letztere spürten, daß sie umzingelt waren. Obwohl starr vor Kälte, hielten sie sich wacker. Einer nach dem anderen kamen sie aus dem Wasser heraus und gruppierten sich bei der Treppe. Einmal an Land, drängten sie sich aneinander, bereit, ihr Leben zu verteidigen.

Matla erschien in einem Boot mit trockener Kleidung,

sie hatte sich umgezogen. In ihrem Mund steckte eine Rohrpfeife. Um den Hals trug sie eine goldene Kette, an der eine kleine Trommel baumelte. Hunderte aztekischer Krieger waren bereit, sich beim kleinsten Zeichen von Matla auf die Gefangenen zu stürzen. Velázquez de León verteilte seine Soldaten und sagte zu ihnen: »Sind sie auch in der Überzahl, so erwarte ich doch, daß ihr für jeden Toten aus unseren Reihen zehn von ihnen den Garaus macht …«

Matla erteilte mit lauter Stimme einen Befehl, den die Spanier nicht verstanden. Sie blies die Pfeife und begann langsam die kleine Brusttrommel zu schlagen. Mit gezückten Obsidianschwertern machten die Azteken einen Schritt vorwärts. Wieder pfiff Matla, und die aztekischen Krieger machten zwei Schritte auf die Soldaten von Velázquez de León zu, die über die Stufen zurückwichen, die zu den Toren des Palastes führten, welche die Spanier selbst gebaut hatten, um den Ort wie eine Festung verteidigen zu können. Im Rücken das große Tor des Palastes, vor ihnen die Azteken, die mit ihren Waffen auf sie zielten, ohne sie jedoch anzugreifen. Die Soldaten waren bereit, ihr Leben zu einem sehr hohen Preis zu opfern.

»Nicht ein Leben für ein anderes, sondern ein Leben für viele, das ist die Parole! Vergeßt das nicht!« wiederholte Velázquez de León, der mit gezückter Waffe zurückwich. Die Tore des Palastes öffneten sich, als würden sie von starken Seilen gezogen.

»Sie wollen, daß wir hineingehen«, murmelte ein Soldat.

»Haltet stand, leistet Widerstand! Geht nicht hinein!« rief Velázquez de León.

Ein Soldat rannte auf Matla zu, kniete vor ihr nieder und rief: »Herrin, verschont mich! Ich will leben, leben …«

Ein anderer spanischer Soldat, der mit seiner Armbrust auf den Feigling zielte, wurde von einem Pfeil durchbohrt. Matla blickte auf den Mann zu ihren Füßen und sagte kein Wort. Ein dritter Soldat zielte mit seiner Arkebuse direkt auf Matlas Herz, aber seine Waffe ging nicht los, die Lunte war feucht geworden. Ein vierter versuchte zu fliehen. Als seine Gefährten auf ihn schießen wollten, sagte Velázquez de León: »Laßt ihn mit seiner Angst laufen … Mag ihn der Teufel holen!«

Matla schickte den Feigling zur Gruppe zurück und schlug weiter die kleine Trommel.

Es kam der Augenblick, da beide Gruppe nicht mehr als fünf Meter voneinander entfernt standen. Die Spanier suchten die Ranghöchsten unter den Azteken; diesen gedachten sie zuallererst zu töten. Velázquez de León stand vor Matla. Es trennten sie nur drei Meter. Matla maß ihn mit einem abschätzenden Blick, so wie man eine Agavenraupe zu betrachten pflegt.

»Schnell in den Palast«, befahl der Hauptmann, und alle gehorchten. Als letzter schlüpfte Hauptmann Juan Velázquez de León hinein. Kaum hatte er das Tor passiert, schloß es sich wie von selbst mit großem Krach.

Tozquentzin, die zweite Herrin im Haus der Kriegerinnen, tauchte vor Matla auf. Sie wurde von Kojote- und Adler-Kriegern begleitet. Alles an ihrer Kleidung ließ darauf schließen, daß es einen schrecklichen Kampf gegeben hatte. Sie selbst war an einem Bein verwundet. Das Gehen bereitete ihr Mühe.

»Alle sind gefangengenommen«, berichtete Tozquentzin.

»Auch die Hunde?«

»Die Hunde und ihresgleichen! Alle!«

Matla folgte Tozquentzin, die sie zu einem äußeren Hof des Palastes führte. Vor der Treppe des Palastes stand ein Holzkäfig, in dem sich der ganze geschlagene Männerhaufen befand, vor kurzem noch zu dem unbesiegbaren Heer von Don Carlos I. von Spanien und seiner Mutter Doña Juana gehörend. In einem zweiten Käfig steckten zwanzig Soldaten, verwundet die einen, gedemütigt die anderen.

»Daß mir die Hunde fünf Tage nichts zu essen bekommen«, sagte Matla zu Tozquentzin. Dann schaute sie zu dem Käfig, in dem die Hundeführer mit ihrem Hauptfeldwebel eingesperrt waren, und wechselte mit der zweiten Kriegsherrin einen verständigen Blick …

»Wie hat er sich verhalten?« fragte Cuitláhuac Cuauhtémoc.

»Tapfer. Wie ein Mondkrieger.«

»Welches waren seine Worte?«

»Ich dankte ihm für das, was er für México Tenochtitlan getan hat. Er blieb gelassen. Dann übergab er mir diese Rolle mit seiner Schrift und sagte: ›Im Heerlager von Cortés habe ich einen Vetter, der meinen Namen trägt, Hauptmann Lerma. Wenn der Feuerregen, den ihr im Namen eurer Götter veranstaltet, vorüber ist, sucht ihn, und so er noch am Leben ist, sagt ihm, daß meine Mutter gemeinsam mit seinem Vater einen Stammsitz hat.‹ Ich habe ihm gesagt, er könne sich aussuchen, auf welche Art er sterben möchte, sobald wir seiner Dienste nicht mehr bedürfen. Er lächelte traurig und antwortete: ›Ich möchte stehend sterben, das Gesicht der Sonne zugewandt, wie ein katalanischer Soldat …‹ Und also habe ich mein Obsidianschwert genommen und ihm mit einem Hieb den Kopf abgeschlagen.«

»Ich habe gehört, daß ein Hauptmann mit Namen Rodrigo de Castañeda sich stets in der Nähe von Topiltzin aufhält. Er soll die Rolle des Papageien übernommen haben, die Malintzin gespielt hat, bevor der Spanier sich in ihre Nichte verliebt und sie nicht mehr beachtet hat. Er ist ein guter Dolmetscher. Sucht ihn, und wenn ihr ihn gefunden habt, tötet ihn!«

»Und was nun?« fragte ein Soldat.

»Nun wird diese indianische Hündin erfahren, wie ein spanischer Soldat sein Leben verkauft«, antwortete Hauptmann Velázquez de León. Seine Worte klangen etwas zu selbstsicher.

Der mit Glimmerstein ausgelegte Fußboden im Innern des Palastes glänzte so rein und klar, daß er das Spiegelbild der Fontäne ungebrochen wiedergab. Die Fontäne gehörte zu den ältesten, die Tenochtitlan besaß. Sie stammte aus einer fernen Epoche, in der die Baumeister einen Berg aufgeschüttet hatten, um das Niveau des Flusses zu heben. Sie hatten einen Staudamm gebaut und das Wasser von der Höhe über kleine dünnwandige Keramikrohre hinabgeleitet zu jedem einzelnen der zahlreichen Paläste, die Moctezuma Ilhuicamina hatte errichten lassen. Moctezuma Ilhuicamina, der große Himmelsschütze, der Herr Tlatoani, der erste Herrscher, der in fremde Gebiete vorgedrungen war und sie erobert hatte, von Coyohuac bis Xiuhcoac und von Tanapochco bis Huaxyacan, und den die Dichter besangen, wenn er auf dem Marktplatz mit den siegreich von den mexikanischen Grenzen heimgekehrten Kriegern tanzte …

Von weither, aus fernen Gegenden, waren Diener in den Palast gekommen, um Moctezuma Ilhuicamina, dem Herrn von México, ihre Opfergaben darzubringen: gezuckerte zarte Maiskolben, Körbe voller Rosen, Hirschhäute, Jaguarklauen. Rings um das Becken, in dem vielfarbige Fische herumschwammen, befand sich das mit warmem Wasser gefüllte Bad. Nicht weit davon prangten Obstbäume und üppige Kletterpflanzen. Leuchtende Sonnenblumen streckten ihre Köpfe dem Lauf des Tagesgestirns entgegen, und die Mondblume, die schönste aller Blumen, trat schimmernd aus den Winkeln hervor und verbreitete einen betörenden Duft. Das Fischbekken wurde von einer kleinen Kaskade gespeist, die ebenfalls mit farbigen Ziegeln dekoriert war. Und nahe den Zwergpalmen rankten sich an den Wänden viele Blumen empor.

Juan Velázquez de León verteilte seine Leute mit einem Höchstmaß an Umsicht und fragte einen seiner Offiziere: »Wie viele sind wir?«

»Achtzundsiebzig, Kapitän.«

»Wie steht es mit den Waffen?«

»Wir haben noch etliche Armbrüste, aber nur wenige Speere, einige Lanzen, Arkebusen mit Pulver, das feucht geworden ist, und unsere Schwerter.«

Hauptmann Velázquez de León fühlte, wie ihn bei dieser Meldung ein Anflug von Niedergeschlagenheit überkam.

»Und wir haben unseren Mut! Vergeßt das nicht! Habt Ihr eine Idee, wie wir uns verteidigen?«

»Es hat keinen Sinn, Herr. Nur noch zwanzig Männer sind in der Lage zu kämpfen.«

Velázquez de León blickte auf seine Soldaten. Die meisten von ihnen hatte ihre Waffen in den Wellen des Sees verloren, oder die aztekischen Krieger hatten sie ihnen mit Hilfe des Lassos entrissen, mit denen sie sonst die Reiher der Lagune zu fangen pflegten. Die Soldaten sahen zerschunden aus; bei jedem neuen Versuch, bei jeder Anstrengung, sich zu verteidigen, hatten ihnen die Waffen der Azteken arg zugesetzt. Velázquez de León hielt es für angezeigt, ihnen Mut zu machen, und so sagte er: »Ihr seid Soldaten des Königs. Wir sind die Soldaten unserer Königin; wir sind die Sieger über die Mauren; wir haben die Soldaten des Halbmondes vertrieben, die achthundert Jahre lang alle Völker gedemütigt haben, die heute zum spanischen Reich gehören. Wir wurden auf das Meer abgetrieben, als wir gemeinsam mit Christoph Kolumbus dem Glücksstern unseres Gran Capitán folgten; wir haben die Brücke vom Alcázar, der Burg von Sevilla, errichtet, damit auch der letzte Ungläubige aus dem Reich des Halbmondes unsere Stadt verlasse. Wir sind die Gesandten Gottes, unseres Herrn Jesus Christus ... Und nun haben uns diese Heiden umzingelt. Umzingelt ja, doch nicht endgültig geschlagen. In unseren Händen ruhen die Waffen, und Gott der Allmächtige ist auf unserer Seite. Wir sind in dieses von seelenlosen Männern und Frauen bewohnte Land gekommen als die Boten unseres Herrn Jesus Christus und unserer heiligen Mutter, der Katholischen, Apostolischen und Römischen Kirche ...

Wir, die Soldaten von Kastilien und Aragón, sind die Zukunft dieses Gesindels, ob jene Elenden es nun wollen oder nicht. Wir sind, bei Gott, das Heute von Spanien!« Er warf einen Zustimmung erheischenden Blick auf die durch seine Tirade gestärkten Gesichter und schloß mit den Worten: »Wir halten die Waffen hoch, die Kastilien und Aragón überall dort Ruhm verliehen haben, wo einer unserer Soldaten seinen Fuß hingesetzt hat. Und wir zweifeln nicht, daß unser Kapitän Cortés kommt, um uns zu befreien ...«

Als Hauptmann Velázquez de León seine Rede beendet hatte, blies ein Junge hoch oben auf einer Mauer die Flöte ...

Hauptmann Velázquez de León war, als seien viele Tage, viele Monate, viele Jahre, ja fast eine Ewigkeit vergangen. Auch jetzt setzte, so wie gestern, wie seit Tagen, der Junge oben auf der Mauer sein Flötenspiel fort, als sei er ganz allein, als würde es sich nicht um drei oder fünf handeln, die einander ablösten und vor den Blicken der Spanier auf und ab gingen und dabei Flöte spielten. Und stets erklang die Flöte mit dem gleichen klagenden, traurigen Ton; ihre Weise erinnerte an eine Melodie, die aus der Tiefe eines Wasserkrugs aufstieg.

Hauptmann Velázquez de León erinnerte sich: Im Viertel von Santa Cruz, beim Hauptportal der Festung von Sevilla, unter den im Frühling mit Nelken bepflanzten Balkonen, im Gewühl der engen gewundenen Gassen, durch die Männer mit Mantel und Degen, übernächtigte Mönche und Frauen mit hohen Steckkämmen und bestickten Seidenmantillen liefen, hatte er einmal einen Blinden Flöte spielen hören. Er ließ sie ertönen bei Tag wie bei Nacht. Noch nach dem Ruf des Nachtwächters ließ der Mann, von dem er nicht hätte sagen können, ob er alt oder jung war, da er sein Gesicht mit einer Kapuze verdeckte, seine Flöte ertönen. In jenen Tagen war er noch nicht der Hauptmann Velázquez de León von heute, sondern nur ein entfernter Verwandter des künftigen Statthalters von Kuba, der sich in den Amtszimmern des königlichen Handelshauses von Sevilla vorstellte und um die Genehmigung ersuchte, sich in den neu entdeckten, vielmals erträumten Ländern niederlassen zu dürfen. Er hatte seine Papiere vorgelegt, die ihn als Altchristen der berühmten und in Sevilla ansässigen Velázquez-Familie auswiesen, und dann gewartet. Das Warten überbrückte er, indem er durch Kneipen bummelte, schlechten Wein trank, trockenes Brot und einen bitter schmeckenden Käse aß. Da er nicht begütert war, blieb ihm manchmal nichts anderes übrig, als in den Schuten zu schlafen, die auf den Wellen des Guadalquivir schaukelten … Ach Sevilla, du in dieser Nacht so ferne und doch so nahe Heimat!

In seiner Gesellschaft befanden sich Gefährten, die sich den gleichen Träumen hingegeben hatten wie er. Ehemalige Fischer aus Cádiz. Piraten aus dem Mittelmeer. Bescheidene Marktschreier, die mit Apfelsinen handelten. Männer, die alles daran setzten, damit ihre zigeunerhafte und zwielichtige Vergangenheit vor den Beamten des Handelshauses von Sevilla unbemerkt bliebe. Pflücker von Apfelsinen, die anzubauen ihnen die Araber gezeigt hatten. Alte Hausierer vom Tajo und Tagelöhner …

»Eines Tages werdet Ihr ein großer spanischer Offizier sein.« Mit diesen Worten hatte seine Mutter ihn gesegnet, als sie ihn an jenem nebligen Morgen in der Nähe des Goldtores verabschiedete. Sie hatte ihn auf die Stirn geküßt und ihm dann einen Rosenkranz und eine kleine Flasche mit dem Weihwasser unserer lieben Frau, der Mutter von Andalusien, gegeben. »Ihr werdet ein großer spanischer Kapitän sein« – Worte, die jeder mit achtzehn, ja auch noch mit fünfundzwanzig glaubt, aber nicht mehr, wenn er die Dreißig bereits überschritten hat … Und sich an das Versprechen erinnernd, wiederholte er vor seinen Gefährten: »Er kommt gewiß, das verspreche ich euch!« Aber nicht einmal er selbst glaubte an dieses Versprechen, das er im Namen des Generalkapitäns Hernán Cortés machte.

Mehrere Tage waren verstrichen, und diese verfluchte Flöte hatte nicht zu schrillen aufgehört. Im Wasserbecken war kein einziger Fisch mehr. Die Bäume hatten keine Blätter mehr, keine Wurzeln. Welk starben die Bäume dahin. Die Männer waren ohne Leder an den Füßen und Händen, die Schwerter ohne Futterale … Alles Leder war längst aufgegessen, verschlungen; selbst die Koppelriemen, die Gürteltaschen. Und als sie nichts mehr zu essen hatten, nagten sie sich ihre Finger- und Fußnägel ab.

»Kapitän Cortés denkt nicht daran zu kommen …«, sagte murrend ein Soldat, dessen Wunden eiterten und schlecht rochen.

»Er kommt bestimmt, ich verspreche es euch.«

Vergeblich versuchte ein Soldat, ein paar Mücken zu fangen, die über den eiternden Wunden einiger Kameraden schwebten. Umsonst wartete ein anderer sehnsüchtig darauf, daß die Ameisen aus einem Erdloch hervorkrochen. Stunden starrte er schon auf das Loch, ohne daß sich auch nur eine Ameise gezeigt hätte. Die meisten lagen ausgestreckt in der Nähe des Brunnens, teilnahmslos, die blanken Schwerter in Reichweite.

»Sie werden unseretwegen nicht mehr zurückkommen. Es sind schon so viele Tage vergangen.«

»Noch haben wir unsere Waffen.«

Mit einem Mal spürte Hauptmann Velázquez de León etwas Seltsames in der Umgebung. Er brauchte ein paar Sekunden, ehe er begriff, was geschehen war: Der Ton der Flöte hatte sich verändert. Er klang jetzt nicht mehr traurig und auch nicht mehr so langgezogen wie der Faden eines Netzes. Der Klang der Flöte war nunmehr fröhlich, sehr fröhlich, fast glücklich. Als die Soldaten die Melodie des neuen Flötenspielers hörten, richteten sie ihre Augen in die Höhe.

»Es ist die gleiche Weise«, bemerkte ein Soldat.

Juan Velázquez de León erinnerte sich ebenfalls: Als Moctezuma, ernst wie nie zuvor, im Axayácatl-Palast gefangen saß, hatte er den Flötenspieler immer und immer wieder gezwungen, eben jene Weise anzustimmen, ungeachtet dessen behielt er seine ernste Miene bei und schien sich von der Musik nicht beeindrucken zu lassen.

»Das, das ist die Rache, ganz klar, die Rache!« äußerte Velázquez de León fast im Flüsterton. »Ich hätte es mir denken können!«

Es geschah im Morgengrauen, als die Soldaten es überdrüssig geworden waren, darauf zu achten, ob die Ameisen aus ihrem Bau herauskommen würden, um nach nahen Blättern zu suchen. Alles vollzog sich gewaltsam. Gewaltsam? Die Tore des Palastes öffneten sich auf einen Schlag. Wie ein Mann sprangen die Soldaten auf und griffen zu ihren Waffen. Velázquez de León stellte sich mit dem Schwert in der Hand vor sie. Sie waren zerlumpt, stanken, sahen krank und abgemagert aus, trugen wild wuchernde Bärte, und doch standen sie aufrecht, standen wie ein Soldat aus Kastilien und Aragón.

»Wartet den Angriff ab, wartet und rückt zusammen, nehmt das Schwert fest in die Hand. Wer kein Schwert hat, hält sich bereit, die Waffe eines gefallenen Kameraden zu übernehmen! Vorwärts, Spanien, schlag drein!«

Die Tür öffnete sich ... Auf der Schwelle erschien Matla – ohne jede Waffe. Sie trug ein grünes Gewand aus Quetzalfedern. Ein Jadediadem bedeckte ihre Stirn. In den Händen hielt sie einen Zweig mit gelben Blüten. Mit ihr kamen etwa fünfzig Jungfrauen, ganz in Weiß, auch sie waren unbewaffnet. Sie trugen blaue Keramiktabletts und große bunte Teller, wie Oaxaca sie jedes Jahr als Tribut nach Tenochtitlan schickte. Die Tabletts waren angefüllt mit Chompipe, Bohnen, Maisfladen, Schalen mit honiggesüßtem Maisgetränk, Tassen mit süßer Schokolade, Teller mit grünen Pfefferschoten und – Gott der Götter! – etwas, das die Gier der Männer aus Kastilien und Aragón am meisten anstachelte: gebratene und in Honig gewendete Hunde.

Mit aufgerissenen Augen starrten die Soldaten unverwandt auf das, was sich ihren Blicken bot und konnten es kaum glauben. Doch es war keine Täuschung. Da stand sie: Matla, schön wie eine Königin, und nichts an ihr erinnerte an die Herrin des Krieges. Ohne sich im geringsten um die Schwerter zu kümmern, welche die Spanier gegen sie gerichtet hielten, trat sie näher. Sie ging auf Hauptmann Velázquez de León zu und legte ihm eine Schale mit gelben Blumen und einen Zweig mit Reiherfedern vor die Füße. Ein Mädchen, im roten Wickelrock und von der Taille bis zum Hals nackt, bestreute ihn mit ein wenig Kreide. Der Hauptmann lächelte. Nachdem sie die Nahrungsmittel vor den Spaniern auf den Boden gestellt hatten, zogen sich Matla und die fünfzig Frauen wieder zurück. Hinter ihnen schloß sich die Tür, diesmal jedoch sanft. Die Soldaten stürzten sich auf die Speisen und begannen, sie zu verschlingen. Zunächst noch mit Vorsicht, dann jedoch immer zügelloser. Und dabei lachten und scherzten sie. Sie stopften sich den Mund voll und warfen sich gegenseitig kleine Fleischstückchen zu. In diesem Augenblick hörte die kleine Kaskade, von der die Fontäne ihr Wasser bezog, zu rinnen auf. Die Soldaten waren übersättigt, zufrieden, heiter. In ihnen erwachte neue Lebenshoffnung. Aber …

»Hauptmann … findet Ihr nicht, daß an dem Essen ziemlich viel Salz war?« fragte ein Soldat.

Sie stutzten. Offenbar hatten sie gar nicht bemerkt, wie versalzen das Essen gewesen war … Velázquez de León drehte sich um, blickte zur Kaskade und sah, daß ihr Sprudeln langsam versiegte. Schon rann kein Wasserstrahl mehr aus dem Tonrohr. Er stellte fest, daß der Pfropfen, der das Wasser im Brunnen hielt, entfernt worden war und das Wasser ablief. Velázquez de León riß sich das Kamisol vom Leib und sprang zur Brunnenmitte, um den Abfluß zuzudecken und das Wasser aufzuhalten. Doch alles Bemühen war vergebens: Als er in den Brunnen sprang, rann der letzte Tropfen Wasser unter seinen Händen hinweg und verschwand im Rohr. Nun war der Brunnen völlig trocken. Velázquez de León wandte seinen Blick wieder hinauf zu dem Dach, auf dem der Flötenspieler sein Instrument zum Schweigen gebracht hatte. Der Hauptmann und seine Soldaten aus Kastilien und Aragón sahen sich vielsagend an …

Stehend empfing Cortés die Meldung, die ihm seine Offiziere, zu denen er aufblicken mußte, der Reihe nach machten.

»Nur zwanzig Berittene konnten sich retten.«

»Von den Pferden sind keine zehn mehr übrig.«

»Der ganze Schatz ist verlorengegangen.«

»Dahin sind Pulver und Arkebusen, Stutzen und Armbrüste.«

»Es war eine Fügung Gottes, daß die Ungläubigen es nicht geschafft haben, die Geschütze abzufeuern. Andernfalls wäre es uns übel ergangen.«

»Übel ergangen? Ja, gibt es denn ein schlimmeres Übel auf Erden?«

Cortés führte eine Hand an seinen Kopf, wo eine Wunde klaffte.

»Wie hoch sind unsere Verluste und welches unsere Hilfsmittel?«

»Hilfsmittel ... Sehr wenige ... Von unseren eintausenddreihundert Soldaten sind achthundertsechzig gefallen oder in Gefangenschaft geraten. Siebenundneunzig Pferde haben sie erbeutet. Fünf von unseren Frauen sind tot. Das Heer unserer Verbündeten hat mehr als zehntausend Tote zu beklagen. Bis auf die Schwerter und diese oder jene Lanze haben wir alle Waffen verloren.«

Cortés setzte sich, legte den Kopf auf die Knie und murmelte: »Alles ist aus ...«

»Herr, morgen werden sie uns angreifen, und wir können keinen Widerstand leisten.«

Cortés erhob sich und sah sich seine Offiziere an ... Sandoval, Morla, die Brüder Alvarado und Rodrigo de Castañeda, der eine Stunde lang drei Gefangene verhört hatte, bevor Cortés befahl, sie mit der Würgschraube zu erdrosseln. Vor den ermatteten Blicken der Offiziere begann er plötzlich zu weinen, und dabei stöhnte er wie eine Gebärende ... Drei Häuptlinge aus Tlaxcala, die sich ebenfalls im Raum befanden, waren höchst befremdet, als sie Hernán Cortés so weinen sahen.

Das Heer von Kastilien und Aragón war geschlagen. Dies war für Tenochtitlan der Tag der Freude, von dem man erzählen würde, solange noch ein Licht am hohen Firmament des Weltalls leuchtete. Dies war der Tag, der auf die Nacht der Niederlage folgte. Der Tag der Rache, der Rache der Toten: der Tag von Cacamatzin, dem Sohn von Nezahualpilli und Enkel von Nezahualcóyotl; der Tag des Herrschers von Meer zu Meer, des Herrn der Herren, des Königs Moctezuma, Tlatoani von México, der Tag, an dem der Verteidiger von Tlatelolco alle Wege versperrte, damit die eingedrungenen Hauptleute die Stadt nicht verlassen konnten, der Tag, an dem die Krieger von Cuitláhuac mit eigenen Händen die Schützen des Heeres von Kastilien und Aragón überfielen, des überragendsten und am besten ausgerüsteten Heeres der Welt.

Und es war der Tag von Matla, der Herrin Blaues Wasser, der Herrin des Krieges. Die Läufer aus dem Haus des Tages machten sich auf den Weg, um es überall zu verbreiten. Dies war der Tag der Tage. Der Tag von México Tenochtitlan. Der Tag der Schande für Cortés. Der Tag der Demütigung. Der Tag der Rache. Der Tag des Honigs. Der Tag des Tages.

Nach der Nacht des Topiltzin war die Nacht der Hunde gekommen. Die Stunde des Hundes in der großen Stadt Tenochtitlan schien für immer zu Ende zu sein. Schon schrieben die Tenocha-Krieger neue Tänze, die von ihren Taten erzählten. Und zu den Tänzen fügten sich die Gesänge, die Gebete, die Freude, die glücklichen Stunden.

Wie eine zärtliche Hand das Gesicht, strich der Nebel sanft über die Oberfläche der Lagune von Tenochtitlan; die Morgendämmerung brach an, und am Horizont erwachte eine flammende Sonne. Auf der spiegelklaren Lagune zeichnete die Sonne Schattengebilde: im Wasser treibende Pferdekadaver. Und die leblosen Leiber Tausender Krieger aus Tlaxcala, die von den Wellen hin- und hergeschaukelt wurden. Die großen Krieger aus Tlaxcala, die am Tag der Niederlage von keinem gezählt wurden. Die tapferen Krieger aus Tlaxcala, die keiner in der Geschichte der verlorenen und gewonnenen Schlachten jemals zählte. Und vom Wind bewegt, trieb hier und da ein spanischer Soldat.

Oben, auf dem Großen Tempel, schlug eine Gruppe von Priestern mit dem Handteller auf das Fell der großen Trommeln. Unten, vor dem Quetzalcóatl-Tempel, stand eine riesige Menge von Holzkäfigen, in denen spanische Soldaten, Fähnriche, Feldwebel, Hauptleute eingesperrt waren. Einer von ihnen fragte einen verwundeten Hauptmann: »Was wird unser Los sein?«

Der Hauptmann lächelte nur traurig und sagte kein Wort. Zum wiederholten Male blickte er zur Spitze des Großen Tempels hinauf, wo die Priester die Steine für die Opferung vorbereiteten.

Tausende Boote steuerten auf der Lagune Richtung Chalco auf das Festland zu. Sie wurden von Mädchen gelenkt und waren voller Krieger.

Hier und dort waren, gefolgt von ihren Kindern, Frauen zu sehen, die stumm nach ihren Männern suchten, Krieger, die in der Schlacht der vorangegangenen Nacht gefallen waren. Eine Gruppe Krieger passierte in Marschordnung den Dammweg von Ixtapalapa, den die Baumeister schnell ausgebessert hatten, um den Durchzug der Truppen zu ermöglichen. In Zelten auf freiem Felde pflegten die Medizinfrauen ihre Verwundeten.

Die Spuren der Zerstörung waren überall zu sehen. Eine Gruppe von Kriegern, die dem Kindesalter noch nicht entwachsen waren, führte hundert verletzte Tlaxcalteken, die gefesselt an einer einzigen Schnur in einer Reihe hintereinander liefen. Auf den Gesichtern der tlaxcaltekischen Krieger spiegelte sich reine Freude wider, da sie wußten, daß sie binnen weniger Stunden die schönste Opfergabe für die Götter von Tenochtitlan sein würden.

In Reih und Glied kamen Männer und Frauen, die in den Vierteln von Tlatelolco zu Hause waren. Überall wehten Papierfahnen, auf die man Freudengebete geprägt hatte. Rufe der Glückseligkeit. Kleine Mädchen von elf Jahren trugen gelbe Kleider – wie heitere Witwen. Und die Frauen hatten ihre Gesichter über und über mit Asche bestrichen, wegen der Krieger, die nie wiederkehren würden.

XXI

Es war ein merkwürdiges Tal. Der Wind fuhr wirbelnd durch die Agaven und die Zweige der Pirulbäume. In der Ferne erhoben sich nach allen Seiten hin die Berge, und von den Bergen stiegen farbige Rauchzeichen zum Himmel empor, Botschaften der Heeresteile, die alle Wege abriegelten, die aus dem Tal hinausführten. Aus dem großen Tal von Otumba.

Langsam setzte Hernán Cortés einen Fuß vor den anderen. Stöcke des Pirulbaumes dienten ihm als behelfsmäßige Krükken. Eine lange Reihe spanischer Soldaten schleppte sich mühsam vorwärts. Einige blieben auf dem Weg zurück, vergeblich flehten sie um einen Schluck Wasser. Mit einem Mal blieb Cortés stehen. Mutlos ließ er sich nieder. Das Gelände mit den Augen absuchend, blickte er sich um. Überall sah er die farbigen Rauchzeichen. Sie waren in der Mitte des großen Tales von Otumba umzingelt. Dieser und jener Soldat trug etwas Gold bei sich, und das tröstete ihn. Hernán Cortés rief: »Viele sind gestorben ... Die Geschichte wird uns richten und sagen, wir hätten sie im Stich gelassen, wir hätten uns nicht wie Männer benommen, weil wir ihnen nicht zu Hilfe geeilt sind.«

»Das hätte unseren Tod bedeutet. Wir hätten ohnehin nichts mehr ausrichten können.«

»Glaubt Ihr das, Hauptmann Alvarado?«

»Das und nichts anderes, Kapitän.«

Sie kamen zu einem Feld und waren außer sich vor Freude, als sie entdeckten, daß dort Kürbisse gepflanzt waren, die sie sogleich verschlangen, um Durst und Hunger zu stillen. Tausende tlaxcaltekischer Krieger gingen zu beiden Seiten des spanischen Heeres. Wie immer dienten sie ihm als Schutzschild.

»Heute ist unser letzter Tag ...«, sagte Cortés.

»Nein, nicht heute, Herr. Immer gibt es noch einen Tag und erst irgendwann in der Zukunft auch einen letzten Tag.«

»Aber nicht, wenn die Zukunft heute schon angebrochen ist und das Gestern schwer auf dem Herzen des Soldaten lastet.«

»Nur die Zukunft …«, versuchte Alvarado zu entgegnen, doch kam er nicht dazu, den Satz zu vollenden.

Ein Mann durcheilte in schnellem Lauf die Siedlung Oztotipac, den Ort, wo die Bären hausten, den Ort, wo die Menschen seit der Zeit der Zeiten immer in Höhlen gelebt hatten und wo die Erde rot war. Rot waren die Höhlen, rot die Wege, rot die Lehmziegel der Häuser und rot die Spuren der Bären, wenn sie einen wehrlosen Menschen überfielen. Der Mann setzte seinen Lauf durch das Tal fort, das bis zum Fuß des Hügels mit Mezquitengestrüpp bewachsen war und bis zum Horizont mit Agaven. Der Mann, der die rote Erde von Oztotipac kreuzte, war ein Bote. Unter dem Arm trug er ein paar Tafeln. Er machte einen Satz, und im nächsten Moment befand er sich mitten zwischen den Mezquitensträuchern. Alles ringsum war dicht bewachsen. Hier gab es keinen Weg mehr und auch keine rote Erde und keine Höhlen. Keinen einzigen Pfad, der in irgendeine Richtung geführt hätte. Er blickte sich nach allen Seiten um und konnte nirgendwo eine Spur entdecken, als ob die Leute von Oztotipac mit dem Wind weggefegt worden wären. Er blieb stehen und blies eine tönerne Pfeife, die um seinen Hals hing. Sie erzeugte einen lauten schrillen Ton, der den Gesang des Mezquitalvogels nachahmte, der zu jenen Vögeln gehört, die sich von Würmern und vom Nektar der Blumen ernähren und in Oztotipac beheimatet sind. Wieder und wieder blies er die Pfeife.

Aus der Tiefe des Mezquitedickichts tauchte eine gelbe Fahne auf, dann noch eine. Weitere kamen zum Vorschein. Der Mann schlug die Richtung ein, die ihm die Fahnen wiesen. Längst hatte er erraten, längst wußte er, daß jeder Busch ein getarnter Krieger war. Manchmal lief er ein Stück, ohne daß eine Fahne zu sehen war, doch sobald er in die Nähe einer dichten Agavenhecke kam, tauchte wieder eine Fahne auf und wies ihm einen anderen Pfad, dem der Läufer folgte, bis er zum Fuß des Hügels gelangte. Es war ein riesiger Hügel, rundum mit Agaven bepflanzt. Von dieser Stelle aus waren vor Monden von Jahren die ersten Bewohner von Tenochtitlan gekommen, um im Schutze der Nacht Steine zu stehlen, mit denen sie dann die Fundamente ihrer Stadt bauten. So geschehen vor vielen, vielen Jahren, als auf den Wassern des Texcoco-Sees nur vom Winde bewegte Binsen trieben und nicht einmal die Chichimeken wagten, mit ihren Kanus auf den See hinauszufahren, aus Furcht vor den starken Winden. Bei dem künstlich angelegten Hügel handelte es sich um die Sonnenpyramide von Teotihuacan. Auf der Kuppe hatten die Krieger von Tenochtitlan ein Feldlager errichtet. Hier oben befanden sich die Männer und Frauen, die den Krieg gegen die Barbaren führten, die vor Hunger schon wilde Früchte verschlangen. Der Bote, ein Mann aus dem Haus der Läufer, übergab die Tafeln, zwischen denen eine Bildhandschrift lag, die der aztekische Anführer auf der Stelle las.

»Topiltzin und seine Leute werden das Zentrum des Teotihuacan-Tales erreichen, bevor die Schneckentrompete dreimal ertönt.«

Die Kriegerin war kaum älter als sechzehn. Sie befehligte eine Gruppe von Jungen zwischen acht und achtzehn auf der Spitze des Pyramiden-Hügels von Teotihuacan. Eifrig schleppten sie Holz herbei, um ein Lagerfeuer zu entfachen.

»Noch mehr Chilli-Pfeffer«, sagte das Mädchen.

Die Jungen verteilten rote Pfefferschoten über dem Holz, das nur darauf wartete, entfacht zu werden.

Der Läufer übergab dem Mädchen eine Tafel, so wie er es zuvor schon andernorts getan hatte. Das Kriegermädchen, Rote Flamme geheißen, erfuhr daraus, aus welcher Richtung sich Topiltzin mit seinem Heer dem Tal näherte.

»Schnell, wir müssen das Zeichen geben!«

Die Jungen entzündeten das Feuer. Weißrote Rauchschwaden jagten in den Himmel. Das Mädchen und seine Gehilfen, alles Jungen, die das Kriegshandwerk erlernten, warfen mit beiden Händen ein Pulver hinein, dessen Farbe der Rauch sofort annahm. Ein Junge hustete, ein zweiter hielt sich mit einem Lappen die Nase zu. Auch die anderen warteten nicht lange und verhüllten ihre Nasen mit einem baumwollenen Tuch.

»Sie kommen auf dem Weg nach Tlaxcala«, sagte das Mädchen. »Das ist die Botschaft, die wir in den Himmel schreiben müssen …«

Sie … kommen … auf … dem … Weg … nach Tlaxcala …

Sie, die Müden, die Entkräfteten, die an Stöcken humpelten, und mit jedem Tag immer richtungsloser durch die Gegend liefen, die beim Gehen spürten, wie die Stunden länger und länger wurden. Sie, die Kranken, die Besiegten.

Das Kriegermädchen blickte ins Tal von Otumba, doch auf keinem der Wege, die sich bis zum Horizont erstreckten, konnte es etwas erspähen. Es blickte in die Richtung der kahlen Berge, von denen zwei bereits mit Schnee bedeckt waren und deren Gipfel ins Unendliche ragten, dort, wo die Tage geboren werden. Irgendwo dort oben warteten die aztekischen Häuptlinge auf die vielfarbigen Rauchzeichen, die bald darauf von allen Hügeln, die das große Tal von Otumba umgaben, zum Himmel steigen sollten.

Fuß vor Fuß setzend, durchschritten Hernán Cortés und der Rest seines Heeres die Zeit. Plötzlich kamen sie an mit Mezquite bepflanzte Felder. Die Mezquite bedeckten ein Tal, das von Berghängen umgeben war. Vor ihnen ragten mehrere Hügel empor, doch in der Mitte des einen gab es einen Pfad, der sich schneckenförmig hinaufwand.

Die Häuptlinge von Tlaxcala spähten und lauschten und sahen und hörten doch nichts. Sie suchten den Horizont ab, wobei sie mit den Händen die Augen beschatteten. Seit Hunderten von Monden kannten sie die Taktik der Azteken, und nun hatte Cortés, starrsinnig, eifrig und unwissend, sie zu einem Ort geführt, der dem aztekischen Heer besonders entgegenkam. Doch nirgends war eine Gefahr zu erkennen. Die Vögel schwangen sich in die Lüfte, kreischten und schrien und flohen vor ihren Schritten. Die Anführer aus Tlaxcala wußten: ein Tal ohne Vögel hätte bedeutet, daß Menschen in der Nähe waren. Sobald diese auftauchten, flüchteten die Vögel. Doch was sie nicht wußten, war, daß die Azteken zu einer List gegriffen hatten. Die Vögel waren von ihnen in Käfigen mitgebracht und dann freigelassen worden, damit man glauben sollte, das Tal wäre unbewohnt.

Der Hügel vor ihnen hatte einen gewundenen Pfad. Mit einem der wenigen Pferde, die die Tragödie überstanden hatten, ritt Hauptmann Olid geradewegs auf ihn zu. Er erklomm den Gipfel. Das einzige, was er vorfand, waren die Reste einer Feuerstelle; Steine, die zu einem Tempelbau gehörten, Feigenkakteen, Pirulbäume und Schlingpflanzen. Er schaute hierhin und dorthin, ohne daß ihm etwas Besonderes aufgefallen wäre. Mit einer Fahne gab er den unten Wartenden ein Zeichen und rief: »Nichts … nichts … nichts … Der Weg ist frei!«

Da er glaubte, daß sie ihn nicht verstanden hätten, befestigte er ein rotes Federbüschel an seiner Lanze, bewegte sie im Wind und wiederholte: »Nichts … nichts … Der Weg ist frei!«

Schon wollte er wieder hinabreiten, als ihn etwas festhielt. Von einem der Hügel stieg eine rote Rauchspirale auf. Von einem anderen eine blaue. Und von einem dritten schoß eine gelbe Rauchsäule hinauf in die Wolken. Und hier und da und weiter weg: grüne, weiße, gelbe, dunkelviolette Rauchzeichen, Rauchzeichen jeder Farbe, wohin er auch blickte. Es war, als würden die Hügel farbigen Rauch ausspeien. Hauptmann Olid stieß einen warnenden Ruf aus und ritt im gestreckten Galopp hinab.

»Sie greifen uns an, sie greifen uns an …«

»Alle Verwundeten auf den Boden!« befahl Pedro de Alvarado. »Zückt eure Waffen ... Sie greifen uns an!«

Das Gesicht von Hernán Cortés zeigte Angst, doch nur für einen kurzen Augenblick, gleich darauf hatte er sich wieder gefaßt. Er blickte zu den Hügeln, von denen die farbigen Rauchzeichen aufstiegen ... Eins, zwei, drei ... fünf ... zehn ... Nicht lange, und der Himmel, der sich über dem Tal von Otumba wölbte, sah wie eine bunte Fahne, wie ein Regenbogen aus. Ringsum nichts als Stille. Kein Vogel schwirrte mehr über ihren Köpfen. Die Offiziere bestiegen ihre Reittiere. Wohin sie auch spähten, sie konnten nichts entdecken. Nur Buschwerk. Agaven über Agaven, soweit der Blick reichte. Wie die anderen Offiziere spürte auch Olid, daß sie umzingelt waren. Sie befanden sich in einer Falle. Dies war das Tal, und die Angreifer lauerten überall. Doch wo?

»Kapitän Cortés, ich fühle es, ich fühle es genau, sie sind überall. Wir kommen nicht mehr aus diesem Tal heraus. Jeden Augenblick können sie sich auf uns stürzen, so wie einst die Mauren in Spanien.«

»Rüstet Euch!« befahl Cortés.

Mit äußerster Vorsicht rückte Hernán Cortés bis zur Mitte des Tales vor. Entsprechend bewegten sich der Rest des Heeres und die Tlaxcalteken, die die Flanken abschirmten. Zwischen den dicken, stacheligen Blättern der Agaven sah man aus der Erde sprießende Rohrspitzen. Es waren Tausende von Rohrspitzen, und einige bewegten sich. Dort, wo die Spanier vorübergingen, wölbten sich vorgetäuschte Grabhügel empor, die nach einer alten chichimekischen Technik angelegt waren, und zwar derart, daß die Krieger, die sich hier verborgen hielten, nur durch das Rohr zu atmen brauchten. Unter jedem Grabhügel befand sich ein Krieger oder eine Kriegerin aus Technochtitlan. Ihre Feinde aber schritten über sie hinweg, ohne etwas zu bemerken. Cortés, der bereits bis zur Mitte des Tales vorgedrungen war, hob verängstigt das Schwert und rief: »Vorwärts, Spanien, schlag drein!«

Dies war die Versammlung der Orte von Tlaxcala. Die Zusammenkunft fand in einem großen, langgestreckten Saal statt, der nicht den gleichen Luxus aufwies wie die Paläste von México Tenochtitlan. Ein müder junger Krieger, dessen Körper viele Wunden aufwies, erstattete den Anwesenden Bericht. Es war Xicoténcatl, den sein Vater, Xicoténcatl der Alte, der Herr der Orte in Tlaxcala, gebeten hatte, den Spaniern zu helfen, seit diese die Mauern von Tlaxcala erreicht hatten. Mehrere Mitglieder der Orte von Tlaxcala lauschten dem Bericht. Sie trugen verschiedene Trachten, die sowohl ihrer Stellung als auch der Region entsprachen, die sie in der Versammlung vertraten. Einige rauchten. Ein paar Kriegerinnen kauten schweigend Gummi.

»Die gestrige Nacht war für uns die Nacht der Flucht!«, berichtete Xicoténcatl, der junge Mann. »Für die Bleichgesichter war es die Nacht des Leids, die Nacht der Klage, die Nacht, in der die Götter sie allein ließen. Die gestrige Nacht war die Nacht von Cuauhtémoc, die Nacht von Cuitláhuac, die Nacht von Matla, die Nacht des Neides, ja, des Neides seitens der Krieger von Tlaxcala. In dieser Nacht wuchs der Herr Cuitláhuac über sich hinaus und wurde groß wie ein Berg. Die Herrin Matla wurde weit wie das endlose Ufer des Sees, und den Herrn Cuauhtémoc feuerte der Klang der Schneckentrompete und der Trommel in Tlatelolco an.

Viele unserer Krieger sind tot. Und viele der weißen Männer sind tot. Die Mehrzahl. Und von ihren großen Hirschen sind nicht mehr als sieben oder acht übrig – oder gar keiner mehr.

Männer und Frauen von Tlaxcala, jetzt heißt es überlegen, welches der nächste Befehl sein soll. Den Krieg gegen die Azteken fortzuführen würde bedeuten, unsere eigene Tragödie zu säen … Die Weißen sind keine Götter und können auch keine Toten zum Leben erwecken. Mitunter sind sie tapfer, mitunter sind sie feige. Manchmal fliehen sie vor dem Feind. Manchmal zittern sie. Manchmal weinen sie. Es sind Menschen. Aber immer sind sie ruchlos. Immer. Alle Tugenden und alle Fehler, die ein Mensch haben kann, besitzen sie. Ich habe sie sagen hören, sie stammten von einer mächtigen Nation ab … Ich habe sie sagen hören, daß Tausende, ja Millionen ihrer Landsleute bereit wären, ihnen zu folgen. Heute schon verfügen sie über riesige Kontingente auf der anderen Seite des Meeres.« Er blickte die Anwesenden und jedes einzelne Mitglied des Höchsten Rates an und äußerte: »Ich schlage vor, daß wir ihnen den Rücken kehren und von nun an gemeinsam mit dem Volk von Tenochtitlan kämpfen … In einer einzigen Nacht könnten wir sie alle vernichten.«

Xicoténcatl hatte gesprochen. Wieder blickte er den Anwesenden der Reihe nach tief in die Augen, dann nahm er Platz.

Mexicatzin, der Herrscher von Tlaxcala, der in der Versammlung der Orte den Vorsitz führte, erteilte nun Chichimecatecutli das Wort, der aufgebracht hervorstieß: »Hört nur auf den Rat von Xicoténcatl, und alsbald werden wir bekannt sein als mutlose Krieger, als Kinder, die nicht zu kämpfen verstehen. Ich erinnere daran, daß es unser eigener freier Wille gewesen ist, als Freunde und Brüder der Weißen aufzutreten. So auch lautete die Bitte, die Forderung und der Befehl dieses Hohen Rates, und wir, die Krieger der Sonne, haben dies für gut befunden. Und entsprechend haben wir gekämpft und sind zu Tausenden in diesem Krieg gestorben, der uns erstmals bis vor den Tempel von Tenochtitlan geführt hat.

Dieser Jüngling hier meint, daß wir uns nie und nimmer mit den Weißen hätten verbünden sollen, um unser Herz im Kampf gegen die schrecklichen Azteken hinzugeben. Aber wir haben es getan, und nun ist es zur Umkehr zu spät. Dies ist ein Weg wie die Wege am Ufer des großen Sees der Azteken; ein Weg, der nie endet, der immer weiter geht. Und dann: können wir so leicht vergessen, daß unser Leben, unsere Freiheit hundert Jahre lang von den Leuten aus Tlacopan, von den Leuten aus Texcoco, von den Leuten aus Tenochtitlan mit Füßen getreten wurde? Haben unsere Krieger nicht schon genug Blut hingegeben, um die Götter von México Tenochtitlan zufriedenzustellen?

Die Treulosen wird man uns auf allen Wegen der Völker nennen, wenn wir uns entscheiden, dem Rat dieses Elenden zu folgen, der sich rühmt ein Krieger aus Tlaxcala zu sein, dieser erbärmliche Xicoténcatl.« Er sah den Erwähnten an und wiederholte: »Für Feiglinge wie Xicoténactl ist kein Platz in Tlaxcala.«

Mexicatzin schlug vor, abzustimmen. Nach einer Stunde kam der Höchste Rat der Orte von Tlaxcala überein, den Kampf an der Seite des weißen Mannes fortzusetzen, und das mit allen Mitteln, denn morgen schon konnte es mit ihnen vorbei sein.

Dort bei den Pirulbäumen waren die Hügel, die vor Zeiten als Tempelpyramiden von Teotihuacan angelegt worden waren. Scharf beobachteten die Spanier die Umgebung. Selbst die Kranken waren wachsam. Jene, die keine Waffen mehr besaßen, hatten sich mit Stöcken bewehrt. María Estrada eilte von einer Stelle zur anderen, doch nicht wie die Frau eines spanischen Soldaten, sondern wie ein Hauptmann aus Aragón. Sie flößte den Soldaten Hoffnung ein, die auf das Kommando dieser Frau hörten, als der Augenblick kam, da ihr Befehlshaber Hernán Cortés das Echo seiner Stimme verlor und nicht mehr schreien, sondern nur noch zittern konnte. Es gab keinen Zweifel, dies würde die letzte Schlacht der spanischen Hauptleute sein, von der die Geschichte einmal berichten würde, sie habe auf den Agavefeldern von Mexiko stattgefunden. Die Soldaten verabschiedeten sich voneinander und beteten. Die Priester zelebrierten die letzte Ölung.

»Et misa est …«

Juan Díaz segnete auch die Tlaxcalteken, die sich sehr wohl der Gefahr bewußt waren, in der sie sich befanden. Die tlaxcaltekischen Krieger suchten mit den Augen den Horizont ab, als ob sie etwas erhofften. In diesem Augenblick hörte man, wie über einen Abhang des künstlichen Hügels der Sonnenpyramide von Teotihuacan ein paar Steinbrocken herabpolterten. Wer von den Soldaten nicht verwundet war, rannte dorthin, um nachzusehen, was es damit auf sich hatte. Sie stießen auf einen aufgebrochenen Tunnel. Und aus dem Tunnel strömten, zur Freude von Cortés und seinen Leuten, Krieger aus Tlaxcala. An ihrer Spitze schritt der große Häuptling Mexicatzin. Cortés war außer sich vor Freude. Die Truppe faßte frischen Mut. Einige fielen den soeben Angekommenen um den Hals. Jubelnd, weinend, lachend umarmte Cortés Mexicatzin. Demütig küßte er ihm die Hände, die Füße und rief unter Tränen: »Danke, Herr, Danke! Mit Eurer Hilfe werden wir siegen.«

Pedro de Alvarado jedoch schrie: »Ihr Kommen war sinnlos! Wir alle werden sterben und sie mit uns …«

Schweigend studierte Mexicatzin die Lage. Das Otumba-Tal war von Aztekenkriegern umstellt. Ihre Lanzen und Schwerter mit den scharfen Obsidiankanten glänzten in der Sonne. Kein einziger Laut war zu hören. Überall standen Tausende und aber Tausende von Kriegern: auf den Bergen, auf den Hängen, bis hin zum Horizont. Das aztekische Heer, das jeden Augenblick mit einer anderen Taktik überraschte, schloß den Kreis. Angesichts der unzähligen Krieger begannen die spanischen Soldaten jegliche Hoffnung zu verlieren, um so mehr, als sie hörten, was Mexicatzin auf Cortés' Vorschlag erwiderte, durch den Tunnel zu entwischen, durch den die Tlaxcalteken gekommen waren.

»Unmöglich … sie haben ihn inzwischen besetzt. Erst haben sie uns hineingehen lassen und ihn dann besetzt. Sie haben gewußt, daß wir kommen.«

Die Hauptleute aus Tlaxcala beratschlagten miteinander und näherten sich dann Cortés.

»Kapitän, blickt dorthin …«

Cortés und seine Offiziere schauten zu der Stelle, die ihnen Mexicatzin bezeichnet hatte, und erblickten einen aztekischen Krieger, der mit Fahnen, Federn und Insignien beladen war und von einer großen Gruppe Adler-Ritter in einer Sänfte getragen wurde.

»Das ist der große Häuptling Zihuacatzin, die Weibliche

Schlange. Er ist nicht nur ein großer Krieger, er ist zudem der zweite Befehlshaber von Tenochtitlan. Solange der Rat noch nicht zusammengetreten ist, um Cuitláhuac zum Herrscher von Meer zu Meer, zum Tlatoani von México zu bestimmen, ist Zihuacatzin der Herr der Herren, der Herr des Tempels und der Befehlshaber aller Krieger von Texcoco, Tlacopan und Tenochtitlan. Er ist hier, um die Schlacht zu leiten und mit uns allen Schluß zu machen. Über tausend kampferprobte Krieger sind ständig in seiner Nähe und beschützen ihn, so daß es unmöglich ist, an ihn heranzukommen. Die Größe des Augenblicks läßt sie die Schlacht schon als gewonnen betrachten. Und was Ihr dort sehen könnt, sind Hunderte von Käfigen, die sie bereithalten, um uns hineinzusperren. Alles ist vorbereitet, um uns, die Männer aus Tlaxcala, zu töten und Euch lebend zu fangen und zum Opferstein zu führen.

Diese Schlacht ist für México Tenochtitlan ein erhabener Augenblick. Sollte es uns gelingen, Zihuacatzin, die Weibliche Schlange, gefangenzunehmen oder zu töten, haben wir nach dem Kriegsgesetz die Schlacht gewonnen. Wenn unser Heer gemeinsam mit deinen besten Pferden eine Zangenbewegung ausführt, könnten wir es schaffen, ihn zu überwältigen.«

Cortés' Scharfsinn entzündete sich an dieser Idee. Ihm wurde gemeldet, daß sie nicht nur zehn, sondern fünfzehn Pferde hatten – und durchaus in gutem Zustand. Eins der Pferde erhielt María Estrada, die bei dem Ausfall unbedingt dabeisein wollte.

»Ich kann bei dieser letzten Schlacht, die uns entweder in den Himmel oder in die Hölle bringt, nicht abseits stehen«, scherzte sie.

Cortés versammelte seine besten Reiter um sich. Er selbst bestieg, ungeachtet seiner Wunden, ebenfalls ein Pferd. Gleichzeitig stellte Mexicatzin einen mit Lanzen ausgerüsteten Trupp von dreitausend Kriegern zusammen. Dann zeichnete er für Cortés und die spanischen Hauptleute seinen Plan in den Sand und erklärte: »Unsere Krieger rücken so vor … Wir bilden eine Art Keil. In der Mitte du und deine Offiziere …

Alles bewegt sich direkt auf den Häuptling der Häuptlinge von Tenochtitlan zu.«

Cortés faßte vor Freude neuen Mut; die Idee schien ihm genial. Als er befahl, einen spanischen Marsch zu spielen, mußte er erfahren, daß alle Musiker bis auf den dicken, großen Morón tot waren. Da bat er Morón, das Horn zu blasen, so laut er nur konnte. Als sich der Trupp bereits formiert hatte, sagte er: »Wenn die Indianer aus Tlaxcala angreifen, reiten wir im Galopp los und töten den Mann. Jetzt!«

Und so groß war seine Freude, daß er völlig vergaß, den heiligen Santiago anzurufen, den Schutzpatron der Spanier. Das Heer von Tlaxcala begann einen Tanz zu vollführen. Beim Tanzen wühlten sie mit ihren Füßen die Erde auf. Staub wirbelte durch die Luft. Es war ein roter Staub, der nach und nach alles verdunkelte. Die aztekischen Krieger vernahmen eine Stimme. Es war Matla, die da rief: »Zur Mitte, alles zur Mitte …«

Aber die Warnung kam zu spät. Wie ein einziger Mann, wie eine nicht aufzuhaltende Welle setzte das tlaxcaltekische Heer zur Attacke auf das Zentrum an. Es kam zu einem gewaltigen Zusammenprall mit den Azteken. Hunderte tlaxcaltekischer Krieger brachen auf dem Schlachtfeld zusammen, doch Tausende ihrer Gefährten setzten den Kampf fort. Entschlossen scharten sich die Krieger von Tenochtitlan um ihren großen Häuptling. Hauptmann Sandoval und María Estrada waren die beiden Spanier, denen es beinahe gelang, den Ring um den aztekischen Häuptling zu durchbrechen. Lanzen schlitzten die Bäuche der Pferde auf. Die Toten häuften sich. Die wenigen Spanier kämpften wie Kojoten in der Wüste. Jeder einzelne verzehnfachte, ja verzwanzigfachte sich. Alle wußten: dies war die Schlacht ihres Lebens. Verwundet, von Lanzenspitzen durchbohrt, kämpfte jeder spanische Soldat bis zuletzt, um seinen Kameraden zu helfen.

Die Tlaxcalteken fielen wie Blätter. Doch es fielen auch die Hauptleute von Tenochtitlan rund um den Häuptling Zihuacatzin … Die Spanier näherten sich gemeinsam mit den Kriegern aus Tlaxcala dem Häuptling der Azteken immer mehr. Drei tlaxcaltekische Hauptleute schafften es, Zihuacatzin aus seinem Tragsessel zu zerren und zu Boden zu werfen, nachdem sie zuvor die Sänftenträger getötet hatten. Trotz seines hohen Alters griff Zihuacatzin nach seiner Obsidianwaffe und kämpfte.

In diesem Augenblick tauchten María Estrada und Sandoval auf. Hauptmann Sandoval streckte Zihuacatzin nieder, während sich Maria Estrada schwitzend und blutbefleckt auf ihn warf und mit einem Hieb die Standarte der Völker von Mexiko durchschnitt, die er auf seinem Rücken festgebunden hatte. Sie nahm das Hoheitszeichen und reichte es Sandoval. Dieser entfloh dem blutigen Handgemenge, gab seinem Pferd die Sporen, ritt zu Hernán Cortés und übergab ihm die Standarte. Beim Heer der Azteken herrschte für einen Augenblick schreckliche Verwirrung. Die Krieger aus Tlaxcala schlugen wie wild auf ihre Trommeln. Als die Trommeln dröhnten, rannte Hernán Cortés auf die jetzt reglos stehenden Krieger von Tenochtitlan los und schwenkte vor ihren ungläubigen Blicken die Standarte, das Hoheitszeichen von Mexiko. Da stieg ein Ruf zum Himmel. Es war der Ruf einer Frau: »Tötet die Hunde … tötet sie … Dieser Krieg ist anders … kämpft weiter … kämpft weiter.«

Ein Häuptling aus Tlaxcala, der sie schreien hörte, warf sich auf die Frau, die niemand anders war als Matla. Er versuchte, sie gefangenzunehmen, doch eine Gruppe von Kriegern und Kriegerinnen fiel ihm in den Arm. Cortés preschte umher und reckte die Standarte von Tenochtitlan empor, damit allen Kunde ward, daß der große Häuptling tot war.

In diesem Augenblick verstummten die Trommeln und Pfeifen des aztekischen Heers. Über dem Tal lastete Stille. Das Heer der Azteken verharrte unbeweglich. Der Augenblick war gekommen, dem Geheiß der Götter zu folgen. Wie ein Mann beugte das Heer von Tenochtitlan das Knie und legte die Waffen zu Boden … Und entfernte sich rückwärts gehend von dem Ort, wo sie lagen.

»Sie haben sich ergeben, Herr, sie haben sich ergeben!« schrie Mexicatzin.

Dies waren die Worte, die der schweißgebadete Hauptmann Rodrigo de Castañeda, dessen Rock über und über blutbefleckt war, Hernán Cortés nur allzu freudig übersetzte. In ihrer Mitte stand reglos und mit erhobenem Schwert María Estrada.

»Heilige Maria! Mutter Gottes!« schrie Cortés.

Erstaunt blickten die keuchenden Spanier auf die aztekischen Krieger, die zu Tausenden und Abertausenden hinter ihren auf den Boden gelegten Waffen standen, alle in einer Linie ... bis zum Horizont des Tals von Otumba.

Die Spanier sahen es und konnten es nicht fassen. Sie hatten gewonnen! Wie drängte es sie, sich gegenseitig zu umarmen! Doch sie blieben wachsam, das Schwert in der Hand. An der Spitze standen die Krieger aus Tlaxcala und warteten auf den Befehl, der längst hätte erfolgen sollen. Hernán Cortés erfaßte, daß dies der erhabenste Augenblick seines Lebens war. Schnell beriet er sich mit den Häuptlingen aus Tlaxcala und seinen eigenen Offizieren. Schließlich rief er: »Es lebe der heilige Santiago! Vorwärts Spanien. Auf sie, meine Tapferen!«

Wie ein Mann warfen sich Hernán Cortés und seine Soldaten sowie Tausende tlaxcaltekischer Krieger auf das unbewaffnete Heer der Azteken. Der Angriff der Spanier kam für die Krieger Tenochtitlans unverhofft, und die Entfernung zu ihren Waffen war zu groß. So flüchteten sie Hals über Kopf, zwischen den Agaven Schutz suchend. Das Heer aus Tlaxcala und die unverletzten Spanier setzten ihnen nach ... Die Lanzen durchdrangen Kriegerinnen und blutjunge Krieger, durchdrangen die in Panik Fliehenden, die sich nicht mehr verteidigten ... Und die Erde des Tales von Otumba, die Erde der Höhlen von Oztotipac färbte sich rot wie nie zuvor, röter noch als das Herz der Seerosen, röter noch als der Abendhimmel über Tenochtitlan, röter noch als der Staub auf den Wegen. Selbst das Grün der Agaven färbte sich rot, rot wie die Frucht des Feigenkaktus ...

XXII

Seit damals sollte viel Zeit vergehen. Die Feigenkakteen würden viele Male in Blüte stehen. Der Nektar der Agaven würde sich in den Duft von Träumen verwandeln. Der See würde über seine Ufer treten. Seit damals, seit jenem Tag, seit jenem Morgen, seit der Nacht der Nacht der Schlacht von Otumba würden viele Winde über Tenochtitlan hinwegfegen. Morgen oder auch später, viel später als morgen, würde ein alter Weiser erscheinen und in knappen Worten zu erklären versuchen: »Es war der Wille der Götter von México Tenochtitlan.« In México Tenochtitlan lebten wir Menschen gepeinigt von den Göttern … Gepeinigt von der Tradition, gepeinigt von der Geschichte, die man uns eines Morgens erzählte.

Auf einem Weg außerhalb von Tenochtitlan weinte ein Alterchen vor sich hin. Er war so alt, so steinalt, daß es keiner vermocht hätte, seine Haut zu glätten und seine Falten zu zählen. Er weinte und weinte, als ich bei seiner Hütte auftauchte. Ich fragte ihn: »Alter, warum weinst du? Kinder weinen, Alte nicht.«

Ich dachte, er weinte wegen allem, was nach der Schlacht von Otumba passiert war. Das Alterchen antwortete mir: »Weil mein Vater mich geschlagen hat …«

Ich trat in die Hütte, weil ich sehen wollte, was es mit dem Vater eines Alten von hundert Jahren auf sich hatte. Ich traf ihn, wie er gerade eine Achiotefrucht schälte. Als ich ihn fragte, warum er seinen hundertjährigen Sohn geschlagen hätte, antwortete er: »Er ist ungezogen; er will seinen Großvater nicht wiegen, der in der Hängematte schläft.«

Als ich ihn fragte, ob er wüßte, was sich im Tal von Otumba ereignet hätte, antwortete er: »Auf allen Wegen gehen die Götter voran … Und weil die Götter von Tenochtitlan die Wege weisen, ist geschehen, was geschehen ist. Unwichtig, ob der Herr von Texcoco in seiner weißen Kriegstracht den Kriegern aus Tlacopan und Tenochtitlan und den anderen befreundeten Städten voranging. Die Götter hatten den Weg längst vorgezeichnet.«

Hunderte Kinder starben mitten im Hagel der Pfeile, im Aufschrei der Verwundeten, im Brausen der Schlacht, unter den Hufen der Pferde, beim Klang der tönernen Kriegspfeifen. Sie hatten den Proviant für die Krieger von Tenochtitlan getragen. Und kein edler Herr verbarg seine Hände und Füße unter einem Umhang; jeder kämpfte Seite an Seite mit seinem Volk in der Schlacht von Otumba.

Der Herr Huitzilopochtli hatte gesprochen mit knappen, ernsten Worten. Nun würden die Bewohner der anderen Orte uns Tenocha nicht mehr um unser Brot beneiden, denn von diesem Augenblick an würden wir nur noch das Brot der Bitternis essen. Der Augenblick war gekommen, um barfuß durch die Straßen zu gehen und als Zeichen der Demut den Umhang über der Schulter zu verknoten.

Ein anderer wurde an die Stelle von Zihuacóatl gewählt. Tenochtitlan erhielt auch den Namen eines anderen Herrschers von Meer zu Meer, den des Herrn Cuitláhuac, Herrscher von Ixtapalapa. Die Priester sagten zu ihm: »Der Frieden, der Krieg, die Liebe und die Wege Gottes werden dir vorangehen.«

Um seine Schultern legten sie ein dunkelgrünes Tuch mit Knochen und Totenköpfen darauf, und über die Schultern hängten sie ihm ein Kürbisgefäß. Wir waren das Volk, das in großer Zahl erschienen war, um der Zeremonie für unseren Herrscher von Meer zu Meer, für den Tlatoani von Mexiko beizuwohnen. In seiner Rechten hielt er eine Räucherpfanne, die er mit Kräutern aus dem Kürbisgefäß speiste und rechts und links über der Schulter schwenkte. Auf dem Kopf trug er eine Kappe mit bunten Quasten, das Symbol seiner soeben erworbenen Autorität.

Ein Priester bedeckte ihm das Gesicht mit einem Umhang, auf den Totenköpfe gemalt waren. Die Priester von Tlacopan, die Priester von Texcoco und die Priester von Tenochtitlan nahmen ihn am Arm und führten ihn zu dem Holzaltar hoch oben im Tempel. Den Umhang zurückschlagend, streute er die duftenden Kräuter aus seinem Kürbisgefäß über die Glut der Räucherpfanne. Mit spitzen Hirsch- und Jaguarknochen stach er sich in sein Ohrläppchen, bis es blutete, und danach betete er. Das Gebet war dem Herrn Kolibri des Südens, dem Herr Huitzilopochtli, und dem Rauchenden Spiegel, dem Herr Tezcatlipoca gewidmet.

Von unten, vom Platz her, beobachteten wir ihn in tiefem Schweigen. Doch mit einem Mal war der ganze Platz vom anschwellenden Klang der Trommeln, Schneckentrompeten, Pfeifen und Flöten erfüllt. Cuitláhuac zog sich in einen entlegenen Tempel außerhalb von Tenochtitlan zurück, um vier Tage lang zu fasten, bevor er anfing, über die Männer und Frauen der drei verbündeten Städte zu herrschen. Indem kamen die Leute aus Chalco nach Tenochtitlan und erzählten von den Wegen des Krieges und tanzten ihre Deutungen von der Schlacht im Otumba-Tal. Die Herren Priester tanzten und sagten, daß sie verloren hätten, weil dies kein Krieg sei, der nur einen Tag dauerte, daß eine Waffenruhe notwendig wäre und daß sie morgen beim ersten Tageslicht wieder kämpfen würden, so wie es von alters her Brauch sei, wenn der Streit sich nicht an einem Tag schlichten ließ. Daß sie sogar die Kinder von zehn Jahren vorbereiten würden, damit diese den Platz der gefallenen Krieger und Kriegerinnen einnehmen könnten und nicht nur die in der Schlacht gewonnenen Gefangenen an einer Schnur führen müßten. Und sie boten ihre Hilfe den Mädchen an, die bereits mit fünf Jahren Witwen waren, den gelben Bräuten, die sich immer noch mit dem Blütenstaub der Rosen puderten.

Die kleinen Mädchen und Jungen tanzten, und tanzend erzählten sie, daß eines Tages die Blumen zwischen den Zweigen der Sumpfzypresse stürben, und alles würde dem Wind gleichen, der über dem See weht. Nichts als Binsen und Muscheln würden dann noch im Wasser leben. Eines Tages würde sich der abgetrennte salzige Teil des Sees mit dem süßen Wasser der Lagune vermischen und die Soldaten würden den Deich zerstören. Eines Tages würden die Erinnerungen aus der Stadt fortgehen, über den Dammweg von Ixtapalapa, der zehn Kilometer lang war. Die Leute würden sich nie wieder an die Arbeit machen und einen neuen Deich bauen, einen, der genauso wäre wie der alte.

Die Priester des Tempels erschraken, als sie sahen, was für Dinge die gelben Witwen mit ihrem Tanz erzählten, und sie fragten, wo sie das gelernt hätten und wie der Name des Tanzmeisters lautete, der ihnen das beigebracht hätte, und die Mädchen antworteten, daß sie es geträumt hätten. Und weiter erzählten sie zwischen ihren Tänzen, daß es auch keine Maispasteten mehr geben würde, die in zwei Hälften oder in vier Stücke geteilt werden könnten, damit die Krieger von Tenochtitlan etwas zu essen bekämen.

Die ganze Nacht hindurch zogen sich die Tempelpriester Blut aus der Zunge, bis die Sonne am Himmel erschien und der Tanz der Mädchen, der Tanz der gelben Witwen weiterging. Die Mädchen tanzten in allen vier Ecken der Stadt. An den Füßen trugen sie Sandalen, wie Chilli so rot, und hinter ihnen sangen die Frauen, und die Krieger schlängelten sich auf der Route, die sie vorgaben. Um den Tanz zu beenden, wählten die Priester eines der Mädchen aus und opferten es Xilonen, der Göttin des Maises. Bevor es starb, gaben sie ihm den Namen Sieben Schlange und Kostbarer Stein. Das junge Herz des Mädchens wurde dem Gott und den Göttern des Maises und des Regens wie eine blaue Schlange dargebracht.

Die Medizinfrauen baten, man möge ihnen helfen, den Hunger der Verwundeten zu stillen, die aus dem Tal von Otumba nach Tenochtitlan gebracht worden waren, und die benachbarten Orte schickten ihnen hundert Boote mit Maisgetränken und zwanzig Boote mit Maispasteten.

Einige Orte schickten Antworten auf Fragen, die niemand aus Tenochtitlan gestellt hatte. So auch die Gebiete der Totonaken, die wissen ließen, daß sie ihnen nicht mehr die

Früchte ihres warmen Landes, des Landes des Kakaos, der Blumen, der Quetzalfedern und des Tabaks, bringen würden. Aus fernen Gegenden trafen Leute ein, um dies und das zu erkunden. Sie fragten, ob die Zeit zurückgekehrt wäre. Sie kamen über Wasserstraßen und über die Märkte und stellten ihre Fragen. Sie erfuhren, daß die großen Häuptlinge entweder umgekommen oder verwundet oder aber von den Priestern aus Tlaxcala geopfert worden waren. Überall auf den Straßen sahen sie Frauen, die sich Asche auf den Kopf gestreut hatten, wegen der Krieger, die nie mehr zurückkehren würden.

Würde die Zeit nun wiederkommen? Die Zeit des Hungers, in der sich die Menschen für ein Maß Mais verkauften. In der ein Jüngling vierhundert Maiskolben wert war, in der ein Mädchen gegen fünfhundert Maiskolben eingetauscht wurde. Und manche, die nicht die gleiche Tradition wie Tenochtitlan besaßen, kehrten danach in ihre Orte zurück und raunten, dies alles wäre ihnen widerfahren, weil sie als Opfergabe an die Götter nicht das Blut von Schlangen, Vögeln oder Schmetterlingen nähmen, sondern das Blut von Menschen. Und weil sie in ihrem Haus Feinde getötet hätten. Sie beobachteten die Leute in ihrer Trauer und sahen zu, als diese mitten auf dem Marktplatz das Blut unter ihren Fingernägeln hervorholten und es in den Wind tropften. Sie trafen sich mit den Alten und befragten sie. Diese wußten alles. Es waren die alten Weisen, die mit ihren schwarzen Rohrstöcken auf den Wegen des Wassers wandelten, zu Ehren von Yacatecuhtli, dem Gott der Wege, und die nicht wollten, daß man ihnen weiterhin Spindeln der Meeresschnecken schenkte, damit sie ihre Schokoladengetränke umrühren könnten. Auf den Märkten wehten die gleichen Papierfahnen, auf die man auch am Anfang und Ende der Wege stieß. Die Besucher brachten eine schlechte Nachricht mit: Topiltzin hatte viele der Tempelpriester gefangengenommen und gehenkt. Nun trockneten sie entlang der Wege in der Sonne.

Auch wurden die Namen berühmter Krieger von Tenochtitlan erwähnt. Als die Frauen sie hörten, beauftragten sie die

Kunsthandwerker, Bildnisse von ihren toten Männern herzustellen, um sie später beim Tempelaltar aufzubewahren, und sie behängten sich mit Kakaoblütenkränzen, die aus Papier gemacht waren. Denn nun waren sie die Frauen der Kakaoblüten. Aber die Besucher sahen auch einen weißen Barbaren und erlebten, wie dieser von den Azteken geopfert wurde. Er wirkte wie ein Verrückter, wie einer, der nicht bei Verstand ist und bar jeder Freude im Angesicht des Todes. Mit bloßem, von oben bis unten rotgefärbtem Körper und roten Sandalen an den Füßen, so stieg er unter Zwang die Stufen hinauf zur Plattform, wo die Priester bereits auf ihn warteten. Das Opfer des gefangenen Spaniers war eine Gabe an den Westwind. Auf der oberen Plattform des Tempels brannte eine Papierschlange. Nach dem Opferritual streifte sich der Priester die Haut des Gehäuteten über und ging zum Markt, wo er um Almosen bettelte.

Es kam auch eine Abordnung aus dem Land der Huaxteken. Sie wollten sehen, was sich in der Stadt ereignete. Sie kamen mit goldenen Nasenringen und etlichen Geschenken aus Gold, Federn des grünen Papageien, und in der Hand trugen sie kleine Spiegel aus Obsidian, die in der Sonne funkelten. Singend, tanzend, mit Gürteln, an denen Schellen rasselten, und mit Schellen an den Füßen, wie sie auch bei den Azteken üblich waren, betraten sie Tenochtitlan. Die Frauen, die sie begleiteten, trugen schöne Blusen, die ihre Brüste bedeckten. Es waren Stoffe aus Federn und Umhänge aus Papageienfedern. Die Huaxteken wurden gefragt, ob all die hübschen Frauen, die mit ihnen zogen, als Geschenk für die Götter gedacht wären, doch sie antworteten: nein, und daß die Frauen mitgekommen wären, um Tenochtitlan zu besuchen und mit ihnen zurückzukehren ins Land der Papageienfedern. Als Geschenke brachten sie auch lebende Kaninchen und Tonfiguren von Kaninchen mit. Sie erzählten, daß sie auf den Wegen nach Tenochtitlan viele gehenkte oder von Aasgeiern zerrissene Menschen gesehen hätten. Sie überreichten Ciutláhuac hundert Papageien, hundert Napfschnecken und hundert bunte Papageienweibchen, und obendrein versprachen sie, ihm auch noch tausend lebende Hirsche zu schicken.

Die Huaxteken errichteten am Rande der Stadt ihre der Sonne zugewandten Hütten, aßen ihren köstlichen Mais, ihren Proviant, tranken ihren Honig, tanzten und besangen ihre Ruhmestaten, aber sie erzählten Cuitláhuac nicht, was er zu wissen begehrte.

»Warum seid ihr von so weit hergekommen?« fragte sie der Herrscher von Meer zu Meer, als er ihre Gaben entgegennahm, und sie antworteten: »Wir sind gekommen, um wieder zurückzukehren …«

Die Huaxteken zählten auch die Witwen. Die Witwen, die sich jeden Tag heiße Asche auf das Gesicht streuten, bis es von einer merkwürdigen Kruste überzogen war und man meinen konnte, sie liefen mit einem anderen Gesicht herum. Mit Masken aus Holz. Achtzig Tage mußten sie so zubringen.

Es war Brauch, daß Besucher, die nach Tenochtitlan kamen, sich vor den edlen Herren verneigten und Erde aßen. Aber die Huaxteken taten weder das eine noch das andere. Sie kehrten auf eben den Wegen zurück, die sie gekommen waren, und erzählten, was sie getan hatten. Als man sie fragte, warum sie keine rote Farbe für die Schilde der Krieger von Tenochtitlan mitgebracht hätten, antworteten sie, sie wären nur gekommen, um wieder zurückzukehren. Matla, die ihre Worte hörte, schöpfte Verdacht. Sie sagte, ihre Stimme würde nicht wie ihre eigene klingen, sondern wie die eines Papageien. Es gelte, auf der Hut zu sein, und besser, man würde sie allesamt töten, damit sie nicht auf den Wegen zurückkehren und von der Trauer und Angst berichten konnten, die in Tenochtitlan herrschten.

Die Huaxteken aber behaupteten, sie wären nicht nach Tenochtitlan gekommen, um ihre Stimme wie die eines Papageien klingen zu lassen, sondern einzig und allein, um zurückzukehren. Und daß sie keine Jungfrauen mitgebracht hätten, weil sie ohnehin mit ihnen zurückgekehrt wären. Matla bestand auf ihrer Meinung, daß es nicht nötig wäre, die Huaxteken mit Rosen und Gesängen zu verabschieden, so wie es der Brauch erheischte, wenn ein Besucher wieder fortging. Denn sie führten die Botschaft des Papageien mit sich und würden vom Leid der Stadt berichten. Doch niemand achtete auf ihre Worte.

Als Cuitláhuac die Huaxteken verabschiedete, sagte er: »Unsere Vorfahren kamen vor vielen Jahren hierher, von den sieben Höhlen von Aztlán. Sie kamen nicht hierher, um Eroberungen zu machen, sondern um zu lernen. Als unsere Väter hier ankamen, sahen sie, daß dieses Land gut war. Aber dort, in unserer Heimat Aztlán, war es doch besser: Die Menschen wurden nie alt, und es gab keinen Hunger.«

Ein alter Schlangen-Adler, der als Kind aus Aztlán fortgegangen war, sagte, dies alles wäre wahr und daß dort das Glück zu Hause gewesen wäre, auf einem Hügel mitten im Wasser.

»Unsere Krieger werden fortgehen und wiederkommen«, sagte Cuitláhuac. »Wie eh und je werden wir die Söhne der Sonne sein. Wir haben die Sandalen für den Weg bei uns, ein Paar für den Hinweg, ein Paar für den Rückweg …«

»Aber es stimmt auch, was die Bücher sagen.«

»Was sagen die Bücher?«

»Die Bücher sagen, daß ihr viele Städte erobern, aber ebenso viele Städte verlieren werdet. Und daß es nicht wahr ist, daß ihr in der großen Stadt Tenochtitlan Sandalen habt, mit denen ihr auf dem Weg fortgeht, und ein anderes Paar Sandalen, mit denen ihr auf dem gleichen Weg wiederkommt.«

Die Tradition sagte auch, daß sie vom See bis zum Tal der fernen Völker gehen und danach zum See zurückkehren würden.

Am Ende schenkten die huaxtekischen Herren Cuitláhuac weiße Magnolienzweige und entfernten sich auf dem Dammweg von Ixtapalapa, jedoch ohne Gesänge, ohne Tänze, ohne Gebete. Um wie Papageien zu berichten, was sie alles in der großen Stadt México Tenochtitlan erlebt hatten.

Wut bemächtigte sich Hauptmann Sandoval. Er machte kleine Schritte. Er machte große Schritte. Er unterdrückte seine innere Erregung. Vor den Augen des Feldwebels und der zerlumpten, geschlagenen, gealterten, müden und verdrossenen Soldaten schwang er sein Schwert. Vor der Gruppe, die zu dem Fähnrich, dem Bruder von Hauptmann Saucedo gehört hatte, der nun tot war. »Ihr seid wie Ratten geflüchtet.«

»Herr Hauptmann …«

»Jawohl, wie Ratten!«

Dann aber hörte er sich, schon ein wenig gefaßter, die Geschichte an, die ihm der Feldwebel des Spähtrupps erzählte.

»Von den zwanzig Soldaten, die zum Spähtrupp von Hauptmann Saucedo gehörten, sind, wie Ihr seht, nur noch wir übriggeblieben.« Und er zeigte auf seine fünf zerlumpten Kameraden. Diese bekräftigten, was der Feldwebel gesagt hatte. »Herr Hauptmann, kein Weg ist mehr sicher. Sie kennen inzwischen jede unserer Fallen. Das sind nicht mehr die Männer und Frauen, die im Tal des Sieges geflohen sind, dort, in Otumba …« Seine Gefährten pflichteten ihm mit Blicken bei, und der Feldwebel fuhr fort: »Wir hatten keine Möglichkeit, uns zu verteidigen. Es waren ihrer zu viele, und ihr Angriff erfolgte in perfekter Schlachtordnung.«

»Was sagt Ihr da? Was heißt das: in perfekter Schlachtordnung?«

»Der Rote Krieger hat sie angeführt …«

Bei Erwähnung dieses Namens lief Sandoval ein Schauer über den Rücken; er erinnerte sich an die Geschichte mit dem Roten Krieger. Es war ein Akt der Grausamkeit von Hernán Cortés gewesen, und einige Offiziere hatten ihm dies auch vorgeworfen. Nicht nur er selbst, auch Gonzalo Domínguez, Francisco de Morla, Diego de Ordaz, Francisco de Saucedo, Francisco de Lugo, Alonso de Avila und Cristóbal de Olid hatten ihm Vorhaltungen gemacht. Doch Kapitän Cortés hatte nur gleichgültig mit den Schultern gezuckt und gesagt: »Es sind Bestien.« Sie hatten vierzig Azteken gefangengenommen. An ihrer Spitze ging ein Krieger, der von oben bis unten mit roter Farbe bemalt war, mit dem Rot des Achiote-Baumes. Cortés befahl, sie mit Stroh zu umhüllen und dieses mit schwarzem Öl zu durchtränken. Dann ließ er Feuer an sie legen und jagte sie zum Ufer eines nahen Flusses; von den vierzig Gefangenen rettete sich allein der Rote Krieger.

»Diese Krieger sind nicht mehr so wie früher. Der Rote Ritter beherrscht die Kriegsführung wie wir, er kann mit dem spanischen Schwert umgehen, besitzt Lanzen, versteht zu kämpfen. Sie sind geschickter und schlauer geworden, aber noch genauso wild wie vordem.«

Sandoval schien die Erklärung zu aktzeptieren, fügte jedoch mit einer gewissen Unsicherheit die Frage an: »Und der Neger Mandinga, was ist mit ihm geschehen?«

»Wir zogen auf den Pfaden, die zu den Ufern des Texcoco-Sees führen. Ein Weg voller Pirulbäume. Die Krieger aus Tlaxcala und der Neger Mandinga waren auch dabei. Der Neger schleppte mehrere Hirtentaschen mit Speeren und Pfeilen für die Armbrüste. Er schien sehr erschöpft. Plötzlich blieb er stehen, lehnte sich an einen Baum und warf die Last ab. Ein Soldat schrie ihn an: ›Was ist los mit dir, du Hund? Geh weiter!‹ Und mit Fußtritten zwang er ihn weiterzugehen. Schwitzend und torkelnd wie ein Betrunkener ging der Neger weiter. Sein Gesicht zitterte, ebenso seine Hände. Wir sahen, daß er Angst hatte. Seine Handflächen waren ganz naß vor Schweiß. ›Weiter, weiter, heb die Sachen auf, oder es soll dir schlecht ergehen, du Hund!‹ schrie ihn ein anderer Soldat an, und als er zögerte, versetzte auch er ihm ein paar Fußtritte. Der Neger Mandinga bückte sich eben ächzend nach den Beuteln mit den Pfeilspitzen, als wir ein Geräusch hörten, das uns aufhorchen ließ. Es klang wie ein Rauschen, das aus dem Laubwerk der Pirulbäume zu kommen schien. Plötzlich stand der Rote Krieger vor uns, und ehe wir uns versahen, waren wir von allen Seiten umzingelt.«

»Und was passierte mit dem Neger?«

Den Hauptmann interessierte das Schicksal seiner Männer wenig, der Neger indes war sein Eigentum …

Wieder in seinem Zelt, murrte der Feldwebel und schimpfte vor seinen Kameraden auf Hauptmann Sandoval: »Seine einzige Sorge galt dem Neger. Er hat sich nicht einmal erkundigt, was aus den anderen Soldaten geworden ist.«

»Ich bin selbst dabeigewesen, als Hauptmann Sandoval einem Zuckerrohrfarmer sein Pferd für diesen Neger gegeben hat. Ich erinnere mich noch gut, es war in Santiago de Cuba …«, erzählte Feldwebel Morales.

»Die Nicolás-Glocke läutete. Die Nachbarn der Hazienda fühlten sich glücklich und zufrieden, wenn die Nicolás-Glocke am Sonntagmorgen begann, die Stunden zu vergolden, gleich dem Echo der Gebete. Sie hieß so in Erinnerung an Don Nicolás Montañés, der von Panama, von Goldkastilien aus ohne einen Real in der Tasche nach Kuba gekommen war und hier eine Frau mit reicher Mitgift gewonnen hatte. Er kaufte Neger und Indianer, um Zuckerrohr anzubauen, das er von den Kanarischen Inseln bezog … Die Glocke war sein Geschenk an die damals gerade eingeweihte und dem heiligen Santiago gewidmete Wallfahrtskapelle.

Die Nicolás-Glocke kam mit einer Karavelle an, die auch die ersten Kerzen für den Altar, die ersten Bananestauden sowie Apfelsinensamen und -bäumchen mitbrachte, die von der gleichen Art waren, wie sie die Mauren in Andalusien pflanzten und säten. An Bord befanden sich auch einige Schafböcke und Zicklein und Margeritensamen.

Seit der Statthalter Obando mit der Zustimmung ihrer königlichen Majestäten Doña Isabel der Katholischen und Don Fernando von Aragón begonnen hatte, eine große Anzahl Negersklaven nach Kuba zu bringen, führte fast jede Karavelle, welche die Insel ansteuerte, einen Neger, eine Negerin, ein paar Negerkinder und viele seltene Pflanzen mit sich.

Mit der Nicolás-Glocke gelangten auch Samen andalusischer Nelken und weiße und gelbe Rosen nach Kuba, ebenso Weinreben, die jedoch niemals Früchte trugen. Desgleichen ein paar Mangobäumchen. Das alles passierte zur Zeit des

Statthalters Obando. Die Ankunft der Nicolás-Glocke wurde sogar mit einem Fest gefeiert.

Die Nicolás-Glocke begann zu vibrieren wie das Echo eines kleinen morgendlichen Gebetes inmitten des erwachenden Tages. Und die Leute eilten hinab zu dem Platz, wo sich die Kapelle des heiligen Santiago befand. Alle fanden sich bei der Kirche ein, nicht einmal die Hunde fehlten. In der Luft schwebten noch die Gebete und Weihrauchdüfte, als das Geläut der Nicolás-Glocke die Umgebung erschütterte und in den Ohren widerdröhnte. Die Pferde stampften mit den Hufen in dem salzigen Schlamm herum, denn es war ein Tag im Winter, und seit ewigen Zeiten regnete es ohne Unterlaß. Nachdem er seinen Verpflichtungen nachgekommen war, machte sich Hauptmann Sandoval auf den Weg nach Hause. Da hörte er eine Stimme, die laut rief: ›Herbei, ihr Leute, herbei, ich biete die beste Ware feil! Neger und Negerinnen, die jede Arbeit verrichten und auch beten können. Sie sind gut zum Mahlen von Zuckerrohr, eignen sich hervorragend als Aufseher für ungläubige Indianer und zeigen besonderes Geschick, wenn es darum geht, entlaufene Indianersklaven durch Dornen und Gestrüpp zu verfolgen.‹

Der Hauptmann wandte den Blick und beobachtete den Vorgang. Vor der Kapelle standen mehrere einfache Bänke aus Zuckerrohr, und darauf eine Schar junger und kräftiger Neger, die ein Händler meistbietend versteigerte. Unwillkürlich mußte der Hauptmann an einen Sonntag in Sevilla denken, an dem, umgeben vom Duft blühender Orangen, auf den Stufen vor der Kathedrale ebenfalls Sklaven verkauft wurden.

Der Versteigerer zeigte auf eine Negerin, die so gut wie nackt war; das Kind, das sie bei sich hatte, klammerte sich scheu an sie, als versuchte es, sich zwischen den Bananenblättern ihres kurzen Röckchens zu verbergen. Der Versteigerer nahm die Brüste der Frau in die Hand; sie waren groß und fest.

›Die hier ist gut als Amme. Eine bessere findet sich nicht. Es war ihre erste Geburt, und ihre Milch ist ausgezeichnet.‹

Er drückte auf die Brustwarzen der Schwarzen; die Milch spritzte zwei Meter weit. Die Stunden vergingen. Es wurde Mittag. Eine Schwarze nach der anderen war verkauft worden; eine mit ihrem Kleinkind, eine andere allein, duldend, daß ihr Sohn oder ihre Tochter von Besitzern anderer Zuckerrohrplantagen gekauft wurden. Es blieb nur noch ein Neger zu versteigern. Der Neger war groß, stark und jung. Er hatte einen ungestümen Blick, und alles an ihm strotzte vor Kraft. Die Sklaven brachten eine Art Plane und stellten sich mit ihr rund um den Neger auf.

›Dies ist das letzte Stück für heute, das letzte: ein guter Zuchthengst. Gerade jetzt, da die Ungläubigen nicht wollen, daß ihre Frauen schwanger werden und Kinder zur Welt bringen, und also die Notwendigkeit besteht, sie besteigen zu lassen, ist der hier genau der Richtige, um gegen die Jungfräulichkeit der Indianerinnen vorzugehen. Er ist ein ausgezeichneter Hengst.‹

Einige Frauen, die ihre Gesichter unter der Mantille verbargen, wollten sich den Neger näher ansehen, doch ein Amtsdiener untersagte es ihnen. Ein anderes Mitglied der Gendarmerie trat dazwischen und erklärte, das Folgende wäre für Frauen verboten, worauf sich die Frauen mit den goldbestickten Mantillen und der Nelke im Haar und der vornehmen Haltung von Sevillanerinnen murrend und ohne Diskretion zurückzogen. Der Neger hinter der Plane war vollkommen nackt.

›Damit kommen wir zum letzten und besten Stück, das vom Markt in Sevilla, unserer Stadt am Guadalquivir, nach Kuba gebracht worden ist … Dieser Neger hier hat noch den Geruch der vornehmen Viertel von Sevilla an sich. Er ist ein guter Spanier und ein guter Arbeiter. Er ist der Zuchthengst, den ihr braucht, um eure Hazienda zu vergrößern. Mit einem Stoß ist er in der Lage, zehn Indianerinnen zu schwängern. Er eignet sich bestens dazu, für die spanische Krone Kinder zu zeugen. Von Kopf bis Fuß ein Mann. Kommt, kommt und überzeugt euch selbst, ich werde es euch beweisen.‹

Drei Skalven schleppten eine Art Tisch aus stabilen Rohrplatten herbei.

›Leg dich hin.‹ Etliche Neugierige, darunter auch Sandoval, interessierten sich für den Beweis, den der Versteigerer liefern wollte. ›Ich versichere euch, so einen Kerl hat's nicht alle Tage. Und er kann sogar beten … He, Neger, bete, wie man es dir beigebracht hat. Los, bete, es ist zu deinem Guten! Gott der Herr erhört auch die Gebete von Negern.‹

›Vater unser …‹

»Seht ihr? Ich hab's euch ja gesagt. Bete weiter, bete!‹

Der Neger betete zunächst auf Spanisch, dann auf Latein. Und zwischen Gebet und Gebet lachte er, als ob man ihn an den Fußsohlen kitzelte. Während der Versteigerer weiterredete, wiederholte der Neger das Gebet. Und dabei lachte und lachte er, als wüßte er, daß der weiße Gott niemals das Gebet eines Negers erhören würde. Er sah aus wie aus Kohle geschnitzt. Der Versteigerer nahm sein Glied zwischen die Finger, und indem er mit der anderen Hand darauf wies, erklärte er: ›Wie ihr seht, ist sein Penis hinreichend lang, lang und gut genug für alle Indianerinnen zwischen zwölf und vierzig … damit eure Hazienda sich erweitert. Ihr könnt ihn euch sogar ausleihen, so ihr wollt …‹

Dann zeigte er ein Pergament mit den Siegeln der Kirche von Sevilla und sagte: ›Mit der Erlaubnis unserer Heiligen Mutter Kirche erkläre ich, daß dieser Neger ein Christ ist. So steht es in dieser Urkunde, unterzeichnet von seiner Eminenz, dem Herrn Erzbischof … Hier steht, daß dieser Neger Christenkinder zeugt, da er, wie ich euch schon gesagt habe, selber ein Christ ist. Überzeugt euch, lest es selbst!‹

Hauptmann Sandoval schaute sich den Neger mit großem Interesse an. Geheimnisvoll fügte der Versteigerer hinzu: ›Und jetzt, Caballeros, präsentiere ich euch die Feuerprobe.‹

Der Neger wure auf den Bambustisch gelegt und mit einem roten Tuch zugedeckt. Der Versteigerer winkte zwei schwarze Frauen herbei. Sie waren sehr jung, schön und nackt.

›Gleich, meine Herren, gleich werdet ihr es sehen … Ein

Maß wie dieses füllt ein guter Hengst. Doch dieser Neger hier füllt mehr als dieses Maß›, sagte der Versteigerer und zeigte auf ein Maß von der Größe eines Fingerhutes. Er tauschte den Fingerhut gegen einen größeren aus, während die zwei Frauen sich mit ihren Händen daran machten, den Penis des Negers zu reiben und ihm sogar die Eichel zu küssen. Der Versteigerer rief aus: ›Hab ich's euch nicht gesagt? Mit einer Samenmenge wie dieser kann man bis zu zwanzig Indianerinnen auf einmal schwängern!‹

Und er zeigte mit dem Finger, wieviel der Samenerguß des Negers ergeben hatte.

›Meine Herren, ich warte auf euer Angebot. Los, macht euer Angebot! Das ist die beste Gelegenheit, eure Hazienda auf christliche Weise zu vergrößern.‹

Es waren verschiedene Angebote zu hören, und jedesmal stiegen sie höher und höher.

›Ist keiner da, der mehr bietet?‹

Da meldete sich Hauptmann Sandoval: ›Ich biete für diesen Neger meinen Graufuchs.‹ Das Gesicht von Sandoval nahm vor den erstaunten Mienen der anderen einen herausfordernden Ausdruck an. Einen echten andalusischen Graufuchs? Einfach unmöglich!

›Kann ich Euren Graufuchs sehen?‹«

Als der Feldwebel die Geschichte des schwarzen Mandinga zu Ende erzählt hatte, murmelten seine Zuhörer. »Dann … dann war dieser Neger also viel wert?«

Hernán Cortés hatte jedem Offizier, der sich ihm anschloß, eine gewinnbringende Hazienda in Aussicht gestellt. Mit einem Neger wie diesem hätte man mühelos einen neuen Ort gründen können, ja sogar eine neue Rasse, gut geeignet für jede Art von Arbeit: für die Goldsuche, für das Bestellen der Felder, für das Pflanzen von Maulbeerbäumen, so wie es sich der Hauptmann erträumt hatte, gut geeignet, um Weinterrassen anzulegen, Äpfel zu ernten und das Gelände mit Pfirsichpflanzungen zu übersäen.

»Ja, dieser Neger war viel wert!«

Die Träger aus Tenochtitlan schleppten einen Käfig, wie er für Hähne gedacht war. Er ähnelte den Vogelkäfigen, mit denen sie früh am Morgen, kaum daß sich der Nebel über dem See verflüchtigte, zu Hunderten loszogen, um Vögel zu fangen. Er sah genauso aus wie ein Käfig für Kampfhähne. Nur daß dieser Hahnenkäfig zwanzigmal größer war und von zwei mal zwei mal zwei Trägern geschleppt wurde.

Im Innern des Käfigs hockte der Neger Mandinga. Er schwitzte, hatte überall dunkelviolette Flecken, seine Augen waren halb geschlossen, und er zitterte am ganzen Körper. Nachdem sie im Hauptsaal des Ahuízotl-Palastes angelangt waren, benachrichtigte man Cuitláhuac, daß der Gefangene da sei. Der Neger wurde aus dem Käfig geholt und neben dem Brunnen gegen einen Baum gelehnt. Mehrere aztekische Krieger untersuchten ihn: sie berühten ihn, schauten seine Fingernägel an, ja, sie rochen sogar an ihm und probierten den Schweiß, den er ausströmte.

»Wischt ihm die schwarze Farbe ab.«

Auf Befehl des Herrn Tlatoani von Mexiko näherten sich ein paar Frauen dem Neger am Brunnen und schickten sich an, ihn mit einer paar Blättern des Seifenstrauches zu waschen. Der Neger versuchte, sich loszureißen und etwas zu erklären. Die Worte, die er ausstieß, klangen fremd, nicht einmal die neuen Spanischkenner verstanden sie.

»Die Farbe geht nicht ab ...«, sagten die Frauen.

»Sie muß abgehen. Dieser Mann hat nicht das Recht, diese Farbe zu tragen.«

Cuitláhuac legte seine Tilma ab; er selbst beabsichtigte, den Neger zu waschen und die Farbe herunterzuholen, und so stieg er höchstpersönlich in das Becken. Einige Herren des Krieges halfen ihm dabei. Sie scheuerten den Neger so lange, bis dieser sich nicht mehr bewegte. Eine Medizinfrau eilte herbei, untersuchte ihn und sagte: »Er ist tot.«

Doch Cuitláhuac wusch den Toten weiter. Mit einem Obsidianmesser schnitt er ihm ein Stück Haut ab, und da erst erkannte er seinen Irrtum.

»Es ist keine Bemalung … Es ist seine Hautfarbe. Sie ist schwarz …« Und er reinigte sich die Hände in den Falten seines Umhangs.

Seit dem Tod des Negers Mandinga waren zwanzig Tage vergangen. In den Korridoren des Ahuízotl-Palastes lagen viele Kranke. Die Kriegerinnen und Krieger zeigten überall am Körper schwarze Flecke. Sie schwitzten, zitterten, phantasierten. In anderen Palästen waren bereits viele Menschen gestorben. Die Medizinfrauen waren herbeigerufen worden, damit sie den kranken Cuitláhuac pflegten, der schwitzend, zitternd, phantasierend darniederlag und das Gesicht voller schwarzer Flecken hatte. Ein um das andere Mal wiederholte er, daß es eine Bemalung wäre, eine Bemalung, daß sein Gesicht nicht schwarz wäre, nicht schwarz, daß es eine Bemalung wäre, so wie bei unserem Herrn Tezcatlipoca. Nachdem sie sich eine Weile um ihn bemüht hatte, sagte die älteste der Medizinfrauen: »Wir kennen diese Krankheit nicht … und sie ist unheilbar.«

Innerhalb weniger Tage verwaisten die Märkte. Die Leute starben auf den Wegen, in den Tempeln, innerhalb und außerhalb der Städte. Die Pockenfälle in den Quartieren der Krieger, die die Festung von Tenochtitlan schützten, vermehrten sich. Die Medizinfrauen taten alles, was in ihren Kräften stand, um den Kampf gegen die Pest aufzunehmen, aber die Männer und Frauen und Alten wurden vom Tod dahingerafft. Diejenigen, die überlebten, erblindeten, hatten viele tiefe Löcher im Gesicht, und ihre Augen waren nach innen gedreht.

Schrecken breitete sich aus; keiner wagte es mehr, Tenochtitlan zu betreten. Kein Boot brachte mehr Maispasteten, Truthähne oder Maisbrote. Der Markt von Tenochtitlan und auch der Markt von Tlateloko wurden geschlossen. Niemand wollte mehr in die Stadt. Überall herrschte die Pest. Der Herrscher von Meer zu Meer, der Herr Tlatoani von México Tenochtitlan starb nach zwei Wochen. Die Leute raunten, dies wäre die Strafe der Götter, weil er es den Atlácatl, den Unmenschen erlaubt hatte, die Sonnenheiligtümer zu betreten und zu schänden.

Cuauhtémoc und Matla, die sich fern von Tenochtitlan aufhielten, wurden gewarnt, ja nicht zurückzukehren, da in der Stadt eine böse Krankheit umgehe. Ihnen wurde berichtet, auf welche Weise Cuitláhuac, der erst achtzig Tage das Amt des Tlatoani von México bekleidet hatte, gestorben war. Es starben auch verschiedene Herren aus Tlaxcala, darunter die vornehmsten. Und ebenso die neuen Herren von Tlacopan und von Texcoco. Zwei große Herren lagen im Sterben.

Die Leute sagten, schuld daran wäre der Wind, der vom See her blies, wären die Toten, die noch immer den Grund der Lagune verpesteten, wären die schwarzen Geier, die die Krankheit gebracht hätten. Die Leute hatten Angst und ergingen sich in Gebeten. Sie sagten, schuld an der Krankheit hätten jene Verächtlichen, die, angeführt von Topiltzin, diesem Knirps von einem Kriegshauptmann, nach Tenochtitlan gekommen waren.

Hauptmann Olid stürzte in das Zelt von Hernán Cortés in Tlaxcala. Dieser war gerade dabei, seinem Sekretär einen Brief an die Gebieter von Kastilien und Aragón zu diktieren. Die Gedanken des Kapitäns sinnfällig miteinander verknüpfend, hielt Godoy sie auf dem Pergament fest.

»Herr, wir haben erfahren, daß in Tenochtitlan die Ungläubigen zuhauf sterben.«

»Sie sterben?« fragte Cortés überrascht.

»Die Pocken haben sie befallen! Sie sterben zu Tausenden, auf den Wegen, in ihren Hütten, aber auch in den mit uns befreundeten Städten. Wie mir gerade gemeldet wurde, soll die Krankheit auch hier in Tlaxcala aufgetaucht sein.«

Cortés heftete seine Augen auf die des Hauptmanns Olid; ihre Blicke signalisierten ein und denselben Gedanken. Cortés kümmerte sich nicht länger um seinen Sekretär und befahl, ihm Umhang und Schwert zu bringen. Er rückte seine Kappe zurecht, küßte das Bildnis von Johannes dem Täufer, das er an einer Halskette trug, und lief dann schnellen Schrittes zum Palast der Herren von Tlaxcala, wobei er ausrief: »Sie sterben an den Pocken … Vorwärts … Nun verfügen wir über ein weiteres Heer gegen die Ungläubigen. Der Himmel steht uns bei.« Und selbst im Weitergehen lächelte er noch.

»Schaut auf mich, folgt mir, tut, was ich euch heiße, dann werdet ihr Gold und Ruhm ernten …«

Fray Bartolomé de Olmedo und der ehrwürdige Vater Juan Díaz erklärten mit aller Entschiedenheit, daß die Worte von Hernán Cortés der Stimme Gottes glichen und daß diese Indianerbestien nichts taugten, von welcher Seite man es auch betrachten möge. Darauf sagten ihre Atlácatl, ihre Wassermänner, ja, das stimmt. Und sie schworen, alles zu tun, was Hernán Cortés verlangte, denn was immer er dachte und befahl, dachte und befahl er im Namen ihrer nie genug zu rühmenden Majestäten von Kastilien und Aragón: Doña Juana und Don Carlos. Und außerdem hätten sie den Segen von Don Francisco de Cisneros, dem Primas der Heiligen Mutter Kirche.

In der Gesellschaft von Hernán Cortés befanden sich seine Kriegshauptleute Juan Rodríguez Villafuerte, Cristóbal de Olid, Juan Caramillo, Francisco Verdugo, Francisco Rodrigo Magarino, der Beste aller Armbrustschützen, Juan Pedro Barba; Antonio Ruiz, García Olguín, Pedro de Alvarado und seine vier Brüder mit ihren blauen Augen und den silbergrauen Bärten; Pedro Bohomes und Rodrigo de Molina. Anwesend waren auch Francisco Vera de Medina del Campo, Juan Portillo, Juan de Mancilla sowie Rodrigo de Castañeda, der unsere Sprache zu reden verstand wie einer, der das Calmecac, unsere Tempelschule, besucht hat. Alle waren sie zugegen, als Hernán Cortés berichtet wurde, was sich in Tenochtitlan ereignete.

Die Menschen liefen davon. Die einen zogen zum Adlertor hinaus, durch das man auf den Dammweg nach Tlacopan gelangte; die anderen kamen durch das Tezcaquiahuecac-Tor, das sich gegenüber den spiegelnden Wasserflächen befand und in dessen Nähe die Paläste der Herren von México Tenochtitlan standen und auch der Palast von Moctezuma dem Großen, dem Besten, dem Ersten, dort, wo der Dammweg nach Ixtapalapa führte. Und sie kamen auch durch das im Norden gelegene Acatlyacapan-Tor gezogen. Sie strömten hinaus, ohne zu wissen, wohin. Die Kranken und Geistesschwachen, für die es kein Zurück mehr gab, verließen die Stadt durch das nach Osten zeigende Huiyznahuac-Tor.

Die Krieger aus Tlaxcala, aus der Ferne von den Offizieren des Hernán Cortés befehligt, stellten sich den Menschen, die aus der Festungsstadt México Tenochtitlan flohen, in den Weg und nahmen ihnen ihre Kleidungsstücke weg: die Röcke, die Tilma, die Umhänge, die Sandalen, und ließen sie nackt zurück. Der Sonnenglut ausgesetzt, von Schüttelfrost geplagt, erlagen jene bald darauf ihrem Leiden. Wie vom Winde verwehte Sandkörner starben sie einsam dahin. Überall blieben sie zurück, und überall starben sie. Danach ging Hernán Cortés an die Durchführung seines Planes. Es war ein genialer Plan, so wie viele seiner Pläne. Deshalb hatte er in der Versammlung vor seinen Atlepocatl, seinen Kriegshauptleuten, auch gesagt: »Vertraut mir, folgt mir, hört auf meine Worte.«

Deshalb auch hatten Bruder Bartolomé und Vater Juan Díaz erklärt, daß das Wort von Hernán Cortés der Stimme Gottes gliche. Und so brachen die Boten auf und zogen über die Wege. Über Wege, die durch das Gebiet ihrer Freunde führten, und über Wege, wo Gefahren auf sie lauerten. Bei sich führten sie Geschenke und Einladungen mit der Botschaft von Hernán Cortés, daß jeder, der zu ihm in sein Zelt käme, mit süßen Maispasteten, gebratenen Truthähnen, wohlschmeckenden, mit Chilli zubereiteten Bohnengerichten und die Sinne erquickender Schokolade empfangen würde, auf daß alle, die seiner Einladung folgten, sich überzeugen konnten, daß dies ein Feldlager von Freunden wäre. Seine Absicht verfehlte nicht ihre Wirkung. Nicht lange, und es trafen die ersten Häuptlinge ein. Und mit ihnen die Angehörigen, denn es galt als ein Beweis guter Freundschaft, bei Besuchen sowohl die Ehefrau mitzubringen als auch die Kinder und die Schwestern und Brüder und die Brüder der Brüder und die Kinder der Kinder. Auf Windesflügeln eilten sie herbei. Aus fernen Orten kommend, überquerten sie Flüsse, überwanden sie Wüsten, ließen sie Pfefferfelder, Maispflanzungen und Obstbaumhaine hinter sich. So gelangten sie nach Tlaxcala, ins Feldlager von Cortés. Auf ihren Wegen begegneten sie aztekischen Kriegern, die ihnen von den Gipfeln der Berge aus zuriefen, sie sollten nicht weitergehen, sondern auf der Stelle umkehren. Sie aber achteten nicht auf die Rufe, denn Cortés hatte ihnen sagen lassen: »Wenn sie nicht kommen, komme ich!«

Hier waren die Leute von Tepoztlan und da die von Toluca, von Ixtalapan, von Taxco, von Miacatlan und auch die von Chalma, mit denen niemand gerechnet hatte, deren Priester sie am Ende aber doch hatte ziehen lassen. Auch die Leute von Tenancingo, Xochicalco und Alpuyeca waren gekommen. Ihr Weg hatte sie ganz dicht an den Männern vorbeigeführt, die die aztekische Festung Malinalco verteidigten. Cortés hatte auf der Karte die Routen studiert, auf denen sie kommen mußten und gesagt: »Die und die werden bestimmt kommen. Und das sind die Wege, auf denen sie zurückgehen müssen.«

»Und was ist mit den Leuten aus Zempoala? Es sind unsere Freunde!«

»Solche Freunde tun not. Sie sollen kommen!« hatte Cortés geantwortet und dafür gesorgt, daß alle kamen, von Tenochtitlan bis Zempoala. Es erschienen die Leute von Xalapa und von Pexote, und es erschienen die Vornehmen von Zacatepec, Apizaco, Huamantla, Calpullalpan, Texmelucan, Cholula und Huexotzinco.

Und da Cortés, wie er sagte, an bestimmten Orten Sicherheit brauchte, sorgte er dafür, daß auch die Leute von Ahuilizapan, dem Ort der reichen Früchte, der Federn, der prächtigen Hügel und weißen Berge, kamen und desgleichen die von Totonacapan. Und die Leute aus Cuetlachtlan, Cuauhtochco;

aus Oceolapan, Quiahuitzlan und von dem fernen Strand von Chalchiuhcueyehcan, der für Hernán Cortés so gute und so schlechte Erinnerungen barg, denn dies war der erste Ort, den er in diesem Land für die spanische Könige erobert hatte.

Alle hatten sich eingefunden. Und alle zeigten sich zufrieden. Es wurden Tänze aus Valencia vorgeführt und Tänze aus dem Land der Huaxteken, und Freude herrschte allerorten. Fray Bartolomé de Olmedo sang mit seiner schönen Stimme eine Messe, und der Priester Juan Díaz reichte allen Anwesenden die Heilige Hostie, ob sie es nun wollten oder nicht. Der Platz war mit buntem Papier übersät. Die Leute aßen, schliefen, waren glücklich. Und sie erhielten von Hernán Cortés das Versprechen, daß er mit ihnen Frieden halten wolle. Er versicherte ihnen, daß alles anders werden würde, wenn sie erst einmal mit den Azteken Schluß gemacht hätten. Dann gäbe es nur noch Brüder und Freunde und nur noch ein einziges Land, in dem keine Marksteine mehr die Grenzen bezeichneten: ein Land ohne querliegende Baumstämme auf den Wegen, ein Land, in dem es nur einen Gott gebe, den Herrn Jesus Christus. Und das auch nur einen Namen hätte: Neuspanien. Dies war der Name, den Grijalva den Ländern Mexikos gegeben hatte und der Hernán Cortés sehr gefiel.

Dann machten sich die Leute wieder auf den Heimweg. Zufrieden zogen sie dahin. Am Ausgang des Ortes warteten die Offiziere von Hernán Cortés auf sie. Als Herren, die von weither gekommen waren, forderten sie alle auf, die Kleider, die sie aus ihren fernen Heimatorten mitgebracht hatten, dazulassen und sich mit den Umhängen, Schulterdecken, Röcken und Sandalen zu schmücken, die Don Hernán Cortés ihnen als Geschenk mit auf den Weg gab. Und alle gingen zufrieden fort, eingehüllt in jene Kleidungsstücke, die die Kranken in der großen Stadt México Tenochtitlan getragen hatten.

XXIII

Nach der Zeitrechnung der Bleichgesichter waren sechs Monate seit jener Nacht vergangen, die für Cuitláhuac zur Nacht der Freude wurde. Hernán Cortés wußte heute, daß Tenochtitlan sich damals in eine uneinnehmbare Festung verwandelt hatte. Die Unterstützung von Tlatotzin, Tequianitzin und Mexicatzin, der Edlen aus Tlaxcala, war für den Spanier hilfreich gewesen. Nun sah man ihn und die Seinen mit anderen Augen an, und wer immer an sie dachte, tat dies nicht in Erinnerung an die Nacht, die vor der Nacht im Otumba-Tal lag. Sein Ruhm hatte sich ausgebreitet über viele Grenzen hinweg, bis zu den entferntesten Winkeln. Nun lebten sie mit ihren Erinnerungen, mit den schönen Erinnerungen. Dazu gehörte auch der Tag, an dem der Herrscher Moctezuma Hernán Cortés eine goldene Fahne, eine Fahne aus Quetzalfedern und eine goldene Halskette geschenkt hatte. An jenem Tag hatten alle gelacht und sich gleich Affen auf das Gold gestürzt, dessen Anblick ihre Mienen belebte, während sie die Quetzalfedern als Schmuck für ihre Helme benutzten. Die Herzen aller waren nur noch auf das Gold gerichtet. Die Sucht nach Gold verzerrte sogar ihre Gesichter. Sie gierten nach Gold, sie dürsteten nach Gold, sie stopften sich mit Gold voll. Wenn zwei sich begegneten, riefen sie nicht nur den Namen des Herrn Jesus Christus an, sondern auch den Namen des Goldes.

»Gelobt sei Jesus Christus … Habt Ihr Gold?«

Sie wühlten nach Gold wie Schweine. Sie untersuchten die goldene Fahne von beiden Seiten und ließen sie, vom Wind umrauscht, hin und her flattern, als hofften sie, daß die Fahne verheißungsvolle Worte zu ihnen spräche. Einige der edlen Herren, die Hernán Cortés damals willkommen hießen, trugen Gewänder, die ganz mit Gold bedeckt waren. So der Herr

Cuauhcequitzin von Panohuayan; der Herr von Chihuaytlacatzin, ein Kind von neun Jahren mit Namen Ixtlaczaucan; und der Herr Micacacaltzin von Tecuanipan, eins der glänzenden Mitglieder des Städtedreibundes von Tlacopan, Texcoco und Tenochtitlan. Auf diese Weise hatte der Weg von Hernán Cortés durch das weite mexikanische Land seinen Anfang genommen. Ein Weg von dreihundertfünfunddreißig Tagen ... Vierzig davon war er ein halber Feind gewesen und zweihundertfünfundneunzig ein Atlacualitolli, ein Verderbter. Einmal hatte sich Hernán Cortés eine Frau genähert, um ihm eine Frage zu stellen, die Marina Jerónimo de Aguilar übersetzte, damit dieser sie auf Spanisch wiederholte: »Welches ist dein wahrer Name, Herr?«

»Bruder, nennt mich Bruder«, hatte Cortés geantwortet.

Erinnerungen ... Erinnerungen, vom Winde verweht. Die Kanäle der Stadt füllten sich mit Blut. Die Hundekompanie des spanischen Heeres wurde erweitert. Die Stuten brachten Füllen zur Welt. Die von dem Krieger aus Kastilien und Aragón vergewaltigten Frauen gebaren Kinder. Die Vögelgärten wurden zerstört und die Vögel von den Soldaten des Cortés gebraten. Auch die seltenen Tiere wurden gebraten und gegessen.

Vernichtet wurde die vor hundert Jahren erbaute Anlage mit den verschiedenen Fischarten, und zerstört wurden die Käfige mit den Truthähnen. Die Herstellung von Kleidern und Wandteppichen aus Federn kam zum Erliegen. In Tenochtitlan hatte der neue Herrscher von Meer zu Meer nur eine Idee: »Es gilt, Hernán Cortés zu fassen, ihn in Teile zu zerstückeln, seine Reste zu verbrennen und seine Asche in die Kanäle des Sees zu werfen.«

Es war die gleiche fixe Idee, von der Matla seit langem schon besessen war.

»Dies und nichts anderes verdient dieser Zwerg, diese Hälfte von einem Mann, dieser Hund«, wiederholte Matla. »Der Widerliche, der Stinkende, der sich niemals badet!«

Cortés, Pedro de Alvarado und Malintzin ritten an einem der vielen Kanäle entlang. Sie befanden sich unweit der Stadt Texcoco. Unterwegs sahen sie eine große Menschenmenge, die dabei war, allerlei Kriegsgerät herzustellen.

»Ich sage Euch, Don Pedro, die Wurfspitzen, die diese Leute für die Armbrüste und Lanzen anfertigen, sind besser als die, die wir aus Toledo mitgebracht haben. Das trifft auch auf die anderen Gerätschaften zu.«

Alvarado teilte den Stolz seines Kapitäns.

»In … in … der … Bri… Bri… Brigantine, die aus K… Kuba ge… gekommen ist …«

»Es ist mir bereits berichtet worden, daß sie außer Pulver auch Armbrüste, Schwerter aus Toledo, Kassawebrot, braunen Zucker, Wein, Hafer, Gerste und anderes mehr an Bord hat.«

»So … so … ist es, Herr.«

»Grund genug zur Freude für uns alle.«

Sie kamen zu ein paar Werkstätten, wo Hunderte von Frauen damit beschäftigt waren, für die Soldaten baumwollene Brustpanzer herzustellen. Hernán Cortés verabschiedete seinen Offizier Alvarado und sagte: »Bis jetzt ist das Glück auf unserer Seite. Hoffen wir, daß es uns auch fürderhin nicht im Stich läßt.«

Alvarado salutierte, und Cortés setzte den Spazierritt mit Malintzin fort. Sie gelangten an das Ufer eines Kanals mit einer herrlichen Wiese. Cortés brachte sein Pferd zum Stehen und sprang ab. Galant half er Malintzin von ihrem Reittier. Sie schaute ihn an, in ihren Augen lag tiefe Bewunderung. Sie trug ein wunderschönes blaues und erdbeerfarbenes Kleid aus Spanien. An diesem Tag hatte Cortés nicht seinen üblichen Brustpanzer angelegt, der genau nach seinen Maßen angefertigt war. Er trug ein Barett, das er mit einer Feder geschmückt hatte. Des weiteren Wams und rote Beinkleider, dazu hohe schwarze Stiefel. Gierig hörte er, was Malintzin ihm an Neuigkeiten zu berichten wußte.

»Man hat mir erzählt, daß Cuauhtémoc zum neuen Herrscher von Tenochtitlan ernannt worden ist.«

»Cuauhtémoc? Reichlich jung für solch ein Amt. Oder? Ich habe gehört, daß die Mexikaner immer einen Mann im besten Alter zu ihrem Herrscher wählen.«

»Mein Gebieter, die tödliche Krankheit hat alle großen alten Anführer dahingerafft. Cuitláhuac starb von Fieber geschüttelt. Und so auch der Herrscher von Tlacopan und viele andere Mitglieder des Hohen Rates, die nach deinem Sieg im Otumba-Tal neu gewählt worden waren. Das gleiche, mein Gebieter, ist den Häuptlingen aus Tlaxcala widerfahren. Die Krankheit ist verheerend gewesen. Einer meiner Gewährsleute hat mir erzählt, daß in Tenochtitlan von jeweils zehn Kriegern und Kriegerinnen sieben gestorben sind. Das Übel hat alle heimgesucht. Das ist auch der Grund gewesen, weshalb es ihnen nicht gelungen ist, ein Heer aufzustellen, das dich verfolgt und hetzt, Herr. Aber nicht mehr lange, und sie werden es schaffen, so die Botschaften, die an Zizintla, den Herrscher von Michoacán, unterwegs sind, ihr Ziel nicht verfehlen. Michoacán ist ein sehr mächtiges Gebiet, das von den Azteken bis heute nie besiegt worden ist.«

Was Malintzin ihm berichtete, überraschte Cortés. Seine eigenen Kundschafter hatten ihm etwas anderes gemeldet, deshalb sagte er: »Der Erfolg hat sich bereits eingestellt … Die Botschafter des neuen Herrn von Mexiko wurden während der Totenfeier des ehemaligen Herrn von Michoacán geopfert, so daß wir aus dieser westlichen Gegend nichts zu befürchten haben, im Augenblick jedenfalls …«

»Schon im Knabenalter erwarb sich Cuauhtémoc den Ruf eines tapferen Kriegers. Sein Vater war der berühmte Ahuízotl, der den Ruhm der drei Städte begründet hat, welcher bis nach Nicarao reicht, bis zum Gebiet der großen Seen.«

»Reden wir nicht von Politik, Herrin.«

»Und wovon wollen wir dann reden?«

»Von Eurer Schönheit, Doña Marina, und von Eurer Zukunft«, entgegnete er lüstern.

Während Hernán Cortés sprach, ruhten die Augen der Frau auf den sich wiegenden Binsenblüten. Es waren so viele, daß es aussah, als hätte sich der Texcoco-See von Blut rot gefärbt. Sie schloß die Augen und folgte dem Faden seiner Rede.

»Ich bin von weither gekommen, Herrin, von schrecklich weither, von jenseits der Meere.«

Cortés liebkoste sie, fuhr mit der Hand spielerisch über ihr braunes Kinn, küßte ihre Augen, streichelte ihre Brüste und massierte die kleinen schwarzen Brustwarzen, während sie weiterhin seiner Stimme lauschte.

»Schon als Kind, Marina, habe ich viel von diesen Orten sprechen hören ... Meine Heimat Extremadura ist das Land der Steineichen und des saftig grünen Laubwerks. Die Steineiche ist ein prächtiger Baum, der Baum der Armen. Seine Eicheln dienten meinem Vater als Futter für das spärliche Viehzeug, das er besaß: Schafe und Borstenvieh, Pferde und Rinder. Die Leute aus unserem Ort sind arm; viele leben in Hütten, die sich an die nackten Felsen lehnen. Medellín, so heißt meine Stadt. Es ist eine Stadt mit niedrigen Häusern und holprigem Kopfsteinpflaster in den Gassen. Auf den Hügeln erheben sich alte Burgen aus dunkler Vorzeit, an die sich kein Mensch mehr erinnert und die nicht einmal die Bücher erwähnen. Die Burgen haben riesige Festungstürme, so wie die Burg von Benalcázar, wohin mich meine Mutter oft spazieren führte, als ich noch klein war, so klein wie diese Binsen dort. Meine Heimat ist eine Gegend der Viehzüchter. Sie liegt sehr hoch. Von ihren bergigen Höhen aus kann man weit in die Ferne und nach allen Seiten blicken ... Eines Tages werde ich Euch an der Hand dorthin führen, damit Euch ganz Medellín als eine große Herrin anerkennt. Dann werdet Ihr für immer die Herrin meiner Gedanken sein.«

»Und werden wir auch gemeinsam alt werden?« fragte Malintzin, die ihm voller Liebe zugehört hatte.

Cortés überraschte die Frage. Nachdem er einen Augenblick nachgedacht hatte, zog er sie an sich, enthüllte ihre stolze Brust, die sich so kühl anfaßte wie ein neuer kleiner Tonkrug, und indem er sie dorthin küßte, flüsterte er: »Wir werden gemeinsam alt werden!«

Es waren drei Offiziere anwesend: Hauptmann Olid, Hauptmann Alvarado und Hauptmann Sandoval. Gemeinsam mit den anderen warteten sie in gehobener Stimmung auf den neuen Herrscher von Texcoco. Es war früh am Morgen, und man befand sich im Palast von Nezahualcóyotl.

»Seine Majestät, der König von Texcoco, läßt auf sich warten …«

»Herr Kapitän, wir haben dem Herrn Tecolotzin viel zu verdanken.«

Aus Spanien waren neue Frauen mit ihren Ehemännern angekommen. Für den Empfang des neuen Herrschers von Texcoco, den Cortés persönlich bestimmt hatte, hatten sie lange Kleider mit durchbrochenen Stickereien angezogen, die ihnen vorzüglich zu Gesicht standen. Spanische Musik erklang, auch waren ein paar Trommeln zu hören. Der Klang eines Horns meldete die Ankunft des Besuchers. Hauptmann Sandoval gab das Zeichen: »Achtung!«

Die Truppe stand stramm und präsentierte die Waffen. Der neue Herrscher von Texcoco erschien. Es war Tecolotzin. Als er den Saal betrat, hörten alle zu lachen auf. Er trug einen Rock nach Sevillaner Art, da er aber nicht nur groß, sondern auch stark beleibt war, sah er in dieser Bekleidung recht unförmig aus, und ungelenk waren auch seine Bewegungen. Sein dicker Bauch fühlte sich vom Wams eingeengt. Er trug spanische Stiefel und wie Cortés eine Kappe. Am Gurt den Degen und an den Hacken der Stiefel Sporen, mit denen er nur schwer zurechtkam. Obwohl er lächelte, war sein Gesicht bleich.

Bei seinem Anblick wurde Cortés unruhig und fragte leise: »Er wird doch nicht auch die … die Krankheit haben?«

Der Priester Juan Díaz hatte gemeinsam mit Fray Bartolomé de Olmedo einen Altar vorbereitet und ihn mit Blumen vom See geschmückt. Alles war in Rot getaucht. Man schritt zur Taufe des Herrn Tecolotzin.

»Seid Ihr bereit, als Pate für diesen Herrn aufzutreten, der auf den christlichen Namen Don Fernando getauft werden soll?« fragte Bruder Bartolomé Kapitän Cortés. Dieser kniete nieder und antwortete in Ergebenheit: »Ich bin bereit.«

Juan Díaz benetzte mit Weihwasser den Kopf von Tecolotzin und murmelte: »Ego te bautizo in nomine Patre, et Filii …«

Sie gingen in ihre Stadtviertel zurück und sannen über die Worte nach, die Cuauhtémoc ihnen gesagt hatte. Die da gingen, waren die Herren der vier großen Viertel von Tenochtitlan: der Herr von Teopan, der Herr von Moyotlan, der Herr von Aztacalco und der Herr von Cuepopan. Ein jeder trug in seiner geflochtenen Tasche den Rat, den Cuauhtémoc ihm mitgegeben hatte.

»Wenn die Hunde sich unserer Stadt bemächtigen, wird das Elend auf unsere Häuser herniedergehen und sich in jeder Ritze festsetzen. So wie über dem See der Regen aufkommt, wird die Zeit der Zwietracht anbrechen, die Zeit des Elends, der Bettelei, die Zeit, da wir nur noch in Lumpen leben und das Leid unser ständiger Begleiter sein wird.«

Er hatte ihnen auch gesagt, daß er Gesandte nach Tlaxcala, Acalhuacan und Huexotzinco geschickt hätte, ja sogar in das ferne Gebiet der Totonaken, zu den weit weg lebenden Mixteken und Otomí, und auch nach Tlahuacan, zu den Cohuica und zu den Matlatzinca.

»Manch einer macht sich naß, wenn er nur den Namen Topiltzin hört«, hatte er traurig hinzugefügt.

»In Michoacán hat der Herr Zizintla unsere Botschafter geopfert, um die Totenfeier für den alten Zangua zu begehen …«

Nachdem die Herren der vier Stadtbezirke von Tenochtitlan gegangen waren, hörten sich die neuen Herrscher von Texcoco, Tlacopan und Tenochtitlan Matlas Plan an. Der neue Herrscher von Texcoco war Coanacotzin; der neue Herrscher von Tlacopan Tetlepanequetzal. Die drei wußten, was in Tlaxcala im Rat der Völker vor sich gegangen war. Die Gebieter von Tepeticpac, Tizatlan, Ocotelolco und Quiahuiztlan hatten ihre Masken abgelegt und sich Topiltzin und seinen Hunden angeschlossen.

»Wir müssen auf dem Weg weitergehen, den unser verstorbener Herrscher Cuitláhuac für uns abgesteckt hat.«

»Diesmal habe ich alles gut vorbereitet«, sagte Matla. Unsere Späher Komm-bei-Nacht und Komm-bei-Tag haben uns berichtet, daß Topiltzin die Nächte damit verbringt, Karten zu spielen und Wein zu trinken, und daß er und zwei andere Offiziere an dem Ort, wo sie sich vergnügen, verweilen, bis es Tag wird. Unsere nächtlichen Horchposten haben erzählt, daß er, wenn er sich betrinkt, sich mit der Nichte von Malintzin in seine Hängematte legt und dort schläft.« Matla fuhr fort, ihren Plan zu erläutern, und am Schluß sagte sie: »Diese Nacht soll es geschehen. Alles ist vorbereitet: die Seile, die Tänzer, der Weg. Wir werden ihn lebend fangen ... Und morgen dann bringen wir ihn zum Verkauf auf den Markt von Acolman, auf den Hundemarkt ...«

Die Nacht brach herein. Die Schneckentrompete hatte bereits zur Ruhe geblasen und der Priester vor unserem Herrn Tezcatlipoca seinen Gebetstanz vollführt. Da sprangen aus hundert Booten, die versteckt im Schilf lagen, fünfhundert Schwimmer ins Wasser. Alle hatten lange Seile bei sich. Sie schwammen zu einer Chinampa. Die ersten, die sie erreichten, waren die Sägemeister, die in aller Stille begannen, die Pfähle durchzusägen, auf denen die Chinampa saß, damit sie nicht vom Grund wegtrieb. Bei der Chinampa handelte es sich um ein Haus der Blumen. Sie war durch einen kleinen, tausend Meter langen Dammweg mit dem festen Land verbunden. Er war so schmal, daß immer nur ein Pferd auf ihm Platz hatte. Innen war das Haus prachtvoll ausgestattet; es hatte einst einem großen Herrn von Texcoco gehört, der an der Zitterkrankheit gestorben war.

Das Haus der Blumen maß an jeder Seite zweihundert Ellen, in der Länge wie in der Breite. An den Wänden hingen Teppiche, auch gab es ein Becken mit Süßwasser sowie viele Blumen und Gärten. Manchmal, wenn das Wasser im See anstieg, wurde die Chinampa ein wenig angehoben, aber meistens schaukelte sie auf den Wellen. An jeder Ecke kam und ging ein Wachposten. Wenn zwei sich trafen, tauschten sie die Parole aus. Sie wachten darüber, daß Hernán Cortés sich in Ruhe ergötzen und ungestört schlafen konnte.

Die unter Wasser Schwimmenden zersägten einen Pfahl nach dem anderen. Dann banden sie mit Hilfe der Seile die auf dem Wasser treibende Insel fest. Die ganze Insel, die ganze Chinampa, das ganze Haus. Doch zuvor sorgten sie dafür, daß die Wachposten keinen Alarm schlagen konnten. Vorsichtig schlichen sie sich an den ersten heran und warfen eins der Netze über ihn, mit denen sie gewöhnlich die Vögel der Lagune jagten. Dann folgten die anderen Wachposten. Am Schluß steckten alle regungslos in den Netzen. Aus dem Haus der Blumen drangen Rufe, Gesänge, Frauenstimmen, Flüche. Im Haus der Blumen herrschte große Ausgelassenheit. Inmitten der Nacht wurde die Insel, das Haus der Blumen, zwei Kilometer weit über den See gezogen.

Drinnen vergnügten sich die Spanier mit ihren Frauen. Ehe sie mitbekamen, was los war, sahen sie sich bereits von Ozelot-, Adler- und Jaguarkriegern überfallen. Ein Hauptmann namens Núñez wollte nach dem Schwert greifen, da sank er schon mit durchbohrtem Herzen zu Boden. Rasch suchten die nackten Frauen Schutz hinter den weiten Vorhängen. Den Spaniern verschlug es die Sprache, als sie die gehaßte und gefürchtete Matla vor sich sahen. Da stand sie, ganz in Grün gekleidet, mit einem Toledoschwert in der Hand. Hinter ihr ein paar Adler-Häuptlinge und Jaguar-Ritter.

»Topiltzin?« fragte sie.

»Unser Befehlshaber, Kapitän Hernán Cortés, ist heute nicht gekommen«, antwortete einer der Offiziere. »Er hat mit seinen Männern bis spät in die Nacht hinein Rat gehalten und …« Er konnte seine Erklärung nicht zu Ende bringen.

Als es tagte, trieb die Chinampa, auf der das Haus der Blumen stand, herrenlos dahin, getragen von der Strömung des Sees.

»Alles, was ein Christ nicht verstehen kann, ist das Werk des Satans«, hatte der Priester Juan Díaz gesagt.

»Amen«, hatte Fray Bartolomé de Olmedo hinzugesetzt.

Darum geschah, was sich vor dem Hauptpalast auf dem Platz von Texcoco zutrug; dort, bei den Gärten, in der Nähe der Brunnen, seitlich vom Nezahualcóyotl-Altar. Zuerst kamen die Krieger aus Tlaxcala und brachten Ladungen von Holz und immer mehr Holz. Und mit dem Holz errichteten sie einen Scheiterhaufen hier, einen nächsten dort und wieder einen anderen weiter weg. Und eine ganze Schar spanischer Soldaten stand Wache und paßte auf, daß alles so durchgeführt wurde, wie es der Priester Juan Díaz geraten hatte. Mit großer Beklemmung beobachteten die alten Priester von Texcoco, was geschah und was sie nicht verstehen konnten; sie erinnerten sich nur an das, was schon in den alten Büchern geschrieben stand: »Es werden kommen die Tage des Elends ... der Verlassenheit ... der Unkenntnis ... der Unkenntnis eines früheren Wissens, daß unsere Söhne nicht mehr unsere Kinder und auch nur zur Hälfte Kinder sein werden und unsere dem Sonnengott geweihten Jungfrauen den Schweinen geopfert werden.«

Fray Bartolomé de Olmedo, der vor einem größeren Holzhaufen stand, befahl, diesen anzuzünden. Ein tlaxcaltekischer Krieger ging mit einem Tongefäß von einem Holzhaufen zum anderen und besprengte sie mit schwarzem Öl, indes andere das Feuer entfachten. Fray Bartolomé hob seine weiße Hand und segnete die Flammen, die, von einer schwarzen Rauchwolke umgeben, zum Himmel stiegen. Danach ging er in den Palast. Hier, in der Bibliothek des Nezahualcóyotl-Palastes, wurden die Bücher aufbewahrt, die die Geschichte der Völker enthielten, und darüber hinaus die Bücher der Poesie, die Bücher über das Heilen von Krankheiten, welche Menschen heimsuchen, die Bücher über den Gartenbau, die Bücher, in denen die Geschichte jedes einzelnen Menschen, seiner Familie und der Familie vor seiner Familie festgehalten war; die Bücher über das Reisen und die Bücher, die von den Vogelarten, vom Säen und Pflanzen und von der Bearbeitung des Bodens erzählten. In der Bibliothek fanden sich auch die Karten alter Ortschaften, die diese nach Texcoco geschickt hatten. Auch standen hier die Werke, die von den Kultspielen handelten, und die Werke der Weisheit; die Studien über die Planeten und über die Sonne, über die runden Erdkreise und über die vier Ecken des Horizonts; Bücher der Erziehung, der Medizin, der Chirurgie; Bücher, in denen stand, wie das Blut durch den Körper zirkuliert, und die den Bau der Knochen zeigten; Bücher, die von dem Leben der Vulkane handelten, von den Bewohnern des Meeres, von den Sprachen auf der Erde und noch vieles andere mehr.

Tausende und Abertausende von Büchern wurden in dem riesigen Saal, der die Bibliothek von Nezahualcóyotl beherbergte, aufbewahrt, in der Mitte aber befand sich der Alte des Feuers, der Gott der Weisheit, vor dem immer eine Flamme brannte. Ein paar Priesterinnen mit geschorenen Köpfen achteten darauf, daß die Flamme am Ende eines jeden Jahrhunderts, also nach jeweils zweiundfünfzig Jahren, auch ja erlosch. Sie waren es auch, die die Flamme wieder entfachten, wenn die Priester mit dem Feuer des Lebens vom Sternenhügel zurückkamen.

Rund um den Saal gab es viele Sitze aus Binsenmatten. Fray Bartolomé de Olmedo ging auf einen Hauptmann aus Kastilien und Aragón zu, der bei einer Gruppe tlaxcaltekischer Häuptlinge stand, die dabei waren, von den Mauern die Behänge herunterzureißen und mit Bürsten, Wasser und Seife die Wandbilder zu entfernen und dann die Wände mit Kalk zu übertünchen, damit sie ganz weiß aussähen.

»In die Ecke dort, wo sie ihrem Teufel huldigen, kommt der Marienaltar hin.«

Unmengen von Büchern wurden aus den Gestellen gezerrt und in die Mitte des Saales geworfen. Die Deckel der Bücher waren aus Holz; einige hatten gold- und silberverzierte Einbände, die der Raffgier der Spanier sogleich zum Opfer fielen. Fray Bartolomé trat näher und sah sich die Bücher an. Einer der Offiziere zeigte ihm ein Buch, das wie ein chinesischer Wandschirm gefaltet, vierzig Meter lang und zwei Spannen breit war.

»Das alles sind Werke des Teufels, Schriften der Zauberei. Wenn ich das sehe, wird mir himmelangst!«

Er machte über dem aufgeschlagenen Buch das Zeichen des Kreuzes. Das Entsetzen über das, was ihm hier begegnete, war ihm deutlich anzusehen. Mit Genugtuung sah er zu, wie die spanischen Soldaten die Bücher aus den Gestellen holten und sie draußen auf die Scheiterhaufen warfen.

Schweigend, doch mit Tränen in den Augen, beobachteten die Priesterinnen und Priester von Texcoco den Vorgang. Eine geschorene Priesterin sagte: »Mit den Büchern wird auch unser Herz verbrannt ... Von diesem Unglückstag an werden wir in ewiger Stummheit dahinleben und nichts von der Spur erfahren, die uns unsere Vorfahren für das ganze Leben zurückgelassen haben.«

Mit Hilfe des Dolmetschers Castañeda wandte sich Fray Bartolomé de Olmedo an einen Priester aus Texcoco: »Eure Bücher sind Schöpfungen der Hölle und verderben die Menschen. Die Wege Gottes ... Nur das Feuer kann sie reinigen.«

»Unser dahingegangener Herrscher Nezahualcóyotl hat uns gelehrt, daß es nur einen Gott gibt, und diesem ist alles geweiht, was wir in diesem Palast aufbewahrt haben«, entgegnete der Priester mit großer Würde.

Die Bibliothek des Nezahualcóyotl-Palastes begann an diesem Abend zu brennen. Sie brannte drei Wochen lang ...

Die Versteigerung sollte in dem größten, weitläufigsten und schönsten Palast, dem Lieblingspalast des Herrschers Nezahualcóyotl stattfinden. »Für uns haben sie nur alte Wachteln übriggelassen«, murrte ein Soldat. Auch andere begehrten auf und brachten laut ihre Unzufriedenheit zum Ausdruck: »Was wir auch erbeuten, das Beste nehmen sich stets der Kapitän und die anderen Herren, wir müssen uns mit dem Rest zufriedengeben. Seht nur, was sie uns nachwerfen.«

»Ich sage euch, selbst wie sie die fünf Teile bestimmt haben, war ungerecht. Unser Fünftel ist weniger, als wir gedacht haben, verflucht!«

»Nur alte Weiber, häßliche, kranke und dürre Weiber. Ich sag's noch mal; für uns haben sie nur erbärmliche alte Schachteln mit ausgerenkten Gliedern übriggelassen. Weiber, die nichts mehr fühlen und keine Titten haben, oder wie das bei diesen Indianern heißt, keinen strammen Hintern und die schon längst …

»Cacaste, bei denen heißen sie Cacaste … Skelette.«

»Genau … Cacaste … Aber nach den Hübschen, den auserwählten Schönen, dem Sonnengott Geweihten greifen sie mit beiden Händen. Schaut euch nur unseren Kapitän an: jeden Morgen wacht er betrunken in den Armen einer anderen Indianerin auf.«

Schließlich stellten sie das Gerede ein und gingen gemeinsam mit den anderen Spaniern in den Palast. Hier hatte man hundert Frauen versammelt. Die einen waren hübsch, die anderen häßlich, einige sehr alt und andere sehr dick, manche hatten keine Zähne, andere wiederum ein tadelloses Gebiß. Den gefangenen Männern und Kindern hatte man mit einem glühenden Eisen ein »G« ins Gesicht gebrannt. Die Brandzeichen waren frisch, und den Kindern flossen noch die Tränen aus den Augen. Die Frauen hatten eine versengte Schulter; ihnen hatte man dort das Zeichen aufgedrückt. Es roch noch immer nach verbranntem Fleisch. Einige sehr hübsche Frauen hatten entblößte Oberkörper; ihre Gesichter waren ernst. Die Männer waren durch eine riesige Kette aneinander gefesselt. Bei mehreren war das Brandmal bereits infiziert. Dennoch verfolgten alle aufmerksam die Versteigerung, die ein königlicher Beamter beaufsichtigte.

»Und jetzt, diese Frau …«

Der Sekretär der Versteigerung versuchte, das Augenmerk auf die Frau zu lenken, die er als nächste anbot. Sie war alt, häßlich und dick. Die schlaffen Brüste hingen ihr bis auf den Bauch herab, der so aufgebläht wirkte wie bei einer Schwangeren. Die Frau, die erschrocken und neugierig dreinblickte, lachte albern. Unter den Soldaten waren Protestrufe zu hören: »Nein, die nicht. Die ist zu häßlich. Auch wir wollen hübsche!«

»Wir haben euch schon vor der Versteigerung gesagt, daß die hübschen Frauen Eigentum der Krone von Kastilien und Aragón sind«, erklärte der Versteigerer.

»Seine Majestät, Karl V., ist weit weg … und Doña Juana wüßte mit dem hübschen Weiberpack ohnehin nichts anzufangen«, sagte ein Soldat, und sein Geschlechtsteil in die Hand nehmend, fügte er schreiend hinzu: »Ich aber brauche sie hier …«

Rufe und Beifall begleiteten das Auftreten des Soldaten, der seinen Sombrero lüftete und die anderen mit einer Verbeugung grüßte.

»Der König braucht keine Frauen, wir schon … Ja … Ja … Ja … Ja …«

»Wir unterbrechen die Versteigerung, um uns mit dem Befehlshaber Hernán Cortés zu beraten«, sagte der Versteigerer leicht verstört.

»Die Versteigerung wird für eine Stunde unterbrochen«, bemerkte der Sekretär der Krone.

Der Versteigerer berichtete Cortés, der ihm sein Ohr lieh, von dem Problem, das sich eingestellt hatte. In Cortés' Gesellschaft waren die Brüder Alvarado und Fray Bartolomé de Olmedo mit seiner weißen, goldbestickten Tunika. Einer der Alvarado-Brüder sagte: »Unter den Soldaten breitet sich Aufregung und Unbehagen aus, weil als Fünftel für die Truppen nur häßliche, verwahrloste und schlampige alte Weiber übriggeblieben sind. Sie verlangen, und nach meiner Meinung zu Recht, daß sie sich auch hübsche Frauen aussuchen dürfen. Sie sagen, der König ist weit, und die Kirche braucht sie nicht. Kapitän, Ihr wißt genausogut wie ich, daß der Geruch einer Frau, den die Soldaten so lange entbehrt haben, ihre Sinne zum Wahnsinn treibt.«

»Womit sie guten Geschmack beweisen«, antwortete Cortés.

»Sie haben recht.« Hernán Cortés lachte, und die anderen schlossen sich ihm an. Als er gemeinsam mit dem Mönch Olmedo und den Offizieren den Saal betrat, in dem der öffentliche Verkauf stattfand, breitete sich Stille aus. Das Murren versiegte. Der Versteigerer verkündete feierlich: »Soeben hat der Offiziersrat mit Hernán Cortés an der Spitze beschlossen, daß die hübschen Frauen ebenfalls der Truppe angeboten werden sollen.«

»Hurra! Hurra!«

Im Hintergrund des großen Saales begann ein Soldat eine Mandoline zu spielen, und ein Chor stimmte eine alte Weise an, wie sie die Schiffer am Guadalquivir singen. Cortés hob die Hand und bat um Ruhe, um den Worten des Versteigerers noch einen Satz hinzuzufügen: »Außerdem habe ich entschieden, daß die Versteigerung in Form einer Verlosung durchgeführt wird. Auf diese Weise bestimmt das Schicksal, wem es eine hübsche Frau beschert und wem nicht.«

»Und was ist mit dem fünften Teil ihrer erlauchten Majestät?« fragte der Versteigerer leise Hernán Cortés.

»Sie haben recht ... Ihre erlauchten Majestäten sind weit weg. Und es ist auch wahr, was würde Doña Juana mit einer dieser prächtigen Indianerinnen nackt in ihrem Bett anfangen?« Und er tippte sich mit dem Finger gegen die Schläfe, als Anspielung auf die Verrücktheit von Doña Juana. Beide lachten.

Die öffentliche Versteigerung wurde fortgesetzt. Nachdem der Sekretär die Lose mit den Zahlen geschrieben hatte, erklärte der Versteigerer: »Damit kein Streit unter euch aufkommt, wird das Ganze im Beisein unseres ehrenwerten Bruders Bartolomé de Olmedo vonstatten gehen.« Und er wies auf den Mönch in seiner weißen, goldbestickten Tunika, der zu Hernán Cortés' Rechten Platz genommen hatte.

Die Musik spielte. Alles lachte, schrie und war fröhlich.

»Für die hundert ersten Glücksnummern beginnen wir mit diesen zehn hübschen Frauen.«

Zehn Frauen aus Tenochtitlan von vollendeter Schönheit stiegen auf das Podium.

»Die Regel bei dieser Versteigerung sieht vor, daß ein Angebot nicht weniger als eine Goldunze pro Kopf betragen darf und daß unter ihnen …

»Sind es auch Jungfrauen?« unterbrach ein Soldat.

Bei dieser Frage stockte allen der Atem; Stille breitete sich aus, eine Stille der Verwunderung. Keiner der Anwesenden hatte auch nur für einen Augenblick an diese Frage gedacht, die Nuño soeben herausgeschleudert hatte, der Soldat mit der Flöte, der den andalusischen Pasodoble wie kein anderer zu tanzen verstand. Wieder begannen die Soldaten zu lärmen und stellten nun die gleiche Frage: Waren es Jungfrauen oder nicht? Der Versteigerer war verwirrt. Verstohlen blickte er zuerst zum Sekretär, dann zu Hernán Cortés.

»Woher, zum Teufel, soll ich das wissen? Wie stellt ihr euch das vor?« fragte er zurück.

»Ihr vertretet das Fünftel des Königs … Ihr müßt es wissen. Gehört das etwa nicht zu Euerm Geschäft?«

Das Geschrei der Soldaten fand kein Ende. Eifrig sprachen sie dem Wein zu, den sie bei den Bauern von Texcoco entdeckt hatten, und blickten voller Begierde auf die Frauen, die still und gleichmütig auf dem Podest standen.

»Wir haben das Recht zu erfahren, ob die Frauen, die wir ersteigern, Jungfrauen sind oder nicht.«

»Jawohl! Das und nichts anderes!«

»Ruhe! Ruhe!«

Wieder befragte der Versteigerer Hernán Cortés, der zwar entschied, daß die Soldaten recht hatten, sich jedoch über die Verfahrensweise unschlüssig war. Er starrte Fray Bartolomé de Olmedo an, der bis über beide Ohren errötete.

»Der Preis für eine Jungfrau steigt auf zehn Goldunzen«, verkündete der Versteigerer, nachdem er sich mit dem Sekretär beraten hatte.

Applaus. Jubelrufe. Ein Soldat tanzte auf dem Tisch einen Pasodoble. Der Versteigerer gebot Ruhe und Ordnung. Man kam zu einer Übereinkunft: ein ausgestreckter Finger bedeutete Jungfrau; ein Kreis zwischen Daumen und Zeigefinger: eine

Frau, die schon geboren hatte. Ein Sonnenzelt wurde hereingebracht, unter dem man Fray Bartolomé de Olmedo auf einem Sitz Platz nehmen ließ. Der Reihe nach wurden die Frauen hineingeführt; jede, die wieder herauskam, strich sich das Gewand glatt. Unter den Anwesenden herrschte reglose Stille. Der Versteigerer riß das Hemdgewand des Mädchens herunter, das als erstes untersucht worden war, und zeigte ihre schönen, prallen, herrlichen Brüste. Das stolze Mädchen ließ es mit sich geschehen. Kein Laut war zu hören.

»Dieses schöne Exemplar kostet …

Die Augen der Zuschauer gingen zu dem Vorhang, hinter dem das Mädchen hervorgekommen war. Fray Bartolomé reckte einen ausgestreckten Finger über den Vorhang, es war der Mittelfinger seiner linken Hand.

»Diese Frau kostet fünf Goldunzen!«

»Ich biete sechs …«

»Zehn Goldunzen und dazu meine Kniehosen.«

XXIV

Der Herr Cuauhtémoc wurde von einer Gruppe edler Tempelpriester auf seine Salbung zum Herrscher von Meer zu Meer vorbereitet. Fortan würde er der Herr der Herren sein, der Herr der Küsten, der Herr des Sieges, der Herr der Seen, der höchste Herr im Rat des Dreibundes von Tlacopan, Tenochtitlan und Texcoco, der neue Tlatoani von México Tenochtitlan.

Tiyacapatzin, seine Mutter, besuchte ihn, um ihm ihren Segen zu erteilen. Sie war eine ältere Frau, und alles, was sie tat und sagte, zeugte von starkem Selbstgefühl und unbeugsamem Charakter: »Mein Sohn, als du zur Welt kamst, habe ich dich auf eine Matte gelegt, auf eine Matte aus Palmenblättern, ich, deine Mutter. Ich habe dir die Waffen deines Vaters, des großen Ahuízotl, gegeben. Ich habe dir seinen

Schild, seine Speere und Pfeile gegeben. Alles, was dein Vater an Waffen besaß. Es waren die Waffen, mit denen er einst für México, für die Völker von Anáhuac ein großes Territorium erobert hat, vom fernen Nicarao bis zum Gebiet der Tlapaneken, bis zum Gebiet der Mixteken, bis zum Gebiet der Zapoteken; vom Gebiet von Tehuantepec bis zum Gebiet von Soconusco … Wenn dein Vater noch lebte und sehen könnte, daß aus dir ein Tenocha geworden ist, er wäre glücklich. Deine Disziplin und dein Mut haben dich zum Herrn von Tlatelolco gemacht.« Sie warf einen Blick auf all die schönen Ecken des Palastes und fügte hinzu: »Dieses Haus, in dem du geboren wurdest, ist nur dein Nest gewesen, gleich einem Taubennest. Hier bist du zur Welt gekommen«, sagte sie und wies auf ihren Bauch. Dann führte sie die Hand zu ihrem Herzen. »Von hier aus bist du in die Welt hinausgetreten. Von hier aus bist du zum Mann herangereift. Von hier aus bist du geboren; hier, nah bei meinem Herzen, bist du erblüht … Heute aber trennt man dich von deiner Mutter, damit du dem großen México Tenochtitlan dienst, dem Volk, für das du von nun an Sohn sein wirst und Vater und Mutter und Bruder und Schwester, das ganze Leben, für das zu kämpfen und zu sterben die Adler-Krieger gleich dir im Namen unseres Herrn Quetzalcoátl aufgerufen sind …

Sorge für gute Wege, mein Sohn. Für Wege mit vielen Blumen, mein Sohn. Sorge dafür, daß überall auf deinem Weg das Leben erblüht. Heute ist der Tag, an dem du dich von deiner Mutter trennst wie ein Fuß, der frei seinen eigenen Weg geht …« Sie legte ihre Hände sanft auf den Kopf ihres Sohnes und flüsterte: »Dein Land ist von nun an nicht mehr Tenochtitlan allein, dein Land sind auch die Völker von Tlacopan und Texcoco und all die anderen, die uns zum Kampf rufen. Von heute an bist du für alle Zeiten unserem Gott versprochen, unserem Herrn Huitzilopochtli, von diesem Morgen an für alle kommenden und jenseits aller nebligen Abende … Deine Bestimmung ist das Feld, auf dem der Krieg keimt, so wie ein Samenkorn im Frühling; das Feld, von dem der Krieg für die Freiheit deines Volkes und für das Glück der anderen Völker ausgeht. Deine Mission ist der Krieg. Deine Mission ist es, der Sonne das Blut unserer Feinde darzureichen und der Erde zu essen zu geben.«

Sie übergab ihrem Sohn einen Zweig mit Agavendornen und schloß mit den Worten: »Nimm aus meinen Händen den Agavendorn … Und denk daran, heute erhältst du auch den Herrschaftsstab und die Gabe von Itzcóatl … Lebe, mein Sohn, kämpfe und stirb für die Freiheit der Völker von Anáhuac. Möge unser Herr Tezcatlipoca, der alles weiß, der über jedes Leben wacht und überall ist, dir stets wohlwollen und dich auszeichnen.«

Schon bereiteten sie sich auf das Klagen vor. Sie wußten, daß die Tränen auf Tlatelolco, auf Tenochtitlan, auf das Wasser der Lagune herabfließen würden. Die Mehrzahl der großen Krieger war fortgegangen, so wie auch die besten Kriegerinnen von Tenochtitlan mit dem Tod der Toten fortgegangen waren, als der Huezahuatl, die große Krankheit, die schwarze Pest, kam … Und die Klage würde sich ausbreiten vor dem wilden Blick des Schwarzen Gottes Tezcatlipoca und des Weißen Gottes Quetzalcóatl und des Blauen Gottes Huitzilopochtli. Doch den rosaroten Blumenkrieg, den würde es an diesem Morgen nicht geben.

Allmählich erwachte über der Stadt der Tag. Am Himmel leuchtete der Morgenstern. Ein erster Sonnenstrahl fiel auf den Tempel von Tezcatlipoca und auf den Tempel von Tláloc. Die Morgendämmerung endete, und die Sonne begann ihren Weg. Tausende von Kanus näherten sich Tenochtitlan. Im Strahl der Sonne zeichnete sich die Gestalt eines Priestersängers, eines Priestertänzers ab. Und es erklang die Schneckentrompete. Und es erklang die Flöte. Und es erklang die Trommel. Der Priester beendete seinen Tanz und sang nunmehr. Sein Gesang wurde durch die Lüfte in alle Richtungen getragen. Er sang das erste Lied des Tages, das Morgengebet:

O du, Herz des Himmels
O du, Herz der Erde
Blick auf uns, höre uns, verlaß uns nicht
Versage uns nicht deinen Schutz!
O Gott, der du im Himmel bist
Über der Erde
Auf dem Weg der Sterne.
Gib uns unser Geschlecht
Unsere Nachkommenschaft
Solange die Sonne ihre Bahn zieht und Licht ist!
Daß es Tag werde, daß die Morgenröte erscheine!
Schenk uns viele gute Wege
Ebene Wege
Daß alle Völker Frieden haben
Viel Frieden, und glücklich sind!
Schenk uns ein gutes Leben, ein nützliches Dasein!
Großmutter der Sonne.
Großmutter des Lichts.
Daß es Tag werde, daß die Morgenröte erscheine …!

Der Tempel unseres Herrn Huitzilopochtli blickte von jeher von Ost nach West. Am Morgen, wenn die Sonne aufstieg, konnte man ihre Bahn auf den Stufen der Vortreppe verfolgen. Dies war der Heilige Bezirk der Tempel. Von hier bis da: vierhundert Meter. Von dort bis zu jener Kanalböschung: vierhundert Meter. Von jener Kanalböschung zurück zur gleichen Stelle: vierhundert Meter.

Die Tore, durch die die Leute zogen, waren mit Blumen geschmückt. So auch das Adler-Tor, das direkt nach Tlacopan führte; das Tor von Tezcaquiahuecac, von wo aus man die Kapelle sehen konnte und das auf den Dammweg von Ixtapalapa zeigte, und das Tor von Acatlyapan. Tausende Blumen schmückten auch das Tor von Huitznahuac. Von hier aus konnte man den Tolteken-Kanal Acalolo erblicken, über den Hernán Cortés in der Freudesnacht des aztekischen Volkes als erster geflüchtet war; in jener Freudesnacht, da es an Tlamayocatl, an tragbaren Käfigen, mangelte, um all die Gefangenen einzusperren.

Hier kamen die Mädchen, im Haar rote Seerosen von der Lagune, und dort die Männer mit ihren hochstehenden rotgefärbten Haarschöpfen, als würden sie in den Kampf ziehen. Auf dem Stangengerüst des Tzompantli-Tempels steckten die Köpfe vieler Kastilianer und Aragonier, die von der Sonne ausgetrocknet waren, und nicht minder viele Pferdeschädel. Alle Einwohner, ganz gleich, ob sie von weither kamen oder in der Nähe des Heiligen Bezirkes wohnten, erschienen mit Blumen in den Händen. Das Fest begann. Es ertönten die Pfeifen; es dröhnten die Trommeln. Die große Pauke des Tempels klang rauh, wie von fern her. Die Trommeln waren mit neuen Häuten bezogen, die wehleidige Töne hervorbrachten, welche die Erinnerung wachriefen an die warmen und kalten und trostlosen und von Winden heimgesuchten Länder Alt-Kastiliens. Die Besucher reichten die Freude von Hand zu Hand, von Lächeln zu Lächeln weiter.

Vor den Stufen des Großen Tempels, über dem die Sonne jetzt hell erstrahlte, befand sich ein leeres Podest. Neben ihm standen ein paar Greise aus dem Volk Wache, während andere vor dem Tempel des Herrn Quetzalcóatl eine lange Reihe bildeten. Das Podest war über und über mit roten Blumen geschmückt, mit roten Seerosen von den Kanälen und den künstlichen Inselgärten. Und da waren die Würdenträger von Texcoco und die edlen Herren von Tlacopan. Auch sie standen und warteten. Seit der letzten Schlacht, in der Cortés, flennend wie eine arme Frau ohne Röcke, die Flucht ergriffen hatte, war die Stadt Tenochtitlan wieder hergerichtet worden. Seit jener Schlacht und der großen Stille danach …

Jaguar-Krieger und Adler-Krieger stießen einen Mann, der noch ein Jüngling war, vor sich her. Er trug kein einziges Kleidungsstück, und sein Körper war von oben bis unten schwarz bemalt. Nur die Füße nicht. Der Jüngling betrat den Heiligen Bezirk, vorwärtsgetrieben von den Stößen und Schlägen, die ihm die Ritter versetzten. Doch auch vom einfachen

Volk wurde er beleidigt, gestoßen und angespien. Vor dem leeren Podest, neben dem die Greise und die Herrinnen aus Tlacopan, Tenochtitlan und Texcoco Aufstellung genommen hatten, blieb der mit der Farbe des Geiers Bemalte, der Gedemütigte, der Angespiene, stehen. Mit einer großen unterwürfigen Geste verbeugte sich der Bemalte, der über und über mit Spucke bedeckt war, die ihm am Körper herunterrann, beugte ein Knie zur Erde, berührte sie mit der Hand und küßte sie. Angesichts dieses Zeichens der Demut verharrte das Volk, das sich hier zu Tausenden versammelt hatte, einen Augenblick stumm und still. Die Alten aber riefen ihm zu: »Schau, was du bist … Du bist ein Nichts. Du bist weniger als ein Stein. Du bist ein Elender. Du bist nichts als ein Binsenstiel …«

Die Kränkungen steigerten sich, und wieder spuckte man ihm auf den Kopf und ins Gesicht. Der Bemalte, der auf dem Boden kniete, ertrug all das voller Achtung und Ergebenheit. Ein Priester tanzte um ihn herum. Als er den Tanz beendet hatte, erschien eine Gruppe wunderschöner Frauen, die auf dem Kopf rote Blütenkronen trugen. Aus Keramikgefäßen schöpften sie Wasser und gingen daran, den Mann zu reinigen und ihn mit weißen Decken, die mit roten und malvenfarbenen Stickereien verziert waren, abzutrocknen. Jetzt konnte man die Gesichtszüge des Mannes erkennen. Es war kein Geringerer als Cuauhtémoc, der Herr von Tlatelolco. Nachdem die Jungfrauen ihn gebadet hatten, näherte sich ihm ein Adler-Ritter und bekleidete ihn mit einem prächtig bestickten Umhang, in dessen Falten das Symbol der Sonne und ein herabstürzender Adler zu sehen waren. Dies war das Herrschaftszeichen von Cuauhtémoc, eingestickt in das Kleidungsstück. Als der Adler-Ritter ihn fertig angekleidet hatte, erstrahlte Cuauhtémoc in prunkvollem Gewand. Nun wurde ihm eine goldene Tabakspfeife mit zwei Röhrchen gereicht, ein Röhrchen für jedes Nasenloch. Priester in Kleidern mit Schneckengehäusen und Schellen an den Knien tanzten eine Minute lang um ihn herum. Der Oberste Priester des Quetzalcóatl-Tempels trat vor und richtete würdevoll das Wort an

Cuauhtémoc. Matla, dazu die Mutter von Cuauhtémoc sowie die Witwe von Cuitláhuac, die auserwählt war, die Frau des neuen Herrschers von Tenochtitlan zu werden, zeigten erwartungsvolle Mienen. Die Gesichter der anderen waren voller Freude.

»Nehmt ihm die Tilma ab.«

Ein Adler-Priester nahm ihm die Umhangdecke ab, auf die ein herabstürzender Adler gestickt war, was den Namen des neuen Herrschers von Tenochtitlan symbolisierte. Die Herrscher von Tlacopan und Texcoco, die sich an seiner Seite befanden, erhoben sich. Auch sie waren als neue Herrscher eingesetzt worden. Der Herr Coanacotzin als Herrscher von Texcoco und der Herr Tetlepanequetzalzin als Herrscher von Tlacopan. Ein zwergenhafter Priester vollführte um Cuauhtémoc herum einen Tanz, während ein anderer seinen Kopf mit Wasser benetzte, das die Götter geheiligt hatten. Voller Demut verharrte Cuauhtémoc weiter mit gebeugtem Knie auf der Erde, die Hand auf den Boden gepreßt. Die Priester forderten ihn auf, sich zu erheben. Sie umhüllten seinen Körper mit einem sehr feinen Umhang, auf den Schädel und Gebeine gemalt waren. Der Herr Tetlepanequetzalzin wandte sich an Cuauhtémoc und rief ihm laut zu, damit es alle Leute hören konnten: »O du, mein Herr, sieh nur, welche Auszeichnung deine Ritter und Freunde dir zuteil werden lassen, auf daß du im Namen von Tenochtitlan, Tlacopan und Texcoco deine Stimme erhebst. Denn du bist auserkoren, der Herrscher von Meer zu Meer zu sein, Herr der Herren, Herr des Krieges, Herr des Tempels unseres Gottes Quetzalcóatl. In deiner Hand wird die Aufsicht über alle Völker liegen, die dir Gehorsam leisten; du wirst dich um sie kümmern wie um deine Kinder und sie lieben. Sorge dafür, daß deine Kinder von niemanden beleidigt oder schlecht behandelt werden. Übe Gerechtigkeit, liebe, schütze und verteidige sie nach Kräften. Denk daran, daß die Augen aller Menschen der Lagune, der Stadt, der Wege und der Berge auf dich gerichtet sind. Du bist es, der alle Gebiete nah und fern regieren und ihnen Befehle erteilen wird. Laß kluge Vorsicht walten und sei stets auf der Hut, damit die Sonne und die Erde weiter ihre Bahn ziehen können. Tue alles, damit es der Sonne und der Erde, dem Regen und dem Wind, damit es Gott nicht an Blutopfern gebricht, denn nur dann werden die Götter es gutheißen, daß die Sonne ihre Bahn um die Erde bis zu Ende zieht.«

Einen Augenblick lang herrschte Schweigen, dann antwortete Cuauhtémoc mit gesenktem Kopf, die Augen auf den Boden gerichtet.

»Ich weiß, daß die Macht über mein Leben hinweggehen wird wie ein Traum und ich bald schon nicht mehr sein werde. Ich weiß, daß mir als oberster Befehlshaber nur wenige Jahre und Tage vergönnt sein werden. Ich nehme diese Bürde mit Würde auf mich, so wie unsere Väter sie auf sich genommen haben. Und würdig sollen auch meine Wege sein, die ich auf den Spuren der Liebe gehe, die mir von unseren dahingeschiedenen Herrschern Moctezuma Xocoyotzin und Cuitláhuac vorgezeichnet wurden. Ich weiß, daß ich eine schwere Verantwortung und viel Mühsal auf mich nehme, und ebenso weiß ich, daß es in meinem Leben mehr Gründe für Demütigungen als für große Freuden geben wird.«

»Daß unser Vater Sonne jeden deiner Schritte auf den Wegen des Lebens lenken möge!« sprach zu ihm der Priester des Großen Tempels von Tezcatlipoca.

Im Palast des alten Xicoténcatl in Tlaxcala empfing der junge Häuptling Xicoténcatl Hauptmann Andrés de Tapia, den jüngsten und verwegensten unter den Offizieren des Hernán Cortés. Sie saßen an einem niedrigen Tisch, der aus Flußweiden geflochten war. Auf dem Tisch lag mancherlei Obst. Daneben stand ein riesiges Feuerbecken, in das ein Mädchen Kopalharz schüttete, damit sich im Raum und vor dem Bildnis des Gottes von Tlaxcala ein angenehmer Duft ausbreite. Hauptmann Andrés de Tapia wurde von Don Diego de Ordaz begleitet. Xicoténcatl der Jüngere bot dem Hauptmann Wein an. Es war ein Wein des Landes: Honigwein aus den Bergen von Tlaxcala. Andrés de Tapia lehnte das ihm dargebotene Getränk ab und trank aus seinem eigenen Stiefel. In ihrer Gesellschaft befand sich auch Hauptmann Rodrigo de Castañeda, der jedes Wort von Xicoténcatl übersetzte. Andrés de Tapia sagte: »Der gute spanische Wein und das spanische Schwert ziehn stets gemeinsam durch die Welt. Wir sind wie zwei Brüder, wie zwei Karten des gleichen Spiels.«

Xicoténcatl verstand nicht recht, was Castañeda ihm übersetzte, und frage: »Wieso?«

»Der Wein hat unser Heer stark gemacht. In achthundert Jahren Krieg hat es uns nie an Wein gefehlt.«

»So viele Jahre des Krieges?«

»Achthundert Jahre …«

»Kennt ihr keinen Frieden? Seid ihr etwa ein Leben lang gezwungen, von einem Blumenkrieg in den andern zu gehen? Gibt es so viel Haß unter euern Völkern?«

»Kastilien und Aragón sind zwei Länder, die durch die Gnade Gottes zusammengeschlossen wurden, durch die Gnade Gottes und durch unseren geliebten Herrscher Don Carlos I. von Spanien, dem Gott ewig Glück bescheren möge, sowie durch Königin Doña Juana von Kastilien und Aragón, welche die Jungfrau Maria immer beschirmen möge. Nein, nein, unter uns herrscht Frieden«, stellte Andrés de Tapia richtig. »Doch vor der Küste unseres großen Reiches erstreckt sich ein breites und langes Meer, das wir seit der Zeit der Römer Mare Nostrum nennen. An den Ufern dieses Meeres aber leben die Heiden.«

»Die Heiden?«

»Männer und Frauen, die Luzifer anbeten, und deren Truppen verdammt sind, im ewigen Feuer zu schmoren, dem Ort der Bestien. Der Prophet der Heiden soll ein gewisser Mohammed sein, ein Mann im Dienste des Teufels, wie ich gehört habe …«

»Es blieb uns nicht anderes übrig, als sie aus unserem Land hinauszuwerfen«, warf Hauptmann Ordaz ein. »Achthundert Jahre währte der Kampf, den Kastilien und Aragón den Heiden lieferte. Unseren geliebten Königen von Kastilien und Aragón, Doña Isabel und Don Fernando, den erlauchten Eltern und Großeltern unserer heutigen Gebieter, gelang es unter dem Schutz des heiligen Santiago sie für immer von unserer Meeresküste zu vertreiben.«

»Ja, so war es … achthundert Jahre lang.«

»Ich habe gehört, daß in dem Land, aus welchem du kommst, auch noch andere Völker leben.«

»Ja, aber die zählen nicht, die zählen nicht. Die tapfersten Soldaten kommen immer aus Kastilien und Aragón. Achthundert Jahre Krieg. Wir haben alle unsere Kräfte aufgeboten, um sie ins Meer zu jagen. Wir haben es ihnen ordentlich gegeben!«

»Wenn ihr so viele Jahrhunderte Krieg gegen die Heiden, wie ihr sie nennt, geführt habt, ohne sie auch nur ein einziges Mal zu besiegen, dann heißt das, daß deine Männer als Krieger von deinem Gott nicht gut angesehen sind …«

»Zweifelt Ihr etwa an unserem Mut?« antwortete Tapia beleidigt. »Habt Ihr nicht unsere Kraft erlebt? Haben wir euch nicht in einer einzigen Nacht besiegt? Die Krieger von Tlaxcala zu besiegen war für uns einfacher, als Luft zu atmen …

»Es stimmt, ihr habt uns besiegt, aber nicht so einfach, wie du es behauptest. Unsere Herren im Rat der Völker und mein geliebter Vater wollten nicht, daß wir euch mit der Macht all unserer Kräfte die Schlacht liefern.«

»Weil wir Götter sind.«

»Wenn dem so ist … wieso sterbt ihr dann so einfach?«

»Wir sterben nicht. Unsere Seele ist unsterblich. Im Augenblick unseres Todes erwachen wir in der Herrlichkeit Gottes zu neuem Leben.«

»Auch unsere Krieger werden wiedergeboren im Reich der Sonne. Unser Tod ist der rosarote.«

Der Wein hatte sie bereits ein wenig trunken gemacht.

»Wir sind die Söhne der Götter, sage ich, auch wenn ich keine Flügel am Körper habe.«

»Ich habe einen alten Soldaten getroffen, der zu deinen

Leuten gehörte. Er saß am Wegrand und weinte«, erzählte Xicoténcatl. »Einer von deinen Offiziersbrüdern versuchte, ihm Mut zu machen, aber der Soldat weinte nur noch mehr. Am Ende blieb er an einem Fluß liegen. Er hatte Angst weiterzugehen. Das habe ich selbst gesehen. Unsere Krieger dagegen wissen nicht, was Tränen sind ... und kein Schmerz kann uns etwas anhaben.«

Andrés de Tapia und Diego de Ordaz brachen in lautes Lachen aus, und Hauptmann Castañeda tat es ihnen gleich. Sie fanden es zum Lachen, daß die Häuptlinge von Tlaxcala keinen Schmerz empfinden sollten. Xicoténcatl gab einem Krieger, der hinter ihm stand und die ganze Zeit keinen Tropfen Wein angerührt hatte, ein Zeichen. Dann legte er seine Linke mit dem Handteller nach oben auf den Tisch, und der tlaxcaltekische Krieger zog einen Obsidiandolch und stieß ihn kräftig durch die Hand in den Tisch. Xicoténcatl zuckte mit keinem Muskel. Den spanischen Offizieren blieb das Lachen im Halse stecken. Xicoténcatl zog den Dolch aus der Wunde, die stark blutete, nahm die Hand von Andrés de Tapia und reichte ihm die blutbefleckte Waffe, damit er das Ganze wiederhole. Tapia faßte den Dolch nicht an. Es war auch ein Soldat anwesend, der Bermejo hieß und als Sänger und Tänzer berühmt war. Xicoténcatl nahm die Hand von Bermejo und legte sie auf den Tisch. Wieder bot er Hauptmann Tapia den Dolch an. Der spanische Soldat blickte angsterfüllt auf Hauptmann Tapia, zog aber seine Hand, die offen auf dem Tisch lag, nicht zurück. Andrés de Tapia ergriff den Dolch, als wollte er ihn in den Handteller seines Soldaten stoßen, doch als er die Furcht in den Augen des Mannes sah, schmiß er den Dolch zu Boden und stürzte hastig aus dem Raum, die Offiziere Ordaz und Castañeda sowie seine Leibwache hinterher. Xicoténcatl folgte ihm mit dem Blick, dann wandte er sich wieder den Kriegern zu, die ihn begleiteten, und lächelte. Diese erwiderten sein Lächeln mit vielsagenden Blicken. »Mein Vater und die edlen Herren des Städterates von Tlaxcala befinden sich im Irrtum ... Es sind keine Götter ... Es sind keine Gottessöhne ...«

Cuauhtémoc und Matla standen gemeinsam mit anderen aztekischen Häuptlingen auf dem Gipfel eines Berges und beobachteten die Umgebung. Ihre Blicke waren auf das Tal gerichtet, in dem Pferde trabten und Soldaten schrien. Matla bemerkte zu ihren Gefährten: »Das Horn, das dieser Mann bläst, spielt im Krieg die gleiche Rolle wie unsere Schneckentrompete. Es erteilt die Befehle. Es sagt: Vorwärts! Zurück! Deckt die Seiten! Halt! Zum Angriff! Mehr Verstärkung von hinten! Das Horn ist die Zunge jedes Truppenführers.«

Unter dem Befehl der Offiziere aus Kastilien und Aragón führten Tausende Krieger aus Tlaxcala Kriegsübungen durch. Vom Berg aus konnte man beobachten, wie sie lernten, mit den verschiedensten Waffen umzugehen, so mit dem Wurfspeer, dem Schwert, der Armbrust.

»Nicht mehr lange, und sie kommen zurück. Sie sind bald soweit«, sagte Cuauhtémoc düster.

»Sie kommen zurück wie der Wind, Herr.«

»Aber sie werden kommen, Herrin, und in ihren Augen wird mehr Haß sein als je zuvor.«

»Herr, sie sind wie der Wind, wie die Luft. Mit diesen Übungen gelangen sie niemals bis nach Tenochtitlan.«

Cuauhtémoc hörte Matlas Worte und blickte ihr in die Augen. Er erwiderte nichts. Der Galopp der Pferde überzog den Horizont mit einer Staubwolke. Man hörte die Hörner, die Kriegstrommeln des spanischen Heeres und die Rufe von Cortés, dem Zwerg, dem Furchtbaren, dem Stinkenden …

»Nach der Schlacht werden wir ihn auf dem Markt von Acolman verkaufen, Herr«, schloß Matla.

In einem großen Saal des Palastes von Cuauhtémoc in Tenochtitlan hatten sich dreitausend Personen eingefunden. Wunderschöne Tänzerinnen bewegten ihre geschmeidigen Körper vor den Flammen eines Feuerbeckens, in das ein paar Mädchen Kopal- und Okoteblätter warfen.

Alsdann betrat Cuauhtémoc in seiner königlichen Pracht als Oberbefehlshaber von México Tenochtitlan den Saal. Die

Herrin Tecuichpo, die Tochter Moctezumas und Witwe von Cuitláhuac, kam allein, ohne Gefolge. Auf dem Kopf trug sie den Schmuck, der sie als Tochter des Herrschers Moctezuma hervorhob.

Der erste große Priester hieß beide vor einem Podium stehenbleiben, Cuauhtémoc zur Linken, Tecuichpo zur Rechten. Er knotete ihre Kleidungsstücke zusammen, und beide lächelten. Eine Priesterin warf Blumen in das Feuerbecken. Dann wand der Priester dem Brautpaar Blumen um den Hals und setzt ihm Kränze aufs Haupt. Er legte ihnen einen weißen Umhang um, auf dem in Schwarz der Tod gemalt war. Das Brautpaar begann einen Tanz, dem sich der Priester anschloß, der ungeachtet seines hohen Alters den Takt hielt, den die stampfenden Füße der Anwesenden und die brausenden Schneckentrompeten vorgaben. Nachdem sie den Tanz beendet hatten, näherte sich ein anderer Priester und hüllte sie in Wohlgerüche ein.

Von der Höhe der Berge stieg eine Gruppe von Kriegern hinab ins Tal. Sie folgten dem Befehl von Cuauhtémoc, den sie in einer Sänfte trugen. Hinter ihnen schritten die Herren von Texcoco und Tlacopan sowie Matla, die Herrin des Krieges. Vor ihren Blicken breitete sich ein weites Agavenfeld aus. Gebannt schaute Cuauhtémoc auf die Agaven, die von einem Berg zum andern reichten.

Im gleichen Augenblick, da der Geleitzug von Cuauhtémoc sich dem ersten Agavenstrunk näherte, bewegten sich die Agaven und ließen in der Mitte eine freie Fläche, damit er passieren konnte. Was sich da bewegte, waren Tausende als Agaven getarnte Krieger, die hinter Cuauhtémoc und seinem Gefolge den freigegebenen Weg sofort wieder versperrten. Cuauhtémoc gelangte zu einem abgelegenen, zwischen Bambus verborgenen Anwesen. Hier hatte man für die Herren des Krieges ein Feldlager errichtet. Ein Kundschafter erstattete Cuauhtémoc Meldung: »Die Herren von Zacatepec, Acatzinco, Tepeyac, Tamacalco, Quauhtilinchan und Matalatzinco haben uns wissen lassen, daß sie sich den Hunden anschließen und Topiltzin bis zur endgültigen Zerstörung von Tenochtitlan zur Seite stehen werden.«

Erschüttert nahm Cuauhtémoc diese Nachricht zur Kenntnis. »Die Dummköpfe! Die Herren von Zempoala, Tlaxcala, Cholula werden bald selbst erleben, daß die Hunde wie ein Hurrikan daherkommen und es keinen schrecklicheren Sturm gibt als den Sturm des Goldes, der in den Herzen der Fremden tobt, aber dann wird es zu spät sein ...«

»Da ist noch etwas anderes, Herr der Herren.«

Cuauhtémoc blickte ihn scharf an.

»Die Fremdlinge haben Botschaften nach Chalco, Texcoco und Amaquemecan geschickt.«

»Nach Texcoco?«

»Da der Herr Coanacotzin die Stadt verlassen hat, wollen sie einen anderen Herrscher einsetzen.«

»Einen anderen Herrscher?«

»Sie haben ihn auf den Namen Don Fernando getauft.«

In die Augen der Anwesenden trat Haß und Spott. Der Herrscher von Texcoco lachte am meisten.

»Aber, der Herr der Herren«, fügte der Späher hinzu, »der die Boten befehligt, ist nicht Topiltzin.«

»Nicht Topiltzin?«

»Nein ... Die Befehlsgewalt liegt jetzt in den Händen des Herrn Ixtlixóchitl ...«

»Ixtlixóchitl?« fragte Cuauhtémoc und sprang mit einem Satz auf. In seinen Augen spiegelte sich Schmerz wider ...

Matla blickte den Herrscher von Texcoco an und sagte: »Nun wird dir deutlich, daß im Haus des Herrn Nezahualcóyotl und deines Vaters Nezahualpilli auch Unkraut wucherte.«

Cuauhtémoc sagte hochmütig: »Ein Krieger wie Ixtlixóchitl, der gemeinsame Sache mit den Fremden macht, ist nicht mehr derselbe ... Nicht mehr derselbe ... Aber wir werden kämpfen, und wenn es ein muß, allein gegen alle Völker der Erde, so wie es uns unser Herr Axayácatl gelehrt hat und unser Herr Moctezuma Ilhuicamina und der Herr Nezahualcóyotl und mein Vater Ahuízotl und unser König Moctezuma Xocoyotzin und Häuptling Cuitláhuac, der Herr der Herren ...«

»Allein werden wir mehr sein!« sagte Matla.

In Tlaxcala trat der Hohe Rat der Völker zusammen. Man sah viele erschöpfte, doch unbeugsame Krieger. Sie waren gekommen, um Xicoténcatl zu begleiten. Einige der Krieger hatten im Gesicht und am Körper Narben von den Kämpfen. Auf einer erhöhten Sitzbank saßen die Herren von Tepetipac, Tizatlan, Ocotelolco, Quiahiztlan. Vor ihnen stand mit erzürntem Gesicht Xicoténcatl und sagte: »Ich weiß, eure Ohren richten sich nach einem andern Wind ... Eine der Kriegerinnen von Tenochtitlan hat geschworen, sie werde Cortés nach Acolman bringen und ihn dort auf dem Hundemarkt verkaufen. Das ist die neueste Redewendung. Ob ihr euch wohl unter den Gefangenen befinden werdet, die man an einem Strick zum Markt führen wird, um sie dort wie Hunde zu verkaufen?« Sein Blickt ruhte auf den Herren, die dasaßen, als wären ihre Körper aus dem gleichen Stück gehauen, mit dem auch die Wände im Tempel von Tlaxcala gestaltet waren. »Ich weiß, daß ihr meinen Schritt mißbilligt, aber ich werde nicht mehr gegen meine Brüder aus Tenochtitlan kämpfen. Nie mehr ... Ich weiß, welches euer Urteil sein wird, doch hört mir zu: Mein Vater Xicoténcatl hat sich geirrt ... Auch mein Herr Mexicatzin hielt bis zuletzt an seinem Irrtum fest ... Später einmal wird man sich an euch erinnern als an jene, die im Augenblick der höchsten Gefahr, welche unsere Völker im Verlauf der Geschichte erlebten, nicht hörten, als das Schicksal sie bei ihrem Namen rief.«

»Was sind das für Namen?« fragte einer der Herren.

»Tepetipac ... Tizatlan ... Ocotelolco ... Quiahuitzin ...« Er machte eine Verbeugung und fügte hinzu: »Noch nach Jahrhunderten werden diese Namen auf der Liste derer stehen, die außerhalb des Huacal, des dafür vorgesehenen Ortes, uriniert haben.«

Nachdem Xicoténcatl gewaltsam aus dem Rat der Völker getrieben worden war, wurde er von den Leuten angespuckt und geschlagen, bis sein Körper von Blut ganz rot war. Ein Priester erklärte ihn für unwürdig, den rosaroten Tod der Krieger zu sterben; unwürdig, sein Blut den Göttern darzubieten.

Nach der Zusammenkunft des Rates der Völker von Tlaxcala warteten die Spanier bereits auf ihn. In der Mitte des Texcoco-Platzes brannte ein Scheiterhaufen. Hernán Cortés hatte befohlen, eine Zuschauertribüne zu errichten. An die edlen Herren vieler Orte waren Einladungen ergangen, zu kommen und zu sehen, was sie sehen sollten. Der Priester Juan Díaz und Fray Bartolomé de Olmedo näherten sich dem Scheiterhaufen, dessen Flammen bis hinauf zu den Fenstern des Palastes schlugen, und vor dem Xicoténcatl stand, die Hände auf dem Rücken gefesselt.

»Herr Xicoténcatl von Tlaxcala«, sagte der Priester Juan Díaz, »Don Hernán Cortés, unser großer Kapitän, hat mir befohlen, nicht zuzulassen, daß an Euch das Urteil wegen Verrat an den Königen von Kastilien und Aragón vollstreckt wird ... Unser oberster Befehlshaber macht Euch das großzügige Angebot, so Ihr Euer Tun bereut und bereit seid, die heiligen Sakramente der Taufe, der Beichte und des Abendmahls zu empfangen, und Ihr den Schwur leistet, unter der spanischen Fahne zu kämpfen, so wie es Eure Brüder getan haben und noch tun ...«

»Du sagst, ich hätte den spanischen Herrscher verraten?« fiel ihm Xicoténcatl ins Wort.

Orteguilla, die neue Zunge von Cortés, übersetzte, was gesagt wurde.

»Ihr seid ein Verräter!«

»Wie ist es möglich, daß ich einen König und eine Königin verrate, die ich noch nie von Angesicht zu Angesicht erblickt habe?«

»Durch den Glauben, mein Sohn, durch den Glauben. Wer ohne Glauben ist, begeht Verrat an den natürlichen Herrschern, den Königen von Kastilien und Aragón, und mit ihnen am ganzen Christengeschlecht …«

»Aber ich bin kein Christ.«

»Schweigt!« schrie der Priester, des Wortwechsels überdrüssig geworden. »Ihr seid nicht hier, um Fragen zu stellen, sondern Antwort zu geben.« Und auf das Kreuz zeigend, stellte er ihn vor die Wahl: »Ihr müßt Euch entscheiden, jetzt und sofort: das Kreuz oder den Scheiterhaufen. Die Freiheit oder den Untergang, das Leben oder den Flammentod.«

»Was bekäme ich noch, außer daß ihr mir das Leben ließet?«

»Einen christlichen Namen. Ihr würdet die Ehre haben, Euch Don Hernando oder Don Fernando oder Don Felipe nennen zu dürfen. Und obendrein das Versprechen auf ein ewiges Leben im Reiche Gottes des Allmächtigen, sobald Euch der natürliche Tod ereilt.«

»Ich bitte, daß man mich losbindet.«

Der Priester gab die Anweisung, die Hände von Xicoténcatl loszubinden. Er freute sich, daß der wilde Krieger ihn darum ersucht hatte wie um einen Gefallen.

»Ich möchte gern wissen, ob ich, so ich eines natürlichen Todes sterbe, dorthin komme, wohin auch die Weißen kommen?« fragte Xicoténcatl ironisch.

In diesem Augenblick gab ein unruhig gewordener Soldat trockenes Holz an den Scheiterhaufen. Das Feuer belebte sich; die Flammen schlugen hoch und immer höher.

»Ja, auch Euch wird die Herrlichkeit Gottes zuteil.«

»Heißt das, daß ich die Ewigkeit der Monde und die Ewigkeit der Sonnen mit der gleichen Person teilen werde, die von den Kriegern aus Tenochtitlan Topiltzin genannt wird? Mit deinem Herrn Hernán Cortés?«

»Der Himmel der Christen wird für immer auch Euer Himmel sein, durch die Gnade unseres Herrn Jesus Christus und durch die Heilige Mutter Kirche in dem geheiligten Schoß der Jungfrau Maria …«

»Und wenn ich mich weigere?«

»Dann werde ich den Befehl erteilen, Euch wieder zu fesseln. Ihr werdet verbrannt und kommt in die Hölle, ins ewige Feuer.«

Xicoténcatl blickte ihn voller Verachtung an, und bevor die Soldaten ihn daran hindern konnten, lenkte er mit entschlossener Miene seine Schritte mitten hinein in den Scheiterhaufen …

»Er kommt! Er kommt!«

Cortés erhob sich, um den Gast willkommen zu heißen. Die Offiziere Alvarado, Sandoval und Olid waren bei ihm. Der graue Morgendunst über dem See hatte sich noch nicht ganz verflüchtigt, als eine Schar Sklaven sich bereits an die Arbeit machte und im Nezahualcóyotl-Palast, in dem Hernán Cortés sein Quartier aufgeschlagen hatte, den Fußboden säuberte. Ein Gefolge von Trägern betrat den Saal. Es waren Macehualtin, über hundertachtzig an der Zahl. Sie trugen einen riesigen Gegenstand, der mit rosaroten und schwarzen Tüchern bedeckt war. Cortés' Augen und die seiner Offiziere flackerten vor Neugier; sie konnten es kaum erwarten zu erfahren, was sich unter den Decken verbarg. Die Träger gaben sich alle Mühe, ihre Last abzusetzen, ohne den wie Kristall, wie Glimmergestein glänzenden Boden zu beschädigen. Doch ungeachtet aller Vorsicht erlitt der Fußboden an einer Stelle ein paar Risse. Ein Soldat in Livree und mit Perücke kündigte mit großem theatralischem Gehabe den Besucher an, indem er dreimal mit einem Amtsstab auf den Boden klopfte.

»Der Herr Ixtlixóchitl …«

Ixtlixóchitl kam in einer Sänfte, der er theatralisch entstieg. Er trug einen überaus reichen Purpurumhang, der mit vielen Federn geschmückt war. Sein Gesicht bedeckte eine Maske aus schwarzen Federn, das Symbol seines Namens: Blume Schwarzgesicht. Malintzin hielt sich bereit, seine Worte zu übersetzen, da aber machte Ixtlixóchitl den Mund auf und sagte in einem unsicheren Spanisch: »Ich grüße Euch, mein

Herr Cortés … Ich bin Ixtlixóchitl, derselbe, den Ihr eines Tages in Euerm Haus empfangen habt, der Sohn des edlen und mächtigen Nezahualpilli, des Herrschers von Texcoco. Dessen Vater wiederum war der große Herrscher Nezahualcóyotl, der erste große Herr der Herren, den unsere Völker hatten.«

Und seine Worte mit Gesten unterstreichend, grüßte er Hernán Cortés entsprechend der Tradition des aztekischen Volkes mit gebeugtem Knie; dann hob er die Hand, die den Boden berührt hatte, zum Mund und küßte sie.

Hernán Cortés und seine Offiziere erwiderten seinen Gruß, indem sie ebenfalls das Knie beugten, doch anstatt die Hand auf den Boden zu legen, verharrten sie mit geneigtem Kopf. Hernán Cortés trat auf ihn zu und umarmte ihn.

»Ich habe es Euch schon einmal gesagt, Herr, doch damals habt Ihr meine Botschaft nicht verstanden: Seid willkommen in Euerm Haus, Blume Schwarzgesicht.«

Danach bedeutete er Malintzin, sich neben Jerónimo de Aguilar zu stellen, damit ihm kein Wort seines Gastes entging. Was Hernán Cortés und seine Offiziere nun erlebten, war ein Schauspiel, an das sie sich noch nach Jahren erinnern sollten. Inbrünstig schlug Ixtlixóchitl die kleine Brusttrommel, die um seinen Hals hing, und steigerte so die Spannung ins Unermeßliche. Die Diener von Blume Schwarzgesicht näherten sich dem Gegenstand, der bis zu diesem Augenblick vor den Spaniern verdeckt gehalten worden war, und entfernten die Tücher. Die Verblüffung fuhr den Spaniern in alle Glieder; sie standen wie gelähmt. Als die Erstarrung von ihnen abfiel, funkelte in ihren Augen ein Licht. Stolz blickte Ixtlixóchitl zu ihnen hinüber; klug, wie er war, wußte er, daß sein Geschenk alles übertraf, was Moctezuma zu seiner Zeit an Gaben für Hernán Cortés vorgesehen hatte …

»Ein Ballspiel!«

»Das ist ein Tlachtli, Herr, ein Ballspielplatz, und wie Ihr seht, ist es aus purem Gold …«

Es wog eine Tonne. Es war ein Tlachtli, an dem alles, bis

hin zum Ollamani, dem Ballspieler, aus purem Gold war. Über viele Jahre hatte man es in den heiligen Winkeln des Nezahualcóyotl-Palastes aufbewahrt. Dann hatte Cacamatzin befohlen, es in die Berge zu bringen und dort zu verstecken, damit es nicht in die Hände der Spanier fiel. Es hatte einst dem Herrn Nezahualcóyotl gehört und war aus feinstem Gold, ein königliches Geschenk, dessen Geschichte sich im Dunkel der Vergangenheit verlor. Der Herr Blume Schwarzgesicht hatte es aus der Höhle, in der man es versteckt gehalten hatte, herausgeholt und nun Hernán Cortés gebracht.

»Es ist die Welt des alten Gottes Ometecuhtli, Zwei Herr. Von nun an soll es ganz und gar dir gehören, Herr der Weißen.«

Jedes Symbol des Ballspiels, so wie man es in der großen Stadt Tenochtitlan und in anderen Städten erleben konnte, war da. Die Kunsthandwerker hatten bei seiner Herstellung auch nicht das kleinste Detail außer acht gelassen, die Welt des alten Gottes Ometecuhtli, des Gottes der Götter; die Welt des Gottes Quetzalcóatl, der Gefiederten Schlange; die Welt von Tezcatlipoca, dem Jaguar-Gott; das Reich des Königs der Sterne und das Reich des Königs des Mondes; der Stein der Sonne, die Wand mit den Zahlen, die Mauer der Trommler, das geheiligte Symbol von Ollin, der Bewegung; die vier Elemente: Luft, Sonne, Wasser, Erde, die vier Himmelsrichtungen: Osten und Westen, Norden und Süden; die vier Jahreszeiten: Frühling, Sommer, Herbst und Winter; und der Ball aus Rohgummi, so rund wie die Erde. Alles aus Gold. Der Glanz des Goldes spiegelte sich in dem mit Glimmer ausgelegten Boden und überflutete den ganzen Saal. Hernán Cortés und seine Offiziere traten näher und musterten das Gold. Sie berührten es, streichelten es, küßten es mit den Augen. Einige der Figuren, die die Ballspieler darstellten, waren mit Diamanten besetzt, mit Rubinen, Smaragden, Hyazinthen, großen Perlen, Jade. Sprachlos vor Staunen gingen Cortés und seine Offiziere immer wieder um das Ballspiel herum.

»Alles pures Gold, Kapitän, mir wird ganz schwindlig vor Augen!«

Cortés und die anderen konnten nur bestätigen, was Hauptmann Sandoval voller Bewunderung ausgerufen hatte.

Nachdem eine Stunde vergangen war, lud Hernán Cortés den Herrn Blume Schwarzgesicht ein, mit ihm einen Schluck Wein zu trinken. Malintzin warnte Cortés: »Seid auf der Hut vor ihm, Herr. Er ist der Bote des Hasses. Die Leute aus Tenochtitlan waren schuld am Tod seines Vaters Nezahualpilli. Seitdem ist sein Herz von Haß erfüllt.«

»Haß, das ist es, was wir brauchen, was uns helfen kann ...«

Alles an Blume Schwarzgesicht zeugte von Ehrgeiz, Mut, Entschlossenheit. Hernán Cortés, der in ihm nur den Verräter sah, duldete nicht, daß ihn soviel Würde umgab.

»Ich stelle dir alle meine Leute aus Texcoco zur Verfügung. Jeder von ihnen ist ein echter Krieger. Wir waren schon ein Volk von Kriegern, lange bevor die Azteken lernten, mit Pfeil und Bogen umzugehen.«

»Schön und gut, Blume Schwarzgesicht, aber Euer Bruder ist der Herrscher von Texcoco, und der ist gegen uns.«

»Er war es. Er war der Herrscher von Texcoco. Im selben Augenblick, da er die Stadt verließ, um in Tenochtitlan Zuflucht zu finden, hörte er auf, unser Herrscher von Texcoco zu sein. Es gibt keine Herren mehr außer uns, die wir in der Stadt geblieben sind. Ich bitte dich nur um eins, daß mein Wille beachtet wird und man mich, sobald der Krieg vorbei ist und die aztekischen Heere besiegt sind, zum Tlatoani von Tenochtitlan, Tlacopan und Texcoco ernennt.«

»Verpflichtet Euch zu nichts, Herr«, flüsterte Hauptmann Alvarado.

Hernán Cortés blickte Hauptmann Alvarado an und mißbilligte seinen Ratschlag.

»Wir haben das aztekische Heer von allen Seiten umzingelt. Es wird ihnen nicht glücken, die Insel zu verlassen. Nie und nimmer. Die Tage von Cuauhtémoc sind gezählt, ebenso die von dieser Hündin, die sich Blaues Wassergesicht nennt ... so wütend sie auch zu sein versucht. Wie Ihr seht, ist es nur wenig, was wir von Euch brauchen. Ihr hingegen verlangt für Eure Hilfe viel, sehr viel.«

»Wer hat dir das gesagt?« stieß Ixtlixóchitl beleidigt aus.

»Meine Hauptleute aus Tlaxcala. México Tenochtitlan ist bereits geschlagen. Alle zittern, wenn meine Männer früh am Morgen die Trommeln zur Truppenbesichtigung schlagen.

»So wie sie gezittert haben, als du die Stadt Ixtapalapa betreten hast?«

Cortés verwunderte die Frage von Blume Schwarzgesicht.

»Wir haben von deinem Besuch in der Stadt Ixtapalapa erfahren und auch davon, daß deine Ankunft mit einem Fest gefeiert wurde. Aber du und deine Männer, ihr wäret fast ertrunken, als Cuauhtémoc befahl, die Deiche der Stadt zu öffnen, und das Wasser höher und höher stieg und viele der Deinen in den Fluten den Tod fanden. Das Wasser ist ihr Element, darin sind sie jedem anderen überlegen. Übrigens kam der große Krieger Ahuízotl, der Vater von Cuauhtémoc, vor vielen Jahren auf diese Weise ums Leben … Deine Freunde aus Tlaxcala verstehen nichts vom Bau der Dämme und Deiche. Was immer du vorhast, denk stets daran, daß alle Städte von Tenochtitlan sich entweder im oder unter Wasser befinden und daß die Deiche Soldaten des Krieges sind.«

Cortés überraschten die Worte des anderen.

»Ich weiß, was es heißt, den Krieg im Wasser zu führen …«

»Und ich bin ein spanischer Kapitän …«

»Und ich … ein Häuptling von Texcoco. Mein Volk war schon groß, als die Azteken noch von einem Ort zum andern zogen, in Höhlen schliefen, Würmer aßen, als Ausdruck ihrer Unterwerfung Kleider mit Zeichen der Ameisenleute, der Tepaneken, trugen und hinter Kaninchen herrannten …« Er blickte ihn herausfordernd an und setzte hinzu: »Ich weiß auch, daß deine Flucht aus Ixtapalapa eine Schande war. Das Wasser flutete mit solcher Gewalt in die Stadt, daß es deinen Kriegern bis zur Hälfte ging und viele von ihnen in den Tod riß. Und als deine Ratgeber aus Tlaxcala dir einen Fluchtweg zeigten, erwies sich dieser als falsch, denn Tausende Kanus aus Tenochtitlan versperrten dir den Durchgang.«

Wieder sah er ihn an, und es schien, als würde sein Blick den Körper des anderen durchbohren. »Sie denken gar nicht mehr daran, deinen Körper den Göttern von Tenochtitlan zu opfern. Sie sagen, daß du als Mann ein Nichts bist. Sie haben vor, dich nach Acolman zu bringen und auf dem Hundemarkt zu verkaufen ... Ihre Boten ziehen von Stadt zu Stadt und bieten dich bereits jetzt zum Kauf an, von der Stunde, da der Tag erwacht, bis zum Einbruch der Nacht.« Er hielt einen Augenblick inne, um zu sehen, welchen Eindruck seine Worte auf Hernán Cortés machten, und fuhr dann fort: »Ich weiß auch, daß ihre Boote nunmehr imstande sind, sich gegen deine Kanonen zu verteidigen. Und daß sie die Häuser und Straßen von Tenochtitlan durch eine neue Kriegstaktik gesichert haben, die sich der Herrscher Cuauhtémoc ausgedacht hat. Außerdem haben sie gelernt, mit deinen Waffen umzugehen und deine Geschütze zu bedienen. Ein Hauptmann namens Guzmán wurde gezwungen, es ihnen zu zeigen, bevor er geopfert wurde, und selbst deine riesengroßen Hirsche stellen für Tenochtitlan keine Bedrohung mehr dar.«

Cortés war, als erlebe er seine überhastete Flucht aus Ixtapalapa noch einmal. Um ein Haar hätte Cuauhtémoc ihn lebend gefangen. Er erinnerte sich an die vielen Tlaxcalteken, die in den Fluten ertranken, als die Deiche geöffnet wurden.

»Bedenke auch, Herr Hernán Cortés, daß deine Verbündeten aus Tlaxcala im Wasser nicht zu Hause sind und daher nicht zu schwimmen verstehen. An Land kämpfen sie erbittert und wild, doch auf dem See haben sie Angst.«

»Sie verstehen zu kämpfen.«

»Ich bin ein Häuptling von Texcoco, und ich sage dir, daß die Azteken den Tod nicht scheuen. Bis zu diesem Augenblick bist du nur über tote Leiber gegangen. Du stehst auf den toten Kriegern von Tlaxcala, sie stützen dich, aber du kannst mit ihnen keinen Krieg gegen Tenochtitlan führen, weil sie zu Tausenden gefallen sind. Du und deine Leute, ihr seid am

Leben. Es sind nicht die toten Krieger, die einen Krieg gewinnen, sondern die lebenden …«

Da ihm Cortés schweigend zuhörte, erteilte Sandoval einen anderen Rat: »Tötet ihn, Kapitän …«

Cortés' Mienenspiel verriet, daß er diesen Gedanken von sich wies. Mit großer Aufmerksamkeit lauschte er weiter Blume Schwarzgesicht.

»Du warst für sie ein Gott. Jetzt aber führen sie deinen Namen im Mund wie den eines gewöhnlichen Bauern.«

»Und was bin ich in Euern Augen?« fragte Cortés kalt.

»Nicht ein Mann Gottes. Nicht ein Mann der Hölle … Du bist Hernán Cortés. Darum habe ich dir das Gold gebracht.« Er zeigte auf das Gold und fügte hinzu: »Das Gold gehört dir, Hernán Cortés.«

Als die Offiziere den Herrn Blume Schwarzgesicht so reden hörten, konnten sie ihre Wut kaum zügeln; sie fühlten sich durch seine Worte gedemütigt. Doch Cortés dachte anders.

»So sagt mir, wie wir den Kampf gegen die Azteken gewinnen können, nachdem wir sie bereits belagert haben.«

»Deine Belagerung wird zerbröckeln, so wie eines Tages auch dein Herz. Du wirst alt und grau werden und Tenochtitlan doch immer nur von weitem sehen. Und mit der Zeit werden auch deine Offiziere sterben. So wie du es anpackst, wird deine Belagerung hundert Jahre dauern, ohne daß es dir gelingt, Tenochtitlan zu besiegen.«

»So sagt mir, wie wir Tenochtitlan besiegen können?« fragte Cortés abermals mit geheuchelter Demut.

»Auf dem Weg des Wassers, mit den Kriegern des Wassers«, sagte Ixtlixóchitl und wies mit den Armen in die Ferne, wo scharfe Winde die Wellen des Sees peitschten.

XXV

Mehr als die Hälfte seiner fünfunddreißig Jahre hatte Martín López auf Schiffsplanken zugebracht. Sein Vater war Kartograph gewesen und hatte Christoph Kolumbus gekannt. Gemeinsam hatten sie Kapitänen Karten verkauft, auf denen die neuen Entdeckungen eingetragen waren, die man Heinrich dem Seefahrer, dem verwegenen Prinzen Portugals, verdankte. Martín erinnerte sich daran, was ihm sein Vater von Christoph Kolumbus und dessen Ansichten erzählt hatte.

»Die Erde muß in ihrer Ausdehnung viel größer sein als angenommen ... Die Griechen haben recht gehabt, und was die Heilige Schrift darüber sagt, kann nicht stimmen.« Sein Vater hatte ihm auch erzählt, daß er in Venedig viele Männer kennengelernt hätte, die ihm von ihren Fahrten in fremde Länder berichteten. Und daß Kolumbus ihm erzählt hatte, daß er von einem alten Seefahrer ein Bordtagebuch geschenkt bekommen habe, in dem mit scharfen Strichen ein Land eingezeichnet war, das niemand kannte.

Hernán Cortés begegnete den Kenntnissen von Martín López mit großer Achtung. Gemeinsam mit anderen Seefahrern war dieser gerade dabei, die Tiefe des Sees zu messen. Ihren Schutz bildeten hundert Leute aus Texcoco mit ihren Booten.

»Nun, wie sieht es aus, Don Martín?«

»Kapitän, Eure Überlegung erscheint mir vernünftig, die feindlichen Boote sind so zahlreich, daß nur mit Kanonen bestückte Brigantinen eine Chance hätten, durchzukommen.«

»Und?«

»Der See hat eine ausreichende Tiefe ... doch nicht die Lagune von Tenochtitlan.«

»Die Schlacht muß im See stattfinden. Wenn wir die Lagune erreichen, müssen die Azteken bereits geschlagen sein.«

»Herr, wir brauchen unbedingt die Teile der in Villa Rica de la Vera Cruz abgewrackten Brigantinen, um neue Schiffe zu bauen. So hat es auch Vasco Núñez de Balboa gemacht, als er von ein paar Indianern zu einem Meer geführt wurde, das sie in Panama entdeckt hatten und das er auf den Namen Südmeer taufte.«

Hernán Cortés, der mit Erstaunen die Geschichte vernahm, die ihm Martín López erzählte, gab Pedro de Alvarado einen Befehl.

»Sorgt dafür, daß Herrn Martín López alles, was er braucht, um die Operation von Vasco Nuñiez de Balboa zu wiederholen, zur Verfügung steht.«

Martín López dachte über Hernán Cortés' Worte nach und mußte eins anerkennen: Cortés' Plan war genial. Vor ihm verblaßten die Ideen Cäsars, Gallien zu zerstören und Sklaven nach Rom zu bringen; verblaßten die Kriege Hannibals auf den schwierigen Wegen von Iberien ... verblaßte der Triumph von Alexander, dem Sohn Philipps von Makedonien. Cortés' Idee war kühn, einzigartig und nicht zu bezwingen, ebensowenig wie sein Herz. Und es bedurfte eines kühnen Planes, da die Krieger Mexikos den Mauren, gegen die einst der Gran Capitán gekämpft hatte, um so vieles überlegen waren. Der Schüler des Aristoteles, Alexander der Große, hatte sich bei seinem Vormarsch von den Prophezeiungen des Olymps leiten lassen, von den Zeichen des Orakels von Delphi und von den Träumen seines Geliebten, eines Mannes. Er dachte an Cäsar, der in jungen Jahren als Frau verkleidet einem gallischen Herrn gedient hatte, um dessen Kriegslisten kennenzulernen. Und nun würde der Traum von Hernán Cortés sie alle übertreffen. Er war bei der Beratung mit Ixtlixóchitl dabei gewesen und hatte die vorgebrachten Gründe analysiert, wie kein anderer spanischer Offizier es vermocht hätte. Auf Cortés waren Schmähungen, Flüche, Sarkasmen und Beleidigungen seitens Diego de Velázquez niedergegangen. Selbst die ergebensten Offiziere hatten an seinem Verstand gezweifelt. Doch schwang eben in seinen Worten die Sicherheit mit, die alle überzeugte. Eines Abends, bei einer Zusammenkunft mit seinen Offizieren, hatte Cortés gesagt: »Ein bescheidener Zimmermann aus Nazareth, dessen Heimat nicht weiter reichte als bis zum See von Genezareth, erstaunte mit seinem Wort die Welt … Vergeßt das nicht. Das war unser Herr Jesus von Nazareth.« Der Herr aus Texcoco hatte Cortés besser charakterisiert als jeder andere: Cortés war kein guter Mensch. Er war kein schlechter Mensch. Er war Cortés. Eine Art Gegensatz von gut und Gegensatz von schlecht in einem.

»Deswegen habe ich dir das Gold gebracht.« Martín López erinnerte sich der Worte, die der Herr Blume Schwarzgesicht zur Cortés gesagt hatte. Ixtlixóchitls Kenntnisse hatten Erstaunen hervorgerufen. Kein Zweifel, die Indianer kannten Schrift und Buch lange vor den Spaniern. Martín López war überzeugt, daß sie ein ausgeklügelteres Zahlensystem hatten als die Griechen und die Römer und in der Medizin mehr und tiefere Kenntnisse besaßen als die Araber, ja mehr noch: Martín López hegte keinerlei Zweifel, daß Moctezuma, der Herr der Herren, ein großer Mann gewesen war, der vom Licht des Gottes Quetzalcóatl erleuchtet wurde. Cuitláhuac jedoch, der neue Herr der Herren, war der Mann des Augenblicks gewesen, und nur die durch Mandinga übertragene Pockenkrankheit hatte die Spanier gerettet. Er wußte auch, daß von Matla die größte Gefahr für die spanischen Soldaten ausging, und Cuauhtémoc wollte Cortés auf dem Hundemarkt von Acolman verkaufen. Aber seit jenem Augenblick, da Ixtlixóchitl aufgetaucht war, war das nicht mehr so sicher … Mitunter versuchte Martín López, ihn mit Hilfe des Dolmetschers Orteguilla zu beeindrucken, doch jedesmal antwortete ihm Häuptling Schwarzgesicht hoffärtig:

»Das wissen wir aus Texcoco schon lange.«

Letztlich begriff Martín, daß Tenochtitlan wie eine römische Stadt war, Texcoco aber wie eine griechische, wie das Athen von Platon, Perikles, Sokrates … Als er hörte, wie Ixtlixóchitl die Gedanken seines erhabenen Großvaters Nezahualcóyotl wiedergab, meinte er zu dem Schatzmeister Alderete: »Nachdem ich den Enkel gehört habe, verstehe ich, daß sein Großvater sehr wohl imstande gewesen wäre, auf jedem beliebigen Platz des alten Athen mit Sokrates zu diskutieren ...«

»Es war in Kuba, wo man als erstes Kenntnis von eurer Existenz hatte ...«

»Auch das steht in unseren Büchern, Herr Martín López ... Die Azteken erzählen, ihr wärt zum erstenmal im Jahre Eins-Rohr nach Chalchicueyehcan gekommen, aber das stimmt nicht ...«

Verwundert hörte Martín López aus dem Munde des Herrn Blume Schwarzgesicht die Namen all jener Orte, die Kapitän Juan de Grijalva bei seinem ersten Besuch notiert hatte; sowie die Wiedergabe der Schlacht, die dieser am Tage Mariä Himmelfahrt geliefert hatte, und auch das Wort, das er von den Leuten gehört hatte ... Yu ... ca ... tan ... Yu ... ca ... tan, was soviel bedeutete wie »Ich weiß nicht, ich weiß nicht.« Und von der Insel der Frauen hörte er ihn sprechen, und von Cozumel ... Catoche ... Campeche ... Und von Champotón ... Xicalango ... Tabasco ...

Wurde Marina nicht in Tabasco Hernán Cortés zum Geschenk gemacht? Wie war sie nur von einem so fernen Ort wie Paynala in der Provinz Coatzacoalcos dorthin geraten? Auch waren sie in Tlacotalpan gewesen, in Nautla, Tuxpan, Tecolutla, Tamiahua, Canoas, Pánuco und an jenem Ort, an dem Juan de Grijalva sein Wasser gelassen hatte und von wo er zurückkehrte ... Und dann jener Herr, der gemeinsam mit Hernán Cortés kam. Doch der urinierte in Campeche, in der Sumpfniederung der Echsen ... Schließlich die Ankunft von Hernán Cortés in Mexiko im Jahr Eins-Rohr ... Die Überraschung nahm für Martín López kein Ende, als der Herr Blume Schwarzgesicht ihm erzählte, daß in seinen Büchern geschrieben stand, daß eines Morgens vor langer Zeit ein weißer Mann zum erstenmal eine Insel betreten hatte, die sich Xuanaxas nannte. Dort, im Westen ... Sein Erstaunen war grenzenlos, denn er erinnerte sich, in den Aufzeichnungen von

Antón de Olominos, dem Steuermann des Christoph Kolumbus, gelesen zu haben, daß man auf allen Inseln, die sie ansteuerten, Kenntnis hatte von dem reichen Land, in dem sie, die Spanier, lebten … Also stimmte es, was Ixtlixóchitl ihm erzählte.

Dieser tauchte bald hier, bald dort auf und schien nur von einer Idee beherrscht zu sein: die Azteken zu vernichten.

Der Weg von Chalchiucueyehcan bis Tenochtitlan war weit. Martín López gestattete sich eine Bemerkung: »Erinnert Euch, Herr, als wir die Strecke am Salzsee zurücklegten, waren unsere Leiden groß. Erinnert Euch an die Lagunen mit dem salzigen Wasser, wo so viele unserer Männer starben.«

Hernán Cortés erinnerte sich tatsächlich, daß die letzten Männer und Frauen, die sie als Sklaven aus Kuba mitgebracht hatten, gestorben waren, nachdem sie die Lagunen von Tlachac, Alchichica, Quecholac und Texcatl hinter sich gelassen hatten. Aber was machte das schon? Viele waren gestorben, das stimmte. Das grünliche und bittere Wasser der Lagunen hatte ihnen den Rest gegeben, auch das stimmte. Doch dafür besaßen diese Ebenen heute einen Namen, sie hießen San Juan de los Llanos und waren in den Karten Ihrer Majestät verzeichnet. »Was bewegt Euch noch?« fragte Cortés.

»Daß wir auf dem Weg ständig die drohende Nähe des Heeres der Ungläubigen spüren werden.«

»Geht nach Villa Rica de la Vera Cruz und bringt mir die Reste unserer Schiffe. Für jeden Indianer, der unterwegs stirbt, schicke ich Euch zwei andere, die Euch helfen. Außerdem wird dich eine Abteilung des Häuptlings Blume Schwarzgesicht begleiten.«

Die Totonaken und die Gemeinfreien begannen mit der Arbeit, die Kapitän Cortés ihnen aufgetragen hatte. Sie arbeiteten schwer und befreiten die Hügel am Strand von den Sachen, die Cortés dort versteckt hatte. Hauptmann Sandoval packte die Wut; die Totonaken schienen ihm weder zügig noch gut genug zu arbeiten. »He, ihr lahmen Esel, nehmt euch in acht!« rief er alle Augenblicke und ließ seine Peitsche auf die Rücken der Sklaven knallen.

Als es zu dunkeln begann, hatte Martín López den größten Teil der im Sand versteckten Gerätschaften geborgen. Die Totonaken schleppten die Masten, die Taue, die Segel und alles übrige herbei, was man versteckt hatte, nachdem die Schiffe abgewrackt worden waren. Als alles beisammen war, machten sie sich auf den Rückweg. Eine ausgewählte Gruppe von Kriegern aus Texcoco, die Ixtlixóchitl anführte, deckte die Flanken des Trupps. Vor und hinter der Karawane hatte ein ganzes Heer tlaxcaltekischer Krieger damit zu tun, die fortwährenden Attacken der Azteken abzuwehren, die ihnen nachsetzten. Die kräftigsten der Totonaken-Sklaven trugen auf ihren Schultern Sitze, in denen die spanischen Offiziere lehnten. Und so, Schritt für Schritt, erklommen sie den ersten Gebirgszug.

»Bewegt euch, ihr Tiere, es wird schon dunkel!«

Drei Tage später gelangten Martín López, Sandoval, Ixtlixóchitl und Tausende von Lastenträgern an das Ufer eines Flusses mit unruhigem Wasser und starker Strömung. Es war ein breiter Fluß mit unzähligen Strudeln und viel Gestein, das an einigen Stellen von Schaumkronen bedeckt war. Schon vor einer Stunde, schon vor zwei Stunden, schon vor fünf Stunden hatten die Träger das Rauschen des Wildwassers vernommen. Als sie zum Ufer kamen, befürchtete Martín López das Schlimmste. Bis dahin war die Attacke der aztekischen Krieger eher störend als wirksam gewesen. Nur etwa hundert Krieger des Begleitschutzes starben, sei es durch Fallen, sei es durch Pfeile, die sie auf den dunklen Wegen durchbohrten, sei es bei direkten Angriffen. Ixtlixóchitl schlug seine kleine Brusttrommel. Die Leute setzten sich in Bewegung und gehorchten seinem Befehl, den die Hauptleute aus Tlaxcala weitergaben. Es dauerte nicht lange, und Martín hatte die ganze Last am Hang des Flusses untergebracht.

»Teufel auch, und was machen wir nun!« rief einer der Offiziere.

Aber die Antwort war schon da. Ixtlixóchitl dirigierte eine besondere Gruppe seiner Männer, die von Kriegern aus Tlaxcala verstärkt wurde. Sie begannen, am Flußufer ein Wäldchen abzuholzen. Dann legten sie die Bäume über das felsige Gestein und errichteten auf diese Weise eine Brücke. Einige der Pferde stürzten ab. Den Männern blieb nichts anderes übrig, als in den Fluß zu steigen. Da sie nicht über genügend Seile verfügten, bildeten sie eine Menschenkette, die die Bäume zusammenhielt, damit die Pferde, die Geschütze, die großen Segel und die Schar der Träger den Fluß überqueren konnten. Hin und wieder geschah es, daß ein Totonake seine Last verlor und vom Strom fortgerissen wurde. Am schwersten war es, die Kanonen von einem Ufer zum anderen zu bringen. Bei dieser Anstrengung verloren sie weitere hundert Mann, die von den Strudeln in die Tiefe gezogen wurden. Als Martín Tlaxcala erreichte, waren seine Männer völlig erschöpft. Der Weg war unsicher, gefährlich und voller blutiger Opfer gewesen.

Bei seiner Ankunft erlebt Martín López eine Überraschung: Die Zimmerleute aus Tlaxcala hatten so viel Holz zurechtgesägt und zu einem Haufen gestapelt, daß es für die gesamte Flotte, die man zu bauen gedachte, reichen würde. Die Zimmerleute aus Tlaxcala hatten mit ihren Äxten und Obsidiansägen gute Arbeit geleistet; der Stapel mit dem zersägten Holz ragte bis in den Himmel.

»Herr Kapitän, da sind wir wieder ...

»Ich wußte es, Hauptmann Sandoval. Ich wußte, daß ihr es schaffen würdet. Ihr seid schließlich spanische Offiziere.«

Vor Ixtlixóchitl lag der große See von Texcoco. Von der Stelle, die er gewählt hatte, bis zum Ufer des Sees waren es zehn, vielleicht elf Kilometer. Vor ihm hatte ein ganzes Heer von Arbeitern Aufstellung genommen, Männer aus Texcoco und Männer aus Tlaxcala. Auf sein Zeichen hin begannen sie, einen Graben auszuheben. Über zehntausend Männer arbeiteten unablässig, damit der Graben schnell fertig wurde. Am

Tage arbeiteten sie im Licht der Sonne, am Abend im Schein von Fackeln.

»Achtet darauf, daß der Gaben breit genug ist«, hatte Cortés gesagt.

»Es sind meine Vorfahren und nicht die Azteken gewesen, die auf dem See das System der Chinampa angelegt haben. Den Bau des Deiches, der verhindert, daß sich das salzige Wasser des Sees mit dem Süßwasser von Tenochtitlan vermengt, hat mein Großvater geplant und geleitet ...«

Während sich Tausende von Männern am Graben zu schaffen machten, errichteten andere zu beiden Seiten einen Wall, damit die aztekischen Krieger den Angriff der Brigantinen in Richtung See nicht aufhalten konnten. Ixtlixóchitl wußte, daß die Krieger aus Tenochtitlan sie Tag und Nacht belauerten, um ihr Werk zu zerstören.

»Und was ist mit den Jaguarfallen?«

»Sie haben sie entdeckt.«

»Und die getarnten Stellungen?«

»Sie haben viele unserer Stellungen überrannt ...«

»Du redest wie ein nichtswürdiger Bruder.«

»Herrin Matla«, entgegnete der aztekische Häuptling, den es kränkte, daß Matla ihn einen »nichtswürdigen Bruder« nannte, »wir wußten schon, was sie taten. War der Weg mitunter auch beschwerlich, unsere Krieger waren immer und überall zur Stelle. Wir haben Hunderte von den Totonaken, die die Balken getragen haben, getötet. Aber wie ich dir schon gesagt habe, es waren nicht die Männer von Topiltzin, die das Kommando führten. Ixtlixóchitl war ihr Anführer.«

»Er kann nicht überall zur gleichen Zeit sein!«

»Er war überall, Herrin, überall. Seine Hauptleute marschierten geradewegs auf unsere Fallen zu. Es ist ein Unterschied, gegen sie oder gegen die Häuptlinge aus Tlaxcala zu kämpfen.«

»Sind sie etwa Götter?«

»Herrin Matla, das Heer von Texcoco ist seit Hunderten

von Jahren immer unser Kampfgefährte gewesen. Gemeinsam haben wir das Kriegshandwerk erlernt.«

»Und was tun sie in diesem Augenblick?«

»Sie heben einen zehn Kilometer langen Graben aus.«

»Einen Graben? Wozu das?«

»Sie sind dabei, ihre Wasserhäuser wieder aufzubauen, dort, in Tlaxcala, und es sind viele.«

»Wie viele?«

»Viele.«

»Sind die Baumeister auch dabei?«

»Ja, gerade die Baumeister der Deiche und Wasserleitungen arbeiten am unermüdlichsten. Es hat den Anschein, Herrin, als hätten sie vor, eine ganze Flotte großer Boote zu Wasser zu lassen.«

Als Matla Cuauhtémoc erzählte, was man ihr berichtet hatte, sagte der Herr Tlatoani: »Es stimmt, wir sind viele Jahre lang Kriegsbrüder gewesen. Gemeinsam sind wir unseren Weg gegangen. Gemeinsam haben wir Erfahrungen gesammelt, und Schulter an Schulter haben wir den Bund unserer Völker gegründet.«

»Das Wort für Ixtlixóchitl ist …«

»Calcontzin, Herrin, Alte Sandale …«

Von Tlaxcala her zogen die Kastilianer und Aragonier wachen Auges und hoch zu Roß zu den Ufern des Flusses Zahuapan. Einen Monat zuvor war Hernán Cortés zusammen mit Ixtlixóchitl und Martín López hier angekommen. Er hatte sein Pferd in der Strömung tummeln lassen und gesagt: »Der Wasserstand ist nicht sehr hoch.«

»Wenn du zurückkommst, wird dieser Fluß sich völlig verändert haben«, hatte Ixtlixóchitl ihm entgegnet.

In den darauffolgenden vier Wochen brachte Ixtlixóchitl die Hälfte seiner Zeit mit dem Bau eines Kanals und die andere Hälfte mit dem Bau eines Staudamms zu. Das Wasser begann höher und höher zu steigen. Es war ein schöner Flecken. Die alten Bäume, die am Flußufer standen, waren bis zu ihrem letzten Ast vom Wasser überspült. Tage zuvor hatten Martín López und Ixtlixóchitl an einer Seite des Ufers etliche Versuche mit kleinen Holzbooten durchgeführt. Als Hernán Cortés zurückkam, schwammen auf dem Wasser mehrere bewaffnete Brigantinen.

Es gab keine Strömung mehr, nur eine riesige Fläche gestauten Wassers. Der Fluß, in dem Hernán Cortés sein Pferd getummelt hatte, war verschwunden. Außer Martín López und Ixtlixóchitl waren bei der Erprobung auch die Brüder Alvarado, ferner Sandoval, Olid und Jerónimo de Aguilar zugegen.

Die Priester segneten das Werk. Hernán Cortés sah, wie das luftige Schiff sanft von den heiteren Wellen vorwärts gestoßen wurde. Er schaute in die Ferne, und ihm schien, als würde Tenochtitlan direkt vor ihm liegen.

»Ausgezeichnet! Ausgezeichnet! Wirklich, ich beglückwünsche Euch!«

Ixtlixóchitl, der inzwischen gelernt hatte, Wein zu trinken, das Schwert der Spanier zu führen, auf dem Pferd zu reiten, in andalusischen Stiefeln zu gehen, wie ein Hafenbewohner aus Cádiz zu fluchen und mit den Händen und nicht mit auf den Boden stampfenden Füßen zu applaudieren, fühlte sich belohnt, als Martín López ihm einen beifälligen Blick schenkte.

»Es ist Euer Verdienst!«

»Wann kann ich damit rechnen, daß alles fertig ist?«

»Am Tag der heiligen Maria, Kapitän.«

Hernán Cortés schlug sein Lager an den Ufern des Flusses auf. Ihn verlangte nach einer noch größeren Probe. Er ließ alles für den nächsten Tag vorbereiten, an dem auch eine Gruppe Spanier aus Villa Rica de la Vera Cruz erwartet wurde, neue Leute, die Pferde mitbrachten, Sklaven aus Kuba, Waffen, Pulver und frische Lebensmittel. Die Musikkapelle des Heeres stimmte einen heiteren Marsch aus Segovia an. Man schoß mit Kanonen und Musketen; der Tag der letzten Erprobung verwandelte sich in einen Tag des Ruhmes. Und als der Augenblick gekommen war, sagte Cortés: »Versuchen wir es, Herr Alvarado?«

»Wie Euer Gnaden befehlen!«

Cortés bestieg eins der Schiffe, die am Ufer des Flusses schwammen und nun mit Kanonen und Pferden belastet wurden, und siehe da, alles verlief ganz nach Plan. Die Brigantinen legten ab und nahmen Kurs auf den Staudeich, den die Baumeister aus Texcoco errichtet hatten. Der Wind blähte ihre Segel, und soviel und so unruhig die Pferde sich auch bewegen mochten, so änderte das doch nichts an der stabilen Lage der Schiffe.

»Kapitän Martín López!«

»Mein General.«

»Ihr habt Euch den Rang eines Obersten Baumeisters im Heer seiner hochheiligen Majestät Don Carlos I. von Spanien und unserer nie genug zu rühmenden Doña Juana verdient.«

»Danke, Kapitän.«

Die Krieger aus Tlaxcala vollführten einen Tanz, den sie Die Schmetterlinge nannten. Die Spanier schossen mit ihren Musketen. Pferderennen wurden veranstaltet. Die Anwohner des Zahuapan-Flusses erheiterten ihre Umgebung mit einem Truthahn-Wettlauf. Der oberste Befehlshaber Hernán Cortés gab sich großzügig und verteilte an alle Wein, Brot, Öl und frisch aus Kuba eingetroffene Räucherwurst.

»Und was nun, Herr?«

»Sucht Euch unter den Männern von Tlaxcala und Texcoco zwanzigtausend aus. Wir werden die Brigantinen, so wie sie sind, bis zum Ufer des Texcoco-Sees tragen.«

Und genauso taten sie. Es schien unmöglich, doch sie, die Krieger aus Tlaxcala, schafften es. Selbst der Herr der Herren von Tenochtitlan hatte in einer Beratung mit seinen Kriegern geäußert, daß es keinem gelingen würde, dies zu tun.

»Ausgeschlossen, daß sie es schaffen.«

»Wieviel Schiffe haben sie gebaut?« fragte Matla.

»Fünfzig.«

»Unsere Krieger in den Booten zählen fünfzigtausend.«

»Sollte es Ixtlixóchitl dennoch gelingen, mit den Schiffen der Spanier bis hierher zu kommen, erwartet uns eine Prüfung, so finster wie die Nacht.«

»Sie kommen nicht bis hierher.«

Aber sie kamen und sangen unterwegs die gleichen rhythmischen Lieder, die sie auch gesungen hatten, als sie aus großer Entfernung die Steine herbeischleppten, mit denen sie ihre Tempel erbauten. Singend kamen sie näher und näher. Auf ihren Schultern schleppten sie die Brigantinen. Am Tage, am Abend, in der Nacht, bei Regen und glühender Hitze. Sie sangen das Lied der Rosen, der Schwalben, der Winde. Singend kamen sie naher und näher. Alle hundert Meter nahm eine Gruppe von tausend Männern den Platz der tausend, der dreihundert, der vierhundert Träger ein, die mit ihrer Last immer näher kamen und nicht einen Augenblick zu singen aufhörten. Bei Nacht tauchten die Krieger aus Texcoco und Tlaxcala die Wege in helles Licht, als würde die Sonne scheinen. Hernán Cortés wollte nicht, daß auch nur eins der Schiffe auf dem Weg verlorenging. Deshalb zündeten sie bei Nacht die Fackeln an, und ringsum wurde es taghell. Um vor Überraschungen gefeit zu sein, hatte man zu beiden Seiten der Brigantinen eine Reihe von Kriegern postiert, die rechts und links auf gleicher Höhe liefen, so daß man meinen konnte, es handle sich um einen geraden, von einer Menschenmauer geschützten Weg. In jedem Ort, den sie erreichten, forderten sie neue Schlepper für die Schiffe.

Es erklang die Trommel: eins, zwei, drei und hoch! Wie ein Mann hoben sie das Schiff in die Höhe. Hunderte Meter weiter vorn setzte der Chor mit seinem Gesang ein. Später dann traten die Männer hinzu, die jene ersetzten, die das Schiff bis dahin getragen hatten. Getragen! Eins, zwei, drei, hoch! … Eins, zwei, drei, hoch! Jedes Schiff wurde auf riesigen Tragebalken bewegt, aus denen kleinere ragten, die auf den Schultern der Träger ruhten. Es schien, als hätte sich jede Brigantine in ein merkwürdiges tausendfüßiges Tier verwandelt. Wenn einer der Träger aus Cholula oder aus dem Land der Totonaken ermüdete und stürzte, zwang ihn die Peitsche des Spaniers, sich wieder aufzurichten. Sobald die Kolonne mit den Schiffen in die Nähe eines Ortes kam, ritten die Spanier voraus und nötigten den Herrn der Stadt, Ersatzleute zu stellen, und wenn es Kinder oder Frauen waren. Die Schiffe mußten die Lagune von Tenochtitlan erreichen!

Und dann kam der Tag des beschwerlichen Abstiegs ins Tal von Tenochtitlan. Sie kamen bis zu den mit Mais bepflanzten Hängen. Alle Gefahren lagen hinter ihnen. Doch da, urplötzlich, der Angriff. Tausende aztekischer Krieger warfen sich auf die Männer, die die Schiffe bewachten. Im Kampfgetümmel ging die Mehrzahl der Schiffe verloren.

Es schien als würden die Azteken das Gefecht gewinnen, in das weder Ixtlixóchitl noch sein Heer eingriffen. Und es ertönten die Schneckentrompeten und die Pfeifen der Azteken, die ihre Verwundeten und Toten wegschleppten. Einer der Offiziere mit Namen Montero rief seinen Leuten zu, sie sollten sich gruppieren und der Situation die Stirn bieten, als eine Lanze ihm die Brust durchbohrte. Ein aztekischer Krieger sprang auf sein Pferd und floh in Richtung des Gebirges, gefolgt von der Mehrzahl seiner Leute. Als die Krieger aus Texcoco ihnen nachsetzen wollten, hagelte es von allen Seiten Lanzen, die ihnen wie Gitter den Weg versperrten. Der Krieger, der den spanischen Offizier getötet hatte und mit dessen Pferd entkommen war, stieß Siegesgeschrei aus. Es war Cuauhtémoc, der Herr der Herren. Zwei Stunden später erreichte Hernán Cortés die unglaubliche Nachricht.

»Wie konnte es geschehen, daß sie uns vor unserer eigenen Haustür angreifen?«

»Sie haben eine andere Taktik.«

»Eine andere Taktik? Wie das?«

»Herr, das Heer der Azteken kämpft jetzt auf die gleiche Weise wie die Soldaten von Kastilien und Aragón.«

Die ganze Nacht hindurch brannten auf den Berghängen die Schiffe. Nur dreizehn konnten gerettet werden.

Tausende Rosenblüten, Blüten von Rosen, wie sie an den Felsen wachsen, waren über dem Fußboden verstreut, kleine, ganz kleine, so wie die Käfer im Binsengebüsch. In einer Ecke befand sich ein riesiger Krug, in dem das heilige Feuer brannte, und davor stand Cuauhtémoc. Ein um das andere Mal warf er Samenkörner in den Weihrauchkessel.

Tecuichpo trug noch immer die Schulterdecke der frisch verheirateten Frau. Es befremdete sie, so viele Rosenblüten zu sehen. In Friedenszeiten wäre ihr dies nicht seltsam erschienen, doch sie wußte, daß die Boote mit den Feigenkakteen, den süßen Maispasteten und den Blumen nicht mehr von den verschiedenen Ufern des Sees in die Stadt hineinfuhren, so wie sie es früher getan hatten, als der Herr Cacamatzin noch lebte und der Herr Cuitláhuac, ihr verstorbener Mann, und der Herr Moctezuma, ihr Vater, den Männer von Topiltzin getötet hatten.

»Sagt, woher kommen all diese Blumen?«

»Sie sind mit dem Wind gekommen«, antwortete Cuauhtémoc und legte seine Hand voll inniger Zärtlichkeit auf die Schulter der Frau. »Für deine Schönheit, es sind Botinnen des Friedens.«

Sie lächelte und sagte: »Mein Vater hatte mir immer versprochen, mich einmal zum Meer mitzunehmen, damit ich es kennenlerne, aber dann kamen die Kriege, und er zog aus, hin zu fernen Orten. Jedesmal, wenn er nach Hause zurückkehrte, war mein Vater, der Herr Strenges Gesicht, noch strenger und älter geworden. Und als man ihn zum Tlatoani von Tenochtitlan ernannte, war es ihm nicht mehr möglich, mir das Meer zu zeigen.«

Sanft ruhte seine Hand auf ihrem schönen schwarzen Haar.

»Eines Tages, wenn der Krieg vorbei ist, werde ich dir das Meer zeigen ...«

»Wie ist das Meer? Ist es größer als unser See?«

»Es ist so groß und weit wie die Wege einer Wolke am Himmel. Auf einer einzigen seiner Wellen häuft sich mehr weißer Schaum an als all die Baumwolle, die die Orte von zwanzig Völkern als Tributabgabe nach Tenochtitlan schikken.«

»So groß ist es?«

»Größer noch als dein Erstaunen. Wenn der Krieg vorbei ist, gehen wir hin und schauen es uns an. Du wirst es sehen, wirst es sehen … es sehen …«

Sie legte sich auf das niedrige Bett und ließ es geschehen, daß ihr Umhang einer frisch Vermählten zu Boden fiel.

Von Morgendämmerung zu Morgendämmerung arbeiteten die Männer von Ixtlixóchitl am Graben. Sie wühlten den Boden auf, hoben das Erdreich aus und vertieften die Seiten des Grabens, der von Texcoco bis zum Ufer des Sees führte. Als der Graben fertig war, maß er mehrere Kilometer. Über elftausend Menschen hatten pausenlos an ihm gearbeitet. In der Nähe des Grabens nahmen sie ihr Essen ein, legten sich schlafen und wachten am Morgen wieder auf. Sie hatten einen Zaun aus Bambusrohr gebaut, der sich den gesamten Graben entlang erstreckte.

An einer günstigen Stelle wartete Ixtlixóchitl auf die Ankunft von Cortés, der lange auf sich warten ließ. Doch schließlich erscholl der Ruf der Reiterei. Es nahte Hernán Cortés mit seinen Offizieren. Er begutachtete das Werk in seiner ganzen Länge. Ixtlixóchitl ritt an seiner Seite. Er saß auf einem Apfelschimmel, der einst den Brüdern Juan und Pedro Cedeño gehört hatte, die Cortés befohlen hatte aufzuhängen, als er gewahr wurde, daß sie die Truppe aufwiegelten, diesem ganzen Abenteuer den Rücken zu kehren und nach Kuba zurückzugehen. Während Cortés und seine Hauptleute den Graben entlangritten, füllte sich dieser allmählich mit Wasser.

»Morgen zur gleichen Stunde wird es keinen Graben mehr geben. An seiner Stelle werdet Ihr einen Kanal für die Brigantinen vorfinden«, sagte Ixtlixóchitl.

»Herr Blume Schwarzgesicht, ich möchte Euch wiederholen, was ich schon zu meinen Offizieren gesagt habe: Danke im Namen des heiligen Santiago. Nicht einmal der Gran Capitán mit all seiner Macht hätte in der Stunde des Kampfes so viele und so erfinderische Leute um sich scharen können!«

»Ich habe dir ja gesagt, Herr, allein über das Wasser wird es möglich sein, die Azteken von Cuauhtémoc zu besiegen.« Und mit seinen Händen deutete er auf die verschiedenen Stellen des Wasserweges, den die Baumeister von Texcoco geschaffen hatten und dessen Länge sich in der Ferne verlor. Und er wies auch auf die lange Schutzwand, die aus Tausenden von Bäumen bestand, die von Stacheln übersät waren. In einem Abstand von jeweils dreißig Metern hatte man zudem Schanzen für die Wachposten errichtet.

Überaus zufrieden zog Hernán Cortés aus dem Ärmel seines Hemdes ein weißes Taschentuch hervor, an dem er intensiv roch. Es war das erste Mal, daß Ixtlixóchitl diese Gewohnheit an ihm beobachtete, doch mit der Zeit sollte er sich an sie gewöhnen, so wie die spanischen Offiziere es längst getan hatten. In Augenblicken der Freude, in Augenblicken der Trauer, in Augenblicken der Liebe, in Augenblicken des Leids holte Hernán Cortés das kleine weiße Taschentuch hervor und roch daran, roch intensiv daran. Das Taschentuch roch stets nach Kot.

Feierlich ließ Hernán Cortés beim Kanal von Texcoco zum Empfang der Schiffe rüsten. Da kamen also die Tausende von Kriegern, welche die Schiffe schleppten, die sie dann über aneinandergelegte Baumstämme ins Wasser rollen ließen. Ein Schiff nach dem anderen erhielt seinen Namen.

»Das erste taufen wir auf den Namen *Medellín«*, sagte Cortés.

»Und das letzte?« fragte der Priester Juan Díaz.

Cortés blickte auf Ixtlixóchitl und antwortete: »Das letzte wird den Namen *Nezahualpilli* tragen, zu Ehren des großen Herrschers von Texcoco, der von Moctezuma, dem Tyrannen von Tenochtitlan, so verächtlich behandelt wurde.«

Gleich darauf ging die Besatzung an Bord. Zwei Stunden

später hatten die Brigantinen ihre Stellungen rund um die große Stadt Tenochtitlan eingenommen. Es war die Stunde, in der die Sonne allmählich unterging. Die Stunde, in der Tláloc, der Regengott, aus dem Schoß der Erde emporstieg. Die Stunde, da in seinem Paradies Tlalocan der Mond aufging.

»Die schwimmenden Häuser befinden sich bereits auf dem See, Herr.«

»Ich habe es gesehen, Herrin.«

»Es scheint, als wollten sie die Zufahrt für alle Lieferungen in die Stadt sperren. Sie schießen auf alles, was sich bewegt. Und selbst wenn es sich um ein Kanu handelt, das von irgendeiner Chinampa kommt, um im Zentrum von Tenochtitlan Wasser zu holen – mit ihren Kanonen schießen sie es in die Luft.«

»Es gibt noch eine weitere schlechte Nachricht, Herr.«

»Es vollenden sich zehn Dreizehntagewochen seit dem Unglückstag, an dem Topiltzin angekommen ist.«

»Nachdem unsere Frauen von den Fremden vergewaltigt worden sind, haben sie sich eine neue Krankheit hinzugezogen. Sie zeigen Ausschläge und eitrige Pusteln. Auch ihre Geschlechtsteile sind krank.«

»Noch eine Plage … außer den Läusen!«

»Das Schlimme ist, daß die Frauen die Krankheit an ihre Männer weitergeben, so daß die Ansteckung sich auf die ganze Stadt ausdehnt. Die Medizinfrauen sagen, daß sie die Krankheit nicht heilen können. Und die Neugeborenen, deren Mütter von der Krankheit betroffen sind, kommen mißgestaltet zur Welt. Die einen ohne Augen, die anderen ohne Füße, als wären es Kinder von Ungeheuern.«

»Befiehl den Frauen, daß sie sich vorsehen sollen, sobald ein neues Opfer von Vergewaltigung auftaucht.«

»Das tun sie bereits, Herr, das tun sie, aber ich sage dir noch einmal, daß die heilkundigen Frauen es nicht geschafft haben, die Krankheit und ihre Übertragung aufzuhalten.«

Sie versammelten sich auf der Plattform des Großen Tempels. Es war die Stunde der Morgendämmerung. Über dem großen Tor, über dem die Sonne aufgeht, färbte sich der Horizont erst tiefrot, dann rosa, danach violett. Eine Trommel erklang, eine zweite. Ihr rhythmischer Klang erfüllte die Luft und steigerte sich zu einer einzigen Herausforderung. Schließlich verstummten die Trommeln. Die Zeit verging. Prall schien die Sonne auf den Heiligen Bezirk des Großen Tempels herab. Ein Priester vollführte einen Kriegstanz. Als er seinen Tanz beendet hatte, erschien auf einer der Stufen des Großen Tempels der Herr Cuauhtémoc. Er war mit dem Prunk gekleidet, der einem Tlatoani von Mexiko zustand. Matla und die anderen Herren des Krieges begleiteten ihn. Am Fuße der Treppe standen Priesterinnen in grünen Gewändern. Sowohl das Gesicht des Herrn Cuauhtémoc als auch das seiner Gefährten, der Herren und Herrinnen des Krieges, war schwarz bemalt. Schwarz von einem Auge zum anderen, als würden sie Masken tragen. Matlas Gesicht zierte ein gemalter Schmetterling, schwarz auch er. Neben der Menschenmenge hatten sich auf dem Vorplatz des Großen Tempels auch Tausende Krieger eingefunden. Einige Häuptlinge näherten sich dem Thronsitz, auf dem Cuauhtémoc Platz genommen hatte. Es waren Feinde von Tenochtitlan und Freunde von Hernán Cortés. Sie hatten um Audienz gebeten, um eine Botschaft zu überbringen. Die Gesandten trugen die Fahne der Waffenruhe. Die von Cortés geschickte Abordnung, die aus dem Herrn von Cholula, einem Herrn von Tlaxcala und einem Herrn von Huexotzinco bestand, erschien vor dem Herrscher von Tenochtitlan, dem Herrscher von Tlacopan und dem Herrscher von Texcoco, der jetzt keine Stadt mehr besaß und in Tenochtitlan Zuflucht gefunden hatte. Vor Cuauhtémoc blieben sie stehen. Aus einer Tasche, die aus Papier gefaltet war, holten sie Hände voll Kreidestaub heraus und warfen das Pulver Cuauhtémoc ins Gesicht. Dann verbeugten sie sich vor ihm, berührten mit einer Hand den Boden und riefen.

»Campa uee!«

Cuauhtémoc erwiderte ihren Gruß nicht, er blickte sie nur verächtlich an.

»Kapitän Cortés schickt dir ein Friedensangebot …«, sagte einer der Herren.

Cuauhtémoc antwortete mit einer ironischen Geste, die ihm der Augenblick eingab. Er schlug seine Brusttrommel, und eine Gruppe von Adler-Kriegern umringten die Boten des Cortés.

»Herr Cuauhtémoc, in unseren heiligen Kriegen ist es nicht üblich, Friedensboten festzunehmen.«

»In diesem Fall handelt es sich nicht um Boten des Friedens, sondern um Boten des Krieges, des grausamsten Krieges, den es gibt, des Krieges zwischen Bruder und Bruder.« Abermals erteilte er einen Befehl, worauf Cortés' Gesandte fortgeschleppt und in einen Holzkäfig gesperrt wurden.

»Alles ist anders geworden!«

Es geschah im fernen Gebiet des großen Flusses, im Gebiet der täglichen Regenfälle, im Gebiet der großen Seen. Hauptmann Machuca und Hauptmann Gutiérrez waren im Namen der Krone unterwegs, um einen Weg zum Meer zu finden. Irgendwo muß sich der Abfluß des Sees befinden, hatte man zu ihnen gesagt. Sie überquerten Berge, liefen durch Wüsten, über salzige Strände. Unter der Last der Gepäckstücke, die sie für die Spanier tragen mußten, brachen die Macehualtin unterwegs zusammen und starben, während andere in den Ortschaften ihrem Schicksal begegneten, wenn die Peitsche sie zwang, den Platz der Toten einzunehmen und sich dem Zug anzuschließen mit dem Umhang der Toten und den Sandalen der Toten. Und so zog die Kolonne hin. Über die Wege, auf die ewig die Sonne herabbrannte, kamen sie in das Land des Herrn Cocorí, in das Land des Herrn Kamakiri, des Herrn Kahlköpfiger Kojote, des Herrn Ozelot. Sie gelangten in das ferne Gebiet des Cucaracho, wo sich die Flüsse Nummer Eins, Nummer Zwei, Nummer Drei und Nummer Vier befinden, weshalb jene Gegend die Gegend des Flusses Vier, Cucaracho des Flusses Vier, genannt wird. Hier war vor vielen Jahren eine Abteilung des Heeres von Ahuízotl aufgetaucht. Dies ereignete sich zu den Zeiten, da man alles, was geschah, in den Büchern lesen konnte. Bis dahin also, bis nach Cucaracho des Flusses Vier, kamen Hauptmann Machuca und Hauptmann Gutiérrez. Die Entfernung zwischen ihnen und México Tenochtitlan betrug ein Jahr. Man hatte ihnen erzählt, daß dies ein Gebiet sei, in dem es Gold im Überfluß gebe und die Herren auf Goldbeuteln schliefen. Sie ritten den Fluß hinunter. Bei sich hatten sie das Bildnis der Jungfrau Maria, der Gottesmutter und Schutzheiligen der Fischer. Und in ihrem geheiligten Namen verbrannten sie den Einwohnern, die weder das Ave Maria noch das Vaterunser beten konnten, die Zunge bis zum Schlund. Mit ihren Schwertern spielten sie das Federspiel: Sie warfen ein kleines Kind hoch in die Luft und schlossen untereinander Wetten ab, wie oft es ihnen gelingen würde, es mit der Schneide ihrer Schwerter zu zerstückeln, bevor es zur Erde fiel.

Als sie in die Gegend des Flusses und der gewaltigen Berge kamen, zeigten sie ein anderes, nicht ihr wahres Gesicht. Der Herr Cocorí und der Herr Kamakiri empfingen sie mit dem Bier der Coyopalme.

Hauptmann Gutiérrez und Hauptmann Machuca nahmen die Krieger der Berge gefangen und drohten, sie bei lebendigem Leib zu verbrennen, wenn sie nicht einen Korb, wie sie ihn zum Fischen im Fluß benutzten, bis zum Rand mit Gold füllten. Von den beiden Herren der Berge, Cocorí und Kamakiri, gelang es einem zu entkommen, obwohl man sie an einen Pfahl gebunden hatte. Seine Flucht versetzte die spanischen Offiziere in großes Erstaunen: Wo hätte man je erlebt, daß es möglich war, Ketten durchzuschneiden, wie man einen Käse schneidet! Die spanischen Hauptleute setzten ihre Goldsuche fort. Sie legten sich mit dem Gold schlafen, sie stillten mit dem Gold ihren Durst und befriedigten mit dem Gold ihre Liebe.

Die Nachricht über das endgültige Schicksal von Hauptmann Machuca und Hauptmann Gutiérrez gelangte auch nach Tenochtitlan. Als Hernán Cortés davon erfuhr, wurde ihm bewußt, daß es Gegenden gab, wo Wolken die Sonne des spanischen Triumphzuges verdunkelten. Die Sänger stimmten Gesänge auf die Namen von Kamakiri und Cocorí an. Der Tanzmeister Großer Bär komponierte einen Tanz, damit die Menschen in jedem Ort und vor jedem Tempel sehen und erfahren konnten, was Kamakiri und Cocorí getan hatten: Hauptmann Machuca und Hauptmann Gutiérrez wurden dank einer Hirschfalle gefangengenommen und vor den Herrn Adenil, den Herrn Waldkatze, und vor den Herrn Ozelot, den Berglöwen in Cucaracho des Flusses Vier, geführt. Den Führern aus Tlaxcala aber, die ihnen den Weg in ihr Land gewiesen hatten, verbrannten sie die Fußsohlen, damit sie nie wieder auf solchen schlechten Pfaden wandeln und Henkern, wie Hauptmann Machuca und Hauptmann Gutiérrez es waren, die Furt der Flüsse zeigen konnten. Der Herr Ozelot stellte seinen Gefangenen eine Frage, worauf diese ihm antworteten: »In Spanien benutzen wir das Gold, um mit ihm die Leiden der Seele zu heilen. Auch um die Leiden des Herzens zu heilen, dient uns das Gold. Unser Generalkapitän läßt nach dem Gold der Flüsse suchen, nach dem Gold in den Bergen, nach dem Gold der Grotten, nach dem Gold, das an eurer Meeresküste herumliegt wie der Schaum der Wellen, weil Gold in Spanien ein Teil des Lebens ist. Das Gold ist wie Brot.«

Nachdem der Herr Ozelot dies vernommen hatte, bat er die Goldschmiede, alles Gold, das die Spanier begehrten, zu schmelzen. Dann hieß er die Spanier den Mund auftun und goß ihnen das flüssige Gold in den Rachen. »Da hast du dein Gold, du Christ! Trink es, saufe es!« sagte er.

»Möge uns dieser Vorfall zeigen, wo die Grenze unserer Eroberung verläuft, damit nie wieder ein Offizier die Umgebung des großen Sees verläßt. Haltet das fest, Wort für Wort«, sagte Cortés, und so wurde es folglich Wort für Wort festgehalten.

Cuauhtémoc hatte befohlen, Maiskolben und Decken zu zählen. Er sprach mit den Heerführern der vier Stadtteile von Tenochtitlan. Überall prüfte er die Verteidigungsbereitschaft. Er war zufrieden, denn ihm war Kenntnis geworden, auf welche Weise Hernán Cortés den Kampf gegen Tenochtitlan zu führen gedachte. Cortés beabsichtigte das Unmögliche – die Einnahme von Tenochtitlan.

Sie würden der Belagerung standhalten können, bis Topiltzins Augen die Sehkraft verlören und er nie mehr die Sonne schauen konnte. Eher würden sie alt werden und ihre Nachkommenschaft vermehren, als daß Tenochtitlan bezwungen würde. Ihre Kraft reichte aus, einer Belagerung von hundert Jahren standzuhalten. Und wenn der Spanier es schaffte, hundert Jahre zu leben, um in großen Zeitläufen zu rechnen -, so würden die Kinder und Kindeskinder der Tenocha weitere hundert Jahre ausharren. Tenochtitlan war uneinnehmbar. Nur daß sie es jetzt mit einer neuen Art von Krieg zu tun hatten. Cuauhtémoc sah schon, wie der Schiffsführer einer Brigantine die Kanonen abfeuern würde und dabei alle Boote traf, die sich vor ihm befanden. Unmöglich, solch einem Geschoß im Zickzack auszuweichen, so wie sie es auf freiem und ebenem Gelände gelernt hatten.

Tausende Krieger beugten vor dem Herrscher Cuauhtémoc das Knie, berührten die Erde mit ihrer Hand, führten sie an den Mund, küßten sie sacht und riefen:

»CAMPA UEEEEEE! CAMPA UE UE! CAMPA UEEEEEEEEEE!!!«

Der Ruf der Krieger klang wie ein Dröhnen, das in den klaren Morgen hinaufstieg. Sie wiederholten den Ruf wie einen wiederkehrenden Reim, und die Stille über dem See zerbarst. Das Echo gelangte bis zum Feldlager von Cortés und Ixtlixóchitl.

»Campa ueee, campa uee … campa ueee … uee uee uee uee uee!«

Hernán Cortés stellte sich vor, wie alles Volk von Tenochtitlan das Knie beugte, mit der Hand die Erde aufnahm, sie küßte und in den Schrei ausbrach. Danach herrschte Stille, das Gemurmel der Krieger verstummte.

»Schwestern des Krieges, Brüder des Krieges! Ihr ehrenwerten greisen Mütter und Väter.«

Die auf diese Weise Angesprochenen blickten auf die Gestalt, die aufrecht auf dem großen Stein des Tizoc stand. In der Rechten hielt sie eine Lanze, an deren Spitze eine Fahne wehte. Die Gestalt war kein anderer als Cuauhtémoc, der jetzt auf die jungen Krieger, Mädchen wie Knaben, herabschaute.

»Ihr jungen Brüder und Schwestern, unsere Zukunft.« Wieder herrschte eine rauhe, vollkommene, beinahe drückende Stille, die man bis in die Fingerspitzen spüren konnte. »Die Schlacht beginnt … Die Schlacht für unsere Freiheit, unser Leben, für die Ewigkeit unseres Vaters Sonne, für unsere Mutter Mond, für unsere geliebten Götter, die Lebensspender, die Herren der Nähe, des Miteinander, des Diesseits und des Jenseits.«

Matla reichte Cuauhtémoc ein spanisches Schwert, das dieser hoch über seinen Kopf schwang. »Wisset das eine, sie sind weder Götter noch Gottes Söhne, noch Gottes Brüder! Sie sind nichts als halbe Männer, die mit den großen Winden gekommen sind wie der Heuschreckenschwarm über die Maisfelder. Und auch sie müssen sterben. Sie kommen zur Welt und sterben wie die Blüte des Feigenkaktus.« Und er zeigte zu dem Schädelgerüst, wo nebeneinander aufgespießt die Köpfe von Pferden, von Spaniern, von Männern und Frauen zu sehen waren. »Wir haben ihnen die Flügel beschnitten wie der verheerenden Heuschrecke.

Meine Worte sind nicht allein für unsere Freunde und Brüder aus Xochimilco, Mixquic, Coyoacan, Culhuacan, Ixtapalapa, Tlatelolco und Mexicatzinco bestimmt …

Dort in der Ferne, jenseits der Vulkane, sind die Orte, wo die Reiher im Wasser stehen und darauf warten zu fischen: die rosaroten, blauen, schwarzen und die weißen Reiher. Dort, jenseits der schneebedeckten Berge, ist die Grenze zu dem warmen Land mit seinen Wäldern, wo Schnecken hausen,

Wassergeister ihr säuselndes Lied singen, Schaum auf den Wellen treibt, dort ...«

Dort, wohin der Ruf der Trommel unaufhörlich schallte, und wo Hernán Cortés der Übersetzung lauschte, die ihm Wort für Wort die Botschaft der Trommeln entschlüsselte. Er hörte sie mit ernster Miene, ohne zu lachen, mit offenen Augen, ohne auch nur einmal mit der Wimper zu zucken, ohne auch nur einen Schluck Wein zu trinken. Auf fernen Wegen, in eiskalten Bergeshöhen, auf den Pfaden des Honigs, der Baumwolle, in den heißen Regionen, überall blieben die Leute stehen, um die Tempeltrommeln zu hören und über die Worte von Cuauhtémoc nachzudenken, die aus der Stadt zu ihnen drangen, aus der Stadt, in der die Atepocatl, die Kriegshäuptlinge, alle Tore verschlossen hielten.

»Chichimeken, Besitzer des Xólotl-Landes, Volk von Texcoco, Volk von Aztlán, ihr Brüder alle!«

Das Echo der Trommel wiederholte stets: Mexiko ... Mexiko ... Mexiko ... Nicht Neuspanien, nicht Neu-Galizien, nicht Neu-Andalusien ... Mexiko ... Mexiko ... Mexiko ... Erde der Sonne ... Erde der Sonne ... Von den Göttern geliebte Erde. Mexiko!

»Mexikaner! Herren von Tlaxcala, Herren von Tepehua, Herren des Landes der Mixteken, Totonaken, die ihr zu Unrecht so genannt werdet, Huaxteken, Mexica, Tatasken! Bis zu den Grenzen, den Grenzen ... Cholulteken, Otomí, Mazahua, Matlazinca und ihr im fernen Nicarao. Die Hunde haben sich unserer Länder bemächtigt und mit dem Namen unserer Brüder, die zwei Gesichter zeigten, ein eigen Ding gemacht. Sie haben sich unseres Friedens bemächtigt und behaupten, daß die alten Zeiten gestorben wären und wir uns auf eine neue Zeit einzustellen hätten ... Nein, nein und nochmals nein!«

Cuauhtémoc ließ seinen Blick schweifen, er schaute die Schönheit der Chinampa, der Gärten: die Schönheit der Lagune, die Pracht der Bäume und ihrer Früchte, die Pracht der Wege.

»Das alles ist das Erbe unserer ehrenwerten Mütter und Väter, die sich durch viel Klugheit und einen wachen Verstand auszeichneten ... Ihnen gelang es, die fernen Punkte des Universums zu erkennen und den Weg zu erfassen, der uns zu den Sternen führt. Alles, was auf der Erde, in ihrem Umkreis und in der Ferne existiert, kannten sie. Die Macht unserer ehrenwerten Mütter und Väter reichte weit über die Wüsten hinaus. Bis dorthin, wo Himmel und Erde ineinander übergehen, Blutsbrüder.«

Die Menge folgte der Bewegung seiner Hände, die in der Luft einen Kreis vollzogen gleich dem Flügelpaar eines Schmetterlings hoch am Himmel.

»Es waren weise Frauen, weise Männer ... Sie erforschten das Himmelsrund mit all seinen Erscheinungen, jeden Punkt im weiten All. Ihre Macht ging weit über alles Vorstellbare, über alles Vorhandene hinaus. Unsere weisen Väter und Mütter verfaßten Bücher, und wir sind immer den Ratschlägen, die in diesen Büchern stehen, gefolgt. Wir haben viele Wege gebaut, haben den Boden bestellt, Agaven und Feigenkakteen gesetzt, und so haben unsere Töchter und unsere Söhne stets reichlich zu essen gehabt und konnten sich kleiden. Wir haben unsere Wege Wirklichkeit werden lassen. Wir haben uns Achtung errungen, und die Erde hat uns Liebe und Gewogenheit entgegengebracht. Wir sind unseren Weg gegangen! Wir stehen fest auf beiden Füßen! Wahrhaftig, wir sind wer!«

Wieder hob er das Toledoschwert über seinen Kopf, und die glänzende Schneide funkelte im strahlenden Sonnenlicht. »Jetzt aber sind die bleichgesichtigen und doppelzüngigen Barbaren gekommen. Sie sind gekommen, ohne uns den Krieg anzukündigen, ohne uns vorher die weiße Reiherfeder zu schicken und den Kürbis mit Kreide und die Schilde mit den Quetzalfedern. Sie haben mit viel Getöse den Pfeil zerbrochen, und heute, Brüder, liegt er zerbrochen vor uns, als würde er zu nichts mehr taugen. Und die Obsidianspitze ist zersplittert, und ihre Splitter sind in das Fleisch unserer Brüder gedrungen, die sich von der doppelzüngigen Unmenschlichkeit haben betrügen lassen. Deshalb bedeckt der Staub der Kriegsschilde die Gesichter unserer jungen Schwestern, unserer jungen Brüder, die Töchter und Söhne dieses großen Sees, unserer Lagune …

Die gestern im Blumenkrieg unsere Brüder waren, sind heute unsere Feinde, und die Angst hat den Herzen der Feiglinge den Rest gegeben. Die Doppelzüngigkeit von Topiltzin hat bewirkt, daß der Haß in uns eindringt wie der Dorn des Feigenkaktus, daß er zu unseren Herzen emporsteigt wie die Ameisen auf der Suche nach dem Honig der Agaven. Deshalb, meine jungen Schwestern und Brüder, stehen wir beisammen, wahrhaftig, das tun wir! Deshalb befinden wir uns heute mitten im Krieg.« Und mit sicherem, energischem Blick und ohne Falsch begann er die Herren des Krieges bei ihrem Namen zu nennen: »Herrin Matla, Herrin des Krieges, Herrin der Kriegerinnen, die, wenn der Tod sie ereilt, zu unserem Vater Sonne, zu unserem Herrn Huitzilopochtli blicken … Herr aus dem Haus der Pfeile … Großer Adler-Häuptling der Adlerkrieger, die in der Sprache des Sieges sprechen, die México Tenochtitlan so stark gemacht hat. Unsere Aufgabe war von jeher der Krieg. Wir, die Adler-Ritter, Jaguar-Ritter, Kojote-Ritter, Ozelot-Ritter, stehen hier, unbeirrt und unbeugsam, Hand in Hand, Fuß bei Fuß, Aug bei Auge, Herz bei Herz, gemeinsam mit unseren Schwestern, den edlen Kriegerinnen. Mein Volk, kämpfen wir bis zum letzten Maiskorn, bis zur letzten Obsidianklinge, bis zur letzten Blume, bis zum letzten Keuchen, bis zum letzten Seufzer, der unserer Brust entspringt. Jedesmal, wenn ein Krieger stirbt, wird die Freiheit und Ewigkeit unserer Götter zu neuem Leben erweckt. Und wenn kein Speer und keine Hartholzkeule mehr übrig sind, dann wißt ihr, was wir tun werden … Wir werden alles tun, um Topiltzin und seine Kriegshauptleute zu vernichten, die Falschgesichtigen, die Doppelzüngigen.

In diesem Krieg geht es nicht darum, Gefangene zu machen, sondern das Herz des Himmels zu verteidigen. Dies ist nicht der Tag, an dem es gilt, Jagd auf Gefangene zu machen.

Dies ist der Tag der Jäger der Freiheit … Wir werden die Asche jedes einzelnen in den tiefsten Strudel des Texcoco-Sees werfen! Ihr Adler-Kriegerinnen mit den gelben Krallen … ihr Ozelot-Kriegerinnen mit den Reißzähnen im Gesicht … ihr Jaguar-Kriegerinnen mit der bemalten Haut … du Herr mit dem Schnabel und dem Kopf des Quetzalvogels … ihr Herren alle, Freunde des Kojoten, Freunde der Schlange, Freunde des Wassers, des Salzes, des Sandes, der Blumen … Freunde! Freunde und Brüder! CAMPA UEE!!!!!!! CAAAAAAMPAAA … UEEEEEE! … UEEEEEEEEEE!!!! UEEEEEEEEEE!!!!

Ihr Frauen und Männer, gebt gut acht auf eure Waffen, auf jede einzelne der vielen Waffen! Daß keiner sie euch zu entreißen vermag, solange noch Leben in euch ist!

Wir müssen den Weg weisen. Wir werden den Pfaden unserer Götter folgen und im Osten und Westen, im Norden und Süden angreifen. Es kann nur eine Wahrheit geben! Doch diese darf nicht die Wahrheit des Gottes sein, der uns mit dem ewigen Feuer droht! Nicht die Wahrheit des Gottes, der Auge um Auge, Zahn um Zahn, Fuß um Fuß, Zunge um Zunge, Leben um Leben predigt, so wie es ihre Priester uns lehren wollen! Es kann für uns nur den Gott der Götter geben, den Gott der Nähe, des Miteinander, unseren Herrn Huitzilopochtli, unseren Herrn Quetzalcóatl, unseren Herrn Tezcatlipoca!«

Die letzten Worte wurden von einer tiefen Stille aufgesogen. Von der Stille zwischen den Millionen Binsenstengeln, die sich auf den weiten Wellen des Sees hin und her wiegten. Von der Stille, die über den Mezquiten und den fleischigen Blättern der Agaven schwebte. Von der starren Stille über den Maisfeldern, über denen der Wind seinen Atem angehalten hatte. Auf ein Zeichen von Cuauhtémoc verstummten die Trommeln. Stille. Nur noch der Lauf der Sonne über dem Wasser, nur noch Tenochtitlan inmitten der Stille, nur noch die Stille, umgeben von Stille.

»Wenn am Ende der Schlacht Topiltzin und seinen Atlaqualitalli noch immer das Herz in der Brust schlägt, heißt das, daß es vorbei ist mit unserer Macht, mit unserem großen Reich ... Dann wird es aus sein mit unserem großen Geschlecht der Herren und Herrinnen des Lebens. Und die Welt, unsere Welt, wird hinstürzen und sich zertrümmert am Boden wälzen. Über der Lagune werden nie wieder Winde wehen. Und in den Bergen wird kein Schnee mehr fallen. Die Vulkane werden ihre Feuer auslöschen und für alle Zeiten stumm bleiben. Die Flüsse werden austrocknen. Und das alles, weil unser Herr Kolibri nie wieder Kriege mit tapferen Kämpfern erleben wird, die ihn verteidigen. Weil es keine tapferen Krieger und Kriegerinnen mehr geben wird, die die Sonne, unseren Vater, ernähren.

Tenocha, Söhne von Tenochtitlan, Söhne der Söhne, Söhne aller Söhne, die einst vom fernen Aztlán aufbrachen und die, der Spur der Schlangen folgend, durch Wüsten wanderten und Ameisen verzehrten, bis sie auf den Feigenkaktus mit dem Adler stießen ... Wenn wir diesen Krieg verlieren, werden unsere Töchter und unsere Söhne, die den Festschmaus der Hunde überleben, stumm und blind durch die Welt irren, ohne zu wissen, was wir einstmals gewesen sind ... Wenn wir uns wie Feiglinge gebärden, werden die Unmenschen mit der doppelten Zunge kein Erbarmen mit unseren Völkern kennen. Dann sind wir nicht einmal mehr ein Volk, das durch einen Blumenkrieg geteilt ist. Dann wird man uns wie Sandalen behandeln, wie Sklaven, wie Bauern, die für andere ihren Rücken krümmen ... Sie werden uns erniedrigen unseren Stand, unser Blut.

Frauen und Männer von México Tenochtitlan! Wenn wir die Schlacht verlieren, wird auch das Ballspiel nicht mehr uns gehören, und die Wege werden nie wieder übersät sein von Rosen für unsere Götter. Dann werden wir nur noch Sklaven sein, von Meer zu Meer, von Berg zu Berg, von Strand zu Strand, vom Wachsein bis in den Schlaf hinein, und zählen wird man uns nur, damit wir für sie Töpferwaren und Maismahlsteine herstellen und Agavenseile drehen ...

Töchter und Söhne von México Tenochtitlan! Wir dürfen

diese Schlacht nicht verlieren … Schwestern und Brüder der Nachkommen vom Ort der Reiher! Wenn wir diese Schlacht verlieren, werden wir aufhören, die Kinder der Sonne zu sein, und schon morgen wird man nicht einmal mehr in der Wüste von uns sprechen, von uns, den Tenocha, den Söhnen von México Tenochtitlan. Nicht einmal in der Wüste wird man mehr von uns sprechen!«

»Wenn Kapitän Hernán Cortés sprach, hörten ihm alle gebannt zu. Er war unsere Stimme. Manchmal sagte er verrückte Sachen, doch immer mit den gleichen, sattsam bekannten Worten: ›Auf Ehre und Gewissen … Geht, geht mit Gott!‹ Und dank dieser Ehre und diesem Gewissen zogen die Leute zu den ihnen zugesprochenen Besitztümern, und es war, als wären sie Gott selber. Die Azteken nahmen sie gefangen und brachten ihre Herzen ihrem Gott Tloque Nahuaqui dar, den sie den Herrn der Ferne und der Nähe nennen, den Herrn der Blumen, und dem sie mit größerer Ehrfurcht und Frömmigkeit begegneten, als ich sie jemals in der Kirche der Heiligen Eulalia erlebt habe, dort, in unserem gotischen Viertel von Barcelona.

Wir pflegten uns auf dem Trödelmarkt in Madrid zu treffen, in der Nähe der Plaza Mayor, um Würfel zu spielen und Leute auszunehmen, Sancho Avila und ich. Sancho war ein geschickter Würfelspieler, er spielte schon von klein auf, und seine Spielsucht war so groß, daß sie ihm zum Vor- wie zum Nachteil gereichte. Er gewann stets, und die Dummen wetteiferten mit ihm. Er war es, der dem König Moctezuma das Würfelspiel in den sieben Monaten, die dieser unser Gefangener war, beigebracht hat. ›Fahren wir in das Land der Träume‹, hatte er eines Tages zu mir gesagt. Ich aber tat, als hätte ich seine Worte nicht gehört. Ich wußte, daß das königliche Handelshaus in Sevilla nur Leute akzeptierte, die mit dem Pergament in der Hand beweisen konnten, daß sie Altchristen waren. Schon in den Schlachten des Gran Capitán hieß es: ›Neuchristen vorwärts, beweist euern Glauben‹, während die

Altchristen mit von Ruhm geschwellter Brust heimkehrten. Aber Sancho Avila führte so viele Argumente ins Feld, daß ich, anstatt in mein Barcelona zurückzukehren, ich, der ich schließlich ein Katalane war, verliebt in das Unglaubliche, nach Sevilla ging, und ich will gar nicht erst erzählen, wie es mir dort erging.

Daß einige aus dem Land der Ungläubigen reich heimkehrten, stimmte, aber es waren ihrer nicht viele. Und die Überfahrt war recht gefährlich und waghalsig. Derart, daß, als wir in Sevilla ankamen und einige gerade zu den neuen Ländern aufbrachen, ihre Angehörigen Messen lasen und Gelübde ablegten. Die Leute sagten, dort in der Ferne würden einem die Haare grau werden. Aber die Nachrichten, die aus Kuba kamen, klangen verheißungsvoll. Es hieß, jeder Soldat würde vierundzwanzig wunderschöne Frauen erhalten, die mit ihm schlafen und den Soldaten das Essen in goldenen Näpfen servierten.

Ich schreibe diese Zeilen, weil andere ein Gleiches tun. Vielleicht, daß mein Brief gelesen wird. Es ist der Brief eines katalanischen Soldaten, der niemals zu Ruhm gelangen wird, weshalb es auch nicht nottut, daß ich meinen Namen daruntersetze.

Von unserem Befehlshaber Hernán Cortés kann ich nur eins sagen: er ist der Tapfersten einer. Er war an allen Orten und ist den Indianern stets als Freund begegnet. Er hat sie für sich eingenommen und sie überzeugt. Sie taten, was er von ihnen verlangte. Die Azteken haßten und fürchteten ihn zugleich. Sie sagten, der Gott der Winde würde ihn beschützen. Es war in der Nacht, in der sie ihn hatten töten wollen. Keiner blieb am Leben. Alle wurden ins Jenseits befördert. Dies geschah im Haus der Blumen, wohin Cortés Nacht für Nacht kam, um sich mit seiner neuen Konkubine zu erquicken, der Nichte von Doña Marina. Der Überfall war wild bis aufs äußerste. Doch Cortés war gar nicht erst gekommen. In der Stadt Temiztlan überraschte der Herr der Schneckentrompete die Nacht mit der Nachricht vom Tod des Kapitäns Hernán

Cortés, doch das stimmte nicht. Das Haus der Blumen trieb ab. Als wir es fanden, sahen wir, daß es voller blutsaugender Fliegen war. Alle Spanier waren tot. Wie konnte es geschehen, daß bei dem Angriff kein einziger Indianer ums Leben kam, fragte Cortés. Es waren mehrere gestorben, aber man hatte sie in der Nacht heimlich fortgeschafft. Cortés befahl, das Haus anzuzünden. Das Haus der Blumen brannte, vom Winde getrieben, eine Stunde, bis es zu Asche wurde und seine Reste im Wasser versanken.

Jugend, ja Jugend besaß Cortés. Und Mut, wie nur wenige Soldaten in der Geschichte Kastiliens, des alten wie des neuen. Eines Tages wird er in dem größten aller spanischen Bücher stehen, neben Cäsar, Alexander, Hannibal, und mein Wort darauf, daß er es verdient.

Man mag viel Dinge über ihn und über uns sagen oder schreiben. Viel gute und schlechte Dinge. Aber etwas, was keiner jemals vergessen kann, ist, daß er der Tapfersten einer war. Ein Mann unter Männern. Der Kühnste unter den Kühnen. Es stimmt, daß er viele Indianerinnen geschwängert und einen Haufen Kinder zurückgelassen hat. Aber ebenso stimmt, daß er galant war und dieser und jener Frau als ein verliebter und guter Liebhaber begegnete.

Als für die Azteken so gut wie alles verloren war und er erfuhr, daß die Leute von Cuauhtémoc keine Träne weinten, schickte er eine Abordnung zu ihnen, um im Namen der Alten und Kranken, der Frauen und Kinder von Tenochtitlan Fürsprache zu üben, denn es gab für sie kein Entrinnen. Sie saßen in der Falle, und soviel stand fest, daß sie die Schlacht verlieren würden. Als die Ungläubigen samt und sonders in der Falle saßen, ohne Wasser, ohne Essen, als wir wußten, daß die Läuse, die wir mit unserer Armada eingeschleppt hatten, für die Indianer zu einer weiteren Plage geworden waren, da schickte er ihnen ein Friedensangebot. Und es gingen aus der Stadt die Knaben, und es gingen die kleinen Mädchen, und es gingen die kranken Greise. Doch nicht eine Frau verließ Temiztlan. Und auch kein Kind von fünf Jahren aufwärts. Sein

Herz war tief gerührt. Er war eben ein Offizier aus Kastilien und Aragón!

Ebenso achtete er darauf, daß die Syphiliskranken nicht mit den Indianerfrauen schliefen. Doch die Frauen, denen es erlaubt war, mit uns Spaniern zu verkehren, waren nur wenige; die meisten kämpften oder hielten sich versteckt. Die Krankheit, die unser Heer aus den Feldzügen des Gran Capitán mitgebracht hatte, kroch unter die Röcke der Indianerinnen. Es überkam einen das Mitleid, wenn man sah, wie sie breitbeinig herumliefen und vor Schmerzen schrien. Die Läuseplage war so gewaltig, daß sich die Indianer mitten in der großen Schlacht und inmitten der Verfolgung gegenseitig die Läuse absuchten, um sie zu essen, denn etwas anderes zu essen hatten sie nicht mehr. Das war die Stunde, in der nicht einmal mehr eine Fliege herumschwirrte, da sie auch die Fliegen aßen, so wie die Ameisen und die Schaben und die Sträucher und die Wurzeln der Bäume und schließlich die Bäume selber. Und doch haben sich die Azteken nie ergeben. Sie waren würdige Soldaten des Herrn der Blumen.

Auf den Kanarischen Inseln freundete ich mich mit anderen an, die uns auf der Reise nach Santo Domingo und darauf nach Santiago de Cuba begleiteten. Sancho Avila und ich trafen Hernán Cortés in einer Kneipe. Er hatte nicht eine einzige Münze bei sich. Er wettete und verlor, und da wollte er mit seinem scharfen Dolch auf Sancho Avila losgehen. Er mußte einfach verlieren, da es bei diesem Spiel um unser Brot und unseren Wein ging, denn wir waren völlig abgebrannt. Doch dann erfuhren wir, daß er selber so arm wie eine Truthenne war. Später begegneten wir uns wieder, am Kirchenportal nach dem Hochamt. Das war viele Monate, vielleicht auch ein Jahr später. Aber da ging er schon nicht mehr so einfach gekleidet. Am Gurt trug er den Degen und dazu seidene Kleider, Sporen. Wir lachten über ihn, weil er zwar Sporen besaß, aber kein Pferd. Und als Sancho Avila ihn danach fragte, antwortete er: ›Irgendwo wartet auf mich das Tier meines Lebens.‹ Später erfuhren wir, daß er sich mit dem

Statthalter Diego Velázquez angefreundet und mit ihm Geschäfte gemacht hatte. Hernán Cortés, der bis dahin noch nie an einer Schlacht teilgenommen hatte, sah sich plötzlich als Befehlshaber von Offizieren, die hohes Ansehen besaßen, und von einem Nachmittag zum anderen wurde aus ihm unser Kapitän und später unser Oberbefehlshaber und Oberster Richter. Ein Verwegener unter Verwegenen, das war und ist Hernán Cortés. Eines Tages werde ich in das Land meines Gebieters, des Grafen von Barcelona, zurückkehren, und dann, wenn ich schon alt bin, werde ich zu meinen Söhnen sagen: ›Ich war Soldat unter Hernán Cortés!‹ Und wenn ich auch keinen Schild mit goldenem und silbernem Wappen besitze, weder mit halben noch mit ganzen Monden, weder mit Türmen noch mit Schlössern, werde ich doch voller Stolz durch die Straßen von Barcelona laufen und allen erzählen, daß ich als Soldat bei Hernán Cortés gedient habe. Der Beweis sind meine Wunde und die Kinder, die ich ausgestreut im Land des Zaubers zurückgelassen habe, in México Tenochtitlan. Das werde ich sagen. Und von einer Seite der Ramblas zur anderen, von unten nach oben, werden die, die mich vorübergehen sehen, sagen: ›Da geht er … Er war Soldat unter Hernán Cortés.‹ Sie werden nicht sagen, daß ich Soldat ihrer hochheiligen Majestäten gewesen bin, sondern Soldat von Hernán Cortés, jenem Hernán Cortés, der México Tenochtitlan belagerte. Werde ich am Leben bleiben, um es zu erzählen? Wieder und wieder stelle ich mir die Frage: Werde ich dann noch am Leben sein? Denn noch nie hat es ein Heer wie das von México Tenochtitlan gegeben. Es sind Krieger, die zum Sterben gemacht sind. Nicht um zu siegen, sondern um zu sterben. Und die noch kämpfen, wenn sie schon im Sterben liegen.

Ich will nun Erinnerungen an Menschen festhalten, mit denen ich seit Sevilla zusammengewesen bin. Da sind Diego de Ordaz und seine Frau Francisca. Andrés de Mojarraz, der krank aus dem Land der Mauren zurückkam und die Indianerinnen mit seiner Syphilis ansteckte; er hat so manche Indianerfrau vergewaltigt und starb auf dem Weg nach México. Dann eine hübsche Frau, La Bermuda geheißen, die vom Pferd aus zu kämpfen verstand. María Gómez, die Frau von Vegel, eine geschickte Schwertkämpferin. Man müßte eine ganze Seite über Isabel Rodríguez schreiben, ein altes Weib und Frau eines alten Soldaten namens Guadalupe, die auf den Brücken von Tacuba ausrief: ›Wir spanischen Frauen sind hier, um an der Seite unserer Männer zu kämpfen und nicht nur, um Kinder zu gebären.‹ Sie starb im Kampf auf den Brücken von Tenochtitlan, gemeinsam mit Maria Hernández, die ebenfalls nicht mehr die Jüngste war, der Frau des reichen Händlers Juan Cáceres. Und jene kubanische Indianerin aus Bayamo, die an der Seite ihres verwundeten Mannes Alonso de Pérez starb. Er bat sie um Vergebung, weil er sie eines Tages gegen ein Fohlen, das Hernán Cortés gehörte, hatte eintauschen wollen.

Manchmal denke ich, es fehlt die letzte Schlacht. Kapitän Hernán Cortés sagt, daß wir gewinnen werden. Werden wir wirklich gewinnen? Meine Freunde, die ich aus den Spelunken von Sevilla her kannte, wo wir gemeinsam unseren Wein tranken, sind gestorben und von mir gegangen. Ojeda, der nur noch mit dem linken Auge sehen konnte, was ihn aber nicht daran hinderte, ausgezeichnet mit der Arkebuse zu schießen. Villalobos, der sich von uns entfernte, um sein Gold nahe dem Weg unter Steinen zu verstecken. Er markierte die Stelle, denn eines Tages, so sagte er, würde Frieden sein und dann wollte er hierher zurückkehren. Aber er kehrte nie wieder zurück, und das Gold blieb für immer dort versteckt, unter den Steinen am Weg. Der Dicke aus Valladolid, ein gewandter Degenfechter und nicht minder gewandt im Umgang mit dem Wurfspeer und der Armbrust. Die Azteken nahmen ihn gefangen und mißhandelten ihn, bevor sie ihn töteten. Alonso de Barrientos, der den Tod fand, als er in der traurigen Nacht der Spanier den Frauen bei ihrer Flucht Schutz bot. Pedro und Martín Jiménez, zwei sich phantasiereich kleidende, bartlose, junge Männer, die nur eins wollten, Rosen pflanzen. ›Die

Rosen in Mexiko sind klein und welk‹, sagten sie. ›Eines Tages werden wir Rosen aus Kastilien hierher bringen.‹ Doch dann stürzten sie in eine Tigerfalle und wurden lebend gefangengenommen. Die Schreie, die sie ausstießen, als sie zum Tempel geführt wurden, zerrissen einem das Herz, denn beide waren noch so jung und hingen so sehr am Leben. Betrübt denke ich an den Tod dieser zwei Jünglinge, die nur mit dem einen Wunsch in dieses Land gekommen waren, Rosen zu pflanzen. In Kuba war ich recht gut mit Fray Bartolomé de Olmedo und Juan Díaz befreundet. Letzterer war damals noch nicht der Henker und Inquisitor von heute. Sancho Avila … mein guter Freund Sancho Avila, er tat in der bewußten Nacht seinen Dienst im Haus der Blumen. Luis Alonso und Cieza, zwei Männer aus meiner Nachbarschaft in Madrid. Beide waren Berater des Heeres von Tlaxcala und erlernten Nahua, die Sprache der Indianer. Juan mit den dunklen Augenringen, sein Auge hatte eine Hornhauttrübung, die ihm die aztekischen Medizinfrauen kurierten, bevor er getötet wurde. Auch Juan Cedeño war mir ein guter Freund. Ich schenkte ihm ein paar von den Perlen, die ich mir vom Schatz des Moctezuma genommen hatte, und er gab mir dafür einige Sachen, die er auf einem Schiff mitgebracht hatte, das Wein, Lebensmittel, Speck und Weizen zum Mahlen geladen hatte. Auch Galleguillo, der kleinste der Soldaten von Hernán Cortés, war mein Freund. Und Enrique, der ein halber Dichter war, ein wunderbarer Geschichtenerzähler. Er konnte nicht weiter vor Erschöpfung und blieb auf dem Weg zurück, wo ihn die Azteken überfielen. Sebastián Rodríguez, der Trompeter, der das Signal zum Angriff gab, gleich nach Hernán Cortés. Dann der Lizentiat Escobar, unser Chirurg, den die Medizinkunst der Azteken mehr als einmal in Erstaunen versetzte. Nie wieder habe ich etwas von Porras erfahren, einem rotblonden Soldaten. Er war ein ausgezeichneter Sänger, einer, der sein Instrument vortrefflich beherrschte, und ein wunderbarer Tänzer war er dazu. Er war der erste, der die rote Soße der Indianer, dieses Chillizeug, trank, als wäre es Wein.

Porras sagte, auf der Rückfahrt nach Sevilla würde er ein paar Fässer Chapopotli mitnehmen. Das ist das schwarze Öl, das die Indianer verwenden. Er war voller Zuversicht, daß er mit Hilfe des Öls in der Nacht alle Städte Spaniens erhellen könnte. Nicht anders tun es die Ungläubigen, wenn es Nacht wird. Porras wußte, wovon er redete, denn er war sieben Jahre lang Nachtwächter in den Straßen von Segovia gewesen. Auch wußte er als erster, daß das Bohnenkraut genießbar war. Eine wohlgenährte Indianerin, die seine Sklavin war, hatte es ihm gezeigt.

Hier, von der Stelle aus, wo ich mich befinde, habe ich heute die aztekischen Priester vorbeigehen sehen. Sie trugen Papiertaschen bei sich, aus denen sie Gebete verteilten. Und von hier aus höre ich auch den donnernden Kriegsruf: ›Eaa, eaa, anquila, mia bula, bien!!!‹

Man bereitet sich auf eine neue Schlacht vor … Und hier beende ich meinen Brief. Wozu ihn unterschreiben? Ich bin ein Soldat unter Hernán Cortés.«

XXVI

Hernán Cortés hatte zu dem Priester Juan Diaz gesagt: »Richtet sie hübsch aus und daß Gott uns erhöre!«

Die feierliche Messe fand auf einem der Plätze in der Umgebung von Texcoco statt. In der Nähe der großen Plattform waren die Offiziere versammelt. Die hohen Hauptleute aus Tlaxcala, Huexotzinco, Cholula und auch Ixtlixóchitl selbst schienen sehr interessiert zu sein an der für sie neuen Religion, der Religion der Christen. Nach dem est misa est forderte Hernán Cortés seine Offiziere und Verbündeten zu einer festlichen Parade auf. Jede der Ortschaften, die gegen Tenochtitlan kämpften, hatte gesondert Aufstellung genommen. Sie unterschieden sich durch ihre Kleidung und Standarten und den prachtvollen Kriegsschmuck ihrer Häuptlinge. Cortés ließ sich auf einer besonderen Sitzbank nieder. Gleich daneben hatte Fray Bartolomé de Olmedo am Morgen dieses Tages die Taufe mehrerer verbündeter Häuptlinge vorgenommen. Die Männer aus Kastilien und Aragón befanden sich im Vergleich zu der außerordentlichen Streitmacht der Feinde von Tenochtitlan in der Minderheit. Cortés erteilte Befehle.

»Ihr, Hauptmann Juan Rodríguez Villafuerte, kümmert Euch um die Schiffe. Dazu gebe ich Euch diese tapferen Schiffer, Männer, die auf den Gewässern von Texcoco zu Hause sind und die Euch mit tausend Booten für jede Brigantine beschützen werden. Euch und Euren Offizieren stehen je Brigantine dreiundzwanzig Männer zur Verfügung und die Kanonen, die dazu gehören. Den Schutz der Brigantinen übernimmt Don Fernando de Ixtlixóchitl, der Herr von Texcoco …«

Der Genannte strahlte, als er seinen neuen Namen Don Fernando hörte, und schaute glücklich auf die anderen verbündeten Anführer, die ebenfalls nach der Messe in einem feierlichen Akt getauft worden waren. Don Felipe, Don Carlos, Don Santiago, Don Pedro, Don Miguel, Don Jose, Don Juan, Doña Rita Rosa, Don Cosme, Doña Adelia.

»Euch, Hauptmann Don Fernando de Texcoco, erteile ich den Befehl, mit Euern sechzehntausend Booten dafür zu sorgen, daß die Brigantinen sicheres und gutes Geleit haben und die Boote der Krieger aus Tenochtitlan nicht an sie herankommen.

Nun zu Euch, Don Pedro de Alvarado, Ihr rückt mit einem Trupp von dreißig Pferden und hundertsiebzig spanischen Soldaten sowie mit tausend Kriegern aus Otumba und Tolanzinco vor. Euch zur Seite stelle ich diese tapferen Krieger, auf die Ihr in allem voll vertrauen könnt«, sagte Cortés und wies auf zwei edle Herren, die bis vor einer Stunde noch Quahtliztacatzin und Chinchincuatzin geheißen hatten und die mit der ganzen Pracht und Herrlichkeit herausgeputzt waren, wie sie den Nahua-Kriegern eigen war.

»Euch, Hauptmann«, wandte sich Hernán Cortés an Cristóbal de Olid, »werden dreißig Pferde, hundertachtzig spanische Soldaten und dreißigtausend Männer dieses Häuptlings, der zu unseren Freunden zählt, begleiten«, und dabei wies er auf den Herrn Tletellahuehuequetquitzin. Dann richtete er seine Augen auf Gonzalo de Sandoval:

»Ihr, Hauptmann, bekommt dreiundzwanzig Pferde, hundertsiebzig spanische Soldaten und zwei Kanonen. Die tapferen Häuptlinge von Cholula, Chalco und Huexotzinco mit ihren Tausenden von Kriegern unter dem Befehl des Häuptlings Ahuaxpictotitzin werden Euch begleiten.«

Die genannten spanischen Soldaten stellten sich neben den aufgerufenen Kriegstruppen auf. Hernán Cortés war zufrieden; das Heer der Feinde von México Tenochtitlan reichte bis zum fernen Horizont. Er gab den drei Hauptleuten von Tlaxcala, die ihn begleiteten, das Zeichen zum Aufbruch.

»Ich setze mich an die Spitze und reite Euch auf dem Dammweg von Ixtapalapa voran«, sagte er zum Schluß.

In diesem Augenblick knieten die spanischen Soldaten nieder, der Priester Juan Díaz schlug das Zeichen des heiligen Kreuzes. Auch Don Fernando de Ixtlixóchitl kniete ehrfurchtsvoll nieder. Er empfing seinen Segen wie jemand, der ganz besessen war von dem neuen Glauben, der nun seine Seele erfüllte und ihn dazu brachte, einige Tage später zu seiner Mutter zu sagen: »Mutter, wenn du keine Christin wirst, werde ich befehlen, daß man dir den Kopf abschlägt!«

Die obersten Anführer der Feinde von Tenochtitlan waren ebenso wie die spanischen Hauptleute mit Toledoschwertern ausgerüstet, die sie in der rechten Hand hielten.

Vor ihnen lag México Tenochtitlan ... Von weitem sah es aus, als triebe es still auf den Wellen der Lagune. Cortés stand auf der Altarplattform, von der aus die Messe zelebriert worden war, und blickte auf das riesige Heer.

»Im Namen unseres Imperators Carlos I. von Spanien und Karl V. von Deutschland und seiner hochgeliebten Mutter Doña Juana von Kastilien und Aragón sage ich, Hernán Cortés, Oberster Richter und Generalkapitän aller Länder von

Neuspanien, daß dort vorn Ruhm und Ehre auf uns warten. Versäumen wir nicht die einzigartige Gelegenheit, dem Herrn von Kastilien und Aragón, dessen Unterpfand und Ehre ihr verkörpert, zu Glanz und Ruhm zu verhelfen.

Dort vorn sind die Bestien, die zu Bösem Geborenen, die Kinder der Hölle, die sich wie Schlangen unter den Agaven verbergen. Doch unser Herr und Schutzpatron, der heilige Santiago, der in seinem Wohlwollen nicht zugelassen hat, daß wir gestern zugrunde gingen, wird auch heute, morgen und übermorgen dafür sorgen, daß wir nicht untergehen ... Diese Schlacht gleicht nicht den anderen, in denen wir unser Leben aufs Spiel setzten. Dort vorn erwarten uns ewiger Ruhm oder elendes Vergessen. Offiziere und Soldaten des unbesiegbaren Heeres von Kastilien und Aragón ... Vorwärts ...! Vorwärts Spanien, schlag drein!«

Und wie Hernán Cortés geplant hatte, schwärmte das riesige Heer, zu dem sich die Feinde von Tenochtitlan zusammengeschlossen hatten, wie abgesprochen auf den vorgegebenen und unter den Offizieren aufgeteilten Wegen aus. Die einen rückten auf der Straße von Ixtapalapa vor, die anderen Richtung Coyoacan und wieder andere nach Xochimilco. Doch für alle lautete der Marschbefehl gleich: Auf nach Tenochtitlan! Es ertönten die spanischen Trommeln und Hörner. Zu ihnen gesellten sich die Schneckentrompeten aus Tlaxcala. Der Klang der Trompeten aus Texcoco stieg bis in den Himmel. Leuchtend flatterten im Winde die Kriegsstandarten, ein Fahnenmeer aller Farben und Größen, so zahlreich wie die Orte, die gegen Tenochtitlan ins Feld zogen. Fröhlich tanzten die Krieger den Tanz der Schlange. Die Offiziere ließen ihre Pferde tänzeln, die an den Fesseln Schellen trugen. Und allen voran wehte die neue Flagge Spaniens. Hernán Cortés' Fahne, die von einem Fähnrich geschickt geschwenkt wurde. Jeder Soldat trug zu seinem Schutz einen baumwollenen Brustpanzer, auch die Pferde waren gegen die neuen Lanzen der aztekischen Krieger gut geschützt. Ihre Schritte wirbelten den Staub von den Wegen auf.

Man hatte ihnen den Weg gewiesen und zu ihnen gesagt: »Das ist der Azteke, der Vernichter, der Zerstörer, der andere zu seinen Sklaven macht und dem geradlinige Wege fremd sind; der Stiche versetzt wie die Früchte des Feigenkaktus – der Gehaßte. Der Azteke, der Tenocha, der von Tlacopan her gekommen ist und in Tlatelolco, in Tenochtitlan und Texcoco wohnt – der Gehaßte. Der Tenocha, der das Wasser der Flüsse staut und den Flüssen eine andere Richtung gibt, sie anhält, sie zurückfließen läßt, sie aufstaut. Und der alle zweiundfünfzig Jahre die Tempel zerstört, die so hoch sind, daß sie an den Himmel reichen, um sie von neuem zu errichten. Der Azteke, der von unserem Blut lebt und vom Blut unserer tapferen Krieger, unserer Jünglinge und unserer hübschen Mädchen. Er, der ewige Sieger der Blumenkriege. Er, der leicht weite Strecken läuft – der Azteke. Der Tenocha, der Gehaßte.«

Inmitten des Hasses kamen sie zur Welt. Und wuchsen auf inmitten des Hasses. Man lehrte sie den Haß, bevor sie lernten, in Sandalen zu gehen. Und als Hernán Cortés kam, sagte er zu ihnen: »Wir bringen den Völkern die Freiheit. Es wird keine Grenzen mehr geben, dafür aber Kakao- und Baumwollblüten für alle.«

Als die Männer aus Kastilien und Aragón das Land am Meer erreichten, das sie später Yucatán nennen sollten, stießen sie auf vieles, was ihnen fremd war. Unter anderem trafen sie eine Frau, die weder von dort stammte noch vom Inneren des Landes, noch von außen. Sie redete in der Sprache der Leute von Santo Domingo und Kuba. Sie war mit ihrem Mann zum Fischen aufs Meer gefahren und von den starken Stürmen abgetrieben worden, hin zum Land der Maya. Jene Frau aus Kuba erzählte den Spaniern alles, was sie über die Orte wußte, die von ihnen die Gebiete der Yukateken genannt wurden, und über Mexiko und über México Tenochtitlan.

Hernán Cortés nahm einen Agavendorn und einen Dorn vom Feigenkaktus und stach damit den Leuten ins Herz.

»Wir werden euch Brüder nennen und Kinder Gottes, Brüder unserer hochheiligen Jungfrau, die uns beschirmt und beschützt.« Und so kam es, daß sie leichten Fußes und schnell ausschritten; und stark, wie sie waren, kämpften sie an der Seite von Hernán Cortés. Es waren ihrer viele, und sie waren sehr tapfer und sehr weise; doch als sie erwachten, war es bereits zu spät. Die Standarte der Azteken lag am Boden wie hingeworfen, wie zerrissen, als hätten die stinkenden Gewässer der Lagune von Tenochtitlan sie hinweggeschwemmt. So viele Körner ein Maiskolben zählt, so viele Soldaten zählten die Kastilianer, die Leute aus Aragón, die anderen aber, das waren Heerscharen von Kriegern. Kampferprobte Männer und Frauen.

Die Schöpfer der großen Bücher hatten es geschrieben. Und man konnte es auch aus den farbigen Knoten lesen; der dunkelviolette Knoten sagte es und der blaue, der grüne und der violette, der gelbe und der schwarze … Da, zwischen den Knoten, stand die Zerstörung von México Tenochtitlan. Nicht anders in den Büchern, in denen geschrieben stand, daß Tenochtitlan eines Tages von den Stürmen hinweggefegt sein würde, von hier bis zum Land der Sonne.

Manchmal, bei Nacht, frage ich mich: Und was, wenn die Bücher die Wahrheit sagen und es der Wille des Gottes der Götter ist, daß Tenochtitlan und Texcoco Tag für Tag vom Wind heimgesucht werden? Was würde aus dem vielen Wasser werden? Daß wir vom Antlitz der Erde verschwinden würden, das erschütterte mich nicht. Wir werden geboren, um zu sterben. Aber das viele Wasser, wohin würde es getrieben? Nie habe ich die Prophezeiung verstehen können, daß einmal der Tag kommen würde, an dem man dort, wo sich der große Texcoco-See befand, säen und ernten und die Straßen säubern würde.

Hernán Cortés kam allein. Allein mit seiner Scham eines fliehenden Mannes. Allein mit seinem Herzen. Allein mit einer Handvoll tapferer Soldaten, die immer und zu allem ja sagten. Aber nicht sie waren es, die México Tenochtitlan zerstörten. Nicht sie, die Kastilianer und Aragonier, demütigten die Bewohner von Tenochtitlan, Texcoco und Tlacopan. Um das zu tun, waren sie nicht geboren, und sie taten es auch nicht. Denn sie zählten weniger Leute als Körner an einem Maiskolben. Die den Krieg gegen Tenochtitlan gewinnen sollten, waren von Quetzalcóatl geschickt, und die Gesandten von Quetzalcóatl kamen genauso, wie es unsere Bücher verkündeten. Sie kamen vom Norden, vom Süden, vom Osten, vom Westen. Sie kamen, weil sie von klein auf in ihrem Kriegerherzen den Stachel des Hasses fühlten. Sie kamen nicht im Gefolge der Spanier und ihrer Spuren, sondern auf dem Weg der Götter durch die Luft. Sie gingen auf dem Pfad Gottes. Dies war die Spur Gottes, des Gottes der Götter, des Herrn der Blumen. Jene, die Tenochtitlan zerstörten, den Krieg gewannen, den Göttern auf dem Weg folgten und die Belagerung von Tenochtitlan entfesselten, waren die Namensträger von Adler-, Jaguar-, Kojote-, Ozelot-, Eidechsen-Kriegern; Frauen des Krieges, Männer des Krieges.

Niemals hätte Hernán Cortés den Hauptstoß führen können. Tenochtitlan einzunehmen, die Festung im See, war nicht möglich. Weder auf dem Land noch auf dem Wasser. In einem uralten Buch aus der Bibliothek von Nezahualcóyotl stand. »Die Sieger über Tenochtitlan werden durch die Luft kommen.« Wie die Heuschrecken, die mit der Sonne kommen. Die Heuschrecken, die sich auf die Ernten von Tenochtitlan so verheerend ausgewirkt haben und die dieses Jahr nicht gekommen sind.

Wie schade, daß die Heuschrecken gerade dann ausblieben, als man sie herbeisehnte. Die Kinder, die alten Männer, die alten Frauen, die Mädchen, die Krieger und Kriegerinnen, sie alle hätten gebratene Heuschrecken essen können.

Als erstes galt es, die große Stadt México Tenochtitlan von allen Seiten abzuriegeln. Aber es war nicht damit getan, die vier Wege abzusperren und die Dammwege zu zerstören. Die Stadt auf der Insel dehnte sich viel weiter als fünf der größten Städte zusammen, aus denen die Spanier gekommen waren. Der Texcoco-See maß tausend Qaudratkilometer. Die Spanier konnten das nie und nimmer schaffen. Nicht die Kastilianer, nicht die Aragonier. Allein die Mexikaner waren dazu imstande. Sie umkreisten den großen See von Texcoco und töteten jeden, der mit dem Boot nach Tenochtitlan wollte. Und so gut wie tot war auch jeder, der versuchte, Tenochtitlan zu verlassen. Keiner konnte hinaus. Keinen hinein. Zu den Verteidigern der Stadt gehörten die Kriegerinnen von Matla, die Krieger von Cuauhtémoc und die Krieger von Coanacotzin, dem Herrscher von Texcoco, der fern seiner Stadt in Tenochtitlan Zuflucht gefunden hatte.

Nachdem Totoquiahuatzin, der Herrscher von Tlacopan, an der verheerenden Krankheit der Spanier gestorben war, wurde Tetlepanequetzaltzin als sein Nachfolger bestimmt, ein Tapferer unter Tapferen. Der neue Herrscher von Tlacopan organisierte die Versorgung von Tenochtitlan, die bei Nacht erfolgte, wenn der Nebel sich über dem See ausbreitete und seine Krieger mit zehntausend Booten noch unentdeckt die Zufahrtskanäle passieren konnten, bis die Feinde rund um den Texcoco-See Stellung bezogen und alle fünfzig Meter Schanzen errichteten. Sie kämpften bis zum Ende der großen Schlacht um das belagerte Tenochtitlan. Und am Ende zogen selbst die mit Cuauhtémoc befreundeten Herren gegen ihn zu Felde. Sie hatten ein Gesicht und einen Namen, waren sehr wohl bekannt. Sie, die man die Tapferen nannte, führten die Schlacht gegen die große Stadt Tenochtitlan. Sie, die Herren Acamayotzin, Axotecatl, Quetzalpocatzin. Und Ahuaxpiczactzin, ein überaus tapferer Mann aus Texcoco und Bruder von Ixtlixóchitl. Und desgleichen der Herr Apayancatl und der Herr Tecuachcactli. Und auch Axoquentzin, der Herr von Tizatlan, dem Ort der Kreide. Von hier wurde die Kreide geholt, mit der man den Krieg erklärte, die Maisfelder düngte, die Wege markierte, die Feinde bestrich. Ferner Xicacuenotzin, der Neffe des Herrschers von Texcoco, der die Leute von Otumba um Hilfe ersuchte und der zerstückelt wurde. Coztemix, gebürtig aus der Stadt Ixtapalapa, der die Verschwörungen und die gegen Hernán Cortés ersonnenen Hinterhalte aufzeichnete und sie an ihn weitergab. Cuitlizcatl, Chiahuatecolotzin und Chichicuaotzin, der Cortés in Tizatlan ebenfalls mit offenen Armen aufnahm. Chicomecatl, der Herr von Zempoala, dessen Heer bis zum Schluß bei der Belagerung der Stadt dabei war. Chichimecatecuhtli, der große Heerführer der Huexotzinca, der in Augenblicken der Gefahr Cortés' rechte Hand wurde. Chichinquatzin, der Schuld hatte an der Nacht von Chalco, an seinem Klagen gegen die Brüder von Tenochtitlan. Der Herr Chicuacen; der Häuptling von Chalco, Chopololazcatzin, der Tenochtitlan den Rücken kehrte. Ecatecolotl, Herr der Herren von Chalco. Huitzilíhuitl, der Herr der Huetzonzinca. Ixonauhquitecuhtli, der von seinem Sitz in Tetlipac aus den Spaniern stets seine Hilfe gewährte. Ixquitecatl, der Herr des Hauses von Quahuiztlan. Itzcoquahtzin, der nach der Einnahme von Tlacopan an der Seite von Kastiliens Söhnen kämpfte. Tlacatecuhtli und Chichiquelitzin, die von dem Herrn Mexicatzin geschickt wurden, um Cortés bis zum Schluß zu unterstützen. Mecacatcatl, Herr der Huexotzinca. Mexitzincotzin, die rechte Hand von Hauptmann Olid in Chalco. Michcuatecuhtli, Herr der Kriegsherren, Mitizlimatzin und Nequametzin, der Herr von Chalco, der sich von Tenochtitlan abwandte. Ocelotzin, der jüngere Bruder von Xicoténcatl, der sich nach der Verbrennung seines Bruders dem Spanier anschloß und gemeinsam mit Octomaxtli Cortés bat, die Stadt Tlaxcala zu besuchen. Quanatecatl, dem es gefiel, Hernán Cortés kostbare Geschenke zu machen. Quauhtlizcatzin, der Bruder des Kriegsherrn Ixtlixóchitl, der alles tat, um Hauptmann Sandoval in Tlatelolco das Leben zu retten. Quauhtonatiuxtzin, der große Freund von Hernán Cortés, der später seinen Namen änderte und sich Don Ricardo nannte. Quiquicatzin, der Cortés die Freundschaft seines Bruders Coanacotzin, des Herrschers von Texcoco, anbot, worauf sein Bruder befahl, ihn zu töten. Tecocolotzin, der Bruder von Cacamatzin, den die Spanien auf den Namen Don Fernando tauften und der an den Pocken starb. Tecuacaotli, der Cortés bat, ihm beim Kampf gegen die Tenocha zu helfen. Techoltzin, der Tapfersten einer, der in eine Falle ging und von den

Azteken gefangengenommen wurde. Die Frau, die ihn liebte, befreite ihn und wurde bei lebendigem Leib verbrannt, weil sie ihm bei der Flucht geholfen hatte. Sie hieß Teoxóchitl, Blume Gottes, und war sehr schön. Tenamax Cuicultzin, der Herr der Ufer des Texcoco-Sees während all der Monate der Belagerung.

Die Herren Tequitlato hatten in dem berühmten Buch der Tolteken, dem Teaomaxtli, gelesen, daß sich dereinst Brüder gegen Brüder wenden und die Menschen mit einem Gesicht, das nach vorn, und mit einem anderen, das nach hinten zeigte, herumlaufen würden, so wie bei den großen Festen, dem Kleinen Herrenfest und dem Großen Herrenfest, bei denen die Tänzer eine Maske vor dem Gesicht und eine andere auf dem Hinterkopf trugen.

Gegen Tenochtitlan kämpften auch Tepilzacatzin und, Weh über Weh, Tetlahuehuezquititzin, der Herrscher von Texcoco, der drittälteste Sohn von Nezahualpilli, der Cortés Unmengen Gold schenkte, sehr zur Freude seiner Soldaten, und der glaubte, daß allein mit den neuen Herren unendlicher Frieden einziehen würde. Und weiter Tatzauhqualquillitlalatepanecatl, der goße Herr der Herren, das Oberhaupt von Chalco, der dem Herzen von Tenochtitlan einen tiefen Schmerz zufügte, als er in der letzten Woche des Kampfes die Leute aus Chalco gegen ihre Brüder führte. Und Teyanquiztlatoatzin, der Herr des Krieges. Und Tianquiztlatoatzin, der Krieger von Tepeyac, der Hernán Cortés bei der Belagerung von Tepeyac zur Seite stehen sollte, wo alle bei der Verteidigung des Ortes sterben und ihr Blut das Wasser des Sees rot färben würde. Tlatecatecatzin, der mit Hernán Cortés ging, um Hauptmann Olid zu helfen. Die Herren Tlacpanquizcatzin und Tlahihuitztli und Totomihuatzin, der Herr von Chalco, der den Kämpfern folgte, die von Tozquencoyotzin angeführt wurden. Der Herr Tzicuhcuatl, der alle geschickten Handwerker des Viertels von Tlailotlaque zur Arbeit zwang, sie, die Herren der Waffenschmiede und der Lanzen …

Doch wozu all die Namen der großen Krieger aufzählen,

die bei der letzten Schlacht gegen Tlacohitonatiuh dabei waren? Gegen Tlacohitonatiuh, Sonne der Erde, wie die große Stadt Tenochtitlan auch genannt wurde, seit ein einstiger in die Sprache verliebter Herrscher, befohlen hatte, daß man in allen Gegenden nur Náhua sprechen sollte. Und dies taten sie auf Befehl von Techotlatzin. Sie, die Herren der Sonne; sie, die Kanäle des Sees; sie, die Ufer des Flusses; sie, Spielzeuge des Windes; sie, Flügel des Kolibris; sie, Schwerter aus Obsidian; sie, Licht der Morgenröte; sie, Nebel der Nacht; die Herren Ozelot, die Herren Adler, die Herren Schlange, die Herren Rote Wolke, die Herren Schaum vom Land der Sonne; sie, die von fern, sie, die von nah, sie, die von Kindesbeinen an gelernt hatten, sich zu verteidigen und keine Angst zu haben und wußten, daß in jedem Azteken das Herz des Gottes für den Gott der Götter saß. Sie, die die doppelzüngige Rede des Hernán Cortés hörten, der ihnen die Geschichte von der einzigen Umarmung erzählte, von dem einzigen kleinen Tropfen für die Brunnen, so wie die Zweige ein und desselben Baumes und die Sterne ein und desselben Himmels und die Töne ein und derselben Flöte und der Klang ein und derselben Schneckentrompete und die Adler aus ein und demselben Nest, so wie das Rot des Achiote auf den Gesichtern der schönen Frauen, so wie ein Hemdgewand, das ihre Brüste bedeckte, auch wenn es ihrem Rang nicht zukam; so wie jene, die ihm unter dem Mantel der Jungfrau von Río del Lobo zuhörten, dort, bei den Ufern des Guadalquivir, unter dem Mantel unserer neuen Herrin von Mexiko.

Nach Cuepopa, zu dem Ort, da die Blumen ihre Blüten öffneten, dorthin schickte Cuauhtémoc Matla. Sie sollte verhindern, daß die Hunde und ihre Freunde über jenen Ort nach Tenochtitlan gelangten. Tetlepanequetzaltzin schlug mit seinen Kriegern den Weg nach Moyotlán ein, dem Ort, wo sich die Stechmücke vermehrte. Mayehuatzin, der Herr der Ortschaft Cuitláhuac, übernahm das Heer, das Aztacalco bewachen sollte, dort, wo die Reiher nisteten. Coanacotzin kümmerte sich darum, daß niemand das Tor von Teopan erreichte, dem Ort der Götter. Cuauhtémoc, der Herrscher von Meer zu Meer, überwachte den Deich in seiner ganzen Ausdehnung. Es war ein riesiger Dammweg mitten im Wasser. Er war zehn Meter breit und fünfzehn Kilometer lang und trennte die große Lagune von Tenochtitlan von dem Salzwasser des Texcoco-Sees. Kein Mensch hatte je solch ein Bauwerk gesehen. Nach Errichtung des Deiches hatte man den Lauf der Flüsse umgelenkt, damit das frische Wasser in die große Lagune von Tenochtitlan strömen konnte. Mit der Zeit wurde das Wasser immer sauberer. Dann kamen die starken Regenfälle, und das Wasser wurde noch reiner. Der Deich nagte so weit über das Wasser hinaus, daß nicht einmal die starken Stürme, die die Oberfläche des Sees peitschten, es schafften, das Salzwasser von Texcoco in die Süßwasser-Lagune von Tenochtitlan zu treiben.

Als die Hunde ihre Schiffe in den See ließen, errieten die Lagunenbewohner die strategische Absicht. Sie begriffen, daß es ihnen ein leichtes sein würde, den Krieg selbst noch in den Höfen der Häuser von Tenochtitlan zu führen, falls sie es schafften, über den Deich zu setzen. Cuauhtémoc ließ den Deich in seiner ganzen Länge von Tausenden Booten bewachen, in denen ausgewählte Krieger saßen. In den Straßen von Tenochtitlan baute man Fallen für die großen Hirsche. Überall wurden Wälle und falsche Tore errichtet. Aztekische Kanoniere, die spanische Offiziere, bevor sie den Göttern geopfert wurden, eingewiesen hatten, feuerten Kanonen auf die Boote ab und erprobten auf diese Weise die Durchschlagkraft der Geschosse. Man verstärkte die Verschanzung der Boote, damit die Kugeln ihnen nichts anhaben konnten. Auch die Bordkante wurde höher, damit die Armbrüste und Arkebusen sie nicht treffen konnten. Von weitem wirkten die Brigantinen furchterregend, von nahem glichen sie tapsenden Kindern. Als man soweit war, ließen junge Krieger und Kriegerinnen farbige Rauchschwaden über der Stadt aufsteigen.

Häuptling Ixtlixóchitl wies mit dem Schwert auf den farbigen Rauch, der von den Tempeln der Stadt Tenochtitlan aufstieg. Gleich Vulkanausbrüchen schossen die Rauchschwaden in die Höhe; rote, gelbe, grüne, malvenfarbene, violette, helle, blaue Rauchzeichen aller Farben. Mitunter gingen die Farben ineinander über. Als der Anführer aus Texcoco feststellte, daß es Zahlen waren, die sie in den Himmel schrieben, rief er einen Tequitlato herbei.

»Sie wissen, wie viele wir sind.«

Außerhalb der Stadt jedoch sah man von keinem Hügel Farbspiralen aufsteigen. Da begriff Ixtlixóchitl, daß die Drohung von Hernán Cortés ihre Wirkung nicht verfehlt hatte. Cortés hatte Abordnungen in alle Ortschaften geschickt, die im Umkreis des Sees lagen, und sie die Warnung überbringen lassen. »Wer den Azteken Hilfe leistet, ist ein toter Mann!« Tage zuvor hatte es unter den spanischen Soldaten zahlreiche Tote gegeben. Man nahm an, daß sie sich nachts mit Mädchen getroffen hatten, die zum Heer von Tenochtitlan gehörten und zum anderen Ufer geschwommen waren. Hier hatten sie die spanischen Soldaten zunächst verführt und danach getötet. Einmal geschah dies am Morgen, ein anderes Mal am Abend und dreimal in einer einzigen Nacht. Doch da kam Hernán Cortés in den kleinen Ort, in dem sich die Vorfälle ereignet hatten, und schnappte sich zehn Einwohner. Fünfen schlug er die Hände ab, fünfen die Füße.

»Für jeden spanischen Soldaten, der an irgendeinem Ort ohne stichhaltigen Grund tot aufgefunden wird, werde ich zwanzig Indianern die Zunge mit glühendem Eisen verbrennen und ihnen die Hände abschlagen lassen.«

Nie wieder machten die Kriegerinnen von Tenochtitlan in der Umgebung von Texcoco Jagd auf Spanier.

»Sie wissen, wie viele wir sind …«, sagte Ixtlixóchitl. Er befahl, von allen Ufern des weiten Sees ebenfalls Rauchspiralen in den Himmel zu schicken, damit die Tenocha erfuhren, wie stark die Zahl ihrer Gegner war.

»Es macht nichts, daß Tenochtitlan zweihundenttausend

Feuer hat; wir sind noch mehr. Auf einen von ihnen kommen fünf von uns, Kapitän.«

Hernán Cortés nahm diese Nachricht wohlgefällig auf und kümmerte sich darum, welche Stellung die Brigantinen am ersten Tag des Angriffs einnehmen sollten.

Hernán Cortés errichtete für den Überfall Heerlager in Tlacopan, Coyoacán und Ixtapalapa, die er nach dem freiwilligen Abzug der dort ansässigen Krieger eingenommen hatte. Schon wurde mit einem neuen Zeitmaß gerechnet. Das Datum dieses Tages war das Datum der Spanier, der 30. Mai 1521. Hauptmann Rodríguez Villafuerte, der das auf den Namen *Medellín* getaufte Flaggschiff befehligte, eröffnete den Angriff. Ursprünglich hatte Hernán Cortés selbst die Schlacht in der Lagune dirigieren wollen, doch da seine Offiziere ihm vorgeworfen hatten, er würde für sich nur die bequemste Form des Kampfes suchen, hatte er das Kommando Hauptmann Rodríguez Villafuerte übertragen. Die *Medellín* blähte ihre Segel; für ihre Sicherheit sorgten hundert Boote aus Texcoco, die sie begleiteten. Die Boote belagerten die gesamte Länge des Deiches, der die Lagune von Tenochtitlan schützte. Die Ruderer aus Texcoco steuerten die Boote auf neue Art. Ein Soldat aus Aragón führte sie durch Signale, die er ihnen von der Brücke der Brigantine aus gab: eins, zwei, drei und noch einmal das gleiche, damit sie sich immer auf der Höhe der Schiffe hielten. Mit ihrem Bug zerstörten die Schiffe auf dem Weg durch die Binsenpflanzungen die von ihren Besitzern verlassenen Chinampa. Einige der Chinampa trieben ab. Mit leeren Häusern, mit Hunden und Truthühnern schwammen sie dahin. Die Krieger aus Texcoco stürmten die Chinampa, ohne auf Widerstand zu stoßen. Sie plünderten sie, und danach steckten sie sie in Brand. Nicht lange, und der ganze See verwandelte sich in eine Szenerie brennender Häuser und Chinampa, die von den Wellen davongetragen wurden. Hundert Häuser standen in hellen Flammen.

Auf der anderen Seite des Deiches bewegte sich die Standarte von Cuauhtémoc. Und desgleichen viele andere Standarten, Truppenfahnen von Adler-, Jaguar-, Kojote- und Ozelot-Kriegern, Männern und Frauen. Ixtlixóchitl war von der fixen Idee besessen, die Deiche zu zerstören, um das Wasser von Tenochtitlan zu vergiften. So würden sie salziges Wasser trinken müssen. Wie von einer einzigen Brise getragen, stoppten die Schiffe vor der Deichmauer, jedes an einem bestimmten Platz. Die flatternde Fahne von Hauptmann Juan Rodríguez Villafuerte lenkte die Operation. Auf der höchsten Spitze des Hauptmastes der *Medellín* leuchtete die Fahne von Hernán Cortés. Ringsum herrschte Stille, die nur gelegentlich von dem Gemurmel der Wellen, welche die Strömung des Sees erzeugte, unterbrochen wurde, und von dem Flug der Vögel, die erschrocken ihre Nester im Schilfdickicht verließen. Das Dickicht war grün; die Zeit des rot blühenden Seemohns war noch nicht gekommen. Die *Medellín* näherte sich der Stelle, wo der Deich seine Richtung änderte, vermied es aber, allzu dicht heranzufahren, um nicht von den flammensprühenden Brandpfeilen der Azteken getroffen zu werden, die, und das wußte Ixtlixóchitl, lauernd auf der anderen Seite warteten.

»Der Deich ist stark«, hatte Ixtlixóchitl gewarnt.

»Sorgt Euch nicht, unsere Kanonen werden ihn aufreißen«, hatte Hauptmann Rodríguez Villafuerte erwidert. Die Kapitänsfahne auf der *Medellín* gab das Zeichen, und die Kanonen sämtlicher Brigantinen feuerten ihre Schüsse ab. Die Mauern erbebten, hielten jedoch stand. Das Dröhnen der Kanonen drang bis zu den Bergen. Nach drei weiteren Versuchen, die lediglich das Fundament der Mauer erschütterten, griff Hauptmann Juan Rodríguez Villafuerte zu einer anderen Taktik. Er befahl, daß sich jeweils drei Brigantinen zu einem Verband formieren und gleichzeitig auf eine einzige Stelle schießen sollten. Die Kanoniere richteten die Geschütze, gruppierten sich, bestimmten die Richtung des Rohres und schossen. Die Fundamente gerieten ins Waken, und nach fünf Schüssen auf drei verschiedene Stellen gab der Damm nach. In mächtigem Schwall stürzte das Wasser in die niedriger gelegene Lagune. Die Boote der Azteken lagen jetzt frei vor ihren Blicken. Hauptmann Rodríguez befahl, auf sie zu schießen. Die Kanonen wurden geladen, und ein Feuerhagel fiel auf die Boote herab. Krachen und Schreie. Das Wasser der Lagune färbte sich rot. Die Pferde, die auf Deck warteten, bäumten sich auf, trampelten mit den Hufen und gebärdeten sich wie wild.

Den Ansturm übernahmen die Boote mit den Kriegern aus Texcoco. Sie waren die ersten, die den Deich erreichten und bis zur Mitte vordrangen, wo sich beide Seiten eine blutige Schlacht lieferten, welche die Leute aus Texcoco gewannen. Doch dann, auf ein verabredetes Zeichen hin stürzten sich alle Texcoco-Kriegen, die sich auf dem Deich befanden, ins Wasser. Die Azteken nahmen dies als Einstellung des Kampfes auf, und Kriegsrufe ausstoßend, schlugen sie ihre Trommeln. Nicht lange, und der ganze Deich war voller Aztekenkrieger. Da führten die Brigantinen ihren zweiten, gut einstudierten Angriff durch. Sie bezogen parallel zum Deich Position und feuerten auf die aztekischen Verteidiger, die zu Hunderten hinsanken, schutzlos, ohne Widerstand leisten zu können. Die Soldaten schossen mit ihren Arkebusen und Armbrüsten und töteten mit der Lanze und dem Schwert die Männer, die am Rande des Deiches im Wasser schwammen. Von neuem konzentrierte Hauptmann Juan Rodríguez das Feuer auf die Breschen, und der Deich zerbarst. Nun machten sich die Hilfstruppen der Spanier und die Männer aus Texcoco an die nächste Aufgabe. Mit Hilfe von Seilen und Balken schufen sie im Wasser einen Durchlaß. Es passierte eine erste Brigantine, dann eine zweite, eine dritte. Als der Tag zur Neige ging, bezogen die Schiffe bei den Kanälen, den Palästen, Dammwegen und Häusern von Tenochtitlan ihre neuen Positionen. Alle vier Zugänge waren zerstört und die Stadt von den spanischen Brigantinen und Tausenden von Booten vollständig eingekreist. Die erste Seeschlacht war von den Temime, den Fremden, gewonnen worden.

Eingekesselt auf einer Felskuppe mitten in der Lagune befand sich eine große Schar von Kriegern, die unbeugsam Widerstand leisteten. Ein ums andere Mal versuchten die Krieger von Texcoco, den Felsen zu stürmen, doch stets vergebens. Auf ihre Kriegsmethoden zurückgreifend, hatten die Azteken den Ort in eine uneinnehmbare Festung verwandelt. Hauptmann Juan Rodríguez Villafuerte ließ mehrere Brigantinen vor dem Felsen auffahren, auf dem sich neben den Kriegern auch viele Kinder aufhielten … Hunderte von Kindern. Es schien, als hätten die Herren von Tenochtitlan den Felsen als Zufluchtsort für die Kinder gewählt.

Ixtlixóchitl erkannte die Absicht von Juan Rodríguez de Villafuerte und sagte: »Der Felsen ist voller Kinder …«

Hauptmann Juan Rodríguez blickte Ixtlixóchitl an und meinte verächtlich: »Haltet den Mund …!«

»Er ist voller Kinder«, beharrte Ixtlixóchitl.

»Dies ist kein gewöhnlicher Krieg. Unsere Taktik besteht darin, alles dem Erdboden gleichzumachen. Es wäre gut, wenn Ihr Euch allmählich daran gewöhnen würdet, denn so und nicht anders lautet der Befehl von Kapitän Hernán Contés.« Und sich an seine Kanoniere wendend, befahl er:

»Feuer! Feuer! Feuer!«

Als die spanischen Kanoniere beim Anblick der unzähligen Kinder auf dem Felsen einen Augenblick zögerten, zückte den Hauptmann sein Schwert und schrie: »Zum Teufel! Ich habe Feuer gesagt, ihr Elenden, Feuer!« Da schossen die Brigantinen aus allen Rohren, und selbst noch der Rauch färbte sich rot …

»Das ist die neue Art, Krieg zu führen«, sagte ein tlaxcaltekischer Krieger murmelnd zu Ixtlixóchitl. Dieser blickte ihn bekümmert an …

Als sie sich vom Felsen zurückzogen, schöpfte Ixtlixóchitl Wasser aus der Lagune, kostete es und sagte: »Binnen weniger Stunden wird das ganze Wasser der Lagune nach Salz schmekken … Fahren wir zum Aquädukt.«

Zweitausend Boote mit insgesamt zehntausend Kriegern fuhren Ixtlixóchitl und Hauptmann Alvarado auf ihrem Weg voran. Der Dammweg von Ixtapalapa war völlig zerstört. Es gab keine einzige heile Brücke mehr. Doch jeden Tag mußten die Spanier die Dammwege neu besetzen.

Was die Verbündeten des Cortés bei Tage erstürmten, eroberten die Azteken bei Nacht zurück.

»Zerstören wir ihre Häuser«, riet ein Anführer aus Tlaxcala.

Alvarado ließ den Blick über die Häuser schweifen, die zu beiden Seiten der Dammwege standen, und fragte aufgeräumt: »Potztausend, Hauptmann! Wieviel Männer habt Ihr?«

»Siebentausend Krieger.«

Alvarado und der Anführer aus Tlaxcala beschlossen, die siebentausend Männer ausschließlich für die Zerstörung der Häuser einzusetzen. Zudem sollten sie die Dammwege aufschütten, damit die Reiterei ungehindert nach Tenochtitlan gelangen konnte. Dann zogen Alvarado und Ixtlixóchitl weiten zum Wald von Chapultepec. Den Heuschreckenhügel wurde von Tausenden Männern und Frauen bewacht. Cuauhtémoc und seine Hauptleute hatten die besten Krieger aus ihrem Heer aufgeboten und sie hier konzentriert, denn sie wußten: Tenochtitlan konnte alles verlieren, nur eins nicht, das Wasser. Hier war der Anfang des Aquädukts, dessen Wasser durch zwei große Rinnen, die dem Dammweg von Tacuba folgen, bis ins Zentrum den Stadt geleitet wurde. Die gesamte Strecke des Dammwegs ward von Tausenden Kriegern mit Booten bewacht. Schon als Kind hatte Ixtlixóchitl eine alte Legende gehört, die seinem Großvater Nezahualcóyotl zugeschrieben wurde und die sein Vater Nezahualpilli immer wieder zu erzählen pflegte: »Besitzer des Heuschreckenhügels zu sein, bedeutet, die Stadt Tenochtitlan zu beherrschen.« Aber der Heuschreckenhügel war von gewaltigen Felsblöcken umgeben, und überall wimmelte es von Verteidigern. In einem dem Regengott geweihten Tempel mitten im Wald leitete Matla die Operation. Ein paar Medizinfrauen betreuten Hunderte junger Krieger und Kriegerinnen und präparierten ihnen das Gebiß. Sie feilten ihre Zähne, bis sie Hauern von Waldtieren glichen.

»Daß sich mir keiner die Nägel kürzt …«, wiederholte Matla, während sie dieselben prüfte.

Ehecatl, ein Krieger aus Tenochtitlan, der in den letzten Schlachten zu Ruhm gelangt war, kontrollierte eine Gruppe junger Krieger, die Tierkrallen an ihren Händen befestigt hatten.

»Die Zähne scharf, die Nägel lang, so wie die Krallen des Adlers, so wie die Reißzähne des Jaguars«, sagte Matla.

Die Schlacht von Chapultepec hatte noch nicht begonnen, als für die Angreifer unverhoffte Hilfe auftauchte. Hauptmann Sandoval umstellte mit zwanzig Reitern und Tausenden von Tlaxcalteken die Westseite der Felsblöcke. Damit waren alle aztekischen Krieger im Gelände von Chapultepec eingekesselt. Zwischen den Binsen tauchten Hunderte Männer auf, die Boote hinter sich herzogen. Mit der kleinen Trommel, die um seinen Hals hing, gab Ixtlixóchitl den Befehl zum Angriff. Alvarado befahl seinen Männern, die Kriegstrompete zu blasen. Plötzlich füllte sich der Wald von Chapultepec mit dem Klang von Pfeifen und Trommeln. Die Azteken, deren Zahl sich auf Tausende belief, hatten alle eine Pfeife im Mund, die sie ertönen ließen. Zu dem Getöse der Pfeifen gesellten sich Kürbisrasseln und Schellengeläut, doch von keiner Seite erfolgte vorerst der Angriff.

Schließlich begann die Schlacht. Die aztekischen Hauptleute setzten alles daran, die Quelle des Aquädukts zu verteidigen. Der Platz füllte sich bald mit Bergen von Verwundeten und Toten. Sobald jedoch die Reiterei die Oberhand gewann, stürmten die gegen Tenochtitlan verbündeten Krieger vor. Als würden sie der Erde entsprießen, tauchten im selben Augenblick neue aztekische Kriegerinnen und Krieger auf. Erst Stunden später gelang es der von Ixtlixóchitl kommandierten Gruppe gemeinsam mit einer großen Schar von Kriegern aus Cholula, den menschlichen Schutzring zu sprengen. Während Ixtlixóchitl den Aquädukt erstürmte, starben rechts und links seine Krieger. Als es Sandoval und Alvarado glückte, den Kreis zu durchbrechen und in den Wald von Chapultepec vorzudringen, feierten Ixtlixóchitl und seine Verbündeten bereits den Sieg. Der Aquädukt war zerstört. Die Wassermassen ergossen sich in reißendem Strom über die Waldfläche.

Trotz ihren Verletzungen gelang es Matla, Ehecatl und weiteren Kriegern, den Spaniern zu entkommen. Sie flohen über die steilen Felswände. Einige brachen sich dabei die Knochen und blieben zurück, doch die meisten schafften es zu entkommen. Die Finsternis schützte sie.

Der Soldat Morón beobachtete, wie ein Aztekenkrieger versuchte, Matlas Rückzug zu decken. Er warf sich auf ihn und stach ihm die Lanze in den Leib. Der verwundete Krieger zog die Lanze heraus und zerrte Morón zu sich herab. Ein zweiter Azteke eilte herbei, um dem Gefährten zu helfen. Mit seinem Obsidianschwert spaltete er den Kopf von Moróns Pferd und tötete dann den Spanier.

Pedro de Alvarado hatte einen verwundeten Häuptling aus Xochimilco gefaßt. Der Krieger hatte ein Toledoschwert bei sich, doch der geschicktere Alvarado entwaffnete ihn.

»Töte mich, töte mich jetzt! In einer Stunde wirst du dazu keine Zeit mehr haben«, stieß der Krieger hervor. Und Alvarado trieb ihm die Waffe in die Kehle, daß die Spitze auf der anderen Seite herausragte.

Als es tagte, schritten Cortés' Verbündete über das Schlachtfeld und erteilten allen verwundeten Kriegern aus Tenochtitlan den Todesstoß, so wie es ihnen die spanischen Offiziere befohlen hatten.

Im Zentrum von Tenochtitlan beobachteten die Azteken mit kummervoller Miene, wie der starke Wasserstrahl aus den Wäldern von Chapultepec zu fließen aufhörte. Im Regierungspalast nahm Cuauhtémoc Meldungen entgegen und faßte Beschlüsse. Matla betrat den Rat des Dreibundes. Sie war verwundet. Ihre Hände und ihr Gesicht bluteten. Beinahe hätte eine Lanze ihr rechtes Auge erwischt, das sie mit einem Umhang bedeckt hielt. »Der Aquädukt ist verloren, und viele unserer besten Krieger und Kriegerinnen haben den Tod gefunden«, berichtete sie.

Als Cuauhtémoc diese Nachricht hörte, verdüsterte sich sein Blick.

»Nachdem der Deich auseinandergebrochen ist, hat sich die Lagune mit Salzwasser gefüllt«, fügte Matla hinzu.

Von neuen starrte Cuauhtémoc die edlen Ratsherren an. Als er sprach, schwangen in seinen Worten tiefes Leid und Bitterkeit mit: »Sie haben den Deich geöffnet. Das Wasser der Lagune hat sich in eine salzige Lake verwandelt. Wir haben den Aquädukt verloren. Unsere besten Krieger sterben. Unser Leben ist dahin.«

Die Spanier hielten Kriegsrat. Anwesend waren die Kapitäne sämtlicher Schiffe, Hernán Cortés' engste Vertraute, und die Offiziere, die mit Pánfilo Narváez gekommen waren. Sie alle grollten Hernán Cortés. Ihre Klage gründete sich darin, daß er nicht zu kommandieren, keinen Krieg zu führen verstünde. Dreimal waren die spanischen Soldaten in Hinterhalte geraten, in welche die Azteken und die Krieger von Tlatelolco sie gelockt hatten. Auf diese Weise konnte man keinen Krieg gewinnen. Unter den Anwesenden gab es auch die, welche darauf bestanden, daß die Last des Krieges die befreundeten Indianer zu tragen hätten; nur dafür waren sie da: ihre Kräfte nicht zu schonen und ihr Leben hinzugeben.

Die Belagerung der Stadt dauerte nun schon fünfzig Tage. Fünfzig Tage ohne irgendeine Verbindung nach draußen, ohne von irgendeiner Seite Hilfe zu erhalten, aber mit einer Menge Verwundeter. Man wußte, daß die Leichen in den Straßen verwesten; der Gestank der verfallenden Kadaver erreichte die Feldlager des Hernán Cortés. Und doch gaben sie nicht auf. Sie hatten kein Wasser mehr und keine Lebensmittel. Sie hatten weder Hilfe noch Waffen, und dennoch gaben sie nicht auf. Bei jedem neuen Versuch der Spanier, in die Stadt einzudringen, erhöhte sich die Zahl der Toten um ein Vielfaches.

An der Wand des Saales, in dem Hernán Cortés seinen Kriegsrat zusammengerufen hatte, befand sich eine Karte, die Krieger aus Texcoco gezeichnet hatten. Auf ihr sah man die eingenommene Stadt, als würde eine Pranke sie Tag und Nacht umklammern, und doch blieb der letzte Erfolg aus. Die Krieger aus Tlaxcala und Texcoco hatten die Bewohner der Stadt einer Hungersnot unterworfen, damit sie ihren Widerstand aufgaben. Als die starken Stürme von den Bergen her in Richtung Tenochtitlan bliesen, hatten sie riesige Mengen von Truthähnen und Hirschen gebraten, damit der Geruch nach frischem Fleisch die eingeschlossene Bevölkerung erreichte, die sich, und das wußte man, von den Spindeln der Maiskolben ernährte.

»Was ist mit Hauptmann Castañeda passiert?« fragte Cortés Hauptmann Juan Rodríguez.

»Als wir uns beim Dammweg von Tacuba befanden, tauchten mit einem Mal aus dem Wasser über hundert Krieger auf und stürmten die Brigantine. Der Kampf währte nur einen kurzen Augenblick. Sie töteten alle Soldaten. Hauptmann Castañeda aber hängten sie an der Brücke auf. Dann verbrannten sie das Schiff. Wir haben Maßnahmen ergriffen, damit dies nicht noch einmal passiert. Die Brigantinen werden jetzt von den Booten unserer Freunde bewacht, und die passen auf, daß kein Schwimmer sich auch nur auf fünzig Meter einem unserer Schiffe nähert.«

Nach einer Reihe von Vorwürfen, die Alvarado, Sandoval, Olid und Juan Díaz Cortés gegenüber machten, akzeptierte dieser am Ende, daß die Kriegführung in der Tat alles andere als glänzend gewesen war … und vor allem, daß die meisten Erfolge die befreundeten Indianer errungen hatten. »Das ist nun mal die Art Krieg, die wir gelernt haben. Ich weiß nicht, wie wir anders hätten vorgehen sollen. Dies ist der Krieg, den uns unsere großen Hauptleute beigebracht haben, von Toledo bis Extremadura und von Extremadura bis zum Meer … Diese Verfluchten sterben lieber, als sich zu ergeben.«

»Wir haben erfahren, daß in Tlatelolco ein Kriegsrat stattgefunden hat«, sagte Ixtlixóchitl. »Als die Krieger aus Xochimilco vorschlugen, sich zu ergeben, tötete Cuauhtémoc auf der Stelle den Anführer, der diesen Vorschlag geäußert hatte. Er sagte, er würde jeden töten, der davon spräche, vor dem Feind davonzulaufen. Sie kamen überein, eher zu sterben als nachzugeben.«

»Schwachköpfe!« rief Cortés »Gleich morgen werde ich ein paar Unterhändler zu ihnen schicken mit dem Angebot, daß alle Kranken und Verwundeten, alle Frauen und Greise die Insel verlassen können.«

Das Abkommen zum Verlassen den Stadt erreichte die Bewohner in allen vier Stadtteilen von Tenochtitlan. Doch keiner wollte seine Stadt verlassen. Cuauhtémoc versammelte die Vornehmen der Viertel und erklärte ihnen, das Wichtigste in dieser Situation, die Tenochtitlan durchlebte, wäre »ein Maiskorn« … Die Kranken, Alten und Kinder würden das wenige Wasser verbrauchen, über das sie noch verfügten, und deshalb wäre es gut, wenn sie die Stadt verließen. Weinend und klagend zogen sie vor die Tore von Tenochtitlan. Die Krieger aus Tlaxcala und Texcoco beobachteten, wie eine endlose Kolonne von kranken Menschen und kleinen Kindern die Stadt verließ. Die tlaxcaltekischen Krieger reichten ihnen sauberes Wasser, aber die Dürstenden lehnten es voller Würde ab und gingen zu den Wasserlöchern, die sich in der Nähe befanden, und tranken dort schlammiges Wasser.

»Und was ist mit den Frauen?« fragte Cortés Ixtlixóchitl. »Gibt es in Tenochtitlan keine Frauen und keine Halbwüchsigen?«

»Alle Kinder, die älter als sieben sind, werden zu den Kriegern gerechnet. Desgleichen die Frauen. Sie werden die Stadt nie und nimmer verlassen.«

»Der Hunger wird sie besiegen.«

»Hunger zu ertragen, gehört zur ersten Lektion, die jeder Krieger von Tenochtitlan lernt, sobald er in die Kriegsschule eintritt. Hunger, Müdigkeit, Durst, Ermattung.«

»Soldaten der Sonne!« rief Cortés bewundernd aus.

»Jawohl, Kapitän, Krieger der Sonne.«

»Was wird dieser elende Wicht von Cuauhtémoc jetzt wohl tun?«

»Cuauhtémoc kann alles tun außer zwei Dingen: sich ergeben und Selbstmord begehen. So schreibt es das Kriegsgesetz vor, das von den alten Tenocha auf uns gekommen ist. Nach allem, was wir über seine Handlungen erfahren haben, hat Cuauhtémoc zu den Steinen gesagt, daß die Sonne sterben wird, so sie die Schlacht verlieren. Und für das Volk von Tenochtitlan ist der Tod der Sonne gleichbedeutend mit dem Stillstand allen Lebens auf Erden.«

»Ich wiederhole, dieser Cuauhtémoc ist ein Schwachkopf. Es soll ihm noch leid tun!«

Die *Isabella* befand sich auf Patrouille. Seit der Nacht, in der einzelne Schwimmer tauchend bis zum Schiff von Hauptmann Castañeda vorgestoßen waren und es gestürmt hatten, verstärkten die Spanier ihre Wachsamkeit. Seit sie wußten, daß die Azteken imstande waren, bis zu dreihundert Meter unter der Wasseroberfläche zu schwimmen, hatten sie rund um die Schiffe Netze ausgeworfen. Eine Gruppe, die ungeachtet des Schutzringes, den die Boote der Krieger von Texcoco bildeten, aus dem Wasser auftauchte, wurde vernichtet, als sie die Köpfe aus dem Wasser reckte, um Luft zu holen und sich dabei in den Netzen verfing, die an der Längsseite der *Isabella* ausgelegt waren. Man tötete sie durch Lanzenstöße. Als Hernán Cortés berichtet wurde, daß in den dunklen, nebligen Nächten eine Versorgungsbrücke zwischen der Stadt Tenochtitlan und Xochimilco errichtet worden war, hatte er ausgerufen: »Das ist unmöglich!«

»Kapitän, es gibt keine andere Erklärung«, hatte Ixtlixóchitl bekräftigt. »Wir müssen die Lebensmittellieferungen verhindern und dafür sorgen, daß sie vor Hunger und Durst sterben.« Ixtlixóchitl wußte, daß dies die logische Bestimmung des aztekischen Volkes war. Aber Hernán Cortés und seine Offiziere hielten nichts von dieser Idee. Sie wollten nicht in eine Stadt einziehen, in der alles im Sterben lag. Sie waren von dem Wunsch beseelt, hinter den weithin hallenden Hufen der Pferde und dem sausenden Gewirr von Obsidianpfeilen einzurücken. Sie hatten den Wunsch zu töten und zu sterben, denn nur so würden sie zu Ruhm gelangen. Von diesem Grundsatz hatte sich das Heer von Kastilien und Aragón stets leiten lassen.

Als der Schiffsführer der *Isabella* gerade in dergleichen Überlegungen und Gedanken vertieft war, glitt aus dem Schilf ein Boot mit Aztekenkriegern hervor. Jeder einzelne von Ihnen war ein Adler-Ritter. Als sie von den Spaniern entdeckt wurden, flohen die Krieger und suchten erneut Deckung im Röhricht.

»Setzt ihnen nach! Laßt sie nicht entkommen! Hißt das Segel!«

»Es geht kein Lufthauch, Kapitän. Es ist völlige Windstille.«

»Dann rudert. Seht zu, daß ihr sie fangt. Sie sind eine wertvolle Beute.«

Die Soldaten des Schiffes griffen zu den Rudern und bemühten sich, die Krieger einzuholen, die schnell zu entrinnen suchten. Der Kapitän sah, daß die Krieger verzweifelt um ihr Leben ruderten, doch er wollte sie unbedingt fangen. Obwohl der Nachtnebel die Sicht erschwerte, bereiteten die Kanoniere die Lombarden vor. In einem letzten Versuch erreichten die Azteken das Schilfdickicht, aus dem es keinen Ausweg gab. Frohlockend rief der Kapitän: »Auf sie! Vorwärts Spanien, schlag drein!«

Im gleichen Augenblick, da das Schiff der Spanier ins Schilfdickicht vordrang, wendete das fliehende Boot der aztekischen Krieger unverhofft. Der Kapitän begriff nicht, was vor sich ging … Doch da war schon alles zu spät, denn von allen Seiten hagelte es Speere. Das Dickicht steckte voller getarnter Boote. Hunderte von Kriegern stürmten gegen das Schiff vor. Zehn Minuten später stand es in Flammen und trieb auf den Wellen dahin. Alle Soldaten fielen in die Hände der Azteken.

Kapitän Hernán Cortés bestieg das Schiff von Hauptmann Juan Rodríguez, um die *Isabella* zu retten.

Das Bild, das sich ihm bot, war erschreckend. Den Verwundeten hatte man Zunge und Ohren abgeschnitten ... Auf den Schiffsplanken stand auf Spanisch: »Ohr um Ohr, Lanze um Lanze, Zunge um Zunge, heute und immerdar.« Cortés blickte zu der nahen Stadt und sagte: »Morgen greifen wir sie endgültig an.«

Cortés wurde neben den Anführern aus Tlaxcala und Texcoco von den Offizieren Alvarado, Olid und Sandoval begleitet. Sie nahmen Kurs auf das Tor von Xochimilco.

Wie riesige Ungeheuer wirkten die Brigantinen, die mit geblähten Segeln den Sperring um die Stadt Tenochtitlan bewachten. Als es dunkel wurde, stoppte Cortés mit Hilfe seiner drei Brigantinen über hundert Boote, die sich im Schutz der Nacht, von Xochimilco kommend, auf Tenochtitlan zu bewegten. Er befahl, die Boote mit den Kanonen zu zerstören. Ein Kampf fand nicht statt.

Beim Anblick der Brigantinen warfen die Bootsinsassen die Ladung, die sie in großen Tongefäßen beförderten, ins Wasser, und sprangen hinterher. Die Krieger aus Tlaxcala verfolgten sie. Alle, die mit den Booten gekommen waren, fanden den Tod.

Auf den Wellen des Sees schwammen die Tongefäße. Die spanischen Soldaten machten sich ein Vergnügen daraus, sie als Zielscheibe für ihre Arkebusen zu benutzen. Ein Gefäß nach dem anderen zersprang, und der Inhalt ergoß sich ins Wasser: Suppe aus geröstetem Maismehl, frisches Obst, gemahlener Mais und vor allem sauberes Wasser ...

»Kapitän, wie Ihr gewiß festgestellt habt, handelt es sich bei den toten Kriegern in der Mehrzahl um Kinder«, meinte Hauptmann Juan Rodríguez.

»Weil alle Erwachsenen tot sind.«

»Bedeutet das, daß Tenochtitlan eine Stadt ist, die von Kindern verteidigt wird?«

»Das werden wir wissen, sobald wir in die Stadt einziehen,

Hauptmann. Und ich verspreche Euch, daß dies bald geschehen wird.«

Als die Offiziere Hernán Cortés' Antwort hörten, lachten sie auf.

XXVII

Nach fünfzig Tagen Belagerung war die Stadt Tenochtitlan zerstört. Dutzende Male waren die feindlichen Spähtrupps bis zu den wichtigsten Vierteln der Stadt vorgedrungen, und Dutzende Male waren sie zurückgeschlagen worden.

An einem herrlichen sonnigen Morgen voller Musik, Vögel, Freude, Blumen und Früchten hatte unser Herrscher Moctezuma Hernán Cortés empfangen. Nach fünfzig Tagen Belagerung besaß der einzige Baum, den es noch gab, keine Blätter mehr, und weit und breit war keine Blume mehr zu sehen. Kein einziges von den früher so zahlreichen Lebewesen lebte noch; nicht eine Ameise, nicht eine Wespe, nicht eine Echse, nicht einmal Schaben und Würmer ... Alles, was sich auf der Erde bewegte, wurde verspeist. Alles, was in der Luft flog, Hummeln, Wespen, Schmetterlinge, Vögel, wurde von den hungernden Azteken gejagt und verzehrt. Wo immer die Krieger und Kriegerinnen nach dem Sprühregen der Nacht auf etwas feuchte Erde stießen, nahmen sie sie in den Mund und kauten sie, um ihr das Wasser zu entziehen. Nirgendwo in der Stadt zeigte sich ein grünes Blatt. Die Stadt war ihrer Bäume beraubt, ihrer Sträucher, ihrer Pflanzen. Die Männer, Frauen und Kinder hatten die Erde aufgewühlt und die Wurzeln der Bäume freigelegt, um sie zu essen. Es war, als wäre Tenochtitlan von einer hundertjährigen Heuschreckenplage heimgesucht worden. Die Kinder liefen zu den Stellen, wo früher die Chinampa von Früchten und Blumen überquollen; sie suchten nach ersten zarten Grashalmen, um ihren Hunger zu stillen. Eine Eidechse wurde gefangen und ihr Blut mit Wonne getrunken. Ein kleiner Junge riß Wurzeln heraus, die einst zu einem Feigenkaktus gehört hatten, und kaute sie. Eine Kriegerin, die ihn dabei ertappte, bestrafte ihn und stach ihm mit einem Agavendorn in die Zunge.

»Alles Eßbare muß in den Gemeindespeicher gebracht werden ...«

Jeden Morgen versammelten sich die Kriegerinnen und Krieger bei den Verantwortlichen des Gemeindespeichers und erhielten von ihnen fünf Maiskörner. Später erhielt jeder nur noch drei Maiskörner. Dann kam der Tag, an dem man jedem nur noch zwei Maiskörner gab. Am letzten Tag wurde ihnen gesagt, daß man pro Kopf nicht mehr austeilen könnte als ein Maiskorn. Das müßte reichen für den ganzen Tag. Zwischendurch müßten sie eben Erde essen. Eigens mit dieser Aufgabe betraute Mädchen und Jungen zogen jeden Morgen los und hielten Ausschau nach allem, was sich bewegte, nach jeder zarten Pflanze, die zu sprießen begann, nach allem, was wuchs. Längst schon hatten sie ihre Sandalen gegessen, die Rinden der Bäume und der Sträucher. Langsam aßen die Kriegerinnen und Krieger die Spindeln der Maiskolben. Währenddessen wehte der Wind aus den Feldlagern von Texcoco und Tlaxcala den Duft von gebratenem Fleisch zu ihnen. Ixtlixóchitl hatte recht, in México Tenochtitlan gab es niemanden, der bereit gewesen wäre, sich zu ergeben.

»Wann werden sie in die Stadt einziehen?« grübelte Cuauhtémoc.

»Wenn sie glauben, daß wir im Sterben liegen«, erwiderte Matla.

Die letzte Neuigkeit, die Matla vor Cuauhtémoc kundtat, ließ seinen Mut schwinden. Seine Brüder und Schwestern, die Krieger und Kriegerinnen, hatten dem quälenden Durst nicht mehr länger standgehalten und von dem salzigen Wasser der verseuchten Lagune getrunken. Nun krümmten sie sich vor Schmerzen. Als sie mit ihrem Bericht fertig war, verließ Matla den Saal und suchte die Herrin Schöne Geschorene auf, die Herrin der Herrinnen aus dem Haus des Krieges, um sich bei ihr Rat zu holen. Die Korridore des Palastes waren völlig zerstört. Dreimal hatten die Spanier den Palast eingenommen, doch jedesmal hatten die Krieger von Tenochtitlan ihn zurückerobert. Auf ihrem Weg sah Matla sterbende und verwundete Kriegerinnen in stiller Agonie. Auch an ihrem Körper hatte der Krieg seine Spuren hinterlassen. Sie war dünn, schmutzig, verletzt. Der rechte Arm hatte einen Wundbrand. Als sie am Morgen aufgewacht war, hatte sie festgestellt, daß ihr Haar voller Läuse war. Da hatte sie lachend gesagt: »Wenigstens werde ich heute etwas zu speisen haben.« Die anderen Kriegerinnen verfielen darauf, sich gegenseitig die Läuse aus den Haaren zu klauben und diese zu essen. Matla betrat den Saal, den einstmals so prächtigen und heute zerstörten Saal. Die große Priesterin von México Tenochtitlan, die Schöne Geschorene, lag verwundet auf einer Matte. Obwohl erst sechzig, sah sie aus wie eine Hundertjährige. Matla hielt in ihren Händen eine Trinkschale. Die Schöne Geschorene wurde von zwei Frauen betreut, die ebenfalls zum Orden der Ozelot-Kriegerinnen gehörten.

»Ehrenwerte Mutter, ich habe dir Wasser mitgebracht.«

Die Schöne Geschorene stützte sich auf ihren Ellenbogen, hob den Kopf zu der Adler-Kriegerin empor und fragte: »Ist es Tag oder Nacht?« Und dabei versuchte sie, etwas zu erkennen.

»Es ist Nacht, ehrenwerte Mutter.«

»Du hast Wasser mitgebracht?‹

»Ja, ehrenwerte Mutter«, sagte Matla und führte ihr die Schale an die Lippen.

Die Herrin Schöne Geschorene trank einen Schluck. Dann reichte sie die Schale an die Kriegerinnen weiter, die sich um sie kümmerten. Gierig nahmen diese ihr die Schale ab. Doch anstatt aus ihr zu trinken, gingen sie zu einer verwundeten Gefährtin, die kraftlos und seufzend darniederlag. Ihr Magen war von einem spanischen Schwert schwer verletzt worden. Die Verwundete folgte dem Beispiel der ehrenwerten Mutter Schöne Geschorene. Sie trank von dem Wasser gerade so viel, daß es ihre Lippen benetzte, und sagte: »Gebt das Wasser denen, die weiterleben werden.«

In der Mitte des Saales stand ein riesiges Tongefäß, in dem langsam ein Feuer erlosch.

»Kümmert euch um das Feuer! Belebt es wieder!« befahl Matla.

»Geht das Feuer aus?« fragte die Herrin Schöne Geschorene.

»Herrin, ehrenwerte Mutter«, sagten die Kriegerinnen zu Matla, »wir haben nichts, womit wir es wieder anzünden könnten.«

»Herr, das Feuer erlischt!« murmelte die Schöne Geschorene wie zu sich selbst, und sich an Matla und die Kriegerinnen wendend, sagte sie: »Seit meinem zwölften Lebensjahr gehörte es zu meinen Pflichten, das Feuer für den Schöpfer der Welt zu entzünden, für den Herrn der Blumen, für den göttlichen Kolibri, für den Herrn des Jenseits, der Nähe, der Verbundenheit, für den Gott der Götter.«

Beim Sprechen zitterte ihre Stimme. Sie hatte eine Wunde am Kopf und konnte nichts sehen. Ihre Hände waren von ihrem Blut völlig verkrustet. Beinahe klagend fragte sie: »Bedeutet das, daß nun alles zu Ende ist? Daß wir keine Alleen von Feigenkakteen mehr besitzen werden? Und auch keine Blumen mehr? Daß wir für immer scheiden müssen? Erwartet uns das gleiche Schicksal wie die Blumen in der Wüste? Was wird aus unseren heiligen Wesen, aus unseren Tänzen, aus unseren Göttern?«

Sie streckte ihre Hände in die Richtung, aus der die Wärme des erlöschenden Feuers kam, und flüsterte: »Als ich zwölf Jahre alt war, ging ich das erstemal zum Sternenhügel, um aus den Händen des Obersten Priesters das Neufeuer zu holen. Es war eine wunderschöne Nacht, aber alle Straßen von Tenochtitlan waren leer, wie ausgestorben. Die Frauen, die in den Geburtswehen lagen, hielten sich versteckt. Tausende von Menschen warteten darauf, daß ich mit dem neuen Feuer zurückkäme. Die Feuerstellen dieser und aller anderen Städte waren gelöscht. Rund um sie nichts als Asche. Die Herren aus dem Haus der Läufer hielten sich bereit, um mit ihren Fackeln loszulaufen und das Neufeuer zu verteilen bis hin zu den entferntesten Orten des Städtebundes.

Ringsum herrschte Dunkelheit. Ungewißheit lastete auf unseren Herzen. In der Ferne, hoch am Horizont, tauchte unser geliebter Stern auf. Rufe erschallten. Die Schneckentrompeten ertönten. Der Klang der Trommeln erfüllte die Luft. Der Herr des Tempels nahm den Feuerquirl in seine Hände und rieb ihn in weichem Holz, bis die Funken sprühten. Mit der brennenden Fackel in der Hand rannte ich los. Hinter mir liefen Priester. Ich stieg zum Großen Tempel von Tenochtitlan hinauf, wo die Priester bereits auf mich warteten. Das Feuer wurde über dem großen Altar entzündet. Es war immer das gleiche Feuer. Nie ist es bisher ausgegangen. Den Wind im Rücken, liefen die Priester mit der Fackel los, um das Feuer auch in den anderen Tempeln zu entzünden. Als am nächsten Tag der Morgen erwachte, herrschte überall Freude. Die Bewohner von Tenochtitlan warfen ihre alten Sachen weg. Wir umarmten uns, riefen uns Grußworte zu, schenkten uns gegenseitig Blumen.

Noch am gleichen Tag zogen ganze Gruppen los, um Felsblöcke zu suchen, mit denen sie die Stufen verbreiterten, die zum Großen Tempel unseres Herrn des Regens, unseres Herrn des Krieges führten. Die vornehmen Herren und Herrinnen kehrten die Wege, säuberten die Kanäle der Lagunen und sammelten das trockene Laub auf.

Und nun sagst du, daß das Feuer im Begriff ist auszugehen? Was geschieht mit uns? Heißt das, daß die Stunde der Traurigkeit gekommen ist, so wie es einst unser Herr, der weise Nezahualcóyotl, geschrieben hat? Was ist aus der Macht unserer Götter geworden? Warum haben sie uns verlassen? Vielleicht haben wir uns geirrt? Vielleicht werden künftig andere Neufeuer in México Tenochtitlan herrschen? Wird uns nun die gleiche Lehre zuteil, wie andere sie erlebten, als unsere Götter kamen, um zuzusehen, wie die Götter aus den Städten unserer Feinde starben?«

Ihre Lippen bebten, doch ihre Hände waren ruhig. Mit erlöschendem Blick schaute sie um sich.

»Unser Herr Nezahualcóyotl hat gesagt, daß sich die Farbe der Morgenröte ändern würde, wenn sich die Reiher in die Höhe schwingen und über den See davonfliegen.«

Matla fühlte, daß mit der Stimme der Herrin Schöne Geschorene etwas erlosch. Etwas erlosch beim Altar der Götter, in den Tempeln der Stadt, in ihrem eigenen Herzen. Eilig stürzte sie hinaus, denn sie wußte, daß die Spanier einen weiteren Überfall planten. Auf dem Weg zum verwüsteten Palast von Cuauhtémoc traf sie Krieger, die etwas zum Essen suchten. Starr hielten sie den Blick auf den Boden gerichtet in der Hoffnung, ein lebendes Insekt zu finden, während sie gleichzeitig den Ort bewachten, den man ihnen zugewiesen hatte. In dem einst so prächtigen Haus der Kriegerinnen stieß sie in einer Ecke auf einen betenden Greis. Sein Gebet bestand nur noch aus gemurmelten Worten; er hatte keine Kraft mehr, sich auf die Füße zu stellen und für Tezcatlipoca ein Gebet anzustimmen, das voller Farben war. Er murmelte so leise, als würde er sich von den Worten seines Gebetes ernähren. Vor ihm lag eine Trommel mit zerbrochenen Schlegeln, daneben eine Schneckentrompete. Matla fühlte sich doppelt bedrückt, denn sie erkannte in dem Betenden den Herrn der Schneckentrompete, den alten Tempelpriester, der die Zeit verkündete …

»Sag mir, ehrenwerter Vater, hast du die Reiher gesehen?«

Der Greis, der einen wachen Blick hatte, starrte auf die Person, die ihm diese Frage gestellt hatte, und entdeckte, daß es Matla war. Er antwortete mit einer Gegenfrage, aus der traurige Ironie herausklang: »Die Reiher?«

Der tlaxcaltekische Krieger war verwundet. Um Hüfte und Schultern gefesselt, war er mit einer Schnur an einen Stein gebunden. Seine Hände waren im Nacken mit einem Agavefaserseil gefesselt. Er lag halb über den Stein gebeugt, an dem man in festgebunden hatte. Zwei aztekische Krieger hatten ihn gefaßt und an den Knien verletzt, die geschwollen waren und nässende Wunden hatten. Er zitterte am ganzen Leib. Seine Augen waren voller Verzweiflung auf eine Pfütze gerichtet, die vom letzten Regen übriggeblieben war. Da war sie, nur wenige Zentimeter von seinem Kopf, nur ein paar Zentimeter von seinem Mund entfernt. Er hatte es einmal, zweimal, dreimal schon versucht ... Er versuchte, sich auf beiden Ellenbogen einen Zentimeter vorzuschieben. Ach, wenn er doch nur eine Hand frei hätte! Vergeblich hatte er versucht, den Strick am Stein und an der harten Erde durchzuwetzen. Dort war die Lache, und er hatte einen Durst, der ihn von innen ausbrannte. Er warf den Kopf herum und lockerte mit seinen Zähnen den Boden. Er streckte die Zunge heraus und klaubte sich Erde in den Mund, hoffend, daß sie etwas Feuchtigkeit der nahen Pfütze enthielt, doch dem war nicht so. Die Krieger hatten ihn hier abgelegt, doch nun verging die Zeit, ohne daß sie wieder auftauchten. Etwas mußte ihnen unterwegs zugestoßen sein. Vielleicht hatten die zwei den Tod gefunden, und er war eine vergessene Beute. Ein Gefangener seines Durstes. Ein aztekischer Krieger vergißt nicht so leicht einen Gefangenen. Bestimmt hatte sie der Tod ereilt. Die Sonne prallte unbarmherzig auf die Stelle, wo der tlaxcaltekische Krieger vor Durst fast umkam. Da war die Pfütze ... da, nur wenige Zentimeter von seiner Zunge entfernt ... Eine heimliche Eidechse tauchte in der Nähe des Steines auf. Sie blickte zu dem Gefangenen und tauchte ihre Zunge in das Wasser. Ach, wie sehr er sie beneidete! Der Krieger aus Tlaxcala ließ keinen Blick von ihr. Als das kleine Tier weghuschte, dachte er, wie gut doch Tezcatlipoca zu bestimmten Lebewesen war.

Fünfzehn Meter von dem gefesselten Tlaxcalteken entfernt befanden sich zwei Jungen. Zwischen ihnen und dem Gefangenen lagen die Ruinen des Tempels, durch den der Wind pfiff und dessen Steine in der ganzen Gegend verstreut waren. Die beiden Jungen blickten auf den See. Sie waren etwa zwölf bis vierzehn Jahre alt. Sie trugen Waffen bei sich. Beide zeigten sich gleichermaßen erschöpft. Ihre Körper trugen die

Spuren des Krieges. Sie blickten auf das Wasser des Sees. Der Wind kam direkt von den Bergen. Die Wellen hoben und senkten sich. Die Jungen hatten sich hinter einem riesengroßen Felsblock versteckt, der zum Unterbau des dem Windgott geweihten Tempels gehört hatte. Mit den Wellen drang das Echo der Kanonen zu ihnen, die in der Ferne dröhnten. Und die Trommel des Großen Tempels, die seit Beginn des Krieges ununterbrochen schlug und schlug und nicht zu schlagen aufhörte. Die Wellen des Sees machten: platsch, platsch, wenn sie gegen die Steine am Ufer klatschten. Unentwegt blickten die Kinder auf das Wasser. Als würden sie auf etwas warten, was mit den Wellen ans Ufer käme und was nicht kam … und was nicht kam … nicht kam … nicht kam … nicht …

Sie rührten sich nicht von der Stelle. Sie wirkten wie zwei aus schwarzem und rosafarbenem Stein gehauene Skulpturen in den zerstörten Mauern des Windtempels.

»O Herr des Windes! Du, der du den Blütenstaub ausstreust und den Klang weiterträgst, den die Dinge erzeugen, wenn sie singen, wenn sie rufen. Du, der du uns zu reden und zu hören erlaubst … Du, der du über die Wege streifst und die Ländergrenzen kreuzt und rund um die Erde gehst, um von neuem heimzukehren ins Land von Anáhuac, in das Land der Tenocha, der Azteken, der Bewohner von Tenochtitlan.«

Die Worte des Priesters klangen wie ein fernes Gemurmel; sie hatten sie schon vernommen, als sie beide noch ganz klein waren … kleiner als heute … kleiner als gestern und lange bevor der Krieg ausbrach. Der Herr des Windes, der kommt und geht und der, wenn er zurückkehrt, für jeden Bewohner von Anáhuac ein wenig Luft mitbringt. Und keinem mehr gibt als dem anderen. Der Herr des Windes … Der eine Junge berührte die Schulter seines Gefährten und lenkte dessen Blick zur anderen Seite. Das Wunder hatte sich eingestellt. Nach drei Stunden. Da war es … Zunächst schwamm es auf sie zu. Es näherte sich dem Felsen. Es hielt die Nase schnuppernd in die Luft. Es schnupperte dreimal, doch die Kinder überlisteten es und bestrichen sich von oben bis unten mit Schlamm, so daß ihr Körper keinen Geruch ausströmte. Es war ein Leguan. Obwohl er nur eine halbe Elle maß, kam es den jungen Kriegern so vor, als hätten sie nie in ihrem Leben einen größeren gesehen. Der Leguan, diese kleine, in der Lagune lebende Echse, lief über den Boden geradwegs auf einen Stein zu.

»Siehst du ihn, siehst du ihn?«

»Ich habe dir ja gesagt, daß ich ihn oft zu dieser Tagesstunde habe herauskommen sehen – bei der Lagune.«

Die Kinder rannten hinter dem Leguan her. Als dieser fühlte, daß er verfolgt wurde, änderte er seine Richtung. Blitzschnell drehte er um und kehrte zum See zurück. Dabei huschte er zwischen den Beinen der Jungen hindurch, die darauf nicht gefaßt waren. Der Leguan erreichte die Kante eines Steins und wollte sich ins Wasser werfen ... Einem der beiden Jungen gelang es jedoch, ihn in der Luft zu packen. Sein Gefährte half ihm, ihn festzuhalten. Beide standen jetzt im Wasser. Der Leguan wand sich hin und her und versuchte zu entkommen, aber die Jungen hatten ihn so fest gepackt, daß er nicht einmal nach ihnen schnappen konnte. Sie liefen bis zu der Stelle, wo die rauchenden Reste eines Holzaltars zu sehen waren. Mit einem Stock schürten sie die Glut, warfen den Leguan, den sie inzwischen getötet hatten, auf die qualmenden Scheite und stocherten ein wenig in der Asche herum. Eine halbe Stunde später verschlangen sie den gebratenen Leguan. Sie stürzten sich auf ihn, als hätten sie tausend Jahre nichts zu essen bekommen. Während sie ihren Hunger stillten, blickten sie sich immer wieder um. Sie hatten Angst, daß plötzlich ein älterer Krieger als sie auftauchen und sie bestrafen könnte, weil sie den Leguan nicht in der Garküche der Stadt abgegeben hatten, wie es ihre Pflicht gewesen wäre. Einer der Jungen verspürte starken Durst. Er nahm die Trinkschale, die an seinem Gurt baumelte, und hielt die Nase in den Wind. Da es letzte Nacht geregnet hatte, mußte irgendwo Wasser sein. Und mit der Schale in der Hand kam er zu der Stelle, wo sich der Gefangene aus Tlaxcala befand, der ihn angsterfüllt ansah. Die Kinder tauchten die Schale in die Pfütze, füllten sie mit Wasser und tranken daraus. Als sie sich wieder davonmachen wollten, blieben sie einen Moment stehen und schauten zu dem Gefangenen. Der Krieger aus Tlaxcala fühlte sich so wehrlos wie nie zuvor. Die Kinder blickten ihn nicht minder erstaunt an. Eins zog seinen Obsidiandolch und näherte sich dem Gefangenen. Mit einem Schnitt befreite es ihn von den Stricken, mit denen seine Hände im Nacken festgebunden waren. Dann reichten ihm die Kinder eine Schale Wasser und ein Stück vom Leguan.

Der Morgen war bereits angebrochen, als die Brigantinen begannen, die Stadt Tenochtitlan unter Beschuß zu nehmen. Sie taten es in dem Wissen, den anderen Schützenhilfe zu leisten, denn längst schon befanden sich die Lagune und der See in den Händen der Spanier und ihrer Verbündeten. Die Azteken fuhren nicht mehr mit ihren Booten hinaus, um gegen die Belagerer zu kämpfen, und wenn sie es dennoch versuchten, wurden sie unweigerlich vernichtet. Mit raschem Ruderschlag fuhren Tausende Boote aus Texcoco, vollgeladen auch mit Kriegern anderer verbündeter Völker, auf das Festland zu, von wo aus der Angriff auf die Stadt begann, der, so hatte es Hernán Cortés gesagt, den endgültigen Sieg bringen mußte. Zwei letzte Kampfhandlungen waren geplant. Die eine sollte bei Tlatelolco stattfinden, die andere war darauf gerichtet, den Großen Tempel einzunehmen und den Kampf auf den Heiligen Bezirk zu konzentrieren. Die Kundschafter der Spanier gingen durch ein dichtes Spalier befreundeter Krieger. Von den Dachgärten ließen die Kinder Pfeffer regnen. Das Pulver bereitete den Spaniern beißende Schmerzen, doch nicht so den Kriegern aus Tlaxcala und Texcoco. Als diese das grüne, rote, gelbe, schwarze Pulver gleich einer Wolke herabkommen sahen, schlossen sie rasch die Augen und hielten den Atem an. Es kam vor, daß ein Spanier, der unter einer Brücke hindurchging, plötzlich von einem aztekischen Krieger angegriffen wurde, der, vom Tode gezeichnet, sich von oben auf ihn stürzte, um ihn mit seinem Gewicht zu erdrücken. Da längst alle losen Steine aufgebraucht waren, wurden mancherorts Sterbende, Kranke und Freiwillige eingesetzt, als wären sie Teile eines menschlichen Katapultes. Und gingen einem Krieger die Pfeile aus, so stürzte er sich kopfüber nach unten, hoffend, mit dem Gewicht seines Körpers den Feind zu erdrücken.

Ehecatl, der in diesem Augenblick einen Trupp befehligte, schlug die Trommel, die um seinen Hals hing, und auf der Stelle eilten über hundert Krieger herbei. Ehecatl hatte beobachtet, wie Hernán Cortés mit seiner Eskorte in eine Straße einbog. Die aztekischen Krieger, die Ehecatl anführte, warfen sich auf Hernán Cortés' Begleitung. Einer nach dem anderen sanken die Spanier zu Boden. Das Blutbad war grauenerregend. Hauptmann Olea und vier seiner Soldaten stellten sich Ehecatl, der mit einem spanischen Schwert bewaffnet war, in den Weg. Der Azteke machte einen überraschenden Ausfall und schlug Hauptmann Olea den Kopf ab. Schulter an Schulter stellten sie Oleas Soldaten schützend vor Hernán Cortés und schlossen ihre Reihen. Ehecatl blies eine Pfeife. Im Nu tauchten zu seiner Verstärkung weitere Krieger auf. Man hätte meinen können, sie würden direkt unter den Steinen hervorspringen. Ehecatl gelang es, Cortés an der Hand zu verwunden und ihm das Schwert wegzuschlagen. Als Cortés fliehen wollte, hielt er ihn an einem Bein fest. Ein anderer Krieger versetzte ihm mit der Lanze einen Stoß in die Wade. Die Soldaten aus Cortés' Begleitung waren alle tot. Ehecatl ergriff die Standarte von Kastilien und Aragón und hielt sie in die Höhe.

Dies war der Augenblick des Triumphes. Ehecatl schlug seine Brusttrommel, während die aztekischen Krieger ihre Pfeifen in einer ganz besonderen Weise erklingen ließen. War der Krieg zu Ende? Hernán Cortés war gefangen. Adler-, Ozelot-, Kojote-, Schlangen-Krieger legten ihm einen Strick um den Hals und banden ihn fest. Im gleichen Augenblick bildeten sie eine dichte Mauer um ihn. Cortés zeigte sich furchtlos. Er wehrte sich, bis er sich nicht mehr bewegen konnte. Die Freude seiner Ergreifer sagte ihm, welches Schicksal ihn erwartete. Sie schleppten den Gefangenen, der kaum noch aufrecht gehen konnte, zu den Stufen eines nahen Tempels, wo dem Gott Quetzalcóatl Opfer gebracht wurden. Die Krieger bliesen ihre Pfeifen. Als die Trommler des Großen Tempels die Botschaft vernahmen, verstärkten auch sie den Klang ihrer Instrumente. Im Innern des Tempels machten sich eilig fünf Priester fertig, um ihre Plätze einzunehmen. Hernán Cortés, Topiltzin genannt, war auf dem Weg zum Opferstein, wo man sein Herz Gott darbieten würde.

»Ich weiß es, mein Gebieter, ich weiß es. Ich habe gelernt, auf das Echo deiner Stimme zu hören. Und wenn du schläfst, mein Gebieter, vermag ich deine Träume zu deuten. Du selbst hast es mir beigebracht. Seit ich dich kenne, folge ich deinen Spuren, mein Gebieter. Ich weiß es, mein Gebieter, ich weiß es. Du verbringst die Nächte im Haus der Blumen. Heute hast du zu mir gesagt: ›Doña Marina, morgen wird es so sein, wie ich es dir jetzt sage.‹ Und du hast mir den Namen des Soldaten genannt, in dessen Armen ich am nächsten Tag aufwachen würde. Mehrmals hast du wiederholt, daß es dir weh täte. ›Ich sage es Euch mit Schmerz, Doña Marina, mit Schmerz‹, und dabei hast du deine Hand auf das Medaillon von Johannes dem Täufer gelegt. Um mir schließlich zu sagen, daß es im Interesse deiner Gebieter von Kastilien und Aragón geschähe.

Ich weiß, was du im Haus der Blumen treibst, Don Hernán. Ich weiß, mit wem du dort zusammen bist. Ich kenne den Abdruck, den dein Kopf auf dem Kissen hinterläßt. Ich kenne den Geruch der Küsse, deiner Küsse, mein Kapitän.

Von dem Tag an, da Orteguilla, dein Page, und Hauptmann Rodrígo de Castañeda sich die Sprache der Azteken aneigneten, habe ich erlebt, daß du mich immer seltener gerufen hast, damit ich dir zur Seite stehe. ›Euer Herr wird der und der sein …‹ Ich wollte es nicht hören. Was bedeutet schon der Name meines Herrn? Von nun an werde ich eine Mexikanerin unter vielen sein, mit einem Herrn, der jeden Tag wechselt. Das ist das Schicksal aller mexikanischen Frauen. Ich habe so viele Herren aus Kastilien und Aragón kennengelernt! Portocarrero, meine früherer Gebieter, hat mich als Einsatz beim Würfelspiel benutzt ... und auch als Wetteinsatz beim Pferderennen ... und auch bei dem neuen Spiel, dem Wettlauf der Huaxolote, der Truthähne. Wie oft habe ich ihn sagen hören: ›Marina, ich habe verloren. Und dann hat er mir den Rock ausgezogen ... und das Hemdgewand ... Und so habe ich alle anderen Herren kennengelernt. Nicht anders ist es meinen Gefährtinnen, den mexikanischen Sklavinnen, ergangen.

Als ich mich neben dich setzte, blickte mich María Estrada in einer Weise an, die ich heute, selbst heute, verstehe. In den Augen der Spanier sind wir Mexikanerinnen Frauen aus zweiter Hand. Gut genug, um sie beim Würfelspiel einzusetzen, so wie es vor dir Hautpmann Portocarrero gemacht hat. Gut genug, um eine Schuld zu begleichen.

Erinnerst du dich, Kapitän? Du pflegtest mich ›mein piepender Stieglitz‹ zu nennen ... Mondscheibe ... Schmetterlingsflügel ... Morgenstern ... Liednote ... Murmelnde Flußwelle ... Du pflegtest mich mit Worten zu rufen, die wie das Echo eines Gottes klangen. In der Einsamkeit, in der Angst, in der Ungewißheit eines neuen Tages, immer war ich für dich, Herr, deine Rosenblüte, ein neuer kleiner Weg, eine Blumenkrone, der Klang einer kleinen Glocke. Das einzige Blau. Und nun schickst du mich weg. Weil du mich nicht mehr brauchst. Was ist aus der Frau geworden, die du irgendwann einmal, als sie noch deine Lehrerin war, mit dem Rang eines spanischen Hauptmanns bedacht hast? Da ist Orteguilla und dort, zu deiner Rechten, Hauptmann Castañeda, der die Sprache meiner Leute beherrrscht. Als ich hörte, wie Orteguilla dir die Gedanken von König Moctezuma deutete und nichts dabei ausließ, da habe ich begriffen.

Ich muß dir etwas sagen. Vielleicht sollte ich weinen, wie ich es bei den spanischen Frauen gesehen habe. Vielleicht sollte ich dich auch einfach gehen lassen, ohne dir etwas zu sagen, aber, mein Kapitän, jenseits aller Zeiten gibt es jemanden, der uns zuhört und der das Echo deiner Stimme, der Stimme von Hernán Cortés, festhält. Du hast zu mir gesagt: ›Gemeinsam werden wir auf den Wegen des Friedens, auf den Wegen der Sehnsucht gehen, und wir werden erleben, wie unsere Pferde sich mit dem Weiß schmücken, das auf den Gipfeln der Vulkane liegt.‹ Du pflegtest sehr schöne Worte zu sagen. Du hast meine dunkle Haut bewundert; sie war für dich wie ein lebendiges Gedicht, wie ein Seufzer, wie eine nie vergehende Freude. Du hast meinen Körper mit den Tropfen des Taus verglichen. Und auf meinen Lippen hast du den Geschmack der Honigagave in der Zeit ihrer Blüte gespürt. Du hast gesagt, der Klang meiner Stimme wäre so verhalten und zärtlich, so warm und sittsam, wenn ich ja zu dir sagte oder: ›Nein, nicht ...‹ Und jetzt sagst du, daß ich mich davonscheren soll ...

Weißt du, wie mich die Azteken rufen? Wenn sie sich an mich wenden, dann mit dem Namen des Verrats. Bei ihren Gesprächen vermeiden sie es, meinen Namen zu erwähnen. Sie lassen ihn einfach weg und machen statt dessen eine Pause, bevor sie weiterreden. Und wenn sie mit mir verkehren, behandeln sie mich wie eine Sandale, auf der man herumtritt. Morgen und weit über den morgigen Tag hinaus, wenn die Azteken erzählen müssen, wie alles war, werden sie von mir sagen, daß ich nichts weiter gewesen bin als dein Papagei. All die schrecklichen Ausdrücke, die du gegen sie gebraucht hast, werden sie mir zuschieben. Sie werden sagen, daß ich es gewesen bin, die diese Worte erfunden hat. Und ich werde ihren Haß ernten. Du aber wirst fortfahren, in der gleichen Weise von ihnen zu sprechen wie vordem, und sie werden sagen: ›Er mag reden, wie er will, er ist ja doch nur das Echo ihrer Stimme ...‹ Und wieder werden sie nicht meinen Namen nennen. Du wirst allen Ruhm ernten, von meiner Existenz aber wird keiner erfahren. Der Name, den du, Gebieter der Zukunft, für mich bestimmt hast, wird tief in meinem Herzen begraben bleiben. Nur einige wenige werden wissen, daß mein Schicksal das gleiche war wie das aller Mexikanerinnen. Der Mexikanerinnen von fern. Der Mexikanerinnen von nah. Nur wenige werden wissen, daß ich deine Sklavin gewesen bin und du mich gezwungen hast, dich zu lieben, nach und nach, sacht, ganz sacht, so wie sich die Binsen in der Lagune wiegen; so wie die Sonne die frühen Morgenstunden erhellt. Nur wenige werden wissen, daß du mir vieles beigebracht hast und ich den Weg der fremden Welt in der warmen Höhlung deiner Hände kennenlernte. Der Hände des Hauptmanns aus Kastilien und Aragón.

Nie wird man meinen Namen erwähnen, immer wird es nur heißen: ›Dieser Stein da, das ist die, die eines Tages vom Markt in Acolman herkam, die Lügnerin, die nicht auf die Stimme ihres Blutes hörte, die ihr Herz verkaufte …‹ Nicht einer wird mich mehr bei meinem Namen Paynala rufen, sondern mit einem anderen Namen, den ich nie besessen habe. Sie werden weder mit ihrer Hand auf mich zeigen noch die Steine betrachten, über die ich gehe. Sie werden ihren Blick zur anderen Seite wenden und dabei sagen: ›Da ist sie … Da kommt sie … Sie geht vorüber … Sie ist wieder weg … Sie, die Frau des Hundes … Und weißt du auch, wie die Azteken dich nennen, wenn sie dich beleidigen wollen? Sie nennen dich: den Mann der Malintzin. Doch morgen werden sie dich noch ganz anders nennen. Und morgen und weit über den morgigen Tag hinaus werden die Leute, wenn sie deinen Namen im Mund führen, zwei verschiedene Gesichter zur Schau tragen, ein grobes für die einen, ein verklärtes für die anderen. Meinem Namen aber wird für immer der Makel anhaften, das Leben des Niederträchtigen, des Schändlichen geteilt zu haben, desjenigen, von dem man nur Übles zu berichten weiß. Mein Name wird unter den Steinen des Weges verscharrt bleiben, den die Hunde entlanggelaufen sind. Und keiner wird je davon sprechen, daß du von mir gelernt hast. Nicht einmal das. Du gehörst nicht zu jenen Männern, die von den Lippen einer Frau lernen und es hinterher voller Stolz überall hinausposaunen. Sie werden erzählen, du seist allwissend gewesen. In ferner Zukunft wird mein Name nur ein Name unter all den vielen sein, die du erfunden hast, damit dein Sekretär sie in den Briefen an den spanischen König niederschreibt.

Du hast gesagt, daß ich gehen soll. Aber ich weiß nicht wohin. Ich bin wie ein Zypressenzweig, wie eine Höhle im Fluß. Ich bin von hier. Ich gehöre hierher. Dies ist meine Erde, Hernán Cortés, mein Gebieter. Schon sollte ich mitten aufs Gesicht gebrandmarkt werden, so wie es das Los meiner Gefährtinnen war, als jener Mann, Hauptmann Portocarrero, mich aus deinen Händen wie ein Geschenk empfing. Er nahm mich auf die gleiche Art entgegen, wie du einst als Geschenk das erste Fohlen angenommen hast, das die Stute von Hauptmann Pedro de Alvarado zur Welt brachte. Du sagst, ich soll gehen, du, mein Kapitän, Hernán Cortés. Und dabei nimmt deine Stimme den gleichen Klang an wie die von Moctezuma, dem Herrscher von Meer zu Meer, dem Gebieter über das Land des Kakaos und der Blumen, dem Herrn der Herren, dem Herrn mit dem zornigen Gesicht. Doch in die Augen schaust du mir nicht.

Du brauchst mich nicht bei der Belagerung der großen Stadt Tenochtitlan. Du hast Leute an deiner Seite, die Náhua sprechen, und darum brauchst du auch nicht mehr die Hilfe einer Nahuachichimekin, wie ich eine bin. Von nun an bist du der Gebieter anderer Frauen, anderer Papageien. Doch der wirkliche Grund, weshalb du mich fortschickst, ist ein anderer. Ich kenne ihn. Ich weiß, daß du die Nächte in ihren Armen verbringst, dort, in dem neuen Blumenhaus am Ufer des Sees. Nein, Herr Kapitän, es ist nicht nötig, daß du deine Worte wiederholst. Ich weiß, daß es eine Kraft gibt, die kommt von weither, über die Stromschnellen in den Bergschluchten, und diese Kraft wird nach und nach die Flüsse füllen, an dem Ort, wo die Frösche quaken. Ich weiß es. Du vergißt, daß sie Blut von meinem Blut ist. In Paynala sah ich sie als Kind hinter den Schmetterlingen herlaufen, die an einem Baumwollfaden befestigt waren. Ich kenne sie viel länger, als du sie kennst, Herr Kapitän. Sie ist meine Nichte. Als sie ein kleines Mädchen war, habe ich ihr gezeigt, wie man Papierdrachen gegen den Wind fliegen läßt.

Heute morgen hast du mir gesagt, daß … Worte, nichts als Worte, Kapitän Hernán Cortés. Wozu sagst du sie mir? Ich bin nicht dein Sekretär, der Worte und immer nur Worte festhält. Ich bin die Eins. Nichts weiter als die Nummer Eins. Eine Nummer unter Tausenden und Abertausenden von Frauen, die alle das gleiche traurige Schicksal erfahren werden, von der Lagune bis zum Land der Sonne. Du, Hernán Cortés, bist hin und wieder das Echo meiner Stimme. Das wird man mir nie verzeihen, wenn die Tage einmal wiederkehren. Was heute hier geschieht, davon wird man noch in fernen Zeiten sprechen. Heute habe ich dich zum letzenmal gesehen. Ich habe dir die Fellkappe auf die Stirn gesetzt. Ich habe dir deine Beinkleider angezogen, deine Stiefel poliert, dir das Schwert in den Gurt gesteckt. Und ich habe dich geküßt. Und so wie es vielen anderen Frauen ergeht, die heute deine Sklavinnen sind oder es morgen sein werden, mußt du mir noch einen Namen nennen. Einen Namen für den Jungen, den ich zur Welt bringen werde. Zeig mir die Hängematte, wo der Mann schläft, den du gern hast, und ich werde ihm folgen. Gut, ich werde ihn unter den Soldaten deiner Truppe suchen, so wie du uns zu suchen gelehrt hast. Sag jetzt nichts weiter, Hernán Cortés. Laß mich zurück mit dem Geschmack deines letzten Wortes. Erlaube mir, daß ich dich weiter in meinem Herzen trage, auch dann noch, wenn du mich längst schon vergessen hast. Laß mir wenigstens das eine, daß du immer in meiner Erinnerung lebst.

Erlaube mir, daß ich vor dir hinknie und die Spur küsse, die deine Schritte auf dieser Erde hinterlassen. Aber sag mir nichts, Hernán Cortés. Ich weiß, daß du die Nächte im Haus der Blumen verbringst.«

Alle Herren waren versammelt. Die Nachricht hatte sie zusammengeführt. Es vereinte sie der Haß; es verbanden sie Bänder der Freude. Unaufhörlich wiederholte die Trommel die Nachricht, daß Topiltzin gefangengenommen wurde und sich auf dem Weg zum Großen Tempel unseres Herrn der Blumen befand.

Vor den edlen Herren erschien Matla. Ihr Gesicht trug die Spuren des Hungers, die Spuren der Erschöpfung, und doch: in diesem Augenblick schien es, als würde sie von innen heraus leuchten. Sie näherte sich der Stelle, wo die Herren von Tenochtitlan, Huitzilopochco, Tlatelolco, Chalco, Xochimilco, Tlacopan und Texcoco Rat hielten. Mit großer Demut beugte sie ein Knie zur Erde, legte ihre Hand auf den Boden und bat mit erhobenem Blick: »Ich bitte dich, Herr Cuauhtémoc, laß nicht zu, daß er den Herren des Tempels übergeben wird. Überlaß ihn mir, Herr, ich will ihn nach Acolman bringen, zum Hundemarkt.«

Die versammelten Herren gaben ihr Einverständnis, worauf Matla einen Käfig vorbereitete und den tapferen Kriegern entgegenging, die Hernán Cortés am Strick mit sich führten. Sie eilte dahin, als würde sie von einem Sturmwind getragen, von einem Sturmwind, wie er manchmal peitschend durch die Bäume am Texcoco-See fuhr, deren herabhängende Zweige über die Steine fegten. Ihr auf dem Fuß folgten dreißig Krieger und Kriegerinnen, die den Holzkäfig trugen, in den Matla endlich den Herrn der Zerstörung würde stecken können, den Bösen des Bösen, den Widerwärtigen, den Zwerg, diese Hälfte von einem Mann, den Stinkenden, den Hurrikan, der über die mexikanischen Völker hergefallen und bis nach Tenochtitlan gedrungen war. Unterwegs traf sie auf tlaxcaltekische Krieger, die versuchten, sie aufzuhalten. Sie aber hob ihren Arm, der mit einem spanischen Schwert bewaffnet war, und kämpfte sich den Weg frei. Hinter ihr sprangen die Gefährten mit dem Käfig über die Verwundeten und Toten hinweg.

Sie wurde in einer mondhellen Nacht geboren. Über dem riesigen See von Texcoco breitete sich ein silberner Mantel aus. Die Lagune von Tenochtitlan lag da wie im Schlaf, wie in ein weißes Kleid gehüllt. Ihre Mutter hatte nach der Medizinfrau geschickt, damit diese ihr bei der Geburt helfe, denn die Wehen hatten bereits eingesetzt. Die Medizinfrau kam und untersuchte ihren Bauch. Dann ließ sie einen Stein am Feuer erhitzen und legte ihn unter eine Bank, auf welche sie die Gebärende bettete. Der Dampf, der von dem erhitzten Stein aufstieg, milderte die Beschwerden der Frau.

So kam das Mädchen zur Welt. Nach der Geburt ging die Mutter zur Lagune, schnitt dem Kind mit einem Messer aus violett schimmerndem Obsidian die Nabelschnur ab und badete es. Das Mädchen hatte bei der Geburt nicht geweint, was die Frauen von Tenochtitlan, die gewöhnlich ohne Krämpfe im Leib ihre Kinder auf die Welt brachten, für ein schlechtes Zeichen hielten. Drei Tage lang wurde das Neugeborene beobachtet. Als es endlich weinte, merkten sie, daß es ein normales Kind war, und trugen es zum Priester. Der Herr des Tempels blickte auf das kleine Wesen und schlug das Tonalamatl auf, das große Schicksalsbuch. Die Eltern konnten es kaum erwarten, von ihm zu hören, was für einen Namen sie dem Mädchen geben durften und wozu es im Leben nützlich sein würde. Der Meister des Buches begann, die Zeichen zu deuten. Er sprach mit lauter Stimme: »Um Mais zu pflanzen … dazu taugt es nicht. Auch das Viertel der Weber, der Kunsthandwerker und Keramiker ist kein Ort für sie. Wenn sie die Werkstatt betritt, wo die Frauen die Knüpfarbeiten aus Vogelfedern herstellen, wird sie nichts zu tun bekommen. Auf keinen Fall darf sie zum Tempel gebracht werden, damit sie Gott, unserem Herrn, diene. Sie hat kein gesegnetes Blut, um als Opfergabe für die Götter ausgewählt zu werden …«

Der Herr des Buches steigerte die Angst der Eltern; bei jedem Zeichen, das er deutete, hieß es nur immer: dies darf nicht sein und das darf nicht sein. Es schien, als wäre er darüber selbst höchst verwirrt. Nachdem er das Buch lange studiert hatte, schlug er eine Seite um, und als er diese las, war er völlig niedergeschlagen. Er nahm das Kind hoch und untersuchte seine Augen, die Zunge, die Arme, das Haar.

»Das kann nicht sein! Das kann nicht sein!«

»Was?« fragten ihn die Eltern ungeduldig und nervös; die Ungewißheit des Priesters, der das Buch über die Zeiten und über das Schicksal der Menschen las, flößte ihnen Furcht ein.

Die Stunden verstrichen. Am Ende nahm der Priester Weihrauch zur Hand und verbreitete den Duft über den Körper des Mädchens. Er streifte sich ein Gewand aus blauem Papier über und begann um das Mädchen herumzutanzen. Die Nachricht verbreitete sich in der Nachbarschaft: Ein Mädchen war geboren worden, und der Priester räucherte es ein und vollführte um den kleinen Körper herum den Tanz der Toten Rosen.

»Den Namen, Herr, welchen Namen werdet Ihr ihm geben?«

»Matlatzin ... Blaues Wasser ...«

»Blaues Wasser ... Blaues Wasser ... Warum Blaues Wasser?«

»Sie wird die letzte Frau von Tenochtitlán sein ... Wenn sie heranwächst, wird es in der Stadt kein Wasser mehr geben ... Der Wind wird unsere Straßen fegen ... Die Frauen werden aufhören, Kinder zu gebären ... Die Vögel werden sterben ...« Die Eltern behielten die Prophezeiung des Herrn des Buches für sich, und das Mädchen wuchs heran, jedoch anders als die anderen. Mit zwei Jahren schwamm es bereits im See, half seinem Vater, Holz für den Herd zu sammeln, und sprang wie ein Kaninchen im Röhricht umher. Seine Eltern begriffen, welches sein Schicksal sein würde, und meldeten es mit vier Jahren im Haus der Kriegerinnen an. Das Mädchen wuchs heran, es war von großer Schönheit. Als es sechzehn Jahre alt wurde, bat es um die Erlaubnis, sich die reifenden Brüste abschneiden zu dürfen, da sie sie beim Bogenschießen behinderten. Ihre Bitte wurde abgeschlagen.

Heute funkelte in ihren Augen nur ein einziges Licht. Wieder hatte sie eine Bitte vorgetragen, und diese lautete, daß man ihr erlauben möge, die Geistlichen Juan Díaz und Bartolomé de Olmedo zum Hundemarkt von Acolman zu bringen, sobald man ihrer habhaft geworden sei. Mitten auf die Stirn hatte sie sich die letzte Verfügung notiert, welche die beiden über die nach Texcoco verschleppten Sklavinnen beschlossen hatten. Bei den gefangenen Frauen handelte es sich fast ausschließlich um Schülerinnen aus dem Haus des Tanzes und Gesangs, und alle trugen herrliche Gewänder. Im Nezahualcóyotl-Saal, wo einer von Hernán Cortés' Offizieren einen Ausschank eröffnet hatte und Wein aus Kuba, aus Santo Domingo und Sevilla sowie Liköre der Einheimischen verkaufte, hatte der Priester Juan Díaz die Mädchen prüfend betrachtet. Er fand sie schöner noch und von einem höheren Liebreiz, als er jemals eine Spanierin sich hatte kleiden sehen. Dies durfte nicht sein, und also ordnete er an: »Ich dulde nicht, daß sie aufrechten Ganges und mit frech dreinblickenden Augen umhergehen. Schneidet ihnen die Sehne des linken Fußes durch, auf daß sie nur noch humpelnd tanzen können. Entblößt ihre Schamteile! Entreißt ihnen die kostbaren Gewänder! Mögen sie sich mit Baumrinde bedecken! Nehmt ihnen den Schmuck ab, der ihre Füße ziert, ebenso die Haarnetze, das Geschmeide, die Halsketten, die Ohrgehänge, die Armreifen! Sie sollen keinen Kopfschmuck mehr tragen. Auch keinen Zierrat an den Beinen, keinen Schmuck, der ihre Haarflechten teilt. Fort mit den Puderdöschen, mit denen sie sich die Wangen röten! Fort mit den Riechfläschchen, den Ohrringen. Reißt ihnen die Ringe ab, ebenso den Nasenschmuck. Sie sollen keine festlichen Kleider tragen, damit sie nie und nimmer den Spanierinnen gleichen. Andernfalls droht ihnen der Verlust eines oder auch beider Arme. Fortan ist es ihnen verboten, Schultertücher, Schleier und Täschchen zu tragen.

Verboten sind ihnen auch Spiegel, Fächer, Umhänge aus feiner Baumwolle und mit Federn durchwirkte Kleidungsstücke. Nehmt ihnen die Schleier und den Kofputz weg. Anstelle der aromatischen Düfte, die die Soldaten des Hernán Cortés nur zur Sünde aufreizen, soll Gestank an ihnen haften. Anstelle der Gürtel sollen sie Stricke tragen; anstelle der schmückenden Haartrachten sollen sie mit geschorenen Köpfen herumlaufen. Statt in schönen Gewändern sollen sie in grobe

Säcke gehüllt gehen. Vernichtet die Schönheit ihrer Gesichter, drückt ihnen das glühende Brandeisen darauf. Denn all diese Frauen kommen aus dem Haus des Gesangs, aus dem Haus der Verderbnis, des Tanzes, der Hurerei, aus dem Haus des Dämons.«

»Herr«, wagte der Schatzmeister Alderete zu bemerken, »findet Ihr nicht, daß dieses Urteil zu hart für die Frauen ist?«

Juan Díaz, der Inquisitor, schaute ihn verächtlich an, wies auf die Bibel und antwortete: »So befiehlt es Jesaja im Kapitel zwei, daß mit den Frauen der Besiegten zu verfahren sei ... Es ist das Wort Gottes!«

Als Matla dieser Vorfall zu Ohren gekommen war, hatte sie ausgerufen: »Sie sollen nur abwarten ... Eines Tages werde ich sie beide zum Hundemarkt bringen.«

Ein um das andere Mal versuchte Chichimecatzin, Anführer aus Tlaxcala, Hernán Cortés zu befreien, aber die aztekischen Krieger hatten rund um den Gefangenen eine dichte Menschenmauer errichtet. Chichimecatzin schickte einen seiner Männer aus, Hilfe von dort zu holen, wo der Hauptmann Ixtlixóchitl gerade dabei war, für sich eine Schlacht zu entscheiden. In hastig vorgebrachten Worten fragte ihn der Bote: »Habt Ihr die Trommeln nicht gehört?«

Ixtlixóchitl hatte keine Zeit gehabt, etwas anderes zu hören als seine eigenen Trommeln und Pfeifen, und also hatte er auch nicht die Nachricht vernommen, welche die Azteken von der Höhe des Tempels über das Hochtal und sämtliche Orte am See verbreiteten. Topiltzin, der Hund, der Zwerg, die Hälfte von einem Mann, der Feind aller Azteken, der Fluch der Mexikaner, war Gefangener der Kriegsherren ... In weniger als einer Minute versammelte Ixtlixóchitl fünfhundert seiner besten Männer. Die Krieger aus Texcoco besaßen mehr Wagemut als die Leute aus Tlaxcala, und was Chichimecatzin nicht erreichte, das würde Ixtlixóchitl mit Sicherheit schaffen. Cortés in den Händen der Azteken, das bedeutete die Nutzlosigkeit aller bisherigen Siege. Ixtlixóchitl hatte von den Azteken etwas gelernt; zuweilen war es besser, die Schwerter wie Lanzen zu handhaben. Er befahl, die hundert besten Krieger seiner Truppe, alles Adler-, Kojote-, Jaguar- und Ozelot-Krieger, mit langen und starken Balken zu bewaffnen, an deren Spitzen ein spanisches Schwert aufgesteckt war. Mit der ausgewählten, hundert Mann starken Gruppe ging er dann zum Angriff über. Als die Krieger von Tenochtitlan die Absicht von Ixtlixóchitl erkannten, rückten sie noch dichter zusammen und schirmten als menschliche Barriere Ehecatl und seinen Gefangenen ab. Aber der Ansturm von Ixtlixóchitl war unaufhaltbar. Die Aktion währte nicht einmal drei Minuten. Die Krieger aus Texcoco spießten die Männer, die den Panzer um Cortés bildeten, nacheinander auf, hoben sie hoch und warfen sie über die Schulter nach hinten, wo andere Krieger ihnen den Todesstoß versetzten. Einen Augenblick später stand Ixtlixóchitl vor Ehecatl. Fünf Krieger aus Texcoco stürzten sich auf den aztekischen Krieger, während Ixtlixóchitl den Mann tötete, der Cortés mit einem Strick um den Hals festhielt. Hernán Cortés spürte, wie seine Fessel durchschnitten wurde. Gleich darauf hatte er ein Schwert in der Hand. Derart bewaffnet, teilte er nach rechts und links Hiebe aus, kämpfte er sich mit Hilfe von Ixtlixóchitl den Weg frei, bis er sich in Sicherheit befand. Da tauchte Matla auf. Mit einem Blick erfaßte sie, daß es ihr unmöglich sein würde, zu der Stelle vorzudringen, wo um Cortés' Befreiung gekämpft wurde, da das Gelände von der gegnerischen Seite vollkommen abgesperrt war und jeden Augenblick mehr und mehr Krieger aus Texcoco zur Verstärkung herbeieilten. Da rief sie: »Tötet ihn, tötet ihn …! Tötet ihn!«

Doch vergebens. Die aztekischen Krieger zogen sich mit ihren Verwundeten und Toten zurück und suchten bei den Ruinen einer Brücke Zuflucht.

Es war bereits Abend, als Hernán Cortés eine Meldung entgegennahm. Seine Wunden hatten zu bluten aufgehört, und Orteguilla, sein Page, servierte ihm Wein. Die Kriegsberichte sagten, daß die Azteken sich von nahezu allen Brücken kämpfend zurückgezogen hätten. Das Heer der Tlaxcalteken setzte seine Strategie der verwüsteten Erde fort.

»Dem heiligen Santiago sei Dank, daß Ihr lebend zurückgekommen seid«, rief der Priester Juan Díaz aus.

»Sie sind verloren ... Das sind nicht mehr die Krieger, mit denen wir uns einst geschlagen haben. Sie haben keine Kraft mehr für den Kampf. Wohl sah ich den wilden Blick von Matla, die den Befehl erteilte, mich zu töten, aber sie stimmen ihre Handlungsweise nicht mehr so gut aufeinander ab, wie sie es früher getan haben, und auch die Befehle führen sie nicht mehr so aus wie früher.«

Und frei bekannte er: »Es ist ein tapferes Volk ... Und es ist nicht das spanische Heer gewesen, das sie besiegt hat. Sie sind dem Hunger unterlegen. In der kurzen Zeit, in der ich in ihren Händen war, sah ich sie das Blut ihrer sterbenden Verwundeten trinken. Sie tranken das Blut, um ihren Durst zu stillen und weiterkämpfen zu können. Der eigentliche Sieger ist der Hunger!«

In größter Hast traf ein Bote ein. Er betrat den Saal, in dem Cortés' Wunden behandelt wurden, und rief: »Schnell, Herr, kommt und seht!«

Cortés und seine Begleitung begaben sich hinaus und sahen den Großen Tempel von Tlatelolco in hellen Flammen stehen, was bedeutete, daß seine Truppen einen der befestigten Stadtteile von Tenochtitlan eingenommen hatten. Aber ihm war nicht danach zu lachen. In der Ferne schoß das Feuer über dem Tempel der großen Stadt Tlatelolco hinauf in den Himmel.

XXVIII

Rings um den Heiligen Bezirk sammelte sich das Heer von México Tenochtitlan.

»Sie sind durch das Adler-Tor hereingekommen …«

Die Spanier und ihre Verbündeten wollten um nichts in der Welt die Geschichte ihrer Flucht über die tragbaren Brücken wiederholen, um in die Stadt Tenochtitlan einzuziehen. Nun rissen sie die Brücken hinter sich ab; wann immer es ihnen gelang, eine Position zu stürmen, schritten sie zu ihrer völligen Zerstörung, und mit dem Schutt füllten sie die Kanäle auf, damit ihre Pferde ungehindert darüber traben konnten.

»Ich will keine Angst mehr vor ihren Anführern haben müssen!« hatte Cortés gesagt, worauf jeder berühmte Krieger bei seiner Gefangennahme auf der Stelle getötet wurde. So gab es keine Gefangenen mehr. Und in seinem Rachedurst fügte er den letzten Fluch hinzu, der unsere große Stadt México Tenochtitlan treffen sollte.

»Kapitän, hier sind viele Kinder, die noch zu jung sind, um zu kämpfen. Kinder von Anführern.«

Cortés blickte auf die Gruppe der gefangenen Kinder, die beschuldigt wurden, über die gegen Tenochtitlan kämpfenden Krieger Beutel voller Chilli ausgeschüttet zu haben. Er dachte einen Augenblick nach, dann sagte er: »Kastriert sie!«

Anschließend fand eine Beratung statt, an der alle Offiziere sowie die Herren von Texcoco, Tlaxcala, Huexotzinco und Cholula teilnahmen. Es wurde der Beschluß gefaßt, mit einem Handstreich den Großen Tempel von Tenochtitlan einzunehmen.

Unterdessen bereitete sich jeder Mann, jede Frau, jedes Kind von Tenochtitlan, kurz, alles, was man noch mobilisieren konnte, auf die Verteidigung der Stadt vor. Cuauhtémoc versuchte, überall zugleich zu sein, er kontrollierte jeden Schritt und wachte darüber, daß der Große Tempel nicht noch einmal in Brand gesetzt werde. Die Herren von Ixtapalapa, Tlacopan und Texcoco ließen ihrerseits nichts unversucht, um ihren Leuten Mut zu machen. Aber es kam der Augenblick der Wahrheit: Alle Männer, die für Tenochtitlan gestritten hatten, waren entweder tot oder in Gefangenschaft geraten. Als Cuauhtémoc diese Nachricht erhielt, herrschte Ratlosigkeit.

»Herr Cuauhtémoc«, sagte Matla, die neben ihm stand, »der Weg wird der gleiche sein. Wir Frauen werden den Krieg weiterführen ...«

Die Spanier feuerten die Lombarden gegen die Mauern ab, die den Großen Tempel umgaben. Nach und nach brach das Gemäuer zusammen. Die herausgebrochenen Steine wurden, so wie Hernán Cortés es den Herren von Texcoco und Tlaxcala befohlen hatte, zum Aufschütten der Dammlücken benutzt. Den Anführern aus Tlaxcala und Texcoco vorangehend, versuchten Wellen von Kriegern wieder und immer wieder, den Großen Tempel zu erklimmen, doch jedesmal wurden sie von den Kriegern und den Frauen zurückgeworfen. Da griff Hernán Cortés auf eine Idee zurück, die ihm bereits bei der ersten Schlacht gegen die Krieger von Cuitláhuac so hilfreich gewesen war. »Die Masten«, sagte er, »holt die Masten ...« Aber die Frauen stürzten sich auf die Männer, welche die Holzmasten herbeischleppten, und alsbald verwandelten sie sich in Fackeln, die vor den Resten des Quetzalcóatl-Tempels brannten.

Die Stufen, die zum Großen Tempel hinaufführten, waren von toten oder schwerverletzten Kriegern übersät, die Tenochtitlans Feinden gehörten. Cortés wurde berichtet, daß die gegnerische Seite nur noch wenige Männer aufzubieten hatte; die Mehrzahl der Kämpfenden waren Frauen, die von allen Plätzen aus versuchten, die Pfeile und Lanzen, die eingerammten oder von den Toten und Verwundeten aus Tlaxcala, Texcoco und Huexotzinco liegengelassenen Waffen einzusammeln.

»Das bedeutet, daß sie keine Waffen mehr besitzen. Jetzt gehören sie uns!«

Die Nachricht ermutigte sie, einen erneuten Versuch zu unternehmen, alle Gebäude des Heiligen Bezirks von Tenochtitlan, die von Hunderten von Frauen und einigen wenigen Männern mit großem Mut verteidigt wurden, in ihre Gewalt zu bekommen.

Ixtlixóchitl entdeckte seinen Bruder, den Herrn von Texcoco, der gegen zwei Krieger aus Tlaxcala kämpfte, und warf sich gegen ihn. Coanacotzin sah ihn auf sich zukommen und schrie ihn an: »Komm näher, damit ich dir zeige, daß du zur Familie der Hunde gehörst. Du bist nicht mehr mein Bruder! Komm nur näher!«

Aber er hatte bereits keine Kraft mehr, und sein Bruder Ixtlixóchtil entwaffnete ihn mit zwei Schwerthieben, die er mit beiden Händen ausführte, und brachte ihn als Gefangenen vor Hernán Cortés. Der Kapitän befahl, ihn in Verwahrung zu nehmen und seine Füße und Hände in Ketten zu legen. Er betrachtete den Herrn von Texcoco als eine gute Beute, die ihm vielleicht später noch als Geisel von Nutzen sein könnte.

Angeführt von einer Truppe, die Ixtlixóchitl befehligte, stürmten die spanischen Hauptleute gemeinsam mit den Anführern von Tlaxcala und Texcoco zum letzten Angriff. Wieder kämpften sie Stufe um Stufe. Hernán Cortés hatte erfahren, daß neben Cuauhtémoc auch die Herren von Tlacopan, Ixtapalapa und Xochimilco den Verteidigungskampf um den Großen Tempel führten …

Gefolgt von Tausenden Kriegsschreie ausstoßenden Männern, stürzten sich Cortés, Ixtlixóchitl, Alvarado und Sandoval in die letzte Schlacht. Cuauhtémoc, Matla und die anderen aztekischen Hauptleute kämpften, bis sie keinen Widerstand mehr leisten konnten. Sie gaben den Tempel verloren. Cuauhtémoc und seine Hauptleute traten die Flucht an, während Matla an der Spitze eines Kontingents von Frauen ihren Rückzug deckte. Als Cortés bemerkte, daß die Vornehmen der Stadt sich in der Gruppe befanden, die sich zu den Tempeln von Tezcatlipoca und Tláloc zurückzog, befahl er: »Richtet die Kanonen auf sie! Feuer!«

»Herr, wir haben kein Pulver mehr!« entgegnete Hauptmann Sandoval.

Der Herr der Kaktusblüte war verwundet. Sein Bart war dünn und weiß, und weiß waren auch seine Hände. Sein Gesicht hatten viele Monde beschienen. Viele, viele Monde. Und das kam von den Gesängen der Schneckentrompete. Die Gesänge der Schneckentrompete hatten sein Gesicht mit Falten überzogen, und nun war er ein Greis: der greise Herr Kaktusblüte. Er war verwundet und wußte, daß er den morgigen Tag nicht mehr erleben würde. Nie wieder würde er die Schneckentrompete blasen, um die Stunden zu verkünden. Es gab für ihn keinen Grund mehr zu leben, weiterzuleben. Vor ihm auf dem Boden lagen die Götter, in Stücke geschlagen, geschändet. Ein spanischer Soldat hatte sein Schwert gegen ihn erhoben, um ihn zu töten, er aber hatte ihn mit dem Blick festgenagelt. Der Spanier dachte: »Einen Alten töten … Einen Alten töten bringt keine Ehre.« Und er hatte ihn liegengelassen, wo er war, in der Pfütze des Blutes, das aus seinen Wunden floß. Der Herr Kaktusblüte blickte auf das zerstückelte Gesicht seines Gottes … In seiner Nähe befand sich eine Gruppe junger Krieger und Kriegerinnen im Kindesalter. Auch sie waren verwundet oder hatten sich einfach in die Dunkelheit des Tempels geflüchtet. Nur ein zartes Nachmittagslicht drang herein, als die fremden Krieger aufgetaucht und wieder fortgegangen waren. Man hörte keine Rufe, kein Jammern, kein Klagen, kein Kriegsgeheul, keine Flöten, keine Pfeifen. Die Trommel war still, ganz still. Alles lag in Trümmern. Das Feuer war erloschen. Das Feuer, das seit ewigen Zeiten das heilige Bildnis des Herrn Kostbarer Kolibri erhellte, brannte nicht mehr. Ringsum nichts als Asche. Kalte Asche. Keine halbverbrannten Scheite, kein Kopalharz mehr und auch keine Hände, die Opfergaben darbrachten. Und selbst die Asche war bereits erkaltet und sah schwarz aus. Blutgeschwärzt, so wie die Spuren der Soldaten des Hernán Cortés.

Der Alte schleppte sich bis zur erloschenen Feuerstelle und betrachtete sie. Er konnte nicht einmal mehr weinen. Seine Tränen waren versiegt. Da kauerten die Kinder und warteten auf den Augenblick der endgültigen Hoffnungslosigkeit. Zusammengedrängt, ohne Waffen, schmutzig, des Lebens überdrüssig. Es waren ihrer drei … vier … sieben … dreizehn.

»Dreizehn«, wiederholte der Greis. »Die magische Dreizehn des Lebens!«

Die Kinder blickten fragend zu ihm herüber. Unbeweglich blieben sie in ihrer Ecke hocken, als wären sie vor dem Wind hierher geflohen. Es waren Jungen und Mädchen. Jungen und Mädchen, die vor dem Wind geflohen waren, um sich an dem Ort zu verstecken, in dem sich die toten Götter befanden.

Sie hockten in ihrem Versteck, als der spanische Soldat auftauchte und sein Schwert zückte, um den Greis zu töten. Sie sahen, wie der Soldat sein Schwert unverrichteterdinge wieder senkte, um sich blickte und die Kinder entdeckte. Schon schickten sie sich an, ihn anzugreifen, da aber drehte der spanische Soldat ihnen den Rücken zu, öffnete seinen Hosenschlitz und urinierte. Die Kinder sahen und hörten, wie er sein Wasser abschlug. Er zielte mit dem warmen Urinstrahl direkt auf das Gesicht des Herrn Huitzilopochtli, dessen Augen einst Smaragde geziert hatten, und ging wieder hinaus. Der Greis schaute zu den Kindern. Dann schleifte er seine Füße zu einer alten Steinkiste, die man in eine der Mauern eingelassen hatte, auf denen in Rosa und Grün die Geschichte der Schlachten von Tezcatlipoca gemalt war, und holte eine Dekke aus grobem Agavengewebe hervor.

»Die Stadt ist verloren«, sagte er zu den Kindern, »aber ich schenke euch das hier …« Und er zeigte ihnen eine Handvoll Maiskörner.

Er legte die Maiskörner auf die ausgestreckten gierigen Hände der Kinder. Zwei Maiskörner für jeden. Zwei für die Jungen, zwei für die Mädchen. Eins der Kinder beeilte sich, die zwei Maiskörner in den Mund zu stopfen, und die anderen taten es ihm nach. Der Greis jedoch hinderte sie daran, daß sie die Körner gleich aufaßen. Er fuhr mit seinen schwieligen Fingern in ihre Münder und holte eins der Körner wieder heraus. Dieses legte er jedem in die Hand und sagte: »Eßt nur eins, meine Kinder, nur eins von den Teoxuchitl ... Am Anfang allen Lebens war diese Götterblume ein Geschenk, das uns unser Herr Tloque Nahuaqui machte, der Schöpfer der Welt, der Herr der Blumen, der Herr des Jenseits, der Herr der Nähe, der Herr des Miteinander, der Gott der Götter. Heute nun liegt unser Herr Tezcatlipoca vor uns, von Urin besudelt und in Stücke geschlagen. Auch Huitzilopochtli, unser Herr der Herren ... Und unser Herr Quetzalcóatl. Alles ist zu Ende gegangen, so wie es geschrieben stand, so wie es unsere weisen Amoxua gesagt haben, so wie man es in den Büchern der Bücher lesen konnte ...

Ein Maiskorn, damit ihr am Leben bleibt und den Weg sehen könnt, auf dem die Nacht herabkommt. Ein Maiskorn, damit ihr überlebt. Macht euch auf den Weg und schwimmt. Schwimmt, bis ihr ans andere Ufer kommt.« Er bemühte sich, jedem Jungen und jedem Mädchen in die Augen zu schauen, und fuhr beinahe wehklagend fort: »Das andere Maiskorn ist nicht dazu da, euern Körper zu stärken, sondern euer Herz ... Nehmt es mit euch ... Sobald ihr das andere Ufer der Lagune erreicht, sucht eine Stelle, wo ihr es pflanzen könnt. Solange noch ein Maiskorn auf der weiten Erde von Anáhuac sprießt, wird México Tenochtitlan nie und nimmer zugrunde gehen.«

Das Treffen fand an einem Ort in Texcoco statt, in einem alten und verlassenen Palast am Ufer des Sees. Die Wände waren zerstört und auf dem einst so schönen und glänzenden Boden häufte sich der Schmutz. Fledermäuse flogen umher; vergeblich versuchten zwei Krieger aus Tenochtitlan, sie mit einem Netz zu fangen. Ein Wasserstrahl rann herab und verlor sich zwischen den Steinen, wo sich früher einmal ein Bad mit warmem Wasser für hundert Personen befunden hatte. Die umgestürzten Bäume waren von wilden Schlingpflanzen befallen. Die Wurzeln hatten Teile der Pflasterung aufgebrochen. Und da, in Wurfweite einer Lanze, in Schußweite einer Muskete, befand sich ein vergessener, zerstörter, einsamer Landungssteg, der von Unkraut und Binsen bewachsen war, die wild wucherten und sich unmäßig vermehrten.

Der ganze Ort stank nach Kot, Fledermauskot, und nach vermodernden Bäumen. Ein paar alte Boote mit löchrigem Boden verfaulten im Wasser.

Zur Anlegestelle gelangte man über einen unterirdischen Kanal, der direkt zu einem der Kanäle des Sees und nach Tenochtitlan führte. Eine zerstörte Treppe führte hinab zum Wasser. Häßlich, als wäre sie eine völlig andere, erschien Matla mit überlangen Fingernägeln und scharf geschliffenen Zähnen. Ihr Blick flößte Angst ein. Zwei Ozelot-Kriegerinnen begleiteten sie. Sehnsüchtig blickten sie Matla an. Diese legte ihre Finger, die aussahen wie die Krallen eines Leguans, eines Adlers, eines Jaguars, auf die Lippen.

»Schsch … sie kommen. Gleich sind sie da!«

Kurz darauf hörte sie, wie die Zweige in der Nähe des Wassers knackten. Über die zerstörten Stufen des alten Palastes kamen etwa hundert Frauen. Es waren gesunde, gut gewachsene, wohlgenährte Frauen mit prachtvollen Brüsten. Als sie alle beieinander waren, sagte Matla zu den Frauen: »Ich habe nach euch geschickt, weil unsere Kriegerinnen und Krieger der Sonne, unsere Adler-, Kojote-, Hirsch-, Jaguar- und Ozelot-Ritter erschöpft und krank sind. Ungeachtet des Zustandes unserer Herren und Herrinnen des Krieges haben die Barbaren es nicht geschafft, durchzukommen. Wiederholt haben sie versucht, den Großen Tempel einzunehmen, aber es ist ihnen nicht gelungen. Die Heiligtümer von Tláloc und unserem Herrn Huitzilopochtli sind unversehrt. Doch um weiterkämpfen zu können, brauchen unsere Kriegerinnen und Krieger ein zweites Korn Mais, und nur deshalb habe ich nach euch gerufen, ihr Mondtöchter, ihr Mädchen der Freude …«

Während Matlas Rede näherten sich zehn Boote, die von

jungen Kriegerinnen gesteuert wurden. »In jedem Boot haben zehn Mondtöchter Platz.«

Die hundert Frauen verteilten sich auf die zehn Boote. Als sie bereits eingestiegen waren, erhielt jede ein Obsidianmesser. Die Boote glitten aus der Höhle des in Trümmern liegenden Palastes auf den zarten Mondschein zu, der über das Schilf dahinglitt. Eine spanische Brigantine fuhr vorüber. Sie wurde zu beiden Seiten und an der Spitze von ein paar Booten beschützt, die von Kriegern aus Texcoco gerudert wurden. Als die Nacht langsam in die Dämmerung überging, hörte man die Stimme des spanischen Schiffskapitäns, der Befehle ausgab: »Sperrt eure Augen gut auf! Denkt daran, was unser Befehlshaber Hernán Cortés gesagt hat: Diese Ungläubigen halten keine weitere Schlacht aus. Deshalb gilt es aufzupassen, daß ihnen von nirgendwo auch nur die geringste Hilfe zuteil wird, und dies zu verhindern liegt bei euch, bei eurem Mut und euren wachen Augen ... Erinnert euch an das, was erst vor einer Woche passiert ist, als es zweihundert bis zum Rand mit Ungläubigen beladene Boote schafften, mit Speisen und Waffen für die Kämpfenden bis nach Tenochtitlan zu gelangen, und wie dies Hauptmann Sandoval in arge Bedrängnis gebracht hat ...«

Im Licht der Mondscheibe traten die Umrisse des Schiffes und der ihm als Panzer dienenden Boote hervor, die von gewandten Kriegern mit leisem Ruderschlag gesteuert wurden. Die Wellen klatschten gegen die Binsen.

»Jetzt!«

Matla gab ihren Kriegerinnen ein Zeichen, worauf die zehn Boote dergestalt getarnt wurden, daß sie wie schwimmende, von den Binsen der Lagune dicht bewachsene Inseln aussahen. Die Brigantine und die sie beschützenden Boote fuhren wenige Meter an der Stelle vorbei, an der sich Matla mit ihrer Ladung Mondmädchen befand. Als das Schiff vorbeifuhr, glitten die Boote von Matla langsam voran, fast im gleichen Rhythmus wie die Wellen ... Die Brigantine und die Wachboote setzten ihren Weg fort. Man hörte eine Parole.

»Wer ist da steuerbord?« Drei Matrosen durchforschten die Dunkelheit.

»Ich wiederhole, wer ist da?«

»Tururu, tururu, pli-pli ...«

»Ach, es sind Unken!«

Eine zweite Brigantine, die ebenfalls auf Patrouille war, tauchte auf. Beinahe hätten sie sich gegenseitig angegriffen. Matlas Boote trieben weiter und weiter, geradewegs auf Tenochtitlan zu, als würden sie von der Strömung eines Kanals getragen ... Gleich würde das hinterste Boot der Texcoco-Krieger vorbeiziehen; jetzt war es schon vorbei. Mit einem Mal hörte der Steuermann des Bootes aus Texcoco, das als Nachhut hinter der Brigantine herfuhr, wie sich etwas bewegte. Er spitzte die Ohren, konnte aber das Geräusch nicht näher bestimmen. Da beugte er sich über den Rand des Bootes, tauchte seine rechte Hand ins Wasser und prüfte die Strömung. Er spürte eine merkwürdige Bewegung der Wellen. Die Augen des Kriegers durchforschten den Nebel und das Schilfdickicht. Mit einer kurzen Handbewegung befahl er seinen Ruderern, das Boot in eine andere Richtung zu lenken; er wollte der Sache auf den Grund gehen. Die Nebelwand riß auseinander, so daß der Mond für einen Augenblick stärker hervortrat. Sein leuchtender Strahl glitt wie eine silbrige Spur über die Binsen. Das Boot aus Texcoco befand sich ganz in der Nähe. Der Krieger blickte abwartend um sich. Im nächsten Augenblick erspähte er das erste mit den Frauen beladene Boot. Er nahm seine Pfeife in den Mund, doch bevor er sie blasen konnte, traf ihn eine Lanze und durchbohrte ihm die Brust. Matla selbst hatte die Lanze nach ihm geworfen. Die Kameraden des toten Kriegers gerieten in Bewegung und stießen Kriegsrufe aus. Das Schiff der Spanier wurde von seinem Kapitän zum Stoppen gebracht; es drehte bei und fuhr zu der Stelle, wo der Kampf bereits entbrannt war.

»Zurück! Zurück! Zu den Waffen!«

Jetzt entdeckten auch die anderen Boote der Krieger von Texcoco die Boote der Frauen, und es begann ein Nahkampf, der von beiden Seiten mit äußerster Wildheit geführt wurde. Es erklang ein spanisches Horn, die Krieger von Texcoco stürzten sich in die Schlacht … Durch das Hornsignal alarmiert, näherte sich eine zweite Brigantine. Matla und ihre Frauen fanden im Schilf Deckung, wo sie, scheinbar festsitzend, abwarteten; eine Möglichkeit zu fliehen gab es nicht. Der Kapitän des spanischen Schiffes rief: »Feuer! Feuer! Feuer!«

Er schwenkte sein Schwert, das im Mondschein funkelte. Feuerspeiend nahmen die Lombarden der zwei Brigantinen die Boote mit den Frauen unter Beschuß. Langsam wich der Nebelvorhang. Die spanischen Soldaten erwischten einige Frauen, die versuchten, schwimmend zu fliehen. Ein paar fingen sie lebend. Andere, die verwundet waren, wurden von ihnen getötet. Wer von den Frauen Widerstand leistete, wurde über die Reling geworfen. An Deck der einen Brigantine bedrängten drei Soldaten mit gezogenen Schwertern eine nackte Frau, die einem von ihnen das Schwert entrissen hatte. Die drei Soldaten trieben ihr Spiel mit der Frau, die eine unglaubliche Kraft bewies. Durch ein Täuschungsmanöver der Spanier verlor die Frau das Schwert. Nun war sie vollkommen wehrlos. Einer der Soldaten holte mit seiner Waffe aus, um sie auf ihren Kopf niedersausen zu lassen, doch die Frau griff in der Luft mit beiden Händen nach dem Schwert, daß das Blut nur so spritzte. Der Kapitän des Schiffes tauchte auf.

»Geht beiseite …!« Er legte seine Arkebuse an, zielte auf ihren Schädel und drückte ab.

Leise und unauffällg schwamm Matla zu einer Stelle im Röhricht. Mehrere Frauen schwammen hinter ihr her. Sie schwammen auf besondere Weise, indem sie ihren ganzen Körper ins Wasser tauchten, auch den Kopf, nach mehreren Stößen holten sie Luft und schwammen dann unter Wasser weiter. Zum Luftholen drehten sie sich auf den Rücken und atmeten, den Mund nach oben, ein. Dann tauchten sie wieder unter und schwammen weiter. So gelangten sie bis zum Ufer der Lagune von Tenochtitlan. Matla steckte ihren Kopf aus dem Wasser, blickte um sich und zählte die Frauen, die ihr gefolgt waren und sich gerettet hatten. Sie stellte fest, daß ihre Kriegerinnen verschwunden waren. Sie erklommen einen zerstörten Dammweg und liefen über das felsige Gestein. Plötzlich blieb Matla stehen; aus dem Wasser tauchten noch weitere Frauen auf.

»Eins, zwei, drei, sieben, zehn.«

Die letzte Frau war verwundet; in ihrem Brustkorb steckte eine Lanzenspitze. Als Matla ihr half, sich auf einen Felsblock zu legen, tat sie ihren letzten Seufzer und starb.

»Ich sehe keine mehr …«, sagte Matla und ließ ihren Blick forschend über das Wasser und über die sich im zarten Mondschein wiegenden Binsen schweifen. Sie tauchte ihre Hände ins Wasser der Lagune – vielleicht verriet ihr die Bewegung der Wellen, ob sich noch eine der anderen Frauen dem Ufer näherte. Nein, es hatte sich keine weitere gerettet!

Dem Weg folgend, den ihnen die Felsblöcke wiesen, die einstmals zur Befestigung des Dammes gedient hatten, wurden sie von einem Krieger eingeholt, der zwei verwundeten Frauen half.

»Gehen wir!«

Die Frauen gehorchten Matlas Befehl und gingen auf ein langgestrecktes Haus zu, das scheinbar verlassen und einsam mitten auf einer Chinampa stand. Cuauhtémoc lief Matla entgegen und begrüßte sie.

»Campa uee!«

»Campa uee, Herr! Ich habe die Frauen mitgebracht …«

»Wie viele sind es?«

Matla wies mit der Hand auf die zehn Frauen. Beide betraten, gefolgt von den Frauen, das verlassene Haus. Drinnen herrschte ein Halbdunkel, das von den ersten Strahlen des Morgenrots, das sich über die Stadt ausbreitete, kaum aufgehellt wurde.

In einer Ecke standen zusammengedrängt ein paar Krieger. Die Insignien, die sie trugen, wiesen sie als Tapfere unter den Tapferen aus. Einige hatten Tätowierungen auf ihren Armen. Sie hoben erst ihren Blick, als Cuauhtémoc und Matla nähertraten. Es handelte sich um Adler-, Kojote-, Jaguar- und Ozelot-Ritter … Einige hielten sich auf beiden Füßen aufrecht, da ihnen aber die Kräfte geschwunden waren, lehnten sie sich mit dem Rücken an die steinernen Wände. Andere waren verwundet … ohnmächtig vor Schwäche. Vor Hunger halbtot.

»Herren und Krieger der Sonne«, sagte Cuauthémoc, »es ist die Stunde gekommen, sich zu setzen und auszuruhen.«

Die Krieger kauerten sich nieder. Die Frauen, die Matla begleiteten, traten näher. Ihre Körper waren feucht; auch aus ihren Haaren tropfte noch das Wasser des Sees. Sie streiften die nassen Hemden ab, die ihre Brüste bedeckten, so daß diese völlig entblößt waren. So knieten sie sich hin und boten ihre Brüste den Kriegern dar, die sie in den Mund nahmen und gierig saugten, um ihren Hunger zu stillen.

Es war mitten am Vormittag. Die Sonne schien. Eine strahlende Sonne. Die Sonne der Lagune von Tenochtitlan, der Stadt in den Binsen. Gelb schien die Sonne und zart, gelb und zart wie der Saft der Nance, die früher die Straßen der Stadt säumten. Nach und nach überflutete das Sonnenlicht die Wege von Texcoco. Scharen von Macehualtin, mit Säcken voller Obst, Bohnen, Maisfladen, Kakteenfrüchten beladen, betraten die Stadt. Einige der Männer trugen Käfige mit Truthähnen. Ein immer wiederkehrendes Geräusch war zu hören: Tap, tap, tap, tap, tap, tap, tap … Ein Hauptmann schwang sich auf sein Pferd und verließ im Galopp Cortés' Feldlager. Auf einem kleinen Platz führte eine Gruppe tlaxcaltekischer Krieger unter Anleitung eines spanischen Offiziers Kriegsübungen durch. Sie zielten mit dem Wurfspeer, übten sich im Kampf Mann gegen Mann, ahmten mit ihren Obsidianschwertern die Finten nach, welche die spanischen Schwerter in der Luft vollführten … Tap … tap … tap … tap tap … tap … Das Geräusch schien von allen Seiten zu kommen und übertönte jeden anderen Lärm … Es klang wie ein Händeklatschen … nur viel rhythmischer … Tap tap tap tap tap …

Hoch zu Roß inspizierte Hernán Cortés mit mehreren Offizieren sein Heer.

»Wie viele Frauen sind es gewesen?«

»Hundert ... Vielleicht auch tausend«, berichtete Hauptmann Sandoval.

»Wie sie das nur geschafft haben.«

»Vor zwei Wochen erhielten wir Meldungen, die besagten, daß ein paar Botinnen aus Tenochtitlan sich auf den Weg gemacht hätten, um nach Frauen zu suchen, die gerade geboren hatten oder noch stillten. Die Nachricht erreichte uns aus Chalco, Amaquemecan ... Es wunderte uns, daß sie nach Frauen Ausschau hielten, die erst vor kurzem Kinder zur Welt gebracht hatten. Unsere Kundschafter fanden dafür keine Erklärung, und auch ich fragte mich: was haben sie mit ihnen vor? Sie suchten die Frauen vor allem unter den Kriegerinnen, die in der Lage waren, schwimmend die Lagune zu durchqueren. Kapitän, diese Frauen sind furchtbar. An ihrer Spitze steht eine Priesterin mit Namen Matla.«

»Matla ... Matla ... Das ist die, die Velázquez de León gefangengenommen hat ... Ich erinnere mich an sie ...« Ein Lebenlang würde er sich an sie erinnern, denn sie hatte in dem Augenblick, da er um sein Leben kämpfte, mit lauter Stimme gerufen: »Tötet ihn! Tötet ihn!«

In Erinnerung jenes Augenblicks gelüstete es Cortés nach Rache. Heftig zog er an den Zügeln seines Pferdes und fuhr fort mit der Besichtigung seines Heeres, das an diesem Morgen zum letzten Angriff schreiten würde. Das Pferdegetrappel ging in einem Lärm unter, der sich stetig näherte ... Tap tap tap tap ... tap tap ...

»Gestern nacht haben sie es noch einmal versucht, Kapitän. Ihr Wagemut ist grenzenlos. Mit jedem Vorrücken erfahren wir mehr und mehr über die Krieger, die dort ausharren ... Tag für Tag sterben sie vor Hunger ... Tag für Tag ... Hauptmann Bermejo hat auf einem Dach zwei Adler-Krieger beobachtet, die sich gegenseitig stützten. Als der Hauptmann vorüberging, stieß der eine den anderen wie einen großen

Stein hinunter. Sie haben die Hoffnung immer noch nicht aufgegeben, mit dem Gewicht ihrer Körper den einen oder anderen zu erdrücken.«

»Dummköpfe! Sie sollten endlich begreifen, daß sie geschlagen sind!«

»Es handelt sich um Herren des Krieges«, bemerkte Ixtlixóchitl. »Sie dürfen sich nicht ergeben. Für die Herren des Krieges ist die Einstellung des Kampfes gleichbedeutend mit dem Tod.«

Hernán Cortés schwieg. Seine Gedanken schweiften weit zurück; er erinnerte sich an die Geschichten, die von der Wildheit der Mauren berichteten. Geschichten von Kriegen, an denen er selbst nie teilgenommen hatte. Doch hatte er seine Kameraden davon erzählen hören ... Tap tap tap ... tap tap tap ... Cortés fuhr fort, die verschiedenen Truppenteile der Verbündeten zu inspizieren.

»Heute wird ihr letzter Tag sein«, sagte er und schaute auf Tenochtitlan. Man konnte keine Häuser und keine Paläste mehr erkennen ... Von den Chinampa, den künstlichen Inselgärten, waren die schönen Häuser verschwunden. Alles war zum Auffüllen der Landungsstege und Brücken benutzt worden. Nur noch der Heilige Bezirk und einige Tempel im Herzen der Stadt waren übrig. Die Trommel des Großen Tempels war immer noch zu hören. Hernán Cortés näherte sich einem der Plätze im Zentrum von Texcoco. Hier fand er die Erklärung für das Geräusch, das sich über die Stadt ausbreitete ... Tap tap tap tap ... Es waren Tausende von Chichimekinnen, die auf dem Handteller Maisfladen glatt schlugen, die Verpflegung für das Herr von Texcoco und Tlaxcala. Die Frauen waren von der Hüfte an aufwärts nackt. Es waren einfache Bäuerinnen, deren Ansehen so gering war, daß sie nicht das Recht hatten, ein Hemdgewand zu tragen, das ihre Brüste bedeckte. Zwischen den Handflächen klopften sie den Teig glatt ... Tap ... tap tap ... Andere entfachten die Herdstellen; sie schoben die mit Bohnen gefüllten Töpfe hin und her und bereiteten in riesigen Töpfen Suppe mit rotem

Chilli zu. Mädchen bliesen das Feuer an. In einem besonderen Herdfeuer wurden Truthähne zubereitet, das Mittagsmahl für Hernán Cortés und seine Offiziere. Starren Blicks beobachtete der Kapitän, wie die Frauen den Teig in die Luft warfen und mit ihren Händen die Fladen formten … Tap … tap … tap … tap … tap. Der Wind trieb die Gerüche in die belagerte Stadt México Tenochtitlan hinüber.

In der dritten Stunde des Tages fand ich mich bei der Wegkreuzung ein.

Und ich sagte mir: Nimm den Weg, der zum Meer führt, hin zu den warmen Küstengebieten, hin zu dem erhabenen, unendlichen Wasser. Dann wirst du den Weg erreichen, den unser Herr Quetzalcóatl gegangen ist, und für immer dort leben, wo der Quetzalvogel zu Hause ist, wo sich die Bambushaine verbergen und der Bläuling sein Liebesspiel treibt. Wir gehen weg, gehen weg von unserem Zuhause, wo selbst die Farbe der Morgenröte blasser und blasser geworden ist, wie bei einer alten Malerei.

Alles war jetzt grau in unserem geliebten Tenochtitlan. Die Stadt, in der das Gestern so reiche Früchte trug – durch ihre Kanäle wand sich heute die Traurigkeit. Ich nahm meine alten Bücher, die von Gott sprachen, vom Leben, von den Blumen; meine alten Bücher, die erzählten, wie es früher einmal gewesen war, als auf dem Texcoco-See nur die Reiher auf dem Wasser wohnten. Doch da, in einem Winkel, welcher die Ecke sein sollte, um die ich fliehen wollte, stand sie. Ihre Gestalt warf einen klaren Schatten. In ihrer Begleitung befanden sich mehrere Kriegerinnen, so jung wie sie, doch kraftlos schon von all den Kämpfen und mit Wunden am Körper, wie sie auch. Sie führte eine Gruppe an, die Steine einsammelte, die letzten Steine, die Tenochtitlan noch besaß, und die für sie wie Gold, wie Jade, wie Blumen, wie die Winde über der Lagune waren und die nun auch zum Teil unserer Freiheit wurden. In diesem Augenblick entdeckte sie mich. Ihre Augen waren auf mich gerichtet, starrten auf meinen Wanderstab.

»Wohin wandert der Herr Acolmiztli?« fragte sie mich.

Ihre Worte klagen in meinen Ohren wie ein Pfeil, der den Flug des Reihers über den blühenden Binsen abschneidet.

Sie sprach mich nicht mit Herr Amoxua, Meister, an, so wie die Leute mich gewöhnlich zu grüßen pflegten. Statt dessen nannte sie mich bei meinem Namen.

»Wohin geht der Herr Kraft des Ozelot?«

Dann heftete sie ihren Blick, als wäre er ein Dolch, auf meinen Wanderstab.

»Ich sehe, daß du auf und davon gehst, Meister.«

»So ist es, Matla, das Echo meines Stabes sagt es.«

»Weißt du denn, wohin du gehst, Meister?«

Ihre Frage ließ mich stocken. Ich wollte ihr die Richtung meines Weges nennen, ihr sagen, daß ich, auf meinen Stab gestützt, das Meer mit dem unendlichen Wasser erreichen wollte, doch sie, den Blick nun von mir abgewandt und zur Sonne gerichtet, fuhr in ihrer Rede fort, und die Worte, die sie vorbrachte, waren leise und voller Respekt.

»Meister Acolmiztli, ich erinnere mich an deine Lektionen im Haus der jungen Kriegerinnen, als ich von dir lernte, wie man, dem Echo des Stabes folgend, die Schritte durchs Leben lenkt ... Und jetzt willst du gehen? Läßt uns allein? Ist es die Angst, die dich wegtreibt? Erfreuen dich nicht mehr die Gesänge? Die Wege, Meister, die von Tenochtitlan ausgehen, führen heute nirgendwo mehr hin.

Ich erinnere mich, Meister Acolmiztli, wie ich aus deinem Mund zum erstenmal die Geschichte unseres Tempels hörte, des Tempels, den du heute verlassen möchtest, um Zuflucht zu finden im Land des Quetzalvogels. Hat dich dein Gedächtnis verlassen? Du hast uns gelehrt, daß in jeder Chichimekin der Zauber wohnt, der sich zwischen den Flügeln des Kolibris verbirgt. Du hast zu uns gesagt: ›Wir haben die Wege gebaut, die über das Wasser führen. Wir haben im Wasser eine Furche gezogen, und dort, wo es nichts gab, haben wir Chichimeken dafür gesorgt, das alles erblühte, selbst die Nester der Reiher.‹ Erinnerst du dich, Meister Acolmiztli? Wenn man von dir sprach oder andere Meister deinen Namen im Munde führten, sagte ich, daß es undenkbar wäre, daß du älter bist als die Zeit, denn du warest am Tage Ce Mazatl des Jahres Ce Tochtli geboren. Man sagte zu mir: ›Wenn der Herr Amoxua am Tage Eins Hirsch des Jahres Eins Kaninchen geboren ist, ist er ein Mann, der so alt ist wie die Ufer des Sees.‹ Aber ich, Herr Acolmiztli, konnte es nie mit Sicherheit wissen. Du warst der Weiseste unter den Weisen. Und als wäre es erst gestern geschehen, als hätte ich selbst es erlebt, erzähltest du voller Liebe von der Zeit, da sich die Ankunft des chichimekischen Kriegers ereignete. Des Kriegers, der die Stadt Tula zerstörte, der von Xólotl kam und nach Tenayuca gelangte, um in Texcoco zu enden. Und nun, Herr, folgst du dem Echo deines Wanderstabes und gehst fort. Ist es wahr, daß du so weit fortgehst? Glaubst du wirklich, daß die Soldaten von Topiltzin dich nicht fassen und dir das Schicksal erspart bleibt, den Hunger seiner Hunde zu befriedigen?

Ach, Herr Acolmiztli, du folgst weiter dem Echo deines Stabes und weißt nicht, daß du den Weg zurückgehst! In den Ratssitzungen des Dreibundes hast du stets Schweigen bewahrt, wenn unser Herr Moctezuma seine Fragen stellte …«

»O Matla, Herrin des Krieges, weil mir alles bekannt war, weil ich es gelesen hatte.«

»Was hast du gelesen? Daß wir den Hunden als Nahrung dienen? Daß unsere Kinder ungeboren bleiben? Daß die Blumen des Sees dahinwelken? Heißt das, daß du keine Zunge hattest, um dein Schweigen im Herzen der Hoffnung zu begraben? Und nun fliehst du, fliehst du … Ach Meister! Du denkst, daß du deinem Wanderstab folgst, doch in Wirklichkeit ist es die Angst, die dich treibt …«

Sie erhob sich herausfordernd und nahm mir den Stab aus der Hand. Sie schlug ihn an den Steinen und wiederholte: »Herr Acolmiztli, dein Wanderstab ist zu nichts mehr nutze … Wenn Tenochtitlan zu existieren aufhört, wird es nirgendwo auf Erden einen Fleck für das Herz eines Menschen geben. Geh den Weg zurück, Meister, geh ihn zurück!«

Gekränkt und die Tränen, die mir in die Augen stiegen, zurückhaltend, sammelte ich die Reste meines Wanderstabes ein und kehrte auf dem nie endenden Weg, auf dem ich gekommen war, nach Tenochtitlan zurück.

Es war, als würde die Freude wieder Einzug halten. Seit der Nacht blitzte es im Gebirge, dort, wo die Herren des Rauches in den Himmel ragten. Zuerst waren es ein paar vereinzelte, vom Winde herbeigewehte Tropfen ... Dann brach die Himmelslagune über der Stadt herein, und es begann zu regnen. Es regnete in Strömen. Die Leute von Tenochtitlan hatten noch nie solch einen Regen erlebt. Die Kriegerinnen und Krieger gebärdeten sich vor Freude wie verrückt. Sie tanzten in den Schlammpfützen und nahmen die nasse Erde auf. Regen! Es regnete!

Mit aller gebotenen Feierlichkeit opferten sie auf der Plattform des dem Regengott geweihten Tempels ein paar spanische Soldaten. Einer der Soldaten schrie um Hilfe. Das Wasser rann unaufhörlich herab. Die Kanäle füllten sich bis über den Rand. Man hörte das heitere und hartnäckige Geräusch der Sturzbäche, die sich von den Bergschluchten in den See ergossen. Es regnete, und als es tagte, regnete es immer noch. Auch am Tag dauerte der Regen fort. Ein rhythmischer, monotoner Regen, der jedoch nicht mehr so tobte wie in der Nacht. Nun hatten die Krieger und Kriegerinnen von Tenochtitlan reichlich Vorrat an Wasser. Sie stillten ihren Durst und waren glücklich. Die Priester sagten, daß dies ein gutes Omen wäre. Die Götter waren aufgewacht und kehrten durch das Innere des Himmels zurück. Es regnete! Und alle, alle hatten getrunken ...

In beiden Händen, in der linken wie in der rechten, hielt Matla die Poesie. Seit der Morgen erwacht war, vollführte sie unter dem Regen ihren Tanz. Gleich ihr tanzten auch andere Kriegerinnen. Malta wußte, daß nach dem Regen die Schößlinge der Pflanzen wieder treiben und sie ihren Hunger stillen würde. Morgen erwachte das Feld zu neuem Leben. Außerdem hatten alle feuchte Erde gegessen. Mitten im Regen hatten die Spanier einen ihrer Vorstöße unternommen, doch hatte Matla zehn von ihnen gefangengenommen. Sobald die Sonne den Tag färbte, würde sie sie rot anmalen, ihre nackten Körper rot anmalen; rot die Füße, rot die Hände, rot ihre gelbblonden Bärte, und dann würde sie sie mit einem Strick fesseln und jedem einen gelben Stab in die Hand drücken und sie danach den Kindern übergeben, damit diese sie zum Großen Tempel führten. Der Herr von Tenochtitlan tanzte neben ihr. Der Herr von Cuitláhuac begleitete sie bei ihrem Tanz. Auch der Herr von Tlacopan tanzte an ihrer Seite. Er tanzte und tanzte. Gemeinsam mit ihnen vollführte der Herr von Tlatelolco seinen Tanz, bis er erschöpft zu Boden sank.

»Nun ist sie wirklich da, die Stunde des Tanzes«, hatte der Herr Tetlepanequetzalzin gesagt.

Sie würden zu den Ufern des Sees gehen und das Blau des Wassers betrachten und über dem See diesen und jenen Vogel kreisen sehen, Vögel, die vor den Schüssen, die Topiltzin abfeuerte, nicht erschreckten. Morgen, ja morgen würden sie gemeinsam beobachten, wie die Kräuter von neuem sprossen … Wenn die Kräuter wieder wuchsen, würde Tenochtitlan gerettet sein. Dann brauchten sie nicht mehr zu hungern. Die Verwundeten, die Krieger, die Kranken, alle würden Kräuter essen.

»Ruf die Frauen zusammen«, forderte Cuauhtémoc sie auf. »Es tut nicht not, daß du sie zählst. Ruf sie einfach zusammen. Sprich zu ihnen, wie ich zu dir gesprochen habe. Erinnere sie an unsere Götter … Tetlepanequetzalzin und ich müssen an einem anderen Ort etwas erledigen. Sag ihnen, daß sie unser Volk hervorgebracht haben. Sie sterben bereits bei der Geburt, da sie der Sonne Krieger schenken. Und sie sind die Witwen, die mit aschebestreuten Häuptern, Händen und Kleidern umherziehen. Sprich zu ihnen von unserm Herrn der Blumen und von jenen, die gestorben sind, um unser Land vor der Barbarei und der Ignoranz zu retten, die Topiltzin und seine Hunde über uns bringen. Sag ihnen, daß wir morgen eine neue Stadt bauen werden, mit einem Rot, das röter ist als die Blüten des Feigenkaktus, mit einem Grün, das grüner ist als die Blätter der Kakteen, mit einem Rosarot, das kräftiger ist als die zarte Morgenröte über dem See, und mit Blau, mit unendlich viel Blau ... Und wenn du willst, sag ihnen zum Schluß, daß es nun an ihnen ist, den Krieg zu beenden, den wir Männer in schlechter Weise begonnen haben, als wir nicht auf deinen Rat hörten, Topiltzin zu fassen, zu zerstückeln und seine Asche in die Kanäle des Sees zu werfen. Und wenn du dann noch über Worte verfügst, sag ihnen ...«

Matla erschien vor ihren Kriegsgefährtinnen mit geschorenem Kopf. Nachdem die Herrin Schöne Geschorene gestorben war, war Matla die nächste Anwärterin auf ihren Platz, auch wenn der Rat der Herren sie noch nicht dazu bestimmt hatte. Sie trug die Gewänder der großen Priesterin; ihr Gesicht zierte ein schwarzer Streifen, der von einem Auge zum anderen ging. Die Frauen hatten sich in einer halbzerstörten Galerie versammelt, wohin Matla sie gebeten hatte. Sie waren zwischen elf und fünfzig und sämtlich bewaffnet. Es waren die Kriegerinnen der Sonne.

Über ihre Köpfe reckten sie die verschiedensten Waffen empor: spanische Schwerter, Arkebusen, Armbrüste, Jagdspieße, mit Obsidiansplittern besetzte Keulen, Pfeile, Bögen.

»Und die Nägel?«

Die Frauen legten die Waffen zu Boden und zeigten ihre Fingernägel, die genauso lang und gebogen waren wie Haken oder kleine Dolche. Matla musterte die Kriegerinnen, die tapfer und wild dreinblickten. Nun prüfte sie die Zähne. Alle hatten sich die Zähne spitz feilen lassen, so daß sie jetzt so scharf waren wie die Hauer von Raubtieren.

»Herrinnen des Krieges ... In México Tenochtitlan haben die Kinder, die Männer und die Alten ihren letzten Kampf gekämpft. Nun ist es an uns Frauen, die Schlacht zu führen! Wir werden beweisen, daß es noch nie einen Mann gegeben hat, der besser gewesen wäre als wir Frauen. In beiden schlägt das gleiche Herz.«

»Campa ueeeee!« antworteten sie im Chor.

»Auf das Leben! Auf das Leben! Auf die Freiheit!«

In Zwanzigergruppen verließen sie die weite Galerie, um ihre Posten dort einzunehmen, wo zuvor die Männer die Stadt verteidigt und dabei den Tod gefunden hatten.

Als der Regen aufhörte, kam es zwischen den Frauen von Tenochtitlan und den Männern aus Spanien zu einem erbitterten Kampf.

Unterhalb der Mauern eines zerstörten Palastes schritt eine spanische Patrouille vorüber, gefolgt von tlaxcaltekischen Schutzwachen. Ein verwundeter Adler-Krieger beobachtete sie. Die Patrouille gehörte zu jenen, die den Großen Tempel von Tenochtitlan belagerten.

»Was machen wir?« fragte eine junge Kriegerin.

»Wir legen ihnen einen Hinterhalt«, antwortete eine andere, die jünger war als die erste.

»Aber wie? Wir besitzen keine Waffen mehr. Alles ist uns ausgegangen, die Speere, die Pfeile ...«

Sie näherten sich einer Gruppe verwundeter und im Sterben liegender Krieger.

»Sie sind unsere letzten Waffen.«

Die verletzten Krieger begriffen, was die Mädchen mit ihnen vorhatten. Weit beugten sie sich über die mit Dornen bekrönte Mauer, gerade als der Spähtrupp der Spanier an ihr vorüberging.

»Jetzt!«

Da warfen die Mädchen die verletzten Azteken auf die feindliche Patrouille, als wären es Felsblöcke.

Hernán Cortés und Hauptmann Sandoval wurden von einem Boten angehalten.

»Wir brauchen Hilfe bei den Schwimmbecken.«

»Hilfe? Wozu braucht ihr noch Hilfe, wenn die Indianer bereits geschlagen sind?«

»Ein Trupp von Kriegerinnen ist aufgetaucht, von denen

jede wie zehn Männer kämpft. Sie haben unseren Hauptmann getötet … Es war schrecklich, Kapitän, einfach schrecklich! Mit ihren Zähnen haben sie ihm die Kehle durchgebissen!«

Hernán Cortés galoppierte zu den Schwimmbecken der Schulen. In einem der Becken kämpfte eine Zwanzigergruppe Frauen. Cortés ritt heran. Auf sein Zeichen ertönte das Horn. Die Krieger aus Texcoco ließen plötzlich von den Frauen ab und zogen sich an den Rand des Beckens zurück. Die Frauen waren umzingelt.

Hernán Cortés betrachtete die Frauen. Von der Höhe seines Pferdes wirkten sie wie aus Lumpen gemachte Puppen, mit denen man spielen könnte. Cortés befahl seinen Mannen, Bogen und Pfeil bereitzuhalten. Grausamkeit lag in seinem Blick, als er noch einmal kurz zu den Frauen hinabsah. Dann sagte er: »Die Armbrüste hierher … die Pfeile dorthin … und da die Wurfspeere … Fertig?« und er befahl, sie zusammenzuschießen.

Matla eilte von einem Dachgarten zum anderen. Die Mehrzahl der Tempel von Tenochtitlan befand sich in den Händen von Hernán Cortés' Truppen. In Matlas Rücken befand sich das Adler-Tor, das direkt zum Großen Tempel zeigte, etwas entfernt die Lagune.

Drei greise Azteken, Priester allesamt, stellten sich ihr in den Weg und sprachen sie an. Sie hielten es für besser, dem Weg zu folgen, den die Krieger von Churubusco gegangen waren.

»Sie haben sich ergeben!«

»Ergeben? Jetzt sind wir ganz allein.«

»Noch bleiben uns die Krieger aus Tlatelolco. Doch auch sie können uns nicht mehr helfen. Alles ist vergeblich … Wir werden zugrunde gehen … Besser, wir ergeben uns.«

»Habt ihr eure Absicht unserem Herrn Cuauhtémoc kundgetan?«

»Wenn wir das täten, würde er uns auf der Stelle töten lassen.«

Matla blickte sie mit dem Ausdruck tiefer Verachtung an. Doch die Priester waren schon sehr alt …

»Die Krieger der Sonne haben diesen Krieg begonnen«, sagte Matla scharf. »Es war ein Krieg zu unrechter Zeit. Erst ließen sie sich von Topiltzin beeindrucken, und nun wollen sie das Salzwasser des Texcoco-Sees mit leeren Träumen aufhalten. Wie absurd! Wie könnten wir mit bloßen Händen das salzige Wasser des Sees bannen, wenn unsere Großväter dafür die Hälfte ihres Lebens gebraucht haben. Topiltzin und seine Kriegshauptleute sind nur als Sandalen für kurze Wege gut! Die Krieger haben immer gewußt, wann der Augenblick gekommen war, einen Krieg zu beginnen, aber nie haben sie geschafft, ihn zu beenden.

Uns ergeben? Jetzt, da wir schon bei Tagesanbruch auf den Wegen zartes Gras gegessen haben? Heute morgen sind die Kinder und die kranken Frauen losgegangen, um frische Grashalme zu suchen. Wir haben noch eine Hoffnung. Wozu uns ergeben? Wir haben die Eier des Stieglitzes geschlürft und ihre Schalen gegessen. Wir haben uns von Tierhäuten ernährt, von Lederstücken, von Lilienstengeln. Wir haben aus den Regenpfützen getrunken. Irgendwann einmal hatten wir keinen einzigen Maiskolben mehr zu essen. Die Herren der vier Stadtteile Teopan, Moyotlan, Aztalco und Cuepopan sind tot. Wenn wir uns ergeben, erwartet uns das Elend der Bleichgesichter.

Das hat auch unser Herr Cuauhtémoc gemeint, als er sagte: ›Das Elend wird nicht die Bäche von Tränen lindern, die auf unsere Söhne, auf unsere Töchter herabkommen …‹ Mögen sich die Männer ergeben! Wir Frauen werden das nicht tun. Wenn wir uns jetzt zurückziehen, da die Grashalme von neuem sprießen, wer wird dann unsere Götter hüten, den Gott des Mondes, den Gott der Sonne, den Gott des Wassers? Wenn wir heute den Kampf einstellen, wird man morgen von uns sagen: Seht, da geht die Tenocha-Frau, die Tochter der Tochter, die sich vor den Hunden benäßt hat. Da geht sie und führt das Elend mit sich, sie, die keinen Mut besaß, die vor den Hunden davongelaufen ist, die sich nicht als würdige Schwester der Adler-Kriegerin, der Kojote-Kriegerin, der Ozelot-Kriegerin, der Jaguar-Kriegerin erwiesen hat. Uns ergeben? Niemals! Niemals! CAMPA UEEEEEE …!

Wenn die Hunde den Krieg gewinnen, werden sie uns morgen zwingen, das Gewerbe von Huren auszuüben … Dann werden wir überall herumlaufen und suchen, was wir heute noch nicht verloren haben.«

Die schmutzigen und verwundeten greisen Kriegsherren schwiegen. Es gab in der Tat keine Männer mehr. Auch die Kinder waren gestorben. Und doch erwachte die Stadt zu neuem Leben, es hatte geregnet. Es war nicht nötig, daß Matla sie an die nachdrücklichen Worte erinnerte, die Cuauhtémoc vor den Stufen des Großen Tempels mahnend zu ihnen gesagt hatte.

»Wenn wir diesen Krieg verlieren, werden sie uns nur benutzen, damit wir für sie Töpferwaren herstellen und Ton brennen. Keiner wird jemals mehr die mexikanische Sprache hören … Dann werden wir keine Zahl mehr sein, so wie die Binsen im See … Wir werden keine Reiher mehr sein … Wir werden nicht mehr fliegen können … Und kommen wird die Gemeinheit, das Laster … Unsere Gesichter werden gebrandmarkt. Und die Dächer der Häuser werden zerstört zusammenfallen … Unsere Götter werden für immer verstummen … Ich weiß, wenn wir diesen Krieg verlieren, wird man nicht einmal mehr in der Wüste von uns sprechen, von uns, den Tenochca, den Bewohnern von México Tenochtitlan … Nicht einmal in der Wüste wird man unsere Namen erwähnen …!«

Cuauhtémoc und die Herren von Tlacopan, Cuitláhuac und Tlatelolco hielten in den Gewölben eines verlassenen Palastes Rat. Ein Adler-Häuptling erstattete Bericht. Die Schilderung der Ereignisse spiegelte sich in den Gesichtern derer wider, die ihm zuhörten.

»Hier, in Tenochtitlan, haben wir den Krieg verloren!«

»Was ist mit den Frauen?«

»Sie sind verwundet ... tot ... vergewaltigt ... gefangengenommen ... Die, die besonders tapfer waren, hat man an die Schwänze der Pferde gebunden und über die Erde geschleift. Heute abend haben wir die letzte Handvoll Kräuter verteilt, die wir nach dem Regen eingesammelt haben. In den Straßen vermehrt sich das Ungeziefer. Die Wände sind blutbespritzt. Rot ist das Wasser der Lagune, rotgefärbt vom Blut der Kriegerinnen, die der Tod ereilte. Es gibt kein Trinkwasser mehr. Wenn wir trinken, ist es, als würden wir reines Salz trinken. Wieder treiben wir unsere Zähne in die feuchten Lehmziegel, um auf unserer Zunge einen Hauch von Feuchtigkeit zu spüren. O ihr Herren von Tenochtitlan, Tlatelolco und Cuitláhuac, wir haben nicht einmal mehr Frauen, die in den Tod gehen könnten! Alles, was wir tun konnten, haben wir getan.«

»Nicht alles!« sagte Cuauhtémoc.

»Was bleibt uns noch?« fragte Tetlepanequetzalzin.

»Zu sterben. Aber es gibt noch etwas anderes, was wir tun müssen und sollten. Wir sollten den Tapfersten unter uns die Gewänder und die Waffen des Herrn Ahuízotl, meines geheiligten Vaters, anlegen lassen ...«

Sie waren überrascht und doch erfreut zugleich.

»Ihr wißt, daß der Schild geheiligt ist und Tradition und Bücher verheißen, daß Tenochtitlan nie untergehen wird, solange diese Waffen geschwungen werden ... Die Krieger aus Tlaxcala, Cholula und Huexotzinco haben Hernán Cortés verlassen, als der Morgenstern sich versteckte ... Aber ihr wißt, als der Stern wieder erschien, kehrten sie zurück. Als Matla den selbstmörderischen Angriff vorbereitete ...«

Er hielt inne und bemerkte, daß Matla sich nicht unter den Rat haltenden Herren befand.

»Wo ist Matla?«

»Sie ist nicht gekommen, und wenn sie nicht gekommen ist, dann nur aus zwei Gründen: entweder ist sie tot oder gefangengenommen ...«

Cuauhtémoc senkte den Blick. Doch gleich darauf faßte er sich wieder.

»Wir werden den Tapfersten mit dem geheiligten Schild und dem geheiligten Speer ausrüsten, und der Sieg wird unser sein.«

XXIX

Es stand in unseren Büchern. Und als Kinder hatten wir es in der Schule gelernt. Die Lehrer erzählten uns die Geschichte immer wieder: Ahuízotl, der große Herr von México Tenochtitlan, hatte eines Nachts den Schild erhalten und dazu den Umhang, die Keule, den Pfeil und Bogen und einen langen starken Speer, den nur ein kräftiger und großer Mann handhaben konnte.

Zu seinen Lebzeiten hatten diese Waffen dem Herrn Quetzalcóatl gehört. Es waren die Waffen, mit denen er gegen die Männer des Kautschuks, die Olmeken, gekämpft hatte ... Die Waffen waren von toltekischen Handwerkern hergestellt worden, jenen Weisen, die auf die Sterne hörten, Bücher schrieben und prachtvolle Städte erbauten. Die Waffen kamen aus Tula, der geheimnisvollen Stadt der Träume, wo die Götter tausend Jahre leben.

Vor den Kriegern aus Tlaxcala erschien Tlapaltecatlopoctzin, der Herr des Krieges. Er trug die geheiligten Gewänder von Ahuízotl und Quetzalcóatl, so, wie auch sie es in ihren Büchern gelesen hatten. Als sie ihn erblickten, blieben sie wie versteinert stehen. Tlapaltecatlopoctzin ergriff den schweren Speer und warf sich gegen die Patrouille, die erschreckt zur Seite wich. Aber hinter der Patrouille stand in aufrechter Haltung ein spanischer Hauptmann mit geladener Muskete. Das war es, was Cuauthémoc und den Herren des Rates wenig später berichtet wurde ...

Hernán Cortés durchritt alle Winkel der großen Stadt México Tenochtitlan … Die Krieger, die Monate voller Angst und Besorgnis zugebracht hatten, übten jetzt Rache an allem, was sich bewegte, lief oder redete. Die spanischen Soldaten gingen dazwischen, um dem Rachedurst der Krieger aus Tlaxcala, Cholula, Chalco und Texcoco Einhalt zu gebieten. Die Soldaten wollten keine Toten, sie wollten Sklaven.

»Zerstört alles!« befahl Cortés. »Alles! Ich will in dieser Teufelsstadt keinen Stein mehr auf dem anderen sehen. Damit morgen keiner, nicht einmal im Traume, sagen kann, daß hier einmal Tenochtitlan gestanden hat!«

Er gestikulierte, schwang das Schwert, brüllte, und die Offiziere zogen los, um seine Befehle zu erfüllen.

»Daß mir kein Stein auf dem anderen bleibt! Nicht einer! Damit keiner jemals sagen kann, daß dies die Stadt México Tenochtitlan gewesen ist! Keiner!« Er griff nach den Zügeln, gab seinem Pferd die Sporen und ritt zu dem Platz, wo sich früher der große Markt von Tlatelolco befunden hatte.

In der Stadt herrschte Chaos. Immer wieder kam es vor, daß dieser und jener spanische Soldat eine Frau überraschte, die schwimmend zu fliehen versuchte. Die Soldaten aus Kastilien und Aragón nahmen die verwundeten Frauen gefangen und drückten ihnen auf der Stelle das Brandeisen auf. Das war der Grund, weshalb sie mit Feuerbecken umhergingen.

»Die gehört mir! Die gehört mir!« riefen sie und drückten das glühende Eisen auf die Schultern der Frauen; bei den häßlichen und alten auch auf eine Gesichtshälfte. In einem verlassenen Hof versteigerte der Schatzmeister Alderete eine Gruppe von Gefangenen. Der fünfte Teil gehörte der Kirche. Unter den Sklaven befanden sich kleine Jungen, kleine Mädchen … Und eine Frau. Die Hälfte ihres Gesichtes war verbrannt, die Wunde näßte immer noch … Auf der linken Seite konnte man die Reste einer Tätowierung sehen. Es waren Schmetterlingsflügel.

Ihr Kopf war geschoren und ihr Körper mit Lumpen bedeckt … Sie konnte sich nicht mehr auf den Beinen halten und bewegte sich nur noch kriechend. Die Frau war Matla. Niemand hätte bei ihrem Anblick vermocht, in ihr die Schönheit von einst wiederzuerkennen. Sie hatte ein Auge und beinahe alle Finger ihrer rechten Hand verloren. Nun war die Reihe an ihr, versteigert zu werden. Ein Soldat hob seinen Finger, doch als er an sie herantrat und sie sich näher anschaute, unterdrückte er sein Angebot. Alderete erteilte dem Versteigerer das Wort. Er deutete auf Matla, die sich gegen einen Stein lehnte.

»Wieviel bietet ihr für diese Alte?«

»Einen halben Duro ... Einen halben Duro ...«

»Silber oder Kupfer?«

»Kupfer! «

»Das ist weniger, als ein Schwein kostet ... Wie dem auch sei, nehmt sie.«

Cristóbal Flores nahm den Hammer in beide Hände und hielt ihn hoch über seinen Kopf ... Er gedachte ihn niedersausen zu lassen, einmal, zweimal, so oft, bis die Hammerschläge die Zahl der Verluste, die auf seiner Seele lasteten, erreichten. Vor ihm standen die Brüder Alvarado: sauber, strahlend, fröhlich, Jorge, Gonzalo, Juan und ihr Bruder Pedro de Alvarado, der sich schon als Vizekönig von Neuspanien sah. Ein Hammerschlag für jede Erinnerung. Eine Erinnerung für jeden der Unglücklichen, die mit ihrem eigenen Blut ihre Namen auf die Wände des Großen Tempels von Tenochtitlan geschrieben hatten, bevor ...

»Hier hat Benítez seine Tage beendet ... Gott erbarme sich meiner ...«

»Es lebe Spanien! Solís der Greis.«

»Hier haben wir Verratenen unser Leben ausgehaucht.«

Unter der letzten Inschrift stand kein Name. Wer nur hatte sie verraten? Hernán Cortés wollte nicht, daß darüber in den Briefen gesprochen wurde.

Cristóbal Flores befand sich auf der Spitze eines Tempels, den man in eine Kirche verwandelt hatte, die der Jungfrau

Maria geweiht war, der Mutter Gottes, der Schutzheiligen der Fischer, die Errettung der Christenheit … Mutter der Mütter … Die Mutter der Christen mit dem seltsamen Namen, die dastand wie die Muttergöttin der aztekischen Welt. Flores hob seine Hände leicht in die Höhe und schlug den Holzhammer gegen die Nicolás-Glocke … Ton … ton … ton … ton … ton … ton … An einem Holzbalken auf der oberen Plattform des Tempels hatte man die Glocke angebracht, die nun über das Schweigen der Trommeln hinwegtönte, die nicht mehr erklangen, nie wieder erklingen würden. Er ließ das Seil am Glockengerüst hin und her tanzen … Tantan tantan tantan ton ton ton tooon … Für die, die ohne Beichte gestorben waren … Ton ton … Für die Verwundeten, die im Sterben lagen … Ton ton … Für die Traurigkeit derer, die den Krieg verloren hatten … Ton … ton … Für die, die gesiegt hatten … Ton ton ton ton ton ton ton ton …

Die Glocke war wie ein Mädchen, das zu Fronleichnam festlich gekleidet durch die Straßen von Sevilla ging. Sie läutete für die Zeit … Ton ton. Für das, was geschehen war … Tan tan tan … Für das, was geschah … Ton ton ton. Für das, was an diesem Morgen geschehen würde, zur ungelegenen Zeit, und was in der Geschichte von México Tenochtitlan bereits geschah.

Die Glocke schrillte durch die Luft. Die Seiltänzerin der Zeit, die man aus Kuba hergebracht hatte. Die mit buntem Papier Geschmückte, die sich am Balken hin und her wiegte, so wie die Binsen, die auf dem See von neuem erblühten … Tan tan tan … Auf die neugeborenen Kinder, die auf Namen getauft worden waren, die aus Córdoba, Andalusien, Sevilla, Toledo stammten. Auf die Namen derer, die gefallen waren … Auf die, die kämpften, bis das Feuer in ihrer Brust erlosch, auf die verwundeten Helden, die keine Fürbitte, keine Saat, keine Ernte und keine Freude würden einsammeln können. Für die Herren der Traurigkeit … Für die, welche ihre Gebeine auf den Wegen zurückgelassen hatten; für die, die nicht mehr weiter konnten; für die, die so viel hingegeben hatten, daß dank ihrer die Nicolás-Glocke läutete – bewegt und in Schrecken versetzt von dem mächtigen Holzhammer, den Flores in Händen hielt … Ton ton ton ton …

»Wir brauchen eine kleine Glocke, die sie begleitet«, hatte Fray Bartolomé de Olmedo gesagt.

Das war nur eine Frage der Zeit. Der Herr Kapitän hatte bereits Leute nach Taxco geschickt mit dem Auftrag, kleine Glocken aus Silber anfertigen zu lassen. Kleine Silberglöckchen für den gedeckten Tisch des Herrn Oberrichters von Neuspanien und Generalkapitän Hernán Cortés.

Die Glocke läutete selbst im Namen derer, die, so wie Pedro Solís, stets Angst gehabt hatten und mit ihrer Angst gestorben waren.

Aus den fernen Orten rund um Texcoco kamen die Bewohner. Sie folgten einem Befehl. Dem ersten Befehl. Die Glocke wird ertönen: Ton ton ton … Und es würde sein, als spräche Gott selbst zu ihnen. Alle sollten auf das Glockenläuten herbeieilen. »Alle Indianer, alle!« hatte Hernán Cortés gesagt. Wo immer sie die Glocke vernahmen, dort sollten sie sich hinknien. Sie wußten schon, daß die Glocke zum Morgen- und zum Abendgebet läuten und rufen würde. Nicht die Unmenschen schrien, sprachen, riefen – es rief die Glocke, es schrie die Glocke, die Nicolás, die Glocke. Jeder, der nicht auf das Echo der Glocke herbeieilte, würde eine Hand, ein Auge verlieren, vielleicht auch beide Hände oder beide Füße. So lautete der Befehl des Herrn der Herren, des Herrn Heiteres Gesicht, des Herrschers von Meer zu Meer, des Oberrichters, des Generalkapitäns Hernán Cortés, Hauptmann von Kastilien und Aragón, Gesandter ihrer hochehrwürdigen Majestäten … Ton ton ton … Langsam durchlöcherte die Nicolás-Glocke mit dem Widerhall ihres Rufes den Morgen.

Aus den verschiedenen Vierteln von Texcoco eilten die Menschen herbei und erfüllten so den Befehl von Hernán Cortés. Sie kamen mit Blumen. Mit unzähligen Blumen. Tausende und aber Tausende eilten herbei mit Blumenschalen in den Händen. Blumen schmückten auch den Anfang des

Hauptweges. Nicht anders hatten die Einwohner von Tenochtitlan Hernán Cortés und das Heer ihrer Majestät Don Carlos I. von Spanien und seiner vielgeliebten Mutter Doña Juana von Kastilien und Aragón empfangen. Aber das war gestern gewesen, am Tag des Tages.

Unter dem eifrigen und strenggläubigen Blick von Fray Bartolomé de Olmedo stellten die kunstfertigen Blumenschöpfer Papierblumen und Kreuze aus Blättern der Agave her. Die Einwohner fragten sich: Wer ist es, den man erwartet? Welcher große Herr verdient solch einen Empfang? Denn der Befehl lautete, nicht nur den Haupteingang nach Texcoco zu schmücken, sondern auch alle Straßen. Es wehten Tausende Papierfahnen, die denen glichen, die früher über den Gebetshäusern angebracht waren. Bei den Stadttoren wurde ein Altar errichtet, der dem heiligen Franz von Assisi gewidmet war. Wer war dieser heilige Franz von Assisi? Ein weiser Mann, der die Vögel liebte, die Schmetterlinge und der sich die Sandalen abstreifte, damit sein Fuß nicht die Steine auf dem Weg verletzte. Der Wohlstand austeilte und Güte. Ein wenig vergleichbar mit unserem Herrn Quetzalcóatl. Das Abbild des heiligen Franz von Assisi wurde auf ein weißes Baumwolltuch gemalt und später von einem der berühmten Maler aus Texcoco lackiert.

Tiefbetrübt zündete Juan López de Jiménez ein paar rote Wachskerzen an. Er war von Traurigkeit erfüllt seit dem Tag, an dem er miterleben mußte, wie die Azteken seinen Bruder die Stufen hinauf zum Großen Tempel führten, um ihn ihrem Gott darzubringen, und er seinen Ruf hörte:

»Hilf mir, Juan … So hilf mir doch …« Gonzalo befand sich in unmittelbarer Reichweite einer der Arkebusen, konnte ihm aber nicht helfen.

Juan de Limpias, der in der Schlacht sein Gehör verloren hatte, bat den heiligen Franz von Assisi, ihn von seiner Taubheit zu befreien. Still, mit großer Gelassenheit betete er vor sich hin.

Dort ging Don Fernando de Lerma und fragte jeden Sklaven, ob er seinen Vetter Lerma gekannt habe, ob er wohl noch am Leben sei, ob er etwas von ihm wüßte … Und die Sklaven antworteten ja und daß sie ihn kennengelernt hätten, als er dem aztekischen Heer zeigte, wie mit den spanischen Waffen umzugehen sei, und daß sie ihn danach nie wieder gesehen hätten.

Da war auch Hauptmann Francisco de Orozco, den Cortés ausgeschickt hatte, Tepeaca zu regieren, und der wegen der Syphilis, die er aus Italien mitgebracht hatte, Tränen vergoß. Bei ihm befand sich eine Gruppe kranker Indianerinnen, seine Konkubinen, die er mit seinem Leiden angesteckt hatte.

Fray Bartolomé de Olmedo trug das Kleid der barmherzigen Brüder. Er war etwas nervös wegen der Ankunft der Besucher, die erwartet wurden. Ein ums andere Mal wiederholte er: »Gelobt sei der Herr, gelobt sei der Herr … Mit uns hat die Invasion im Land der Ungläubigen ihren Anfang genommen, doch mit den neuen Gästen beginnt die Konquista … Die eigentliche Konquista auf allen Wegen Mexikos.«

Einen Kilometer vor dem Großen Tor von Texcoco war die Straße mit vielfarbigen Fahnen geschmückt, unter denen die gelben besonders herausragten – die Fahnen der Katholischen Kirche. Ein Reiter näherte sich im Galopp. Als er das Haupttor passierte, rief er: »Sie kommen! Sie kommen!«

Hernán Cortés und die ranghöchsten Offiziere warteten etwas abseits vom Hauptaltar, wo man die Messe zum Empfang der Gäste zelebrieren würde.

»Gott sei Dank, daß ihre kaiserliche Majestät Don Carlos und seine erhabene Frau Mutter, die Gott beide in Ewigkeit beschützen möge, sich an uns und unsere Bedürfnisse erinnert haben.«

Die Soldaten und Offiziere teilten die Freude von Hernán Cortés. Einer der neuen Sklaven näherte sich ihm mit einem Fernrohr, damit er alles gut beobachten konnte. Cortés war königlich gekleidet. Sein Gesicht zeigte noch immer die Spuren der Ermattung, die von den letzten zwei Schlachten herrührte. Der Schmerz um den Tod von Hauptmann Olea hatte ihn arg gezeichnet. Sein hager gewordener Körper, seine blasse Haut, sein aschgrauer und spärlicher Bart gaben ihm das Aussehen eines Kranken. Stehend wartete er auf die Ankommenden. Seine O-Beine bildeten einen Bogen.

»Ich bin überzeugt, daß unsere vornehmen Gäste uns feste Zusicherungen und gute Nachrichten von unserem Imperator mitbringen werden.«

An jeder Hand funkelte ein Ring mit Smaragden. Hin und wieder, er tat es immer dann, wenn er sich glücklich fühlte, hielt er das weiße Taschentuch an seine Nase und roch mit Vergnügen daran. Die Angewohnheit, Kot zu riechen, hatte sich noch verstärkt. Auf seiner Kappe leuchtete das Medaillon von Johannes dem Täufer, und an der Goldkette, die um seinem Hals hing, baumelte, so groß wie das Ei einer Truthenne, die Perle, die bei jeder seiner Bewegungen hin und her glitt. Dann und wann biß er auf seiner Lippe herum, unter der die Narbe zu sehen war, die leicht ins Dunkelviolette ging. Erinnerung an einen Degenhieb, den er in seiner Jugend erhalten hatte, was er aber bei Unterhaltungen verschleierte, indem er erklärte, sie würde aus einem Krieg herrühren … einem Krieg gegen die Mauren, an dem er nie teilgenommen hatte.

Eine spanische Bläsergruppe übte einige Lieder. Danach wurde ein Marsch intoniert, doch der Dirigent befahl, das Ganze noch einmal von vorn zu beginnen. Dies war ein glorreicher Tag, und sie sollten gut spielen. Hernán Cortés versuchte, in der Ferne des Weges etwas auszumachen, weshalb er mit den Händen die Augen beschattete, um nicht von Sonnenlicht geblendet zu werden.

»Habt ihr alles vorbereitet?« fragte er Sandoval.

»So wie Euer Ganden es gewünscht haben.«

»Wie steht es mit dem Wettlauf?«

»Wie Ihr sehen könnt, ist alles bereit«, sagte Sandoval und wies zu der Stelle, wo man ein paar Pferde auf das Rennen vorbereitete.

Juan Pinto, der Portugiese, markierte mit einem Kreidestrich das Ziel. Die Strecke betrug hundert Meter. Nicht mehr, nicht weniger. Die Pferde bockten. Sie hatten eine gute Portion Mais erhalten, das neue Futter schmeckte ihnen gut. Sie waren mit gestickten Decken gesattelt, angefertigt von den besten Stickerinnen aus Texcoco. Die Pferde, die für das Rennen vorgesehen waren, gehörten Hernán Cortés.

»Ihr wißt, Hernán Cortés' Pferde dürfen nicht verlieren. Nie und nimmer dürfen sie das!« rief Hauptmann Sandoval laut genug, daß Pedro de Alvarado ihn auch hörte – sein Gegner beim Wettlauf. Dieser hatte ihn sehr wohl gehört und lachte auf. Vor ihm, an der mit Kreide markierten Linie stellten sich jene auf, die gegen die Pferde des Hernán Cortés antraten.

»In gerader Linie ... In gerader Linie ... Die Pferde Seiner Exzellenz dürfen nicht gewinnen ...«

Pedro de Alvarado blickte zu der Linie, wo sich die Kontrahenten vorbereiteten. Und indem er mit der goldsträhnigen Peitsche gegen seinen Stiefel schlug, wiederholte er:

»Die Pferde von Hernán Cortés dürfen nicht gewinnen ... Falls sie aber gewinnen ... Falls die Pferde des Generalkapitäns von Neuspanien das Rennen gewinnen, verliere ich meine Wette. Und so ich die Wette verliere, werde ich euch allen die Titten abschneiden«, sagte er mit einem bitteren, von Wut gezeichneten Blick zu den zehn halbnackten Frauen, ehemalige Kriegerinnen der Sonne, Herrinnen Jaguar, Herrinnen Adler, die sich bei der Kreidemarkierung aufgestellt hatten und darauf warteten, daß der Schiedsrichter das Zeichen gab, daß sie losrennen sollten, um den Wettlauf über hundert Meter gegen die Pferde von Hernán Cortés zu gewinnen. Ein Soldat bemühte sich, ihnen in schlechter Tenochtitlan-Sprache Anweisungen zu geben, während er ihnen gleichzeitig mit der Peitsche drohte ...

Mit einem Mal ertönte die Schalmei, die einen Lobgesang auf die Jungfrau Maria anstimmte, worauf die Vorbereitungen für den Wettlauf zwischen den Pferden und den Frauen unterbrochen wurden. Die Bewohner von Texcoco verstanden nicht, was vor sich ging. Die Stadt betraten ein paar unbeschuhte, in Lumpen gehüllte bärtige Männer, deren Ermattung sich in ihren Augen widerspiegelte. Wo immer sie vorübergingen, knieten die Soldaten aus Kastilien und Aragón nieder, verbeugten sich tief vor ihnen und küßten ihnen die Hände. Selbst der stolze Hernán Cortés kniete nieder. Es war das erste Mal, daß die Leute von Texcoco ihn knien sahen: unterwürfig, mit gefalteten Händen, auf die Steine des Weges blickend. Das war doch nicht möglich! Die Bewohner von Texcoco warfen sich verwunderte Blicke zu und begriffen nicht, was hier geschah. Nach all den Vorbereitungen, die Cortés angeordnet hatte, glaubten sie, daß ein König oder ein Prinz zu Besuch kommen würde. Doch nun waren die Besucher diese Bärtigen, diese ärmlich Gekleideten, die an ihren Füßen noch nicht einmal Sandalen trugen.

Man raunte, daß sie sich auf ihrem Weg hierher von Früchten ernährt hätten, daß sie niemanden beleidigt, daß sie kein Geleit angefordert, daß sie in Gebete vertieft Fuß vor Fuß gesetzt, daß sie unterwegs dort geschlafen hätten, wo die Nacht sie gerade überraschte, daß sie nicht aus Tongefäßen hätten trinken wollen und keinen Wein genossen hätten. Wer waren diese Wesen, denen die spanischen Offiziere mit so viel Respekt und Demut begegneten? Die Leute beobachteten, wie sie sich auf ihre Holzstöcke stützten und sich nachts mit Lumpendecken einhüllten, um sich vor der Kälte zu schützen.

Die Ankömmlinge waren ihrer zwölf. Sie blieben vor Hernán Cortés stehen, der kniend die Füße des einen küßte und um seinen Segen bat. Der Anführer der zwölf erklärte: »Mein Name ist Martín de Valencia, und das hier sind meine Brüder. Wir sind gekommen, um Euch und allen Brüdern dieses Landes zu dienen: Francisco de Soro, Martín de la Coruña, Juan Alvarez, Antonio de Ciudad Rodrigo, García de Cisneros, Luis de Fulnesalida, Juan de Palos, Juan de Riba, Francisco Jiménez, Andrés Córdoba«, und auf einen Nachzügler weisend, der noch ärmer aussah als alle zusammen, sagte er: »Dies ist Bruder Toribio de Benavente.«

»Gelobt sei der heilige Name des Herrn!«

»Wer sind sie, daß ihnen die Hunde so viel Achtung entgegenbringen?« fragte eine Frau.

»Es sind die Konquistadoren ...«

Kräftig schlug der Hammer die Glocke ... Ton ... ton ... ton ... ton ... ton ...

Die Schüsse einer Lombarde hatten den Palast von oben bis unten zerstört, danach war er in Brand geraten. Er hatte den ganzen Tag gebrannt und die ganze Nacht. Die Patrouillen der Soldaten von Kastilien und Aragón schnüffelten überall herum. Sie hielten jeden an, der zu fliehen versuchte, und bevor sie ihn töteten oder ihm das Brandmal aufdrückten, fragten sie ihn: »Bei Todesstrafe, sagt, habt ihr einen der Herren gesehen?«

Niemand hatte die Herren von Tenochtitlan, Cuitláhuac, Tlacopan und Tlatelolco gesehen.

»Ihr seid des Todes, sagt, was ihr wißt ...«

Sie empfingen den Tod und nahmen ihr Geheimnis mit. Auch die Krieger aus Texcoco und Tlaxcala liefen herum und stellten Fragen. Sie suchten nach Tetlepanequetzalzin ... Wo immer sich Tetlepanequetzalzin aufhielt, dort mußte sich auch Cuauhtémoc befinden, der Herr von Tenochtitlan, der Herrscher von Mexiko.

Zwischen Steinen versteckt, umgeben von ausglühenden Baumstämmen, führten sie die letzte Ratssitzung von Tenochtitlan durch. Neben Cuauhtémoc waren Tetlepanequetzalzin, zwei Herren von Tlatelolco und ein Dutzend Kriegerinnen anwesend. Die Krieger von Tlatelolco bestanden darauf, bis zu ihrem Tod in der Stadt zu bleiben.

»Du hast es dem Volk gesagt – bis zum Tode.«

Doch Cuauhtémoc, der einst selber Herr von Tlatelolco gewesen war, stimmte dem Rat, den die Krieger jener Stadt außerten, nicht zu: »Unsere Stadt ist gefallen, aber wir sind noch nicht besiegt! Sobald es Nacht wird, brechen wir von verschiedenen Punkten aus auf. Wir werden den Kampf in den Bergen, in den Tälern fortsetzen. Unser Volk existiert, es lebt. Wir werden alle zusammenrufen, um den Kampf fortzuführen.«

Er war verwundet, doch ohne auf das Blut zu achten, das seinem Körper entströmte, erhob er sich und rief: »CAMPA UEEE!«

Still folgten ihm seine Gefährten. Vorsichtig verließen sie den rauchenden Palast, der in Asche lag. Die Steine ringsum waren noch heiß von der Feuersbrunst. In einem nahen Wäldchen wartete seine Frau auf ihn. Auch sie hatte die Kriegsrüstung angelegt. Sie half ihm, ins Boot zu steigen. Die Kriegerinnen ergriffen die Ruder, und das Boot glitt still zwischen den Binsen dahin …

Der Schatzmeister Alderete, Alvarado, Olid und Fray Bartolomé de Olmedo hörten Cortés zu.

»Die Stadt ist endgültig besiegt. Gelobt sei Gott!«

»Gelobt sei Gott!«

»Gelobt sei Gott!«

»Gelobt sei Gott, unser Herr!«

»Amen!«

»Habt ihr das Gold gefunden?« fragte Cortés.

»Nein. Auch der Herrscher von Mexiko ist verschwunden.«

»Ich habe nach dem Gold gefragt.«

»Verzeihung. Es ist nirgendwo aufgetaucht. Wir haben überall und jeden danach gefragt. Wir haben die Leute gefoltert, und alle behaupten, daß Cuauhtémoc es versteckt habe.«

»Wann behaupten sie das?«

»Wenn sie in den letzten Zügen liegen, im Angesicht des Todes.«

»Sucht überall nach dem Gold! Stochert selbst in den Eingeweiden der Toten herum, zwischen der Asche der Paläste. Sucht nach Verstecken bei den Statuen ihrer Götzen, zwischen den doppelten Wänden. Findet es und tretet nicht ohne Gold vor mich hin! Der Blitz soll euch treffen, so ihr es nicht findet!«

»Herr, wir haben eine Gruppe von Leuten gefangen, die zu fliehen versuchten.«

»Befindet sich Cuauhtémoc unter ihnen?«

»Nein, Herr. Es sind Priester, Künstler, Häuptlinge, Herrinnen des Krieges, Weise nennen sie sich.«

»Tötet sie!«

»Herr …«

»Ich befehle Euch, sie zu töten!«

»Alle, Herr?«

»Hauptmann Hernando de Alvarado, all diese Männer und Frauen, die Ihr Gelehrte nennt, all diese Häutplinge, wißt Ihr, was sie morgen tun werden, wenn wir sie am Leben lassen?«

»Herr …«

»Schweigt, Starrköpfiger, schweigt! Es lebe Gott! All diese Leute, die Ihr tapfer heißt, Weise, Künstler, Krieger und Kriegerinnen ohne Furcht, werden, wenn sie morgen weiterleben, das Erbe ihres Hasses an ihre Kinder weitergeben und diese an die Kinder der Kinder, und schon wird es in diesem Land für uns keinen ruhigen Flecken mehr geben! Tötet sie … und tötet auch ihr Erbe! Verbrennt alle Bücher, denn sie sind die Ausgeburt ihres Verstandes! Daß keiner jemals erfährt, wer seine Väter waren, seine Mütter, weder woher sie gekommen noch wohin sie gegangen sind … Daß es kein Erbe mehr gebe, keine Führer, keine Wege, nichts!«

»Und was soll mit den Knaben, den Mädchen geschehen?«

»Macht mit ihnen, was der große Alexander mit seiner Beute aus Persien gemacht hat: kastriert sie!«

In dem Boot, das sich zwischen den Wellen des Sees vorwärts bewegte, hielten sich Cuauhtémoc, Tetlepanequetzalzin und Mayahualtzin versteckt. Sie fuhren in einem der vielen in Tenochtitlan verlassenen Boote; ihre Führer trugen ihr Eigentum bei sich. Die Stadt stank widerlich … Auf dem See trieben unzählige Kadaver, welche die Spanier herauszufischen versuchten, um sie auf den Scheiterhaufen zu verbrennen. Das Boot wurde von sechs Adler-Kriegerinnen gelenkt, die unter ihren Lumpen die Waffen verbargen. Als sie zu der Stelle gelangten, wo der Deich auseinanderklaffte, sagte ein Posten zu dem Kapitän der Brigantine, die diese Ausfahrt bewachte: »Kapitän, dort fährt ein verdächtiges Boot. Die Frauen, die es steuern, haben einen seltsamen Blick in ihren Augen.«

»Auf sie!«

Auf der Stelle änderte das Boot seine Richtung. Andere Frauen, die sich ebenfalls versteckt gehalten hatten, übernahmen jetzt die Ruder. Der Kapitän der Brigantine befahl, die Lombarde auf das Boot zu richten und abzufeuern.

»Wir haben kein Pulver mehr, Kapitän …«

Das Schiff glitt an dem Boot vorbei, in welchem die Frauen und Männer ihre Kampfpositur einnahmen. Die Fahne von Cuauhtémoc wehte über dem Boot. Und auch eine Fahne mit Schmetterlingen, das Zeichen dafür, daß sie bis zum letzten Atemzug zu kämpfen gedachten.

»Haltet ein! Haltet ein! Legt die Arkebusen beiseite!«

Kapitän Olguín beriet sich mit einem Krieger aus Tlaxcala.

»Das dort ist Cuauhtémoc. Und bei den Frauen handelt es sich um ausgewählte Kriegerinnen.«

»Haltet ein! Schießt nicht!« wiederholte Olguín. »In dem Boot befindet sich der Herrscher von Mexiko. Ich will ihn lebend.«

Das Boot griff die Brigantine an. Die Aktion war selbstmörderisch. Mit Hilfe eines Dolmetschers rief der Kapitän: »Ergebt euch, es gibt keine Rettung für euch! Ergebt euch, und ihr bleibt am Leben!«

Im gleichen Augenblick tauchte eine große Anzahl von Booten auf, gesteuert von Kriegern aus Texcoco. Sie stürzten sich auf die Kriegerinnen von Tenochtitlan. Es entspann sich ein grausamer Kampf. Am Ende sah sich das Boot von Tenochtitlan von dreißig anderen Booten eingekreist. Die den Angriff gewagt hatten, konnten kaum noch ihre Arme bewegen, der Kampf hatte ihre letzte Kraft gekostet. Die Krieger aus Texcoco warfen sich auf Cuauhtémoc und seine Gefährten und nahmen sie lebend gefangen.

Mit großer Würde saß Cortés auf seinem Stuhl. Hinter ihm standen Jerónimo de Aguilar, Malintzin, Guzmán, der Vertreter des Königs, und weitere Offiziere. In ein Netz gewickelt, wurde Cuauhtémoc hereingeführt und Hernán Cortés vor die Füße geworfen. Dieser erhob sich und befahl, dem Gefangenen die Fesseln abzunehmen. Cuauhtémoc stand vom Boden auf. Er war verwundet. Er blickte Hernán Cortés still an. Ungeachtet der Situation fühlte sich Cortés beunruhigt. Er hob seine Augen, um Cuauhtémoc anzusehen, der ihn um einiges überragte. Dicht trat er an ihn heran und befahl: »Kniet nieder! Ich bin Euer Herr!«

Malintzin wiederholte den Befehl, doch Cuauhtémoc rührte sich nicht. Aus seinen offenen Wunden troff das Blut. Unverhofft tat er einen Schritt nach vorn, warf sich gegen Cortés und entriß ihm den Dolch, den jener im Gurt trug. Als er die Hände hob, um ihn zu verwunden, wurde er von den spanischen Offizieren gestoppt, die ihn zu Boden warfen und ihm Fußtritte verpaßten.

Cortés setzte ihm einen Stiefel auf den Kopf und sagte: »Es liegt in unserem Interesse, daß Ihr am Leben bleibt. Vorläufig … Sagt mir, wo Ihr das Gold versteckt habt, das wir während der ersten Schlacht von Tenochtitlan auf der Brücke verloren haben.«

Zweimal übersetzte Malintzin die Worte des Generalkapitäns. Cuauhtémoc starrte Cortés unverwandt an, und dieser konnte in seinen Augen den ganzen Haß und Ekel lesen, den sein Widersacher für ihn empfand.

»Schleppt ihn fort, schlagt ihn in Ketten! Er soll uns sagen, wo sich das Gold befindet, oder er ist des Todes!«

»Kapitän, der Herr von Texcoco bittet um Euer Gehör.«

»Was will er?«

»Mit Euch reden.«

»Er soll eintreten.«

Mit einer seine Freundschaft unterstreichenden Haltung betrat Ixtlixóchitl das Zimmer von Hernán Cortés.

»Herr, ich habe erfahren, daß mein Bruder, der Herr von Texcoco ...«

»Ihr seid der Herr von Texcoco.«

Ixtlixóchitl lächelte mit dem Ausdruck tiefer Freundschaft und Dankbarkeit und fuhr fort: »Mein Bruder Coanacotzin, der sich auf deinen Befehl mit Ketten beschwert in einem Kerker befindet, hat nach mir gerufen. Ich habe ihn besucht. Er ist krank und leidet unter großen Schmerzen, die ihm seine schlecht behandelten Wunden bereiten. Ich bitte dich, ihn frei zu lassen. Er ist der Sohn meines Vaters.«

»Er ist ein Feind Gottes.«

»Mit der Zeit wird er sich ändern.«

»Euer Bruder ist weder mein noch Euer Gefangener, auch wenn Ihr es gewesen seid, der ihn gefaßt hat. Er ist der Gefangene des Königs von Spanien, unseres Imperators Karl V., und seiner würdigen Mutter Doña Juana von Aragón. Er ist ein königlicher Gefangener, und ich habe den Befehl, die wichtigsten Gefangenen nur gegen Gold frei zu lassen. Da der ehemalige Herr von Texcoco, Euer Bruder ...«

Ixtlixóchitl, der das Ende der Phrasen nicht abwartete, runzelte finster die Brauen und fragte: »Wieviel Gold?«

»Einen Korb von dieser Größe voll«, antwortete Cortés und zeigte bis in Gürtelhöhe.

Der Herr Ixtlixóchitl ging zurück zu seinem Boot, wo weitere Krieger auf ihn warteten. Auf seinem Weg stieß er auf einen spanischen Hauptmann, der mit einem jungen Gefangenen sein Spiel trieb.

Der Hauptmann warf dem Gefangenen ein Schwert zu und sagte: »Ihr seid berühmt dafür, daß Ihr mit ihm umzugehen wißt. Fangt es!«

Der Gefangene, ein Adler-Krieger, ließ sich die Gelegenheit nicht entgehen und warf sich auf das Schwert.

»Verteidigt Euch!«

Der spanische Hauptmann ging in Stellung. Mit einer Parade ließ er das Schwert des Gefangenen durch die Luft sausen.

»Ergreift es und tötet mich, so Ihr könnt.«

Der Gefangene schien den neuen Befehl nicht zu verstehen. Das Schwert lag vor seinen Füßen.

»Versteht Ihr mich nicht? Meine Soldaten behaupten, du wärest der geschickteste Mann, den sie je mit dem Schwert gesehen haben. Warum geht Ihr nicht in Ausgangsstellung? Ich will, daß du kämpfst, daß du etwas für dein Leben tust … Los … Nur Mut …«

Von neuem griff der Krieger nach dem Schwert und stürzte sich wutentbrannt auf den Hauptmann, der jedoch seine Finte wiederholte. Er entwaffnete ihn und sagte: »Du beherrschst es nicht. Du mußt sterben.«

In diesem Augenblick trat Ixtlixóchitl auf und stellte sich wild entschlossen zwischen den aztekischen Krieger und den Hauptmann. Er hatte eine verwundete Hand. Dessen ungeachtet hob er das Schwert vom Boden auf und deckte den aztekischen Krieger.

»Beim heiligen Santiago!« rief der Hauptmann.

Er versuchte, den Ausfall, den er gegen den Azteken gemacht hatte, zu wiederholen, aber Ixtlixóchitl wich ihm aus, gab ihm den Hieb zurück, und der Hauptmann sah, wie sein Schwert durch die Luft flog. Für einen Augenblick standen die spanischen Soldaten abwartend da. Mit Hilfe des Dolmetschers sagte Ixtlixóchitl zu dem Hauptmann: »Es gibt nichts, was wir an dir und deinen Gefährten, den spanischen Offizieren, gesehen haben, was wir, die Adler-Häuptlinge, nicht ebenso beherrschten … und besser noch.« Und indem er dem spanischen Hauptmann das Schwert vor die Füße warf, machte er kehrt und bestieg sein Boot.

Hernán Cortés trat an ein Fenster. Im Haus nebenan feierten die Spanier ihren Sieg. Viele von ihnen waren betrunken. Sie lärmten und tanzten. In ihrer Gesellschaft befand sich María Estrada, die sie zur Ordnung rief, obwohl sie selber den Wein so freigebig verteilt hatte. Die spanische Schalmei tönte weiterhin. Musketen gaben Schüsse ab. Die Männer tanzten mit den Männern, denn es gab nur noch wenige Frauen.

Hernán Cortés lächelte und kehrte zum Tisch zurück, um dem Sekretär Godoy ein paar Dinge zu diktieren. Der Schatzmeister Alderete betrat den Raum.

»Hat er Euch gesagt, wo er das Gold und die anderen Schätze versteckt hat?« fragte Cortés erwartungsvoll.

»Sein Gefährte ist bereits der Folter erlegen. Ihm haben wir die Hände verbrannt … die Fußsohlen … Es scheint, als würde der Teufel persönlich in seinem Leib wohnen. Er will nichts gestehen. Nicht einmal ein Stöhnen kommt über seine Lippen.«

»Was sagt er?«

»Nichts. Kein Wort. Einmal hat er sich aufgerichtet und mir ins Gesicht gespuckt.«

»Macht weiter mit der Folter, bis sein Fleisch verbrannt ist. Als Herr von Mexiko muß er wissen, wo das Gold versteckt ist. Um Gold zu erbeuten, sind wir hergekommen, vergeßt das nicht. Tut alles, daß er redet.«

Alderete verließ den Raum. Gleich darauf wurde Ixtlixóchitl gemeldet. Lebhaft erhob sich Hernán Cortés. Gemeinsam mit Ixtlixóchitl kamen drei Herren aus Texcoco herein. Sie trugen einen Korb voller Gold und goldenen Gegenständen. Der Rand des Korbes reichte bis zur Spitze seines Schwertes. Der Korb war nicht zugedeckt und funkelte wie die Augen des Hernán Cortés.

»Ich komme, um meinen Bruder zu holen!«

In Cortés' Gesellschaft befand sich der Hauptmann, den Ixtlixóchitl entwaffnet hatte. Der Herr von Texcoco trug das andalusische Schwert, das ihm Hernán Cortés nach dem Fall von Tenochtitlan mit anerkennenden Worten geschenkt hatte. Er wies auf den Korb mit Gold.

»Ich kann Euch Euern Bruder noch nicht zurückgeben … Erst müßt Ihr mir einen zweiten Korb mit Gold bringen«, sagte Cortés.

Für einen kurzen Augenblick kreuzten sich die Blicke von Hernán Cortés und Ixtlixóchitl. Der erste vollführte mit der Hand eine Geste, als würde er den Berg Goldes, den er brauchte, verdoppeln, und legte die Hand auf sein Herz. Ixtlixóchitl entgegnete nichts. Er blickte ihn nur hochmütig an. Er machte auf dem Absatz kehrt und ging hinaus, ohne sich von Hernán Cortés zu verabschieden.

»Herr Schwarzgesicht …«

Ixtlixóchitl blieb stehen, drehte sich um und trat Cortés gegenüber. Der Generalkapitän ging auf ihn zu. Mit einer theatralischen Geste streckte er seine Hand aus und nahm ihm das Schwert ab, das klirrte, als es aus der Scheide fuhr.

Die Glocke schlug sechsmal … Ton … ton … ton … ton … ton … ton … Es war die Stunde des Angelus in der neuen Welt der Christen. Hernán Cortés stieg die hundertvierzehn Stufen zum Großen Tempel von Tenochtitlan hinauf. Eine Stufe um die andere, bis er zur oberen Plattform kam. Er trug ein einfaches Kleid. Er hatte kein Schwert bei sich, nur einen Dolch, der in seinem breiten Ledergurt steckte. Noch immer stiegen nach den Feuerbränden Rauchschwaden aus der Stadt empor. Kolonnen von Sklaven streuten überall Kalk aus. Auf den Plätzen, wo früher die Tempel gestanden hatten, lagen lose Steine herum. Im Norden, im Süden, im Osten, im Westen, überall brannten die Scheiterhaufen, auf die man die aus dem See gefischten toten Leiber geworfen hatte. Die Sklaven verstreuten in der Stadt so viel Kalk, daß sie ganz weiß aussahen, wie weiß gekleidet. Weiß. Auf der anderen Seite, in Richtung Texcoco, begann ein weißer Nebel wie eine Riesenschlange mit vielen Köpfen, die Binsen verhüllend, sanft hinwegzukriechen. Scharen von Sklaven verließen die Stadt auf den Wegen durch Cuepopan, Moyotlan, Teopan und Aztacalco. Sie hatten ihre neue Arbeit schon beendet, neben den Steinen zu leben, auf den Steinen, unter den Steinen. Frauen mit den Händen, dem Kopf und dem Gesicht voller Asche liefen zwischen den Trümmern herum. Niemand wußte, was sie suchten.

Hernán Cortés ließ seinen Blick über die Stadt schweifen. Alles atmete Trostlosigkeit. Traurigkeit. Im Heuschreckenflug war der Tod gekommen, um in der Stadt zu schlafen. Dort unten, auf dem Vorplatz des Heiligen Bezirks, warteten die Offiziere von Kastilien und Aragón auf Hernán Cortés. Der Schatzmeister Alderete kam auf seinem Apfelschimmel geritten. Mit einem Satz sprang er ab und näherte sich der Gruppe. Er fragte nach dem Herrn Oberrichter. Pedro de Alvarado wies in die Höhe. Alderete sah einen dunklen Schatten, der sich gegen die zarte Abenddämmerung abzeichnete. Er wollte die Stufen hinaufsteigen, da aber hielt ihn Hauptmann Alvarado zurück.

»Ich muß ihm dringend Meldung erstatten … Cuauhtémoc gesteht auch jetzt noch nicht, wo er das Gold versteckt hat. Wenn wir mit der Folter weitermachen, wird er sterben.«

»Geht nicht hinauf, Laßt ihn. Er will allein sein.«

Wieder blickte Alderete zu der Gestalt empor, die sich mit zunehmender Dunkelheit auflöste, und hörte eine Stimme.

»Er wird immer allein sein.«

Die Glocke hörte auf zu läuten. Es war die Stunde des Hundes. Hernán Cortés' Schatten bewegte sich, um zu verfolgen, wie die Sonne in der Ferne unterging, ehe er schließlich mit der Dunkelheit der Nacht verschmolz.

Hernán Cortés, den Matla auf dem Tianquiztli von Acolman verkaufen wollte – auf dem Hundemarkt.

Amerika im Unionsverlag

N. Scott Momaday
Im Sternbild des Bären
Auf der Suche nach seiner indianischen Identität gerät der international erfolgreiche Maler Set immer stärker in den Bann des Bärenmythos. 320 Seiten, UT 58

Omar Rivabella
Susana – Requiem für die Seele einer Frau
Pater Antonio, der von der Kanzel aus gegen die Diktatur in Argentinien spricht, findet ein Häufchen winziger Notizzettel – das Tagebuch, das Susana heimlich in einem politischen Gefängnis geschrieben hat.
144 Seiten, UT 24

Leslie Marmon Silko
Gestohlenes Land wird ihre Herzen fressen
Der Laguna-Indianer Tayo kehrt aus dem Zweiten Weltkrieg mit einem schweren Schock zurück. Nach einer ziellosen Wanderschaft begegnet er in Gallup dem Medizinmann Old Betonie, der versucht, die quälenden Geister aus Tayos Vergangenheit zu vertreiben. 320 Seiten, UT 82

Fritz W. Up de Graff
Auf Kopfjägerpfaden
Nur einen Umweg auf der Heimreise von Ecuador in die USA hatte Fritz W. Up de Graff vor, als er Ende des letzten Jahrhunderts dem Napo-Fluß an den Oberlauf des Amazonas folgte. Es sollte ein siebenjähriges Dschungelabenteuer daraus werden. 320 Seiten, UT 83

Victor Villaseñor
Macho!
Nachdem Roberto Mexiko verlassen hat, um im Land der sagenhaften Reichtümer illegal zu arbeiten, erlebt er Dinge, die er sich nicht hätte träumen lassen. 300 Seiten, gebunden

---